Corina C. Klenge
Harzhimmel
Tillas zweiter Fa

LEDA

Handlungen und Figuren dieses Krimis sind frei erfunden. Eventuelle Übereinstimmungen mit lebenden und verstorbenen Personen sind zufällig und nicht beabsichtigt.

Corina C. Klengel
Harzhimmel
Kriminalroman

1. Auflage 2013

ISBN 13: 978-3-86412-063-3

Leda-Verlag, Rathausstraße 23, D-26789 Leer
info@leda-verlag.de

www.leda-verlag.de

Lektorat: Maeve Carels
Titelillustration: Carsten Tiemeßen
nach Fotos von der Autorin. Brockenfoto vom Torfhaus aus und von Resten eines Steinkreises bei Salzgitter-Altenhagen.
Druck und Bindung: GGP Media GmbH, Pößneck

Corina C. Klengel

Harzhimmel

Kriminalroman

LEDA

Personen

Tilla Leinwig:	Übersetzerin für Archäologische Inhalte, Altgläubige, verlor im Vorjahr ihre Mutter in einer Mordserie
Gerred Assmut:	Architekt, Nachbar und Partner von Tilla
Claudia Hohenstein:	Kollegin von Gerred
Dana Assmut:	Schwester von Gerred, Freundin von Tilla
Arnold Köster:	Architekt, Chef von Gerred und Freund von Tilla
Astrid Volkerts:	Ärztin, Freundin von Tillas Mutter
Hans-Joachim Berking:	Ehemaliger BKA-Beamte, Lebensgefährte von Astrid Volkerts und Vater von Staatsanwalt Jan Berking
Dr. Jan Berking:	Staatsanwalt
Gerd Wegener:	Kripo Goslar
Andreas Kamenz	Kripo Goslar
Dr. Hannah Giresch	Rechtsmedizinerin
Jürgen Palinski	Kripo Wernigerode
Ingo Steinbrecht	LKA Magdeburg

Zwei Tage nach Mittsommer

Die Sonne von Süden, des Mondes Gesellin
Hielt mit der rechten Hand die Himmelsrosse
Sonne wusste nicht, wo sie Sitz hätte
Mond wusste nicht, was er Macht hätte
Die Sterne wussten nicht, wo sie Stätte hatten
Edda, Voluspa 5

Die Fichtenzweige neigten sich schwer gen Boden und tropften vor Nässe. Die morgendliche Sonne zwei Tage nach der kürzesten Nacht des Jahres spiegelte sich in einem Heer von Wasserperlen. Brennnesseln, wogende Dolden aufblühenden Fingerhutes und Farnwedel milderten hier und da den Sturz der Tropfen, doch wo sie auf das verfestigte Erdreich des Waldweges klatschten, verbanden sich die Geräusche zu einem gleichmäßigen, leisen Schmatzen.

An diesem Morgen erfuhr das friedliche Leben des Waldes eine rüde Störung. Der frühen Stunde zum Trotz fanden sich rund zwanzig Polizisten auf dem Sachsenberg oberhalb der Harzburg ein, der tausend Jahre zuvor den die Burg belagernden Sachsen als Sammelplatz diente. Die Polizisten kümmerte weder die Bedeutung des Platzes noch die Schönheit der Natur. Geschäftig liefen sie hin und her, bis der Steinkreis inmitten der Lichtung vollständig mit rot-weißem Kunststoffband umzäunt war.

Kriminalhauptkommissar Gerd Wegener war einer der Ersten gewesen, die sich den Sachsenberg heraufgekämpft hatten. Nun lehnte er mit der linken Hand an einer Fichte, mit der rechten hielt er sich die eigene Seite, von der schmerzhafte Impulse ausgingen, während er darauf wartete, dass sich sein Atem beruhigte. Von der Anstrengung des Aufstiegs flimmerte es ihm vor den Augen, dennoch bemerkte er den sorgenvollen Blick, den sein junger Kollege Kriminaloberkommissar Andreas Kamenz Tilla Leinwig zuwarf. Die sonst so quirlige junge Frau mit den flammend roten Locken saß unbeweglich auf einer grob gezimmerten Bank für Wanderer und stierte leer in den Fichtenwald, vermutlich um den Steinkreis mit der Toten in der Mitte nicht sehen zu müssen.

Andreas Kamenz bemerkte seinen Chef und kam auf ihn zu. Da es Wegener noch immer an Luft mangelte, begrüßte er ihn nur mit einer vagen Handbewegung und überließ ihm das Reden, während er noch eine Weile vernehmlich keuchte. Kamenz schloss seinen Bericht mit der betretenen Erklärung, dass Tilla, als sie ihre tote Freundin erkannte, auf den Steinkreis zugelaufen sei und er sie erst kurz vor Erreichen des Tatortes habe abfangen können. »Der aufgewühlte Boden dort … Er stammt von uns … Wir sind gefallen.«

Wegener brachte es nicht bis zu dem eigentlich fälligen Tadel, sondern beschränkte sich auf ein gekeuchtes: »Sag's gleich … den Tatorttechnikern … noch mal.«

Allmählich ließ das Flimmern vor seinen Augen nach und Gerd Wegener konnte die Einzelheiten des kleinen Steinkreises inmitten der Fichtenlichtung in sich aufnehmen. Sechs graue Klötze umringten die Leiche, neigten sich von ihr weg, als erschräken sie vor dem Anblick. Nachdenklich betrachtete Wegener die durchnässte Kleidung der der jungen Frau. Das üppige lange Haar verbarg eine Hälfte des blassen Gesichtes. Es schien geradezu ungehörig, dass sich die Tote in so grotesker Weise um den jungen Baum im Zentrum des Steinkreises wand. Es wirkte, als wolle sie sich durch einen Griff um den dürren Stamm am Leben festhalten.

Endlich trafen die Kollegen von der Spurensicherung ein. In diversen Alukoffern führten sie ihre Ausrüstung mit sich. Wie schon Gerd Wegener zuvor verharrten sie nach Luft schnappend und mit hochroten Gesichtern in den bizarrsten Stellungen: an Bäumen Halt suchend, die Hände auf die Oberschenkel gestützt oder sogar in der Hocke.

Endlich beruhigte sich das konzertierte Keuchen. Die Routine konnte beginnen und doch zögerten alle gleichermaßen, den Steinkreis zu betreten. Hier ein Hüsteln, da ein Nesteln – niemand wollte der Erste sein. So umringten die Polizisten in eigentümlicher Starre den Kreis aus Grauwackeklötzen.

Der Harz zähmte so manchen starken Geist und er brachte auch so manchen Jünger des logischen Denkens dazu, einer plötzlichen Empfänglichkeit für archaische Ängste nachzugeben, von denen man geglaubt hatte, sie mit der Kindheit abgelegt zu haben. Es spielte keine Rolle, ob dieser Steinkreis viele Generationen zuvor erstellt oder erst drei Tage zuvor von irgendjemandem zusammengeschoben worden war. Ein solcher Kreis hatte immer etwas Magisches, als erfordere es eine besondere Berechtigung, ihn zu betreten und damit zu entweihen. Einer der steinernen Wächter war in Quaderform gezähmt, die anderen hatten ihre natürliche Form behalten. Sie waren unterschiedlich groß und unregelmäßig verteilt, einige hatten Moos angesetzt.

An der Rechtsmedizinerin Dr. Hannah Giresch prallte der Zauber ab. Unbeeindruckt durchschritt die schlanke, blonde Frau den Ring, den die Polizisten bildeten, um sodann ohne zu zögern den Steinkreis zu betreten, wo sie sich hinhockte, um sich der Toten zu widmen. Als wäre dadurch ein Bann gebrochen, begannen die Polizisten noch geschäftiger als sonst umherzueilen. Vermutlich war ihnen der merkwürdige Moment des kollektiven Verharrens peinlich.

Gerd Wegener hatte seine Kollegen ebenso interessiert

wie amüsiert beobachtetet, bevor er sich der Frage widmete, was es zu bedeuten haben könnte, dass eine Tote ausgerechnet in einem Steinkreis lag.

»Ich würde schätzen, sie liegt seit etwa zwei Tagen hier.« Die Rechtsmedizinerin wechselte kurz die Stellung. »Genauer kann ich es erst bei der Obduktion bestimmen.«

»Seit zwei Tagen schon?« Wegener sah sich um. »Ist das hier nicht eigentlich ein ziemlich frequentiertes Wandergebiet?«

Andreas Kamenz warf ein: »So wie es in den letzten Tagen geregnet hat, da geht doch keiner spazieren! Außerdem sind keine Ferien. Es sind keine Touristen da.«

Wegener grunzte zustimmend und sah zu, wie der Kollege erfolglos versuchte, seine Lederjacke sauberzuwischen. Ein kurzer Blick zur Bank zeigte ihm, dass Tilla Leinwig ebenso mit Resten des Waldbodens besudelt war wie Kamenz. Mit der sich aufdrängenden Vorstellung von seinem jungen Kollegen und Tilla Leinwig, die sich verschlungen am Boden wälzten, stieg Ärger in dem sonst so ausgeglichenen Kommissar auf. Noch schluckte er seinen Unmut herunter. Die Standpauke, die er Kamenz zugedachte, musste warten.

»Also auf den ersten Blick kann ich euch nicht sagen, woran sie starb.« Hannah Giresch beleuchtete das Gesicht der Toten mit einer kleinen Taschenlampe. Zentimeter um Zentimeter fraß sich der Lichtfinger über weiße Haut, bleiche Lippen bis hin zu den milchigen Augen, wo er für einen Moment verharrte. »Punktförmige Einblutungen in die Bindehaut … Sie sind zwar dezent, aber ich denke, das werde ich mir genauer ansehen müssen – was bedeutet, dass die Hübsche zu mir ins Institut gebracht wird«, verkündete die Rechtsmedizinerin, woraufhin gleich mehrere Beamte nach ihren Telefonen griffen, um das Notwendige in die

Wege zu leiten. »Solche Petechien können ein Zeichen für hypokapnisches Ersticken sein.«

»Ist sie gewürgt worden?«, fragte Andreas Kamenz.

Dr. Giresch beleuchtete kurz den Hals der Toten. »Würgemale sehe ich nicht. Aber Hypokapnie ist auch nur eine mögliche Ursache für Petechien. Die könnten theoretisch auch von starkem Husten oder von Erbrechen herrühren.«

»Und sonst? Keine Wunden?«, wollte Wegener wissen.

»Bisher sehe ich nichts Auffälliges.«

»Hat sie irgendetwas bei sich?«, fragte Andreas Kamenz.

Hannah Giresch befühlte die Kleidung der Toten und blickte sich kurz um. »Nein. Eine Handtasche sehe ich auch nicht.«

Gerd Wegener bat den Kollegen, der die Tatorttechniker koordinierte, nach einer Damenhandtasche suchen zu lassen. Gerd Wegener und Andreas Kamenz standen noch immer außerhalb des Steinkreises, da die Rechtsmedizinerin ihre Arbeit noch nicht beendet hatte. Wegener registrierte eine kleine, unmoderne goldene Uhr am Handgelenk der Toten sowie den Umstand, dass die junge Frau keine Jacke trug. Zwei Tage zuvor war es sehr warm gewesen. »Sie ist sehr einfach gekleidet. Ich glaube nicht, dass sie irgendetwas dabei hatte, was jemanden veranlasst, so ein Mädchen auszurauben.«

»Raubmord? Nee, das glaube ich auch nicht«, stimmte ihm Kamenz zu.

»Seid nicht zu voreilig, Leute. Ich bin mir nicht sicher, ob sie überhaupt ermordet wurde«, warf Hannah Giresch ein.

»Was soll denn sonst mit ihr passiert sein? Sie ist jung, so jemand fällt doch nicht einfach beim Wandern tot um«, meinte Andreas Kamenz, während Wegener diese Möglichkeit für einen Moment ernsthaft in Erwägung zog, da er selbst vor knapp zehn Minuten gekeucht hatte wie eine menschgewordene Dampfmaschine kurz vor der Explosion. Unschlüssig betrachtete der Goslarer Hauptkommissar die Kriminaltechniker in ihren weißen Overalls, die das Gebiet sorgfältig absuchten. Mehrere rote Markierungshütchen zierten den schmalen Pfad, der von dem eigentlichen Rundweg abwich und einen Schlenker zu diesem Steinkreis machte.

»Keine einzige Verletzung … absolut nichts«, hörte Wegener die Rechtsmedizinerin sagen.

Einer der Kriminaltechniker trat zu dem Goslarer Kommissar und deutete auf eine Reihe von roten Hütchen. »Also, für ein friedliches Ableben hat sie ganz schön merkwürdige Fußspuren hinterlassen. Mal kleine Schritte, mal große Schritte, ziemlich schwankend … Hier vor dem Steinkreis sind mehrere sich überlagernde Fußabdrücke. Sie ist wohl im Zickzack gelaufen. – Schade, dass der Herr Kollege hier so nachhaltig auf alle Spuren gefallen ist«, schloss er spitz.

Kamenz, der sich angegriffen fühlte, fragte schärfer als nötig: »Was denn nun? Ist sie gelaufen oder geflohen?«

Bevor es zwischen den beiden zu einem Streit kommen konnte, erklärte Wegener: »Wir müssen erst einmal den genauen Todeszeitpunkt wissen. Wenn sie nachts hier herumirrte, müssen die Fußspuren anders interpretiert werden als tagsüber. Nachts könnte sie in Panik geraten sein.«

»Ob Tag oder Nacht, ich bin für Flucht!«, verkündete der Kollege von der Tatorttechnik mit der Endgültigkeit eines Evangeliums.

»Aber dann könnte sie doch eigentlich nur von der Burg gekommen sein«, nahm Wegener den Gedanken auf. »Wer flüchtet denn bergauf?«

»Das wäre irgendwie widersinnig«, stimmte Kamenz ihm zu.

Wegener besah sich den schmalen Waldweg und wandte sich wieder an den Kollegen. »Gibt es denn noch weitere Fußspuren?«

Der Tatorttechniker verzog das Gesicht. »Na ja, hier und da sieht es aus, als gäbe es eine zweite Spur, aber ich kann nicht mit Sicherheit sagen, wie alt die ist. Wegen der Nässe ist nicht mehr viel davon zu sehen. Ihre Spur …« Er wies mit dem Kinn auf die Tote, »… kann ich noch ganz gut erkennen, weil sie Trekkingschuhe mit starkem Profil trug.«

Wegener folgte dem Fingerzeig und schaute durch eine Fichtenschneise abwärts. »Wie? Die Spur kam von dort unten? Dann ist sie ja gar nicht den Schildern gefolgt – sie ist den *Besinnungsweg* [1] quasi rückwärts gelaufen, bevor sie starb.«

»Gerd …« Hannah Giresch hatte die Blusenärmel der Toten hochgeschoben: Auf den Arm der jungen Frau waren eilig zwei Kreise gemalt worden. Die Muster darin waren ebenso wie der Schriftzug darunter stark verwischt.

»Was soll das denn sein?«, fragte Wegener.

»Soll ich Tilla danach fragen?«, bot Andreas Kamenz an.

Doch Wegener schüttelte den Kopf. »Nein. Noch nicht.«

Andreas Kamenz schaute erstaunt, nahm die Entscheidung seines Chefs jedoch kommentarlos zur Kenntnis. Dr. Giresch erhob sich und überließ die Leiche einem Kollegen in weißem Tyvekanzug, der sich anschickte, wasserfeste Tüten über die Hände der Toten zu stülpen, um Spuren zu sichern.

Kamenz runzelte die Stirn. »Warum hat sie eigentlich die Fäuste geballt? Hat sie vor ihrem Tod gekämpft?«

Hanna Giresch zog sich die Latexhandschuhe mit

---

1) Themenwanderweg in Bad Harzburg

einem klatschenden Geräusch von den Händen und stopfte sie in eine weitere Beweismitteltüte. »Nein, ihr Körper weist keinerlei Kampfspuren auf. So etwas kann auch Folge eines Krampfes sein. Entweder von irgendeinem Toxin oder es gab eine Verletzung in einer bestimmten Hirnregion. Das kann ich im Moment noch nicht sagen. Ist aber nicht ungewöhnlich.« Die Rechtsmedizinerin griff nach ihrem Koffer und warf einen letzten Blick auf die Tote. »Jungs, ich sehe sie mir wegen der Petechien zwar noch mal an, aber wenn ihr mich fragt, ich glaube, das ist gar kein Fall für die Mordkommission«, schloss sie und stapfte zielstrebig davon.

Tilla, die sich mittlerweile von der Bank erhoben und den Ermittlern genähert hatte, starrte ihr mit großen Augen nach. Sie zeigte auf Dr. Giresch. »Ist die verrückt geworden? Natürlich ist Dorothee ermorden worden!«

Andreas Kamenz wich ihrem hilfesuchenden Blick aus.

Rückblick

April, zwei Monate zuvor ...

Sie war weg. Seine Datei war einfach weg. Verärgert starrte er auf den Bildschirm seines Computers. Sein Herz begann in seiner Brust zu hämmern. Mühsam zwang er sich zur Ruhe und gab den Such-Befehl. Nach einigen Minuten erfolgloser Suche hielt er inne. Seine Vergleichstabellen, die Untersuchungsergebnisse, seine Auswertung – alles weg.

Mit einem Funken von Resthoffnung öffnete er die Datei *Papierkorb* und stellte fest, dass auch diese vollständig geleert worden war, was er selbst doch normalerweise erst nach einer sorgfältigen Datensicherung tat. Jemand hatte seinen Computer sabotiert. Dafür kam nur eine Person in Frage.

Vibrierend vor Zorn sprang er vom Stuhl und begann auf und ab zu gehen. Seine Kiefer mahlten. Vor dem gotischen Fenster hielt er inne. Es tat weh, sich eingestehen zu müssen, von jemand betrogen worden zu sein, den er selbst betrogen hatte. Er hatte sie unterschätzt, gewaltig unterschätzt. Wie viel wusste sie? Ahnte sie, was er vorhatte? Die verschiedenen Möglichkeiten überdenkend, ging er vor dem Bibliotheksfenster hin und her.

Sie hatte seine Datei – den ersten Schritt seines Planes, der aber noch nichts Wesentliches verriet – sicher sehr sorgfältig gelesen. Einige der Fakten hatte er ja schon in Fachartikeln erwähnt, die veröffentlich worden waren. Einiges stimmte und einiges ... Er grinste. Ein paar einigermaßen passende Vergleichswerte, ein paar hochwissenschaftliche Worte aus berufenem Munde und die Welt glaubte es ...

Doch diese Frau konnte man nicht so leicht manipulieren, wie er gedacht hatte. Dass seine Datei von seinem Computer verschwunden war, sollte ihm zeigen, dass sie ihm nicht glaubte. Das war nicht ungefährlich. Er traute ihr nicht unbedingt zu, offen gegen ihn vorzugehen, denn in der gesamten Geschichtswissenschaft fügte man sich brav den akademischen Hierarchien, innerhalb derer er als Professor den hohen Rang eines Vordenkers einnahm. Man würde seinen Theorien lemminggleich folgen. Doch selbst wenn sie ruhig blieb, was war mit ihrer Freundin? Eine Freundin, die archäologische Texte übersetzte. Verstand die genug von der Materie, um ihm gefährlich zu werden?

Gleichviel. Die Zeit lief ihm davon. Er würde sich zurückholen, was ihm gehörte, und er würde seinen Plan umsetzen. Ganz gleich, wer ihm im Wege stand.

*

Direkt über dem Sachsenberg, dessen Baumbewuchs erste Anzeichen von aufbrechendem Grün zeigte, türmte sich eine gewaltige Kumuluswolke auf. Die Konturen rund um das wattige Weiß zeichneten sich wie mit dem Skalpell geschnitten vor dem Himmel ab. Die Sonne erhellte das Wolkengebilde noch einmal, bevor sie ihren Kampf gegen das drohende Unwetter aufgab.

Das Handy auf dem Beifahrersitz dudelte. Tilla ignorierte es und schob trotzig das Kinn vor. Mitten im Refrain zu *Lord of the Dance* erstarb der Ton. Sie wusste, es war Gerred gewesen. Wieder dachte sie an das Foto von ihm und der hübschen jungen Kollegin. Deren langes Haar hatte wie eine Flagge vor azurblauem Himmel geweht, als sie ihre Visionen mit den Händen in die Luft malte, während Gerred, den Plan in der Hand, hinter ihr stand. Es war ein sehr aussagekräftiges Bild. Tilla hatte es am Morgen von Arnold Köster, Gerreds Chef, bekommen. Offiziell sollte sie das Portrait der neuen Kollegin in die Homepage des Architekturbüros Köster einarbeiten. Inoffiziell, da war sich Tilla sicher, hatte ihr Arnold einen Wink geben wollen. Sicher ahnte er, dass Gerred ihr bisher nichts von dieser Claudia Hohenstein erzählt hatte.

Tilla beobachtete den Rückspiegel. Der blaue Wagen, von dem sie sich einige Kilometer zuvor noch eingebildet hatte, dass er ihr folgen würde, war nicht mehr zu sehen. Erleichtert griff sie nach dem Spiegel, um ihn besser einzustellen. Für einen Moment tauchten ihre eigenen Augen darin auf. Eines war tannengrün, das andere braun mit hellen Sprenkeln darin. Tilla mochte ihre verschiedenfarbigen Augen nicht, offenbarten sie doch ihre Zerrissenheit zwischen unterschiedlichen Erbteilen. Das grüne Waldauge entstammte den Genen ihrer Mutter, das Erdauge hatte sie von ihrem Vater.

Tilla querte das Okertal. Die Luft war seltsam klar, wie so oft vor einem Gewitter. Man konnte jeden einzelnen Baum auf den Harzbergen sehen, die sich parallel zur Straße erstreckten. Für einen Augenblick war der Brocken in einer Lücke zu erkennen. Ein letzter Sonnenfinger liebkoste die runde Kuppe des Hexenreiches und wurde dann von stahlgrauem Zwielicht verschluckt.

Tilla betrachtete die schnell wachsenden Gewitterwolken. »Na, heute Nacht werden die alten Götter im Harz einen ziemlichen Krawall veranstalten.« Das Wetter passte zu ihrer Stimmung.

Es war genau auf den Tag ein Jahr her, dass ein Strudel von Katastrophen ihr Leben gründlich durcheinandergewirbelt hatte. Das wussten auch ihre Freunde, doch Tilla hatte alle Angebote abgelehnt, heute etwas mit ihnen zu unternehmen. Sie alle waren längst wieder im Alltag angekommen. Natürlich, warum auch nicht?

Obwohl ihre Mutter sie dafür gescholten hätte, verbot sich Tilla stets, an die Ereignisse im letzten Jahr zu denken. Im Geiste hörte sie Hedera mahnen: »Solche Dinge müssen verarbeitet werden!« Die Verdrängung funktionierte tatsächlich nur schlecht. Tilla konnte nicht verhindern, dass sich die Bilder von damals immer wieder in ihr Bewusstsein schoben – so auch jetzt. Verbissen kämpfte sie dagegen an.

Nein, sie wollte keinen Besuch, von niemandem. Sie wollte nicht darüber reden, sie wollte nicht gefragt werden, wie sie sich fühlte, und feiern wollte sie schon gar nicht. Mit einer Fluchtirade wehrte sich Tilla gegen die aufdringlichen Bilder und konzentrierte sich auf die Straße. Vor ihr lauerte eine Radarfalle, in die sie in den letzten Monaten bereits zweimal mit überhöhter Geschwindigkeit hineingerauscht war. In gesittetem Tempo passierte sie das so gerne blitzende Auge der Obrigkeit, gab dann wieder Gas und huschte die Ausfahrt entlang.

Sie würde sich mit einem Glas Wein vor den Fernseher setzen und alle Sinnlosigkeiten gewissenhaft ansehen, die das Gerät von sich gab. Jawohl. Sie war ja schließlich erwachsen.

Ja, irgendwann im letzten Jahr war sie tatsächlich erwachsen geworden. Wann und wie war das bloß passiert? Sie, die unstete Hexe, die bis zu jenen Katastrophen ohne nennenswerte Erfolge durchs Leben geschlingert war, hatte es mittlerweile als Übersetzerin zu einem ansehnlichen Kundenstamm gebracht. Sie arbeitete regelmäßig, fuhr einen neuen Wagen und ihre Rechnungen waren bezahlt. Sie, die immer Sklavin ihrer sprunghaften Gefühle gewesen war, führte sogar seit einem Jahr eine artige und ordentliche Beziehung mit Gerred Assmut. Obwohl ihr als Altgläubiger die Gepflogenheiten des keltischen Zusammenlebens näher waren als die konventionelle, monogame Lebensweise der Gegenwart, hatte Tilla ihn tatsächlich noch nicht betrogen.

Seit heute Morgen wütete ein Gefühl in ihren Eingeweiden, dass sie bis dato überhaupt nicht gekannt hatte. Der Stachel der Eifersucht hatte sie völlig überraschend und schmerzhaft erwischt. Tilla ärgerte sich über das Gefühlswirrwarr aus Selbstzweifel, Angst vor Einsamkeit und dem drängenden Bedürfnis, sich zu rächen. Dazu gesellte sich die ebenso merkwürdige wie ernüchternde Erkenntnis, dass die zerstörerischen Gefühle stärker waren als ihre Liebe zu Gerred. Wieso bloß? Sie verstanden sich doch. Natürlich gab es Streitpunkte in ihrer Beziehung. Eigentlich gab es viele Streitpunkte, doch die versuchte Tilla ebenso zu ignorieren wie die Erinnerung an damals.

Die Kumuluswolke über den Harzkuppen hatte sich verbreitert. Tilla lächelte, denn sie glaubte einen Drachen in der Gewitterwolke zu sehen, der nun die Brockenkuppe zu berühren schien. Ein Beltanedrache? Der erste Mai stand kurz bevor. Tilla hatte dieses ihrer acht Jahresfeste immer am meisten geliebt. Es war für die Altgläubigen der Beginn des Sommers, der untrennbar mit dem Erwachen der Gefühle verbunden war, denen man sich ohne Scham hingab.

»Na, was willst du mir damit sagen?«, fragte sie den Wolkendrachen flüsternd. »Soll ich heute Nacht meine Flugsalbe zubereiten und zu dir auf den Brocken fliegen?« Tilla kicherte bei dem Gedanken, was Gerred für ein Gesicht machen würde, hätte er sie gerade gehört. Der kurze Heiterkeitsausbruch kehrte sich urplötzlich um und wurde zu lähmender Schwermut. Nein, sie passte nicht in die Hülle des Normalen. Zwar gab es in ihrem Glauben weder Flugsalben noch einen Besenritt, aber sie war und blieb eine Altgläubige, eine Hexe. Würde Gerred das je akzeptieren können? In ihrem Glauben schloss man an Beltane eine Jahresehe, die man im Folgejahr an Beltane erneuern konnte, oder auch nicht. Würde sie diese Ehe erneuern?

»Du dusselige Hexe, hör auf, über Keltenbräuche nachzudenken«, schalt sich Tilla. Seit jenen Vorfällen vor einem Jahr gab sie sich wirklich alle Mühe, normal zu sein. Es fühlte sich nicht direkt falsch an, aber es war auch nicht richtig – nicht richtig für sie. Ihre Normalität war nichts weiter als eine hart erarbeitete Hülle, die etwas umschloss, das immer unruhiger wurde. Mit dem Tod ihrer Mutter war auch der schützende Kokon um ihre Lebensart entfallen, die sich zum Teil recht deutlich vom christlichen Weltbild unterschied. Tilla ahnte, dass ihre hart erarbeitete Hülle der Normalität erste Risse bekam.

Sie schlängelte sich ungeduldig das kurze Stück an der Innenstadt Bad Harzburgs vorbei und bog auf die Ilsenburger Straße ab. Dort trat sie das Gaspedal unbarmherzig nieder, um noch eine Baustelle zu passieren, bevor es zu einem Zusammenstoß mit einem entgegenkommenden Fahrzeug kam, das bereits aufgebracht blinkte. Kurz vor dem anderen Wagen wechselte sie abrupt auf ihre Fahrbahnseite zurück.

»Ja, ja … hab dich nicht so«, murrte sie über die eindeutigen Gesten des anderen Fahrers und preschte in unvermindertem Tempo weiter, bis die letzten Häuser Bad Harzburgs an ihr vorbeirauschten und sie endlich langsamer wurde.

Kurz vor dem Abzweig in ihre Straße beschloss sie, nicht vor ihrem Haus zu parken, und stellte ihren neuen Golf im vorderen Teil der Straße zwischen anderen Autos ab. Noch immer konnte sie das Gefühl nicht unterdrücken, dass es irgendwie nicht richtig war, sich Annehmlichkeiten wie ein neues Auto zu leisten. Vor allem konnte sich nicht mit dem Gedanken abfinden, dass sie für dieses Gefährt das Geld hatte angreifen müssen, das sie von ihrem Vater geerbt hatte. Doch nachdem ihr alter Wagen begonnen hatte, die Straßen mit Öl und Kleinteilen zu pflastern, hatte sie einsehen müssen, dass das schon fast historische Stück dem Autotod geweiht war.

»Du bist nichts weiter als eine Unterhaltszahlung!«, erklärte Tilla dem neuen Wagen tagtäglich, so auch jetzt. Sie nahm ihr Keltenkostüm, in dem sie ihre Führungen für englischsprechende Besucher im Rammelsberg machte, von der Rückbank und legte den Weg zu ihrem Häuschen zu Fuß zurück. Wenn ihr Auto nicht vor ihrer Haustür stand, kam hoffentlich auch niemand auf die Idee, sie zu besuchen.

Tilla hörte das leise Grollen über den nunmehr fast schwarzen Harzkuppen und beeilte sich. Mit scheelem Blick passierte sie das Haus von Gerred und seiner Schwester Dana. Gerreds Wagen war noch nicht da und Dana saß sicher in ihrem Ideenzimmer auf der Gartenseite und tüftelte an neuen Historienkostümen. Ein Lächeln stahl sich über Tillas Züge. Auch das Kostüm auf ihrem Arm stammte aus der Ideenschmiede ihrer Freundin Dana. Dennoch wollte sie heute von keinem der beiden gesehen werden.

Endlich erreichte sie ihr Häuschen. Lange Efeufinger hielten das einfache kleine Siedlungshaus umschlungen und gaben ihm etwas Verwunschenes. Die ersten Tropfen fielen und Tilla schlüpfte fix durch die Haustür, gerade als der Himmel seine Schleusen öffnete. Vor der Tür zu ihrer Wohnung im Erdgeschoss zog sie ihre Stiefeletten aus und ging die Treppe hinauf, um ihr Kostüm ins Büro bringen, das sich seit wenigen Monaten in der Wohnung im Obergeschoss befand. Eines der zwei großen Zimmer hatte sie vermietet.

Obwohl Tilla kein Licht im Obergeschoss sah, rief sie vorsichtshalber: »Dorothee? Bist du da? Ich bin's.« Ohne eine Antwort abzuwarten, öffnete sie die Tür und schritt durch den Flur in ihr Büro. Im Vorbeigehen registrierte

Tilla, dass die Tür zu Dorothees Zimmer weit offen stand, was sie ein wenig verwunderte, da ihre Mieterin geradezu zwanghaft ordentlich war.

Sie hängte ihr Kostüm über eine alte Nähpuppe, die ihr als Garderobenständer diente. Dicke Regentropfen schlugen zornig an die Fensterscheiben und verschluckten jedes andere Geräusch. Die dunklen Unwetterwolken schienen auch das Licht des frühen Abends nahezu vollständig aufgesogen zu haben, das Arbeitszimmer war in schummriges Zwielicht getaucht. So wirkte das blinkende Auge des Anrufbeantworters überhell und warnend. Tilla ging auf den Schreibtisch zu, um die Nachricht abzuhören, als ihr Blick sich in eine von einem kurzen roten Aufleuchten beschienene Gestalt in der Ecke neben dem Fenster verhakte. Die Erkenntnis, dass sie nicht allein war, traf sie wie ein Fausthieb.

Wie ein Schemen schnellte die Person aus der dunklen Ecke hervor. Tilla stieß einen spitzen Schrei aus und wirbelte fluchtartig herum. Sie fühlte einen derben Stoß gegen die Schulter, geriet ins Straucheln und schlug mit dem Kopf gegen die Kante des Schrankes. Ein feuerwerksartiger Lichtregen ergoss sich vor ihrem inneren Auge. Dann war Stille.

Tilla blinzelte und erspähte einen wollenen Kissenzipfel. Der Mond tauchte ihr Büro in fahles Licht. Der Regen hatte aufgehört. Es war still. Sie erkannte die Kontur ihres Schreibtisches. Das Blinken des Anrufbeantworters beleuchtete die Schrankwände impulsartig rot und bewirkte, dass Tillas Erinnerungsvermögen ansprang. Ein stechender Schmerz, der von ihrem Kopf ausging, holte die Erinnerungen endgültig zurück. Sie fuhr hoch und sah sich panisch um. War es vorbei? Tilla hielt die Luft an und horchte.

Nichts. Langsam erhob sie sich und tappte zum

Schreibtisch, wo sie nach dem Schalter der Lampe tastete. Ein gelber Kegel breitete sich auf der Tischplatte aus. Beklommen sah sich Tilla um. Die Ecken ihres Arbeitszimmers waren noch immer in bedrohliche Dunkelheit gehüllt. Auf wackeligen Beinen ging Tilla zur Tür und legte den Schalter der Zimmerbeleuchtung um. Erleichtert stellte sie fest, dass sie allein war. An den Schrank gelehnt befühlte sie ihren Kopf. Unter ihren widerspenstigen dicken Locken spürte sie eine Beule.

Da – war das eine Tür? Nun hörte sie Schritte. Mit klopfendem Herzen öffnete Tilla den schmalen Schrank neben ihr. Er enthielt ein Schwert, das einst ihrem Vater gehört hatte. Tilla zog es aus der Halterung und betrat vorsichtig den dunklen Flur. Sie hörte, wie jemand die Treppe hochstieg. Tilla legte beide Hände um den Griff und brachte die Klinge in Schulterhöhe in Anschlag. Die Flurtür schwang auf, gleichzeitig tauchte die Deckenleuchte den Flur in gleißende Helligkeit.

»Oh mein Gott, Tilla!« Dorothee Messner wich einen Schritt zurück.

Das Schwert sank herunter. Vernehmlich kam die Spitze auf dem Holzboden des Flurs an. Tilla sackte ein Stück in sich zusammen. »Oh, bin ich froh, dass du es bist!«

Dorothee hatte sichtlich Mühe zu verarbeiten, was sie sah. Wie immer baumelte ihre alte lederne Schultasche an ihrer Seite, an deren breiten ledernen Riemen sie sich festhielt. Die viel zu große, weil ausgeleierte Strickjacke gab ihr etwas Kindliches. »Was machst du denn da … mit einem Schwert?«, fragte sie mit zittriger Stimme.

Tilla zerrte das Langschwert, das ihr plötzlich viel zu schwer vorkam, in die Höhe. »Das gehört meinem Vater … äh, es gehörte ihm. Ich, äh … da war jemand … vorhin … jemand war hier oben … jemand Fremdes«, haspelte sie und griff sich mit der freien Hand an den Kopf.

»Was? Hier?« Dorothee sah sich alarmiert um. »Oh Gott, soll ich die Polizei rufen?«

»Ich … ich weiß nicht … Wie spät ist es eigentlich?«

»Fast Mitternacht.«

»Scheiße!«

»Was ist denn eigentlich passiert?«

Zögernd begann Tilla ihre Erzählung, beginnend mit ihrer Rückkehr von ihrer Führung. Sie schloss mit den Worten: »Und dann bin ich auf meinem Sofa im Büro aufgewacht … Heilige Göttin, ich weiß gar nicht, was ich denken soll. Hab ich mir das Ganze nur eingebildet?«

Dorothee Messner ging zu ihrem Zimmer, machte Licht und linste zaghaft hinein. Danach öffnete sie die Türen zur Küche und zum Badezimmer, schaltete überall die Lampen ein und schaute nach. Erleichtert stellte sie fest: »Es ist niemand hier. Ist denn irgendwas weg … oder kaputt?«

Tilla war völlig durcheinander. »Nein, ich glaub nicht.« Mit starrem Blick lehnte sie das Schwert gegen die Wand.

»Eben an der Haustür habe ich nichts bemerkt«, sagte Dorothee unsicher, »also ich meine, keine Einbruchsspuren oder so.«

»Nein, ich glaube, die Tür war auch in Ordnung, als ich kam.« Tillas Kopf schmerzte mittlerweile unsäglich. »Ich bin gegen den Schrank gekracht. Jetzt komme ich mir so unendlich dumm vor. Vielleicht hab ich mir den Schädel gestoßen und dann schlecht geträumt.«

»Soll ich deinen Freund Gerred anrufen?«

»Nein, bloß nicht«, antwortete Tilla eine Spur zu laut und wunderte sich selbst über ihre heftige Reaktion. »Ich meine, es ist ja schon spät … und ich muss das selbst erst mal verarbeiten. Ich … äh … ich schäme mich zu sehr.«

Dorothee rang sich ein Lächeln ab.

Plötzlich überkam Tilla das dringende Bedürfnis, Dorothee zu erzählen, was damals, genau vor einem

Jahr passiert war. Und sei es nur, um ihr zu erklären, warum sie sich mit einem Schwert bewaffnete. »Hast du vielleicht Lust auf einen Tee?«

Schattenbuch

Manche Formen von Gewalt bringen Gestirne in Unordnung und verdunkeln die Sonne, manche werfen nur kurz Schatten auf eine Seele, mit der Folge, dass einem saftigen gesunden Apfel fortan an einer Stelle das Rot fehlt. Doch die schlimmste Wirkung von Gewalt ist, dass man sich so schnell an sie gewöhnt.

Gewalt – Waltan hieß es im Altdeutschen, erklärte mir Tilla – eng verwandt mit der Macht, der Potentia. Machiavelli verband sie untrennbar mit der Herrschaft. Für mich fängt Gewalt bereits bei der Lüge an.

Ich liebe ihn. Diese drei Worte aufzuschreiben, ist mir unendlich schwer gefallen, denn in ihm verbindet sich Waltan und Potentia. Ich schäme mich für diese Liebe, vor allem weil ich eine Zeit lang glaubte, sie beruhe auf Gegenseitigkeit. Aber er hat mich nur benutzt. Benutzt für eine Lüge von unglaublichem Ausmaß.

Und ich vermag nichts dagegen zu tun. Niemand würde mir glauben. Man würde mich auslachen. Und ich würde das Wichtigste verlieren, was ich habe: meinen Beruf. Niemand würde mich je wieder einstellen. Leider weiß er das. Die Lüge, die er plant, bringt mich fast um den Verstand, weil ich tatenlos zusehen muss.

Meine Mutter war es sicher nicht, die mich Ehrlichkeit und Moral lehrte, meinen Vater habe ich nicht gekannt. Nein, es war Harry, der mich lehrte, was richtig ist, und dabei war Harry ein Dieb.

Ich würde so gern mit Tilla darüber sprechen, aber wenn meine Vermutung stimmt, brächte ich sie damit in Gefahr. Tilla hat Gewalt in ihrer schlimmsten Form erlebt. Trotzdem ist sie stark, viel stärker als ich. Aber an ihm würde auch sie scheitern.

So erzählte ich Tilla von den Trieben meiner Angst, nicht aber von ihrer Wurzel. Sie riet mir, mich zu reinigen und zu erden, um meine selbstzerstörerischen Gedanken und meine ewigen Zweifel zu besänftigen. Sie sagte, ich müsse mich neu kennenlernen, dann würde ich all das Gute sehen, was sie in mir sähe. Sie lachte schallend, als ich einwandte, in meinem Kopf gäbe es keinen Reset-Schalter. Dann erzählte mir Tilla von ihrem Glauben. Ich konnte es zuerst gar nicht fassen. Ein wenig verrückt ist sie ja schon. Sie scheint in mich hineinsehen zu können, denn sie erklärte, dass sie ein Schutzritual mit mir durchführen wolle.

Zunächst habe ich nur aus Höflichkeit zugestimmt, doch dann fühlte ich mich tatsächlich seltsam berührt und gestärkt. Sie hatte in meinem Zimmer eine weiße Decke mit einem Pentagramm darauf ausgebreitet und auf jede der fünf Sternspitzen eine Kerze gestellt. Ich musste mich in den Kreis setzen. Innen vor jeder Kerze lag ein kleiner Rosenquarzstein, die ich später einstecken sollte, damit der Schutzzauber nicht nur in meinem Zimmer, sondern auch unterwegs seine Wirkung habe. Es roch scharf und würzig zugleich nach den Kräutern, die Tilla in einer Schale verbrannte. Ich sollte mich darauf konzentrieren, die Energien um mich herum zu einem Kreis zu schließen. Dann begann plötzlich eine der Kerzen zu flackern, nur eine. Natürlich könnte dies an einem zu langen Docht gelegen haben, doch irgendwie irritierte es mich. Tilla wies mich an, nun den Spiegel aufzunehmen, auf dessen Rückseite sie ein Foto von mir geklebt hatte. Sie sagte mir Sprüche vor, mit denen sie die Elemente um Schutz bat. Ich wiederholte den Spruch, den sie mir sagte, vor jeder Kerze. Dabei sollte ich den Spiegel in diese Richtung halten. Vier der Kerzen waren genau auf eine Himmelsrichtung ausgerichtet, jede Himmelsrichtung stand für ein Element. Mit der flackernden Ostkerze sollte ich beginnen, da die negativen Energien von dort kämen, so Tilla. Also bat ich zuerst das Element Erde um Schutz. Vor der fünften Kerze sollte ich den Spiegel mit der Spiegelfläche nach oben niederlegen, hineinschauen und beschreiben, was ich sehe. Der Spiegel vergrößerte so stark, dass ich nur einzelne Partien meines Gesichtes sehen konnte. Plötzlich fand ich mein einzelnes Auge oder meinen Mund gar nicht mehr so hässlich, wie ich eigentlich war. Tilla trug mir auf, ich solle nun beginnen, Schatten und Licht meines Lebens aufzuschreiben, vor allem die Lebensschatten, um sie zu bannen. Diesem Rat verdanken diese Zeilen ihre Existenz. Mit diesem Schattenbuch werde ich versuchen, meinen größten Feind zu besiegen, nämlich mich selbst. Tilla sagt, so würde ich lernen, meinen Feind, nämlich mich, zu verstehen.

Und es hilft. Die Zeilen fließen nur so aus mir heraus und ich fühle mich tatsächlich leichter, obwohl die Angst vor einem ungebetenen Leser mein Schreiben stets begleiten und ich entgegen Tillas Rat, ehrlich zu mir selbst zu sein, sehr vorsichtig bin mit dem, was ich aufschreibe. Über ihn kann ich nicht schreiben. Vielleicht später. Dennoch, die Schatten sind nicht mehr ganz so dunkel.

Tilla ist eine Hexe, jemand, der das überlieferte uralte Wissen der Kelten nutzt. Somit ist sie für mich und auch für meine Arbeit ein Quell von unendlich wertvollem Wissen, wie man es in keinem Buch findet. Manchmal denke ich, Tilla weiß gar nicht, über welche Schätze sie verfügt. Für sie sind die Gestirne nicht nur mineralische Klumpen, die irgendwo im All umherschwirren – für sie sind die Gestirne Personen, Götter gar. Dies steht natürlich auch in Büchern, vor allem in denen über die Bronzezeit. Doch ich habe immer darüber weggelesen. Erst jetzt verstehe ich, was es mit den alten Tierkreiszeichen und den Persönlichkeitsmerkmalen der Gestirne auf sich hat.

Der Mond, sie nennt ihn »Mondin«, ist der Planet der Weiblichkeit, des Gefühls und der Magie. Rituale werden auf den Mond und seine Phasen abgestimmt. Der Mars gilt als Planet des Kampfes, Merkur steht für Kreativität, Jupiter für Macht und Wohlstand, Venus für die Liebe, Saturn für die Kraft, Hindernisse zu überwinden, und die Sonne, die Heilung und Wohlbefinden verspricht, steht bei den Altgläubigen für das Männliche. Wahrscheinlich kann nur ein Mensch mit diesem besonderen Wissen die Geheimnisse der Scheibe lösen.

*

Mit einem zartgrünen Kimono bekleidet tappte Tilla über ihre Terrasse und sog genießerisch die nach Regen duftende frische Morgenluft ein. Der hämmernde Schmerz in ihrem Kopf hatte etwas nachgelassen. Auch ringsherum war die reinigende Wirkung des Gewitters der vergangenen Nacht zu spüren.

Sie hörte das metallische Klirren eines Fahrrades, das an den Zaun gelehnt wurde, dann Schritte. Gerreds hochgewachsene Figur tauchte hinter der efeubewachsenen Hausecke auf. Er trat auf sie zu. »Hey … geht es dir gut?«

Sie fuhr ihm leicht über die Narbe auf seiner rechten Wange. Früher hatte sich Tilla ein wenig an ihr gestört, heute bemerkte sie sie kaum noch. »Na, hast du schon deine Tour durch den Wald gemacht?«

»Ja, nach dem Gewitter ist es herrlich heute Morgen. Wolltest du denn nicht laufen?«

»Ich habe Kopfschmerzen. Deswegen hab ich mein Training heute ausfallen lassen.«

»Du siehst wirklich ziemlich übernächtigt aus.« Gerred strich ihr mit besorgtem Blick eine Haarsträhne nach hinten.

Tilla zog den Kimono enger zusammen. »Hm, ja, ist gestern spät geworden.«

»Warum wolltest du ausgerechnet gestern allein sein?« Gerred gelang es nicht, den Vorwurf aus seiner sonst stets ruhigen Stimme herauszuhalten.

Tilla flüchtete vor seinem Blick. »Ich wollte nicht darüber reden ... über damals, meine ich.« Gerred sah sie unzufrieden an, woraufhin Tilla einen gereizten Laut von sich gab. »Dorothee ist gestern Abend spät von Halle zurückgekommen. Wir haben noch zusammen gesessen und geschwatzt ... Ich hab es *ihr* erzählt.«

Gerred schwieg noch immer. Sie hatte das Gefühl, ihn vor den Kopf gestoßen zu haben. Immer kam es zu Missverständnissen, dabei wollte sie das doch gar nicht. »Manchmal ist es halt besser, wenn man mit einem Fremden über so was spricht«, sagte sie versöhnlich.

»Da bin ich ganz deiner Meinung«, stimmte Gerred ihr überraschend zu.

Erleichtert blickte sie in seine braunen Augen. Seine Gefühle für sie waren deutlich erkennbar und die Angst vor einer Nebenbuhlerin, die Tilla noch am Vortag so beschäftigt hatte, rückte so weit weg wie der Mars. Tilla hatte das Gefühl, ihm etwas vorzuenthalten, irgendwie unehrlich zu sein, und entschied sich, ihm doch lieber zu erzählen, was sie am Abend zuvor erlebt hatte. »Offen gesagt, es geht mir beschissen. Gestern ist nämlich etwas sehr Seltsames passiert ...«

»Es ist etwas passiert?«

Als Tilla seinen forschenden Blick auf sich gerichtet sah, wusste sie nicht mehr, wie sie anfangen sollte. »Ich ... äh ... ich hab mir gestern den Kopf am Schrank gestoßen, im Arbeitszimmer, oben«, haspelte sie, hin und her gerissen zwischen dem dringenden Bedürfnis, sich ihm mitzuteilen, und der warnenden inneren Stimme, die ihr riet, es zu lassen.

»Bist du gestolpert?«, hakte Gerred nach.

»Ja … nein … Äh, als ich von meiner Führung zurück kam, da war ein Mann … Ich wollte grade mein Kostüm im Büro aufhängen, da stürmt jemand aus der Ecke neben dem Fenster, rennt mich über den Haufen und ich krache gegen den Schrank … und dann wache ich Stunden später auf dem Sofa im Arbeitszimmer auf.«

Gerred bedachte sie mit einem traurigen Blick. »Du hattest also wieder eine Panikattacke?«

Tilla sah ihn verwirrt an. »Was?«

»Du hattest Angst, es wäre dein Vater, stimmt's? Du dachtest, er wäre zurückgekommen.«

»Nein! Natürlich nicht! – Und wieso *wieder* eine Panikattacke?!«, hielt Tilla aufgebracht dagegen. »Du tust ja grade so, als würde ich ständig panisch durch das Haus rennen.«

»Nun ja, du hast dir im letzten Jahr mehrfach eingebildet, dass jemand im Haus gewesen sei.«

Tilla fühlte, wie ihr die Hitze in die Wangen stieg. »Ja, schon …«

Er nahm sie in den Arm. »Nach dem, was dir letztes Jahr passiert ist, ist das doch auch kein Wunder. Schließlich sollte deshalb ja auch diese Studentin bei dir einziehen, oder?«

Tilla kuschelte sich an ihn und sonderte ein zustimmendes Geräusch ab.

Gerred strich ihr über den Rücken. »Tilla, was du erlebt hast, steckt man nicht einfach so weg. Die Seele muss das erst verarbeiten und sie tut das oft, indem sie das Erlebte im Geiste wiederholt. Manchmal vermischen sich solche Eindrücke mit der Wirklichkeit, man glaubt felsenfest, dass es wirklich passiert. Posttraumatisches

Stresssyndrom nennt man das. Das war der Grund, warum ich dich gestern nicht allein lassen wollte.«

Tilla machte sich vorsichtig frei. Immer wenn er sie so umsorgte, hatte sie das Gefühl, nicht mehr richtig denken zu können. »Ja, ich weiß. Ich gebe auch zu, seit damals spinne ich ein bisschen … Aber das gestern war so verdammt real.«

»Du hast aber nicht die Polizei gerufen.« Gerred sah sie ruhig an.

»Nein. Ich war mir später ja auch nicht mehr so sicher.« Tilla brachte mühsam ein schiefes Lächeln zustande. »Ein Einbrecher macht sich in der Regel wohl nicht die Mühe, sein Opfer hinterher aufs Sofa zu betten, oder?«

Gerred grinste. »Das wäre aber zumindest mal ein ziemlich netter Einbrecher gewesen!«

Tilla kam sich unendlich kindisch vor. Sie ließ den Kopf gegen seine Brust sinken und maulte: »Aber meine Beule … die ist real und tut verdammt weh!«

Das Telefon klingelte. Tilla ging durch die Terrassentür in ihr Wohnzimmer, um das Gespräch entgegenzunehmen. »Hallo, Hanjo!« Der Lebensgefährte von Astrid Volkers, die nach dem Tod ihrer Mutter ein wenig deren Rolle eingenommen hatte, war ehemaliger BKA-Beamter, der hin und wieder in beratender Funktion tätig wurde.

Sie hörte ihm einen Augenblick zu und warf dann einen unsicheren Blick auf Gerred, der in der Tür auf sie wartete. Einerseits kam ihr Hanjo Berkings Bitte, nach Braunschweig zu kommen, um bei einem Verhör zu übersetzen, gerade recht. Sie brauchte dringend Beschäftigung außer Haus. Andererseits beschlich sie die dunkle Vorahnung, dass Gerred nicht eben erfreut reagieren würde. Sie sollte recht behalten.

»Jetzt?«, fragte er gereizt, nachdem sie ihn ins Bild gesetzt hatte.

»Ja. Sie haben den Kerl gerade festgenommen und er behauptet, kein Wort Deutsch zu können.«

»Wieso rufen sie dich an?«

Tilla blickte ihn säuerlich an. »Gerred, du weißt doch, ich habe im letzten Jahr öfter als Übersetzerin für die Justizbehörden gearbeitet! Außerdem war es Hanjo, der angerufen hat.«

»Das ist noch beunruhigender! Wenn ein berenteter BKA-Ermittler reaktiviert wird, handelt es sich garantiert nicht um den Klau von Kaugummis.«

Tilla konnte ihren Ärger kaum noch im Zaum halten. »Heilige Göttin, Gerred ... Hanjo hilft seinem Sohn und Jan ist der ermittelnde Staatsanwalt. Es ist nichts Außergewöhnliches, nur ein Verhör.«

»Du bist absolut nicht in der Verfassung, bei einem Verhör zu übersetzen!«, beharrte Gerred.

»Ich glaube, das entscheide ich lieber selbst.« Sein steinerner Blick ließ sie aggressiver als notwendig fragen: »Was stört dich eigentlich so an der Sache? Dass ich *jetzt* fahre? Dass ich einem polizeilichen Verhör beiwohne? Oder generell, dass ich berufstätig bin?«

Gerred drehte sich um und ging.

Schattenbuch

Ich sollte aufschreiben, was mich zu dem gemacht hat, was ich bin, hat Tilla gesagt. Genauso wie der Spiegel in dem Ritual sollen mir einzelne Begebenheiten ein objektiveres Bild meiner selbst offenbaren. Also machte ich mir Gedanken über meine Jugend und meine Mutter. Völlig erstaunt stellte ich fest, dass ich offenbar erst dann etwas von der Welt wahrgenommen habe, als Harry in unserem Leben aufgetaucht war. Er war es, der mich zu dem gemacht hat, was ich bin.

Harry und ich, wir waren beide Schattenmenschen – Menschen, die niemand bemerkt. Und wenn sie doch mal bemerkt werden, dann mag man sie nicht. Niemand mochte Harry. Mich mag auch niemand so richtig. Männer müssen klug oder zumindest irgendwie clever sein, Frauen müssen schön oder wenigstens irgendwie ansehnlich sein. Harry war nicht klug und ich nicht schön. Wir passten wunderbar zusammen.

Hätte ich zu meinem Vater gepasst? Kurz bevor ich in die Schule kam, war ein Päckchen von ihm angekommen. Die hübsch verpackte Pappschachtel warf mir meine Mutter Jana zu, ohne sie eines Blickes zu würdigen. Sie interessierte sich nur für den Umschlag, denn der enthielt Geld. In dem Päckchen war ein Füllfederhalter, ein Heiko-*Füller. Es musste ein Sondermodell gewesen sein, denn keiner meiner späteren Mitschüler hatte so einen schwarz-goldenen Füllfederhalter. Ich weiß noch, wie ehrfürchtig ich damals das Schreibgerät aus der edlen Schatulle herausnahm und bestaunte. Doch am meisten freute ich mich darüber, von ihm nicht vergessen worden zu sein.*

Warum ich noch nie nach meinem Vater gefragt hätte, wollte Jana damals wissen. Wie sollte ich ihr erklären, dass ich doch Harry hatte? Ich hätte das Gefühl gehabt, Harry zu verraten, wenn ich mich für meinen mir fremden Erzeuger interessiert hätte. Doch Jana verfolgte diese Idee plötzlich mit Feuereifer und befand, ich sollte meinen Erzeuger für mich interessieren. Ich war von ihrem Plan nicht gerade angetan, wusste ich doch schon damals: Geld war das Einzige, was meine Mutter interessierte.

Irgendwann später fand ich beim Saubermachen im Papierkorb einen Brief von einer fremden Frau, offenbar die Antwort auf Briefe meiner Mutter, denen immer irgendwelche krakeligen Bilder von mir beigelegen hatten. Meine Bilder waren zurückgeschickt worden, auch sie lagen im Papierkorb. Die Zeilen der Frau zeugten von Bosheit, aber auch davon, dass die Schreiberin verletzt war. Sie schrieb, dass meine Mutter und »ihr Balg« von nun an keinen Pfennig mehr sehen würden, denn ihr Ehemann, mein Vater, sei gestorben. Ob meine Mutter traurig war? Sicher nicht. Eher ärgerlich, weil er als Geldquelle ausfiel.

Meine Mutter und ich, wir passten so gar nicht zueinander. Ich kam am besten mit ihr zurecht, wenn ich mich unsichtbar machte. Wenn sie mich mal bemerkte, gab es ziepende Haare, weil sie ständig daran herumfrisierte, brennende Augen, weil sie mal wieder Haarspray hineingesprüht hatte, schmerzende Füße, weil sie immer so unpraktische Damenschühchen für mich kaufte, und Tränen, wenn sie mir meine Bücher wegnahm. Sie sagte, ich solle unter Menschen gehen und mich nicht mit Büchern vergraben. Heute weiß ich sogar, was sie meinte.

Aber Harry gab mir meine Bücher immer zurück. Er hatte nur vor einer Sache Angst, nämlich vor dem Tag, an dem Mama endgültig gehen würde. Auch ich hatte Angst davor. Harry und mich verband so vieles.

Irgendwann war es so weit. Wir zogen bei Harry aus und bei Tante Hannelore ein. Tante Hanni ist eine Gute. Ich fand schon damals, sie hatte etwas Besseres verdient, als dass ihre Schwester Jana ihr die sowieso schon dürftige Rente schmälerte. Für Tante Hanni war einfach Harry schuld an dem Desaster. Er hätte die verwöhnte, oberflächliche Jana gefälligst so befriedigen sollen, dass sie bei ihm blieb.

Doch Harry blieb mir erhalten. Immer nach der Schule schlüpfte ich kurz bei ihm zur Tür rein, erzählte ihm in lustigen, manchmal bösartigen Worten von Janas Eskapaden. Ich wollte, dass er lacht, über sie lacht. Lachen schafft Distanz, sagt Aristoteles. Nie sollte Harry wieder auf meine Mama reinfallen, denn auch er hatte etwas Besseres verdient. Wenn ich über Mama lästerte, lachte er tatsächlich ein wenig, aber nur eine Weile, dann kamen ihm die Tränen. Nichts konnte seine Liebe zu Jana zerstören, nicht mal Jana selbst. Dann ging ich. Leise. Manchmal war ich so eifersüchtig auf Jana, dass es fast wehtat. Wieso liebte er sie so? Zugegeben, sie war eine schöne Frau, aber innen war sie hässlich, völlig ohne Moral und Gefühl. Wieso wird so ein Mensch so geliebt?

Heute kenne ich die Antwort. Auch mich hat dieser Blitzschlag getroffen und urplötzlich ist nichts mehr, wie es war. Liebe gibt einem so viel Kraft und Energie, man bewältigt Dinge, die man sich zuvor niemals zugetraut hatte. So ging es auch mir, als ich noch an unsere Liebe glaubte. Sein Name wurde für mich zur Bestimmung, denn die Liebe zu ihm gab mir so viel Selbstvertrauen; durch ihn fand ich die Furt durch einen Fluss, in dessen Nähe ich mich früher nicht einmal gewagt hätte.

Als ich ihn das erste Mal sah, hörte ich zwei Stimmen in meinem Kopf. Meine Mutter schrie: Greif zu! Und Harry raunte: Lauf weg!

Hätte ich nur auf Harry gehört.

*

Tilla dachte an das Verhör zurück, bei dem sie am Vormittag übersetzt hatte, und hackte den Spaten mit zornigen Stößen in die Erde, die sich so vehement gegen ihren Versuch wehrte, den jungen Kalopanax umzusetzen.

»Wie kann man nur Mädchen verkaufen«, lamentierte sie zornig vor sich hin. Erst hatte sie noch überlegt, ob sie Hanjo in einer ruhigen Minute davon erzählen sollte, dass sie glaubte, einen Einbrecher verscheucht zu haben. Doch angesichts des Mädchenschieberfalles, den er und sein Sohn gerade bearbeiteten, war ihr dieses Problem plötzlich lächerlich erschienen.

Tilla fuhr fort, den steinigen Boden zwischen den Wurzeln des Kalopanax mit ihrem Spaten zu traktieren. Womöglich versuchte der Garten ihr zu sagen, dass es bereits viel zu spät im Jahr war, um noch eine Pflanze umzusetzen, doch Tilla mochte von ihrem Vorhaben nicht ablassen, zumal sie bereits seit Wochen um das Bäumchen herum grub.

Beim Versuch, nach den Ereignissen im letzten Jahr zu so etwas wie einem Alltag zurückzufinden, hatte sie festgestellt, dass dieses Unterfangen scheiterte, wenn sie ausschließlich am Schreibtisch arbeitete. Also hatte sie sich an der Gartenarbeit versucht, von der sie jedoch weniger als nichts verstand. Das betraf jedenfalls die zum Teil sehr empfindlichen Heilpflanzen, mit denen ihre Mutter den großen Garten bestückt hatte. Nun wollte Tilla den kompliziert angelegten Heilpflanzengarten in eine leicht zu pflegende Rasenfläche umwandeln und arbeitete sich seit dem letzten Herbst emsig von außen nach innen vor. Zusammen mit Astrid hatte sie unzählige Heilpflanzen ausgegraben. Mit dieser Aktion hatte Astrid neben den Patienten von Tillas Mutter nun auch deren Pflanzen übernommen, die jetzt von der Erde in Osterode weiterlebten.

Zurzeit sah Tillas Grundstück allerdings aus, als wären Bomben daraufgefallen. Lediglich an der Grenze zum Nachbarn erstreckte sich ein hübsches, leicht erhöhtes Beet mit einer Natursteinmauer. Der Kalopanax, dessen Rinde ihre Mutter als Fungizid genutzt hatte, sollte von der Mitte des Gartens an die Wand des Schuppens wandern, wo das exotische Buschbäumchen geschützter stand und zudem die hässliche Wand mit seinen hübschen siebenfingrigen Blättern tarnte. Mittlerweile grub Tilla so tief, dass sie immer wieder auf Steine traf – so auch jetzt. Wütend hieb sie das Spatenblatt unter einen besonders widerborstigen Stein und lehnte sich wippend auf den Stiel. Der Stein begann sich zu bewegen und Tilla wippte stärker. Im nächsten Moment krachte es und sie landete unsanft im Dreck. Wüste Verwünschungen ausstoßend kämpfte sie sich auf die Beine und warf den abgebrochenen Spatenstiel von sich. Hier konnte sie wohl heute nichts mehr ausrichten.

Vor der Terrassentür stieg Tilla aus ihren Gummistiefeln und ging nach oben in ihr Arbeitszimmer, wo sie sich muffig auf ihren Schreibtischstuhl fallen ließ. Doch ihr stand so gar nicht der Sinn nach konzentrierter Schreibtischarbeit. Sowohl das Verhör am Morgen als auch der Einbrecher gingen ihr einfach nicht aus dem Kopf. Konnte man sich einen Einbrecher wirklich einbilden? Beklommen sah sie sich um.

Die Schränke stammten aus dem Büro ihres Vaters in Ilsenburg. Hatte hier vielleicht jemand etwas gesucht, der ihn gekannt hatte? Hatte sie mit den wenigen Sachen, die sie von ihm behalten hatte, womöglich seine Feinde angelockt? Ihr Blick blieb an dem schmalen Schrank hängen. Hatte jemand das Schwert gesucht? Sie wusste, es war recht wertvoll. Ungnädig gab sie ihrem Schreibtischdrehstuhl Schwung, um den Schrank nicht mehr sehen zu müssen. Wie ein Kind freute sie sich an der schnellen Drehbewegung. Als sie verebbte, blickte Tilla geradewegs in die Ecke, aus der sie den Schatten hatte herausspringen sehen. Sie bemerkte etwas Dunkles auf dem Parkettfußboden und erstarrte. Dort hatten große Schuhe dreckige Abdrücke hinterlassen.

Schattenbuch

Was ich bin, verdanke ich Harry, deswegen ist es seine Geschichte, die ich aufschreiben muss. Harry wurde zum Dieb und doch war er ein guter Mensch. Was damals passierte, gab ihm für eine kurze Zeit sein Leben zurück. Sein Leben war Jana. Mit dem Geldsegen kam sie wieder zu ihm. Ich war sechzehn, als ich die Sternenscheibe zum ersten Mal sah. Von da an wusste ich, dass ich Archäologin werden wollte.

Es war sommerlich heiß, als Harry wieder einmal mit seiner Sonde loszog. Was für andere das Ausfüllen eines Lottoscheines war, war für Harry die Schatzsuche. Leider wurde er an diesem Tag von seinem alten Freund Manfred begleitet, dem nichtsnutzigsten Subjekt, das sich denken ließ. Harry und Manfred hatten sich entschlossen, auf einen Bergkamm bei Ziegelroda zu steigen. Dort hatte Harry einmal ein altes Militärabzeichen gefunden. Er konnte mit seiner Sonde gut umgehen und wusste die Sinfonie von Tönen, die auf unterschiedliche Metalle hinwies, gut einzuschätzen. Ich hadere bis heute damit, dass es Manfred war, der Harry an diesem Tag begleitete, und nicht ich. Vieles wäre anders gelaufen. Wahrscheinlich würde er noch leben.

An diesem Tag, so erzählte mir Harry später, habe er dieses Zeichen an einem der Bäume gesehen. Jemand hatte in die Rinde einer Buche ein Herz mit einem J und einem H darin geschnitzt, genau so ein Herz, wie er einst für sich und Jana in die Buche beim Festplatz geschnitzt hatte. Dieses Herz sei für ihn ein Zeichen gewesen, unbedingt weiterzumachen. Ich sagte ihm, dass ihm Jana aber noch nie Glück gebracht habe, doch er erklärte mir mit diesem typisch verschmitzten Lächeln, das ich so an ihm liebte, das H und das J in Ziegelroda habe auch nicht für

Harry und Jana gestanden, sondern für Harry Jones, den Indiana Jones aus Halle. Und genau das wurde aus ihm.

*

»Hey, Dorothee, was ist denn los? Kann ich dir helfen?«, fragte Tilla ihre Mieterin, die gerade die Treppe hinaufhuschen wollte.

Dorothee blieb unschlüssig stehen. Die ungeschminkten Augen hinter der dicken Brille zeigten verräterische Spuren von Röte.

»Na komm, ich mache uns einen Tee.« Tilla lächelte Dorothee aufmunternd an und ging in die Küche, wo sie sich gleich an ihrem Wasserkocher zu schaffen machte.

»Ja, einen Tee kann ich gut gebrauchen.« Dorothee ließ sich auf der Küchenbank nieder. Ihre Ledertasche stellte sie vorsichtig neben sich auf den Boden.

Tilla füllte eine bauchige, tiefblaue Kanne aus Steingut mit Teeblättern und siedendem Wasser, schnappte sich zwei dazu passende Becher und platzierte alles auf dem Tisch. Von der Tür her meldete sich Tillas Katze Paris mit einem Maunzen. Dorothee fuhr zusammen und stieß prompt ihre Tasche um. Ein Sammelsurium kleiner Utensilien ergoss sich über den Fußboden. Ein Laptop rutschte ebenfalls heraus, aber so langsam, dass Dorothee danach greifen konnte, bevor es Schaden nahm.

»Gott, was bin ich ungeschickt!« Sie schob den Computer vorsichtig zurück in die Tasche.

Tilla stellte den Zuckertopf ab und ließ sich nieder, um die restlichen Kleinteile aufzulesen. Ein schwarzgoldener Füllfederhalter, der besonders vorwitzig über den Küchenboden gerollt war, wurde begeistert von Paris gefangen.

»Lässt du den wohl los!«, mahnte Tilla liebevoll und nahm der Katze das Beutestück vorsichtig aus der gekrümmten Minitatze. »Ein schöner Stift … sieht alt aus.«

Paris bedachte Tilla mit einem strafenden Blick und strebte zu ihrem Katzennapf in der Ecke der Küche, vor dem sie sich gravitätisch niederließ, um sich an der Futterration gütlich zu tun. Tilla las noch weitere Kleinteile sowie einen kleinen Inhalator mit Asthmaspray auf und legte alles auf den Küchentisch.

Dorothee nahm den Füllfederhalter und drehte ihn nachdenklich zwischen Zeigefinger und Daumen. Ihr angespanntes Gesicht zeigte ein schiefes Lächeln. »Ja, das ist das Einzige, was ich von meinem Vater habe, ein guter alter DDR-*Heiko*-Füller.« Ihr Blick verdunkelte sich. »Mir erging es ähnlich wie dir, ich hab meinen Vater auch nicht gekannt.«

Tillas Magen zog sich zusammen. »Oh, Dorothee, das tut mir leid für dich!«

»Muss es nicht. Ich hatte einen wunderbaren Stiefvater.« Dorothees Hand wanderte zu der Kette mit dem altmodischen Medaillon, die Tilla schon häufiger an ihr gesehen hatte. Ihr Finger strich an der Kontur der Rose entlang, die den Anhänger zierte, bevor ihr Blick zu Paris zurückkehrte. »Wir hatten auch mal eine Katze. Grau getigert mit einem breiten Kopf, nicht so schön wie Paris.«

Paris ließ ein Maunzen hören. Tilla lachte. »Sie hat dein Kompliment gehört und sagt, dass du sie dir jederzeit zum Streicheln ausleihen kannst!«

»Das würde ich gern, aber leider bin ich gegen Katzenhaare allergisch. Deswegen mussten wir Hannibal, unseren Kater, damals auch abgeben.« Dorothee hielt mit schiefem Lächeln den Inhalator hoch, bevor sie ihn in die Ledertasche fallen ließ.

»Oh, das wusste ich gar nicht. Soll ich Paris rausschicken?«, fragte Tilla besorgt.

»Nein, nein … Jetzt ist es nicht mehr so schlimm.« Dorothee verstaute die restlichen Utensilien in einem

Innenfach der Tasche. Ihr Mitteilungsbedürfnis erstarb wieder.

Tilla begann, die zurückkehrende Spannung ignorierend, über die angebotene Teesorte zu plaudern. Dorothee schob ihre unkleidsame Hornbrille höher, so dass der obere Rand mit ihren über der Nase zusammenwachsenden Brauen abschloss, und starrte ins Leere. Offenbar war sie in Gedanken ganz woanders. Tilla schob ihr den Teebecher zu, was ihren Gast ins Diesseits zurückbrachte.

»Ah, Lapacho ... ja, ich habe schon von Lapacho-Tee gehört«, antwortete Dorothee, bemüht, an Tillas Worte anzuknüpfen, von denen sie vermutlich nur einen Bruchteil mitbekommen hatte. Etwas holprig schob sie nach: »Ich glaube mich zu erinnern, dass Lapacho schon von den Mayas genutzt wurde ... als Mittel gegen Entzündungen und Fieber.«

Tilla hob anerkennend die geschwungenen, sorgfältig in Form gezupften Brauen. »Das stimmt. Aber ich trinke ihn so gern, weil ich den Geschmack mag.« Vorsichtig kehrte sie zu dem vermuteten Grund von Dorothees Kummer zurück. »Ich hörte dich gestern Abend ziemlich laut telefonieren. Magst du mir erzählen, um was es ging?«

Dorothee starrte in ihren Tee. »Es war ... mein Freund.«

»Du hast dich mit deinem Freund gestritten?« Tilla durchforstete ihre Erinnerung danach, ob Dorothee je von einem Freund gesprochen hatte. Hatte sie nicht.

In erstaunlich festem Ton antwortete Dorothee nun: »Wir haben uns getrennt.«

»Oh«, machte Tilla mitfühlend.

Dorothees Augen wurden feucht, als sie leise sagte: »Der Mistkerl hat mich belogen und betrogen, er hat mich nur benutzt.« Sie fingerte wieder an ihrer Kette herum und kniff die Augen zusammen, um die Tränen zurückzuhalten. »Verdammt, wieso habe ich erst jetzt begriffen, was für ein verlogener Mistkerl er ist!«

»Erzählst du mir von ihm?«, fragte Tilla vorsichtig.

»Ich hätte mir eigentlich gleich denken können, dass so ein Mann nicht an mir interessiert sein kann. Er sieht so verdammt gut aus, viel zu gut für jemanden wie mich.«

Ihre Worte rührten Tilla sehr. Um die junge Frau vor ihr zu beschreiben, hätten höfliche Menschen vielleicht das Wort apart hervorgezwungen, doch sicher hätte sich niemand dazu verstiegen, sie hübsch zu nennen. Tilla ärgerte sich schon lange darüber, dass Frauen, die nicht dem gängigen Schönheitsideal der Medien entsprachen, immer abfällig behandelt wurden. »Nun hör aber auf! Niemand ist zu gutaussehend für dich, Dorothee! Übrigens betrügen Schufte schöne Frauen genauso. Schuft bleibt Schuft. Dorothee, du bist so klug! Ich habe damals mein Studium abgebrochen, und ich beneide dich sehr um das, was du geschafft hast. Du bist eine vielversprechende Archäologin und ich bin sicher, du wirst die Fachwelt irgendwann vor Ehrfurcht erstarren lassen, wenn du Atlantis oder etwas ähnlich Tolles gefunden und ausgebuddelt hast!«

Dorothee lachte auf, während ihr eine Träne über die Wange lief. »Nett von dir, das zu sagen, aber auch was meine Fachkompetenz angeht, zweifele ich an mir. Er warf mir vor, mir fehle die wissenschaftliche Distanz, deshalb würde ich mich weigern, unumstößliche Fakten anzuerkennen. Wahrscheinlich hat er recht.«

»Weißt du, es gibt Männer, die machen Frauen gern klein. Die brauchen das, vor allem, um mit jemandem wie dir umzugehen, denn mit deiner Klugheit bist du den meisten Männern überlegen. Vielleicht auch ihm …«

Dorothee sah Tilla nachdenklich an. »Ich gebe zu, von Männern verstehe ich gar nichts. Aber der hat wirklich keinen Grund, sich vor mir zu fürchten. Er sieht gut aus, ist reich, berühmt, und an Talent mangelt es dem weiß Gott auch nicht. Ich kann ihm nicht mal das Wasser reichen … im Gegensatz zu anderen.«

Tilla ahnte langsam, wo das Hauptproblem lag. »Anderen? Eine Andere? Ist er verheiratet?«

Dorothee seufzte. »Er ist verlobt.«

»Na toll. Dann ist er wirklich ein Schuft, denn die andere hat er ja dann auch betrogen. Gut, dass du ihn in die Wüste geschickt hast.Vielleicht sollte ich mich doch mal an einem Schadenszauber versuchen«, schlug Tilla humorig vor.

Dorothee lächelte. »Ich fürchte, dann kehrt deine Mutter als Geist zurück und versohlt dir den Hintern.«

Tilla lachte herzlich. »Ja, damit muss ich wohl rechnen.«

Dorothee blickte leer auf ihre Hände. »Ich fürchte, für Schaden hab ich schon selbst gesorgt. Ich habe seine Arbeit sabotiert und seine Daten gelöscht. Es war die ganze Arbeit der letzten Wochen.«

Tilla grinste wie ein Kobold. »Gut!«

Dorothee stieß einen freudlosen Lacher aus und versank dann wieder in Gedanken.

»Du sagtest, er hätte dich nur benutzt … was meinst du damit?«, fragte Tilla. »Geht es um deine Arbeit? Ist er ein Arbeitskollege von dir? Kenne ich ihn womöglich?«

»Nein … nein, du kennst ihn nicht.«

Tilla sah, wie Dorothees Gedanken auf Wanderschaft gingen. Sie gab ihr die Zeit und nippte an ihrem Tee.

»Er wird seine Daten neu erstellen«, flüsterte Dorothee und kniff die Augen zusammen. »Wenn ich doch nur mehr Zeit hätte …«

»Zeit wofür?«

»Um seine Interpretation zu widerlegen. Es ist etwas kompliziert, denn ich darf noch nicht über die Untersuchungen sprechen ...« Wieder versank Dorothee in Nachdenklichkeit. »Es kann einfach nicht stimmen«, murmelte sie. Plötzlich verkrampfte sich ihre Hand so um ihre Halskette, dass Tilla schon befürchtete, sie würde reißen. Völlig entgeistert starrte Dorothee das Medaillon an. »Oh Gott!«

»Was ist denn?«, fragte Tilla beklommen.

»Das ist es! Ich bin so naiv ... Das ist es, was er wollte. Er wird sie uns wegnehmen und das ist meine Schuld«, gab Dorothee fast tonlos von sich. Dann riss sie so erschrocken die Augen auf, dass Tilla Angst um ihre Freundin bekam. »Und dich habe ich auch noch mit hineingezogen.«

»In was hineingezogen? Was meinst du denn?«, fragte Tilla alarmiert.

»Das erkläre ich dir später. Jetzt ist es besser, wenn ich schnellstens verschwinde, bevor noch Schlimmeres passiert.« Abrupt erhob sie sich und raffte ihre Ledertasche an sich. »Sag allen, ich wäre ausgezogen und du weißt nicht wohin.«

»W... was?« Tilla sprang ebenfalls auf.

Dorothee sauste schon zur Tür, hielt inne und sagte dann: »Sag im Museum Bescheid, bitte. Ich bereite noch ein Kündigungsschreiben vor. Es wäre schön, wenn du es für mich abgibst. Erzähl denen was von einem familiären Notfall.«

»A... aber ... deine Ausstellung«, haspelte Tilla.

»Da wird es keine Probleme geben, ich habe schon so weit alles vorbereitet. Ich packe jetzt meine Sachen zusammen, würde sie aber gern noch oben stehen lassen. Trotzdem: Wenn jemand nach mir fragt, sag unbedingt, ich sei weg und du weißt nicht wohin.«

»Ja aber ...«

»Glaub mir, ist besser so. Ich muss etwas nachprüfen. Vielleicht kann ich bei meiner ... bei einer Bekannten ein paar Tage bleiben. Meine Sachen hole ich später ab und kehre nach Halle zurück.« Dann kam sie noch einmal zurück und nahm Tilla ungeschickt in den Arm. »Du hast mir mehr geholfen, als du denkst.«

*

Claudia Hohenstein dachte über Gerred Assmut nach, während sie die Haustür des unscheinbaren Reihenhauses im Südteil von Wernigerode aufschloss. Ihre ersten Versuche, ihn auf sich aufmerksam zu machen, waren erfolgversprechend verlaufen. Es würde nicht lange dauern, bis er tat, was sie wollte. Und was sie wollte, war ein neuer Name. Durch Heirat. Unverfänglich und unkompliziert.

Ihr eigener Name hatte in der Architektenszene leider einen unangenehmen Beigeschmack zurückbehalten. Bevor ihr dieses ärgerliche Faktum von Berlin hierher folgen konnte, musste sie Assmut für sich gewonnen haben. Es wurde Zeit, dass sie wieder richtige Entwürfe veröffentlichte, nicht diesen Kleinkram für Köster. Der Name Assmut war außerdem bereits mit dem Beruf des Architekten verbandelt, Gerred war wirklich die perfekte Wahl. Claudia sah in den Flurspiegel und fuhr kurz mit dem Finger unter ihrem Lidstrich entlang, der eigentlich keinerlei Korrektur bedurfte.

»Ich muss ihm nur noch klarmachen, wie überflüssig diese Tilla für ihn ist«, murmelte sie ihrem Spiegelbild zufrieden zu.

Sie ging ins Wohnzimmer und rümpfte die Nase. Ihre Mutter hatte die Güte gehabt, ihr dieses Haus zu hinterlassen, es zuvor aber dreißig Jahre lang mit zwei Zigarettenschachteln pro Tag eingeräuchert. Der Geruch war trotz der Sanierung nicht wegzubekommen und somit auch nicht die Erinnerung an die völlig emotionslose Person, die stundenlang rauchend aus dem Fenster geschaut und keinerlei Interesse für ihren Mann oder ihre Tochter aufgebracht hatte.

Mit schnellem Schritt ging Claudia zum Fenster und öffnete es.

Ihre Mutter hatte sich völlig in eine Welt voller Zorn und Selbstmitleid zurückgezogen. So hatte Claudia sehr früh lernen müssen, sich selbst zu versorgen. Und auch ihre Mutter hatte sie oft genug mitversorgen müssen. Kurz bevor die Grenze fiel, starb ihr Vater. Ihre Mutter zerbrach Stück für Stück an dem Druck der neuen, kapitalistisch geprägten Welt. Claudia dagegen hatte die Vorzüge des neuen Gesellschaftssystems sofort erkannt und genutzt. In das grenznahe Wernigerode hatte sich der Reichtum des Westens wie eine Lawine ergossen, während die östlichen Bundesländer viel länger auf Veränderungen hatten warten müssen. In Ilsenburg und Wernigerode waren damals Kaffeestuben, die man fortan Bistro nannte, für die verwöhnten Westtouristen wie Pilze aus dem Boden geschossen. Claudia hatte sofort gehandelt und einen Job als Kellnerin ergattert.

Dieser Job hatte ihr einen weiteren gebracht, als Model für regionale Kataloge und Boutiquen. Nach kurzer Zeit fand sich sogar ein etwas zu alter, aber freigiebiger Gönner aus dem nahen Bad Harzburg. Der hatte ihr die letzten Jahre der Schulzeit im Harz deutlich erleichtert – und auch ihrer Mutter, die mit Claudias Geld alles daransetzte, sich mit Zigaretten und Alkohol zu ruinieren.

Drei Tage, nachdem Claudia ihr Abiturzeugnis ausgehändigt bekommen hatte, war sie aus Wernigerode verschwunden. In Berlin fand sie schnell eine Bleibe und einen Job, mit dem sie sich weitgehend das Studium finanzieren konnte.

Auf die Nachricht vom Ableben ihrer Mutter wenige Jahre später hatte sie recht gelassen reagiert. Sie war nicht der Meinung, dass sie der Frau, die sie zur Welt gebracht hatte, irgendetwas schuldete. So hatte Claudia die Beerdigung ihrer Mutter aus der Ferne perfekt durchorganisiert. Ein Aufenthalt von vier Stunden in Wernigerode reichte aus, um die Zeremonie zu begleiten und die Geschicke des Hauses zu regeln. Noch in der Nacht fuhr Claudia wieder zurück in ihr neues Leben. Damals war sie fest davon ausgegangen, Wernigerode nie wiederzusehen, allenfalls für den Verkauf dieses schäbigen Reihenhauses. Doch es sollte anders kommen.

»Ich könnte eine schicke Altbauwohnung am Ku'damm bewohnen, stattdessen hause ich hier in diesem Harzer Loch. Phillip, du verdammter Bastard«, zischte sie. Dann beschloss sie, sich den alten Erinnerungen zu verweigern, und ging in die Küche, um sich einen Salat zum Abendessen zu machen. Als sie ein kalorienarmes Dressing anrührte, klingelte es.

Claudia öffnete die Haustür und konnte kaum glauben, was sie sah. »Was machst du denn hier? Verfolgst du mich etwa?«, herrschte sie die ungebetene Besucherin an.

»Ich brauche deine Hilfe«, stammelte Dorothee.

»Meine Hilfe?«, echote Claudia zynisch. »Ich finde, du hast von mir und meiner Familie schon genug bekommen!«

»Claudia, wir sind Schwestern …«

»Nein! Das sind wir nicht!«, fuhr Claudia sie an. »Mein Vater ist fremdgegangen und du bist das Produkt.«

»Claudia, bitte … Ich brauche eine Bleibe, nur für ein paar Tage. Dann verschwinde ich wieder. Versprochen.«

Laut zu werden war für Claudia völlig untypisch, doch diese junge Frau brachte sie doch tatsächlich dazu, ihre sorgfältig antrainierte Maske fallen zu lassen und sie anzuschreien. »Wieso kommst du ausgerechnet zu mir? Ich habe dir doch in Berlin schon gesagt, dass ich mit dir nichts zu tun haben will.«

»Ja, deine Worte waren recht unmissverständlich.« Dorothee Messner stieß ein freudloses Lachen aus. »Weißt du eigentlich, dass ich den Job hier angenommen habe, weil ich annahm, du könntest vielleicht meine Hilfe brauchen?«

Claudia lachte affektiert. »Wieso sollte ich Hilfe brauchen? Und dann ausgerechnet von dir?«

»Nun … die Berliner Staatsanwaltschaft hat dich durch die Mangel gedreht, deinen Freund ins Gefängnis gesteckt, du hast deinen Job verloren und musstest nach Wernigerode flüchten. Da wäre es doch naheliegend, Trost bei der Familie zu suchen. Sag mal, liebe Schwester, weiß dein neuer Arbeitgeber eigentlich von der Betrugsaffäre in Berlin?«, fragte Dorothee schneidend.

Claudia erstarrte innerlich. Wenn ihre Halbschwester herumposaunte, weshalb sie Berlin wirklich verlassen hatte, konnte sie ihre Pläne hier begraben. Sie ließ die Haustür aufschwingen. »Komm rein!«, sagte sie kalt.

*

Tillas Fuß traktierte das Gaspedal, und sie sauste vom Bergwerk zur Südstadt hinunter, wo sie auf die Clausthaler Straße abbog. Am Vorabend hatte sie Gerred die Fußabdrücke in ihrem Arbeitszimmer gezeigt. Doch als er sie daran erinnerte, dass er vor einiger Zeit auf ihrem Balkon gewesen war, um die Äste der Linde zu kappen, die an der Hausfassade schabten, und meinte, dass er selbst die Abdrücke hinterlassen habe, war Tilla abermals für einen Moment unsicher geworden. Zwar hatte sie Gerred nicht widersprochen, doch blieb der Gedanke an einen Einbrecher wie ein unterschwelliges Störgeräusch.

Tilla warf einen Blick in den fotogenen, azurblauen Himmel, vor dem sich majestätisch die Frankenberger Kirche erhob, und verließ Goslar Richtung Clausthal-

Zellerfeld. Sie wollte noch einige Fotos für die Homepage eines der Institute der TU Clausthal machen.

Für eine kurze Strecke umgab sie dichter Fichtenwald. Vor einer engen Kurve nahm sie den Fuß vom Gas. Eine silberfarbene Limousine fuhr daraufhin recht dicht auf. Tilla warf einen unwilligen Blick in den Rückspiegel. »Hör gefälligst auf, meine Stoßstange zu beschnüffeln!« Der Wagen bremste ab, als habe er Tillas Befehl gehört, und fiel alsbald zurück. Sie beobachtete ihn noch eine Weile misstrauisch, bevor sie ihre Gedanken wieder treiben ließ.

Tilla konnte mit ihrem Auftragsbestand zufrieden sein, besonders die Buchübersetzung brachte ihr ein recht komfortables Einkommen. Die Pflege von Homepages, die sie übernommen hatte, war in der Summe ebenfalls recht einträglich. Vom wirtschaftlichen Gesichtspunkt her müsste sie mit den Führungen im Rammelsberg aufhören. Doch sie liebte diese Arbeit und den Umgang mit immer neuen Menschen. Für einen reinen Schreibtischjob war sie einfach nicht geschaffen.

Die Straße wand sich eine enge Serpentine hinauf. Gleich würde sie die Hochebene von Clausthal-Zellerfeld erreichen. Ein Blick in den Rückspiegel zeigte ihr, dass der silberfarbene Wagen noch immer hinter ihr herfuhr. Wieder verkrampfte sich Tilla. Folgte er ihr? Sie konnte den Blick kaum noch von dem Rückspiegel abwenden.

»Verdammt, reiß dich zusammen. Wo sollte dieser Wagen denn bitteschön abfahren? Rechts in den Wald oder links in den Wald?«, ermahnte Tilla sich selbst und zwang sich, vom Rückspiegel weg auf die Straße zu schauen. Die ehemaligen Bundeswehrgebäude *Erbprinzentanne* huschten links an ihr vorbei. Tilla durchquerte den Ortsteil Zellerfeld, der Silberwagen blieb hinter ihr. Sie schalt sich in Gedanken eine Idiotin, bog aber dennoch ohne Vorwarnung links ab, sauste die Bauhofstraße entlang, die sie – ebenfalls ohne zu blinken – alsbald wieder verließ, um in ein Wohngebiet einzutauchen. Kein Silberwagen hinter ihr. Zufrieden durchquerte sie das Wohngebiet bis zu ihrem Ziel, dem Institut für Geotechnik. Endlich hielt sie vor dem Gebäude, das aussah wie eine Grundschule aus den sechziger Jahren, und blickte sich prüfend um. Noch immer kein silberfarbener Wagen. Beruhigt atmete sie durch, stieg aus, lud sich ihre Fototasche auf die Schulter und eilte auf den Eingang des Institutes zu.

Nur wenige hundert Meter von ihr entfernt rollte derweil ein silbergrauer Wagen langsam durch die Innenstadtstraße von Clausthal, vorbei am Hauptgebäude der Universität, und suchte einen weißen Golf.

Schattenbuch

Harry blieb dabei: Das Herz war ein Zeichen. Deswegen gab er an diesem Tag auch nicht auf und suchte weiter. Vielleicht stachelte ihn auch die Vorstellung an, irgendwann nicht mehr in seinen ungeliebten Trabant steigen zu müssen. Er haderte damit, dass er zehn Jahre nach dem Mauerfall noch immer dieses würdelose hellblaue Vehikel fuhr. Harry träumte von einem Golf, rot wie ein Ferrari sollte er sein. Ich wusste natürlich von Jana, dass Konsum für eine Zeit glücklich machen konnte. Ich selbst konnte dieser Droge nie etwas abgewinnen, doch ich verstand, dass Harry sich an seinem Traum von westlichen Statussymbolen labte.

An jenem Tag hatte Harry das bekannte Terrain des Bergrückens verlassen, bis er auf einer fast ebenen Fläche angekommen war, die er zuvor noch nie bemerkt hatte. Vielleicht habe es wegen des Sonnenlichtes anders ausgesehen als sonst, jedenfalls war er überzeugt, dass sich eine Art Wall rund um die Ebene befunden habe. Der Platz, so sagte er mir später, habe irgendwie bedeutsam gewirkt.

Tilla hätte dies auf den Einfluss des Merkur zurückgeführt. Es war Mittwoch, Tag des Mercurius, und es war ein Bergkamm, der für das Merkur'sche Element Luft steht. Merkur fördert die Kreativität, besonders gern die der Diebe.

Ich bin sicher, Harry hätte Tilla sehr gemocht. Und sie hätte ihm dann erklärt, dass ihn an jenem Tag die Metalle riefen, die unter der Erde schlummerten. Das der Venus zugeschriebene Kupfer, das dem Jupiter zugeschriebene Zinn und das göttliche Metall der Sonne, nämlich Gold. Die Vorstellung, die Gestirne selbst hätten ihm den Weg zur Sternenscheibe gewiesen, gefällt mir sehr.

Harry erzählte mir, als seine Sonde einen durchdringenden Pfeifton abgab, habe er gleich gewusst, dass er etwas ganz Besonderes gefunden hatte. Manfred sei wie ein aufgeregtes Karnickel um ihn herumgesprungen, während er versucht habe, die Finger in den Waldboden zu bohren. Doch der war steinhart, weil es schon seit Wochen nicht geregnet hatte. Dann habe er seinen Klappspaten aus der Gürtelschlaufe gezogen und versucht, die obere Erdschicht aufzubrechen. Wenn Manfred ihn nicht mit seinen oberklugen Geschwätz zur Weißglut getrieben hätte … Na egal, jedenfalls hat er irgendwann angefangen, wie wild mit dem Spaten in den Boden zu hacken, bis ein metallenes »Pling« erscholl.

Manfred hat wohl sofort zu zetern begonnen, dass Harry etwas kaputt gemacht habe. Harry hasste es, zu streiten, und hat Manfred irgendwann einfach nicht mehr beachtet. So machte er es auch immer mit Jana, die dann immer schrecklich wütend wurde. Jedenfalls, so erzählte er, habe er um die Stelle herum mit dem Spaten den Boden aufgebrochen und vorsichtig zur Seite geworfen. Plötzlich habe er in einem vermeintlichen Erdbrocken in der Mitte des Loches den Rand von etwas Rundem erkannt, wie ein Teller habe es ausgesehen. Ein Teller, der aufrecht stehend aus der Erde ragte. Da sei ein gelblicher, runder Fleck darauf gewesen, den er leider mit dem Spaten angekratzt hatte. Das Stückchen von dem Rund war in das lockere Erdreich gefallen. Dort habe Manfred das abgesprungene Stück aufgehoben, es gegen die Sonne gehalten und ganz aufgeregt geschrien: »Gold, das ist Gold!«

Das Stückchen Gold war hinterher nicht mehr bei den Fundsachen, aber wir haben sein Fehlen in der ganzen Aufregung zunächst gar nicht bemerkt. Wahrscheinlich hatte Manfred es eingesteckt.

Irgendwann viel später kam diese Erinnerung zu mir zurück. Leider habe ich das genau dem Falschen erzählt – und damit eine katastrophale Geschehenskette in Gang gebracht.

*

Gerred hielt Claudia Hohenstein galant die Tür seines schwarz-weißen Smart auf. Claudia ließ sich ihre boshaften Gedanken zu dem in ihren Augen völlig unwürdigen Gefährt nicht anmerken, sondern schenkte ihm ein strahlendes Lächeln. Danach stieg auch er ein. Er griff zum Schlüssel und verharrte nachdenklich. »Hatten wir eigentlich die Computerbilder von der zweiten Variante unserer Pläne ausgedruckt?«

»Ja, allerdings nicht in Größe unserer Pläne.« Claudia gurtete sich an. »Ich habe sie verkleinert und hinten an die Pläne für den Kunden angeheftet.«

»Sie sind perfekt, Frau Hohenstein«, antwortete Gerred lächelnd und ließ den Wagen an.

Sie ließ ein leises Lachen hören, bevor sie vorsichtig fragte: »Wollen Sie mich nicht Claudia nennen? Mir fallen diese Förmlichkeiten zunehmend schwer.«

»Gern«, sagte er erfreut. »Ich heiße Gerred.«

»Ich weiß«, gab sie seidig lächelnd zurück. Als sie auf der Friedrichstraße die letzten Häuser Wernigerodes hinter sich ließen, bemerkte Claudia versonnen: »Ich merke erst jetzt, wie sehr ich den Harz vermisst habe.«

Gerred, der seine Harzer Heimat liebte, freute sich sehr über ihre Worte. »Arnold kann sich glücklich schätzen, dass du zu uns gestoßen bist. Der Entschluss, Berlin zu verlassen, ist dir sicher nicht leichtgefallen.«

Claudia lächelte, dann fuhr ihre Hand zum Mund und ihr Gesicht verzog sich.

»Habe ich was Falsches gesagt?«, fragte Gerred betreten.

Sie wischte sich eine Träne von der Wange. »Ist gleich wieder vorbei … Es ist nicht deine Schuld. Nur eine unschöne Erinnerung.«

»Oh«, machte Gerred. »Eine Erinnerung an Berlin?«

»Ja … an jemanden in Berlin.«

»Verstehe. Er hat dich wohl sehr verletzt?«

Claudia ließ einen Augenblick vergehen. »Ja. Aber das ist nun vorbei. Ich habe Berlin geschätzt und die Chancen dort auch genutzt. Doch jetzt bin ich hier. Hin und wieder denke ich sogar an eine Familie, an Kinder … und dafür eignet sich der Harz eindeutig besser als Berlin.«

Gerred wünschte, er hätte diese Worte von Tilla gehört. Als er Tilla kennenlernte, war sie ihm wie das pure Leben erschienen, während er sich bis dahin wie ein Schlafwandler vorgekommen war. Herzhaftes Lachen wechselte sich bei ihr mit lautem Fluchen oder auch mit Strömen von Tränen ab. Alles was sie tat, geschah mit unglaublicher Vehemenz. Sie hatte ihn mit ihrer Energie so gewaltig wachgerüttelt, dass es ihn in allen

Lebensbereichen verändert hatte. Selbst seine Entwürfe waren besser als früher, mutiger. Und nun saß er neben seiner Kollegin und genoss es, mit einem Menschen zu sprechen, der berechenbar und eher verhalten reagierte. Was war nur mit ihm los?

»Ich hoffe doch, ich habe den Harzer neben mir nicht mit meinem ungebührlichen Gefühlsausbruch verschreckt«, sagte Claudia.

»Oh ... da bin ich ganz andere Gefühlsausbrüche gewohnt.«

Claudia blickte ihn nachdenklich an. »Das hört sich an, als ob du mit diesen anderen Gefühlsausbrüchen ein Problem hast.«

Sie durchfuhren *Drei-Annen-Hohne*, als Gerred begann, ihr von Tilla zu erzählen. Es war wohltuend, Claudias Meinung zu Tillas Reaktionen zu hören, die für ihn immer weniger nachvollziehbar waren.

»Aus dem, was du mir über Tilla erzählst, kann ich auch nur schließen, dass sie das Erlebte noch lange nicht verarbeitet hat. Gewalt steckt man nicht so einfach weg, schon gar nicht als Frau ...« Claudia verstummte, und Gerred schaute sie besorgt an. Dann fuhr sie sichtlich bewegt fort: »Weißt du, ich habe etwas Ähnliches erlebt ... mit meinem Exfreund.« Mit einem zerbrechlichen Lächeln erklärte sie: »Ich habe mich danach von ihm getrennt, konnte den Kontakt aber nicht vollständig abbrechen, denn wir hatten beruflich miteinander zu tun. Deshalb habe ich Berlin verlassen. Die Veränderung hat mir sehr geholfen. Ich denke, deiner Freundin fehlt diese Phase. Sie schiebt das Verarbeiten des Erlebten vor sich her. Und solange das so ist, wird sich auch eure Beziehung nicht weiterentwickeln.«

Gerred bog auf den schlammigen Schotterplatz vor einem Rohbau am Rande Nordhausens ein. Claudia hatte ihn in seiner Meinung bestätigt und das hatte ihm gut getan. Gleichzeitig rührte es ihn, dass sie sich ihm mit ihren eigenen Problemen geöffnet hatte, um ihm eine Denkhilfe zu geben. Er glaubte ihr anzusehen, dass ihr das nicht leichtgefallen war. »Danke, du hast mir wirklich sehr geholfen!«

»Gern«, antwortete Claudia.

Beide griffen sie nach ihren Aktentaschen, Laptops und Papprollen mit Entwürfen auf Papier und stiegen aus. Claudias zufrieden gemurmeltes »Na endlich ...« bekam Gerred längst nicht mit.

Schattenbuch

Auf die seltsame Scheibe konnten sich damals weder Harry noch Manfred einen Reim machen. Sie stritten sich darüber, was sie da gefunden haben könnten. Heute muss ich lachen, wenn ich an all die abstrusen Vermutungen denke. Und doch ging es klügeren Menschen als meinem guten Harry später auch nicht anders.

Die Scheibe war stark mit Erde verbacken und auch das Metall war braun, Dennoch konnte man sehen, dass sie mit hellen Punkten übersät war. Harry behauptete, von der Scheibe wäre ein seltsamer Zauber ausgegangen. Während Manfred wie besessen weiter in dem Erdloch herumbuddelte, habe er nur dagesessen und das Fundstück angestarrt. Er sei erst wieder wach geworden, als Manfred spitze Schreie ausgestoßen und mit einem Kurzschwert in der Hand aus dem Erdloch aufgetaucht sei. Nach weiterem Wühlen haben Harry und Manfred noch ein zweites Schwert und mehrere Kleinteile gefunden. Ich sah die Schwerter später in Harrys Wohnung. Sie waren kaum länger als ein Messer. Sie schienen aus einem Stück geschmiedet zu sein. Der Griff war so kurz, dass eine Männerhand kaum in die Griffmulde passte. Er lief in einem Halbrund aus, aus dem die Klinge entsprang. Die Griffklammern waren aus hellerem Metall, vermutlich Gold. Damals, als die Fundstücke noch so stark mit Dreck verkrustet waren, konnte man das gar nicht so genau erkennen. Natürlich hielten sie die Schwerter für das Wertvollste an diesem Fund. Ach, wenn er nur erlebt hätte, was für einen Jahrhundertfund er wirklich gemacht hat!

*

Mittlerweile fand selbst Tilla, dass ihre Paranoia allmählich groteske Formen annahm. Auf dem Rückweg hatte sie sich doch tatsächlich eingebildet, schon wieder von einem silberfarbenen Wagen verfolgt zu werden. Erst als sich zwei weitere Silberautos hinter ihr angesammelt hatten, war ihr klar geworden, wie unsinnig ihre Angst war. Eine halbe Stunde später stellte sie ihren Wagen vor ihrem Haus ab. Als sie den Schlüssel in das Schloss ihrer Haustür steckte, überkam sie abermals ein mulmiges Gefühl.

»Es hört auf, wenn ich will, dass es aufhört!«, sagte sie sich mantraartig vor und drückte die Tür resolut auf. Sie rief nach oben: »Bin wieder da-aa!«

Natürlich wusste Tilla, dass Dorothee nicht zu Hause war, doch in ihrem traumatisierten Hirn hatte sie sich zurechtgelegt, dass sie auf diese Weise einen ungebetenen Besucher zur Flucht auffordern und sich eine weitere Beule ersparen könne. So ging sie dieses Mal nicht zuerst nach oben, sondern in ihre Wohnung im Erdgeschoss. In der Küche goss sich Tilla ein Glas Mineralwasser ein und wartete trinkend ein paar Minuten ab, bevor sie, trotz ihres Mut-Mantras eher verzagt, die Treppe hinaufstieg. Vorsichtshalber schaute sie oben durch alle

Räume. In Dorothees Zimmer standen zwei Taschen und ein altmodischer Koffer, zur Abholung bereit, ordentlich in einer Reihe neben der Tür.

Da sich das Obergeschoss frei von Einbrechern präsentierte, begann sich Tilla für ihre Ängste zu schämen. Missmutig ging sie, ihre Fototasche über der Schulter, ins Arbeitszimmer und stellte ihre Ausrüstung auf den Schreibtisch. Sie ließ sich auf ihren Stuhl fallen und schaute gedankenverloren aus der Fensterfront vor sich, durch die sie zu jeder Zeit den Fortgang der Jahreszeiten im angrenzenden Wald und in der ausladenden Linde beobachten konnte, die ihr Geäst direkt vor ihrem Fenster ausbreitete. Ein Schauer zog ihr über die Schultern. Irgendwie störte es sie plötzlich, die Zimmertür im Rücken zu haben. Verstohlen sah sie sich um.

Natürlich stand niemand in der Tür. Dennoch erhob sich Tilla energiegeladen, stieß den Stuhl zurück und begann an ihrem Schreibtisch zu zerren, bis er im rechten Winkel zu Fenster und Tür stand. Sie ordnete die Schreibtischutensilien, rückte den Bildschirm zurecht und stellte den Computer an. Zunächst rief sie sich ihre Sammlung von Musikstücken auf. Während Alicia Keys' warmes Timbre den Raum füllte, nahm Tilla die Fotokarte aus ihrer Digitalkamera und steckte sie in den Cardreader des PCs, um zu sehen, welches der Fotos sich für die Homepage des Kunden eignete. Danach widmete sie sich wieder der Übersetzung des Buches, ein Auftrag, der sie mit Stolz erfüllte.

Nach einigen Stunden konzentrierten Arbeitens ließ sich Tilla wohlig in ihrem Stuhl zurückfallen und lauschte dem Vogelgezwitscher, das durch die nun offen stehende Balkontür zu ihr drang. Im dichten Geäst der Linde schwatzten zwei Amseln aufgeregt auf ihren Nachwuchs ein, der zu einer ersten Erkundung seiner

Umgebung aufgebrochen war. Den Balkon im zweiten Stock hatte Tilla schon immer geliebt. Früher, als das Büro noch ihr Mädchenzimmer gewesen war, hatte sie es immer liebevoll ihr Baumhaus genannt. Die Vogeleltern folgten einem besonders vorwitzigen Sprössling in hektischer Sorge. Tillas breites Lächeln schien seine Wirkung auch nach innen zu entfalten. Erstmals an diesem Tag wurde sie etwas ruhiger.

Bäume galten in ihrem Glauben als Sitz der Götter. Die Weltenesche, Sinnbild der Schöpfung, verband Diesseits und Jenseits. Ihr Blick wanderte von der Linde weg zum Schwertschrank. Ihr Vater hatte an die heilige Esche Yggdrasil aus der Edda geglaubt, sie selbst glaubte wie auch schon ihre Mutter an den keltischen Weltenbaum. Die germanische und die keltische Mythologie lagen dicht beieinander und doch waren sie unterschiedlich, genau wie Tilla und ihr Vater. Es hatte lange gedauert, bis sie eine Entscheidung hatte fällen können, wo die Asche ihres Vaters mit der Erde und der Ewigkeit verbunden werden sollte. Nun lag sie neben der ihrer Mutter an den Wurzeln einer jungen Buche auf dem Waldfriedhof in Bad Sachsa.

Zu ihrem Bestreben, mit ihrem Vater, den sie erst in den letzten Monaten seines Lebens kennengelernt hatte, Frieden zu schließen, hatte auch gehört, sein Schwert aufzuheben. Sie wusste, für ihn war das verzierte Langschwert der wichtigste Besitz gewesen.

Auch Dorothee war ohne Vater aufgewachsen. Ihr Gespräch mit Dorothee war nun eine Woche her und Tillas Mieterin hatte sich noch immer nicht gemeldet. Sie hatte gesagt, sie müsse noch einiges regeln und würde dann zurückkommen, um ihre Sachen abzuholen. Sie wollte jemanden treffen. Wen? Ihren Freund? Oder jemand anderen? Warum dauerte das so lange? Tilla konnte das Gefühl nicht abschütteln, dass Dorothee in größeren

Schwierigkeiten steckte, als eine einfache Trennung vom Freund sie mit sich brachte. Immerhin behauptete sie, ausziehen zu wollen, um sie, Tilla zu schützen. Wovor eigentlich? Dorothee hatte wichtige Dateien von ihrem Freund gelöscht. Tilla stellte sich vor, wie verärgert dieser Mann darauf reagiert haben musste. Sie fragte sich, ob er womöglich sauer genug war, Dorothee etwas anzutun. Hatte Dorothee die Dateien eigentlich zur Gänze vernichtet? Oder hatte sie noch eine Kopie davon behalten? Abrupt richtete Tilla sich auf. Hatte der Mann womöglich nach dieser Datei gesucht? Hier? War dieser Mann etwa der Eindringling gewesen? Natürlich! Das war es!

Was sollte sie tun? Sollte sie Andreas Kamenz anrufen? Aber was konnte er tun? Im Polizeicomputer nach einer Lösung suchen? Lächerlich! Sie schalt sich für ihren dummen Gedanken. Aber wäre es wirklich so dumm? Andreas würde ihr zumindest glauben. Gerred nicht.

Schattenbuch

Die Aussicht auf plötzlichen Reichtum vergiftet wohl jede Seele. Zwischen Manfred und Harry gab es auf dem Rückweg einen derben Streit, über den ich damals ganz und gar nicht unglücklich war.

Harry hing an Manfred, den er seit gemeinsamen Sandkastenzeiten kannte. Nach meinem Empfinden hatte sich Manfred seit dieser Zeit nicht nennenswert weiterentwickelt. Er konnte einfach nicht verstehen, warum man sich freiwillig in jene Lebensphase begab, die aus Familie und ordentlicher Arbeit bestand. Manfred war nur in seiner Eckkneipe wirklich glücklich. Andererseits hatte Manfred immer Zeit für Harry gehabt, wenn Jana ihn mal wieder hatte leiden lassen. Egal zu welcher Tages- oder Nachtzeit, Manfreds Tür und leider auch sein Biervorrat hatten für Harry immer offen gestanden, was Harry nach der Trennung von Jana auch weidlich ausgenutzt hatte. Diese Worte hörte ich oft von Harry als Entschuldigung dafür, dass er sich weiter mit Manfred abgab. Harry tat sich immer schwer damit, Menschen loszulassen, die einmal zu ihm gehört hatten.

Auf der Rückfahrt von Ziegelroda fing Manfred an herumzufaseln, dass sie beide sich für diesen Fund nicht mit Kleingeld abspeisen lassen dürften. Erst da wurde Harry klar, dass Manfred sich ebenfalls für den Finder des Schatzes hielt und an dem Erlös beteiligt werden wollte. Das brachte selbst den sonst so geduldigen Harry aus der Fassung. Ein Wort gab das andere, und kurz vor Dieskau warf Harry ihn mit herben Worten aus dem Wagen und ließ ihn auf der Straße stehen.

Damals war ich so stolz auf Harry, dass er endlich die Kraft gefunden hatte, diese Laus aus seinem Leben zu werfen. Heute frage ich mich allerdings, ob er nicht an diesem Tag seinen Tod programmiert hat.

Mittlerweile kannte sich der hochgewachsene Mann in dem gutsitzenden Harris-Tweed-Anzug etwas besser im Umland von Halle aus, aber an den Anblick der armseligen Bruchbuden, die er hier so häufig sah, konnte er sich nicht gewöhnen. Selbst die kleinen Bruchsteinhäuser armer Bergarbeiterfamilien seiner Heimat hatten mehr Charme als die schwarz verfärbten Fassaden dieser gründerzeitlichen Backsteinbauten, an denen jeder Stein von Verwahrlosung erzählte. Wenigstens hing an diesem Tag nicht dieser grässliche Geruch von Briketts in der Luft, wie in der kalten Jahreszeit üblich.

Der elegante Mann warf einen nachdenklichen Blick auf den silberfarbenen Leihwagen und überlegte, ob dem edlen Gefährt hier, wo zwanzig Jahre nach dem Mauerfall noch immer die seltsamsten Blechgebilde herumfuhren, Gefahr drohen könnte. Doch dann schloss er mit einem Druck auf den Funkschlüssel die Türen und ging auf das angegebene Café zu, das diese Bezeichnung kaum verdiente. Das Angebot hatte man kurzerhand auf die Fensterscheibe geschrieben und drei billige runde Tische auf den Bürgersteig gestellt. Vorsichtig ließ er sich auf einem der wenig vertrauenerweckenden Stühle nieder und bestellte bei einem heraneilenden jungen Mädchen, dessen Haarschopf so ziemlich alle Farben hergab, die ein Friseur zu mixen in der Lage war, einen Kaffee. Amüsiert registrierte er ihre schüchternen Versuche, ihn anzuflirten.

Ein ohrenbetäubendes Knattern zog seine Aufmerksamkeit auf die Straße. Ein Mann in einem schmuddeligen T-Shirt ließ ein betagtes Mofa verstummen, bockte es auf und kam mit eckigen Schritten über das Kopfsteinpflaster auf seinen Tisch zu. Das ist er also, Manfred

Koslowski, dachte der Professor und musterte die Gestalt in zerschlissenen Jeans und Turnschuhen, von denen einer mit grauem Klebeband umwickelt war. Ungesund gelb verfärbte Augen blickten aus einem vorgealterten, mit roten Äderchen durchzogenen Gesicht. War der Mann blond oder grauhaarig? Oder waren die Haare schlichtweg dreckig? Da dem Professor ein unangenehm säuerlicher Geruch entgegenschlug, als Koslowski sich ihm gegenüber setzte, ging er von Letzterem aus. Vor ihm saß ein geborener Verlierer.

»Hallo, Manni«, begrüßte ihn das bunte Mädchen und fragte: »Das Übliche?«

»Klaro, werd ja heut eingeladen«, antwortete Koslowski großspurig. Die belegte Stimme verriet den Raucher.

Der Professor ließ den Satz unkommentiert. Sollte das Männlein dieses Ereignis, das vermutlich für lange Zeit das Aufregendste sein würde, was ihm widerfuhr, ruhig noch ein paar Momente genießen.

»Un Sie sin' 'n echter Professor?« Manfred Koslowski fischte ein zerknittertes Päckchen Zigaretten aus der Gesäßtasche seiner Jeans.

»Yes, das bin ich«, antwortete der Angesprochene mit deutlichem Akzent.

Manfred ließ ein Grunzen hören, das entfernt Anerkennung ahnen ließ, und steckte sich die Zigarette an. »Bei mir klingelt nich jeden Tach 'n Professor aus England an, wissen Se«, nuschelte er um den Glimmstengel herum.

»Das glaube ich Ihnen gern.«

Die bunte Bedienung servierte die gewünschte Tasse Kaffee und eine Flasche Bier, über die Koslowski augenblicklich herfiel, als sei er gerade von einer Wüstenwanderung zurückgekommen. Während das Bier bis zum letzten Tropfen gurgelnd in seiner Kehle verschwand, orderte er mit der Zigarettenhand bereits eine weitere Flasche. Das bunte Mädchen nickte und verschwand ins Innere des Cafés.

»Haben Sie es dabei?«, fragte der Professor, der die Heimreise antreten wollte, bevor der Kerl vor ihm zu lallen begann.

»Jep.« Koslowski rülpste verhalten.

Der Professor war sich nicht sicher, ob der Laut ein Ja gewesen sein sollte, und wartete. Endlich zog Koslowski ein speckiges Kuvert unter seinem T-Shirt hervor und ließ es auf den Tisch fallen, wobei er eine unterbrochene Reihe verfärbter Zähne entblößte. Der Professor nahm ungerührt ein Paar Baumwollhandschuhe aus seiner Jackettasche und streifte sie mit langsamen Bewegungen über.

»Ey, Mann«, beschwerte sich Koslowski ungehalten, »so schlimm isses doch wohl nich, dass Se hier gleich Handschuh anzieh'n müssen.«

»Der Schutz dient dem Material, aber ich gebe zu, ich bin sehr froh, auch dieses Kuvert mit Handschuhen anfassen zu können. – Sie erlauben …?« Der Professor zog sich den Umschlag heran und entnahm ihm vorsichtig ein goldschimmerndes Stück flachen Metalls. Er betrachtete es eingehend von beiden Seiten, wobei ihn vornehmlich die bräunlich verfärbte Rückseite interessierte. Dann entnahm er der Innentasche seines Jacketts ein Blatt Papier, das er mit exakten Bewegungen auseinanderfaltete. Die Zeichnung darauf zeigte die Silhouette eines unregelmäßigen Dreieckes. Vorsichtig legte der Professor das Metall auf das Blatt. Zufrieden erkannte er, dass es ziemlich genau in die vorgezeichnete Form passte. Manfred Koslowski bestaunte das Procedere mit offenem Mund.

»Erstaunlich! Ich hätte nicht erwartet, dass Sie mir wirklich das echte Stück bringen!« Zufrieden bettete der

Professor das Metallfragment in eine flache Kassette. Den schmutzstarrenden Umschlag schob er Manfred Koslowski wieder zu.

»Ey … ich bin doch kein Betrüger!«, echauffierte sich Koslowski mit einer aggressiven Handbewegung.

»Nun, ich habe da etwas anderes über Sie gehört.« Der Professor zog sich die Handschuhe von den Fingern. Ohne Koslowski aus den Augen zu lassen, griff er in die andere Innentasche seines Jacketts und legte einen blütenweißen Umschlag vor sich auf den Tisch. Seine sorgfältig manikürten Finger ruhten darauf, als müsse er überlegen, ob er ihn seinem Gegenüber überhaupt geben wollte.

Koslowskis gieriger Blick sog sich förmlich daran fest. Er verstand das Zögern nicht und wurde unter dem forschenden Blick des Professors zusehends nervöser. »Wieso … Wer hat denn gesagt, dass ich betrügen tu?«

»Harry.«

»Harry?« Koslowski schluckte sichtbar und krächzte: »Der is aber tot.«

»Ich weiß.«

Manfred Koslowski starrte den Professor verwirrt an.

Der bedachte ihn mit einem kühlen Blick. »Ich sprach kürzlich mit einer Freundin über Sie. Sie war es auch, die mir von diesem Gold erzählte.« Er klopfte auf die Tasche seines Jacketts, in der die kleine Kassette steckte.

Hinter Koslowskis Stirn begann es sichtlich zu arbeiten, bis die Erkenntnis sie wieder glättete. »Ah, Harrys Kuckucksbalg«, gab er verächtlich zurück.

Der Professor nickte und schob ihm den Umschlag zu.

Mit gierigen Bewegungen öffnete Koslowski ihn und zählte feixend die Scheine. »Mann, zehn Jährchen lag das Scheibengold in meinem Nachttisch. Nach all dem Wirbel hätt ich nich gedacht, dass ich noch was dafür kriege.«

»Es versteht sich, dass niemand etwas über dieses Geschäft erfährt«, mahnte der Professor.

Manfred Koslowski, vom Geld beflügelt, grinste bösartig. »Och, von Schweigsamkeit haben wa aber bisher nich gesprochen. Da müssen Se schon noch was drauflegen.«

Die türkisblauen Augen des Professors fixierten ihn eisig. Er beugte sich etwas vor und sagte scharf: »Forget it! Sie bekommen keinen Penny mehr. Aber ich werde Ihnen sagen, was ich tun werde, wenn Sie sich nicht an meine Weisung halten, Herr Koslowski. Dann nämlich werde ich mit der deutschen Kriminalpolizei sprechen. Die wird Ihnen dann einen Besuch abstatten und Sie verhaften, wegen Raubgräberei ... und wegen Mordes.«

Koslowskis Gesicht wurde aschfahl. »Mord? Was soll'n das jetz?«

»Das Kuckucksbalg, wie Sie die junge Frau zu nennen beliebten ... Sie hat Sie gesehen, damals bei dem Unfall.« Der Professor lächelte geradezu liebenswürdig. Er legte seelenruhig einen Geldschein für die konsumierten Getränke auf den Tisch und nickte der bunten Bedienung freundlich zu, bevor er einen sichtlich verstörten Manfred Koslowski und eine unberührte Tasse Kaffee an einem schmuddeligen Plastiktisch zurückließ.

Tilla war die halbe Nacht umhergetappt. Mehrfach hatte sie Dorothees Handy anzurufen versucht, doch es war offenbar ausgeschaltet worden. Am frühen Morgen hatte sie sich damit abgelenkt, Weißbrotteig anzusetzen und eine große Schüssel Kartoffelsalat zuzubereiten. Eigentlich hatte sie ihren Geburtstag gar nicht feiern wollen und ihren verunstalteten Garten als Grund angeführt. Doch ihre Freundin Dana, Gerreds Schwester, hatte zum Mittsommerfest geladen und verkündet, man werde Tillas Geburtstag bei ihr feiern.

Tilla war nicht danach. Sie konnte das dumpfe Gefühl, irgendetwas Wichtiges versäumt zu haben, nicht abschütteln. Wo war Dorothee? Warum meldete sie sich nicht?

Oft, wenn sie nicht weiter wusste, suchte sie die innere Zwiesprache mit ihrer Mutter. Sie ging durch den Flur und blieb vor der Tür zur deren ehemaliger Apotheke stehen. Tilla schloss die Augen, öffnete die Zimmertür und sog die Luft durch die Nase. Obwohl die Kräuter schon lange nicht mehr in den Laden der rotbraun gebeizten Eschenschränke lagerten, konnte Tilla sie noch immer riechen, und manchmal erhaschte sie sogar einen zarten Hauch des Maiglöckchenparfums ihrer Mutter.

Heute erreichte nur Kräuterduft ihre Nase. Tilla öffnete die Augen wieder, ging langsam an den Apothekenschränken vorbei, die mit dem Rücken gegeneinander gestellt in den Raum ragten, und setzte sich auf den Holzschemel vor der Arbeitsfläche am Fenster. Dort lagen mehrere Stapel der historischen Aufzeichnungen ihrer Mutter und ein Laptop älteren Modells. Ab und an arbeitete Tilla hier und übertrug Hederas Notizen nach und nach in den Computer. Einiges davon hatte sie bereits dem örtlichen Geschichtsverein zur Verfügung gestellt.

Sie wusste nicht, wie lange sie ins Leere starrend auf Hederas Schemel gehockt hatte. Die Stimme ihrer Mutter war nicht zu ihr gekommen. Es war vielmehr Gerred, den sie nun im Flur rufen hörte. Tilla erhob sich und sah Gerred mit nachdenklichem Gesicht in der Tür stehen.

»Hallo, Schatz, ist es schon so spät? Bin gleich fertig«, sagte sie betont munter und wollte an ihm vorbeieilen.

Er griff sanft nach ihrem Arm. »Tilla, geht es dir gut?«

»Ja, klar, warum denn nicht?«

»Nun, es ist dein Geburtstag, da wird man schon mal wehmütig ... Dazu kommt, dass dir die Apotheke deiner Mutter immer zu schaffen macht. Ist wirklich alles in Ordnung?«

Tilla lächelte. »Wieso? Ich mag die Apotheke meiner Mutter. Eigentlich wollte ich noch ein wenig an Mutters Aufzeichnungen arbeiten, aber ich konnte mich nicht konzentrieren.«

»Warum behältst du diese Apotheke?« Gerred blickte die wertvollen alten Schubladenschränke böse an.

Tilla atmete hörbar durch, sah sich in dem Zimmer um. »Weil ich das Gefühl habe, meine Mutter aus diesem Haus zu verscheuchen, wenn ich ihre Apotheke weggebe.«

»Du weißt, dass das Unsinn ist. Deine Mutter ist seit über einem Jahr tot. Ich finde, du solltest mit dem abschließen, was geschehen ist.«

Tillas Antwort geriet trotzig. »Gerred, du weißt doch, dass ich ganz anders mit dem Tod umgehe als du. Du bist im christlichen Glauben aufgewachsen, für euch landen die meisten eurer Ahnen im Fegefeuer der Hölle und nur die auserwählten Zehntausend kommen in den Himmel. Bei so einem Glauben hätte ich auch Angst vor dem Tod.« Tilla wollte es nie gelingen, den sarkastischen Tonfall zu unterdrücken, wenn sie von den Gepflogenheiten des Christentums sprach. Etwas versöhnlicher fuhr sie fort: »Versteh doch, für uns bleiben die Toten immer unter uns.«

»Ach Tilla, ich glaube manchmal, dieser alte Glaube ist so etwas wie eine Realitätsflucht. Als du mich kurz nach dem Tod deiner Mutter zum ersten Mal in dein Haus batest, wolltest du die Apothekeneinrichtung Astrid geben, die Wand wegreißen und alles umbauen. Du wolltest dieses Zimmer verschwinden lassen.« Er schlug mit der flachen Hand leicht gegen die Wand.

Tilla verzog ärgerlich das Gesicht, denn er hatte recht. Damals war sie voller Zorn gewesen, zornig auf ihre Mutter, die sie verlassen hatte, und auf sich selbst, die die Katastrophe nicht hatte kommen sehen. Während sie versuchte, ihre wirbelnden Gedanken im Zaum zu halten, sagte Gerred: »Damals warst in besserer Verfassung als heute, du wolltest etwas verändern. Und ich denke, das wäre gut für dich.«

»Quatsch. Ich war damals nicht bei Sinnen«, antwortete Tilla bockig. »Irgendwann bin ich zur Vernunft gekommen und hab mich anders entschieden.«

»Und nun sitzt du hier in der Kräuterapotheke deiner Mutter und pflegst deine Depressionen. Hältst du das für vernünftig?«

»Verdammt noch mal, Gerred! Was willst du eigentlich? Du kannst mir doch nicht verbieten, einen Nachmittag lang in der Apotheke meiner Mutter Trübsal zu blasen, wenn ich Lust dazu habe. Das ist doch wohl meine Sache.«

»Ich dachte, wir gehören zusammen. Dann nimmt man Anteil am anderen.«

»Aber doch nicht so!«

»Wie denn?«

»Es gibt Dinge, die behält man auch in einer Partnerschaft für sich. Andere dagegen sollte man erzählen. So hättest du mir ja mal etwas von deiner neuen Kollegin erzählen können. Wenn Arnold mir nicht ihre Daten für die Homepage geschickt hätte, wüsste ich noch immer nichts von der schönen Claudia Hohenstein. Aber nein, so etwas behältst du für dich. Stattdessen mischst du dich in meine höchstpersönlichen Angelegenheiten und traktierst mich mit Ansprüchen und Vorwürfen!«

Es verging ein Augenblick schneidender Stille. Dann lenkte Gerred mit flüchtendem Blick ein. »Es war mir nicht bewusst, dass du dich für meine Kollegin interessieren könntest.«

Tilla beunruhigte das Einlenken mehr, als wenn Gerred ihr über den Mund gefahren wäre. »Heilige Göttin, Gerred, hältst du mich für einen so selbstsüchtigen Esel, der sich nur mit sich selbst beschäftigt?«

»Nun … bisher bist du wenig auf meine Gefühle eingegangen.«

Tilla starrte ihn betreten an und wusste nichts zu sagen.

Sein Ton wurde weicher. »Tilla, Fakt ist doch wohl: Wir schlafen zwar miteinander, aber du gehst jedem Gespräch über unsere Partnerschaft und unsere Zukunft aus dem Weg. Ich hatte ja gehofft, dass ich für dich mehr bin als eine deiner Affären. Ich habe aber gar nicht das Gefühl, dass dir ernsthaft etwas an mir liegt. Wenn es hilft, dass ich dich mehr in mein Leben einbinde … gern! Fangen wir damit an, dass ich Frau Hohenstein demnächst mal mitbringe, damit du sie kennenlernen kannst. Und im Gegenzug fängst du an, das Vergangene abzustreifen. Du brauchst eine Veränderung. Tilla, verlass dieses Haus und all die schrecklichen Erinnerungen. Komm zu mir. Dort wird dich nichts an damals erinnern … und du wärst nicht mehr allein.«

Tilla fühlte sich in die Enge getrieben. Sie mochte Gerred, sie mochte ihn sogar sehr, aber reichte das? Er hatte sie vom ersten Tag an geliebt, das wusste sie. Was war mit ihr los? Nach den dramatischen Erlebnissen im vergangenen Jahr war Gerred ihr wie der rettende Fels in stürmischer See vorgekommen. Doch mittlerweile hatte sich die See beruhigt und glitzerte ihr wieder allzu verführerisch zu.

Es wollte ihr einfach nicht gelingen, das abweisende Schweigen mit versöhnlichen oder gar liebevollen Worten zu füllen.

Auch Gerred schien Angst vor ihrer Antwort zu haben. Mit einem kurzen Lächeln bot er an: »Denk über meinen Vorschlag nach. Ich nehme dann mal deinen Salat mit und gehe schon mal vor. Du kannst ja nachkommen.«

Sie hörte die Haustür ins Schloss fallen und ließ sich gegen einen der Apothekenschränke fallen. Ihre Seele war mehr denn je zerrissen. Tilla war schon immer ein Grenzgänger zwischen den Welten gewesen. Da war die Welt ihres Glaubens, in der Mystik und Gefühle eine größere Rolle spielten als Fakten. Und da war die Welt ihrer Mitmenschen, in der die Wissenschaft alles entzauberte. Computersimulationen sagten den Menschen heute, was passieren würde. Natürlich nutzte auch Tilla die Erleichterungen, die Computer mit sich brachten. Und wahrscheinlich waren solche Simulationen effizienter als das Orakeln des Zukünftigen aus dem Vogelflug oder den Innereien eines Tieres. Doch Tilla hatte das Gefühl, dass die Menschen sich so an die Verlässlichkeit der wissenschaftshörigen Welt gewöhnt hatten, dass sie auf Überraschungen immer aggressiver reagieren. Vielleicht machte sie es ihrer Umwelt auch besonders schwer, da ihre Gefühle zuweilen urplötzlich die Richtung wechselten. War sie als Hexe ein Relikt, das nicht mehr in die moderne Welt gehörte?

Tilla dachte an Gerreds Beständigkeit, die für sie im letzten Jahr wirklich wohltuend gewesen war. Aber er sagte, er verstehe sie nicht, er verlangte von ihr Berechenbarkeit. Von ihr, einem Mittsommerkind, geboren am letzten Tag des Sternzeichens Zwilling, zerrissen zwischen den Persönlichkeitsprofilen von Zwilling und Krebs. Der überall nippende und niemals bleibende Zwillingsschmetterling sehnte sich zugleich nach einer Familie und Kindern wie der beständige Krebs. Tilla konnte sich nicht vorstellen, ihr Leben ohne Kinder zu verbringen, doch ebenso wenig konnte sie sich vorstellen, ihr Leben mit Gerred zu verbringen. Sie stieß einen spitzen Schrei aus, in dem sich Zorn und Verzweiflung paarten.

»Ich bin eine Hexe … und Hexen sind nicht für eine Beziehung geschaffen!« Tränen drängten nach oben. Verschwommen sah sie den Schubladengriff vor sich. *Engelsüß* stand in gleichmäßigen, runden Buchstaben auf dem Griff. Es war die Schrift ihrer Mutter. Sie hatte geliebt, ein Kind geboren, aber nie geheiratet.

Schattenbuch

Die Scheibe und die Schwerter lagen auf Harrys Wohnzimmertisch.

Der Streit mit Manfred hatte Harry zugesetzt, trotzdem feierten wir, so richtig mit Sekt. Irgendwann schwenkte er eine Visitenkarte und beteuerte, dass das knittrige Stückchen Papier ihn reich machen würde. Es handelte sich um die Karte eines Händlers aus Westdeutschland. Harry prophezeite glücklich, dass wir bald wieder zusammenleben würden und er von dem Geld ein Café eröffnen wolle.

Ich erinnere mich, wie wohl seine Worte taten. Doch dann fiel ein Lichtreflex auf die Scheibe und ich bildete mir ein, ein weinendes Gesicht darin zu sehen, ähnlich der Maske für ein griechisches Drama. Da kam es mir plötzlich nicht mehr richtig vor, die Scheibe einem windigen Händler zu geben. Ich fragte Harry, ob es nicht besser sei, seinen Fund in ein Museum anzubieten. Harry antwortete, dass ihm das auch am liebsten wäre, doch wenn er das tun würde, bekäme er nicht nur kein Geld, er könne sogar ins Gefängnis kommen. Irgendwie hatte ich zwar geahnt, dass man so wertvolle Fundstücke nicht einfach behalten durfte, aber damals hatte ich es verdrängt. Harry schärfte mir ein, niemandem von dem Schatz zu erzählen.

Während ich nach seinen eindringlichen Worten richtig Angst bekam, ging er zu seinem Telefon und tippte die Nummer von der Visitenkarte ein.

Mittsommernacht

Es war Neumond und samtene Dunkelheit umhüllte Tilla, als sie sich gähnend zu ihrer Haustür vortastete, öffnete und nach dem Lichtschalter langte. Sicher war Gerred enttäuscht, dass sie nicht bei ihm geblieben war. Natürlich war ihr klar, dass sie vor ihm und vor der Antwort, die sie ihm schuldete, flüchtete.

Die Hand auf der Klinke ihrer Wohnungstür, schaute Tilla unschlüssig die Treppe hinauf. Einem winzigen Fünkchen Hoffnung folgend, dass Dorothee in der Zwischenzeit vielleicht doch zurückgekommen sei, stieg sie nach oben. Bevor sie den dunklen Flur des Obergeschosses betrat, tastete sie auch hier nach dem Lichtschalter. Erst als jeder Winkel beleuchtet war, rief sie nach Dorothee. Natürlich erhielt sie keine Antwort. Seufzend näherte sich Tilla dem Zimmer ihrer Mieterin, machte auch hier Licht und schaute sich um. Dorothees Taschen standen wie zuvor in einer Reihe neben der Tür.

Einerseits wurde das bohrende Bedürfnis, irgendetwas zu unternehmen, immer stärker, doch drang dieses Gefühl dann doch nicht weit genug in ihr Aktivitätszentrum vor, da die Müdigkeit alles in Tilla erstickte. Sie hatte bereits in der vorangegangenen Nacht nicht geschlafen und sah nun durch das Fenster einen ersten hellen Schein hinter den Bäumen aufwabern. Die Sonne kündigte sanft den neuen Tag an. Auf dem Fensterbrett bemerkte Tilla die fünf Rosenquarzsteine, die sie bei einem Schutzritual für Dorothee verwendet hatte.

»Dorothee sollte sie doch bei sich tragen«, murmelte Tilla müde. Mit herzhaftem Gähnen verließ sie das Zimmer, tappte nach unten und fiel in ihr Bett.

Schattenbuch

Die Sternenscheibe war fort.

Der Händler sei eigentlich ganz nett gewesen, hatte Harry mir erzählt, als ich tags darauf zu ihm kam. Er habe geheißen wie die Eiscreme, nämlich Schöller, sagte Harry, um mich aufzuheitern. Aber ich war einfach nur unendlich traurig. Ob er gewusst habe, um was für eine Scheibe es sich handeln würde, wie alt sie sei und ob der Händler irgendwelche Tests gemacht habe, wollte ich damals wissen. Harry hat über meine Fragenflut laut gelacht. Dann erzählte er mir jede Einzelheit und jedes Wort, das er mit dem Händler gewechselt hatte. Ich sog alle Informationen auf wie ein Schwamm.

Der Händler wusste auch nicht, was das für eine Scheibe war. Er wollte gar nicht glauben, dass sie bei diesen Schwertern gelegen habe. Die Schwerter, so hatte der Händler Harry erklärt, könne man zeitlich gut einordnen, da es zahlreiche Vergleichsfunde gäbe. Harry war darüber enttäuscht, denn die Schwerter verloren dadurch den Nimbus des Besonderen. Er erzählte mir etwas betreten, dass der Händler ihn wegen der Beschädigung der Scheibe arg gerügt habe. Ich versuchte ihn zu beruhigen, indem ich sagte, der hätte das sicher nur so aufgebauscht, um den Preis zu drücken. Zu meiner grenzenlosen Verwunderung hat Harry den Kopf geschüttelt und gesagt, dass der Händler die Scheibe erst gar nicht haben wollte. Für den war das Ding wohl einfach zu seltsam, um es gewinnbringend verkaufen zu können. Ich wurde damals sehr nachdenklich. Harry hatte ihn aber doch noch überreden können, die Schwerter und die Scheibe zu nehmen.

Trotz des beeindruckenden Geldberges aus blauen, roten und ein paar braunen Scheinen, mit denen der Händler den Schatz bezahlt hatte, wurde ich das Gefühl nicht los, dass Harry einen Fehler gemacht hatte.

Harry bemerkte meinen Kummer und nahm mich tröstend in den Arm. Er hatte gewusst, dass ich traurig sein würde, wenn die Sternenscheibe weg war, deshalb zog er eine Kette mit einem Medaillon daran aus seiner Hosentasche. Das sei sehr alt, es habe mal seiner Großmutter gehört, erklärte er mir und gab es mir in die Hand.

Ich war ganz gerührt und wollte es gleich aufmachen und schauen, ob er ein Bild hineingetan habe, aber er hielt meine Hände in seinen fest und flüsterte, es sei etwas viel Wichtigeres darin, nämlich Sternenstückchen, die mir Glück bringen sollten. Ich solle das Medaillon nicht öffnen, sonst flögen die zurück zum Himmel. Noch heute muss ich lachen, wenn ich daran denke. Damals habe die Kette gleich umgelegt.

Die Vorstellung, dass ich nun nie erfahren würde, wann

und wozu man die Scheibe einst hergestellt hatte, gab mir dennoch einen Stich und ich fragte Harry, ob er wisse, was nun mit dem Schatz geschehe. Die Fundstücke, so habe der Händler gesagt, bringe man erst einmal in die Schweiz. Erst dann werde er sich nach Käufern umhören. Ihm sei es schon einmal gelungen, ein sehr wertvolles Artefakt über fingierte Zwischenhändler an ein Museum in Berlin zu verkaufen.

Ich schöpfte wieder etwas Hoffnung und begann Harry nach dieser Geschichte auszufragen. Der Händler hatte ihm stolz einiges von diesem Geschäft erzählt. So erfuhr ich erstmals von dem berühmten Goldhut und dass dieser Handel in der Szene damals für einen ziemlichen Aufruhr gesorgt habe.

Ich blickte auf den Bargeldhaufen vor mir und fragte mich beklommen, was passieren würde, wenn Manfred von Harrys Geschäft erfuhr. Einer der Tausendmarkscheine lag neben dem Haufen. Der Mann auf dem Schein schien mich geradezu boshaft anzugrinsen.

Ein Tag nach Mittsommer

Es hatte zu regnen begonnen. Tilla kehrte daher vorzeitig von einem abendlichen Lauf durch den Wald zurück. Sie hatte den ganzen Tag wie eine Besessene gearbeitet, um sowohl der Sorge um Dorothee aus dem Weg zu gehen als auch der Frage, was sie Gerred sagen sollte. In ihrer Wohnung angekommen, beeilte sie sich, ins Bad und aus ihren durchnässten Sachen zu kommen.

Eine Stunde später saß Tilla mit feuchten, sich wild kringelnden Haaren und einem Becher heißem Rooibostee vor ihrem Computer. Sie wollte nachsehen, ob sich ihr Verlag schon gemeldet hatte. Was sie jetzt brauchte, war ein Lob und mehr Arbeit. Ungeduldig wartete sie, bis sich ihr elektronischer Briefkasten öffnete. Es war tatsächlich Post darin. Erfreut klickte Tilla die Datei an, ohne zu bemerken, dass der Postbutton keinen ihr bekannten Absender enthielt.

Normalerweise öffnete sich die Post zur Ansicht augenblicklich. Doch nun passierte zunächst gar nichts. Tilla wunderte sich und schob die Maus hin und her. Der Cursor bewegte sich zwar, aber viel träger als normal. Irgendetwas stimmte nicht. Endlich begann sich Zeile für Zeile ein Bild auf dem Monitor aufzubauen.

»Was ist das denn?!« Der Vorgang ließ sich nicht unterbrechen. Mittlerweile waren auf dem recht körnigen Foto Baumkronen zu erkennen. Eine Gestalt wurde im unteren Rand sichtbar. Nach weiteren Bildzeilen erkannte Tilla ein unnatürlich weißes Gesicht und erstarrte. Wie paralysiert saß sie vor ihrem Computer. Endlich brach die letzte Zeile auf. Das komplette Foto blieb einige Sekunden lang zu sehen, zerfaserte und wandelte sich dann zu einer blauen Fläche. Tilla hastete zur Toilette nebenan und übergab sich.

Schattenbuch

Als ich Harry an diesem Tag verließ, habe ich im Grunde genommen mit meinem späteren Beruf begonnen. Die Woche nach dem Verkauf der Scheibe verbrachte ich fast ausschließlich in der Bibliothek. Tatsächlich fand ich heraus, um welches Artefakt es sich handelte, von dem dieser Händler Harry erzählt hatte. Jemand hatte einige Jahre zuvor einen frühkeltischen Zeremonienhut aus Goldblech gefunden und dem Berliner Museum für Frühgeschichte verkauft. Ich suchte mir alles heraus, was es zu diesem und weiteren Goldhüten aus Frankreich und England zu lesen gab. Bis heute wusste man nicht, wo der Berliner Goldhut, der unter vergleichbaren Artefakten am besten erhalten war, gefunden worden war, und ich erfuhr auf diesem Wege, welchen Schaden Raubgräber der Wissenschaft zufügten, wenn sie ihre Funde ohne Angabe des Fundortes an zwielichtige Händler verscherbelten. Ich saugte dieses Wissen geradezu in mich auf und mir wurde mehr und mehr klar, was für einen monumentalen Fehler Harry begangen hatte.

Was den Goldhut betraf, so las ich, dass tatsächlich ein Professor Bredow aus dem Berliner Museum das unendlich wertvolle Fundstück durch einen Finanzierungstrick über eine Gesellschaft vom grauen Markt erworben hatte. Da es sich um Hehlerware handelte, durfte das Land nicht selbst als Käufer in Erscheinung treten. Die Archäologenszene war über den Kauf des Goldhutes entsprechend entsetzt. Doch ich neigte schon damals dazu, mich der Meinung des Professors anzuschließen, der diese Maßnahme damit verteidigte, dass das Artefakt ohne sein unorthodoxes Vorgehen für die Wissenschaft ganz verloren gewesen wäre. Nachdem ich erlebt hatte, wie einfach es war, Händler für historische Artefakte zu finden, glaubte ich diese Aussage unbesehen.

Nach dem Mauerfall waren Westhändler wie ein Heuschreckenschwarm über die Dörfer in der DDR hergefallen und hatten Metalldetektoren an jeden verteilt, der bereit war, damit auf Schatzsuche zu gehen. Ich wette, kein einziger von den Möchte-gern-Schatzsuchern hat zu diesem Zeitpunkt geahnt, dass er damit zum Raubgräber wurde. Doch den Händlern war das egal. Es war im Westen hinreichend bekannt, dass zu DDR-Zeiten nur wenige bis gar keine archäologischen Grabungen gemacht worden waren. Geschichte hatte für ein Staatsgebilde wie unseres keine Rolle gespielt. Meine Heimat war daher ein Dorado für Hobby-Archäologen, Schatzsucher und vor allem für windige Händler. Wessis, wie dieser Händler, der meine Sternenscheibe nun in die Schweiz entführte, nutzten gute Menschen wie Harry gnadenlos aus.

Harry war nun ein Krimineller. Das Groteske dabei ist, hätte Harry den Schatz in einem anderen Bundesland gefunden, wäre er kein Raubgräber, sondern ein Held gewesen!

In mehreren Abhandlungen las ich nämlich, der Goldhut stamme aus Süddeutschland. Ich wunderte mich, dass es nirgends einen exakteren Hinweis auf den Fundort gab und dass keiner der Wissenschaftler darauf einging. Die Antwort fand ich nicht in einem Fachbuch über Historie, sondern in einem juristischen Buch. In Deutschland herrscht das sogenannte Schatzregal, ein mittelalterliches Recht, nach dem alles Wertvolle, was man in, unter und auf der Erde findet, der Obrigkeit des Landes gehört, wo der Fund herstammt. Somit gehörte Harrys Scheibe dem Land Sachsen-Anhalt. Doch dieses Schatzregal hatte einige wenige Ausnahmen: In den Bundesländern Nordrhein-Westfalen, Hessen und Bayern herrschte das Recht der Hadrianischen Teilung. Fundstücke aus diesen Bundesländern konnten bedingt weiterverkauft werden. Dies hatte letztlich zur Folge, dass man häufig Fundstücke, so auch den Goldhut, als in Bayern gefunden deklarierte, damit die Sachen weitergegeben werden konnten. So landeten sie zwar in gelehrten Händen, aber ohne Angabe des Fundortes. Was nutzte das?

Ich wünschte mir damals innig, dass man jenem Berliner Professor die Scheibe anbot und er irgendwie einen weiteren Deal zustandebrachte.

Tilla wusste nicht, wie lange sie auf dem Boden im Badezimmer gesessen und mit der Übelkeit gekämpft hatte. Kraftlos erhob sie sich, ließ kaltes Wasser in ihre Hände laufen und benetzte ihr Gesicht. Die Kühle gab ihr etwas mehr Klarheit. Sie war sicher, sie hatte Dorothee auf dem Computerbildschirm gesehen.

»Sie ist tot«, heulte Tilla ihr triefnasses Spiegelbild an. Endlich kehrte sie in ihr Arbeitszimmer zurück. Langsam, den Blick auf den noch immer blauen Bildschirm gerichtet, ließ sie sich an ihrem Schreibtisch nieder. Vorsichtig betätigte sie einige Tasten, aber die blaue Fläche blieb. Sie brauchte das Bild für die Polizei. Erneut bearbeitete sie ihre Tastatur, versuchte alle möglichen Tricks, doch ihr Computer widersetzte sich, bis sie erneut zusammensank.

Nicht nur das Bild war nicht mehr aufzurufen, an ihrem Computer ging schier gar nichts mehr.

»Ohne dieses verdammte Foto glaubt mir doch niemand«, jammerte Tilla, »schon gar nicht nach der Geschichte mit diesem Scheißeinbrecher. Gerred glaubt eh schon, dass ich durchdrehe und in psychologische Behandlung gehöre … und die Polizei? Die werden sich die Hände reiben, wenn eine Mordverdächtige vom Vorjahr anruft und erzählt, dass da eine Leiche im Wald liegt, aber nicht beweisen kann, woher sie das weiß! Da kann ich mir ja die Handschellen genauso gut selbst anlegen.«

Tilla starrte auf das Blau des Bildschirmes und versuchte sich Einzelheiten des Bildes in Erinnerung zu rufen. Da waren Bäume gewesen und Steine, große Quader. Ein Steinkreis? Tilla wusste, es gab einen kleinen Steinkreis in der Nähe der Harzburg. Was sollte sie tun? Und wieso bekam ausgerechnet sie das Bild geschickt?

Kam es womöglich von Dorothees Handy? Ihre E-Mail-Adresse war darauf gespeichert. Warum schickte ihr jemand so ein Bild? Und warum verschwand es dann plötzlich wieder?

»Ein Virus ... So was geht nur mit einem Computervirus ... Aber so was kann man doch nicht per Handy schicken ...?« Tillas Gedanken rasten. Gerred. Sie musste Gerred anrufen. Würde er ihr glauben? Das Bild war weg. »Verdammt! Was ist unsere Partnerschaft wert, wenn ich daran zweifle!« Entschlossen griff Tilla zum Telefon. Gerred meldete sich weder unter der Festnetznummer noch an seinem Handy. Wo war er um diese Zeit? Überstunden?

»Dorothee liegt tot im Wald. Ich brauche die Polizei!« Zögerlich schwebte ihr Daumen über dem Tastenfeld. Ihre Gedanken wanderten zurück. Damals hatte es jemanden gegeben, der ihr glaubte, als alle an ihr gezweifelt hatten. Ihr Finger fand wie von selbst die Tasten, als sie Andreas Kamenz' Handynummer eintippte. Vor dem Befehl zum Wählen verharrte sie. Es war mitten in der Nacht. Was, wenn seine Freundin an das Telefon ging? Sie hatte Andreas damals wirklich mehr als genug Ärger beschert. Tillas Finger schwebte noch einen Augenblick über der grünen Taste, bevor sie drückte.

Er meldete sich bereits nach dem dritten Klingeln mit einem verschlafenen »Ja?«

Tillas Stimme klang fremd und krächzend. »Andreas ... ich brauche deine Hilfe!«

*

Eine Welle der Erleichterung durchfuhr Claudia, als sie von Gerred hörte, wie Tilla auf seinen Vorschlag reagiert hatte, zu ihm zu ziehen – nämlich gar nicht. Auch gefiel ihr durchaus, dass sich deutlicher Ärger in seine Enttäuschung mischte. Vor einigen Minuten hatte er sein

Handy aus der Tasche geholt, nur kurz auf das Display gesehen und es dann wieder in die Tasche gesteckt. Claudia wünschte innig, dass es Tilla war, deren Anruf er ignoriert hatte, aber sie zeigte sich ihm selbstverständlich lediglich als die besorgte und mitfühlende Zuhörerin.

»Und sie hat gar nichts gesagt? Keine Antwort? Bis heute nicht?«, fragte sie mit gebührendem Befremden nach.

»Nein. Weder, ob sie zu mir ziehen will, noch wann wir dich treffen.«

»Nun ... letzteres kannst du wohl kaum erwarten«, merkte Claudia sanft an. Als Gerred sie fragend ansah, wunderte sie sich einmal mehr über seine Unbedarftheit. »Gerred, sie wollte mich nie treffen. Sie wollte nur wissen, wie du reagierst, wenn sie mich erwähnt. Sie ist eifersüchtig. Tilla weiß doch nicht, dass wir nur Kollegen sind, die sich einfach nur gut verstehen.«

Er stieß ein unfrohes Lachen aus. »Eifersüchtig? Wenn sie das doch wäre. Nein. Ich glaube eher, sie will mich gar nicht.«

»Oh, da irrst du dich«, summte Claudia lächelnd, »sie will dich schon, aber ich vermute, sie will mit dir keine ... Wie soll ich es sagen ... Sie will mit dir eine ganze andere Form von Beziehung als du mit ihr. Sie scheint sehr freiheitsliebend zu sein, vielleicht hat sie auch Angst vor einer Bindung ... Bisher hat sie ja, wie du selbst sagtest, Affären einer ernsten Beziehung vorgezogen.«

Gerred nickte. »Ich glaube, du hast es getroffen. Aber wenn ich für sie nur eine weitere Affäre bin, warum ist sie dann eifersüchtig?«

»Nun ... Eifersucht hat nicht immer etwas mit Liebe zu tun, oft ist Eifersucht mehr mit Besitzdenken und Stolz verwandt. Und verletzter Stolz kann ziemliche Blüten treiben. Bis hin zu einem Verhalten, das nach Schutz bettelt.« Claudia riss die Augen auf und schob stotternd nach: »Bitte entschuldige … Ich wollte natürlich nicht behaupten, dass sich Tilla diese Sache mit dem Einbrecher ausgedacht hat, um dich … – Ach vergiss es. Ich rede Unsinn.«

»Nein, nein … irgendwie macht das Sinn«, murmelte Gerred.

Na, das war ja eine schwere Geburt, dachte Claudia zufrieden und ärgerte sich zugleich, dass sie in der letzten Woche so wenig Zeit für ihn gehabt hatte. Fast wäre durch diesen unseligen Besuch ihrer Halbschwester alles schiefgegangen. Sie wählte ihre nächsten Worte sorgfältig. »Weißt du, ich bin überzeugt, dass Tilla dich nicht bewusst belügen will, aber schau, du reagierst sehr besorgt, wenn sie eine ihrer Panikattacken bekommt. Ich weiß, du meinst es gut, aber vielleicht ist das gar nicht so gut für sie.«

»Du meinst, ich provoziere solche Dinge bei ihr?«

Claudia gab sich unsicher. »Ich bin kein Psychologe … Aber die derzeitige Kombination aus der Angst, du könntest dich für eine andere Frau interessieren, und der Erfahrung, wie besorgt du auf so eine Geschichte von einem Einbrecher reagierst …« Sie wiegte den Kopf.

Zufrieden registrierte sie, dass Gerred nun in der von ihr gewünschten Richtung dachte. Claudia trank ihr Glas leer und schlug in leichtem Ton vor: »Zumindest solltest du Tilla keinen weiteren Anlass zur Eifersucht geben. Ich habe den Abend mit dir und dieses Essen sehr genossen, aber es ist spät geworden. Wir sollten nun beide nach Hause fahren.«

»Ja, du hast recht«, antwortete Gerred fahrig, »nach der Feier gestern bin ich auch todmüde, aber ich musste einfach mit jemandem sprechen. Ich danke dir!« Er schenkte Claudia ein breites Lächeln und winkte dann der Bedienung zu.

*

Es war mittlerweile vier Uhr morgens, als Andreas Kamenz klingelte. Tilla hatte bereits ungeduldig im Flur gewartet und riss die Tür augenblicklich auf.

Sie hatten sich seit damals nicht mehr gesehen. Nun starrten sie sich einen Moment schweigend an. Sein Gesicht, so bildete sich Tilla ein, war eine Spur kantiger geworden. Vielleicht lag es ja am unergiebigen Licht der Flurlampe, oder der verwegen wirkenden schwarzen Lederjacke. Der Moment der gegenseitigen Musterung ging in Befangenheit über.

»Ich wusste nicht, wen ich sonst anrufen sollte …« Tilla hob hilflos die Arme.

Er nickte. »Ist schon in Ordnung. Komm, zeig mir das Foto!«

»Das ist ja das Problem! Das Foto hat sich aufgebaut und dann war plötzlich alles blau. Ich hab alles versucht … Es sieht nach einem Computervirus aus.«

Andreas schloss die Haustür hinter sich. »Blau hört sich nicht gut an.«

»Mein Computer ist oben.«

Tilla führte ihn in ihr Büro im Obergeschoss. Der Computer surrte leise vor sich hin. Andreas Kamenz setzte sich an das Gerät und bewegte die Maus leicht hin und her. Doch der Bildschirm blieb hartnäckig blau. Der Goslarer Ermittler versuchte es mit einigen Tastenkombinationen, die auch Tilla bereits durchprobiert hatte, und schüttelte dann den Kopf. »Der ist nachhaltig hin. Ein ziemlich effizienter Virus. War wahrscheinlich an die Bilddatei angehängt.«

Seine Worte erleichterten Tilla unsäglich. »Du glaubst mir also?«

Andreas sah sie an. »Natürlich glaube ich dir. So etwas Verrücktes denkt sich doch keiner aus!«

Um ein Haar hätte Tilla ihrem Drang nachgegeben, sich juchzend auf ihn zu stürzen. Doch sie begnügte sich artig mit einem erleichterten »Der Göttin sei Dank.« Die Hände hatte sie vorsichtshalber fest um die eigene Mitte geschlungen.

»Hast du das Foto lange genug sehen können, um zu erkennen, wo deine Freundin lag?«

»Ich glaube ja«, gab Tilla mit dünner Stimme zurück. »Ich bin mir nicht ganz sicher, aber ich glaube, es war dieser kleine Steinkreis oben auf dem Sachsenberg.«

»Auf dem Sachsenberg? Wie weit von der Zivilisation ist das denn weg?«

»Na ja, jedenfalls zu weit, um jetzt mitten in der Nacht dort mal eben vorbeizugehen.«

»Können wir fahren?«

Tilla schüttelte den Kopf. »Da kommt kein Wagen durch. Der Steinkreis liegt mitten im Wald.«

»Und mit dem Motorrad?« Er zeigte ein dezentes Lächeln, das Tilla noch nicht an ihm gesehen hatte. Andreas Kamenz wirkte selbstbewusster als im letzten Jahr.

Tilla überlegte einen Augenblick und gab zögernd zu: »Es sind ziemlich schmale Pfade ... Ja, ein routinierter Fahrer käme da vielleicht hoch.«

Als er sich energiegeladen erhob, fragte Tilla ungläubig: »Sag mir nicht, dass du mit einem Motorrad hier bist?!«

Während Andreas Kamenz mit seinem Chef Gerd Wegener telefonierte, ging Tilla nach unten, wo sie in eine Steppjacke und feste Wanderschuhe schlüpfte. Andreas wartete bereits im Flur auf sie. »Wir fahren erst mal vor und schauen, ob deine Freundin wirklich dort bei diesem Steinkreis liegt. Dann hole ich die Kollegen dazu.«

Tilla schnappte sich ihren Schlüssel und folgte ihm aus dem Haus, wo ein für ihren Geschmack viel zu großes Vehikel auf zwei Rädern stand. Andreas setzte ihr seinen Helm auf, zog sich Handschuhe über und bedeutete ihr, sich hinter ihn zu setzen. Zögernd erkletterte Tilla den Soziussitz. Umständlich suchte sie nach den Stützen für ihre Füße. Sie war nicht sehr groß, aber ihr Platz schien ausschließlich für Kleinwüchsige gedacht. Obwohl sie ihre Füße einigermaßen sicher platzieren konnte, hatte sie das Gefühl, aus dem Gleichgewicht zu geraten, und griff nach Andreas. Unsinnigerweise schämte sie sich für einen Moment. Sie kannte seinen Körper schließlich recht genau und nun scheute sie sich, die Arme um ihn zu legen.

Er nahm ihr die Entscheidung ab und zog ihre Arme nach vorn und sie zu sich heran. Sie hörte noch ein »Halt dich fest«, bevor sich die schwere Maschine unter ihr dröhnend in Bewegung setzte.

Unterwegs brüllte sie ihm aus Leibeskräften ins Ohr, wie er am sinnvollsten fahren sollte, und leitete ihn gegenüber der zu nächtlicher Zeit völlig verwaisten Seilbahnstation von Bad Harzburg von der B 4 herunter auf eine Waldstraße Richtung Rabenklippe. Nach einer Steigung erreichten sie einen geschotterten Weg. Andreas drosselte das Tempo, bis Tilla den abzweigenden Pfad zur Harzburg fand. Auf dem unebenen Untergrund krallte sie sich ängstlich an ihrem Chauffeur fest, der die Maschine jedoch sicher durch den Wald lenkte. In der Nähe der Harzburg verlangsamte er das Tempo.

»Und jetzt?«, fragte er nach hinten.

»Dort geht's lang, aber pass auf, es ist ein ziemlich schmaler Weg im Hang, links geht es steil runter.«

Tilla war nicht sehr wohl bei dem Gedanken, auf einem Motorrad den schmalen Wanderpfad entlang zu fahren. Doch Kamenz lenkte das Motorrad im morgendlichen Dämmerlicht geschickt den *Besinnungsweg* bergan. Auf einem baumlosen Plateau hielt er abermals. Tilla konnte ihre klammen Hände kaum öffnen, denn sie hatte Angst, von dieser grässlichen Höllenmaschine zu kippen, wenn sie es tat. Also linste sie nur verkniffen über Kamenz' Schulter.

»Da, halb rechts geht es weiter. Du musst durch den Fichtenwald noch ein Stück den Berg hoch.«

Er klopfte ihr beruhigend auf ihre verkrampften Finger, die sich vor seinem Bauch in das Leder gekrallt hatten, und fuhr vorsichtig zwischen den Bäumen und einigen aus dem Boden ragenden Stuken durch den Wald, bis sie eine Lichtung erreichten. Tilla, die es auf dem letzten Stück vorgezogen hatte, nicht über seine Schulter zu sehen, wagte erst einen Blick, nachdem er ein deutlich vernehmbares »Au Scheiße« ausgestoßen hatte.

Als Tilla den toten Körper sah, der sich in grotesker Umarmung um einen Baum in Mitten eines Kreises aus Steinen wand, rutschte sie tatsächlich von seinem Motorrad auf den Waldboden. Andreas bockte sein Motorrad auf, bevor er sich zu ihr umwandte. Die Starre fiel von Tilla ab. Sie zerrte sich hektisch den Helm vom Kopf und rappelte sich auf. Sie wollte es nicht wahrhaben. Wollte sehen, dass es nicht Dorothee war, die dort völlig durchnässt im Wald lag, und lief ohne nachzudenken los. Kurz vor dem Steinkreis wurde ihr Lauf unsanft unterbrochen. Andreas war ihr nachgeeilt und hatte sie zu Boden geworfen, bevor die völlig aufgelöste Tilla alle für die Kripo wichtigen Spuren zur Gänze vernichtete. Tillas gesamte Spannung der letzten Wochen ergoss sich in einer Flut von Tränen über Andreas' Schulter, während er sie festhielt.

Harry kaufte sich seinen Golf. Neuanschaffungen blieben bei uns nie verborgen und so erfuhr meine Mutter schnell, dass Harry irgendwie zu Geld gekommen war. Harry war unendlich glücklich darüber, dass Jana zu ihm zurückkehrte.

Als sie wegen eines Friseurtermins außer Haus war, nutzte ich die Zeit, um mit Harry zu sprechen. Ich erzählte ihm, was ich über den Goldhut, das Schatzregal und die Bedeutung des Fundortes gelesen hatte. Harry hat ganz still zugehört und dann geantwortet, dass man ihn bereits deswegen angerufen hätte. Ich war ziemlich fassungslos, als Harry erzählte, er habe den Kyffhäuser als Fundort angegeben.

Harry erklärte die Lüge damit, dass das Gerücht von einem wertvollen Fund unter den Sondengängern bereits die Runde machte. Mir war nicht entgangen, dass Harry schon lange nicht mehr mit seiner Sonde losgezogen war. Er hatte Angst. Ich auch, vor allem vor Manfred.

Ich fragte ihn, ob sich Manfred schon bei ihm gemeldet habe, denn dass Harry nun einen neuen Wagen fuhr, musste diese Ratte ja schließlich gemerkt haben. Harry nickte. Er habe sich mit Manfred getroffen und ihm seinen Trabi geschenkt. Es wäre nun alles gut, beteuerte Harry. Dann strich er mir über die Wange und schlug vor, ich solle in den Karton sehen, der in der Ecke seines Wohnzimmers stand. Ich öffnete ihn und holte die schönste Kuckucksuhr heraus, die ich je gesehen hatte.

Immer wenn wir früher in der Stadt waren, mussten Jana und Harry meinetwegen an diesem Geschäft mit Kuckucksuhren stehen bleiben und das am liebsten zur vollen Stunde, wenn all die im Schaufenster ausgestellten Uhren zum Leben erwachten. Nun hatte mir Harry tatsächlich eine Harzer Kuckucksuhr aus Gernrode von einem Ausflug mit Jana mitgebracht. Etwas verwirrt war ich dann aber doch, weil er mir erklärte, ich könne die Uhr im Moment noch nicht aufziehen. Er drehte sie um, so dass ich unten hineinsehen konnte. Es steckte etwas darin, nämlich Geld. Ich sollte niemandem etwas von diesem Geld erzählen, auch Jana nicht. Er sagte: »Versprich mir, dass du Dieskau irgendwann verlässt und studierst!«

*

Am Nachmittag drängte sich Gerd Wegener zusammen mit Andreas Kamenz und einem uniformierten Kollegen in dem engen Flur von Tillas Häuschen. Während Kamenz die Kollegen von der Spurensicherung ins Obergeschoss führte, wo die Habseligkeiten der Toten untersucht werden sollten, bat Tilla Leinwig den Goslarer Kommissar in die Küche. Dort war Dana Assmut bereits dabei, den Tisch mit Bechern, Milch Zucker und einer Kanne Kaffee zu bestücken. Tilla, noch immer sichtlich im Ungleichgewicht, ließ sich auf die Küchenbank fallen. Gerred Assmut setzte sich neben sie. Er betrachtete Wegener wie einen Eindringling.

Wegener ließ sich Zeit. Bewusst wählte er den Platz Tilla Leinwig gegenüber. Bedächtig breitete er Notizbuch und Stift auf dem Tisch aus. Er hatte die Erfahrung gemacht, dass die Leute am ehesten zu sprechen begannen, wenn man sich etwas trottelig und unterwürfig gab. Umso weniger waren sie dann einer plötzlichen Nachfrage in scharfem Ton gewachsen und verzettelten sich daraufhin gern in Widersprüche, die für einen Ermittler höchst aufschlussreich sein konnten. Innerlich ermahnte sich Wegener dennoch, die junge Frau vor ihm nicht vorzuverurteilen, obwohl er das Gefühl nicht loswurde, dass sie seinen Kollegen Kamenz manipulierte.

Überhöflich begann Wegener: »Ich hoffe wirklich, dass

es Ihnen etwas besser geht, Frau Leinwig. Wir werden Sie auch gar nicht lange stören. Meine Kollegen werden sich in den Räumen von Frau Messner umsehen. Leider müssen wir auch Ihren Computer mitnehmen. Vielleicht lässt sich ja die Bilddatei von unseren Spezialisten wiederherstellen und wir bekommen einen Hinweis auf den Absender.«

Tilla nickte. »Ja, natürlich …«

»So ein Virus ist immer ärgerlich. Haben Sie viele Dateien verloren?«, fragte Wegener scheinbar mitfühlend.

»Nicht so viele … Ich hatte grade vor ein paar Tagen ein Sicherheitsbackup gemacht«, antwortete Tilla etwas fahrig.

Wegener registrierte diese Information mit Interesse, ging aber vorerst noch nicht darauf ein. »Tja, Frau Leinwig … der Anlass ist ja genauso unschön wie damals.« Er nahm dankbar den dargebotenen Kaffeebecher entgegen. »Aber nun kennen Sie das Procedere schon und wissen, dass ich Ihnen ein paar Fragen stellen muss.«

Während Tilla wortlos nickte, bemerkte Gerred Assmut kühl: »Nun, ich hoffe doch sehr, dass Sie meine Partnerin nur als Zeugin befragen und nicht wieder als Verdächtige, wie im letzten Jahr?«

Gelassen antwortete Wegener: »Natürlich nicht, Herr Assmut.« Er nippte an seinem Kaffee. »Wir kennen den ungefähren Todeszeitpunkt und ich weiß bereits, dass Sie alle zur Zeit des Todes von Frau Messner bei Ihnen gefeiert haben.« Gerred nickte und Wegener fügte hinzu: »Es tut mir wirklich leid, dass Sie alle abermals in unsere Ermittlungen geraten.«

Wegner bat Tilla, ihm nochmals von dem Foto auf ihrem Computer zu erzählen. Stockend kam sie seiner Bitte nach. Der Goslarer Kommissar hatte das Gefühl, dass sie seine Reaktion mit Argusaugen beobachtete. Offenbar erwartete sie, dass er ihr nicht glaubte. Die

Geschichte war auch ziemlich unglaubwürdig, aber er wollte Tilla Leinwig derzeit noch nicht bedrängen. Verstohlen betrachtete er sie. Sie war sehr blass, tiefdunkle Ringe zeichneten sich unter ihren sonst so lebendigen Augen ab. Nur Schlafmangel? »Wie lange kannten Sie Frau Messner?«

Tilla Leinwig nestelte nervös an einem der Knöpfe ihrer Bluse herum. »Ich habe sie etwa vor einem Vierteljahr bei einer Museumssitzung kennengelernt.« Sie referierte ihm die Umstände und wie sie übereingekommen waren, dass Dorothee Messner für die Zeit ihres Auftrages hier bei ihr wohnen sollte.

Gerd Wegener machte sich einige Notizen. »Wo wohnte Frau Messner sonst?«

»Äh … das weiß ich gar nicht genau. Sie hatte gerade ihr Studium in Berlin abgeschlossen, da hat sie vorher gewohnt. Sie erwähnte, dass sie bereits eine Doktorandenstelle habe, was ja kein Wunder ist, sie hat ein hervorragendes Examen gemacht. Ob sie ihre Doktorarbeit in Berlin oder woanders schreiben wollte, weiß ich nicht. Ursprünglich kommt sie aus einem Dorf bei Halle, da lebt noch eine Tante von ihr. Sie sagte, dass sie ein paar Tage bei einer Bekannten bleiben und dann zu ihrer Tante zurück wollte.«

»Kennen Sie die Bekannte?«

»Nein, leider nicht.«

»Und sie hatte gekündigt?«

»Äh … ja. Sie gab mir ein Schreiben, dass ich im Museum für sie abgeben sollte.«

»*Sie* haben die Kündigung abgegeben?« Wegener war verwundert. »Das hört sich ja an, als hätte sie sich ziemlich plötzlich entschlossen.«

»Ja, es ist etwas passiert, was Dorothee ziemlich aus der Bahn geworfen hat …«

Bevor sie weitersprechen konnte, fiel ihr Gerred

Assmut ins Wort. »Es ist nicht wirklich etwas passiert. Tilla war an diesem Abend ziemlich durcheinander, es war Ende April, also genau ein Jahr später … Sie wissen schon.«

Wegener bemerkte, dass Tilla Leinwig ihren Partner verwirrt ansah. Natürlich wusste der Beamte, was ihr im Vorjahr passiert war, und nickte Assmut zu. »Und was ist passiert, beziehungsweise nicht passiert?«

Er registrierte sehr genau, dass sie sich zurückfallen ließ und dabei die Hand ihres Partners abschüttelte. »Ich meinte doch …«

Assmut schnitt ihr abermals das Wort ab. »Meine Freundin glaubte vor einiger Zeit, dass sich jemand in ihrem Haus befunden hatte, und geriet in Panik. In dieser Panik hatte sie Frau Messner ziemlich erschreckt. Ich nehme an, deshalb …«

»Verdammt, Gerred«, fauchte Tilla Leinwig und wandte sich in geradezu beschwörendem Ton an Wegener. »Es war jemand in meinem Arbeitszimmer, der aber sofort floh, als ich hereinkam. Dabei rannte er mich um und ich stieß mir den Kopf. Als ich wieder aufwachte … – Ja, ich gebe es zu: Ich dachte, der Kerl sei noch da und hab mich aufgeführt wie eine Irre. In diesem Moment kam Frau Messner zurück und ich habe sie ziemlich erschreckt. Aber das ist nicht der Grund für ihre überstürzte Abreise. Dorothee hatte sich vor zwei Wochen von ihrem Freund getrennt. Es klang alles etwas verwirrend, was Dorothee dazu erzählte … Er hat sie betrogen und irgendwie ausgenutzt. Näheres weiß ich nicht. Deswegen hatte sie einige Zeit zuvor seine Arbeit sabotiert und ihm Dateien geklaut. Sie … äh … also wir vermuten, dass es dieser Mann gewesen sein könnte, der damals hier eingebrochen ist, in der Hoffnung, seine Dateien hier zu finden.« Sie warf Assmut einen bösen Blick zu und erzählte weiter. »Dorothee hatte sich sehr mit diesem Mann am Telefon gestritten. Ich habe es von meinem Arbeitszimmer aus gehört. Ich bin überzeugt, dass der sie auch umgebracht hat!«

»Tilla«, mahnte Assmut sichtlich verärgert.

Wegener schaute unschlüssig zwischen Gerred Assmut und Tilla Leinwig hin und her. Ihr Freund glaubte ihr eindeutig nicht. »Und wer ist der Mann?«

»Das ist es ja ... ich weiß es nicht. Sie erwähnte seinen Namen nicht«, antwortete Tilla Leinwig verzweifelt.

Wegener fand das Ganze immer undurchsichtiger. »Warum haben Sie denn nach diesem Einbruch nicht die Polizei gerufen?«

Tilla Leinwig wich seinem Blick aus. »Als er mich umrannte, stieß ich mir den Kopf und wachte erst einige Zeit später wieder auf ... Und dann sagten mir alle, es könne nicht sein.« Sie streifte ihren Partner mit einem kurzen Blick. »Ich war so verunsichert, dass ich irgendwann selbst daran zweifelte, ob da jemand gewesen ist.«

»Aber jetzt sind Sie sicher?«

»Ja.«

»Okay.« Wegener machte sich eine Notiz. »Sie waren ja offensichtlich mit Frau Messner befreundet, warum erzählte sie Ihnen dann nicht, mit wem sie zusammen war?«

»Sie war immer sehr verschlossen, was Privates anging. Sie sagte nur, dass er eine Frau hat ... äh, nein – eine Verlobte. Dorothee hatte sich von dem Mann getrennt. Dann verschwand sie und ist seither nicht mehr aufgetaucht.«

Wegener überdachte die Informationen.

»Wie ist Frau Messner denn nun umgekommen?«, fragte Assmut. »Ich weiß ja bisher nur, dass sie tot im Wald lag.«

»Tja, schwer zu sagen. Die Tote weist keinerlei sichtbare Verletzungen auf. Allerdings gibt es einige Ungereimtheiten.«

»Dann ist sie möglicherweise gar nicht ermordet worden?«, fragte Assmut nach.

Wegener, dem nicht entging, wie Tilla Leinwig genervt die Augen verdrehte, antwortete zurückhaltend. »Wir müssen erst einmal die Untersuchungsergebnisse der Obduktion abwarten.« Dann wandte er sich an die Leinwig. »Und Sie haben Frau Messner also seit rund zwei Wochen nicht mehr gesehen?«

Sie nickte heftig. »Ich habe mir schreckliche Sorgen gemacht. Aber ihr Handy war aus, ich konnte sie nicht erreichen. Ich wusste nicht, wo ich suchen sollte …« Ihre Stimme überschlug sich fast.

Wegener betrachtete sie forschend. Dass ihr Gemütszustand alles andere als stabil war, konnte er ohne großes psychologisches Gespür erkennen. War das auf aktuelle Ereignisse oder die Ereignisse von damals zurückzuführen? Solche Erlebnisse hinterließen ihre Spuren. Wegener wusste aus langjähriger Erfahrung, dass ein Stresssyndrom manchmal verhinderte, dass die betroffenen Leute in den Alltag zurückfanden, und dass sie sich dann durchaus auch Dinge einbilden konnten, die an den Stressauslöser erinnerten. Selbst Andreas hatte einige Zeit gebraucht. Ihm hatte ein exzessives Kampf- und Fitnesstrainig geholfen, das Erlebte zu verarbeiten. Doch zu seiner Jungenhaftigkeit hatte er nie wieder ganz zurückgefunden.

Tilla Leinwig hatte damals einiges zu verkraften gehabt. Wäre da nicht dieses seltsame Tatortfoto … Andererseits hatte das niemand außer ihr zu sehen bekommen. Wenn es dieses Foto gab, wer hatte es ihr dann geschickt? Und falls es das Foto nie gegeben hatte, woher wusste sie dann von der Leiche?

Jana hatte ihr Interesse an Harry schnell wieder verloren, weil der sein Geld eisern zusammenhielt, um sein Café zu eröffnen. Wir hatten also wieder mehr Zeit füreinander. Das Wissen, dass Jana niemals in seinem Café kellnern würde, machte mich traurig. Arbeit war nichts für meine Mutter. Doch Harry glaubte noch immer fest an eine Zukunft mit ihr und suchte mit Hingabe nach einem geeigneten Mietobjekt. Ich sagte nichts dazu und genoss die Zeit, die Harry mit mir verbrachte.

Es war kalt, aber sonnig und trocken, als mir Harry meinen innigsten Wunsch erfüllte und mit mir zum Ziegelröder Forst fuhr. Ich wollte unbedingt mit eigenen Augen sehen, wo er die Sternenscheibe gefunden hatte. Als er mir oben auf dem Bergkamm seine Grabungsstelle zeigte, hätte ich mich am liebsten in die Kuhle geworfen, in der Harrys Scheibe Tausende von Jahren gesteckt hatte. In meinen Träumen malte ich mir aus, wie ich später einmal mit kleinen Pinseln und Spachteln bei einer großen Ausgrabung mitarbeitete. Nichts anderes kam für mich mehr als Beruf in Frage.

Den Wall, den er mir beschrieben hatte, konnte ich nicht erkennen, auch war das Erdloch enttäuschend flach, eigentlich nur eine Mulde. Harry und Manfred hatten die Erde zurück in das Loch geschoben, um den Fundort unkenntlich zu machen. Harry sagte mir, er habe eine große Schlossschraube, die er Wochen zuvor mit seiner Sonde gefunden hatte, unter die Erde gelegt, damit er den Ort auch später immer wieder finden könne. Doch die Schlossschraube war gar nicht notwendig, denn die Umgebung hatte sich unlöschbar in Harrys und nun auch in meine Erinnerung eingebrannt. Ich war an diesem

Tag überglücklich und hatte das Gefühl, an etwas ganz Großem teilgehabt zu haben.

Ich weiß noch, dass Harry sich mit grimmigem Gesicht umgesehen hat, weil überall weitere Grabungsstellen zu sehen waren. Ich sah, wie er mit dem Fuß in einem frischen Erdhaufen herumstocherte. Ob außer ihm und Manfred noch jemand von der Stelle wisse, fragte ich ihn. Harry hat den Kopf geschüttelt. Ich mutmaßte damals laut, dass es dann ja nur Manfred gewesen sein könne, der hier in der Hoffnung auf einen weiteren Schatz gegraben hatte. Ein wenig beklommen fragte ich ihn, ob er sicher sei, dass sich Manfred wirklich mit dem Trabi zufrieden gab, den er ihm geschenkt hatte, doch Harry beteuerte, dass Manfred keine Gefahr mehr darstellte.

Nachdem, was passiert ist, war das wohl ein Irrtum.

*

Tilla sah aus den Augenwinkeln, dass Andreas an der Küchentür auftauchte und Wegener ein Zeichen gab. Sein Chef erhob sich, sie wechselten ein paar leise Worte, dann kehrte Wegener an den Küchentisch zurück. Andreas blieb an der Tür stehen. Umständlich kramte der Kommissar nun ein Foto aus seiner Tasche, das er Tilla zuschob. »Diese Symbole … Können Sie damit etwas anfangen?«

Erstaunt nahm Tilla das Foto entgegen. Auf die Innenseite von Dorothees Unterarm waren zwei Kreise mit verwischten Mustern darin gemalt worden. Darunter befanden sich Flecken – offenbar ein Schriftzug, der aber bis zur Unleserlichkeit verschmiert war. »Hat sie sich das selbst auf den Arm gemalt?«

»Wir wissen es nicht genau, aber wenn sie Rechtshänderin war, wäre es möglich. Was könnte das sein?«

Tilla betrachtete das Foto unschlüssig. »Es erinnert

mich ein wenig an keltische Kreismuster ... aber vielleicht komme ich nur deswegen darauf, weil ich mit Dorothee mal über dieses Thema sprach. Viele dieser Keltenmuster haben einen bestimmten Symbolcharakter ...« Tilla drehte das Foto mehrfach. »Aber ob das hier wirklich so etwas sein soll ...« Sie sah auf. »Auf jeden Fall passt es gar nicht zu ihr, sich etwas auf den Arm zu malen. Sie war immer so unglaublich ordentlich.«

»Vielleicht war sie doch etwas vergesslich und wollte sich etwas auf diese Art und Weise merken.«

»Keinesfalls! Herr Wegener, eine vergessliche Person macht doch kein Einser-Examen. Nein, nein ... So etwas würde sie nur im Notfall machen. Vielleicht ahnte sie, was ihr bevorstand und sie wollte demjenigen, der sie findet, etwas mitteilen.«

»Tja, dann ist es ziemlich schade, dass diese Nachrichten so verschmiert sind. Sagen Sie, Frau Leinwig, besaß Ihre Freundin eigentlich eine Handtasche?«

Tilla blickte den Ermittler erstaunt an. »Nicht direkt eine Handtasche. Sie war immer mit so einer ledernen Schultasche unterwegs.«

»Darin führte sie ihre Papiere mit sich?«

»Ihre Papiere und ihren Computer. Der war ihr unendlich wichtig. Wo ist diese Tasche eigentlich?«

»Das wüssten wir eben auch gern. Dort oben auf dem Sachsenberg haben wir nichts dergleichen gefunden und hier ist sie auch nicht, wie ich eben von meinem Kollegen Kamenz hörte.«

Tilla versank in nachdenkliches Schweigen.

*

Claudia schob das nagelneue Mountainbike in den Carport, nachdem sie das Teil unter größten Mühen aus ihrem Wagen gezogen hatte. Sie sah prüfend an ihrer Kleidung herunter und stellte beruhigt fest, dass ihr Otto-Kern- Hosenanzug unbefleckt geblieben war. Sie würde das Fahrrad und die Sportbekleidung allein einweihen, bevor sie sich so ausgerüstet Gerred zeigte. Die Sachen sollten schon benutzt wirken, vor allem das Fahrrad brauchte eine ordentliche Portion Dreck und ein paar Schrammen. Gerred war zwar unbedarft, was Frauen anging, aber nicht dumm. Sie durfte es ihm nicht zu leicht machen, ihr Spielchen zu durchschauen.

Gerade als sie den Carport verließ, knackte es vernehmlich hinter ihr. Claudia fuhr herum und sah schemenhaft eine Person am Hang hinter ihrem Haus. Ein paar Steinchen rollten noch den Hang hinab, als die Gestalt bereits hinter der Hangkante verschwunden war. Claudia neigte nicht zur Ängstlichkeit, doch nun blickte sie beunruhigt durch die Buchenstämme, die wie das gesamte Areal in stetem Schatten lagen. Vielleicht ein Spaziergänger aus dem Hotel auf der anderen Seite des Bergkammes, der den Weg zurück nicht findet, dachte Claudia und ging zur Haustür.

Während sie sich ihres Mantels entledigte, dachte sie darüber nach, wie sich die Informationen, die sie heute erhalten hatte, verwenden ließen. Bei Gerred und Tilla hatte es irgendeinen entfernten Todesfall gegeben. Im Zuge dessen hatte Gerred erwähnt, dass diese Tilla einem merkwürdigen vorchristlichen Glauben anhing. An diesem Tag war Claudias verblüffter Gesichtsausdruck zum ersten Mal seit Auftauchen ihrer Halbschwester echt gewesen – Gerred hatte doch allen Ernstes gesagt, Tilla sei eine Hexe.

*

»Sie hatte gekündigt, vielleicht war die Bezahlung von dem Job in der Tasche.«

Wegener schüttelte entschieden den Kopf. »Glaub ich nicht. Erstens: Wer zahlt schon in bar und zweitens war die Messner ja nicht einmal selbst bei ihrem Arbeitgeber, um die Kündigung abzugeben.«

»Hast recht.« Andreas Kamenz blickte unzufrieden aus dem Fenster. »Mich stört einfach, dass die Tasche von der Messner weg ist. Ich bezweifle, dass die irgendetwas Wertvolles enthielt.«

»Nee. Der Computer, den die Leinwig beschrieben hat, kann nicht viel wert gewesen sein. Dafür bringt man niemanden um.«

»Sag mal, hatte Tilla nicht erzählt, sie hätte versucht, ihre Freundin auf dem Handy anzurufen? Hat man das eigentlich irgendwo gefunden?«

Wegener dachte kurz nach und blickte dann erstaunt auf. »Nein. Weder am Tatort noch in der Wohnung.«

»Vielleicht ist es noch immer in dieser Tasche. Ich erkundige mich mal nach der Nummer, vielleicht können wir es orten, oder über die Funkmastortung ein Bewegungsprofil erstellen«, schlug Kamenz vor.

Wegener nickte. »Gute Idee, mach das. Sag mal, wissen wir denn mittlerweile, ob Fundort und Tatort übereinstimmen?«

»Ja, die Leiche wurde nicht bewegt. Hannah Giresch rief heut Morgen an. Die Messner starb irgendwann am Abend des einundzwanzigsten Juni dort oben in dem Steinkreis.«

»Dieser verschmierte Schriftzug auf dem Arm der Toten … hat Dr. Giresch da etwas ausrichten können?«

Kamenz schüttelte den Kopf. »Habe ich auch schon gefragt. Der Schriftzug hatte keine Kratzer auf der Haut hinterlassen, über die man die Zeichnung hätte rekonstruieren können.«

»Schade. Gab es sonst etwas Auffälliges im Bericht?«

»Laut Dr. Giresch gibt es da wohl leichte Anzeichen einer chronischen Entzündung im Bronchialtrakt, aber das allein sei nicht todesursächlich gewesen.«

»Wieso hat deine Freundin immer mit derart eigenartigen Fällen zu tun?«, murrte Wegener unzufrieden.

»Sie ist nicht meine Freundin.«

»Ja, ja, schon gut, du weißt, was ich meine. Da ist wieder ein Einbrecher und wieder eine Tote … Du musst zugeben, Tilla Leinwig zieht Unheil an.«

Andreas Kamenz sah erstaunt auf. »Was für ein Einbrecher?«

Wegener berichtete Kamenz knapp Worten, was Tilla Leinwig über einen mutmaßlichen Einbruch erzählt hatte, und schloss mit den Worten: »Ich hatte allerdings den Eindruck, dass Assmut die Geschichte anzweifelt.«

»Wieso glaubt er ihr nicht?«, echauffierte sich Andreas Kamenz.

»Warum wohl?«, antwortete Wegener streng. »Nach dieser Sache im letzten Jahr hatte sie laut Assmut öfter Panikattacken. Zum Teil mit so herben Reaktionen, dass es die Messner zum Auszug getrieben haben könnte.«

Andreas ließ sich mit verächtlichem Schnaufen in seinem Stuhl nach hinten fallen.

In eindringlichem Ton fuhr Wegener fort: »Andreas, du weißt besser als jeder andere hier, wie schwer es ist, gewisse Erlebnisse zu verarbeiten. Du hast es geschafft, Frau Leinwig möglicherweise nicht. Du weißt, welche Blüten ein posttraumatisches Stresssyndrom treiben kann. Das Erlebte wiederholt sich, aber nur im Kopf der Opfer.«

Muffig antwortete Kamenz: »Und wenn sie mit diesem Einbrecher recht hat?« Er setzte sich auf. »Vielleicht erklärt das ja auch das Fehlen der Tasche.«

»Hä?«

»Na ja, da war doch der Computer in der Tasche. Er war zwar nicht wertvoll, aber vielleicht enthielt er wichtige Dateien.«

Wegener überdachte diese Möglichkeit. »Ich weiß

nicht ... ich finde diese ganze Einbrechergeschichte ja ziemlich dubios. – Was aber nicht heißt, dass wir das nicht überprüfen, wir müssen schließlich herausbekommen, was dieser jungen Frau passiert ist. Ich würde vorschlagen, wir veröffentlichen erst einmal ein Bild von der Toten in der Zeitung mit der Bitte, dass sich eventuelle Zeugen melden. Vielleicht gibt es ja jemanden, der die Messner am Abend ihres Todes gesehen hat.«

Goslarsche Zeitung

Junge Frau nahe der Burg tot aufgefunden

Wie erst jetzt bekannt wurde, fand man in der Nähe der Harzburgruine die Leiche einer jungen Frau, die am Abend des 21. Juni auf noch ungeklärte Weise zu Tode kam.

Die Kriminalpolizei Goslar gab bekannt, dass es sich um die 26-jährige aus Halle stammende Archäologin Dorothee M. handelte, die zuletzt in Berlin ansässig war. Dorothee M. war zurzeit für das Rammelsbergmuseum tätig. Da die Umstände des Todes bisher nicht geklärt werden konnten, bittet die Kriminalpolizei Goslar die Bevölkerung um Mithilfe.

Die Frau war mit einer blauen Jeans und einer gemusterten Bluse bekleidet. Hat jemand diese Frau am Abend des 21. Juni in der Nähe der Harzburg gesehen? War die Frau möglicherweise in Begleitung einer oder mehrerer Personen?

Sachdienliche Hinweise nimmt jede Polizeistelle entgegen.

Das emsige Treiben aufgeregter Menschen, die Koffer hinter sich herziehend einer Reise entgegenfieberten, registrierte er kaum, ebenso wenig wie die nichtssagende Musik, die hin und wieder von den Durchsagen über ankommende oder abfliegende Maschinen unterbrochen wurde. Unaufhörlich starrte er auf den Zeitungsartikel. Bisher hatte er es vermieden, das Schwarzweißfoto von ihrem toten Gesicht anzusehen. Er faltete die Zeitung und legte sie auf sein Bordcase von Ferragamo, so dass ihr Gesicht zur Decke des Flughafengebäudes Hannover blickte, die ausschaute, als habe man eine Unzahl von leeren Gemüsedosen daran befestigt.

Er überlegte. Mit ihr war ein Großteil seiner Probleme gestorben. Sie war die Einzige gewesen, die seinen Plan durchschauen und vereiteln hätte können. Doch für seinen Plan brauchte er die Proben. Die hatte er noch immer nicht gefunden. Auch durften seine Dateien keinesfalls in die falschen Hände gelangen.

Sie war schlau gewesen und ihr Versteck vermutlich genial. Oder hatte sie beides jemandem zur Aufbewahrung gegeben? Etwa der Leinwig? Wie gut waren die beiden befreundet gewesen? Wie viel hatte sie dieser Leinwig erzählt?

Unwillig blickte er wieder auf die Zeitung. Ohne die scheußliche Brille war sie kaum wiederzuerkennen. Sachdienliche Hinweise … man untersuchte den Fall also. Das war gar nicht gut, denn das hieß, dass man ihre Habe durchsuchte und womöglich sicherstellte. Seine Hand wanderte in die Tasche seines Harris-Tweed-Jacketts und zog einen blanken Schlüssel ohne Aufdruck hervor. Es war ihrer. Er hatte ihn nachmachen lassen. Er grinste bei der Erinnerung, wie leicht es gewesen war, mit diesem Kästchen von Tom einen Abdruck zu machen. Er hatte den Schlüssel nun schon mehrfach benutzt, aber die Proben blieben verschwunden. Sie waren nicht bei den

Sachen in ihrem Zimmer gewesen. Es konnte gar nicht anders sein, die Leinwig hatte sie. Aber zu ihrer Wohnung im Erdgeschoss hatte sein Schlüssel nicht gepasst. Er musste etwas unternehmen, und zwar bald.

Nur wenige Minuten später erhob er sich und folgte der Aufforderung des Flughafenlautsprechers, sich zum Gate Dreizehn auf den Flug nach Birmingham zu begeben.

*

Berking hastete durch die Gänge der Goslarer Polizeiinspektion. Er ärgerte sich noch immer, dass sein Terminplan ihm keinen Besuch des Tatortes der Toten aus dem Wald erlaubt hatte. Vehement stob er durch die Tür zum Büro der Kommissare Wegener und Kamenz. »Gibt es seit Erscheinen des Zeitungsartikels neue Erkenntnisse zu der Toten vom Sachsenberg?«

Die beiden Polizisten wussten, wie müßig es war, auf einen höflichen Gruß des stets ungeduldigen Braunschweiger Staatsanwaltes zu warten, der nur wenige Jahre älter war als Kamenz.

»Es hatte sich ein Mann gemeldet«, antwortete ihm Kamenz, »ein entfernter Kollege von der Messner, der wohl ziemlich schockiert über ihren Tod war. Aber der konnte nichts zu den Ermittlungen beitragen. Soweit ich die Worte des Kollegen von der Telefon-Hotline noch im Kopf habe, wollte der Mann letztlich nur wissen, wie weit wir schon sind.«

»Auf welche Fassung hatten Sie sich als Antwort geeinigt?«, fragte Berking.

Wegener erklärte: »Ich habe den Kollegen angewiesen, bei Nachfrage den Eindruck zu vermitteln, dass es sich um einen Unfall gehandelt hätte. Alles andere verschreckt aussagewillige Zeugen in der Regel.«

»Okay. Also keine brauchbaren Zeugenaussagen. Was haben wir bis jetzt?«

Gerd Wegener hatte sich die Akte bereits herangezogen und begann seine Aufzählung. »Dorothee Messner, sechsundzwanzig Jahre, hat gerade ihr Studium der Archäologie in Berlin summa cum laude abgeschlossen. Sie bewohnte ein WG-Zimmer in Berlin, in der Schinkelstraße 4a. Doch die Adresse scheint nicht mehr aktuell zu sein. Sie hat ihre Sachen dort abgeholt und sich noch nirgends wieder neu gemeldet. Ihre Mitbewohner wussten nicht, wo sie hinwollte. Vater unbekannt, die Mutter starb vor zehn Jahren bei einem Autounfall. Das Mädchen kommt ursprünglich aus einem Dorf bei Halle, wo sie noch eine Tante hat.«

Berking quittierte diese Information mit einem Nicken.

»Aber das letzte halbe Jahr hat sie hier in Goslar verbracht. Sie hatte hier einen zeitlich befristeten Job im Rammelsberg-Museum angenommen und wohnte bei Tilla Leinwig, die ja dort Führungen macht.«

»Bei der Leinwig? Na, die hat irgendwie wenig Glück mit ihren Mietern«, bemerkte Berking ironisch, auf den Fall im Vorjahr anspielend.

»Tja, wohl wahr.« Gerd Wegener registrierte den Anflug von Humor bei dem sonst so spaßfreien Staatsanwalt und Sohn seines langjährigen Freundes Hanjo Berking mit Erstaunen. Er fasste noch die bekannten Fakten der Spurensicherung für ihn zusammen und erwähnte dann das Foto.

»Ein Tatortfoto? Bei der Leinwig taucht urplötzlich ein Tatortfoto auf dem PC auf?«, fragte Berking mit dem gleichen Misstrauen gegenüber Zufällen, das auch Wegener schon befallen hatte.

»Ja … um Sekunden später wieder zu verschwinden«, sagte Wegener und erntete einen nachdenklichen Blick von Berking.

»Und dieses Foto hat niemand außer ihr gesehen?«

Wegener schüttelte still den Kopf.

Nun mischte sich Andreas Kamenz ein. »Das ist durchaus möglich. Der Unbekannte hatte einen Virus an die Fotodatei gehängt, der seine Spuren auf dem Computer und auch das Bild wieder zerstört hat.«

»Haben Sie den Computer untersucht?«, fragte Berking ihn.

»Ja.«

»Und? Was gefunden?«

»Na ja, zumindest den Virus. Die Festplatte ist tatsächlich nachhaltig hin, die Daten darauf sind nicht mehr rekonstruierbar«, antwortete Kamenz.

»Hat Frau Leinwig dadurch wichtige Daten verloren?«, wollte Berking wissen.

Wegener schüttelte den Kopf. »Ihr Verlust hält sich in Grenzen, sie sagte, sie hätte einige Tage zuvor eine Datensicherung gemacht.«

Berking war der Zweifel überdeutlich anzusehen, was Andreas Kamenz ärgerte. Er nahm den Fehdehandschuh auf. »Wieso sollte sie sich so eine verrückte Geschichte ausdenken?«

Berking erklärte kühl: »Das sollten doch gerade Sie am besten wissen, Herr Kamenz. Die hat uns im letzten Jahr über Monate hinweg die Wahrheit vorenthalten! Ich gebe zu, ich weiß nicht genau, wie diese Frau funktioniert, aber ich weiß, dass ihre Denkrichtung selten einen geraden Weg nimmt. Sie spielt immer irgendwelche seltsamen Spielchen.«

»Vielleicht lag das ja an Ihnen, Herr Dr. Berking«, gab Kamenz frech zurück. »Verstehen Sie mich nicht falsch, aber Sie treten zuweilen sehr dominant auf. Das verunsichert manche Leute.«

»Frau Leinwig ist ja wohl alles andere als ängstlich. Neulich hat mein Vater sie zu einem Verhör als Übersetzerin hinzugebeten. Sie hat diesen Amerikaner, einen bis zu den Ohren tätowierten, zwei Meter großen Mädchenhändler, wegen seines Jobs derart rüde beschimpft, dass der Mann tatsächlich für einen Moment sprachlos war. Glauben Sie mir, meine angebliche Dominanz beeindruckt diese Frau nur mäßig.«

Die Spannung verflog, als beide Kommissare ihrer Erheiterung freien Lauf ließen. Berking irritierte die Reaktion, denn er hatte nicht vorgehabt, für Heiterkeit zu sorgen. »Was sind denn das für Klötze? Ist das etwa ein Steinkreis?«, fragte er in das Gelächter hinein und tippte auf eines der Tatortfotos.

»Ja, den hat man oben am *Besinnungsweg* zusammengeschoben«, erklärte Wegener, »sozusagen als Hommage an die alten Sachsen, die von dort zur Belagerung der Harzburg gestartet sein sollten.«

»Aha«, machte Berking, um sodann mit leichtem Tadel in der Stimme festzustellen: »Ich habe noch gar keinen Bericht von Dr. Giresch gesehen.«

»Wir haben ihn auch gerade erst bekommen.« Kamenz griff nach einem weiteren Pappordner, der zuoberst auf einem Stapel monumentalen Ausmaßes lag, schlug ihn auf und fasste die Fakten zusammen. »Es bleibt rätselhaft. Dr. Giresch hat ihre Untersuchung besonders gewissenhaft vorgenommen, deshalb hat das Ganze länger gedauert. Aber sie konnte bis auf Petechien und dezente Veränderungen in der Lunge nichts Ungewöhnliches finden. Dr. Giresch hat Blut- und Gewebeproben eingefroren und will sich nochmals nach speziellen Methoden zur Feststellung von Toxinen erkundigen, die sie dann an den Proben anwenden will.«

Dr. Berking war sofort hellhörig. »Steht denn der Verdacht einer Vergiftung im Raum?«

Kamenz klärte ihn auf. »Diese punktförmigen Einblutungen in der Bindehaut könnten auf ein Ersticken hindeuten … allerdings auch auf starken Husten. Ligaturmale gab es nicht, ebenso wenig wie Spuren im Gesicht, die auf ein Ersticken durch eine fremde Person hindeuten. Sie hatte zwar verkrampfte Hände, die zunächst an einen Hirnschaden denken ließen, aber unsere sonst so geniale Rechtsmedizinerin konnte bisher nichts finden, was dazu passt. Es sieht alles danach aus, dass die junge Frau an Sauerstoffmangel starb, aber man weiß nicht warum.«

Berking murmelte nachdenklich: »Nach einem natürlichen Ableben klingt das nicht. Haben die Kriminaltechniker noch irgendetwas Brauchbares gefunden? Gibt es Fremd-DNA?«

»DNA nicht, aber die Jungs haben an der Armbanduhr der Toten ein Haar gefunden. Blond, also eindeutig nicht von ihr, aber leider ohne Wurzel. Reicht also nicht für eine DNA-Probe. An ihrer Kleidung fand man ein paar Fasern hochwertiger, weißer Seide, die nicht zu ihren Sachen passte. Ach ja, und man hat vereinzelt Pferdehaare gefunden.«

»Pferdehaare?«

»Ja, aber so wenig, die könnte sich die Messner theoretisch auch bei einem Gang durch die Fußgängerzone durch Übertragung eingefangen haben«, bemerkte Andreas Kamenz. Schließlich referierte er Berking, was Tilla über den möglichen Freund der Toten erzählt hatte.

»Und wir haben keinerlei Anhaltspunkt, wer das sein könnte?«, fragte Berking.

»Leider nicht. Wir haben ihre Kollegen im Museum befragt. Frau Messner galt fachlich als sehr kompetent, aber ansonsten sei sie sehr zurückhaltend gewesen. Die Kollegen im Museum kannten ihren Partner nicht.«

»Und die Wertsachen, Papiere, Computer und Handy sind verschwunden?«

Wegener und Kamenz nickten.

»Wir haben also gar nichts«, sagte Berking säuerlich.

»Da ist das Foto«, erinnerte Kamenz.

»Ja, das Foto«, wiederholte Berking schmallippig. »Selbst wenn es dieses Foto gegeben hat, sagt es uns nicht, dass es von einem Mörder gemacht wurde.«

»Von wem dann?«, fragte Kamenz erstaunt.

»Ein guter Verteidiger würde sagen: Jemand findet eine Tote im Wald, neben ihr eine Tasche mit Laptop und einem schicken Handy, das Fotos machen kann und das bei Jugendlichen sehr begehrt ist. Der oder die Finder machen ein Foto von der Toten und schicken es von zu Hause an die im Handy gespeicherte E-Mail Adresse, zusammen mit einem Virus. Ein perfider Streich, aber ein Streich. Kein Mord.«

Wegener und Kamenz schwiegen gleichermaßen verblüfft.

Berking fällte er seine Entscheidung gewohnt schnell und konstatierte: »Ich sehe derzeit keinen hinreichenden Verdacht auf Fremdverschulden. Angesichts des anstehenden Mädchenschieberfalles, der sehr aufwändig wird, stellen wir diesen hier zurück, bis sich etwas Neues ergibt.«

Tilla sackte nach ihrer Schimpftirade entnervt auf Astrid Volkerts' Sofa zusammen. Ihre Zuhörer hatten Tillas Wutausbruch mit stoischer Ruhe ertragen und sahen sie nun besorgt an.

Hanjo Berking fand als Erster seine Sprache wieder. »Nun, nach dem, was ich von Gerd hörte, ist ein Unfall nicht zur Gänze unmöglich, Tilla.«

»Ein Unfall? So ein Unsinn. Und wer schickt mir dann so ein Foto?«

»Jugendliche vielleicht, die Dorothees Sachen haben mitgehen lassen. In dem verschwundenen Handy war doch deine Mail-Adresse gespeichert.«

»Ja, schon …« Verunsichert strich sich Tilla die Haare aus den Schläfen.

Astrid klopfte ihr beruhigend auf den Rücken. »Oh Liebes, es tut mir so leid … dass du schon wieder so etwas durchmachen musst.« Dann fragte sie ihren Lebensgefährten in einem Ton, der einer Anklage gleichkam: »Und Jan sagte, dass er den Fall zu den Akten legen will?«

»Bis sich etwas Neues ergibt, ja. Er kann zurzeit nicht viel unternehmen«, gab Hanjo zurück.

»Und diese Untersuchungen, von denen Wegener sprach, haben die denn auch nichts ergeben?«, fragte Tilla.

Der ehemalige BKA-Beamte sah sie mit Bedauern an. »Du weißt, dass ich darüber nichts sagen darf. Aber wenn die Obduktion zu einem Verdacht geführt hätte, würde Gerd Wegener dem nachgehen. Dessen kannst du gewiss sein. Der Tod deiner Freundin wird aufgeklärt, Tilla. Hab Geduld.«

»Geduld«, echote Tilla aufgebracht, dieses Wort hasste sie wie kaum ein anderes. Sie sprang auf und tigerte spannungsgeladen in Astrids Wohnzimmer auf und ab. »Ich glaube es einfach nicht. Man sollte doch meinen, dies ist ein zivilisiertes Land. Dorothee starb in einem Gebiet, wo sonntags Eltern mit ihren Kindern spazieren gehen. Und niemanden interessiert es.«

Hanjo und Astrid warfen sich einen hilflosen Blick zu.

Aufgebracht lamentierte Tilla weiter. »Haben die denn überhaupt irgendwas getan? Mal bei der Seilbahnstation gefragt, ob jemand Dorothee gesehen hat? Oder ermittelt, ob ihr jemand gefolgt ist oder so?«

Hanjo erinnerte Tilla sanft: »Sie haben einen Zeitungsartikel mit einem Bild deiner Freundin veröffentlicht. Damit suchten sie nach möglichen Zeugen.«

»Oh, den Artikel habe ich verpasst«, gab Tilla kleinlaut zu. »Ist denn dabei etwas herausgekommen?«

»Soweit ich weiß, hat sich niemand gemeldet, der etwas Brauchbares aussagen konnte«, antwortete Hanjo, was Tilla zu einer erneuten, wenn auch gemäßigten Fluchtirade veranlasste.

»Ich glaube, ich habe die Zeitung noch. Eine Freundin aus Goslar gab sie mir.« Astrid stand auf und kehrte kurze Zeit später mit der Zeitungsseite zurück.

Tilla nahm das Blatt entgegen, überflog den Text und betrachtete dann widerstrebend das Bild von Dorothee, wobei sich ihre Augenbrauen missmutig zusammenzogen. »Kein Wunder, dass sich niemand gemeldet hat. Auf dem Bild kann sie auch keiner erkennen ... so ohne Brille.«

»Brille? Trug deine Freundin denn eine Brille?« Hanjo machte ein erstauntes Gesicht.

»Allerdings. Gläser wie Glasbausteine und das Gestell sah aus wie Baustahl«, murrte Tilla. »Derjenige, der ihr diese Brille verpasst hat, gehört wegen Geschmacksfehlstellung erschossen.«

Hanjo starrte nachdenklich ins Leere. Dann griff er urplötzlich zum Telefon, tippte eine Nummer ein, stellte das Gerät auf Lautsprecher und legte es auf den Wohnzimmertisch. Nach dem zweiten Klingeln ertönte Gerd Wegeners Stimme.

»Grüß dich, Gerd«, sagte Hanjo herzlich. Nach ein paar Höflichkeitsfloskeln kam er zur Sache.

»Eine Brille?«, fragte Wegener erstaunt nach. Man hörte durch das Telefon, dass er in einer Akte blätterte.

Dann sagte er etwas zu Kamenz, der ebenfalls im Raum war und nun hören ließ: »Nein, die Tote hatte keine Brille auf.«

»Das ist ja doch merkwürdig. Warum nimmt man einer Toten die Brille weg?«, sagte Hanjo mehr zu sich selbst als in das Telefon.

»Vielleicht hat sie sie selber abgesetzt«, mutmaßte Gerd Wegener.

»Bestimmt nicht«, warf Tilla energisch ein. »Ohne das Teil war sie blind wie ein Grottenolm.«

»Also, wenn sie irgendwo beim Tatort heruntergefallen wäre, hätten wir sie doch gefunden. Ich schicke noch mal die Kollegen von der Spurensicherung auf den Sachsenberg. Vielleicht haben die sie übersehen«, meinte Wegener und schob ungehalten nach: »Eigentlich hätte unsere Rechtsmedizinerin doch etwas merken müssen. Wenn ich meine Brille absetze, hab ich immer so gerötete Flecken an der Nase.«

»Stimmt, Brillenschuhe hinterlassen oft Druckekzeme«, warf Astrid ein.

»Ihre Brille hatte solche Dinger nicht«, sagte Tilla. »Sie war sehr empfindlich und hatte ein Brillenmodell, wo nur der Verbindungsbogen auf dem Nasenrücken lag. Der rutschte leicht ... deswegen schob sie unaufhörlich die Brille nach oben«, schloss sie, durch die Erinnerung traurig geworden.

»Was meinst du, Gerd ... ist da vielleicht ein weiterer Zeitungsbericht drin?«

»Ich werd's versuchen, aber im Moment lässt dein Sohn uns wenig Zeit.«

Hanjo Berking und Wegener wechselten noch ein paar Sätze über den Mädchenschieberfall und verabschiedeten sich dann voneinander.

Tilla schaute ihre geduldigen Gastgeber mit einem warmen Lächeln an. Astrid gab ihr die Zeitungsseite, die Tilla in ihre Handtasche steckte. Mit überschwänglichen Worten des Dankes verließ sie das Holzhäuschen am Südrand von Osterode und hatte das Gefühl, wenigstens einen kleinen Erfolg errungen zu haben. Doch vor allem hatte sie sich endlich ernst genommen gefühlt.

Schattenbuch

Irgendwie wundert es mich nicht, dass es meine Mutter war, die der Katastrophe den letzten Kick gab. Alles fing damit an, dass Jana Harry zu einem Shoppingausflug nach Halle überredete. Ich wollte eigentlich gar nicht mitfahren. Ewiges Herumgerenne in der Stadt und in stinkenden, engen Umkleidekabinen Klamotten anprobieren, das war Janas Welt, nicht meine. Aber meine Mutter hatte mir eindringlich eingebläut, mitzukommen. Wenn überhaupt, so sagte sie bissig, ließe Harry doch nur noch für mich Geld springen und sie könne froh sein, wenn dabei ein paar Krumen für sie abfielen. An diesem Tag hatte ich das Gefühl, dass sie eifersüchtig auf mich war.

Wir mussten eine ganze Weile auf Harry warten, was ungewöhnlich war, denn er verspätete sich sonst nie. Jana stelzte mit diesen wahnsinnig hohen Schuhen schimpfend und zeternd durch den Flur. Als Harry endlich kam, knipste sie ihr Lächeln an wie andere Leute eine Lampe. Das hab ich an ihr immer bewundert. Ich finde lächeln anstrengend.

Ich sah Harry sofort an, dass etwas vorgefallen sein musste. Meine Mutter fragte nicht einmal, was ihn aufgehalten hatte. Sie machte es sich gleich in Harrys Golf bequem. Mir erklärte er kurz, dass Manfred vor seiner Wohnung auf ihn gewartet habe. Sie hatten sich wieder gestritten, weil Manfred mehr Geld haben wollte. Harry hat ihm gesagt, er soll endlich Ruhe geben und verschwinden. Manfred habe ihm daraufhin gedroht, Harry werde es noch bereuen. Doch Harry weigerte sich, diese Drohung ernst zu nehmen. Dann sind wir eingestiegen und losgefahren.

Irgendwann war der hellblaue Trabant hinter uns, den Manfred nun fuhr. Manfred hupte und machte Grimassen.

Er fuhr sogar ein Stück weit neben uns her und gestikulierte wild herum. Ich hatte Angst, er könnte versuchen, uns von der Straße zu drängen. Harry war ärgerlich. Er tat so, als wolle er mit Manfred ein Wettrennen machen. Erst gab er Gas und bog dann ganz plötzlich ab, während Manfred auf der linken Spur geradeaus fuhr. So hängten wir diesen Verrückten ab. Jana war die Einzige, die sich darüber bestens amüsierte. Wie ein Kind klatschte sie begeistert in die Hände. Auf der Landstraße nach Halle drängte Jana Harry, er solle doch mal richtig Gas geben. Sie juchzte, als Harry mit hundertsechzig über die Landstraße brauste. Ich habe mit geschlossenen Augen hinten gesessen und versucht, meinen Gedanken ein Thema zu geben, an dem sie sich festhalten konnten. Mutig war ich noch nie und die Geschwindigkeit machte mir Angst. Leider sollte ich mit meiner Angst recht behalten. Ich erinnere mich noch, erst gab es einen Ruck, Harry schrie irgendetwas, der Wagen geriet ins Schlingern und dann krachte es ohrenbetäubend. Mich muss es aus dem Wagen geschleudert haben. So richtig bin ich erst wieder aufgewacht, als ich schon auf einer Trage lag und ein Rettungssanitäter auf mich einredete.

Aber ich weiß genau, ich war schon vorher mal kurz wach. Da habe ich Manfred gesehen. Er hatte sich über mich gebeugt und mich angestarrt. Dann bin ich wieder weggeduselt.

Diese Erinnerung kam jedoch erst viel, viel später zu mir zurück. Viel zu spät. Da waren Harry und meine Mutter schon lange tot.

*

»Tut mir leid, dass du mich gestern nicht erreicht hast. Ich war bei Astrid und Hanjo in Osterode und habe mein Handy zu Hause vergessen. Ich hätte Claudia wirklich gern kennengelernt«, beteuerte Tilla und nahm Gerred die Jacke ab. Sie bemühte sich um einen leichten Ton und merkte, dass er es ebenso hielt.

»Macht nichts, das läuft uns ja nicht weg. Ich wusste gar nicht, dass du nach Osterode wolltest.«

»War ein spontaner Entschluss«, erklärte Tilla. »Willst du etwas essen?«

»Nein danke, ich habe vorhin auf der Rückfahrt von Nordhausen mit den Kollegen gegessen.«

Tilla nickte und dachte kurz missmutig: Kollegen oder Kollegin? Doch sie fragte ihn aufgeräumt: »Magst du ein Glas Wein?«

»Ja, gern.«

»Lass uns nach draußen gehen«, schlug sie vor.

»Eine gute Idee!«

Die Terrasse war endlich mal trocken genug, dass man sich draußen hinsetzen konnte, und Tilla verteilte Sitzkissen auf den Stühlen. Gerred stellte Gläser und Weinflasche auf den kleinen Holztisch und ließ sich in einen der Gartenstühle fallen. Genießerisch atmete er die laue Sommerluft ein.

»Du hättest ruhig noch deine Radtour machen sollen.« Tilla füllte die Gläser mit dem Rosé eines Harzer Weingutes, das sie als Kunden für ihre Homepage-Betreuung hatte gewinnen können.

»Heute war ich genug auf den Beinen, am Morgen in Stapelburg und vorhin in Nordhausen.« Gerred nahm das Glas entgegen.

»Läuft es gut in Nordhausen?«, fragte Tilla mehr höflich als aus Interesse.

Gerred richtete sich auf und begann eifrig zu erzählen. »Ja, der Kunde ist etwas schwierig und kommt ständig mit etwas Neuem an. In den Medien wird jeder Quatsch als ökologische Neuerung gepriesen. Die Kunden fragen deswegen immer nach Dingen, die bei ihren Bauprojekten völlig unsinnig wären.«

»Ich dachte, es handelt sich um ein Sportzentrum für die umliegenden Schulen?«

»Der für uns zuständige Dezernent möchte wohl Bundeskanzler werden und will das Neueste vom Neuen. Wenn die Presse dabei ist, zieht er eine Heiden-Show ab. Da überlasse ich Claudia gern das Feld. Sie vertritt unsere Position gut und der Dezernent greift sie nicht an. Eine Frau anzugreifen, macht sich in der Presse nicht gut.« Gerred grinste.

»Sie scheint ja geradezu ein Segen für euch zu sein.« Tilla gelang es nicht, den schnippischen Unterton herauszuhalten.

»Irre ich mich, oder hörte sich das gerade nach Eifersucht an?«

Tilla dachte einen Moment nach. »Verflucht noch mal, ja. Als ich die Fotos von Arnold bekam, bin ich fast geplatzt. Sie ist so verdammt hübsch.« Tilla schmollte. »Hübsch und noch dazu Architektin, eine gute, wie es scheint.«

Er antwortete mit einem zustimmenden Geräusch und nippte an seinem Wein.

»In ihrer Vita stand, sie habe zuvor in Berlin gearbeitet. Die genannten Projekte klangen ziemlich eindrucksvoll. Sind sie es?«

»Ja, durchaus«, sagte Gerred. »Manchmal hat sie etwas zu hochtrabende Ideen für diese Gegend, aber sie lässt sich etwas sagen und ist recht umgänglich.«

Tilla zwickte es, weiter nach Informationen über diese Claudia zu bohren. »Warum ist sie eigentlich nach Wernigerode gezogen?« Als Gerred nicht gleich antwortete, schob sie ungeduldig nach: »Ich meine, wenn sie doch in Berlin so erfolgreich war, wieso zieht sie ausgerechnet hier her? Eine Frau aus der Hauptstadt!«

»Nun … sie stammt aus Wernigerode. Weißt du, ihr Vater starb sehr früh und vor einiger Zeit starb auch ihre

Mutter. Ich denke, sie ist wegen des Hauses zurückgekommen, das sie von ihren Eltern geerbt hat.«

»Oh, na dann …« Tilla fragte sich, warum diese Information in ihrer Vita nicht erwähnt wurde. Sie versank in Gedanken. Schließlich war auch sie selbst nach dem Tod ihrer Mutter an ihren Geburtsort zurückgekehrt. Eine Zeit lang hatte sie das quirlige Leben ihrer Studentenstadt Göttingen noch vermisst. Heute hatte sich das völlig gegeben. Sie warf einen verstohlenen Blick zu Gerred. Auch er war völlig in Gedanken versunken. An wen oder was dachte er? An Claudia Hohenstein?

»Ich war auch ziemlich eifersüchtig, weißt du«, hörte sie ihn nun in seiner typisch bedächtigen Art sagen. »An jenem Abend, als du dieses Foto von deiner toten Freundin bekamst … Du hast Andreas Kamenz angerufen, nicht mich.«

»Nun, Andreas kennt sich mit Leichen halt doch besser aus als du. Aber zuvor hatte ich dich angerufen. Du bist nicht ans Telefon gegangen.«

Gerreds Blick flüchtete. Er griff nach dem Weinglas. »Oh, ja stimmt. Ich war an diesem Abend mit Kunden essen …«

Tilla sah ihn forschend an. Gerred konnte so schlecht lügen wie kein anderer. Er war also auch an jenem Abend mit Claudia unterwegs gewesen. »Ich hätte dich wenigstens am nächsten Morgen anrufen müssen, aber nachdem wir Dorothee fanden, war ich so durcheinander, ich konnte keinen klaren Gedanken mehr fassen.« Tillas Hand krampfte sich bei der Erinnerung um den Stiel ihres Weinglases.

»Du hast sie wirklich sehr gemocht, nicht wahr?«

»Ja, das hab ich. Weißt du, sie war ein Mensch voller Gegensätze; auf der einen Seite hochintelligent und dann wieder hilflos wie ein Kind, wenn es um zwischenmenschliche Dinge ging. Ich glaube, sie hatte gar keine Freunde.«

»Sie hatte dich.«

»Ja.« Tilla schnaufte verächtlich. »Wobei ich manchmal glaube, ich bin für andere ein Fluch. Meine Mutter starb an Samhain, mein Vater an Ostara, mein erster Mieter wurde kurz vor Beltane erschossen und nun starb Dorothee …« Tillas Blick versteinerte förmlich. Abrupt richtete sie sich auf. »Sie starb genau an Mittsommer!«

Gerred blickte Tilla stirnrunzelnd an. »Am 21. Juni, Mittsommer, richtig. Aber das muss nichts bedeuten.«

Tillas Gedanken eilten über die Fakten. »In einem Steinkreis, genau zur Sommersonnenwende, die Zeit der Reife … Alban Hevin … die Erdgöttin ist schwanger …«

»Oh, Tilla, hör auf«, verlangte Gerred mit fester Stimme. Ihm blieb die Mystik der Jahreszeiten, mit der Tilla aufgewachsen war, stets suspekt.

Tilla starrte ihn an, als sei sie gerade aus einem langen Schlaf erwacht. Wie hatte sie eigentlich übersehen können, wie wenig sie mit Gerred gemein hatte? Sie schaute in seine Augen, die für sie immer Seen der Ruhe dargestellt hatten. Doch es war keine Ruhe darin. Sie wusste nicht genau, was es war, das sie dort sah. Fremdheit? Trauer? Ärger? Jedenfalls war das Braun seiner Augen ein anderes als sonst.

Die Sternenscheibe blieb immer eine Art Bindeglied zwischen Harry und mir. Gottlob verschwand sie nicht vollständig, hin und wieder sandte sie mir ein Lebenszeichen.

Es war im Sommer 2001, als eine Expertise über einen einmaligen Bronzefund vom Kyffhäuser im Landtag von Sachsen-Anhalt von Hand zu Hand ging. Ich saß damals auf der Besuchertribüne, denn es handelte sich um eine offene Plenarsitzung. Bis auf ein paar Jura-Studenten war ich nahezu allein. Unten gingen die Meinungen hin und her. Ich konnte kaum an mich halten. Am liebsten wäre ich aufgesprungen und hätte laut durch das Landtagsgebäude geschrien: »Harry, der fast mein Vater geworden wäre, hat den Schatz gefunden, im Wald bei Ziegelroda!«

Natürlich habe ich das nicht getan. Ich habe brav und still auf der Tribüne gesessen und war glücklich, überhaupt etwas von Harrys Schatz zu hören. In den Tiefen des Internets munkelte man, dass die Fundstücke bereits mehrfach weiterverkauft worden waren. Nun wurde die Sternenscheibe erneut angeboten und war dadurch aus der Versenkung des Hehlermarktes aufgetaucht. In jenen Foren, die sich für keine Verschwörungstheorie zu schade waren, fragte man sich: Was passierte mit dem Schatz, wenn er zu heiß für den grauen Markt geworden war? Die Frage verfolgte auch mich, wie ein Schatten.

Würden die Politiker Sachsen-Anhalts, die sich einige Meter unter meinem Sitzplatz schwatzend in den Sesseln lümmelten, die Bedeutung des Schatzes ermessen können? Die Landtagswahlen standen für das nächste Jahr an. Diese Leute dort unten interessierten sich für Wahlstatistiken und nicht für einen historischen Fund, den es bisher nur in wilden Gerüchten und auf körnigen

Fotos gab. Würden diese Leute einem Etat für die Wiederbeschaffung einer alten Bronzescheibe zustimmen? Alles in mir schrie: Ja! Oh bitte, ja!

Der anstehenden Debatte lag die Expertise zugrunde, die von Dr. Frederike Holm, der Landesarchäologin von Sachsen-Anhalt, initiiert worden war. Einige der bekanntesten Fachleute hatten daran mitgewirkt. Kaum einer der dort genannten Namen kam ohne Doktor- oder Professorentitel einher, ein Umstand, der sich für die Politiker weitaus spannender ausnahm als die Beteuerung, dass es sich bei der Scheibe um einen der bedeutendsten Funde der europäischen Kulturgeschichte handelte.

Mit eben dieser Feststellung eröffnete eine Vortragende denn auch ihren Redebeitrag. Während die zierliche Frau emphatisch die These verbreitete, dass die Scheibe, wäre sie denn echt, ein Umschreiben der Geschichte erfordere, so sahen die Politikerkollegen eher aus, als fragten sie sich gelangweilt, ob sich so ein historischer Fund auch positiv auf die Wahlen auswirken könnte. Alles, was das Land, das mit immensen Arbeitslosenzahlen zu kämpfen hatte, Geld kostete, musste äußerst sorgsam bedacht werden.

Ich hätte wer weiß was dafür gegeben, einen Blick in die Expertise werfen zu dürfen. Der Mann unter mir blätterte das DIN-A4-Dokument lustlos und viel zu schnell durch. Auf der Seite mit einigen Bildern verharrte er kurz. Ganz schemenhaft konnte ich die Scheibe mit den Goldflecken darauf erkennen. Mir klopfte damals vor Freude das Herz so laut, dass ich meinte, man müsse es im ganzen Saal hören.

Endlich meldete sich eine weitere junge Politikerin zu Wort und erklärte, dass so ein Fund dem Land auch eine Menge Geld bringen könne. Das allgemeine Herumrutschen auf den Stühlen erstarb. Es wurde still. Man hörte zu. Die junge Frau zählte in exakten kurzen Sätzen auf, dass man neben den Einnahmen aus den Museumsbesuchen auch durch verschiedene Rechte, die mit so einem Fund verbunden seien, Geld verdienen könne. Geld, das ein Land wie Sachsen-Anhalt dringend brauche.

Ich wurde damals ziemlich nachdenklich. Unter diesem Aspekt hatte ich historische Exponate noch nie betrachtet. Ich sah einige Politiker mit verschränkten Armen in ihren Reihen sitzen und nicken. Ich war sicher, hinter deren Stirnen geisterten Gedanken von bedruckten Kaffeebechern, Jutetaschen und Seidentüchern herum. Ich spürte förmlich, dass diverse Hände bereits den Pro-Knopf auf ihren Wahlgeräten befühlten. Als die Politikerin sich in die Vision verstieg, man könne ja sogar am Fundort ein ganz neues Museum bauen, zogen sich sicher neunzig Prozent der fingernden Politikerhände ruckartig vom Wahl-Tableau zurück.

»Grundgütiger! Ein neues Museum? Wissen Sie, was so was kostet?«, plärrte einer dazwischen.

»Na, bitte … Sie können ja auch die Besuchermassen durch das marode Landesmuseum schleusen«, plärrte ein anderer zurück. Dann wurde lang und breit erörtert, dass es mit der Statik des Landesmuseums nicht zum Besten stünde und dass man in das alte Museum viel investieren müsse, damit es nicht über dem Besucheransturm zusammenbrach.

Mir kam es vor, als laste man es der Scheibe geradezu als Bosheit an, ausgerechnet jetzt aufzutauchen, wo Fachleute gerade Risse in den Museumswänden festgestellt hatten. Die Sprecherin wiederholte gebetsmühlenartig: Besucheransturm in Sachsen-Anhalt! Wenn man verdienen wolle, müsse man erst einmal investieren.

Dann meldete sich ein älterer Mann zu Wort, der ruhig fragte, worin diese geplanten Investitionen bestünden? Sanierung des Landesmuseums? Ein neues Museum? Oder gar ein Fond, mit dem der Schatz aufgekauft werden solle? Dies, so warnte er, schaffe Präjudizien der falschesten Art. Er schlug vor, man solle doch zunächst einmal die Ermittler des Landeskriminalamtes mit dieser Sache betrauen, anstatt Hehlerware zu kaufen. Es sei Sache der Polizei, die Hehler aufzuspüren und ihnen den Schatz abzunehmen. Zwar bedürfe es dazu einer Sonderkommission, die von Experten beraten werden sollte, doch, so betonte er, seien Sonderausgaben an dieser Stelle weitaus vernünftiger angelegt. Wenn man die Scheibe in Händen halte und ihre Echtheit beweisen könne, sei es noch immer früh genug, sich über weitere Ausgaben, etwa die Sanierung von Museen, Gedanken zu machen.

Es folgte allgemeines Tischeklopfen. Der Vorschlag wurde in einem schnellen Wahlgang angenommen. Ich war zufrieden, nicht ahnend, dass Harrys Schatz in Gefahr schwebte. Er lagerte nämlich zu dieser Zeit in der Schweiz, wo man gestohlene Ware problemlos legalisieren und weiterverkaufen konnte.

*

Die Luft hatte etwas Klebriges an sich. Es hatte es die ganze Nacht geregnet und nun war die Tagessonne emsig dabei, die Feuchtigkeit in Tropenatmosphäre zu verwandeln. Während die Natur diese Witterung genoss, begannen die Menschen zu stöhnen. In der Zeit solcher Schwüle wusste Tilla ihren Arbeitsplatz unter Tage sehr zu schätzen. Der Keltenmantel aus schwerem Wollstoff, in dem sie die Führungen machte, leistete ihr dort ganzjährig beste Dienste. Mittlerweile hatte sie ihr historisches Gewand wieder gegen eine aufgekrempelte Jeans und ein luftiges Top getauscht. Das Keltenmantum, die lederne Bracea, Wams und Bluse trug sie über dem Arm, als sie über den Vorplatz des Bergwerksgeländes des Rammelsberges eilte.

Einige Teilnehmer ihrer Führung, denen sie unter Tage einen Einblick in das Handwerk des Goslarer Bergbaues gegeben hatte, standen vor den terrassenförmig angelegten Bauten des Bergwerkes und ließen den Anblick auf sich wirken. Emsiges Geschnatter, vermutlich japanischer Herkunft, drang an Tillas Ohren. Die meisten besuchten nach dem Rundgang unter Tage die einzelnen Gebäude des Bergwerkes, die zu Museumshäusern umgebaut worden waren. Tilla warf ihrer Touristengruppe ein kerniges »Glückauf!« zu. Beglückt, ihr gerade erworbenes Wissen anwenden zu können, wiederholten alle brav den traditionellen deutschen Bergwerksgruß in englisch-japanischer Ausprägung. Tilla lachte, hielt lobend den Daumen hoch.

Das Lachen hatte gut getan. Zufrieden, endlich ein Stückchen Normalität wiedererlangt zu haben, legte Tilla das Keltengewand auf die Rückbank und setzte sich hinter das Steuer. Eilig fuhr sie los. Eine Mischung aus schmalen Fichten, Birken und einer bergigen Heidelandschaft glitt an ihr vorbei. Als die Villen der Südstadt vor ihr auftauchten, bog Tilla links ab und folgte dem Stadtring über den Nonnenweg und die von-Garßen-Straße. Ihr Ziel lag im Stadtteil Georgenberg, im Nordwesten Goslars.

Sie informierte Andreas telefonisch über ihr Kommen und steckte ihr Handy wieder in die Handtasche. Tilla verharrte noch einen Augenblick vor dem sechseckigen Komplex der Polizeiinspektion, bevor sie auf den Haupteingang zuging. Sie stob durch die Glastür und erklärte dem Mann in der Pförtnerloge, sie werde erwartet. Wie bestellt kam Andreas auf sie zugeeilt und zog sie sofort in einen Seitengang, von dem mehrere Türen abzweigten. Er öffnete eine, schaute kurz hinein und nickte ihr dann zu. Gemeinsam betraten sie den halbdunklen Raum. Die Jalousien in dem kleinen Besucherzimmer waren heruntergelassen, um die Sommerhitze auszusperren.

»Wie geht es dir?«

Tilla ließ sich auf einen der Stühle fallen und zog eine Grimasse. »Tut mir wirklich leid, dass ich mich dort oben im Wald so kindisch benommen habe. Ich hoffe, ich habe deine Jacke nicht völlig ruiniert.«

Er stieß ein amüsiertes Schnaufen aus. »Das Leder ist ziemlich unempfindlich, außerdem freuen sich die Kollegen von der Spurensicherung immer, wenn wir mal in den Dreck fliegen. Aber du kommst doch sicher nicht, um dich nach meiner Jacke zu erkundigen. Ist dir noch etwas eingefallen?«

»Ja, äh …« Urplötzlich kam sich Tilla wie ein Idiot vor. Zu Hause hatte ihr Gedankengerüst noch völlig schlüssig gewirkt. »Sag mal, hast du bemerkt … Das Datum, als Dorothee starb …«

Andreas runzelte die Stirn. »Datum?«

»Es war Mittsommer … Sommersonnenwende!«

»Oh«, entfuhr es ihm, bevor er in nachdenkliches Schweigen versank.

Tilla fiel eine feine weiße Linie über seiner linken Augenbraue auf. Sie wusste nur zu genau, woher diese Narbe stammte. Tilla drängte die Ereignisse von damals zurück, denn das Hier und Jetzt war wichtiger. »Andreas, sie ist an Mittsommer in einem Steinkreis gestorben. Sie war Archäologin. Das muss doch irgendetwas bedeuten.«

»Hm, stimmt, das könnte durchaus ein Hinweis sein. Ich behalte es im Hinterkopf, kann aber zurzeit nicht viel tun, Berking beißt einfach nicht an. Einerseits, weil unsere Rechtsmedizinerin nichts Auffälliges hat finden können und zudem, weil wir in einem anderen, sehr aufwändigen Fall ermitteln.«

»Oh verdammt«, schimpfte Tilla. »Und mein Computer? Hab ihr das Foto wiederherstellen können?«

Andreas schüttelte den Kopf. »Weder das, noch haben

wir den Absender rausgekriegt. Das war ein knackiger Virus. Du musst dir wohl eine neue Festplatte kaufen.«

Tilla fluchte erneut und fuhr sich durch ihr Haar. »Sag, glaubst du, was mir Hanjo erzählte, dass das Foto ein Streich von Jugendlichen gewesen sein könnte?«

»Denkbar, aber ich behalte alle Möglichkeiten im Blick«, versicherte er.

Tilla lächelte. Ihre Blicke trafen sich und blieben einen Moment zu lange ineinander verschlungen, bevor sie fast gleichzeitig wegsahen.

»Es wäre hilfreich, wenn wir etwas über ihren Freund wüssten«, bemerkte Andreas.

»Dorothee hat mir leider nicht viel über ihn erzählt, außer dass er eine Verlobte hat. Einen Namen nannte sie nie. Sie deutete an, dass er ein Kollege von ihr war, ich ihn aber nicht kennen würde. Vielleicht kommt er aus Berlin.«

»Hm, das erleichtert die Suche ja nicht gerade … Sag, hatte Dorothee Messner eigentlich irgendetwas mit Pferden zu tun?«

»Mit Pferden? Nein! Sie sagte mir, sie habe als Kind auf Katzenhaare empfindlich reagiert, ich glaube nicht, dass sie eine große Tierfreundin war.«

Andreas nickte. Eigentlich hätte sie nun aufstehen und gehen müssen. Aber sie rührten sich beide nicht vom Fleck.

»Andreas …«

Er sah sie an und wartete.

»Wie lange … wie lange hast du gebraucht? Nach … damals?«, fragte Tilla und sah, dass er genau verstand, was sie meinte.

Er fuhr sich durch das kurze dunkle Haar, weil er um Worte verlegen war. »Na ja, es hat schon einige Zeit gedauert … Das Schlimmste war dieses Gefühl, so hilflos gewesen zu sein. Ich habe mich damals überrumpeln lassen und konnte weder dir noch mir selbst helfen.«

Tilla blickte ihn ungläubig an. »Hilflos? Was hättest du denn tun sollen? Du konntest gar nichts tun!«

Andreas lächelte kurz. »Ja, diesen Spruch habe ich im letzten Jahr öfter zu hören bekommen, als ich ertragen kann.«

Tilla nickte. »Man selbst sieht so was immer anders als die anderen. Ich mache mir auch noch immer schreckliche Vorwürfe und fürchte, dass es mein Glaube war, der die Katastrophe ausgelöst hat. Zwar kann ich von den alten Riten nicht lassen, sie gehören halt zu mir, aber nach außen versuche ich ... normaler zu sein.«

Andreas schüttelte belustigt den Kopf. »Ist wahrscheinlich genauso idiotisch wie meine Methode. Ich verbringe jede freie Minute im Kraftsportraum.«

Tilla grinste. »Ja, man sieht es. Und – hilft's?«

»Na ja ... ich fühle mich nicht mehr ganz so hilflos. Eine Zeit lang habe ich bei jedem lauten Geräusch zur Waffe gegriffen.« Für einen Moment blitzte sein jungenhaftes Lächeln wieder auf. »Es hätte nicht viel gefehlt und Gerd hätte sich jedes Mal, wenn eine Tür knallte, flach auf den Boden geworfen. Ich war furchtbar.«

Tilla lachte. Es war ein befreiendes Lachen. »Meine Freunde sind nahezu taub, ich habe fast täglich einen infernalischen Schrei ausgestoßen, weil ich mir ständig einbildete, Fremde in meinem Haus zu haben.« Sie überlegte und fragte dann zögernd: »Deine Kollegen ... nehmen sie dich manchmal nicht ernst ... ich meine ...«

Andreas nickte. »Ich weiß, was du meinst. Am Anfang waren sie schon zurückhaltend, aber es hat sich gegeben.«

»Bei mir nicht«, grummelte Tilla. »Mich halten immer noch alle für übergeschnappt.«

Andreas überlegte einen Moment. »Das mag daran liegen, dass sich meine Kollegen mit den Folgen solcher Ereignisse besser auskennen. Mit deinen Freunden, die wohl kaum je in so eine Situation geraten wie wir letztes Jahr, musst du ein bisschen Geduld haben ... und mit dir selbst auch.«

Tilla lachte freudlos. »Leider werde ich das dumme Gefühl nicht los, dass mir das Schicksal die Zeit dafür nicht gibt. Nun passiert wieder etwas und ich kann nichts tun. Ich will mich ja nicht wieder irgendwo einmischen, Gerred tobt jetzt schon ... Aber das Gefühl, dass man mich nicht ernst nimmt ... man mir nicht glaubt, macht mich schier wahnsinnig.«

Andreas' Augen ruhten auf ihr, was bei Tilla ein wohliges Kribbeln auslöste. »Du denkst an diesen Einbruch?«, fragte er und fügte erklärend hinzu: »Gerd erzählte mir davon. – Hat der Mann denn etwas mitgenommen?«

»Nein. Zumindest habe ich nicht bemerkt, dass etwas fehlt. Es war auch nichts kaputt oder durchwühlt. Trotzdem glaube ich, dass er etwas gesucht hat, aber so, dass es nicht gleich auffällt. Ich vermute ja, er hat die Dateien gesucht, die Dorothee ihm gestohlen hatte.«

»Warum hat er sie deswegen eigentlich nicht angezeigt? Was waren das denn für Dateien?«

»Ich denke, es hat irgendetwas mit ihrem Job zu tun ... nicht dem im Rammelsbergmuseum, ich denke, sie arbeitete noch an einem anderen Projekt, denn sie saß in jeder freien Minute an ihrem Computer. Dorothee sagte mir, sie dürfe nicht über Einzelheiten sprechen.«

»Hm, seltsam«, murmelte er. »Vielleicht hatte sie eine Schweigevereinbarung unterschrieben. Manche Wissenschaftslabors machen so etwas. ... Wir müssten herausbekommen, wo sie noch gearbeitet hat.«

»Sie hat ein super Examen gemacht, es wäre denkbar, dass sie irgendwo eine Doktorandenstelle bekommen hat. Vielleicht arbeitete sie dort mit ihm zusammen.«

»Was immer noch nicht erklärt, warum er den Datenklau nicht angezeigt hat.« Andreas dachte einen

Moment nach. »Ich könnte bei dir im Büro noch mal nach Fingerabdrücken suchen ... Aber sag mal, wer hat denn alles einen Schlüssel zu deiner Wohnung?«

»Na ja, Gerred und Dana ... Ach ja, Dorothee hatte auch einen.«

Fallakte Himmelsscheibe

LKA Sachsen-Anhalt 2002

»Der häufigste Umschlagplatz für antike Waren ist die Schweiz«, erklärte Ingo Steinbrecht vom Landeskriminalamt Sachsen-Anhalt der Landesarchäologin. »Der Schweizer Kunstmarkt setzt jährlich für rund fünf Milliarden Franken Kunstgegenstände um, und nicht wenige davon sind gestohlen oder zumindest in ungeklärten Besitzverhältnissen.«

»Und da soll noch mal jemand sagen, die Schweiz stehe wie ihr Bankgeheimnis für Ehrlichkeit und Redlichkeit«, merkte Dr. Frederike Holm ironisch an.

Er hatte ihr also wohl nichts völlig Neues erzählt. Ingo Steinbrecht schnaubte amüsiert. »Die Geheimniskrämerei ist ja gerade das Problem. Die Schweizer sind halt nicht nur bei Bankkonten mit Informationen zurückhaltend, es fehlt einfach generell an Transparenz. Kunsthändler und Auktionshäuser arbeiten nicht mit den Zollbehörden anderer Länder zusammen und sie geben auch keine Listen über Geschäftskunden oder Kunstgegenstände heraus. Ob es sich um eine Ermittlung im Rahmen von Interpol oder Europol handelt, bei unseren – ach so neutralen – Nachbarn laufen wir bei der Suche nach Ihrem Schatz gegen die Wand.«

»Aber es gibt doch die UNESCO-Konvention für den Transfer von Kulturgütern …«

»Für die Schweizer nicht.« Steinbrecht milderte seine harten Worte dann jedoch etwas ab. »Noch nicht. Es gibt mittlerweile sehr engagierte Bestrebungen in der Schweiz, Gesetze zu beschließen, die den nebulösen Kunsthandel eindämmen sollen. Zurzeit aber kann dort jeder sein geklautes Gut verscherbeln, wie er lustig ist. Die Krux besteht darin, dass nach einer Wartezeit von nur fünf Jahren selbst gestohlene Sachen legal weiterverkauft werden können.«

»Was? Gestohlenes Gut wird legal?«, empörte sich die Landesarchäologin. »Wie kann denn so was sein?«

»Ganz einfach: Alle Hehler beschwören beim Leben ihrer diversen Anverwandten – die darüber eigentlich samt und sonders ausgestorben sein müssten – dass sie den Kunstgegenstand in gutem Glauben auf seine Legalität erworben hätten. Bei uns in Deutschland gibt es keinen gutgläubigen Erwerb von gestohlenem Gut. Wenn der Fund aber bei unseren Alpennachbarn umgesetzt wird, können Sie noch fünf Jahre lang auf Rückgabe pochen. Kommt die Einrede der fremden Eigentümerschaft innerhalb dieser Frist nicht, werden Sie entrechtet und sind fortan nicht mehr Eigentümer der Fundstücke. Aber diese Fünf-Jahres-Frist nutzt deswegen nichts, weil die wahren Besitzer ja nicht erfahren, dass ihr Gut sich in der Schweiz befindet und dort gerade von jemandem verscherbelt wird.«

Ernüchtert fiel Frederike Holm in ihrem Stuhl zurück. »Dann müssen wir also davon ausgehen, dass sich die Sternenscheibe und die Schwerter bereits in der Schweiz befinden?«

»Davon gehe ich aus«, antwortete der LKA Beamte bedauernd.

»Und für uns läuft die Zeit ab.«

Ingo Steinbrecht nickte.

»Gibt es nicht eine zentrale Stelle in der Schweiz, wo man seinen Verdacht anmelden kann?«

»Es ist im Gespräch, dass eine solche Stelle über das Schweizer Bundesamt für Kultur geschaffen werden soll, wenn das neue Gesetz umgesetzt wird, aber im Moment läuft so etwas noch als Maßnahme der IKPO, also Interpol ...«

»... was bei den Schweizern nichts bringt«, beendete Frederike Holm den Satz. »Und wenn die Sachen doch noch in Deutschland sind?«

»Auch nicht gut. Unseren Quellen zufolge gab es in Deutschland wohl schon diverse Händler, die sich an dem Schatz eine goldene Nase verdienen wollten. Er ist also bereits durch mehrere Hände gegangen und das könnte zum Problem werden. Irgendwann hat der Schatz nämlich ein Kaufpreislimit erreicht. Darüber geht nichts mehr. Dann wird man versuchen, die Schwerter einzeln zu verkaufen. Die Scheibe ist jedoch so einmalig, dass sie womöglich bereits schon jetzt in Deutschland unverkäuflich ist.«

»Und das heißt?«

»Das ist wie bei sehr bekannten gestohlenenen Kunstwerken. Sie werden in der Regel eine sehr lange Zeit in eine Schublade gesteckt, um sie zu einem späteren Zeitpunkt nochmals zum Verkauf anzubieten, wenn sich die Aufmerksamkeit gelegt hat. Unsere Scheibe jedoch ...« Seine Stimme wurde leiser. »...wird womöglich zu etwas anderem.«

»Wie ... zu etwas anderem?«

»Manchmal wird so was eingeschmolzen und man macht etwas daraus, was man leichter verkaufen kann. Der neue Gegenstand hält einer Altersbestimmung stand, weil ja altes Material genommen wurde.«

Die Landesarchäologin sackte zusammen »Und was machen wir nun?«

»Gut stehen unsere Chancen nicht«, erklärte Steinbrecht, »aber wir werden einfach auf gut Glück ein Angebot in die Weiten des grauen Marktes aussenden. Und dafür habe ich Sie hier hergebeten, Frau Dr. Holm. Sie sollen für uns so tun, als würden Sie das Schatzregal ignorieren.«

»Das Schatzregal ignorieren?!«

»Ja. Sie treten als potentieller Käufer auf. Wir werden versuchen, den Besitzer der Scheibe für uns zu interessieren, damit wir ihn aufspüren können.«

*

Arnold Köster sah von seinem Schreibtisch auf und blickte Claudia Hohenstein erstaunt an. »Eine Hexe?«, echote er.

Claudia setzte ein entschuldigendes Lächeln auf. »Hoffentlich habe ich jetzt nichts Falsches gesagt«, heuchelte sie. »Wissen Sie, Herr Assmut hatte mich eingeladen, mich mit ihm und seiner Partnerin zu treffen. Nun bin ich etwas unsicher, denn er erzählte mir neulich von dem Glauben seiner Freundin. Ich muss zugeben, ich habe noch nie davon gehört, dass jemand dem Hexenglauben anhängt. Vielleicht ist das ja so eine spezielle Harzer Angelegenheit, Sie wissen schon … Harzer Hexen und so. Über die Harzer Geschichte wissen Sie ja immer so gut Bescheid, deswegen dachte ich, ich frage Sie danach, bevor ich mich mit dummen Bemerkungen lächerlich mache.«

»Nun, Frau Hohenstein, Sie sind doch sonst nicht so unsicher.« Arnold Köster blickte amüsiert drein.

Claudia ließ sich ihren Ärger über diese unerwartete Reaktion nicht anmerken und beschloss, ihre Intrige mit einer Beichte zu würzen. Sie gab sich nun betont zögerlich. »Sie haben mich erwischt. Ja, normalerweise bin ich auch nicht so unsicher, aber in diesem Fall …

Wie soll ich es bloß formulieren? Wissen Sie, ich fühle mich zu Gerred ... zu Herrn Assmut hingezogen.« Claudia presste die Lippen aufeinander und hielt die Hände hoch. »Ich weiß ja, das ist nicht korrekt, denn Gerred lebt in einer Beziehung.« Claudia tat, als ringe sie um Worte. »Deswegen bin ich Frau Leinwig gegenüber sowieso schon unsicher und dann hörte ich auch noch von diesem komischen Glauben ... Entschuldigen Sie diesen Ausdruck, aber Gerred regte sich in meinem Beisein sehr darüber auf und benutzte diesen Ausdruck ebenfalls ... Also verstehen Sie mich nicht falsch, Gerred und ich verstehen uns gut, fachlich und auch privat, aber ich hab ihn nie ... wir sind uns nie näher gekommen.«

Arnold Köster brachte es auf den Punkt. »Sie haben also Frau Leinwig gegenüber ein schlechtes Gewissen wegen Ihrer Gefühle ihrem Partner gegenüber?«

Claudia zog ein Gesicht des Bedauerns. »Ja, das ist es wohl.«

Der Architekt ließ sich Zeit zum Überlegen. Claudia ärgerte sich, dass er sie auf seine nächste Reaktion warten ließ. Köster gehörte zu den wenigen Männern, die sie überhaupt nicht einzuschätzen vermochte. Er reagierte stets anders, als sie es erwartete, und außerdem reagierte er überhaupt nicht auf sie. War er vielleicht homosexuell? In dem Fall wird er als Teil einer Minderheit vermutlich allen Andersgläubigen und sonstigen Querschlägern mehr Toleranz entgegenbringen als üblich, dachte Claudia missmutig.

»Es wundert mich ja schon, dass Herr Assmut mit Ihnen so private Dinge bespricht.« Obwohl sein Ton höflich blieb, schien Köster diese Tatsache nicht zu gefallen.

Claudia pflegte wieder ihr gespieltes schlechtes Gewissen. »Es hat sich so ergeben ... Er und seine Freundin ... Hoffentlich bin ich jetzt nicht zu indiskret ... Nun, sie haben gewisse Schwierigkeiten und Gerred fragte mich nach meiner Meinung, um seine Freundin besser verstehen zu können.«

Arnold Köster legte die Fingerspitzen aneinander. »Und deren Glaube ist Grund für diese Schwierigkeiten zwischen den beiden?«

Claudia verzog das Gesicht. »Nun ... zumindest ist das wohl *ein* Grund für die Beziehungskrise.« Sie hoffte, er würde nach weiteren fragen. Mit großer Befriedigung sah sie, wie sich die Stirn ihres Chefs in Falten legte.

»Tja, zu diesem Glauben – Hexenglauben sagten Sie? – dazu kann ich jetzt auch nichts sagen. Ich habe Frau Leinwig immer als sehr kompetente Geschäftspartnerin kennengelernt.«

»Geschäftspartnerin?«, fragte Claudia ausnahmsweise ehrlich verwundert.

»Ja, sie hat die Pflege unseres Internetauftrittes übernommen und macht dies sehr versiert und gut.«

»Oh.« Claudia gab sich zerknirscht. »Das habe ich gar nicht gewusst. Jetzt ist mir die ganze Sache doppelt peinlich ... Ich wollte nie am Ansehen von Frau Leinwig kratzen!« Innerlich jubilierte sie.

»Nein, nein ... Sie schaden ihr ja nicht, jedenfalls soweit es mich betrifft«, versicherte Köster, was Claudias Hochgefühl wiederum einen Dämpfer versetzte. »Aber es tut mir schon leid, dass es zwischen Herrn Assmut und Frau Leinwig kriselt.« Dann blickte er Claudia mit einem verschmitzten Lächeln an. »Was immer Frau Leinwig für einen Glauben hat, ich bin sicher, dass Sie Ihnen während einer Einladung keine grünen Füße anhexen wird.«

Claudia ließ ein heiteres Lachen hören, aber in ihrem Inneren schwelte Ärger. Sie hatte sich von Köster eine deutlichere Reaktion gewünscht.

*

»Steinkreis?« Tillas Ton geriet wie üblich zu laut. »Was die Sonnenwende mit einem Steinkreis zu tun hat? Na alles!« Der Braunschweiger Staatsanwalt befand sich gerade mal seit zehn Minuten in ihrer Wohnung und schon hatte Tilla das bohrende Bedürfnis, den Mann an seinem Kragen zu packen und wachzurütteln.

Berking ignorierte Tillas unbotmäßige Lautstärke. »Das müssen Sie mir schon erklären.«

Aus den Augenwinkeln sah sie, dass Wegener sich nur mit Mühe ein Grinsen verkniff. Lachte der Idiot etwa über sie? Andreas konnte ihr bei diesem Ringen um Erkenntnis auch nicht helfen, er war in der Zwischenzeit ins Obergeschoss gegangen, weil er nach eigenem Bekunden noch etwas nachprüfen wollte. Tilla nahm an, dass er sich gerade mit dicken Pinseln und schwarzem Pulver über die Schränke in ihrem Arbeitszimmer hermachte. Nie waren die Leute da, wenn man sie brauchte. Egal. So kam sie nicht weiter. Sie kniff kurz die Augen zusammen und wedelte mit den Händen herum. Auf diese Weise ihrer überbordenden Energien ledig werdend, fuhr sie nun deutlich ruhiger fort und vergaß auch nicht, Berking artig mit seinem Titel anzusprechen. Sie wusste, er mochte das.

»Entschuldigen Sie Herr Dr. Berking … ich bin wohl noch immer etwas durch den Wind.«

Er nickte geradezu huldvoll. »Bisher sind wir ja noch nicht einmal sicher, was Frau Messner überhaupt passiert ist. Sollte sich herausstellen, dass es sich dabei um ein Verbrechen handelt, dann könnte der Zeitpunkt des Todes in Verbindung mit diesem Steinkreis durchaus eine Rolle spielen.« Er ließ seinen Worten eine kleine Pause folgen, bevor er seine Frage nach der Beziehung eines Steinkreises und der Sonnenwende wiederholte.

Tilla kämpfte ihren Ärger darüber nieder, dass Berking ganz offensichtlich noch immer nicht an

Dorothees Ermordung glaubte, und bemühte sich um einen gleichbleibenden Ton. »Es gibt ganz verschiedene Formen von Steinkreisen. Stonehenge zum Beispiel ist eindeutig ein Kalendarium, dort sammeln sich noch heute jedes Jahr zur Sommersonnenwende Tausende von Leuten, um den Sonnenaufgang zu begrüßen, der nur zu dieser Zeit genau zwischen den zwei Sonnenwendsteinen – der Achse des Steinkreises folgend – hindurch scheint. Für Archäologen sind die Steinkreisachsen geradezu eine Offenbarung und sie messen fortwährend daran herum.«

Wegener warf nachdenklich ein: »Und ich dachte, man weiß noch gar nicht genau, wozu die Steinkreise mal errichtet wurden.«

»Oh doch! Steinkreise hatten mehrere Funktionen, sie dienten als Kalendarium, aber auch als Ritualplatz – aber nicht jeder Steinkreis diente beiden Zwecken. Monumentale Stein- oder auch die Holzkreise, wie Goseck, dienten der Bestimmung der Jahreszeiten, wobei eigentlich gar nicht einmal die Sonnenwenden im Vordergrund standen. Damals war es wichtiger, die Äquinoktien zu bestimmen.«

»Die was?«, fragte Wegener.

»Äqui heißt gleich – nox ist die Nacht. Die Tag-und-Nacht-Gleichen«, erklärte Tilla. »Nach der Tag-und-Nacht-Gleiche des Frühlings konnte die Aussaat beginnen, die des Herbstes zeigte an, wann die Ernte erledigt sein musste.«

Wegener hob die Brauen. »Ach so. Interessant. Das muss ich Theresa erzählen.« Er grinste breit. »Meine Tochter. Sie löchert mich ständig mit solchen Fragen.«

Tilla fuhr eifrig fort. »Die meisten Steinkreise sind nichts weiter als Ritualplätze, denken Sie mal an die Merry Maidens in Cornwall oder die Steinkreise von Boitin …«

Berking, der weder das eine noch das andere kannte, bedachte Tilla mit einem kühlen Blick.

»Äh ... also das sind alles Steinkreise mit wenigen, niedrigen Steinen. In so einem Falle wurden die Steinkreise ausschließlich für Rituale und Zeremonien genutzt. Später hielt man im Herbst das Thing dort ab, also das Gericht. Auch an den Sonnenfesten, etwa der Sommersonnenwende, führte man dort Rituale durch.«

»Der Steinkreis, in dem Frau Messner starb, ist vermutlich weder das eine noch das andere, denn er ist dafür zu jung«, stellte Berking verkniffen fest.

»Ja, schon. Trotzdem bin ich davon überzeugt, dass es etwas zu bedeuten hat, dass Dorothee in einem Steinkreis lag. Vielleicht haben auch die Kreise auf ihrem Arm etwas mit diesem Umstand zu tun.«

Berking durchdachte Tillas Information. »Gut. Nehmen wir mal an, es hätte sich tatsächlich um ein Verbrechen gehandelt. Dann stellt sich die Frage: Verfügte der Mörder über das gleiche Wissen? Sie dann in einem Steinkreis zu töten, würde ja dann nicht gerade für einen intelligenten Mörder sprechen, denn so würden doch alle Hinweise zu ihm führen.«

»Vielleicht suchte aber nicht der Mörder, sondern Dorothee den Platz aus! Vielleicht wusste oder ahnte sie, was ihr drohte, und sie hat ihren Mörder dort hingelockt oder sich sogar dorthin geschleppt, um uns einen Hinweis zu geben.«

Bevor Berking etwas dazu sagen konnte, wandte sich die Aufmerksamkeit Andreas Kamenz zu, der an der Tür auftauchte.

»Hat sich noch etwas aus ihren Sachen ergeben?«, fragte Berking ihn ohne rechtes Interesse.

Andreas schüttelte den Kopf. »Ich habe weder ihre Brille noch das Handy finden können. Aber ich hatte die Idee, dass Frau Messner ihren Freund vielleicht mal mitgebracht haben könnte, wenn Tilla nicht da war. Deshalb habe ich ein paar Fingerabdrücke gesammelt und werde sie mit unseren Vergleichsdaten abstimmen.«

»Ah, gut.« Berking wandte sich an Wegener. »Waren die Kollegen von der Spurensicherung noch mal am Tatort?«

»Ja … kein Handy, keine Brille. Das Handy wurde am Abend des Todes deaktiviert. Wir haben ein Bewegungsprofil erstellt, demnach war sie zuvor in Wernigerode.«

»In Wernigerode? Was soll sie denn da gewollt haben?«, fragte Tilla zweifelnd dazwischen.

»Vielleicht hat sie ihren Freund dort besucht«, vermutete Andreas.

»Ich meine mich zu erinnern, dass sie zu einer Bekannten wollte«, erklärte Tilla nachdenklich.

»Wie kam sie eigentlich nach Wernigerode oder zur Burg? Dann müsste sie doch einen Wagen gehabt haben?« Berking blickte die Ermittler fragend an.

»Ich habe schon nachgesehen«, antwortete Wegener. »Auf ihren Namen war keiner zugelassen.«

»Doch, sie hatte ein Auto«, meldete sich Tilla nun eifrig zu Wort. »Älteres Modell, ausnehmend hässlich, orangerot … Ich glaube, mit einem HAL-Kennzeichen.«

»Verdammt, daran hätte ich denken müssen«, grummelte Wegener. »Für die Messner war ein eigener Wagen mit Sicherheit zu teuer …«

Kamenz grinste. »Dann werde ich mal in Erfahrung bringen, ob auf das Tantchen in Halle ein Wagen zugelassen ist und ob sie ihn vielleicht an ihre Nichte ausgeliehen hat.«

»Ist die Tante eigentlich befragt worden?«, wollte Berking wissen.

Wegener antwortete: »Wir haben die Kollegen in Dieskau gebeten, die Frau zu informieren. Die haben auch eine Reihe von Fragen bekommen, die sie Hannelore Messner stellen sollten, sobald die sich von dem ersten

Schock erholt hat. Bisher haben wir noch nichts gehört. Ich werde da noch einmal nachhaken.«

»Ich werde veranlassen, dass die Bad Harzburger Kollegen auf dem Parkplatz an der Seilbahnstation nach einem hässlichen orangefarbenen Wagen mit Hallenser Kennzeichen suchen!«, verkündete Kamenz.

»Ich glaube es zwar nicht, aber vielleicht finden wir ja in diesem Wagen doch noch weitere Hinweise«, bemerkte Berking.

Fallakte Himmelsscheibe

LKA Sachsen-Anhalt 2003

Ingo Steinbrecht eilte wie elektrisiert durch die Gänge des lang gestreckten Plattenbaus in Magdeburg. Endlich kam Bewegung in den Fall, der ihn nun schon so lange beschäftigte. Frederike Holm hatte sich bisher als erstaunlich krisenfest erwiesen. Ohne ihre Geschicklichkeit im Umgang mit den Hehlern wäre der Fund vermutlich längst verloren. Und nun wurden die Exponate tatsächlich erneut angeboten. Unglaublich.

»Warum jetzt?«, hatte die Landesarchäologin ihn gefragt. Ingo Steinbrecht grinste breit bei dem Gedanken, dass die Schweiz das Gesetz gegen den illegalen Kunsthandel nicht nur früher als gedacht in Gang gebracht hatte, es barg auch wesentlich härtere Regeln als erwartet. Nach diesem neuen Recht mussten alle Händler detaillierte Informationen über alle verkauften Güter und ihre Kunden offen legen. Außerdem war die Frist, innerhalb derer ein rechtmäßiger Besitzer seine

Ansprüche anmelden kann, von fünf auf dreißig Jahre hochgesetzt worden.

»Tja, so was bringt auch den coolsten Schatzbesitzer in die Bredouille«, murmelte Steinbrecht zufrieden. Er stürmte in sein Büro und öffnete die Akte, die er sich gerade unten abgeholt hatte, weil er nicht auf die Verteilung warten mochte. Sie enthielt das Protokoll eines aufgezeichneten Telefongespräches zwischen der Landesarchäologin und einer noch unbekannten Frau. Ungeduldig überflog er die wortreiche Beteuerung der Frau, dass sie nur für ihre Rentnerfreunde sprach, die man angeblich zu dem Kauf des Schatzes genötigt habe und die die Sachen wieder loswerden wollten. Die Landesarchäologin war wie abgesprochen zum Schein darauf eingegangen.

Der LKA-Beamte folgte den Zeilen mit zunehmender Hochachtung vor Frederike Holm und las, wie sie der Frau mit viel Geschick ihr Kaufinteresse so glaubhaft gemacht hatte, dass die Frau tatsächlich einem Treffen zustimmte.

»Unglaublich«, freute sich Steinbrecht und schlug die Akte zufrieden zu.

*

»Sie war noch dicker, rund … und dunkel, fast schwarz«, erklärte Tilla dem Polizeibeamten, der im Computer nach dem Brillenmodell suchte. Das seelenlose Computerbild von Dorothee füllte sich mit jedem Mausklick mit einer anderen Brillenform. Sie selbst vermochte nach den letzten zehn Klicks kaum noch zu sagen, was Dorothee für eine Brille getragen hatte, so sehr brachten die verschiedenen Möglichkeiten sie durcheinander. Endlich befand Tilla, dass das Bild mit der richtigen Form bestückt war.

Gerd Wegener beobachtete das Geschehen schweigend. Die Tür zum Besucherraum öffnete sich und Andreas Kamenz schaute herein. Hinter ihm war Staatsanwalt Berking zu sehen.

»Ach hier bist du … Oh, hallo Tilla«, grüßte Kamenz sie. Dann fragte er Wegener: »Gerd, Dr. Berking wollte wissen, ob die DNA-Analysen in dem Mädchenschieberfall schon da sind …«

»Nein. Die üblichen Teilanalysen reichen in diesem Fall nicht, es wird etwas länger dauern«, antwortete Wegener.

Kamenz hatte zwar redlich versucht, den Eingang zu versperren, doch Berking drängte sich in den Raum und warf einen Blick auf die Zeichnung. »Sie ermitteln immer noch wegen der Toten im Wald?«, fragte er nicht ohne Vorwurf.

»Der Wagen von Dorothee Messner stand tatsächlich auf dem Parkplatz der Seilbahnstation. Dort war auch ihre Tasche. Handy und Brille waren da nicht drin. Frau Leinwig war so freundlich, das Bild von der Toten noch mit der richtigen Brille zu bestücken … der Vollständigkeit halber«, entgegnete Wegener ungerührt.

Berkings Interesse erwachte. »War ihr Computer da?«

»Ja, er lag im Wagen, aber der hat uns auch nicht weitergebracht. Es waren nur ein paar Dateien darauf, die mit der Ausstellung im Rammelsbergmuseum zu tun hatten. Ich vermute, sie hat die wichtigen Dateien auf einem externen Datenspeicher abgelegt. Machen ja viele, die ein Laptop benutzen. In der Tasche waren nur ihre Papiere, Kleinkram und ein Inhalator gegen Asthma«, antwortete Andreas Kamenz.

»Ein Asthmaspray?«, hakte Berking interessiert nach.

Alle Blicke richteten sich auf Tilla, die widerstrebend zugab: »Ah … ich glaube, ich habe den Inhalator mal gesehen.«

»Das hätten Sie uns sagen müssen«, tadelte Berking sie mit Oberlehrerblick.

»Ich dachte nicht, dass das wichtig wäre«, gab Tilla bockig zurück. »Dorothee sagte, heute hätte sie keine Probleme mehr.«

Wegener merkte an: »Das Haltbarkeitsdatum des Sprays war fast abgelaufen und der Behälter noch voll. Das würde Frau Leinwigs Aussage bestätigen.«

Berking betrachtete missmutig das Computerbild von Dorothee Messner. »Stellen Sie den Messnerfall einstweilen zurück. Wir arbeiten gerade über drei Bundesländer hinweg mit zahlreichen Leuten an dem Mädchenhändlerfall, dem ich absolute Priorität einräume.«

Wegener antwortete gelassen: »Im Moment müssen wir eh die Laborberichte von dem Laster abwarten. Ich fülle die Zwangspause hiermit.«

Berking murrte etwas Unverständliches und eilte hinaus.

Tilla, die nur mit größter Mühe den Mund gehalten hatte, sah ihm zornig nach. »Kann der Ihnen etwa vorschreiben, wie Sie Ihren Job zu machen haben?«

Wegener lächelte dünn. »Der Staatsanwalt ist nun einmal Herr des Verfahrens, er gibt uns einen Ermittlungsauftrag. Wie wir den ausführen, ist zwar grundsätzlich unsere Sache, allerdings ist unser Dr. Berking ziemlich engagiert, selbst bei Detaills.«

»Vor allem ist er nervtötend«, fügte Andreas hinzu.

*

Der großformatige Umschlag kam aus Deutschland. Interessiert zog der Professor das Couvert aus seinem Poststapel hervor und riss es auf. Heraus rutschte eine Tageszeitung aus Goslar, versehen mit einem kurzen Gruß seines Kollegen aus dem Oberharz, der es auf seine Bitte hin unternommen hatte, nach dem Stand der Dinge im Fall Messner zu fragen. Nachdenklich betrachtete er die Zeitung mit ihrem Bild darauf. Es sah ihr ähnlicher als das letzte, denn nun hatte man sie mit ihrer Brille dargestellt. Man hatte ihren Tod also noch immer nicht zu den Akten gelegt, wie der Artikel zeigte. Ärgerlich. Solche Ermittlungen wirbelten zu viel Staub auf. Das konnte er gar nicht gebrauchen, denn er hatte die Proben immer noch nicht gefunden. Sie hatte sie verdammt gut versteckt, dieses Luder.

Sorgfältig las er sich den Bericht durch. Mittlerweile beherrschte er die grauenhaft komplizierte deutsche Sprache recht ordentlich. Die Umstände ihres Todes wurden in dem Zeitungsbericht abermals als ungeklärt bezeichnet. Unzufrieden blickte er aus dem Fenster, vor dem sich alte englische Rosensorten in all ihrer Sommerpracht präsentierten. Es musste doch einen Weg geben, die Ermittlungen in eine andere Richtung zu lenken. Allerdings sollte er selbst keinesfalls in Erscheinung treten. Wieder besah er sich die Zeitung. Die Polizei suchte Zeugen.

Eine Idee ließ ihn breit grinsen. Sie würden einen Zeugen bekommen, jemanden, der ihnen begreiflich machte, dass Dorothee Messner krank gewesen war, sehr krank. Jemand, der gesehen hatte, wie Dorothee Messner nach Luft ringend und hustend den Berg hinaufging … Ja, das war gut. Und er wusste auch schon, wer das für ihn übernehmen konnte.

*

Ebenso deprimiert wie ziellos stromerte Tilla durch Dorothees Zimmer und ließ das letzte Gespräch mit ihr Revue passieren, wie schon so oft. Vor dem Fenster blieb sie stehen. Ihre Finger fuhren sachte über die runden Rosenquarzsteine. Dorothee hatte zuletzt richtiggehend panisch gewirkt. Irgendetwas hatte sie in höchste Aufregung versetzt. So oft Tilla sich auch das Gesagte durch den Kopf gehen ließ, ihr wollte nicht einfallen, was das gewesen sein könnte. Fest stand für Tilla lediglich, dass nur der unbekannte Freund als Täter in Frage kam. Er hatte gleich mehrere Motive: Er hatte Daten an Dorothee verloren und er war in Begriff, seine Verlobte zu verlieren, sollte Dorothee einfallen, die Frau zu informieren. Was Dorothee niemals getan hätte, aber das wusste er ja nicht.

Sie fühlte Tränen aufsteigen und schloss die Augen. Sofort tauchte das Foto mit Dorothees Leiche in Tillas Kopf auf. Sie öffnete die Augen wieder, um das verstörende Bild zu vertreiben. Wieso hatte man dieses perfide Foto ausgerechnet an ihren Computer geschickt?

Dorothee hatte ihr seinerzeit erzählt, dass sie zwar ein E-Mail-Postfach habe, dieses aber mit dem Institut für Archäologie der Uni Berlin verbunden sei, wo sie eine Assistentenstelle gehabt hatte. Da sie dort nicht mehr arbeitete, werde das Postfach demnächst gelöscht und sie sei noch nicht dazu gekommen, sich ein neues einzurichten. Tilla hatte Dorothee spontan erlaubt, ihren eigenen Mail-Account zu nutzen. Daher hatte Dorothee Tillas E-Mail-Adresse in ihrem Handy gespeichert und an einige Bekannte geschickt. Heute zweifelte Tilla allerdings an der Geschichte von dem Uni-Postfach. Sie vermutete, dass Dorothee ihrem betrügerischen Freund irgendwann mal das Zugangspasswort zu ihrem Postfach genannt und dies später bereut hatte.

»Nachdem du erfahren hast, was für ein Schuft der Kerl ist, wolltest du natürlich nicht mehr, dass er deine Post liest, und hast sie einfach an meine Adresse schicken lassen. Gut so!« Tilla war Dorothee wegen dieses Schwindels nicht böse. Tatsächlich waren immer mal elektronische Briefe an Dorothee angekommen. Dorothees Laptop war recht alt und sie besaß auch keinen Internetstick dafür. Daher hatte Dorothee so manchen Abend an Tillas Computer verbracht, um ihre E-Mails abzurufen und zu arbeiten. Tilla stutzte. An was hatte Dorothee eigentlich gearbeitet? Eine wissenschaftliche Abhandlung? Ein Fachartikel?

Schmerzlich erkannte Tilla, wie wenig sie von Dorothee wusste. Doch die brennendste Frage blieb: Warum dieses Foto? An einen zufälligen Handydieb, der ihr ein Foto von Dorothees Leiche schickte, konnte Tilla nicht glauben. Unsicher schlang sie die Arme um den Körper. Was, wenn der Mörder das Foto gemacht hatte? Was wusste er von ihr? War das Foto womöglich eine Warnung? Aber wovor?

Tillas Herz begann heftiger zu klopfen. Dann fraß sich ihr Blick an den zwei Taschen und dem Koffer fest, die neben dem altmodischen Kleiderschrank auf dem Boden standen, ordentlich aufgereit. Dorothee war ein Ausbund an Disziplin gewesen. Tilla runzelte die Stirn, als sie an die gemalten Kreise auf Dorothees Arm dachte. Das passte gar nicht zu ihr. Tilla musste an den Füllfederhalter denken, der damals über den Boden ihrer Küche gekullert war. Hatte Dorothee die Kreise damit auf ihren Arm gemalt? Andreas hatte den Füllhalter nie erwähnt, glaubte sich Tilla zu erinnern. Obwohl sie nicht sicher war, ob der in irgendeiner Form wichtig war, nahm sie sich vor, ihn danach zu fragen.

Unschlüssig setzte sie ihre Zimmerwanderung fort. An der Wand hing eine Karte vom Harz. Dorothee musste sie benutzt haben, um sich hier besser zurechtzufinden. Ein Navigationsgerät hatte sie nicht besessen. Tilla wusste, dass Dorothee zahlreiche Ausflüge in den Oberharz unternommen hatte. Dabei war sie auch mehrfach auf dem Brocken gewesen. Ein Lächeln machte sich auf Tillas Zügen breit. Wenn du so oft zum Brocken musst, leih ich dir am besten meinen Besen, hatte sie zum Vergnügen ihrer Mieterin gefrotzelt.

Als sie die Karte an der Wand genauer betrachtete,

bemerkte sie, dass Dorothee einige zarte Bleistiftlinien von einem Punkt östlich des Brockens, der aber nicht auf dieser Karte verzeichnet war, Richtung Brocken, Kyffhäuser und der Burg Regenstein gezogen hatte. Tilla fuhr mit der Hand über die Wand rechts neben der Karte und bemerkt vier winzige Löcher in der Tapete. Offenbar hatte hier eine weitere Karte gehangen, auf der sich die Bleistiftlinien fortgesetzt hatten. Der Winkelung der Linien war zu entnehmen, dass sich alle an einem Punkt auf der nicht vorhandenen Karte treffen mussten. Warum hing sie nicht mehr dort?

Nachdenklich lehnte sich Tilla gegen die Wand, wobei sie gegen die Ketten von Dorothees Kuckucksuhr stieß. Sie trat einen Schritt zurück und betrachtete das große, hölzerne Gebilde verwundert. Dorothee hatte ihr mal erzählt, dass sie die Uhr von ihrem Stiefvater geschenkt bekommen hatte. Tilla fand das Teil eher witzig als schön, aber Dorothee hing sehr daran. Als sie einzog, hatte sie Tilla schüchtern gefragt, ob sie eines der Bilder abnehmen und sie dafür aufhängen dürfe. Tilla hatte natürlich bereitwillig zugestimmt. Es war ein Modell, wie sie noch heute in Gernrode im Ostharz gefertigt wurden. Warum hatte Dorothee die Uhr nicht abgenommen und sorgfältig zu ihren Sachen gepackt?

Die zwei metallenen Tannenzapfen, die dem Kettenzug als Gewichte dienten, waren oben, aber das Uhrwerk lief nicht. Ein Arrangement von flügelschlagenden Vögeln und Laub umkränzte die Hausform mit dem Zifferblatt. Als Tilla die Uhr von der Wand nahm, rutschte das Medaillon, das Dorothee immer getragen hatte, aus dem Balkon vor dem Kuckuckstürchen heraus. Tilla legte die Uhr vorsichtig auf einem kleinen Tisch ab, bevor sie das Schmuckstück aufhob.

Sie wog den mit einer Rose geschmückten Anhänger in der Hand. Das Schmuckstück schien sehr alt zu sein.

Tilla öffnete es, indem sie einen kleinen Haken mit dem Fingernagel aufzog. Das Medaillon enthielt ein paar bräunliche Brocken und Krümel, aber keine Fotos. Tilla lächelte. Wahrscheinlich handelte es sich um Heimaterde. Sie selbst hatte auch immer einen kleinen Stein aus dem Harz bei sich gehabt, als sie in der Zeit ihres Studiums in Göttingen gewohnt hatte. Tilla verschloss das Medaillon wieder und legte es auf den Tisch.

Sie suchte sich in ihrem Büro einen Karton, in dem sie Dorothees Wanduhr sicher verstauen konnte. Zurück in Dorothees Zimmer machte sie sich daran, die schweren Metallzapfen aus den Haken der Ketten zu lösen, damit das empfindliche Stück beim Transport zu Dorothees Tante keinen Schaden nahm. Sie bückte sich, um die Hakenform zu inspizieren, und blickte von unten in den Uhrenkasten. Ein flacher, viereckiger Metallstift war quer in das Gehäuse geschoben worden. Darüber klemmte bräunliches Papier. Vorsichtig hängte Tilla die Gewichte aus, legte sie in den Karton und schaute nochmals hinein. Der Metallstift gehörte eindeutig nicht dort hin. Man konnte ihn mit dem kleinen Finger hin und her schieben, doch ließ er sich nicht stark genug kanten, um ihn durch eine der zwei Öffnungen zu ziehen.

»Komisch … wenn das Teil reingegangen ist, muss es doch auch wieder rausgehen.« Sie drehte die Uhr um. Auf der Rückseite war der Kasten mit vier kleinen Schrauben verschlossen. Tilla legte den hölzernen Zeitmesser vosichtig auf den Tisch zurück und eilte in ihr Arbeitszimmer, um mit einem kleinen Schraubenzieher zurückzukehren, mit dem sie die Rückseite öffnete. Verblüfft blickte Tilla auf etwas, das sich unter dem Schlagwerk befand und das so gar nichts mit dem Thema Zeitmessung zu tun hatte. Sie entnahm dem Kasten mehrere braune Geldscheine, die sich nach dem Entrollen als zehn alte Tausendmarkscheine entpuppten. Zudem kullerte ihr ein silberfarbener USB-Stick entgegen.

»D-Mark? Wer hat denn heute noch D-Mark? Und dann Tausender ...« Tilla streckte sie die Hand zögernd nach dem USB-Stick aus, auf den Dorothee mit schwarzem Marker *DM* geschrieben hatte.

Sie war sicher, auf diesem Datenträger jene Dateien zu finden, die Dorothee ihrem Freund gestohlen hatte. »Dorothee hätte dieses Kuckucksteil niemals hier vergessen. Wenn es dort noch hing, hatte das einen Grund. Ich sollte das hier finden, falls ihr etwas passiert!«, erklärte Tilla überzeugt und nahm den kleinen Datenträger mit ins Arbeitszimmer. Dort schaltete sie ihren mittlerweile mit einer neuen Festplatte versehenen Computer an und steckte den Stick in den USB-Schlitz.

Beklommen wartete sie, bis sich einige Symbole für Dateiordner zeigten. Tilla bewegte die Maus darüber. Eine der drei Dateien war mit einer Sammlung von Zahlen und Buchstaben betitelt, eine weitere enthielt Dorothees Doktorarbeit und die dritte hieß *Schattenbuch*. Gespannt klickte Tilla das Schattenbuch an und scrollte sich durch die Zeilen.

Ich war sechzehn, als ich sie zum ersten Mal sah. Von da an wusste ich, dass ich Archäologin werden wollte ...

*

»Se war'n juted Mädchen«, schnüffelte Hannelore Messner.

Gerd Wegener schob ihr hilfsbereit eine Packung Papiertaschentücher zu. Man sah der Frau deutlich an, dass sie Zeit brauchte, um Gedanken und Worte zu ordnen, was nicht nur an ihrem erlittenen Verlust liegen mochte. Auch die ungewohnte Situation des Kontaktes mit der Polizei schien sie zu hemmen. Für eine ehemalige DDR-Bürgerin hatte so etwas sicher noch immer etwas Beklemmendes, vermutete Wegener. Nervös fuhr sie sich immer wieder über den für die Jahreszeit viel zu dicken dunklen Mantel. Offenbar ihr bestes Stück. Den trug man eben zu offiziellen Anlässen, zu denen auch Behördengänge gehörten, ganz gleich ob diese im Sommer oder im Winter stattfanden.

Kamenz, der sich solchen Gesprächen nicht gewachsen fühlte, hielt sich zurück, ebenso wie der hilfsbereite Nachbar, der Hannelore Messner nach Goslar gefahren hatte, damit sie hier befragt werden und hernach ihren eigenen Wagen nach Hause fahren konnte.

»Un kluch warse ... schon als kleened Mädchen. Had ja nie viel jesachd, ejendlich nur zu ihren Harry, den hadse jeliebd. Versteh ich ga nich, det war son jrober Klotz. Wat wa ich damals frou, als meene scheene Jana von däm Lorke[2] wech wa, abba de Doro had Rotz un Wasser jeheult ... damals.« Wieder ein heftiges Schnäuzen. »Un denne warense beide doud, Jana un dr Harry, einfach so, von eener Minut uf de annere. Weeß bis heut nich, warum de Jana bei däm im Audo jesessen hadde. Die war'n da doch schon ewich außenanner ...« Geräuschvolles Schnäuzen rundete das Durcheinander aus ein wenig Hochdeutsch und viel Hallenser Dialekt ab und fand mit der jammervollen Feststellung, dass nun auch noch Dorothee tot sei, einen vorläufigen Abschluss.

Selbst Wegener musste schlucken. Ein ganzer Familienzweig war ausgelöscht worden. Wegener hatte sich im Gegensatz zu den meisten Kollegen bewusst dafür entschieden, sich ein Gefühl für den Verlust der Opferangehörigen zu bewahren, und übernahm diesen Kontakt deswegen zumeist selbst.

Ein Kollege balancierte ein Tablett mit gefüllten Kaffeebechern – Milch und Zucker provisorisch verteilt auf

2) Hallenser Mundart: Schlechter Kerl

weitere Becher – herein und stellte das Ganze auf den Resopaltisch des Besucherzimmers, was dem Hauptkommissar einen kleinen Zeitaufschub gewährte. Er nickte dem jungen Polizisten zum Dank zu.

Dann räusperte er sich vernehmlich. »Und nach dem Tod Ihrer Schwester lebte Dorothee bei Ihnen?«

»Ja, abba nich lang. Had Abidur jemacht, de Kleene. Danach isse wech jegangen von Dieskau. Wa für `n paa Jahre in Berlin un had studierd, von ej-en-em Jeld!«, erzählte Hannelore Messner in gewichtigem Ton. »Se had jearbeided, jawoll! Nee, se wa wirklich kluch un fleißich. Had `n dollen Abschluss jemachd!« Das Gesicht der Hallenserin verzog sich zu einem stolzen Lächeln, nahm jedoch schnell wieder die ihr eigenen vorwurfsvollen Züge an, mit tiefen, zum Kinn strebenden Falten neben ihren Mundwinkeln. »Nu hadse abba so 'ne broudlosse Kunst studierd, de Doro. Hach, dad wa schon 'n Rungenat.«

»Ein was?«, fragte Wegener verwirrt nach.

Hannelore Messner musste kurz überlegen. »En Unjlick«, erklärte sie. »Wissense, von sowad wie Jeschichte kannma doch nich lebe nich. Da mussma doch heirode, um sowad mache zu könne. Abba de Doro wa ja nich so zum heirode nich … wissense wad ich meene?«

Andreas Kamenz und Gerd Wegener blickten wohl beide derart verwirrt drein, dass Frau Messner nachschob: »Na mit so 'nem Jesichd kriegdma doch keen Mann nich.«

»Mensch, Hanne, nu vazäll doch nich sowad ibber de Doro«, mahnte Hannelore Messners Nachbar, der einige Stühle weiter Platz genommen hatte, um deutlich zu machen, dass er sich eigentlich nicht an diesem Gespräch beteiligen wollte.

Nachdem Wegener sich von der Gnadenlosigkeit der Aussage leidlich erholt hatte, bemerkte er spitz: »Nun,

Frau Messner, da gab es einen Mann, der Ihre Nichte durchaus schätzte.«

Hannelore Messner starrte den Goslarer Kommissar an, als habe dieser gerade unvermutet eine Opernarie angestimmt. Sie brauchte einen Moment, um sich von der Information zu erholen.

»En Schamms[3]? De Doro?« Sie schaute hilfesuchend zu ihrem Nachbarn. Der wölbte die Mundwinkel nach unten und schüttelte energisch den Kopf. Daraufhin erklärte auch Frau Messner überzeugt: »Nee, vonnem Kerl weeß ich nix. Nu, wenn ibberhaubd, denn drafse ja nur so … so Vergnöcherte, wissense?«

Auch wenn der Nachbar inbrünstig nickte, konnten die Kripobeamten nur ahnen, was die Hallenserin meinte.

»Sie wissen also gar nichts von ihrem Freund?«, hakte Wegener nach.

Einhelliges Kopfschütteln.

»Hm, schade. Hatte sie vielleicht in …« Er blickte kurz in seine Akte, »… in Dieskau eine gute Freundin, mit der sie über ihn gesprochen hätte?«

Wieder Kopfschütteln bei beiden Besuchern.

»Vielleicht eine Kommilitonin aus Berlin?«

»En wad?«

»Eine Mitstudentin«, formulierte es Wegener etwas einfacher.

Kopfschütteln.

Ratlos blickte Wegener die beiden an und überlegte schon, ob er sie entlassen sollte. Doch dann besann er sich. »Sagen Sie, wie schlimm war das eigentlich mit dem Asthma bei Ihrer Nichte?«

»Assma?«, fragte Hannelore Messner verwirrt.

»Dr meent den Husten, Hanne«, warf der Nachbar ein.

»Ah«, machte Frau Messner, wirkte aber immer noch

3) Hallenser Mundart: Freund, Verlobter

ratlos. »Ja, weeß nich ... nu als Schräbbschen[4] wa de Doro in eener Dour am kreepeln. Da hadema och noch so schlechte Lufd. Abba de lezden Jarre hadse janich mehr jehusded.«

»Anfälle hat sie also seit ihrer Kindheit keine mehr gehabt?«, fragte Wegener nach.

»Anfälle«, fragte sie entrüstet und verschränkte dann die Hände im Schoß. »Nee.«

Er tauschte mit Kamenz einen vielsagenden Blick und hakte noch einmal nach. »Bitte entschuldigen Sie, Frau Messner, aber das ist wirklich wichtig. Das Asthma Ihrer Nichte hatte sich also nicht vielleicht in letzter Zeit verschlimmert?«

»Nee, sachde ich doch schon«, gab die ältliche Dame spitz zurück. »Warum frarense mich dad in eener Dour?«

»Nun, allem Anschein nach starb Ihre Nichte an einem Asthmaanfall.«

Zwei völlig konsternierte Gesichter wandten sich dem Kripobeamten zu. Lediglich der Nachbar fand Worte. »Annem Husten? Isse denn nich bei 'nem Ibbafall jestorben?«

Gerd Wegener tippte mit dem Finger unschlüssig auf die Akte vor ihm und beschloss dann, Frau Messner von der Zeugenaussage zu erzählen.

»Vor zwei Tagen, nachdem wir einen zweiten Zeugenaufruf in der Zeitung veröffentlicht haben, meldete sich eine Frau bei uns. Sie sah Ihre Nichte am Tag ihres Todes in der Nähe der Harzburg, wo sie auf einem Stein saß, da es ihr offensichtlich nicht gut ging. Die Zeugin macht sich heute schwere Vorwürfe, dass sie ihr damals nicht geholfen hat, aber Ihre Nichte hatte wohl jede Hilfe abgelehnt. Was danach passiert ist, lässt sich nur vermuten. Möglicherweise war Ihre Nichte erkältet,

4) Kleines Mädchen

was Asthma ja verschlimmern kann, und hatte deshalb einen Anfall. Wir fanden Pferdehaare an ihrer Kleidung. Eine Freundin ihrer Nichte sagte uns, sie sei allergisch gegen Katzenhaare gewesen. Vielleicht reagierte sie ja auch auf Pferdehaare.«

Hannelore Messner nickte und sagte leise. »Jo, Dierharre vertruch se janich.«

»Und ausgerechnet an diesem Tag hatte sie ihren Inhalator nicht bei sich. Sie hatte das Spray in ihrem Auto gelassen.« Wegener seufzte und machte eine hilflose Geste mit den Händen. »Ich fürchte, hier kamen einige Dinge zusammen, die für Ihre Nichte zu einer Katastrophe zusammenwuchsen.«

*

Tilla las Dorothees Tagebuch, zu dem sie selbst ihr geraten hatte, gierig in einem Rutsch durch.

... Die Geschichte der Rückkehr der Scheibe las sich spannender als ein Krimi. Es empörte mich, dass sich die Gazetten nur so kurz der Rückkehr der Himmelsscheibe widmeten. Die Medien streiften kurz die Bedeutung der Scheibe für die Geschichtsforschung, in weitaus längeren Reprisen sinnierte man über den Wert des Artefaktes. Es scheint all überall nur um Geld zu gehen. Allerdings muss ich zugeben: Es war die Aussicht, an der Scheibe erneut Geld verdienen zu können, die sie wieder an die Oberfläche des Sumpfes des grauen Marktes hat treiben lassen. Vielleicht bin ich es, die die Welt durch eine falsche Brille sieht.

Laut den Zeitungsberichten hatte es das Landeskriminalamt Magdeburg Jahre gekostet, die Kontakte zum grauen Kunstmarkt aufzubauen. Sie hatten die Mär in dessen Tiefen gesandt, dass Dr. Frederike Holm gewillt sei, Harrys Schatz aufzukaufen, obwohl die Gesetze es ihr verboten. Die Landesarchäologin hatte sich höchstselbst mit den Hehlern in der Schweiz getroffen, um angeblich irgendwelche chemischen Tests durchzuführen, die die Echtheit beweisen sollten. Dabei konnten die Scheibe und auch die Schwerter von der Polizei sichergestellt werden. Harrys Schatz war zurück – zurück in seiner Heimat Sachsen-Anhalt!

Aber sie alle wussten ja noch nicht, wo die Scheibe wirklich gelegen hatte. Ich muss ihnen sagen, dass der Fundort nicht der Kyffhäuser war. Ich hatte ziemliche Angst davor, in die Mühlen der Justiz zu geraten, und Angst, dass Harrys Ansehen Schaden nahm. Aber es musste sein. Ich war es der Scheibe und dem Beruf, den ich gewählt hatte, schuldig. Da ich damals nicht wusste, an wen ich mich wenden sollte, klingelte ich nach einer durchgrübelten Nacht ganz früh morgens bei Rudolf Kwiatkowski. Onkel Rudolf war seit vielen Jahren Polizist in Dieskau und stand kurz vor der Pensionierung. Kaum ein Kind, das nicht schon einmal von seinen Eltern gehört hatte: »Wenn du nicht hörst, müssen wir wohl Onkel Rudolf holen!« Und so manchem Dieskauer Sünder hatte Onkel Rudolf tatsächlich ins Gewissen geredet. Bei mir war das zwar nie notwendig gewesen und doch war er der Erste, der mir einfiel.

Ich erwischte ihn vor Dienstantritt in seinem Kaninchenstall. Heute muss ich bei der Erinnerung daran lachen, wie er mich wie selbstverständlich mit meinem Vornamen begrüßte, zwei Ballen Heu heranzog, mir darauf Platz anbot und dann geduldig zuhörte – er und etwa zehn weißgefleckte Kaninchen, die uns mümmelnd zuschauten. Ich redete und heulte – letzteres, weil meine Augen und meine Nase weder das Heu noch die Kaninchen vertrugen. Während ich erzählte, war ich seltsamerweise sicher, es wäre Harry recht gewesen. Als ich geendet hatte, schlug sich Onkel Rudolf auf die Oberschenkel, erklärte begeistert, dass er noch nie eine so spannende Geschichte gehört habe, und schlug dann vor, dass er persönlich mit mir zur Staatsanwaltschaft nach Halle fahren wolle. Mit ihm an meiner Seite fühlte ich mich viel sicherer.

An diesem Tag musste ich die Geschichte nicht nur einmal wiederholen. Erst hörte mir ein Staatsanwalt staunend zu, um sodann zum Telefon zu greifen. Meine nächste Zuhörerin war keine geringere als die Landesarchäologin Dr. Holm. Sie traf ich am Fuße des Mittelberges zwischen Ziegelroda und Nebra. Mit ihr und einem Tross von Menschen stieg ich auf den Bergrücken hinauf, um allen die wahre Fundstelle zu zeigen.

Während des Anstieges erzählte ich Dr. Holm von Harry und von dem Tag, als er die Scheibe und die Schwerter fand und ich den Schatz das erste Mal sah. Deswegen, so erklärte ich ihr, hätte ich prähistorische Archäologie in Berlin studiert. Mein größter Wunsch sei es, irgendwann an der Sternenscheibe forschen zu dürfen. Dr. Holm sagte, wenn ich mit dem Studium fertig sei, solle ich mich unbedingt bei ihr melden. Wenn jemand es verdient hätte, an der Scheibe zu forschen, dann ich. Ich bekam damals vor Freude ganz weiche Knie. Sollte sich doch noch alles zum Guten wenden? Hatte mir Harry tatsächlich eine so unglaubliche Chance beschert?

Oben auf dem Bergrücken hatte sich nicht viel verändert. Neue Aufwerfungen gab es nicht, und die alten waren mit Laub bedeckt. Ich zeigte den anderen die Kuhle, die ebenfalls mit Laub gefüllt war, und erklärte, es würde eine große Schlossschraube darin liegen, damit die Grabungsstelle mit der Sonde immer wiedergefunden werden könne. Die Erde war gottlob nicht gefroren. Nach wenigen Minuten tauchte die Schraube tatsächlich auf. Leute aus den verschiedensten Fachbereichen stürzten sich auf das Erdreich des Fundortes. Ein erster Test vor Ort offenbarte eine starke Kupferkonzentration darin, die nur von der Bronzescheibe herrühren konnte. Um mich herum brach alles in Jubel aus und man klopfte mir von allen Seiten auf die Schulter. Wie sehr wünschte ich in diesem Moment, dass es Harry gewesen wäre, der all diese Menschen zum Fundort geführt hätte.

Nun konnte eine überglückliche Landesarchäologin von Sachsen-Anhalt der Welt verkünden: Die Sternenscheibe, Teil des ältesten jemals gefundenen Himmelsobservatoriums, stammt vom Mittelberg zwischen Ziegelroda, Wangen und Nebra!

Die Sternenscheibe wurde für mich geradezu zur Materia Prima meines Lebens. Und nun war ich es selbst, die dieses Lebenselixier in Gefahr brachte, denn ich fürchte, wir werden sie verlieren. Seine Untersuchungsergebnisse und seine Theorien sind so schlüssig, es gelingt mir einfach nicht, einen Ansatzpunkt für den Gegenbeweis zu finden.

Wahrscheinlich ist dieser Gegenbeweis nicht im Labor zu finden, sondern in der Entschlüsselung des alten Wissens. Gestern suchte ich in Tillas Büchern herum. Dort stieß ich auf den Bericht über das Prinzip der großen Waage, das für die Kelten von so großer Bedeutung war. Ich muss Tilla unbedingt danach fragen. Wenn dieses Prinzip auch für die Scheibe gilt, hat er vielleicht recht.

Dann ist die Sternenscheibe für uns verloren, denn wir haben schließlich nur die Scheibe des Herbstes …

*

Da gingen die Berater zu den Richterstühlen
Hochheilige Götter hielten Rat
Der Nacht und dem Neumond gaben sie Namen,
hießen Morgen und Mitte des Tags
Under und Abend, die Zeiten zu ordnen.
Edda, Voluspa 6

»Wie bitte? Die Sternenscheibe von Halle?«, fragte Dr. Jan Berking zweifelnd. »Na, das scheint mir doch ein bisschen weit hergeholt.«

»Nein, gar nicht!« Tilla klopfte abwechselnd mit ihrem Finger auf ein Foto von Dorothees Arm und auf Bilder der Sternenscheibe, die sie auf Gerd Wegeners Schreibtisch ausgebreitet hatte. »Hier, sehen Sie doch … die Sonne, der Mond, die Barke und die Plejaden«, erklärte sie übereifrig und rückte dem Staatsanwalt derart nahe, dass er sich zur Seite neigte und Gefahr lief, vom Stuhl zu kippen. Doch weder bemerkte Tilla diesen Umstand, noch war sie zu bremsen. Kamenz und Wegener unternahmen keinerlei Anstrengungen, dem Staatsanwalt aus Braunschweig zu helfen. Mit verräterisch zuckenden Mundwinkeln beobachteten die beiden, wie Tilla immer lauter und hektischer auf einen sichtlich genervten Berking einredete.

»Ich sagte doch, ich fand Dorothees Tagebuch auf einem Datenträger und weiß deswegen, sie arbeitete an der Sternenscheibe. Ich bin überzeugt, sie hat sich deshalb diese Symbole auf den Arm gemalt. Die Sternenscheibe ist ja im weitesten Sinne die Weiterentwicklung der Steinkreise, die als Himmelsobservatorium genutzt wurden. Diese Zeichnungen und dass sie in einem Steinkreis starb, haben etwas zu bedeuten!«

Tilla ließ Berking nicht viel Zeit zum Nachdenken. »Auf dem Datenträger ist neben ihrem Tagebuch noch eine weitere Datei mit komplizierten wissenschaftlichen Materialherkunftsanalysen abgespeichert, aber in Englisch. Ich habe noch nicht alles übersetzt, zumal das Dokument vor Abkürzungen strotzt, die ich noch nie gesehen habe.«

»Ja, ich habe Ihren Ausdruck überflogen.« Berking betrachtete widerwillig die bedruckten Blätter, die vor ihm lagen.

»Ich bin sicher, es handelt sich um genau die Daten, die Dorothee dem Typ geklaut hat. Leider steht nirgends sein Name. Aber das müsste ja nun rauszukriegen sein.« Inbrünstig überzeugt blickte Tilla den Staatsanwalt mit erwartungsvoll geweiteten Augen an. Da der sich bar jeglichen Verständnisses nicht rührte, sagte sie ungeduldig: »Sie brauchen nur noch in Halle anzufragen, welcher depperte Engländer mit Dorothee zusammen an der Sternenscheibe geforscht hat, und Sie haben Dorothees Freund! Ich bin sicher, er ist ihr Mörder.«

Berking, der nun aufstand, um Tillas Nähe und ihren in seinen Augen abstrusen Theorien zu entkommen, entgegnete gereizt: »Nun mal langsam … So einfach ist das nicht. Die Hallenser sind ziemlich empfindlich, was diese Scheibe angeht. Freiwillig werden die uns gar nichts sagen. So viel dazu. Das Hauptproblem in diesem Fall ist aber, dass es kein Fall ist! Ihre Freundin wurde nicht ermordet!«

»Was?!«, brach es aus Tilla heraus. »Sie machen mich noch wahnsinnig. Haben Sie nicht zugehört? Übrigens hat schon einmal jemand versucht, Dorothee umzubringen.«

»Wie bitte?«

Mit emphatischen Gesten erzählte Tilla, dass der Freund von Dorothees Stiefvater möglicherweise verantwortlich für einen Unfall war, bei dem Dorothees Mutter, Harry und fast auch sie selbst ums Leben kamen. »Ein gewisser Manfred Wer-auch-immer aus Dieskau.«

Berking wechselte einen kurzen Blick mit Wegener, der

nachdenklich einwarf: »Die Mutter von Frau Messner und ihr Lebenspartner starben tatsächlich bei einem Verkehrsunfall. Laut Polizeibericht fuhr Harry Kovacz seinen Wagen mit arg überhöhter Geschwindigkeit gegen einen Baum.«

Berking wandte sich wieder Tilla zu. »Sie haben es gehört, es war ein Unfall. Wenn irgendein Verdacht im Raum gestanden hätte, dann stünde es in dem Polizeibericht.«

»Heilige Mondin! Berking! Eine junge Frau liegt tot im Wald, eine junge Frau, die Jahre zuvor einen Doppelmord beobachtet hat. Finden Sie das etwa normal?«

»Das ist sicher ungewöhnlich ...«

»Ungewöhnlich? Das schreit zum Himmel!«

»Für einen Staatsanwalt ist es einfach nur ungewöhnlich.«

»Verdammt ... rufen Sie jetzt in Halle an?« Tilla konnte vor Zorn kaum noch an sich halten.

Auch Berkings Ton wurde gereizt. »Frau Leinwig, es besteht kein hinreichender Tatverdacht ...«

»Der Tatverdacht müsste doch selbst Ihnen ins Gesicht springen!«

»Die Beurteilung von Verbrechen funktioniert nun mal nicht so, wie Sie sich das vorstellen. Aber Leute wie Sie, die Sie jeden Abend einen Krimi im Fernsehen sehen, halten sich ja für fähiger als alle Ermittlungsbehörden zusammen!« Berking griff in eine der Akten auf Wegeners Tisch und zog mit einer heftigen Bewegung das Foto eines mageren jungen Mädchens heraus, das mit blauen Flecken und blutigen Schrammen übersät völlig verängstigt in die Kamera blickte. Zornig hielt er Tilla das Foto vors Gesicht. »Dieses Kind ist gerade mal zehn Jahre alt. Sie wurde in einem verschlossenen LKW-Container aus Russland hier hergebracht. Sie hat während dieser Fahrt weder etwas zu essen noch genug zu trinken bekommen und als sie den dunklen Container endlich verlassen durfte, wurde sie von wer weiß wie vielen Männern vergewaltigt … sie und noch vierzehn andere! Diese Mädchen brauchen unsere Hilfe, Ihre Freundin nicht!«

Tilla starrte zwischen dem verstörenden Foto und dem erzürnten Staatsanwalt hin und her, der nun mit scharfen Worten feststellte: »So, so viel dazu. Zudem hat sich nach dem letzten Zeitungsartikel eine Zeugin bei uns gemeldet, die uns glaubhaft versicherte, dass sie Frau Messner am einundzwanzigsten Juni in der Nähe der Harzburg sah. Ihre Freundin saß auf einem der Steine und es sei ihr ganz offensichtlich sehr schlecht gegangen. Frau Leinwig, Ihre Freundin starb und das ist sehr bedauerlich … aber sie starb nicht durch die Hand eines Mörders!«

Tilla starrte Berking völlig fassungslos an. »Eine Zeugin? Wer? Und warum hat sie ihr nicht geholfen?«

Gerd Wegener erzählte, dass Frau Messner die Hilfe abgelehnt habe.

»Ja … aber … das Foto …« Tilla sah, wie die Blicke der Anwesenden vor ihr flüchteten.

Berking fand zu einem ruhigeren Ton zurück. »Wir gehen davon aus, dass jemand die Tote fand und ihr das Handy abnahm, statt die Polizei zu rufen. Wahrscheinlich ein paar Halbstarke. Sie machten ein Foto und schickten es Ihnen später zusammen mit dem Virus, um doch auf die Tote aufmerksam zu machen.«

Tilla wusste mit ehener Gewissheit, dass dem nicht so war. Mit einer ebenso verzweifelten wie hektischen Geste raffte sie ihre Tasche und verließ zornbebend das Büro der Ermittler. Niemand hielt sie auf.

*

Wutschnaubend und heulend stob Tilla durch Haus- und Wohnungstür. In ihrem Flur warf sie ihre Handtasche so vehement auf die Flurkommode, dass sie samt der Schlüsselschale aus Messing und der Zeitung mit Dorothees Bild herunterfiel. Tillas wilde Flüche übertönten selbst das Scheppern der Metallschale auf den Flurfliesen. Sie schleuderte ihre Pumps von den Füßen. Einer krachte gegen die rote Flurwand und hinterließ dort einen dunklen Fleck.

Die Schuhe ließ Tilla ebenso wie Schale, Zeitung und Handtasche achtlos auf dem Boden liegen. Sie stampfte in die Küche, riss grob die Kühlschranktür auf und nahm eine Flasche Weißwein heraus, die mit hässlichem Geräusch über die metallene Türhalterung schabte. Mit wüsten Beschimpfungen, die allesamt Jan Berkings Engstirnigkeit betrafen, griff sie nach einem Glas auf der Spüle. Sie ließ sich auf einen Küchenstuhl fallen und knallte Flasche und Glas auf den hölzernen Küchentisch. Verbissen rupfte sie den Korken aus der noch halb vollen Flasche. Wein schwappte auf ihre Bluse. Fluchend wischte Tilla über den Stoff, füllte das Saftglas bis zum Rand mit Harzer Riesling und trank es fast in einem Zug leer.

Eine Stunde später hatte sich ihr Zorn in Schwermut verwandelt. Gedankenverloren spielte sie mit der leeren Weinflasche herum. Als sie Gerreds Ruf vom Flur her hörte, fuhr Tilla zusammen und blickte hektisch auf ihre Armbanduhr, auf der sie wegen der einsetzenden Dämmerung kaum noch etwas erkennen konnte. Doch sie ahnte, dass der Termin, zu dem sie sich mit Gerred und seiner Kollegin im *Bella Roma* in Harzburg hatte treffen wollen, geraume Zeit zurücklag.

»Au Scheiße … das hab ich ja völlig vergessen.« Tilla erhob sich eilig.

»Tilla? Ist etwas nicht in Ordnung? Deine Wohnungstür steht offen und hier ist alles dunkel …«, fragte Gerred besorgt.

Tilla fiel ihm um den Hals. »Gut dass du da bist«, gurrte sie und küsste ihn innig. Er erwiderte den Kuss nur kurz. Sie fühlte seine Hände an ihrer Taille, doch zu Tillas Enttäuschung drückte er sie sachte weg.

»Normalerweise würde ich mich ja sehr über so eine Begrüßung freuen … aber ich habe einen Gast dabei«, flüsterte er ihr ins Ohr und betätigte den Lichtschalter. Der dämmrige Flur wurde in gleißende Helligkeit getaucht. »Tilla, ich möchte dir meine neue Kollegin vorstellen … Claudia Hohenstein.«

Vor ihnen stand artig wartend die wohl schönste Frau, die Tilla je gesehen hatte. Langes, welliges Blondhaar umrahmte ein ebenmäßiges Gesicht mit hohen Wangenknochen und vollen, sinnlichen Lippen. Ihre perfekt geschminkten, wachen graublauen Augen zeigten Tilla, dass sie es mit einer intelligenten Frau zu tun hatte. Das spöttische Funkeln verriet ihr allerdings auch, dass diese Frau nicht viel von der Hauseigentümerin hielt. Wie sollte sie auch. Tilla präsentierte ihren Flur sowie sich selbst in einem mehr als desolaten Zustand. Der Blick der schönen Claudia huschte mitleidig amüsiert über das abwechslungsreiche Stillleben auf dem Flurboden. Als sich Gerred allerdings zu Claudia umdrehte, wandelte sich der eben noch herablassende Blick in Sekundenbruchteilen zu einem Lächeln, das man irgendwo zwischen Bewunderung und Verheißung ansiedeln konnte.

*

»Andreas, nun finde dich damit ab, lass es gut sein mit der Harzburgtoten«, mahnte Wegener, dessen dunkler, mit grauen Fäden durchzogener Haarschopf zwischen zwei Aktenbergen beachtlicher Höhe auftauchte. »Gib mir lieber mal die Auswertungen der Fingerabdrücke aus diesem verfluchten Russenlaster.«

Lustlos reichte ihm Andreas Kamenz eine Akte rüber. Er hatte nicht vor, sich mit irgendetwas abzufinden. »Mensch, Gerd, was ist, wenn Tilla recht hat und es doch einen Mörder gibt?« Wegener verdrehte die Augen, doch Kamenz blieb hartnäckig. »Dann hätten wir nämlich einen Einbrecher, der irgendetwas in ihrem Haus gesucht hat, vielleicht diese Dateien, die sie gerade gefunden hat, und wir hätten einen Mörder, der ihre E-Mail-Adresse und womöglich ihre Wohnanschrift hat. Mensch, Gerd, letztes Jahr hast du dich aufgeregt, weil sie jede Zusammenarbeit mit uns verweigert hat, jetzt kommt sie zu uns und du lässt sie abtropfen, weil du ihr nicht glaubst.«

»Nicht mal ihr Freund glaubt ihr.« Wegener befingerte die Akte vor ihm, die dringend bearbeitet werden wollte. Dann seufzte er und blickte Andreas an. »Und? Hat dieser Einbrecher irgendwelche Spuren hinterlassen? Das war es doch, wonach du neulich bei ihr gesucht hast, oder?«

»Äh … leider waren keine Spuren zu finden. Aber das heißt nicht, dass er nicht da war. Vielleicht hat er Handschuhe getragen …«

»Aha. Hast du auch irgendetwas Fassbares zu bieten, das deine Theorie unterstützt?«

»Ja, hab ich«, gab Andreas Kamenz zurück. »Wenn die Messner einen Freund hatte und es wirklich dieser Freund war, der bei Tilla eingebrochen ist, dann hatte der womöglich einen Schlüssel, nämlich den Schlüssel von der Messner. Weißt du, was wir bei der Toten außerdem nicht gefunden haben?«

Wegener stutzte.

»Ihren Schlüssel«, antwortete Andreas. »Den Schlüssel zu Tillas Haus, wo die Messner wohnte.«

*

»Ein Kostüm vom Feinsten, klasse Figur, blonde Haare, wie man sie sonst höchstens in einem Hollywoodschinken sieht, und dann diese Schuhe, ich sag dir, die waren nicht nur italienisches Design, die waren auch eindeutig mit einen italienischen Dolch verwandt!«, beschwerte sich Tilla derart gebeutelt von Eifersucht, dass es sie nicht auf ihrem Stuhl hielt. Sie trampelte auf ihrer Terrasse herum, als gelte es, Weintrauben zu zerstampfen. Der zartlila Diptam, der seinem Nachbarn, einer Insel von blühendem Schnittlauch, das Haupt zuneigte, wehte von Tillas Umhereilen heftig hin und her. Um die Terrasse herum präsentierte sich eine Blütenpracht in Lila- und Weißtönen, während Tillas Aura ein zorniges Rot hatte.

Ihre Freundin Dana saß auf der Stuhlkante, schlang die Arme um ihre Mitte und schüttete sich vor Lachen schier aus. Tilla hielt inne und starrte ihre Freundin verwirrt an.

»Oh, Tilla, jetzt sag bloß, du machst dir Sorgen, dass mein Bruder dich wegen ein paar italienischen Schuhen verlässt.«

»Doch nicht wegen der Latschen ... Dana, es ist das Gesamtpaket«, echauffierte sich Tilla. »Diese Frau ist ham-mer-schön.« Eine Sammlung silberner Armreifen unterstrich jede Silbe des letzten Wortes mit einem zarten Klingelton. »Wie sie Gerred angesehen hat ... – die baggert ihn wahrscheinlich schon seit Wochen an.«

»Eure Begegnung hat nicht einmal zehn Minuten gedauert. Ist dein Urteil nicht etwas übereilt?« Dana fiel es noch immer schwer, ernst zu bleiben.

Mit grimmigem Gesicht knurrte Tilla: »Für so eine Feststellung brauche ich nicht mehr als ein paar Sekunden. Da kam Madam mit anmutigen Tippelschrittchen in meinen Flur und hob geziert meine Messingschale auf. Ich wusste nicht, wo ich zuerst hingucken sollte. Ihr Dekolleté war spannend, weil ich nicht sicher war, ob ihr C-Busen blieb, wo er hingehört, und ihr Hintern war nicht minder interessant, weil ihr Rock so eng war, dass es in allen Nähten knirschte.«

Dana bekam vor Lachen nur ein mühsames »Gott, Tilla!« heraus.

Tilla klimperte affektiert mit den Augen, wackelte mit dem Kopf und setzte eine übertrieben hohe Stimme auf: »Nein, was für eine unglaublich mutige Farbwahl für eine Flurwand …« Sie ließ die Hände sinken und sprach mit normaler Stimme weiter. »Ich dachte schon, die will meinen ganzen Flur aufräumen, aber dann mimte die auch noch die Sensible: Sah sie die Zeitung – die mit dem Zeugenaufruf wegen Dorothees Mord – und kriegte einen Anfall. Ich schwöre dir, einen solchen Blick kriegt kaum einer zustande … aufgerissene Augen, Zitterlippe … Wie kurz vor einer Ohnmacht, und dieser dusselige Gerred machte schon fast Anstalten, sie aufzufangen. Dann allerdings hätte ich ihn mitsamt seiner schwächelnden Holden auf die Straße geschmissen. Ich schwör's! Und dabei reicht es schon, wenn die Frau redet … Weißt du, die lässt das R so rollen. Die könnte eine Gebrauchsanweisung vorlesen und es würde immer noch klingen wie eine Aufforderung zum wilden Konkubinat!«

Dana krümmte sich glucksend, während sich Tilla endlich auf einem der Stühle niederließ. »Oh Tilla, wieso machst du dir Sorgen um eine andere Frau? Ausgerechnet du, der alle Männer nachschauen?«

»Ich weiß zwar, mit welchen Stellen ich wackeln muss, damit Männer mir nachschauen, aber gegen diese Frau bin ich doch eine Mogelpackung … vor allem gestern«, grummelte Tilla resigniert und sackte auf dem Terrassenstuhl in sich zusammen. »Ich sah aus wie ein Schwein und roch wie ein Altglascontainer.« Als Dana sie fragend ansah, verzog Tilla beschämt das Gesicht.

»Ich hatte mehrere Gläser Wein intus … und eines auf meiner Bluse verteilt. Der Korken saß fest. Als ich ihn endlich rausbekam, schwappte der Wein gleich mit raus. Und dann hab ich Gerred vor den Augen dieser Frau angesprungen wie eine von ihren Hormonen überwältigte Amazone. Ich hab die Tante erst gar nicht gesehen. Gerred war das Ganze schrecklich peinlich und dieses perfekte Stepford-Weib hat sich wahrscheinlich innerlich ausgeschüttet vor Lachen.«

»Ups«, machte Dana und bemühte sich nach Kräften, ihren erneuten Lachreiz aus Loyalität zu unterdrücken. »Ich gebe zu, dein Einstand bei ihr war wohl wirklich ein Reinfall. Aber jetzt komm mal von deinem Selbstvernichtungstrip runter. Du bist doch keine Mogelpackung. Du kannst dich vor Übersetzungsaufträgen nicht retten und unser Online-Shop für historische Gewänder läuft auch prima!«

»Von den Übersetzungen kann ich gerade mal so leben und der Online-Shop ist ganz allein dein Verdienst.«

»Du bist Teilhaber. Ohne deine Finanzspritze und ohne dein Fachwissen würde gar nichts laufen!«, widersprach Dana. »Weshalb hast du dich gestern eigentlich in einen so unpräsentablen Zustand versetzt?«

»Berking«, maulte Tilla. »Er stellt die Ermittlungen zu Dorothees Fall ein und ich weiß nicht, was ich dagegen unternehmen soll.«

Geduldig hörte sich Dana Tillas jammernde Erzählung an. »Und was hat diese Claudia nun mit Dorothee zu tun?«

»Hä?«

»Hast du nicht vorhin gesagt, diese Claudia sei wegen des zweiten Zeugenaufrufs in der Zeitung fast ohnmächtig geworden?«

»Äh … ja.«

»War da denn so ein schreckliches Bild in der Zeitung?«

Tilla dachte kurz nach, erhob sich und trat in den Flur. »Sie ist weg!«

»Was ist weg?«

»Die Zeitung. Ich glaub, diese Claudia hat sie mitgenommen. Komisch ...«

*

Professor Dafydds Herz machte einen Sprung, während er äußerlich völlig ungerührt weiterhin seine Worte in die Reihen der Studenten vor ihm sandte. Auch wenn die junge Frau mit den mandelförmigen Augen in der ersten Reihe bildschön war und geradezu an seinen Lippen hing, so war sie nicht der Grund für seine Aufregung, sondern das still vibrierende Handy in der Innentasche seines Jacketts. Obwohl er noch knapp zehn Minuten Vorlesung zu halten hatte, entließ er seine Studenten mit dem freundlichen Hinweis, sie mögen doch die in Wales so seltene Sonne genießen. Lachend klopften die Studenten auf die Tische zum Zeichen des Respekts für den Dozenten, der sich stets über gut gefüllte Vorlesungssäle freuen durfte.

Ungewöhnlich eilig raffte Dafydd seine Vorlesungsunterlagen zusammen, stopfte sie grob in seine betagte, aber edle Ledertasche und verließ das Hörsaalgebäude. Das Vibrieren in seiner Tasche hatte längst aufgehört, aber das war nicht weiter schlimm. Es war ein Handy, von dem nur zwei Leute wussten, entsprechend kam auch nur ein Anrufer in Frage. Seit fast einem Jahr wartete er auf diesen Anruf.

Als er mit ausgreifenden Schritten über den Campus auf das Gebäude zustrebte, in dem er sein Büro hatte, sah er gerade noch, wie seine Verlobte Liliana in einem luftigen Kleid durch den Eingang schwebte und hinter der zufallenden Tür verschwand. Er überlegte kurz, drehte sich abrupt herum und ging Richtung Parkplatz.

Erst wollte er sich um den Anrufer kümmern. Wenn er jetzt auf Liliana traf, würde er so schnell nicht wieder von ihr loskommen. Er kannte sich und sein Begehren, das ihn allzu oft recht unvernünftig agieren ließ.

Sie würde sauer sein … Sie stritten oft und heftig, um hinterher umso heftiger übereinander herzufallen, als sei es das erste Mal. Sie war unglaublich, allerdings auch unglaublich anstrengend. Die verwöhnte Lady liebte es, sich irgendwo in einer Kammer der altehrwürdigen Universität einem kurzen, heftigen Liebesrausch hinzugeben, am liebsten, wenn die Gefahr bestand, entdeckt zu werden. Er teilte diese obskure Leidenschaft mit ihr – diese und weitere.

Ein wenig missmutig darüber, heute auf dieses pikante Vergnügen verzichten zu müssen, ließ er sich in die hellen Ledersitze seines silberfarbenen Bentley Mulsanne fallen. Das satte Brummen des 530-PS-Motors minderte seinen Groll etwas. Der Wagen war ein Geschenk von Liliana. Er empfand es als Schande, dass sein Professorengehalt für so einen Luxus nicht reichte. Dabei hatte man doch als Professor schließlich auch einen gewissen Status zu repräsentieren.

Während der Fahrt stellte er sich vor, wie seine temperamentvolle Verlobte an seiner Assistentin scheitern würde. Die gute Mrs. Sandersford hatte die Fünfzig und zwei Ehemänner überwunden. Sie war ebenso schwer zu erschüttern wie ein Menhir. Er kicherte wie ein Halbwüchsiger. »Oh ja, Liliana wird sehr wütend sein!«

Knapp zehn Minuten später hatte er das Universitätsgelände und Aberystwyth hinter sich gelassen. Nach wenigen Meilen bog er von der Küstenstraße ab und ließ seinen Wagen auf einem Stück Wiese ausrollen. Das Meer lag ungewöhnlich zahm vor ihm, doch Professor Rhydion Dafydd fehlte die nötige Ruhe, um den herrlichen Anblick gebührend zu genießen. Mit einer ungeduldigen Bewegung zog er das einfache Handy aus seiner Tasche, betätigte die Rückruftaste und wartete gespannt.

Ohne eine Begrüßung fragte er: »Tom, was hast du für mich?« Dafydd lauschte, ohne seinen Gesprächspartner zu unterbrechen. Nach einer Weile nickte er zufrieden. »Ja, die Form des Schwertes kenne ich, also ist es rund viertausend Jahre alt. Das ist gut. Hat es jemand gesehen? … Sehr gut … natürlich, du bekommst die volle Summe … In drei Tagen, wir treffen uns in Fishguard, ja … Am Pentre Ifan, morgens früh um Punkt sechs. Pack alles in einen schwarzen Rucksack, den wir dort austauschen. In deinem Rucksack wird das Geld sein … Ja gut, bis dann.« Zufrieden ließ er das Gerät sinken.

Das Handy in der Hand, stieg er aus dem Wagen und ging mit leichten Schritten über die Wiese, bis er den karstigen Abhang hoch über dem Meer erreicht hatte. Schwarzgraue Steine reckten ihm warnend scharfe Kanten entgegen. Der Professor öffnete die rückwärtige Klappe des Handys und entnahm ihm den Akku und die SIM-Card, die er in Stücke brach. Dann warf er alle Einzelteile weit von sich über die Klippen, wohl wissend, dass sein Gesprächspartner tausend Kilometer entfernt das Gleiche tat.

*

Tilla hockte auf einem Mäuerchen hinter der Kaiserpfalz von Goslar und blickte auf Henry Moores Kriegerskulptur. »Verdammt, Gerred, merkst du denn gar nicht, wie diese Sirene dich einwickelt?«, schimpfte sie vor sich hin, ohne Andreas zu bemerken, der hinter ihr stehen geblieben war.

»Gerred hat Ärger mit einer Sirene?«, fragte er amüsiert.

Tilla sah sich beschämt um. »Das ist wohl die Strafe

dafür, wenn man vor Ärger Selbstgespräche führt.« Sie grinste schief.

»Du hast also Ärger mit Gerred?«

»Tja … da ist eine andere Frau, eine Kollegin von ihm … ziemlich hübsch.«

Andreas nickte. »Verstehe.«

In diesem Moment fuhr Tilla ernüchternd durch den Kopf, dass sie ein Jahr zuvor einer anderen Frau das Gleiche angetan hatte, nämlich Andreas' Freundin Sina. »Vielleicht hab ich das verdient, ich bin ja auch nicht besser. Sag mal, hatte unser … unser Bettgeflüster irgendwelche Auswirkungen auf deine Beziehung zu Sina?«

Andreas' Lederjacke knisterte leicht. Tilla sah kurz an ihm hoch. Er trug darunter ein leichtes T-Shirt. Andreas war tatsächlich deutlich muskulöser geworden, seit sie seinen Körper zuletzt gesehen hatte. Vorsichtshalber schaute sie schnell wieder in sein Gesicht. Das war auch nicht besser. Sie bemerkte, dass auch er sie angesehen hatte und nun den Blick senkte.

Noch vor einem Jahr hätte Tilla die Situation schamlos ausgenutzt. Sie hätte eine ironische Bemerkung darüber gemacht, dass seine Lederjacke wieder sauber wäre, sie wäre dicht an ihn herangetreten, hätte vielleicht über das Leder gestrichen, dann über seinen Bauch …

Andreas unterbrach ihre unzüchtigen Gedanken. »Ich habe ihr nichts von uns erzählt.«

»Ah … gut.« Tilla klemmte ihre Hände vorsichtshalber zwischen ihren Knien fest, damit sie sich nicht plötzlich selbstständig machten. »Weißt du, wenn man plötzlich auf der anderen Seite dieses Spiels steht … Mir wird erst jetzt klar, wie weh man anderen tut. Es ist gut, dass du ihr nichts gesagt hast. Ich fand deine Freundin damals im Krankenhaus sehr nett. Sie war sehr besorgt um dich. Ihr versteht euch gut?« Tilla bemühte sich um einen munteren Ton.

»Doch«, meinte Andreas verhalten und schaute zu Boden. »Zumindest streiten wir nicht.«

»Oh … äh … ist das gut?«

Er lachte trocken. »Ich glaube nicht. Wir schieben einiges auf.«

Tilla machte ein unsicheres, halbherzig zustimmendes Geräusch und wusste nicht, was sie sagen sollte.

»Sie wohnt in der Woche noch immer in Göttingen und kann sich nicht entscheiden, ob sie zu mir ziehen will.«

Tilla stieg die Hitze in die Wangen. Irgendwie hatte sie das Gefühl, dass sich in diesem Gespräch alles umkehrte. Auch Gerred verstand nicht, dass sie nicht zu ihm zog. Es verletzte ihn, so wie es Andreas verletzte, dass Sina nicht wusste, was sie wollte. Mit betretenem Schweigen hörte sie Andreas zu, der mit einer leisen Spur von Sarkasmus weitersprach.

»Sie ist halt Ärztin und ich bin nur ein kleiner Polizist.« Er blickte sinnend in die Baumkronen. Sein Tonfall änderte sich. »Wir sehen uns nur am Wochenende und auch nur dann, wenn sie keine Rufbereitschaft hat. Sie könnte hier jederzeit eine Stelle im Goslarer Krankenhaus bekommen, die suchen händeringend Ärzte. Aber in Göttingen würde eine Universitätslaufbahn auf sie warten. Die Uniklinik in Göttingen bietet ihr einfach viel mehr Chancen. Wahrscheinlich ist es ungerecht, von ihr zu verlangen, das aufzugeben.«

»Gerred und ich stecken in einer sehr ähnlichen Situation. Wir … ich habe auch Angst vor dem nächsten Schritt. Ob unsere unterschiedlichen Ansichten oder diese Kollegin das größere Problem darstellen, weiß ich gar nicht so genau.«

Während sie beide ihren Gedanken nachhingen, kribbelte es wieder in Tillas Mitte. Sie atmete einmal tief durch, um die Schmetterlinge im Bauch zur Ruhe zu bringen. Thema und Ton wechselnd bemerkte Tilla nun: »Der Grund, dass du mich hier und nicht im Präsidium treffen wolltest, liegt wohl darin, dass man den Fall Dorothee nach dieser Zeugenaussage völlig auf Eis gelegt hat, oder?«

Andreas blickte auf seine Schuhe. »Ja.«

Obwohl sie es gewusst hatte, kämpfte Tilla nun gegen aufsteigende Tränen an. »Verdammt. Sag, war diese Zeugin glaubwürdig, die Dorothee gesehen haben will?«, fragte Tilla mit der Bitte im Blick, Andreas möge ihr das Gegenteil bestätigen.

Er stieß ein Schnaufen aus und setzte sich neben sie. »Ja, war sie. Eine Frau aus Wolfshagen, die aber beruflich ständig unterwegs ist. Deswegen hatte sie den ersten Zeitungsaufruf nicht mitbekommen. Ihre Beschreibung der Frau stimmte haargenau. Nach ihren Worten muss es Dorothee Messner ziemlich schlecht gegangen sein. Sie soll krank ausgesehen haben, wollte sich aber nicht helfen lassen. So wie die Frau die Situation beschrieb, sieht es aus, als ob deine Freundin an einem Asthmaanfall starb.«

»Wie hieß die Zeugin?«

Andreas bedachte Tilla mit einem mahnenden Blick, um sie daran zu erinnern, dass er ihr solche Interna nicht mitteilen durfte. »An der Aussage ist nicht zu rütteln. Sag mal, hast du diese Texte von dem USB-Stick schon übersetzt?«

Tilla lachte freudlos auf. »Spielt das noch eine Rolle?«

»Für mich schon.«

Tilla sah ihn von der Seite her an. Ihr Innerstes flirrte. »Das sollte es nicht.«

Seine Lederjacke knarrte leise, da er sich bewegte. »Solange ich nicht weiß, wer dir dieses Foto geschickt hat und wer bei dir in der Wohnung war, spielt es für mich eine Rolle.«

Sie krallte ihre Hände um ihre Knie. »Erzähl mir nicht,

dass du dir Sorgen um mich machst … Damit hast du mich letztes Jahr schon verrückt gemacht.«

Er drehte sich zu ihr um. »Ich habe dich verrückt gemacht? Du hast mich geküsst, damals im Wagen … Ich bin fast explodiert!«

Tilla schielte kurz zu ihm, um dann schnellstens wieder wegzusehen und ihre Knie anzustarren. »Äh … ja … aber jetzt sind wir schon wieder an dem Punkt, wo wir vor einem Jahr waren … Das dürfen wir nicht!«

Er strich ihr kurz über das Haar, ließ die Hand über ihren Rücken wandern und zog sich dann wieder zurück. »Nein, das dürfen wir nicht.«

Tilla fühlte der Spur nach, die seine Berührung hinterlassen hatte, und brauchte einen Moment, bis sich die Spannung wieder abgebaut hatte.

Andreas wechselte das Thema. »Und? Was steht in dieser Datei?«

»Ich hab den Text bisher nur überflogen. Es geht dort um eine Materialanalyse und diverse Theorien zu der Sternenscheibe. Um die Analysen richtig einzuordnen, muss ich erst selbst ein wenig recherchieren. Die Materialzusammenstellungen wurden wohl mit anderen Fundstücken aus der Bronzezeit verglichen und da gibt es anscheinend eine Uneinigkeit bezüglich der Interpretation dieser Ergebnisse. Lass mir dafür noch etwas Zeit.«

Andreas nickte.

Tilla begann zögernd: »Weißt du, Dorothee sagte damals: Wir werden sie verlieren. In ihrem Tagebuch stand das auch. Dieser Satz geht mir einfach nicht aus dem Kopf.«

»Hm … was meint sie denn damit? Die Sternenscheibe?«

»Ich denke ja.«

Andreas machte ein fragendes Gesicht und Tilla überlegte laut weiter. »Weißt du, in diesen Unterlagen konstruierte der Verfasser die Theorie, dass es sich bei der Sternenscheibe wegen der darauf abgebildeten Sternenkonstellation um die Herbstscheibe handeln müsse. Das wird von einer ganzen Reihe von Fachleuten vertreten, übrigens auch von Dorothee, der dieser Umstand besondere Sorge bereitete.«

»Hm, das hört sich ja an, als gäbe es noch eine Scheibe.«

»Das ist eben die große Frage«, antwortete Tilla. »Dorothee fragte mich deswegen damals eingehend nach dem keltischen Zwillingsprinzip und der großen Waage in unserem Glauben. Die Sternenscheibe stammt zwar aus der Bronzezeit, also aus der vorkeltischen Zeit, aber die Protokelten legten natürlich den Grundstein für diese Mythologie. Der Begriff der Waage bedeutet, dass alles seine Entsprechung haben soll. Die Sonne hat den Mond, der Tag hat die Nacht, das Männliche hat das Weibliche und so weiter.«

»Und zu einer Herbstscheibe gäbe es demnach auch einen Zwilling? Eine Frühlingsscheibe?«

»Das könnte sein. Aber was genau sie wegen der Scheibe befürchtet, weiß ich bisher noch nicht. Ich habe ihr Tagebuch zigmal gelesen, aber ich finde keinen fassbaren Hinweis.« Tilla hatte den Ermittlern das Tagebuch nicht gegeben, weil sie nicht wollte, dass jemand Einblick in Dorothees intimste Gefühle und die Tatsache bekam, dass sie die Stieftochter eines Raubgräbers war. Deshalb beteuerte sie nun: »Sonst steht aber nichts darin, was für die Ermittlungen wichtig sein könnte ... und nun ist es eh nicht mehr wichtig.«

»Und diese andere Datei? Die mit den Materialanalysen, ist sie so wichtig, dass dafür jemand bei dir einbricht?«

»Na ja ... wenn sich dadurch die Ansicht erhärtet, es gäbe noch eine zweite Sternenscheibe, verlöre die Scheibe von Halle ihre Einzigartigkeit und damit ihren derzeitigen Wert. Außerdem führt diese Materialherkunftsuntersuchung ja zu dem Schluss, dass Halle mit seiner Materialeinschätzung irgendwie Mist gebaut haben könnte. Es wäre schon denkbar, dass es Leute gibt, die keinesfalls wollen, dass so etwas bekannt wird.«

Andreas dachte eine Weile nach. »Tilla, ich möchte, dass du das Schloss deiner Haustür auswechseln lässt!« Er erzählte ihr von seinem Verdacht hinsichtlich des Schlüssels.

»Oh verdammt, Dorothees Schlüssel … Stimmt, den hatte ich völlig vergessen. Aber dieser Einbrecher – das war lange vor Dorothees Tod.«

»Ja, schon. Aber vielleicht hat sie den Schlüssel ihrem Freund gegeben, oder der hat sich einen Nachschlüssel machen lassen. Jedenfalls hat jemand deinen Schlüssel.«

Wähend Tilla noch an dieser verstörenden Tatsache kaute, fragte Andreas: »Hast du Gerred damals von uns erzählt?«

»Ja«, antwortete Tilla knapp.

»Dachte ich mir.«

Irritiert fragte Tilla: »Wieso?«

»Als er dich vom Sachsenberg abholte … Er war nicht gerade erfreut, mich zu sehen.« Nach einem Moment fügte er hinzu: »Ich bewundere dich für deinen Mut zur Ehrlichkeit.«

*

Claudia Hohenstein warf einen schnellen Kontrollblick in den Spiegel des Bekleidungsgeschäftes. Was sie sah, stimmte sie zufrieden, nicht aber die ausgestellten Kleidungsstücke. Es war nicht ihr Stil. Zu billig. Abschätzig betrachtete sie eine große helle Handtasche. Im Lichte des Deckenstrahlers sah sie eine Naht, die Unregelmäßigkeiten aufwies, und stellte die Tasche zurück, als ließe sie schimmliges Brot fallen.

Sie war sich bewusst, dass man ihr nachschaute. Normalerweise genoss sie dieses Gefühl, wenn sie nicht gerade angestarrt wurde, so wie jetzt. Bemüht, sich nichts anmerken zu lassen, bewegte sie auf den Kleiderstangen Bügel um Bügel und blickte dabei verstohlen zum Fenster, wo ein Mann mit einem moosgrünen Basecap ganz offensichtlich sie und nicht die Schaufensterpuppen fixierte. Er bemerkte ihren Blick und wandte sich abrupt ab. Claudia blickte ihm stirnrunzelnd nach. Irgendetwas an ihm erschien ihr vertraut.

»Männer, die mit einem Basecap jünger aussehen wollen und billige Klamotten tragen, Gott was für ein Kaff …«, murrte sie in sich hinein. Dabei war sie mit der Hoffnung nach Goslar gekommen, dass die ehemalige Residenzstadt vielleicht etwas mehr zu bieten hatte als ihr derzeitiger Wohnort Wernigerode. Einige wohlgefüllte Tragetaschen mit Boutique-Aufdruck an ihrem Arm zeugten davon, dass Claudia mit dieser Vermutung nicht ganz falsch lag, dennoch spazierte sie unzufrieden durch den zweiten Stock der Kaiserpassage. Für einen Moment dachte sie an Phillip, dem sie dieses unfreiwillige Exil zu verdanken hatte. Lange Zeit war er ihr treu und ergeben gewesen, bis er sich urplötzlich entschlossen hatte, aus ihrem einträglichen Arrangement auszusteigen. Damit hatte er ihr und auch sich selbst alles zerstört.

Der Mann mit dem Basecap hatte ihm etwas ähnlich gesehen. Claudia drängte die unliebsame Erinnerung beiseite. Phillip war im Gefängnis und sie in Wernigerode, aber immerhin frei. Berlin hatte sie zwar verloren, aber das Geld hatte sie noch und sie würde es nicht in solch billige Kleidung stecken. Nie wieder. Mit eleganten Schritten verließ Claudia die Passage.

Missmutig dachte sie an Gerred Assmut. Er machte es ihr schwerer, als sie es erwartet hatte. Sie wunderte sich selbst darüber, wie sehr es sie danach drängte, ihn zu erobern. Gerred war ein interessanter Mann. Seine Zurückhaltung trieb sie zuweilen dazu, mehr von sich preiszugeben, als sie wollte. Am Vortag hätte sie ihm doch fast von ihrer unseligen Halbschwester erzählt. Gottlob hatte das Telefon geklingelt. Sie musste sich wirklich zusammenreißen, sie begann zu viel Gefühl in die Eroberung von Gerred zu stecken.

*

Tilla hatte sich bei Gerred untergehakt, als sie dem Sarg über den Friedhof folgten. Sie hatte alle Vorwürfe beiseite geschoben. Er war hier mit ihr in Dieskau. Nur das zählte. Vor ihr bewegten sich nur wenige, überwiegend ältere Menschen. Ihr entging nicht, dass man ihr und Gerred verstohlene Blicke zuwarf. Neugier mischte sich in die Trauer. Man kannte sie hier nicht. Dieskau war zwar zu einem hübschen kleinen Städtchen herangewachsen, dem das herrliche Renaissance-Schloss und sein Park sogar einiges an Tourismus bescherten, dennoch kannte man sich untereinander wie in einem Dorf. Man grüßte sich, nicht ohne ein Schwätzchen zu halten, und man wusste, wer zu wem gehörte. Wenn die Dieskauer eine der Ihren zu Grabe trugen, dann war das Interesse an Fremden groß.

Der Himmel war grau und verhangen, doch es regnete wenigstens nicht. Tilla hörte der Grabesrede nur halb zu, die für ihr Empfinden in zu dramatischem Ton daherkam. Ohne dass sie es wollte, gingen ihre Gedanken auf Wanderschaft bis zu jenem Novembertag, als sie ihrer Mutter das letzte Geleit gegeben hatte. Tilla war völlig überrascht von dem plötzlich zurückkehrenden Schmerz, sie war doch sicher gewesen, Hederas Tod längst verarbeitet zu haben. Auch die einsame Beerdigung ihres Vaters, ein dreiviertel Jahr später, schob sich nun in ihre Erinnerung. Tilla drängte die schmerzlichen Bilder zurück und konzentrierte sich auf das Jetzt und Hier.

Der Pfarrer war sichtlich bewegt, offenbar hatte er Dorothee persönlich gekannt. Dennoch wurden seine überschwänglichen Worte ihr nicht gerecht. Seinen großen Worten zum Trotz kam Tilla in den Sinn, dass Dorothee sich selbst als Schattenmensch bezeichnet hatte. Die in nicht allzu großer Üppigkeit vorhandenen Blumengestecke und Kränze bedeckten kaum die wartende Erde vor dem offenen Grab, und die spärliche Menschenmenge bestätigte Dorothees Feststellung über sich selbst. Sie war tatsächlich ein leiser Mensch gewesen, den andere kaum bemerkten. Tilla musterte unauffällig die Anwesenden in ihren nach Mottenkugeln riechenden Mänteln. Missmutig stellte sie fest, dass niemand als Dorothees Freund in Betracht kam. Der Feigling hatte also nicht einmal den Mumm, ihr diese letzte Ehre zu erweisen. Tränen liefen ihr über die Wangen. Gerred hielt sie fest. Es tat gut.

Gerred und Tilla standen etwas abseits, als der Sarg in das vorbereitete Erdloch hinabgelassen wurde. Erst als alle anderen ihre Respektsbezeugung hinter sich gebracht hatten, traten auch Tilla und Gerred an die offene Grabstelle. Tilla wisperte, ohne groß nachzudenken: »Ich verspreche dir, ich werde herausfinden, was dir wirklich passiert ist!« Dann warf sie den Blumenstrauß, den sie am Morgen in ihrem Garten gepflückt hatte, auf den schmucklosen Sargdeckel. Er traf mit einem unangenehmen, hohlen Geräusch auf, und Tilla zuckte zusammen. Für einen wirren Moment hatte sie sich einbildet, Dorothee habe ihr mit ihrem nervösen, kleinen Lachen geantwortet.

»Alles in Ordnung?«, fragte Gerred. Tilla nickte und ging zögernd auf die ältliche Dame zu, die die Beileidsbezeugungen der anderen entgegengenommen hatte und ihr neugierig entgegensah.

Tilla stellte sich als Freundin aus Bad Harzburg vor.

»Ich habe Dorothee leider nur kurz kennengelernt, aber ich habe sie sehr gemocht!«

Die ältliche Dame rang sich ein Lächeln ab. »Nu, det freut ma abba! Wissense, de Doro hadde nich viel Freunde nich … ’s is scheen von Ihne, dasse sich fr de Doro sonen weiten Wech jemacht hawwe. Kommense doch beede ufn Kaffee mit. Ich däde ma freue!«

»Gern«, antwortete Tilla erfreut, bevor auch Gerred Hannelore Messner die Hand für einen Beileidsgruß reichte.

So trafen Tilla und Gerred kurze Zeit später in dem kleinen Siedlungshaus am Rande des Ortes Dieskau ein. Schwarz gekleidete Nachbarinnen bewirteten die Trauergäste mit heißem Kaffee und reichten Platten mit frischem Blechkuchen herum. Tilla und Gerred wurden auch hier höchst interessiert beäugt. Man überließ ihnen wie selbstverständlich die besten der spärlichen Sitzplätze am Esstisch von Dorothees Tante.

Tilla erzählte Hannelore Messner, dass sie Dorothees Sachen mitgebracht habe. Der Tante stiegen prompt die Tränen in die Augen, und sie versuchte ihren Gefühlssturm sofort mit Worten zu überdecken. Tilla ließ sie sprechen und erfuhr in der folgenden Stunde einiges über Dorothees kurzes Leben.

Endlich besann sich Hannelore Messner, der diese Rede sichtlich gut getan hatte, und fragte Tilla nach ihren Erlebnissen mit Dorothee. Tilla reihte diverse Einzelheiten so aufwändig aneinander, dass die Freundschaft zwischen ihr und Dorothee größer erschien, als sie eigentlich gewesen war, doch sie hatte deswegen kein schlechtes Gewissen. Sie glaubte zu fühlen, wie sehr die Anwesenheit von Freunden aus der Ferne das Ansehen Dorothees in diesem Kreis steigerte. So schien ihr dieser kleine Schwindel geradezu zwingend erforderlich.

Dann rückte Tilla ein wenig näher. »Frau Messner, bei Dorothees Sachen ist auch eine Wanduhr …«

»Hach nee! Dad Ding haddese mit? Ja ja, die wa vonnem Harry. Ging zwar nich, abba se hadse jeliebt, de Ohr.«

»Nun … eigentlich geht sie schon. Wissen Sie, Harry hatte da etwas hineingeklemmt, etwas, auf das Dorothee achtgeben sollte. Das hat sie getan und nun sollten Sie es haben.« Tilla öffnete ihre Handtasche und zog einen Umschlag heraus. Sie sah Gerreds erstaunten Gesichtsausdruck aus den Augenwinkeln, ignorierte ihn aber und hielt der Älteren den Umschlag hin. »In diesem Umschlag ist Geld … alte D-Mark-Scheine.« Hannelore Messner blickte Tilla verdutzt an, die ihr nun zuraunte: »Sie und ich wissen ja, woher das Geld stammt.«

Die ältliche Dame begann nervös an sich herumzunesteln. »Jeld? Dr Harry hadda dad jegeben? Dann isses doch wahr? Dr had für den komische Deller, wadda vr'n paar Jahrn da owen im Ziegelröder Wald jefunden hadde, Jeld jekricht?«

Tilla nickte. »Ja. Dorothee sollte davon studieren. Ich habe es aus … – Sie erzählte es mir.« Tilla hatte beschlossen, auch ihr das Tagebuch vorzuenthalten, da sie sich bei der Vorstellung schüttelte, Frau Messner könnte lesen, was Dorothee zu dem Unfall geschrieben hatte, der Jana und Harry das Leben gekostet hatte. »Das Geld steckte in der Uhr. Die Behörden wissen nichts davon und ich finde, das müssen sie auch nicht. Es gibt schließlich niemanden, der das Geld vermisst.« Sie sah, wie sich Gerreds Gesicht verfinsterte. Trotzdem lächelte sie Dorothees Tante verschmitzt an. »Das war vielleicht nicht ganz korrekt, aber ich finde, die ganze Angelegenheit rund um den Schatz ist vergessen und das Geld gehört nun Ihnen. Lassen Sie sich einfach bei Ihrer Bank bei dem Umtausch in Euro helfen. Ich weiß, wie teuer eine Beerdigung ist, und ich bin sicher, Dorothee hätte es so gewollt. Sie hat sie sehr geliebt.«

Hannelore Messner starrte eine gefühlte Ewigkeit auf

den unschuldigen weißen Briefumschlag, der vor ihrer Brust schwebte, um dann urplötzlich zuzugreifen und ihn blitzschnell unter ihrer wollenen Weste verschwinden zu lassen. Danach lächelte sie breit, während ihr dicke Tränen aus den Augen quollen.

Tilla freute sich, bis ihr die Kette einfiel. Abermals griff sie in ihre Tasche und reichte Hannelore Messner das Rosenmedaillon. »Und dieses Stück war auch noch bei ihren Sachen.«

Hannelore Messner betrachtete es kurz und schüttelte dann den Kopf. »Nee, dad jehört dr Doro nich.«

Die entschieden vorgebrachte Antwort erstaunte Tilla. »Doch, sie trug diese Kette ständig.«

»Wirklich? Dad kenn ich ganich. Sicher hadse de Kedde vonnem Harry. Wissensewad, behaltense se doch. Dann hamse och wad vonna Doro, dad däde ma freue!«

Tilla lächelte. Zwar fand sie die Kette nicht wirklich schön, dennoch schenkte sie Hannelore Messner ein warmes Lächeln und bedankte sich herzlich. Das Schmuckstück ließ sie in eine Seitentasche ihrer Handtasche gleiten.

*

Claudia schlenderte die Fischemäkerstraße entlang und entdeckte eine edle, sandfarbene Lederjacke im Kostümjackenschnitt. Sie betrat die kleine Boutique und ließ sich die Jacke zeigen. Nach wenigen Minuten verließ sie den Laden mit einer weiteren Tasche an ihrem Arm und schlenderte Richtung Marktplatz. Vor einem Paar Stiefel in einem Schaufenster unterbrach sie ihre Wanderung. Sofort beschlich sie wieder das Gefühl, beobachtet zu werden. Mehr interessiert als beunruhigt sah sich Claudia um. Sie konnte niemanden entdecken. Da die hellen Lederschäfte sie nun nicht mehr zu fesseln vermochten, setzte sie ihren Gang fort.

Auf den Zehen balancierend, um ihren schmalen Absätzen auf dem Kopfsteinpflaster des Goslarer Marktplatzes nicht zu schaden, passierte sie den Marktbrunnen und suchte sich dann auf der stilvollen Terrasse des Hotels *Kaiserworth* einen Platz, von dem aus sie das Treiben auf dem Zentrum der historischen Altstadt Goslars beobachten konnte. Augenblicklich eilte eine Kellnerin in einer langen Bistroschürze heran. Claudia bestellte ein Glas Sekt, ließ den Blick schweifen und sann darüber nach, wie sie mit Gerred weitermachen wollte. Eigentlich dauerte das Ganze schon viel zu lange. Sie hatte nicht erwartet, dass es ihr so schwerfallen würde, die Leine zu kappen, an der Tilla ihn hielt.

Mit einem routinierten Lächeln nahm Claudia das Bestellte entgegen. Es war ihr in Fleisch und Blut übergegangen, sich immer und überall gefällig zu geben. Es konnte nutzbringend sein. Während sie an dem Sekt nippte, hing sie ihren Überlegungen nach.

Diese Tilla war nicht zu unterschätzen. Hübsch war sie ja, aber das war es nicht. Claudia wurde von Männern bewundert, diese Tilla dagegen faszinierte Männer. Die wilde Lockenmähne, der temperamentvolle Gestus – eine Frau, die Männer anstachelte, sie jagen und zähmen zu wollen. Claudias volle Lippen verzogen sich. Sie konnte die Qualitäten einer Nebenbuhlerin gut einschätzen und das musste sie auch, wenn sie Tilla von Gerred trennen wollte. Dass es in deren Beziehung kriselte, hatte nicht viel zu sagen. Heute hatte Tilla ihn dazu gebracht, sie auf eine Beerdigung zu begleiten. Damit gab sie ihm die Möglichkeit, das zu tun, was er am liebsten tat, nämlich eine Frau zu umsorgen. Claudia erkannte an, dass Tilla ebenso versiert im Umgang mit Männern war wie sie selbst. Wie sagte Baudelaire? Eine Frau ohne Rivalin altert schnell.

Der goldene Reichsadler auf dem Marktbrunnen blitzte in der Sonne, die sich an diesem Tag immer wieder hinter Wolken versteckte. Plötzlich glaubte Claudia ein grünes Basecap hinter der Ecke des alten Rathauses links von ihr verschwinden zu sehen. Das konnte doch kein Zufall mehr sein. Beunruhigt trank sie ihren Sekt aus.

*

»Du hast ihr gut getan.« Gerred lenkte seinen Wagen aus Dieskau heraus Richtung Autobahn. »Und dieses Geld war in der Uhr?«

Tilla gab ein zustimmendes Geräusch von sich und sah aus dem Autofenster.

»Wieso D-Mark-Scheine?«

Zögernd erzählte Tilla ihm von Dorothees Tagebuch und davon, wo das Geld herkam.

Tadel schlich sich in Gerreds Stimme. »Du hättest das Geld der Polizei geben müssen.«

Tilla machte ein abfälliges Geräusch. »Wozu? Niemand vermisst dieses Geld und Frau Messner braucht es dringend. Du hast doch gesehen, wie sie lebt.«

»Ja, aber das ändert nichts an meiner Meinung. Das Geld stammt aus einem illegalen Geschäft zwischen einem Hehler und einem Raubgräber.«

»Dorothee hätte es so gewollt«, beharrte Tilla patzig.

Gerred schüttelte entnervt den Kopf. Auch Tilla starrte schweigend aus dem Fenster. All die Dinge, die sie über Dorothee erfahren hatte, wirbelten ihr zusammenhanglos durch den Kopf. Und immer wieder tauchte die Sternenscheibe auf. Dieser bronzezeitliche Jahrhundertfund war Dorothees Lebensinhalt geworden. *Wir werden sie verlieren …* Was hatte Dorothee bloß damit gemeint? Was könnte der Scheibe widerfahren? Ein Raub? Ihr Blick fraß sich geradezu besessen an dem Verkehrsschild fest, das sie gerade passierten. *Halle*. »Sag mal, was hältst du von einem Ausflug ins Landesmuseum?«

Gerred schielte misstrauisch zur Seite. »Kommt drauf an …«

»Und auf was?«

»Willst du die Sternenscheibe besuchen? Oder willst du Detektiv spielen? Bei letzterem fahre ich in einem Tempo nach Hause, das mir vermutlich gleich mehrere Tickets wegen Geschwindigkeitsüberschreitung einbringt!« Sein kühler Ton machte deutlich, dass er das keineswegs Witz gemeint hatte.

*

Professor Rhydion Dafydd betrachtete den metallenen Haufen vor sich, der sich wie Abfall ausnahm. Die Metallgegenstände waren alles andere als Abfall, obschon einzelne davon bereits seit fast viertausend Jahren herrenlos waren. Sie alle stammten aus der Bronzezeit. Obenauf lag ein Dolch. Wessex-Kultur, fuhr es Dafydd durch den Kopf. Er nahm jedoch nicht den Dolch, sondern nacheinander mehrere schmale, bröselige Gebilde in die Hand, die ihn mehr interessierten. Keines der Stücke war für sich allein eine Sensation. Es handelte sich um Armspiralen, größtenteils zerbrochen, um Fibeln, kleinere Werkzeugteile und einen Dolch. Letzterer hatte die Gewichtsvoraussetzung vervollständigt, die Dafydd seinem Partner vorgegeben hatte.

Leider waren weniger Schmuckanteile dabei, als er gehofft hatte. Sein Interesse hatte vornehmlich jenem Schmuck gegolten, der vor dreitausendfünfhundert Jahren von weniger hochstehenden Persönlichkeiten getragen worden war, nämlich dem aus weicher Bronze. Der Haufen vor ihm enthielt zu viele Werkzeuge aus harter, zinnreicher Bronze. Dafydd überlegte, ob sich das Zinn vielleicht vom Kupfer trennen ließ. Andererseits reichte die Gesamtmenge dann vielleicht nicht mehr aus für das, was er vorhatte.

Er entschied, dass der zu erwartende geringe Gewichtsunterschied keine Rolle spielte. Vor dem Schmelzen würde er jedes einzelne Stück sorgfältig auf Pflanzenreste untersuchen. Ein Fitzelchen Rinde, das über die C14-Methode auf viertausend Jahre geschätzt werden konnte, wäre der Glücksfall schlechthin. Nun endlich griff er nach dem Dolch und betrachtete ihn eingehend. Sicher würde er zwischen den Griffteilen fündig werden. Perfekt!

Zufrieden packte er alles zusammen. Tom hatte gute Arbeit geleistet. Wie abgesprochen handelte es sich durchweg um unbedeutende Fundstücke. Es war nicht zu erwarten, dass deren Fehlen zu einer ausgedehnten Untersuchung führte. Vermutlich stammten sie aus diversen Lagerbeständen. Manche Museumslager waren so groß, dass es ewig dauerte, bis der Verlust überhaupt bemerkt würde. Der Dolch konnte allerdings ein Problem werden, aber wenn, so wäre es nicht sein Problem. Das war Toms Sache und der hatte genug Geld bekommen. Es war Dafydd durchaus recht, wenn der sich strafbar gemacht hatte – ein Grund mehr, zu schweigen. Und in ein paar Tagen wären die Fundstücke eingeschmolzen und sowieso nicht mehr erkennbar. Nur fehlte ihm noch immer die wichtigste Zutat, nämlich die Proben.

Dafydd trug die Sachen zu seinem Safe. Natürlich konnte er für sein Vorhaben nicht auf die hochtechnisierten Labors zurückgreifen, die ihm sonst zur Verfügung standen, doch er hatte im letzten Jahr zufriedenstellende Gerätschaften zusammengetragen, die nun im Gewächshaus von Pendrake Manor auf ihren Einsatz warteten. Es wurde seit vielen Jahren nicht mehr genutzt, da Liliana den historischen Garten einem professionellen Gartenbauunternehmen überlassen hatte. Neue Pflanzen wurden kurzfristig gekauft und nicht mehr, wie früher, in liebevoller Arbeit selbst gezogen. Es passte hervorragend, dass er das alte Gewächshaus so für sich allein hatte.

Mit exakten Bewegungen bediente er das Drehrädchen des alten Tresors und legte die Fundstücke in das untere völlig freie Fach. Oben lag ein Kästchen, das ein flaches Stückchen getriebenen Goldblechs enthielt, das er jüngst bei Halle erworben hatte. Dann griff er nach einem größeren Kästchen. Es enthielt zwei bronzezeitliche Fibeln, die er vor einigen Jahren für viel Geld gekauft hatte. Er wusste, das Gold stammte aus Cornwall.

»Hast du es beisammen?«, tönte es von der Tür her. Er fuhr herum. Liliana lehnte am Rahmen des alten Bibliotheksschrankes und blickte ihn lächelnd an. Ihr blondes Haar war zu einem edlen Knoten zusammengefasst. Sie trug ein luftiges Sommerkleid und hielt einen Sonnenhut in der Hand. Offenbar war sie auf dem Sprung zu einer ihrer diversen Gartenpartys.

Er grinste breit. »Ja.«

Sie eilte mit ausgestreckten Armen auf ihn zu. »Dann kann es beginnen?«

Er nahm sie in den Arm. »Erst wenn ich auch die Proben habe.«

»Wir werden sie bekommen!« Liliana küsste ihn. Er erwiderte ihre Küsse nur allzu bereitwillig. Sie löste sich von ihm und gurrte samtig: »Überlass es Tom … Ich hörte, sie haben ihre Leiche freigegeben. Die Untersuchungen wurden eingestellt. Tom wird sie finden.« Wieder küsste sie ihn.

Etwas atemlos flüsterte er in die immer fordernderen Küsse hinein: »Es ist nicht gut, wenn ich noch einmal Kontakt mit Tom aufnehme … zu gefährlich. Unser Plan war …«

»Ach was … Tom ist gut in so etwas. Du machst deine Arbeit und Tom kümmert sich um den Rest.«

Sein Widerstand verflüchtigte sich zusehends. »Niemand darf das Gewächshaus betreten«, stieß er zwischen den Küssen hervor.

»Ich weiß. Ich habe schon alle instruiert«, hauchte sie zurück. Er beschloss, dass Liliana zu spät zu ihrer Gartenparty kommen würde.

*

Nur wenig später stellte Gerred seinen Smart auf dem Parkplatz des Landesmuseums ab. Es war warm genug und so ließen sie die schwarzen Mäntel im Wagen. Langsam umrundeten sie das trutzig romanisch anmutende Museum.

»Sieht aus, als habe dieses Bauwerk schon zu Römerzeiten hier gestanden.« Tilla sah bewundernd an den Ecktürmen empor.

»Du hast einen guten Blick. Das Landesmuseum ist zwar erst Anfang des zwanzigsten Jahrhunderts gebaut worden, aber der Architekt, Wilhelm Kreis, nahm sich die römische Porta Nigra in Trier zum Vorbild.«

Ein übergroßer Wandbehang über dem Eingang wies die Besucher auf die Sternenscheibe hin. Sie betraten das Museum und wurden geradezu erschlagen von Bildern und Bildchen der Sternenscheibe auf Postern, Broschüren, Büchern, Tüchern, Bechern und Schmuckstücken.

Tilla runzelte die Stirn. »Ganz offensichtlich bringt es die Scheibe zu einem Status wie kaum ein Exponat vorher. Dabei beherbergten diese heiligen Hallen schon vor der Sternenscheibe ziemlich beeindruckende Knochen, wie die des Mammuts von Pfännerhall.«

»Sicher hat kein Knochen je für so einem nachhaltigen Geldsegen gesorgt«, stellte Gerred nüchtern fest und sah sich um. »Als Besucher begegnete man der blauen Scheibe ja an die tausendmal, bevor man dem Original überhaupt näher kommt.«

Tilla lachte. »Oh, da muss ich dich enttäuschen, mein Schatz. Ich glaube nicht, dass wir hier das Original zu Gesicht bekommen. Das gute Stück ist rund zehn Millionen

Euro schwer und liegt irgendwo in einem unkaputtbaren Safe. Aber wir werden mit Sicherheit eine wirklich gute Fälschung aus den hiesigen Wissenschaftslabors sehen.«

Gerred seufzte vernehmlich. »Hättest du mir das nicht verschweigen können?«

Tillas perlendes Lachen hallte von der Galerie der Eingangshalle wider.

Es war mitten in der Woche und das Museum erstaunlich leer. Sie machten sich auf die Suche und starrten schließlich wie gebannt auf eine grün schimmernde Scheibe mit goldenen Intarsien, die in dem gläsernen Kasten vor ihnen geradezu zu schweben schien. Minutenlang gaben sie sich nur dem Anblick der geschmiedeten Himmelsdarstellung hin. Plötzlich glaubte Tilla Dorothee zu verstehen. Auch wenn es sich nur um eine Nachbildung der Sternenscheibe handelte, zog sie einen förmlich in seinen Bann. Tilla nahm sich vor, sich in nächster Zeit eingehend mit deren Symbolik zu beschäftigen. Vielleicht stand ja etwas in den Aufzeichnungen ihrer Mutter darüber. Sie sog jede Kleinigkeit in sich auf. Der goldene Halbmond, der sich ohne es zu berühren an ein goldenes Halbrund am Rand schmiegte, und das volle Rund, man stritt sich noch, ob es die Sonne oder den Vollmond darstellte. Es zeigte im oberen Teil eine Unebenheit, wo man ein abgesprungenes Stück Gold ersetzt hatte. Auf die goldene Himmelsbarke war in sorgfältiger Kleinarbeit ein Muster aufgebracht worden. Vielleicht Planken? Das Ganze war umgeben von einem goldenen Sternenhimmel auf grünblauem Grund, der sich an einer Stelle zu verdichten schien.

»Das dort sind die Plejaden«, sagte Tilla und zeigte Gerred die sieben goldenen Punkte auf der Scheibe. »Sie heißen auch Atlantiden. Man sieht sie bei uns etwa ab September. Der Sternenhaufen leuchtet so hell, dass man ihn mit bloßem Auge erkennt. Deswegen kannte man ihn schon seit frühester Zeit und gab ihm einen Namen.«

»Aha«, machte Gerred. »Interessant!«

Tillas Begeisterung steigerte sich. »Ja, nicht wahr? Die Plejaden wurden erstmals von den Sumerern erwähnt, glaube ich. Auch die Babylonier kannten sie. In den Höhlenmalereien von Lascaux wurden sie auch dargestellt. Für die Griechen standen die Plejaden für die Kinder der Götter Atlas – daher der Name Atlantiden – und seiner Frau Plejone. Die sieben Sterne sind deren Töchter Alkyone, Elektra, Astrope, Maia, Celaeno, Merope und Taygete.«

»Warum waren die Plejaden für die Sternenscheibe eigentlich so wichtig?«

Tilla überlegte. »Vielleicht, weil sie zum Sternbild Stier gehören. Die Bronzezeit war ja die Dekade des Sternbildes Stier. Opfertiere waren denn auch meist Stiere.«

»Dekade? Sind wir immer noch beim Thema Astronomie, oder haben wir jetzt zur Astrologie gewechselt?« Gerred blickte Tilla amüsiert an, die ihn sogleich belehrte.

»Damals gehörte beides zur Sternenkunde. Pass auf: Die zwölf Sternbilder des Tierkreises bilden ja sozusagen den Taktgeber der damaligen Zeitrechnung. Aber nicht nur den des einzelnen Jahres … Wir befinden uns auf einer permanenten Reise durch die Tierkreiszeichen, weil die geneigte Erdachse ihre Stellung zu den Sternen ja auch permanent verändert. Zur Zeit der Entstehung dieser Sternenscheibe ging die Sonne am so unendlich wichtigen Tag der Frühlings-Tag-und-Nacht-Gleiche im Sternbild des Stiers auf. Es war die Dekade des Stiers.«

»Ach so … meine Güte, manchmal ist dein Hexenwissen doch ganz interessant.«

Tilla lachte Gerred breit an und dozierte von seinem Lob beflügelt eifrig weiter. »Eine Dekade dauert etwa zweitausendeinhundert Jahre, ein Durchgang aller Dekaden und Sternbildern fünfundzwanzigtausend Jahre. Der Dekadenwechsel verläuft auf dem Jahresrad gegen den Uhrzeigersinn. Durch die Taumelbewegung unserer Erde wechselte um Christi Geburt die Dekade vom Widder ins Sternbild der Fische. Im Moment stehen wir wieder an einem Dekadenwechsel, nämlich in das Sternbild des Wassermannes. Wann genau, darüber streitet man noch.«

Gerreds Blick kehrte zu der Scheibe zurück. »Und das alles hat man schon in der Bronzezeit gewusst?«

»Oh ja. Eigentlich war das Wissen um die Kalenderberechnung immer mit einem Steinkreis verbunden. Diese Sternenscheibe dort ist im Grunde so etwas wie ein Fachbuch über Astronomie ... vielleicht sogar eine Art mobiler Steinkreis.«

»Langsam verstehe ich, was deine Freundin so an dem Teil fasziniert.«

»Ja, nicht wahr? Außerdem ist sie schöner als jedes Schmuckstück, das ich je sah.«

*

Tilla beendete das Telefongespräch und stieß triumphierend die Faust in die Höhe. Man hatte ihr einen weiteren Auftrag angeboten. Doch es blieb ihr nicht viel Zeit, ihre Freude zu genießen, denn sie war mit Dana verabredet, die zwei ihrer historischen Roben zum Auftakt der diesjährigen Rennwoche vorstellen sollte. Tilla hatte sich bereit erklärt, ihr zu helfen. Zudem wollte sie die Gelegenheit nutzen, auch ihre eigenen Dienste anzubieten. Fix schnappte sie den Stapel neuer Visitenkarten, sauste nach unten und versuchte sie ins Seitenfach ihrer Handtasche zu quetschen, aber es war zu eng, weil sie Dorothees Medaillon darin vergessen hatte. Sie zog die Kette heraus und schob die Visitenkarten ins Fach. Das Schmuckstück schwebte einen Augenblick über der

Messingschale. Irgendwie schien es Tilla ungehörig, es einfach offen herumliegen zu lassen. Sie sauste in die Apotheke ihrer Mutter, öffnete die Schublade mit dem Aufdruck *Rosaceae,* ließ das Rosenmedaillon hineinfallen und eilte zu Dana hinaus, die bereits auf sie wartete.

*

»Halt ihn fest, du Idiot!« Liliana hielt die Longe straff um das Hinterteil des Pferdes gespannt, das wütend ausschlug, statt den Vorderhuf auf die Hängerklappe zu setzen. »Muss man denn alles alleine machen?«, keifte sie.

Der Pfleger auf der anderen Seite straffte die Longe ebenfalls wieder, achtete aber darauf, den auskeilenden Hinterhufen des Vollblüters nicht zu nahe zu kommen.

»Los jetzt! Vorwärts!«, herrschte Liliana das Tier lautstark an, das zur Antwort erneut ausschlug. »Scheißgaul! Gerry, übernimm hier!«, befahl sie und übergab die Longe einem weiteren Pfleger. Während die beiden Männer mit straff gekreuzten Longen hinter dem Pferd standen, das fast auf den Leinen saß, anstatt in den Pferdehänger zu gehen, eilte Liliana auf die Stallwand zu und griff nach einem Besen.

»Na warte ...« Sie trat von hinten an das halsstarrige Pferd heran. Die Pfleger machten sich bereit, sich in die Longen zu stemmen. Liliana holte aus und schlug dem Pferd den Besen auf die Hinterhand. Der Braune machte einen Satz nach vorn. Die Pfleger zogen mit aller Kraft an den Longen und schoben das Pferd mit Gepolter in den Hänger. Bevor das Tier sich von seinem Schreck erholen und wieder rückwärts hinauslaufen konnte, hob Liliana die schwere Aufstiegsklappe an. Die Pfleger warfen die Longen von sich und griffen ebenfalls zu. Gemeinsam schlossen sie den Hänger hinter dem randalierenden Pferd. Während die Pfleger die Riegel sicherten, eilte

Liliana zu ihrem Wagen, öffnete die Hecktür und schnappte sich eine Sprühdose. Mit der Hand am Griff der vorderen Tür zum Pferdehänger wartete sie, die Sprühdose im Anschlag. Doch das Gepolter ließ nach.

»Na, unser Champion hat wohl einen guten Tag …« Liliana steckte die Sprühflasche wieder in die Medikamententasche und nickte ihren Angestellten zu. Die stiegen daraufhin in das Zugfahrzeug und fuhren vom Hof.

Liliana folgte dem Gespann auf dem kurzen Weg vom Gestüt bis zur Rennbahn in ihrem eigenen Wagen. Die Honoratioren hatten sich bereits auf dem Turf versammelt. Liliana sah den Pflegern zu, die ihr ungebärdiges Pferd ausluden, als ein Journalist sie ansprach.

»Lady Whitehead, ich grüße Sie. Darf ich Ihnen ein paar Fragen stellen?«, fragte der Hüne freundlich.

Sie nickte verhalten und beantwortete seine Fragen kurz und sachlich.

Der Vollblüter war endlich fertig gesattelt und wurde nun zum Führring gebracht. Sie sah zwei Frauen mit Kleidersäcken über dem Arm zum Meldepavillon eilen. Eine von ihnen hatte flammend rotes Haar.

»Sagen Sie, Herr Bertram, wer ist das?«, fragte Liliana.

Der Journalist drehte sich kurz um. »Die rechts ist Dana Assmut, die andere ist Tilla Leinwig.«

»Ach, das ist also die Leinwig … Was wissen Sie über sie?«

»Sie arbeitet als Dolmetscherin, hat aber Geschichte studiert. Sie ist stille Teilhaberin im Geschäft ihrer Freundin, die diese historischen Kostüme herstellt, und berät sie …«

Liliana traute ihren Ohren nicht. »Die Leinwig hat Geschichte studiert?«

»Ja, in Göttingen. Ich bin mir nicht sicher, ob sie einen Abschluss gemacht hat, aber sie versteht etwas von der Historie. Hat im letzten Jahr mit ihrem Wissen zur Lösung eines Kriminalfalles beigetragen, ich hab damals darüber berichtet. Heute übersetzt sie meist Fachartikel und Bücher von Historikern und Archäologen.«

Liliana blickte Tilla Leinwig abschätzend an. Die verstand also etwas von der Materie, das war nicht gut.

»Kommen Sie für die Pressefotos mit rüber?«, fragte Ulf Bertram sie nun.

»Nein, heute nicht. Auf Wiedersehen Herr Bertram.« Liliana stieg in ihren Wagen.

*

Überall wurde gezupft, gefegt, gehakt und gehämmert, um die Rennbahn für die jährliche Rennwoche aufzuhübschen. Auf dem Geläuf hatte sich eine Gruppe von Mitarbeitern des nahen Gestüts, Journalisten und Honoratioren des Bad Harzburger Rennvereines zusammengefunden. Erste Interviews und Kommentare wurden bereits auf gezückten Blöcken und Diktiergeräten verewigt, auch klickten erste Kameras. Zwei junge Mädchen eilten aufgeregt schnatternd auf Dana und Tilla zu, die mit je einer voluminösen Robe über dem Arm ankamen.

Dana stellte Tilla die beiden vor und verschwand mit ihnen in einem Pavillon zwischen der Tribüne und dem Führring, um beim Anlegen der historischen Reitkleider zu helfen. Tilla trat in den Schatten ausladender Bäume und stützte sich auf dem weißen Rennbahnzaun ab. In geziemendem Abstand zur Menschengruppe auf dem Geläuf wurden zwei barocke Rappen mit langen Mähnen und dicken, welligen Schweifen hin und her geführt, die sich in ihrer Üppigkeit deutlich von Rennpferden unterschieden. Ihnen schien der Trubel um sie herum überhaupt nichts auszumachen. Ganz anders ein feingliedriges hellbraunes Pferd, das mit weiß geränderten

Augen herumtänzelte: Der temperamentvolle Vollblüter machte es seinen zwei Pflegern schwer.

Die Grasrennbahn folgte sanft dem natürlichen Gelände und verschwand links von Tilla hinter einer Buschreihe. Rechts von ihr glitzerte die Wasserfläche des Salzmannsees in der Sonne, durch den am folgenden Sonntag das berühmte Seejagdrennen führen würde. Während Tilla versuchte, sich ein schwimmendes Rennpferd vorzustellen, vollführte der Braune auf der Bahn wüste Kapriolen. Das zartgliedrige Pferd tanzte herum, als gelte es, ein Feuer auszutreten. Tilla betrachtete das wilde Bewegungsspiel des Renners, der seine zwei Pfleger mal hierhin, mal dorthin zog, mit einer gehörigen Portion Respekt. Die schmalen Hufe, von denen sich keiner länger als drei Sekunden am Boden befand, die beeindruckenden Muskelstränge an Hinterhand und Hals, das nervöse Ohrenspiel und vor allem die rollenden Augen flößten ihr Angst ein. Für kein Geld der Welt hätte sie mit einem der Betreuer dieses verrückten Viechs getauscht.

»Er ist Engländer«, hörte Tilla jemanden hinter sich sagen und drehte sich neugierig um. Ein korpulenter Mann in einer mit unzähligen kleinen Taschen übersäten Weste war nahezu lautlos herangetreten und hantierte nun an einem starken Teleobjektiv herum. Tilla vermutete weitere Kameras in seiner wuchtigen Umhängetasche. Der Mann überragte sie um gute dreißig Zentimeter in Größe und Breite. Das dichte braune, mit Silberfäden durchsetzte Haar lockte sich bis fast auf seine Schultern, was ihm in Paarung mit dem Vollbart ein löwenähnliches Aussehen gab. Doch der Löwe stellte sich völlig friedlich als Ulf Bertram vor.

Tilla fragte, wie sich ihr ein solcher Riese hatte nähern können, ohne dass sie das geringste Geräusch gehört hatte. »Wer ist Engländer?«

»Na, Man of War.« Der Journalist wies mit dem Kinn auf den tanzenden Vollblüter und warf ihr einen Blick zu, als habe sie etwas unendlich Dummes von sich gegeben. Alsbald gab seine Kamera ein Stakkato von leisen Klickgeräuschen von sich. Tilla betrachtete die riesenhaft wirkenden Hände und Finger, die geschickt mit den vielen kleinen Rädchen und Knöpfen der Kamera hantierten. »Ist ein heißes Geschoss … läuft diese Saison in Deutschland. Hier im Harzburger Gestüt hat er solange sein Quartier. Soll sich wohl in seiner letzten Saison hier zeigen, bevor er Papa wird«, nuschelte Bertram hinter seiner Kamera hervor.

»Äh … Er wird Papa?«

Der Journalist gab ein dröhnendes Gelächter von sich. »Herrje … Ich vergesse immer, dass es auch Leute gibt, die mit dem Rennsport nichts zu tun haben. Sehen Sie, die Erfolgreichen unter der Rennpferden gehen nach der Rennbahn in den Deckbetrieb und bringen ihren Besitzern so noch eine hübsche Stange Geld.«

»Oh … Ein schönes Los!« Voller Mitleid mit den Stuten, die diesen Hengst als Vater ihrer Kinder ertragen mussten, schaute Tilla zu, wie Man of War sich zornig aufbäumte. »Ist dieser Engländer dort irgendwie sauer?«

Eine neuerliche Lachsalve ließ die Locken von Ulf Bertram tanzen. »Ja, ist er … Er hat eine herrliche Rennbahn vor sich und man lässt ihn nicht laufen!«

»Ach so.« Tillas Blick glitt nun sinnend zwischen den zwei Rappen und dem wilden Braunen hin und her. »Sagen Sie, soll das verrückte Vieh dort etwa mit auf das Foto mit den Kostümen?«

»Gott bewahre, nein!«, entrüstete sich der Journalist. »Man of War ist ein Hengst! Der würde glatt versuchen, die Friesenwallache zu zerlegen.«

»Friesen?«

»Die Rasse von den Schwarzen.«

Tilla nickte. »Ah. Schön, dass die Friesen eine Überlebenschance haben, das beruhigt mich!«

Bertram grinste breit. »Menschen zerlegt er übrigens auch … aber nicht alle Menschen. Bunte Jockeys mag er.«

»Tatsächlich?«

»Ja, die geben ihm das, was er am meisten mag, nämlich Auslauf.«

»Na, was für ein Glück.« Tilla stellte fest, dass sie Pferden noch immer nichts abgewinnen konnte.

»Gleich kommt Filip Minarik, den mag er besonders. Minarik wird Man of War ein bisschen bewegen. Da mache ich dann meine Fotos … weit weg von den Friesen und den Kostümen Ihrer Freundin.«

»Na, ich hoffe, der Jockey überlebt dieses irre Vieh. Sind englische Pferde immer so?«

»Rennpferde sind immer so«, korrigierte sie Bertram grinsend. »Jedenfalls auf der Rennbahn. Im Training sind sie eigentlich recht verträglich. Man of War ist übrigens erst mit einem Jahr Engländer geworden. Er wurde nämlich hier gezogen und ist als Jährling nach England verkauft worden. So mancher Pfleger des Harzburger Gestütes behauptet ja, dass Man of War früher wesentlich freundlicher war. Nun ja … wie der Herr, so's Gescherr. Apropos – neulich hat seine Besitzerin noch zwei Jährlinge aus Bad Harzburg gekauft.«

»Oh, toll. Habe ich gar nicht mitbekommen. Ich verfolge das Kommen und Gehen von Harzburger Pferden nicht ganz so aufmerksam wie Sie.«

»Nun, Sie haben ja auch einen ganz anderen Job. Wie läuft das Buch Ihrer Mutter, Frau Leinwig?«

Tilla starrte den Journalisten verblüfft an.

»Hab Sie schon ein paarmal abgelichtet«, erklärte er und blickte missbilligend in den Himmel, an dem sich gerade eine fotofeindliche Wolke vor die Sonne geschoben hatte. »Zuletzt, als Sie das Buch Ihrer verstorbenen Mutter vorgestellt haben. Aber da ich ja so zierlich bin, haben Sie mich sicher übersehen.«

Nun war es an Tilla, in herzhaftes Gelächter auszubrechen.

Die Mädchen waren endlich umgezogen und schritten nun majestätisch auf den kleinen Durchgang zur Rennbahn neben Tillas Standort zu. Dana hielt die ausladenden Schleppen der barocken Reitkleider mühsam hoch. Tilla beeilte sich, ihr eine der beiden abzunehmen, damit der Stoff nicht gar zu sehr über den Rasen schleifte. Wie angeschirrte Pferde ohne Kutsche bewegten sich die vier Frauen über die Rennbahn auf die wartenden Rappen zu. Eines der Tiere hatte seine Reiterin erkannt und gab ein heiseres Geräusch von sich, das Tilla unsicher verharren ließ.

»Er begrüßt mich nur«, erklärte ihr das Mädchen lachend.

»Ich hoffe, er meint mich auch«, gab Tilla mit dünner Stimme zurück. Die junge Reiterin lachte, stellte den Fuß in den Steigbügel und schwang sich trotz der Stoffmassen elegant in den Sattel. Tilla trat unsicher heran und begann die Schleppe auf der Kruppe des Pferdes zurechtzuzupfen.

Schließlich boten die zwei Reiterinnen in ihren üppigen, dunkelroten Roben auf den lackschwarzen, barocken Pferden ein atemberaubendes Bild. Ulf Bertram lichtete die beiden auf unzähligen Fotos ab. Mal mit Dana und Tilla zusammen, mal mit den Honoratioren, zuletzt gesellte sich auch der Jockeychampion Filip Minarik dazu.

Während die Reiterinnen von einem Tross Fotografen begleitet auf dem angrenzenden Sandplatz ein paar Dressurübungen vollführten, unterhielt sich Tilla mit dem Pressesprecher der Rennbahn über die Möglichkeit, Pressemitteilungen während der Rennwoche ins

Englische zu übersetzen und für Englisch sprechende Journalisten ins Netz zu stellen. Sie tauschten ihre Visitenkarten aus, bevor Tilla den anderen in einigem Abstand zum Rennbahnzaun folgte.

Sie war noch damit beschäftigt, die Visitenkarte in ihrer Tasche zu verstauen, als sich Man of War – endgültig seiner Wächter überdrüssig – mit einem wüsten Bocksprung befreite. Der Jockey musste seinen Versuch, aufzusitzen, aufgeben und sprang behände zur Seite, ebenso wie der Pfleger, der ihm in den Sattel helfen wollte. Der andere Pfleger hechtete auf das flüchtende Pferd zu, bekam noch den baumelnden Führstrick in die Finger, konnte sich jedoch nicht auf den Beinen halten. Der ungebärdige Vollblüter schleifte ihn ein paar Meter weit mit und keilte aus, wütend über den Bremsklotz an seinem Gebiss.

Tilla fühlte noch, wie sie jemand zurückriss, als das aufgebrachte Tier direkt auf sie zusprang. Sie brachte sich mit einem Schrei hinter dem hünenhaften Journalisten in Sicherheit, der sie beherzt aus der Gefahrenzone gezogen hatte, und sah mit klopfendem Herzen zu, wie der Pfleger das Pferd wieder unter Kontrolle zu bringen versuchte. Mittlerweile wieder zu zweit, hielten sie den Braunen eisern fest.

»Au Mann … Ich schulde Ihnen was.« Tilla klopfte dem Journalisten dankbar auf die Weste.

Während der Jockey erneut auf das Pferd gehoben wurde, bemerkte Tilla ein Drachenornament auf der Arbeitsweste des Pflegers. Sie erkannte in dem Logo ein Keltenmuster aus der früheren Heimat ihrer Familie, Wales.

Bertram, nicht im Mindesten beunruhigt, brachte seine Kamera in Anschlag und näherte sich dem Rennpferd.
»Passen Sie bloß auf«, warnte Tilla ihn ängstlich.

»Gleich beruhigt er sich. So langes Stehen auf einer Rennbahn ist er nicht gewohnt. Kein Wunder, dass er einen Wutanfall bekommt. Gleich verwandelt er sich in eine Elfe, passen Sie auf.«

Mit grenzenloser Verblüffung bemerkte Tilla, dass er recht hatte. Kaum saß Minarik im Sattel, schritt der Vollblüter ruhiger werdend im Kreis und folgte den Hilfen des erfahrenen Jockeys bereitwillig. Minarik ließ das Tier ein paar Minuten im Kreis gehen, dann stellte er sich in die Bügel und als wäre nie etwas gewesen, galoppierte Man of War leichtfüßig und gleichmäßig davon.

»Ich sagte es doch, den mag er«, hörte sie Ulf Bertram sagen.

»Heilige Göttin .... Reitet der das irrsinnige Vieh nach dem Fototermin zurück zum Gestüt? Hoffentlich überleben das die Spaziergänger.«

Wieder ertönte ein Lachen. »Auch wenn das Gestüt nicht weit weg liegt, zu Fuß gehen diese edlen Tiere nur auf der Rennbahn.«

Tilla warf dem Journalisten einen ungläubigen Blick zu, da Bertram zur Erklärung auf einen Pferdehänger deutete, der hinter den Gebäuden auf einer Wiese stand.

»Sie können mir doch nicht erzählen, dass so ein irres Vieh in so ein kleines Auto steigt.«

»Der bekommt einen feinen Joint und dann steigt er auch ein.«

»Einen ... Joint?« Tilla blickte zwischen dem Hänger und dem herangaloppierenden Man of War hin und her.

»Man of War braucht meist etwas Ruhe aus der Medikamententasche. Obwohl sich dieses Medikament wohl recht schnell abbaut, reist er immer ein paar Tage vorher an, damit es später keine Probleme bei einer Dopingkontrolle gibt.«

Tilla schüttelte verwundert den Kopf. »Und das alles für ein bisschen Wettkitzel.«

*

Behandschuhte Finger zogen Schublade für Schublade auf, hoben Papierstapel an, rührten in Krimskramskästchen herum, schoben Bücher zur Seite und wieder ordentlich an Ort und Stelle, fuhren auf der Oberkante des Schrankes entlang und befühlten sogar, ob sich etwas hinter den Heizkörpern befand.

Vor dem Schreibtisch, der mit einem Stapel Ablagekästen, einem mit Stiften und kleinem Schreibzeug gefüllten Blumentopf sowie einigen aufgeschlagenen Büchern bedeckt war, blieb er stehen und fischte einen silberfarbenen Computerstick zwischen den Stiften heraus. Die mit schwarzem Marker geschriebenen Buchstaben darauf entlockten ihm ein breites Grinsen.

»Na also!« Zufrieden schob er den Stick in seine Jackentasche, bevor er sich den restlichen Schränken zuwandte. Als er den letzten öffnete, verharrten die schwarzledernen Hände. Das verzierte Schwert blitzte ihm einladend entgegen. Ehrfürchtig nahm er es heraus, umfasste den Griff und wog die Blankwaffe abschätzend in der Hand, drehte die Schwerthand immer schneller und vollführte sogar einen waagerechten Hieb. Begehrlich betrachtete er das Schwert, um es dann mit größtem Widerstreben zurück in den Schrank zu stellen. Er schwor sich jedoch, irgendwann zurückzukommen und sich dieses Schmuckstück holen. »Warte auf mich«, flüsterte er der Waffe zu und schloss den Schrank so sachte, dass die Tür einige Augenblicke später unbemerkt wieder aufsprang.

Er setzte inzwischen seine Suche im gegenüberliegenden Zimmer fort.

Missmutig ging er schließlich die Treppe hinunter und blieb vor der Wohnungstür stehen. Er holte den Schlüsselbund heraus und probierte alle durch. Sie passten nicht. Sein Handy klingelte. »Ja«, meldete er sich knapp, horchte und beendete das Gespräch ohne ein weiteres Wort. Dem relativ neuen Schloss schenkte er einen fachmännischen Blick und entschied, dass die Zeit nicht mehr reichte, es zu knacken und die untere Wohnung zu durchsuchen. Man hatte ihn gerade informiert, dass die Leinwig auf dem Rückweg war. Unzufrieden verließ er das Efeuhäuschen.

*

Auf der Rückfahrt blickte Tilla gedankenverloren aus dem Autofenster, während ein Radiomoderator wortgewaltig ein Gewinnspiel anpries.

Dana war noch immer sichtlich in Aufruhr. »Meine Güte, gut, dass dieser Journalist da war, ich dachte schon, dieses irre Pferd rennt dich über den Haufen.«

Der Anblick der Gestütswiesen mit den Harzbergen dahinter stimmte Tilla friedlich. »Ist ja nichts passiert. Ich hätte ja auch aufpassen können.« Vielleicht war es das Drachenornament vorhin auf der Rennbahn – plötzlich erinnerte sie diese kupierte Wiesenlandschaft am Fuße der Berges, auf dem sich der Elfenstein befand, an Wales. Ihre Großmutter war einst aus Wales nach Deutschland gekommen, um zu heiraten, doch das Schicksal hatte anderes mit ihr vorgehabt. »Das Pferd kommt übrigens aus England«, fügte Tilla gedankenverloren hinzu.

»Ja ich weiß. In der Zeitung steht jeden Tag ein neuer Bericht über den deutschen Wunderrenner aus England.«

»Wirklich? Vielleicht sollte ich auch mal anfangen, regelmäßig Zeitung zu lesen.«

Dana lachte laut auf. »Das wär's ja … du Zeitung lesend am Frühstückstisch. Du schaffst es doch noch nicht einmal, deinen Morgenkaffee am Tisch zu trinken, du frühstückst im Laufen. Allein in deinem chaotischen Garten stehen zurzeit vier Kaffeebecher auf irgendwelchen Steinen. Wahrscheinlich stehen weitere in deiner

Wohnung verteilt. Ich wüsste nicht, wie du da Zeitung lesen solltest.«

»Echt? Meine fehlenden vier Becher stehen im Garten?« Tilla fiel in Danas Gelächter ein. Durch ihr Kichern hindurch hörte sie den Radiomoderator von der Sternenscheibe reden. Interessiert stellte sie das Autoradio lauter.

»*… gab bekannt, dass einem englischen Archäologen eine Sternenscheibe zum Kauf angeboten wurde, die der in Sachsen-Anhalt gefundenen Scheibe sehr ähnlich ist. Nach einer ersten Einschätzung des anerkannten Archäologen, der auch an den Untersuchungen der deutschen Sternenscheibe beteiligt war, könnte es sich bei dem angebotenen Exponat um die verschollene Frühlingsscheibe handeln. Die in Deutschland gefundene Scheibe stellt nach allgemeiner Auffassung den Herbsthimmel dar. Leider ist bisher nicht bekannt, wo genau die zweite Scheibe gefunden worden ist, da sie sich schon länger im Besitz eines Kunsthändlers befunden haben soll. Fest steht jedoch, sie wurde auf englischem Boden gefunden …*«

»Das gibt es doch nicht … Das muss ein Fehler sein.« Tilla war fassungslos.

»Wieso? Ist das so ungewöhnlich, dass man nun eine zweite Scheibe findet?« Tillas abrupte Stimmungsschwankunkungen waren selbst für Dana nicht immer durchschaubar.

In sich hineinhorchend stellte Tilla überrascht fest, dass sie eigentlich seit Wochen auf diese Nachricht gewartet hatte. »Wirklich überraschend kommt das nicht. Nur … nach allem, was ich in den letzten Monaten über die Scheibe erfuhr, macht mir dieser Fund irgendwie Sorgen.« Sie fuhr sich hektisch durch das Haar. »Und dann auch noch in England. Verdammt!«

»Ich gebe zu, im Moment sind Engländer hier eindeutig überrepräsentiert. Aber sag mal, wieso reden die da über einen Ankauf der Scheibe, während hier ein Riesentheater darum gemacht wurde?« Dana bremste vor der Ampel neben dem Bahnhof ab.

Tilla betrachtete den treppenförmigen Giebel des Bad Harzburger Bahnhofsgebäudes sinnend. »In England herrscht eine ganz andere Gesetzeslage. Dort arbeiten Schatzsucher, also Laien, die mit Metalldetektoren suchen, völlig legal mit der Fachwelt zusammen. Sie bekommen dort sogar einen Anteil, wenn sie etwas finden. Hier ist die Schatzsuche mit Sonden strafbar.«

»Ach, das wusste ich gar nicht. Aber ist denn die englische Lösung nicht eigentlich die Vernünftigere?«

»Ja, das ist sie zweifellos, aber in diesem Fall … Dieser englische Archäologe kauft eine Sternenscheibe, deren Herkunft nicht vollständig geklärt ist. Man kennt nicht einmal den Fundort, was die Einordnung des Exponats für Experten sehr erschwert. Außerdem verliert unsere Sternenscheibe nun an Wert und Bedeutung.«

»Oh, stimmt. Das hatte ich gar nicht bedacht.«

»Heilige Mondin …« Tilla richtete sich abrupt auf und stierte ins Leere.

»Was ist denn?«

»Die Materialanalyse … Ich habe doch in Dorothees Sachen einen Computerstick mit einer Analyse eines Exponates gefunden, vermutlich bezieht sie sich auf unsere Sternenscheibe. Darin wird die Herkunft der Materialien angezweifelt. Nach dieser Analyse stammen die aus England!« Tillas Blick ging hektisch hin und her. »Das hatte Dorothee gemeint, als sie sagte: Wir werden sie verlieren. Sie muss es geahnt haben! Au Scheiße, ich muss etwas tun … Muss es ihnen sagen … Ich muss Andreas anrufen! Sofort!«

*

Schnurrend wie eine Katze schmiegte sich Liliana an seine Seite. Sein Körper reagierte augenblicklich mit neuen Wellen der Lust. Er drehte sich zu ihr um.

Liliana strich ihm am Kinn entlang. »Wusstest du, dass die Leinwig Geschichte studiert hat?«

Er nahm ihren Finger und küsste die Fingerkuppe. »Nein, wusste ich nicht. Ich weiß nur, dass sie Führungen im Museumsbergwerk macht.«

»Das ist wohl nur so eine Art Hobby.« Liliana referierte, was sie von Bertram gehört hatte.

Dafydd wurde nachdenklich. »Sie ist also vom Fach. Das gefällt mir gar nicht.«

*

Hektisch wühlte Tilla auf ihrem Schreibtisch herum. Mit einer wilden Fluchtirade gab sie die Suche nach Dorothees Stick auf. Sie hatte die Dateien ja noch auf dem Computer und würde später noch einmal nach dem Stick suchen.

Nach zwei Stunden hatte sie endgültig alle Abkürzungen recherchiert, was ihr jedoch keine neuen Erkenntnisse brachte. In Verbindung mit dem, was sie vorhin im Radio gehört hatte, mutierte dieser Text zu reinem Zündstoff. Nachdenklich gab sie den Druckbefehl.

Als sie den Stapel, den sie Andreas übergeben wollte, auf dem Tisch zusammenstieß, sah sie sich nochmals nach Dorothees Computerstick um. Sie war sicher gewesen, ihn in den Blumentopf zwischen die Stifte gestopft zu haben. Allerdings war sie ein so unordentlicher Mensch, dass sie sich nicht immer auf ihre Erinnerung hinsichtlich des Aufenthaltsortes ihrer Besitztümer verlassen konnte. Tilla fixierte den Papierstapel mit einer Büroklammer und ließ ihn auf dem Tisch liegen. Sie beschloss, für heute Schluss zu machen.

Als sie sich der Tür näherte, merkte sie, dass die Tür

zum Schwertschrank nicht ganz geschlossen war. Sofort begann sich ihr Herzschlag zu verdoppeln.

»Verdammt«, fluchte Tilla, wütend über sich selbst. Sie stieß die Schranktür kernig zu und zwang sich zur Ruhe. »Hier war keiner … Hier war keiner … Hier war keiner …«, wiederholte sie wie ein Mantra, bis das Hämmern in ihrer Brust nachließ. Nach kurzem Nachdenken wandte sie sich noch einmal um, schnappte sie sich die Gelben Seiten und suchte die Nummer eines Schlüsseldienstes heraus.

Wenige Minuten später legte sie ihr Telefon hochzufrieden zurück in die Ladeschale. Der nette Mitarbeiter hatte ihr versichert, er werde gleich am nächsten Morgen vorbeikommen, um das Haustürschloss gegen ein neues mit höchsten Sicherheitsstandards auszutauschen.

*

Weder die Mittagszeit noch das schöne Wetter konnte die Menschen von ihrer Betriebsamkeit abhalten. Zielstrebig eilten sie an dem kleinen Eiscafé am Rande des Kurparks vorbei. Tilla hatte es sich unter einem der ausladenden Schirme bequem gemacht und blätterte die *Goslarsche Zeitung* durch. Im Lokalteil wurde sie fündig. Der Eröffnung der Galopprennwoche hatte man gleich mehrere Seiten gewidmet, stellte sie doch sowohl ein gesellschaftliches als auch ein sportliches Großereignis für den Harz dar. *Glamouröser Auftritt auf der Harzburger Rennbahn* betitelte die Zeitung das Bild der zwei Barockreiterrinnen in Danas Kleidern. Danas und auch ihr Name wurden kurz erwähnt, die Zitate der anwesenden Honoratioren zu den historischen Reitkleidern reichten von anerkennend bis enthusiastisch. Tilla freute sich sehr für ihre Freundin.

Es folgte ein Kommentar zu dem zuvor vollendeten Umbau der Rennbahn, dann wurde die Erfolgsmeldung nachgereicht, dass einen Monat zuvor zwei vielversprechende Nachwuchsvollblüter aus der Orsini-XX-Linie zu einem höchst zufriedenstellenden Preis an das Waliser Renntrainingszentrum Cardigan Pendragon verkauft worden waren. Tilla besah sich Ulf Bertrams gelungenes Foto von Man of War in kraftvollem Vorwärts, der als der diesjährige Star der Rennwoche gehandelt wurde.

Sie blickte auf und erkannte Andreas, der mit ausgreifenden Schritten den Teichbrunnen des Berliner Platzes passierte. Tilla machte ihn mit einem Winken auf sich aufmerksam und legte die Zeitung zur Seite. Er orderte gleich bei einem vorbeieilenden Kellner einen Espresso, während er sich auf einen freien Stuhl ihr gegenüber setzte. Das Selbstbewusstsein, das sich zu seinem jungenhaften Charme hinzugesellt hatte, machte ihn in Tillas Augen noch attraktiver. Wir leben beide in einer Beziehung, mahnte sich Tilla im Geiste und zog geschäftig die Computerausdrucke aus ihrer Tasche, die sie vor ihm auf den kleinen Tisch legte.

Andreas schmunzelte. »Ich sehe, du warst fleißig.«

»Ja, nachdem ich gestern von der zweiten Scheibe hörte, habe ich mir den Text und auch Dorothees Tagebuch noch einmal vorgenommen. Das ist die Übersetzung der Untersuchungen.« Tilla klopfte mit dem Finger auf dem Ausdruck herum, als sie bemerkte, dass jemand vor ihrem Tisch stehen geblieben war. Andreas betrachtete die blonde Frau bereits interessiert.

»Hallo, Frau Leinwig«, sagte Claudia Hohenstein mit feinem Lächeln. »Ich war mir nicht sicher, ob ich Sie für eine Begrüßung unterbrechen sollte … Störe ich?«

Ja, verdammt, dachte Tilla. »Oh, Frau Hohenstein, hallo … Was führt Sie denn nach Bad Harzburg?«

»Ach, ich komme gerade von einem Kunden und nutze die Mittagspause, um mir die Burg anzusehen.«

Sie hielt ein ledergebundenes Notizbüchlein und einen Stift in der Hand.

Ausgerechnet jetzt. Tilla hatte die Mundwinkel künstlich in die Breite gezogen und zermarterte sich den Kopf, was sich zu dieser ungebetenen Besucherin sagen ließ. »Oh ja, die Burg ... Seien Sie nicht enttäuscht, es ist nicht mehr viel da von unserer schönen Burg.« Es fiel ihr unsagbar schwer, ihre Worte in ein höfliches Gewand zu kleiden. Da Claudias Blick zu Andreas Kamenz wechselte, sah sich Tilla zu allem Überfluss auch noch zu einer Vorstellung genötigt. »Das ist Kommissar Kamenz von der Goslarer Kripo ... äh ... Es geht um ein paar Fragen zu meiner Mieterin, sie hatte einen Unfall ... einen ungeklärten Unfall.«

Claudias Blick verdunkelte sich, und Tilla erinnerte sich daran, wie heftig Gerreds Kollegin damals in ihrem Flur auf den Zeitungsbericht reagiert hatte. »Oh ja, ich hörte davon. Was für ein Unglück«, gab Claudia Hohenstein nun artig zurück. Sie schenkte Andreas ein darart hinreißendes Lächeln, dass Tilla völlig vergaß, sie nach dem Verbleib der Zeitung zu fragen. Machte diese Frau eigentlich jeden Mann so an?

Der Ärger minderte Tillas mentale Fertigkeiten entschieden. Verkniffen zwang sie an Andreas gerichtet hervor: »Das ist Claudia Hohenstein, eine Kollegin von Gerred.«

Claudia zeigte auf den Papierstapel, der den kleinen Cafétisch fast vollständig bedeckte, und bekundete höflich: »Tja, dann werde ich meinen Weg zur Burg mal fortsetzen und Sie nicht weiter stören. Sie haben ja offensichtlich viel Arbeit vor sich.« Mit freundlichem Nicken und einem, wie Tilla fand, ganz entschieden zu zufriedenen Gesicht ging sie weiter.

Als Claudia in ausreichender Entfernung war, ließ sich Tilla mit einem entnervten Geräusch zurückfallen.

Sie hörte Andreas leise lachen. »Gerred hat ja wirklich eine scharfe Kollegin. Flirtet sie ihn auch so an?«

»Allerdings ... aber irgendwie anders. Bei ihm gibt sie eine Mischung aus Femme fatale und verständnisvoller Therapeutin, bei dir eben sah es eher nach scheuem Reh aus. Vermutlich glaubt sie, dass alle Polizisten einen Beschützerinstinkt haben und dass sie dich so knacken kann.«

Andreas grinste. »Ja, sie versteht ihr Handwerk.«

»Nicht nur dieses Handwerk ... Spätestens heute Nachmittag weiß Gerred, das wir uns getroffen haben. Sie weiß ihre Trümpfe immer hervorragend auszuspielen.«

Andreas sah Claudia interessiert nach. Bevor Tilla ihrem Ärger darüber mit einer Bosheit Luft machen konnte, bemerkte er nachdenklich: »Frau Hohenstein hat einen Schatten und es sieht nicht so aus, als wüsste sie es.«

»Einen was?«

»Da, der Typ mit dem grünen Basecap. Ist eben an uns vorbeigegangen. Er folgt ihr eindeutig. Jetzt lungert er dort hinter diesem Baum herum, weil Frau Hohenstein stehen geblieben ist.«

»Ja, ich sehe ihn.« Tilla starrte den Mann erstaunt an, der an einer Kastanie lehnte und dabei eindeutig Claudia Hohenstein beobachtete.

Andreas sah dem Verfolger noch einen Moment zu, als beide weitergingen, und schüttelte dann den Kopf. »Der Typ stellt sich ziemlich dämlich an. Jetzt wartet er dumm vor dem Eingang zur Seilbahn herum. Vermutlich nimmt er die nächste Kabine, um ihr zu folgen. Ein Profi ist das nicht.«

»Müssen wir uns jetzt irgendwie Sorgen machen?« Tilla blickte stirnrunzelnd zur Seilbanstation.

Andreas lachte so herzhaft los, dass Tilla ihn konsterniert anschaute. »Vor einer Minute wolltest du diese Frau am liebsten auf offener Straße erwürgen und jetzt sorgst du dich, dass es jemand anderes tun könnte?«

*

Claudia stieg aus der Kabine und folgte der Beschilderung, die sie zunächst zur Canossasäule führte. Ihr ging nicht aus dem Kopf, was Tillas zu dem Polizisten gesagt hatte, bevor sie Claudia bemerkt hatte. Sie hatte ihm gegenüber eine Dorothee erwähnt, im Zusammenhang mit einem Tagebuch.

Handelte es sich um ihre Dorothee? Entschieden verdrängte Claudia diese unselige Möglichkeit. Nein, das konnte nicht sein, es musste sich um eine andere Dorothee handeln.

Sie umrundete den Obelisken, der verkündete, dass man keinen Bittgang nach Canossa zu unternehmen gedachte, hatte aber weder für das Denkmal noch für die herrliche Aussicht über das Harzer Vorland einen Blick übrig. Sie interessierte sich vielmehr für die Gebäude, die verwaist auf ihren Abriss warteten. Eine Weile ließ sie den Eindruck des hübschen baumbestandenen Platzes auf sich wirken, bevor sie ihren ledergebundenen Skizzenblock und ihren Füllfederhalter zur Hand nahm. Mit routinierten Strichen bannte sie erste Ideen auf Papier.

»Heute ist wohl mein Glückstag. Erst erwische ich Tilla mit ihrem hübschen Freund und nun das. Den Burgplatz zu bebauen, wäre ein Projekt nach meinem Geschmack.« Vor Claudias innerem Auge entstand bereits ein Hotelbau, bestehend aus dem Nebeneinander von modernen und historischen Elementen.

Nachdem sie mehrere Skizzenblätter gefüllt hatte, setzte Claudia ab und sah sich um. Sie tippte ihren Füller überlegend an die Lippen und ging dann zu den Resten des Wehrturmes. Dort schlug sie ein neues Blatt auf und ließ eine weitere Skizze entstehen, in der sich die Turmruine in einen modernen Glasbau einfügte.

Rechts neben ihr erklommen einige Besucher die Treppe zur Ostburg. Claudia registrierte aus den Augenwinkeln einen jungen Mann mit grünem Basecap unter diesen Touristen. Sie sah genauer hin und war sicher, es handelte sich um denselben Mann, den sie bereits vor einiger Zeit in Goslar und vor ein paar Tagen in Wernigerode bemerkt hatte. Die Erkenntnis, dass er ihr folgte, traf sie wie eine kalte Dusche. Unwillkürlich sah sich Claudia nach einem Versteck um, doch das weitgehend kahle Plateau bot keinerlei Möglichkeiten. Sie nahm den Mann erneut in Augenschein. Einen unsinnigen Moment lang glaubte sie Phillip in ihm zu sehen.

Als er ihren Blick bemerkte, gab er jegliche Heimlichtuerei auf. Er blieb stehen, streckte aggressiv das Kinn vor und fixierte sie mit einem Ausdruck, der ihr Unbehagen bereitete. Die anderen Besucher entfernten sich, doch er stand stocksteif da und starrte unverwandt zu Claudia herüber, genau wie sie zu ihm. Irgendetwas an ihm kam ihr vertraut vor. Was wollte er von ihr? Mittlerweile etwas gefasster, klappte sie ihren Skizzenblock zu, schraubte den Füller zusammen und ging langsam auf ihn zu. »Warum verfolgen Sie mich?«

Der junge Mann zerrte das Basecap mit einer heftigen Bewegung von seinem kurzen blonden Haar. »Na, erkennst du mich jetzt?«

Claudia trat unwillkürlich einen Schritt zurück. »Tobias? Was … was machst du denn hier?«

Er presste die Lippen zusammen und kämpfte sichtlich mit Emotionen. Die dunklen Augenringe, tiefe Furchen und die hohlen Wangen ließen ihn älter aussehen, als er war. Nichts erinnerte mehr an den jungen, leicht naiven Mann, den sie vor zwei Jahren kennengelernt hatte, als sie erstmals von der Familie von Kralitz eingeladen worden war. Es war Phillips jüngerer Bruder, der sie hier so hasserfüllt anstarrte, dass Claudia immer unwohler wurde. »Ich habe dich schon mehrfach bemerkt, aber nicht erkannt. Was willst du von mir? Schickt Phillip dich?«

Tobias antwortete mit einem merkwürdigen Geräusch, das irgendwo zwischen freudlosem Lachen und einem Aufheulen lag.

Claudia bemühte sich der seltsamen Situation zum Trotz weiterhin um einen festen Ton. »Sag ihm, es ist vorbei. Ich komme nicht mehr nach Berlin zurück!«

Dieses Mal hatte sein Lachen einem hysterischen Anstrich. »Was solltest du auch in Berlin? Arbeiten lässt dich dort niemand mehr, nach allem, was du abgezogen hast.«

Er wusste es also. Claudia wägte ihre Worte sorgfältig ab. »Abgezogen? Ich gebe zu, ich habe mitgemacht.«

»Mitgemacht?«, fuhr Tobias sie an. »Du hast nicht mitgemacht, du hast alles inszeniert. Phillip war es, der mitgemacht hat.« Tobias war so aufgebracht, dass ihm die Hände zu zittern begannen. »Ganz gleich, was Phillip der Polizei erzählt hat. Er hat sich so einen Mist nicht ausgedacht, so etwas sieht dir ähnlich, nicht ihm. Er war es, der mitgemacht hat. Er hätte für dich alles getan … und du hast das gewusst.« Seine Stimme überschlug sich.

Fieberhaft überlegte Claudia, was sie tun sollte. Wie das Licht einer pulsierenden Alarmleuchte schossen ihr Visionen durch den Kopf, in denen Tobias ihrem Arbeitgeber alles erzählte und ihr das bisschen Leben, das sie sich gerade neu erschuf, mit wenigen Worten zunichte machte.

»Tobias … ich … ja, ich hätte Phillip aufhalten können. Ich hätte es gemusst, aber du weißt doch selbst, wie sehr er es eurem Vater recht machen wollte. Das Geld, das er durch die Betrügerei verdiente … Dein Vater war stolz auf ihn, er …«

»Hör auf«, heulte Tobias und wandte sich ab.

»Es tut mir leid, Tobias, wirklich. Nächstes Jahr kommt er raus und …«

Tobias brüllte so unvermittelt, dass Claudia verschreckt zurückwich. »Er kommt nicht raus!« Dann wurde er ruhig, so ruhig, dass seine Worte wie ein Flüstern an Claudias Ohren drangen. »Er kommt nicht zurück und er hat mich auch nicht zu dir geschickt. Vor drei Monaten hat er sich in seiner Zelle erhängt. Er ist tot, Claudia, tot!« Ohne ein weiteres Wort drehte er sich um und verschwand hinter den Resten der Ringmauer.

Claudia sah ihm entsetzt nach und sackte dann, wo sie war, zusammen. Sie hatte das Gefühl, keine Luft mehr zu bekommen.

*

Tillas Starren, weil sie sich kaum vom Anblick des herzlich lachenden Andreas losreißen konnte, wurde gottlob von einem Kellner unterbrochen, der sie mit italienischem Timbre nach weiteren Wünschen fragte. Tilla schloss sich Andreas' Bestellung eines weiteren Espressos an, obwohl sie so starken Kaffee eigentlich gar nicht mochte, aber sie war irgendwie nicht in der Lage, ihre Gedanken zu ordnen. Der junge Mann nickte beflissen und nahm ihren bereits geleerten Eisbecher mit. Andreas amüsierte sich noch immer darüber, dass Tilla angesichts der schönen Claudia nicht zwischen Mordgelüsten und Sorge hatten entscheiden können.

Unwillig zog sich Tilla nun den Stapel von Kopien heran. »Bist du endlich fertig mit deinem Gelächter, dann würde ich dir nämlich gern erzählen, was hier drinsteht«, maulte sie.

»Bin fertig.« Seine Mundwinkel zuckten noch immer.

»Schön. Also, ich habe die Texte von dem USB-Stick übersetzt, und es geht darin um die Vermutung der Herkunft der Materialien eines historischen Fundstückes.«

Andreas' Interesse erwachte. »Die Hallenser Sternenscheibe?«

»Davon gehe ich aus, allerdings wird sie nicht explizit genannt. Ein Teil des Textes wirkt wegen der vielen Abkürzungen eher ein bisschen wie eine private Notiz, also gar nicht für andere Augen bestimmt. Es könnte das Manuskript für eine offizielle Verlautbarung sein, an der der Verfasser noch arbeitete.«

Andreas nickte und Tilla referierte weiter, während der Kellner die Espressi brachte. Andreas bestückte seinen Kaffee üppig mit Zucker.

»Also, der erste Teil behandelt die Alterseinschätzung nach einer Radioaktivitätsprüfung, so eine Art Schnelltest, man nennt es auch das Pb-210-Verfahren. Pb steht für Plumbum, Blei enthält ein radioaktives Isotop mit einer Halbwertszeit von 22,3 Jahren. Also nimmt die Radioaktivität alle 22,3 Jahre um die Hälfte ab und lässt sich somit spätestens 300 Jahre nach der Verhüttung nicht mehr nachweisen.« Tilla konnte zwar Andreas' Blick hinter der Sonnenbrille nicht genau einschätzen, war aber sicher, ihn beeindruckt zu haben. Zufrieden fuhr sie fort. »Da keine Radioaktivität mehr festgestellt werden konnte, kann man davon ausgehen, dass das Fundstück älter als 300 Jahre ist. Dann kommt eine weitere Auswertung nach der C14-Methode, die Radiokohlenstoffdatierung.«

»Davon habe ich schon gehört.«

Tilla nickte. »Stücke von Birkenrinde, das hat die C-14-Methode ergeben, stammen aus dem fünfzehnten Jahrhundert vor Christus. Dann wird es interessant. Es folgt nämlich eine aufwändige Analyse der einzelnen Materialien mit einer Vermutung ihrer Herkunft aufgrund von Vergleichswerten. Diese Herkunftsanalyse wirft einige Fragen auf.« Tilla blätterte in dem Ausdruck, den sie vor sich hatte, herum. »Das Fundstück besteht vornehmlich aus Kupfer und Zinn – also Bronze –, aus Gold und einigen weiteren Materialkomponenten, die nur in Spuren auftreten. Das alles würde zur Sternenscheibe passen. In dem Text ist von zwei unterschiedlichen Auswertungen bezüglich der Herkunft der Materialien die Rede, die seltsamerweise zu unterschiedlichen Ergebnissen führen.«

»Hm, ist das eine normale Vorgehensweise?«

»Es ist es durchaus üblich, mehrere Experten zu betrauen, die mit unterschiedlichen Methoden arbeiten, aber dass dies zu so unterschiedlichen Ergebnissen führt, ist nicht normal. Also, nach einer der Analysen stammt das Kupfer aus dem Alpenraum. Wenn es sich wirklich um die Sternenscheibe handelt, so entspricht dies der Information, die man dazu veröffentlicht hat.«

»Und nach der Einschätzung dieses Verfassers?« Andreas wies auf Tillas Skript.

»Stammt das gesamte Material aus England!«

»Hat da nun jemand Mist gebaut?«

»Schwer zu sagen. Jedenfalls bezweifelt der Verfasser dieses Textes die Auswertung der offiziellen Materialanalyse. Wenn sich diese Untersuchungen wirklich auf die Sternenscheibe beziehen, dann wären die Informationen jetzt, nach dem Auftauchen der zweiten Scheibe, die man angeblich in England gefunden hat, ziemlich brisant.«

»Wieso?«

»Na ja, bisher ist man davon ausgegangen, dass die Materialien dort verarbeitet wurden, wo man die Scheibe gefunden hatte, nämlich im Hallenser Raum. Es wurde ja bereits bisher offiziell zugegeben, dass das Gold und auch das Zinn der Scheibe aus England stammen, nur das Kupfer soll aus dem Ostalpenraum kommen. Merkwürdig war aber schon immer, dass all diese Materialien der Scheibe so weite Handelswege hinter sich gehabt haben sollen, wo es doch auch im Harz Kupfer, Zinn und Gold gab.«

»Stimmt.«

»Und jetzt kommt ein Engländer daher und stellt fest: Die Materialien, aus denen die Sternenscheibe von Halle gemacht wurde, kommen allesamt aus England.«

Andreas ließ einen leisen Pfiff hören. »Wow. Du hast mal wieder ein Wespennest gefunden. Was denkst du? Ein Fehler? Oder Betrug?«

»Na ja, ich gebe zu, um die Chemiekurse, die zu meinem Geschichtsstudium gehörten, habe ich mich gedrückt, aber ich weiß, die Ergebnisse von solchen Materialanalysen werden immer mit anderen Fundstücken und deren Material verglichen. Es ist natürlich ein Stück weit Interpretation.«

»Okay, spinnen wir das ganze mal weiter: Was könnte passieren, wenn der Verfasser mit dieser Untersuchung an die Öffentlichkeit geht?«

Tilla antwortete zögernd. »Tja, dieser Engländer hat ein paar Theorien angefügt, wonach die deutsche Sternenscheibe gar nicht in Sachsen-Anhalt, sondern in seiner Heimat gefertigt wurde. Hätte er recht, könnte sich England als Besitzer der Scheibe ausgeben und möglicherweise sogar die Herausgabe der Scheibe als englisches Kulturgut verlangen ... und dazu alle Gelder, die bis jetzt geflossen sind und noch fließen werden.«

Andreas' Espressotasse blieb auf halber Höhe in der Luft stehen. »Ach du Schande ...« Er stellte seine Tasse ungetrunken zurück. »Soweit ich weiß, sind ja um die Sternenscheibe herum bereits gewaltige Geldsummen geflossen und fließen immer noch. Es ist ein Riesengeschäft. Die Scheibe selbst ist lizenziert, Informationen und Bilder werden zu horrenden Preisen verkauft.«

Tilla nickte. »Ich glaube mich zu erinnern, dass man damals die Grabung und Untersuchung der Fundstelle als Fotoreportage für eine satte fünfstellige Summe an *National Geographic* verkauft hat. Allerdings wusste ich nicht, dass man für solche Kunstgegenstände eine Lizenz beantragen kann.«

»Auf diese geniale Idee sind auch erst die Hallenser gekommen, aber das wird wohl von den Gerichten gekippt werden.« Andreas fügte grinsend hinzu: »Die drüben haben schnell gelernt, was man im Kapitalismus alles machen kann.« Endlich trank Andreas seinen Kaffee aus. »Weißt du, wieso Dorothee Messner die Unterlagen gestohlen hat? Ich meine, der Verfasser wird sie doch einfach neu erstellen. Die Untersuchungen basieren schließlich auf Tests, deren Ergebnisse irgendwo gelagert sind.«

»Ich denke, sie wollte damit einfach Zeit gewinnen.«

»Zeit? Wofür?«

»Um diese Untersuchungen zu widerlegen.«

»Also hat auch sie in einem Wespennest herumgestochert«, murmelte Andreas nachdenklich. »Und weitere Hinweise gab sie dir nicht?«

»Na ja, wir haben viel über keltische Mystik gesprochen. Wenn ich diese Gespäche jetzt Revue passieren lasse, passte vieles zu diesem Thema.« Tilla tippte auf die Unterlagen. »Aber damals ahnte ich nicht, dass Dorothees Fragen mit der Scheibe zu tun haben könnten. Sie recherchierte viel im Internet, aber der Seitenverlauf lässt sich nicht mehr rekonstruieren, das Virus hat ja alles vernichtet.«

»Du hast ihr dafür deinen Computer überlassen?«

»Klar. Sie hatte ein ziemlich altes Laptop. Um ins Internet zu gehen, hätte sie ein Kabel einstöpseln müssen. Es war leichter, wenn sie ihre Recherchen an meinen PC vornahm. Deswegen hatte sie auch meine E-Mail-Adresse benutzt«, erklärte Tilla.

»Du meinst, sie hat deine E-Mail-Adresse angegeben?«

»Jedenfalls fragte sie mich, ob sie das dürfte und ich hatte nichts dagegen.«

Andreas brummte unzufrieden.

»Mir fällt gerade ein, da war so eine Karte unserer Region an der Wand ihres Zimmers. Dorothee hatte Linien darauf gemalt.« Sie beschrieb Andreas ihren Fund genauer. »Ich weiß nicht, was es bedeutet, dass der Ausgangspunkt dieser Linien auf einer anderen Karte ist, die weg ist … einer Karte, die sie wahrscheinlich in ihrer Tasche mit sich führte.«

»Sie hatte aber keine Karte bei sich und im Wagen war sie auch nicht.«

»Mist!« Tilla trank nun ihrerseits ihren abgekühlten Espresso. »Sag mal, war eigentlich ihr Füller in der Tasche? Sie hing an dem Teil, der Stift war von ihrem Vater.«

»Nein, von einem Füller weiß ich nichts.«

Tilla nickte. »Dachte ich mir. Die Kreise auf ihrem Arm, sie sind mit Tinte gemalt worden, nicht wahr?«

»Ja, waren sie. Wie sah der Stift aus?«

»Ziemlich edel, Schwarz und Gold, fast so … nein eigentlich genau so wie das Teil, was Claudia vorhin in der Hand hatte.« Tilla wurde nachdenklich.

Andreas ahnte, welche Kapriolen Tillas Gedanken schlugen und mahnte: »Füller werden in Massen hergestellt.«

»Nein, der war irgendwie besonders. Er stammte noch aus der DDR. Heilige Göttin, wie hat Dorothee das Teil noch genannt?« Tilla überlegte fieberhaft, bis ihr Blick, der in der Leere über Andreas' Schulter hängen geblieben war, auf einen jungen Mann mit einem grünen Basecap fiel. Verdutzt starrte sie den vorbeieilenden Mann an, der vorhin Claudia Hohenstein verfolgt hatte.

Andreas folgte ihrem Blick. »Ich glaube, er hat eine Abfuhr bekommen.« Mit einem Blick auf seine Armbanduhr schnappte er sich Tillas Papierstapel und verkündete: »Ich werde das hier Berking geben und ihm von deinen

Vermutungen erzählen. Vielleicht sollte er diese Informationen sogar an Halle weitergeben.«

*

Gerred sah seinem Chef interessiert über die Schulter, der Claudias Skizzen studierte.

»Ihr Entwurf ist wirklich beeindruckend, Frau Hohenstein, aber ich muss Sie enttäuschen. Wir werden uns an der Ausschreibung für das geplante Hotel auf der Harzburg nicht beteiligen.«

Arnold Kösters Entschiedenheit überraschte Claudia, dennoch blieben ihre Züge wie auch ihr Ton gleichbleibend freundlich. »Oh, wie dumm von mir, da habe ich wohl irgendetwas nicht mitbekommen. Tut mir leid. Ich dachte, das sei ein Prestigeprojekt, mit dem man das Architekturbüro Köster über die Grenzen hinaus bekannt machen könnte.«

Kösters Ton wurde eine Nuance zugänglicher. »Grundsätzlich haben Sie recht. Ich bin von Ihrer Initiative auch durchaus beeindruckt, aber ich bleibe dabei, dieses Projekt ist nichts für uns.«

»Erlauben Sie mir, nach dem Grund zu fragen?«

»Natürlich, Sie haben eine Erklärung verdient. Sehen Sie, es handelt sich dabei um ein Projekt, das hier in der Region bereits jetzt so kontrovers diskutiert wird, dass man eigentlich nur verlieren kann. Das können Sie natürlich nicht wissen, da Sie ja schließlich lange woanders gelebt und gearbeitet haben.« Arnold Köster betrachtete Claudias Entwurf nochmals. »Die hohen Glasfronten, kombiniert mit Stelen, die sich ausnehmen wie antike Säulen, dann dieses Atriumkonzept mit dem Baum … Wirklich sehr gut. Und wahrscheinlich besser als alles, was man letztlich auf die Harzburg bauen wird.«

Claudia Hohenstein startete einen letzten Versuch, den sie mit einem strahlenden Lächeln würzte. »Nun, die

Frist läuft ja noch. Es steht Ihnen jederzeit frei, meinen Entwurf einzureichen.«

»Danke, Frau Kollegin, ich weiß Ihr Angebot, Ihren Entwurf im Namen dieses Büro einzureichen, wirklich zu schätzen. Aber selbst dieser wirklich schöne Bauvorschlag verträgt sich so gar nicht mit meinen Vorstellungen. Bitte nehmen Sie es mir nicht übel.« Er lächelte bedauernd. »Es ist trotz allem eine höchst innovative Arbeit. Wenn Sie erlauben, würde ich diesen Entwurf gern in unserem Kundenbereich aufhängen.«

»Natürlich. Gern. Sagen Sie, Herr Köster, was würden Sie denn gern dort oben hinbauen?«, fragte Claudia beflissen.

Der antwortete ihr mit ausgebreiteten Armen und einem verschmitzten Lächeln: »Nichts! Und bevor ich dieses herrliche Nichts dort ausbreite, würde ich das unsägliche Tirolerhäuschen abreißen. Dort oben stehen die Reste einer berühmten Burg. Das ist genug. Wenn überhaupt, so würde ich Teile der Burg rekonstruieren. Ein Wiederaufbau in traditioneller, althergebrachter Art, so wie es zurzeit in Frankreich an einem Burgbau als experimentelle Archäologie praktiziert wird. Mehr als eine Burg braucht der Burgberg nicht!« Damit drehte sich Arnold Köster um und ging in sein Büro, während Claudia Hohensteins Lächeln zu einer Grimasse gefror.

Eigentlich hatte sie nichts anderes erwartet, der Harz begegnete der Moderne mit chronischer Skepsis. Wernigerode war nicht Berlin. Doch im Moment schien es ihr, als habe sich Fortuna doch ziemlich nachhaltig vor ihr versteckt. Sie starrte noch eine Weile unschlüssig auf ihr aktuell zu bearbeitendes Projekt, aber die banale Sporthalle ärgerte sie jetzt unsäglich. Claudia stand auf, um sich in der Bistro-Küche eine Tasse Kaffee zu gönnen.

Bisher hatte sie nichts mehr von Tobias gehört oder gesehen. Das hieß aber nicht, dass sie sich in Sicherheit wähnen durfte. In der Küche stützte sich Claudia einen Moment an der Arbeitsplatte ab, als Phillips Gesicht vor ihrem inneren Auge auftauchte. Nicht nur die Nachricht vom Selbstmord ihres ehemaligen Geliebten nahm sie mit. Dass Tobias sie für den Tod seines Bruders verantwortlich machte, traf Claudia hart.

Wie er ausgesehen hatte! Tobias musste mindestens fünfzehn Kilo abgenommen haben, seit sie ihn das letzte Mal gesehen hatte. Dabei war er immer der jüngere Luftikus gewesen, der es sich gönnte, Kunstgeschichte zu studieren. Phillip hatte ihn gegenüber seinem strengen und leistungsorientierten Vater in Schutz genommen. Mit Phillip hatte Tobias nicht nur seinen Bruder, sondern auch den Schutz vor dem Vater und damit seine unbeschwerte Jugend verloren, die bei ihm sowieso schon länger gedauert hatte als bei anderen jungen Männern. Claudia hatte Tobias noch nie zuvor so gesehen. Sie hielt ihn jetzt für völlig unberechenbar.

»Claudia? Geht es dir gut?«, fragte Gerred besorgt.

Schnell hatte sich Claudia wieder unter Kontrolle. »Natürlich.«

Er lächelte ihr aufmunternd zu. »Tut mir leid für dich, dein Entwurf sah wirklich toll aus. Aber Arnold hat sich sehr in die Initiative gegen eine Bebauung des Burgberges eingebracht, weißt du.«

»Ach so, das wusste ich gar nicht. – Vor ein paar Tagen war ich in Bad Harzburg auf der Burg. Dort oben war es so schön, mir purzelten die Ideen einfach nur so aufs Blatt.«

Gerred lehnte sich an die Tischzeile der Bistro-Küche. »Oh, du warst auf der Harzburg? Das hättest du mit Tilla und mir zusammen machen sollen. Es gibt wohl niemanden, der mehr über die Burg weiß als sie.«

»Wie ulkig, dass du das sagst, ich habe Tilla nämlich zufällig in der Bummelallee getroffen.« Claudia war hochzufrieden, wenigstens diesen Trumpf ausspielen zu können.

»Wirklich? Du hättest sie fragen sollen, ob sie mitkommt.«

»Na ja, wir waren ja nicht verabredet …« Claudia ließ einen wohldosierten Moment vergehen, bevor sie Unsicherheit vortäuschend hinzufügte: »… und Tilla war nicht allein.« Ein betretenes Gesicht zeigend, drehte sich Claudia zu ihm um. »Oh du meine Güte, ich glaube, das klang jetzt ziemlich missverständlich. Ähm … Sie hatte sich mit einem Kommissar aus Goslar getroffen, Kamenz hieß er, glaube ich, es ging um den Unfall von ihrer …« Claudia stutzte bei der Erinnerung, bevor sie den Satz beendete, der zu einer Frage wurde: »Mieterin? Kann das sein?«

»Dorothee Messner. Sie wohnte bei Tilla.«

Claudias Magen krampfte sich zu einem Klumpen zusammen. Ihre Halbschwester hatte bei Tilla Leinwig gewohnt? Deswegen hatte diese Zeitung damals dort in ihrem Flur gelegen. Es war tatsächlich Dorothees Tagebuch, von dem Tilla gesprochen hatte. Verdammt. Wusste Tilla von Claudias unseliger Verwandtschaft? Mit einen mulmigen Gefühl dachte sie an Dorothees überraschendes Auftauchen in Wernigerode. Es war ein Desaster gewesen. Wenn Gerred davon erfuhr, konnte sie einpacken. Dann fiel Claudia ein, dass Tilla von einem Unfall gesprochen hatte. »Was ist dieser jungen Frau eigentlich genau passiert?«

Gerred referierte ihr bereitwillig die ihm bekannten Fakten.

Ernüchtert fragte Claudia: »Wieso sprach Tilla von einem ungeklärten Unfall?«

Gerred seufzte. »Tilla hat sich in die Vorstellung verrannt, dass Frau Messner ermordet wurde.«

»Ermordet? Wie kommt sie denn darauf?«

»Es waren tatsächlich einige Dinge etwas seltsam an

dem Tod von Frau Messner. – Und du hast Tilla zusammen mit Andreas Kamenz gesehen?«

Claudia hatte für einen Moment das Gefühl, dass die Ereignisse sie überrollten. Mit einer Unsicherheit, die sie von sich so gar nicht kannte, fragte sie sich, ob sie nicht von dem Plan abweichen sollte, mit der Nachricht von Tilla und diesem Kamenz Gerreds Eifersucht anzustacheln. Es erstaunte sie fast selbst, als sie sich gutmütig mahnen hörte: »Gerred, jetzt mach nicht so ein Gesicht. Tilla hat sich mit ihm ja nicht heimlich, sondern in aller Öffentlichkeit in einem Café getroffen.«

Gerred lachte unfroh. »Als sie sich im letzten Jahr mit ihm traf, ist sie nicht nur mit ihm ins Bett gestiegen, sie hat sich auch in dessen Arbeit eingemischt. Das Ganze hat uns alle drei fast das Leben gekostet.«

»Oh«, entfuhr es Claudia ausnahmsweise mal ehrlich ernüchtert.

*

Liliane betrat verärgert die Bibliothek, die Rhydion Dafydd als Arbeitszimmer diente. »Wir haben Besuch!«

Rhydion sah wegen ihres Tonfalles erstaunt auf. Der unliebsame Besucher in nicht ganz sauberen Jeans und Karohemd drückte sich an ihr vorbei. In der gediegenen Bibliothek des alten Landsitzes nahm sich der grobschlächtige Mann wie ein Fremdkörper aus.

»Bester Schwager, ich grüße dich!« Tom schlenderte an den Regalreihen entlang und fuhr mit dem Finger über die Rücken der alten, zum Teil sehr wertvollen Bücher, als wolle er deren Staubschicht überprüfen.

Dafydd blieb für einen Moment vor Verblüffung die Luft weg. Als er sich wieder einigermaßen gefangen hatte, warf er seinen Füllfederhalter aus der Hand und richtete sich hinter dem Mahagonischreibtisch auf. »Verdammt! Tom, was tust du denn hier?«

Der Ankömmling grinste selbstbewusst. Er grabschte nach einem der Chippendale-Stühle, zog ihn wie ein Stück Totholz hinter sich her, schwang ihn herum und setzte sich Dafydd gegenüber darauf. Liliana verdrehte die Augen und ging zu der großen Flügeltür, um sie zu schließen. Einem heraneilenden dienstbaren Geist erklärte sie knapp, es werde kein Tee benötigt, da der Gast nicht lang genug bliebe, und man wolle keinesfalls gestört werden. Dann schloss sich die Bibliothekstür vor dem verdutzten Butler.

Tom grinste Liliana an und wandte sich dann wieder Rhydion zu. »Immer clever, mein Schwesterlein.« Anerkennend ließ er den Blick durch die Bibliothek schweifen. »Sie hat es gut getroffen … und du auch, mein Lieber.«

»Ja, wir haben Glück gehabt.« Dafydd blieb zurückhaltend. Tom war nützlich, aber er wusste Lilianes Bruder lieber in der Ferne. »Tom, was willst du hier?«

»Weißt du, Rhyd, deine James-Bond-Masche geht mir auf den Keks. Du bist der Brite, ich nicht.«

Dafydd ließ sich unbeeindruckt in seinem Sessel zurückfallen. »Ah. Schön, dass wir darüber gesprochen haben. Gibt es sonst noch etwas, das du loswerden möchtest?«

Tom fixierte Dafydd mit einem undurchsichtigen Grinsen. »Diese zweite Scheibe … das ist dein Werk, nicht wahr?«

Dafydds Herzschlag setzte für einen Moment aus. »Ich weiß nicht. was du meinst, Tom.« Sein Blick wanderte zu Liliane, die dezent den Kopf schüttelte. Sie hatte ihrem Bruder also nichts gesagt. Offenbar hatte er dessen Cleverness unterschätzt.

»Du wirst eine schöne Stange Geld damit verdienen, hab ich recht?«

»Mir scheint, du ziehst völlig falsche Schlüsse, Tom …«

»Komm, hör auf, Rhyd. Dieses ganze Agentenbrimborium mit dem Telefon und diese Geheimniskrämerei … Du kannst mir doch nicht erzählen, dass du nur ein bisschen von diesem alten Blechmüll haben wolltest. Den kannst du an jeder Ecke selbst ausbuddeln. Du wolltest nicht, dass jemand erfährt, dass du diesen Schrott bekommen hast. Ich bin sicher, das hat was mit dieser Scheibe zu tun, die für so viel Aufregung sorgt.« Aufgeräumt verkündete er: »Ich glaube, lieber Schwager, du bist ein Betrüger!«

Dafydd blieb gelassen. »Sicher nicht. Aber du, bester Schwager, bist nachweislich ein Dieb ….«

»Verdammt, Tom!«, fuhr Liliane aufgebracht dazwischen. »Wir hatten vereinbart, dass du niemals hier auftauchst!«

Dafydd stand auf und legte ihr beruhigend die Hände auf die Schultern. An Tom gewandt schlug er einen so herablassenden Ton an, als gelte es einem Kleinkind das Verlangen nach Gummibärchen auszureden. »Tom, es würde zu weit führen, dir zu erklären, um was es mir bei dem letzten Auftrag ging, den du ja mit Bravour für mich erledigt hast. Mit dieser Scheibe hat das Ganze nichts zu tun. Ich brauchte das Material für ein wissenschaftliches Experiment. In meinen Kollegenkreisen ist das in dieser Form allerdings verpönt, deshalb würde es mir schaden, wenn jemand von unserem Geschäft erführe.« Er richtete seine türkisfarbenen Augen auf seinen ungebetenen Besucher. »Also, was möchtest du von uns? Willst du uns erpressen? Du? Jemand, der ein Vorstrafenregister hat, das jeden Polizeicomputer ächzen lässt?«

Tom machte eine wegwerfende Handbewegung. »Ach, Rhyd, wir sind doch eine Familie … jedenfalls bald. Mein Schwesterchen liebt dich, wer spricht denn da von Erpressung?«

»Gut zu wissen.«

Tom sah sich wieder mit begehrlichem Blick um. »Weißt du, es gefällt mir hier …«

Liliane konnte nicht mehr an sich halten und baute sich aggressiv vor ihrem Bruder auf. »Willst du Geld? Du hast einen Auftrag und kriegst dein Geld erst, wenn du den ausgeführt hast! Also was ist? Hast du die Proben?«

Tom grinste, griff in seine Jackentasche und warf einen Computerstick an seiner Schwester vorbei auf den Mahagonitisch. »Nein, die Proben waren nicht da. Aber ich hab das gefunden.«

Dafydd ging zum Schreibtisch, nahm den Datenträger in die Hand und betrachtete ihn nachdenklich.

»Da sind Daten von dir drauf, lieber Schwager … und ein Tagebuch, ein sehr aufschlussreiches Tagebuch. Deswegen weiß ich auch, um was für Proben es sich handelt.«

Dafydds Herz schlug ein Trommelfeuer. Das Luder hatte ein Tagebuch geführt. Seine Finger krampften sich um den Datenträger. »Wer weiß noch von diesen Dateien?«

»Die Leinwig.« Tom amüsierte sich offensichtlich köstlich.

Liliana schüttelte den Zorn wie mit einem Schalter ausgeknipst ab und säuselte in liebenswürdigem Ton: »Schatz, ich denke, wir werden Tom sowieso für weitere Aufträge brauchen. Da könnten wir ihn auch enger in unsere … Geschäfte einbinden. Was meinst du?«

»Durchaus«, pflichtete Dafydd ihr bei und wartete ab. Er kannte sie gut genug, um zu wissen, dass ihr etwas eingefallen war. Tom blickte Liliana dagegen misstrauisch abschätzend an. Offenbar trauten sich die Geschwister gegenseitig nicht. Dafydd war in diesem Moment unendlich dankbar dafür, ein Einzelkind zu sein.

Liliana überlegte laut. »Es wäre gar nicht schlecht, wenn Tom in der Nähe bliebe, quasi in Bereitschaft.

Vielleicht können wir ihn hier unterbringen, damit wir sofort Zugriff auf ihn haben, wenn wir ihn brauchen.«

»Hier?« Dafydd behagte die Idee gar nicht.

»Nun, nicht hier im Haus. Ich dachte eher an das Cottage drüben bei Dyffryn Paith. Er könnte es sich herrichten und wir zahlen ihm ein Auskommen. Dafür muss er für uns hin und wieder mal einen Auftrag übernehmen.« Sie sah Tom fragend an.

Der grinste breit und bemerkte zufrieden: »Die Frau ist echt das Beste, was uns beiden passiert ist, nicht wahr, Rhyd?« Dann richtete er sich auf und fügte hinzu: »Was diese Proben angeht ... Ich denke, die Leinwig weiß eine ganze Menge. Sie wird sie versteckt haben. Ich könnte die Frau natürlich aus dem Weg schaffen und ihr Haus gründlich umgraben, aber das würde viel Staub aufwirbeln, nicht wahr?«

Dafydd nickte. »Allerdings. Was schlägst du vor?«

Tom grinste verschlagen. »Lass uns zusammenarbeiten. Du übernimmst es, sie auszuhorchen. Setz deinen Charme ein und versuch herauszukriegen, wo sie das Zeug versteckt haben könnte. Den Rest mache ich.«

Liliana runzelte unwillig die Stirn. Rhydion nickte.

*

Tilla gab unwillig zu: »Ja, ich habe Andreas Kamenz getroffen ... wieso machst du deswegen so einen Aufstand?«

»Hättest du es mir denn erzählt?«, fragte Gerred zurück.

»Ich habe nicht angenommen, dass das nötig sei ...« Tillas Ton wurde bissig. »Zumal ja Claudia Hohenstein dort plötzlich wie aus dem Nichts auftauchte. Und sie hat es ja auch brav übernommen zu petzen, nicht wahr?«

»Ich hätte es lieber von dir als von Claudia gehört.«

»Heilige Göttin, Gerred!« Tilla kämpfte ihren Ärger

nieder und erklärte mühsam ruhiger: »Es ging um die Übersetzung des Textes, der auf diesem USB-Stick von Dorothee war.«

Gerreds Mine umwölkte sich, woraufhin Tillas Unmut wieder zunahm. »Du erzählst mir doch schließlich auch nicht, ob und wann du mit Claudia zu einer Baustelle fährst. Da sitzt ihr doch auch zusammen und unterhaltet euch.«

»Das ist doch ganz was anderes. Claudia ist meine Arbeitskollegin.«

»Wieso ist das was anderes? Die Übersetzung war ein offizieller Auftrag der Polizei und mein Treffen mit Andreas somit ein Arbeitstreffen.« Das war zwar nur die halbe Wahrheit, aber Tilla war bereits unentrinnbar in ihre Kampfspur gerutscht.

»Ein Arbeitstreffen?«

»Ja, ich habe mich mit Andreas in einem Café getroffen, wo ich ihm die Übersetzung der Untersuchungen referiert und die fachlichen Zusammenhänge erklärt habe.«

»Warum nicht im Präsidium?«

Tilla zögerte. »Na ja, diese Übersetzung hat ja nur entfernt mit Dorothees Fall zu tun und nicht gerade Priorität. Ich weiß noch nicht einmal, wie wichtig diese Daten sind. Aber nach dem Auftauchen dieser zweiten Scheibe fand ich, die Polizei sollte die Übersetzung schnellstens bekommen. Andreas kam gerade wegen eines anderen Falles von Altenau runter und hat unser Treffen dazwischengeschoben.«

Gerred betrachtete Tilla nachdenklich. »Ich werde das Gefühl nicht los, dass du dich schon wieder in etwas einmischst, was dich nichts angeht.«

»Was mich nichts angeht? Bist du irre?«

»Dir geht es doch darum, dass die Ermittlungen in Dorothees Fall wieder aufgenommen werden und nicht

Kamenz einen weiteren Vorstoß. »Mir kam dabei der Gedanke, dass man Tilla Leinwig vielleicht gerade wegen dieser Datei das Foto und den Virus geschickt hat.« Berkings abweisender Miene zum Trotz redete er weiter. »Tilla Leinwig erzählte mir, dass sie Dorothee Messner ihren Computer für Internetrecherchen überließ. Wenn es sich bei dem Verfasser dieser Dateien wirklich um den Freund der Messner handelte, wie Tilla Leinwig vermutet, wusste er dies womöglich, zumal die Messner wohl Tillas E-Mail-Adresse als die angegeben hatte, unter der sie zu erreichen war. Vielleicht vermutete er, dass diese Daten auf Tilla Leinwigs Computer waren und das Virus sollte diese Daten vernichten. Sollte dieser Freund sogar der Mörder der Messner sein, wollte er Tilla Leinwig vielleicht auch eine Warnung zukommen lassen, sich nicht einzumischen.«

Gerd Wegener ging eine deftige Fluchtirade durch den Kopf, aber er hütete sich, etwas zu sagen, da er sah, dass auch Berkings Ärger wuchs wie ein Hefeteig.

»Herr Kamenz, nun hören Sie aber auf!«

»Verdammt noch mal … Was ich hier vortrage, ist eine einfache Kombination kriminalistischen Denkens. Liegt es an mir, dass Sie immer so mauern?«

»Herr Kamenz, ich will Ihnen Ihre kriminalistischen Fähigkeiten keineswegs absprechen. Ihr Problem liegt aber darin, dass Sie sich immer in Einzelfälle verbeißen und den Gesamtzusammenhang ignorieren. Wir brauchen im Moment für diesen Mädchenschieberfall jeden Mann. Bisher konnten wir die Kontaktkette zu den Hintermännern in Russland aufrechterhalten, da einer der letztens Festgenommenen kooperiert. Wenn wir wirklich bei der erwarteten nächsten Lieferung von Mädchen einen der Drahtzieher erwischen, wäre das ein unglaublicher Erfolg. Ein Erfolg, der vielen Mädchen das gleiche Schicksal erspart.«

»Das weiß ich doch. Sie tun so, als würde ich die Operation gefährden!«, echauffierte sich Kamenz. »Bisher hat sich ja wohl noch niemand beschweren können, dass ich es an Engagement habe fehlen lassen, oder?«

»Ich ärgere mich einfach darüber, dass sich hier etwas wiederholt, was im letzten Jahr fast zu einer Katastrophe geführt hat, nämlich dass Sie mal wieder eigene Wege gehen. Wege, die den gesamten Ermittlungsapparat lahmlegen, Herr Kamenz. Es ist natürlich nicht meine Sache, Sie deswegen zu maßregeln«, erklärte Berling eisig und blickte Wegener an.

Wegener nahm die Rüge ungerührt hin.

Ebenso eisig wie der Staatsanwalt schoss Kamenz zurück: »Vielleicht darf ich Sie daran erinnern, dass ich im letzen Jahr recht damit hatte, eigene Wege zu gehen. Allerdings gefallen mir diese Wiederholungen so wenig wie Ihnen, Herr Dr. Berking, deswegen werde ich auch ein Versetzungsgesuch einreichen und versuchen, nach Göttingen zu kommen, da meine Freundin dort ihren Job hat. Dann haben die Wiederholungen ein Ende.«

Berking stutzte, nickte dann und gab spitz zurück: »Ah … gut!« Er blickte kurz auf die Unterlagen von Tilla, die ihm Andreas Kamenz hingelegt hatte, um dann für Wegener überraschend doch danach zu greifen. Er stopfte sie in seine Aktentasche und verließ das Büro der Goslarer Ermittler grußlos.

Kaum war die Bürotür ins Schloss gefallen, schimpfte Wegener in einer Lautstärke, dass selbst dem Pförtner drei Etagen unter ihnen sein Unmut nicht entgehen konnte. »Einen Versetzungsantrag? Sag mal, hast du sie noch alle?«

*

»Meinem Glauben?« Tilla blickte Arnold Köster verwirrt an. »Was hat sie denn darüber gesagt?«

»Dass du eine Hexe wärst.«

»Oh, diese verdammte …« Tilla atmete tief durch und sagte dann ruhiger: »Ja, ich bin eine Hexe … offiziell nennen wir uns allerdings Altgläubige.« Als Arnold sie fragend ansah, erklärte sie: »Mein Glaube geht auf die Mystik des Keltenglaubens zurück. Ich spreche nur ungern darüber, weil dies von vielen Menschen missverstanden wird. Dieses Missverständnis wird zum Teil noch immer durch die großen Offenbarungsreligionen geschürt, denn wir Altgläubigen verehren ein Konglomerat von Göttern – was die gängigen Religionen nicht gern sehen. Wir wurden tatsächlich eine Zeit lang als Hexen gejagt, aber wir streben nach den gleichen Werten wie Christen, Buddhisten, Moslems oder Juden.« Tilla machte eine kurze Pause. »Auch Gerred hat ziemliche Probleme mit meinem Glauben, mit dem meine Familie seit vielen Generationen verbunden ist.«

»Ich gebe zu, ich habe noch nie davon gehört, aber ein auf das Keltentum zurückgehender Glaube ist faszinierend«, urteilte Arnold Köster.

»Wie konnte Gerred ihr das verraten?«, haderte Tilla. »Für Claudia ist dieses Wissen Munition.«

»Zweifellos«, stimmte er ihr zu. »Deswegen habe ich es dir gesagt.«

Eine Welle der Dankbarkeit überrollte Tilla. Sie erhob sich, zögerte und versuchte, die richtigen Worte zu finden. »Dann weißt du ja jetzt, dass man Claudia Hohenstein besser nichts wissen lässt, von dem man nicht will, dass es irgendjemand erfährt. Sei also vorsichtig.«

Arnold Köster presste die Lippen aufeinander. Tilla sah, dass er verstanden hatte. Worte über seine sexuellen Vorlieben waren bisher nie über Andeutungen hinausgekommen, doch Tilla wusste, vermutlich als eine von sehr wenigen Personen, dass er homosexuell war. Auch Gerred war in dieser Hinsicht völlig ahnungslos. Er hatte sich schon mehrfach in ihrem Beisein darüber gewundert hatte, dass sein Chef keine Familie gegründet hatte. Da Arnold nie darüber sprach, nahm Tilla an, dass er keinesfalls wollte, dass seine Homosexualität publik wurde.

»Dann sind wir uns ja einig.« Arnold lächelte Tilla breit an. »Unsere Homepage braucht mehr Informationen über unsere Frau Hohenstein. Ich werde dir die Möglichkeit verschaffen, sie auszuquetschen.«

Tillas Antwort glich einem Knurren. »Das werde ich.«

Sie dankte ihm noch einmal für seine Offenheit, verabschiedete sich herzlich und verließ sein Büro. Den Abstieg von der Galerie versuchte sie dafür zu nutzen, ihren Ärger über Claudia Hohenstein zu zügeln, ohne nennenswerten Erfolg. Im Gegenteil, nun paarte sich ihre Eifersucht mit Ärger über Gerreds Illoyalität.

Sie querte das Büro und ging auf den Arbeitsplatz von Claudia Hohenstein zu. Gerreds Kollegin runzelte ein wenig die Stirn, begrüßte sie jedoch überhöflich. Tilla schoss ebenfalls einige leere Höflichkeitsfloskeln zurück, bevor sie mit marmornem Lächeln ihre Einladung zu einem Gartenfest am ersten August formulierte.

Claudia hatte ihr Erstaunen schnell wieder in den Griff bekommen und antwortete artig: »Natürlich komme ich gern, Frau Leinwig. Vielen Dank. Kann ich irgendetwas beisteuern? Hat jemand Geburtstag?«

Tilla lächelte wie ein hungriges Löwenweibchen. »Nein, Anlass ist ein Hexenfeiertag! Ich hörte ja eben von Arnold, dass Gerred Ihnen von unserem Glauben erzählt hat. Der erste August ist das Mondfest des Gottes Lugh, wir nennen es Lughnasadh. Wir feiern acht Jahresfeste und treffen uns am Sabbat immer bei einem unserer Freunde reihum.« Tilla warf Gerred ein strahlendes Lächeln zu, der jedoch schaute sichtlich verstört in die Runde. Dessen ungeachtet flötete Tilla weiter: »Ich freue mich, dass Sie dazukommen. Die anderen brennen schon darauf, Sie kennenzulernen.« Befriedigt erkannte sie, dass ihre Worte die gewünschte Wirkung erzielten. Claudia starrte verunsichert zu Gerred, der wenig hilfreich mit einem ähnlich desolaten Gesichtsausdruck aufwartete.

»Also bis da-ann«, trällerte Tilla, warf Gerred noch eine Kusshand zu und verließ das Büro.

*

Jan Berking eilte dem Büro von Oberstaatsanwalt Dr. Rüpping entgegen, der ihn zu einem Gespräch einbestellt hatte. Er wappnete sich, von seinem Vorgesetzten eine derbe Rüge wegen dieser unseligen Unterlagen zu kassieren, die Kamenz ihm aufgedrängt hatte. Auf der Rückfahrt von Goslar hatte sich Berking gefragt, warum er sich stets so über Kamenz ärgerte. Kamenz' Fähigkeiten wurde sogar von seinem Vater geschätzt. Wenn der allerdings erfuhr, dass Kamenz seinetwegen ging, würde er den nächsten satten Tadel einfahren. Sein Vater war eh der Meinung, dass er einen zu steilen Führungsstil hatte und sich in ungehörigem Maße in die Angelegenheiten der Ermittler mischte.

Hatte Kamenz recht? Lehnte Berking eine Denkrichtung ab, nur weil sie von ihm kam? Die Häufigkeit, mit der er Kamenz' Vorschläge ablehnte, sprach eindeutig dafür. Somit hatte er sich die Unterlagen sorgfältig durchgelesen und einen objektiven Bericht dazu verfasst, der darauf hinwies, welche Auswirkungen die Veröffentlichung dieser Untersuchung auf die Sternenscheibe haben könnte. Nun allerdings fragte er sich, ob sein Statement überhaupt objektiv geraten oder mehr seinem schlechten Gewissen gegenüber Kamenz geschuldet war. Mit gemischten Gefühlen klopfte er an die Tür seines Chefs, öffnete und schaute hinein, ob der Oberstaatsanwalt Zeit für ihn hatte.

»Ah, Herr Dr. Berking … kommen Sie rein!« Dr.

Rüpping wedelte ihn herbei, als gelte es, frische Luft in das Büro zu bewegen. Berking setzte sich und wartete, bis sein Vorgesetzter das Wort ergriff.

»Lieber Kollege, ich sage das wirklich nicht oft, aber ich bin über Ihre Entwicklung sehr positiv überrascht. Sie leisten hervorragende Arbeit, schon im letzten Jahr bei diesem Naziorden und auch jetzt in diesem Mädchenschieberfall.«

Jan Berking reagierte nicht auf das Lob, denn er wartete auf das große Aber.

»Und das hier«, Berking erkannte sein Statement, auf das sein Chef nun tippte, »das ist genau die Arbeit, die ich mir von Ihren Kollegen wünsche, aber selten bekomme. Endlich mal jemand, der über den Tellerrand blickt.«

Jan Berking antwortete mit einem Räuspern, da er so gar nicht verstand, welche Richtung das Gespräch nehmen würde.

»Ich habe Ihre Einschätzung und die Informationen bereits an das Landeskriminalamt Sachsen-Anhalt und auch an die zuständigen Fachleute in Halle weitergeleitet. Dort ist man natürlich in heller Aufregung.«

Jan Berking blieb zurückhaltend. »Das war zu erwarten.«

»Wie Sie in Ihrem Bericht ja schon feststellten, haben die Informationen, die Ihre Leute in Goslar zusammengetragen haben, ziemlich nachhaltige Auswirkungen auf den Streit um die Sternenscheibe, der demnächst entbrennt. Derzeit ist schwer einzuschätzen, was auf uns zukommen wird. In Halle ist man überzeugt, dass es sich bei der zweiten Scheibe um eine Fälschung handelt, aber die Kollegen von der Wirtschaftskriminalität sind der Meinung, dass es beim derzeitigen Stand der Dinge kaum möglich ist, irgendetwas zu unternehmen. Das ist höchst unbefriedigend. Der einzige Ansatzpunkt ist Ihr Fall, werter Kollege.«

Berking war so erstaunt, dass ihm keine sinnvolle Antwort einfallen wollte. Rüpping blickte kurz in die Akte. »Die historischen Einschätzungen und die Übersetzung stammen von Frau Leinwig?«

Berking nickte.

»Gut, gut. Die Frau hat zwar eine gewisse Vorgeschichte … aber ich habe sie ja neulich bei dem Verhör erlebt. Wenn ich mich recht erinnere, war sie schon im letzten Jahr recht hilfreich. Nun ist sie ja, was diesen Messner-Fall angeht, unsere Hauptzeugin. Reden Sie noch mal selbst mit ihr. Es wäre wirklich wichtig, wenn wir etwas über den Verfasser dieser Datei herausbekämen.« Rüpping starrte die Messner-Akte an wie ein widerspenstiges Haustier. »Nach diesen Untersuchungen, die die Leinwig gefunden hat, sieht es aus, als könne die Sternenscheibe aus England stammen. Das wäre, gelinde gesagt, fatal!« Rüpping beugte sich vor. »In Halle brennt man darauf, zu erfahren, von wem diese Untersuchungen sind, denn dort hält man sie für den Versuch, die ursprüngliche Materialanalyse kraftlos zu reden – einen gefährlichen Versuch. Wenn unsere Untersuchungen hinterher als manipuliert dastehen, schadet das dem Ansehen unseres ganzen Landes. Ich fürchte, nun hängt alles an Ihnen, Dr. Berking.«

Berking warf seinem Chef einen konsternierten Blick zu. »An mir? Wie darf ich das verstehen?«

»Sehen Sie, zum einen müssen die Korrektheit und die Lückenlosigkeit der Untersuchungen an der Sternenscheibe nachgewiesen werden. Das obliegt dem zuständigen Beamten vom LKA Magdeburg, einem Ingo Steinbrecht. Er hat natürlich bereits veranlasst, dass man die Untersuchungen, die im LKA Magdeburg gelaufen sind, noch einmal überprüft. Aber man wird die Scheibe kein zweites Mal beproben können, denn dafür ist damals ein kleines Stück herausgesägt und wieder eingesetzt worden. Wegen dieses brachialen Procederes war ein Aufschrei der Empörung durch die Fachwelt gegangen. Das geht nicht noch einmal.«

»Verstehe.«

»Wir müssen zukünftigen Vorwürfen entgegenwirken. Die Fäden dafür laufen hier zusammen, genau genommen am Fall Messner. Ich habe Ihrem Bericht zwar entnommen, dass bei dem Tod dieser jungen Frau alles nach einem Unfall aussieht, aber Sie erwähnten ja, dass es da einige Unerklärlichkeiten gab … allen voran dieses Foto. Sie wiesen in Ihrem Bericht darauf hin, dass ihre Ermittler vor Ort verschiedene Theorien dazu hatten, von ›erfunden‹ bis ›Datenvernichtung‹. Wie schätzen Sie Frau Leinwig und ihre Glaubwürdigkeit ein?«

Völlig überfahren von dieser Frage, musste Berking seine Gedanken erst einmal ordnen. »Nun, sie ist schwer einschätzbar, jedenfalls für mich, denn sie agiert immer sehr emotional und sprunghaft. Sie hat im letzten Jahr einiges mitgemacht, daher neige ich bei ihren Aussagen ein wenig zur Vorsicht. Ihre Einschätzung dessen, was ihrer Freundin widerfuhr, ist von diesen Erlebnissen geprägt.«

»Lügt sie?«

Er wunderte sich selbst, dass er sofort antwortete: »Nein, jedenfalls nicht bewusst. Sie ist davon überzeugt, dass Dorothee Messner von ihrem Freund umgebracht wurde und dass er der Verfasser dieser Datei ist.«

»Könnte es so sein?«

Berking wählte seine Worte sorgsam. »Die Hinweise sind dünn. Frau Messner war nachweislich krank, dafür spricht die glaubhafte Aussage einer Zeugin. Dies schließt jedoch nicht aus, dass jemand bei ihrem Ableben nachgeholfen hat. Das Foto wurde vernichtet, daher lässt sich zu dem Absender der E-Mail nichts sagen.« Widerstrebend fügte er hinzu: »Die Goslarer Ermittler halten es für denkbar, dass man mit dem angehängten Virus die Festplatte von Frau Leinwig zerstören wollte, weil man diese Datei darauf vermutete.«

»Zweifeln Sie daran?«

»Ich gebe zu, erst war ich skeptisch, aber nach dem jetzigen Stand der Ermittlungen wäre das denkbar.«

Rüpping nickte. »In Halle bestätigte man mir, dass die Tote von der Harzburg dort tatsächlich eine Doktorandenstelle hatte. Sie galt als höchst engagiert und kenntnisreich, daher war sie auch maßgeblich an der Erforschung der Scheibe beteiligt. Man lobte ihre Arbeit allseits in den höchsten Tönen. Diese junge Frau war vermutlich die Einzige, die den Verfasser dieser Untersuchung kannte und wusste, was er damit vorhatte. Bevor es zum offenen Streit um die Scheibe kommt, wäre es sehr hilfreich, zu wissen, wer er ist. Die Untersuchungen allein sind schon brisant, aber mit dem Auftauchen einer zweiten Scheibe sind sie geradezu Sprengstoff ... Das Interesse an diesem Fall geht rauf bis nach Berlin. Sowohl beim LKA Magdeburg als auch in Halle ist man informiert, dass Sie diese brisanten Ermittlungen, vom Fall Messner ausgehend, leiten werden, Herr Dr. Berking.«

*

Noch am Tag darauf kaute Claudia an der Einladung von Tilla. Irgendwie hatte sie den Umstand, dass Gerred und Tilla einen großen Freundeskreis haben könnten, gar nicht in ihre Überlegung mit einbezogen. Vermutlich waren es weitgehend ihre Freunde, Gerred war nicht gerade ein geselliger Typ. Sie wusste lediglich, dass er eine Schwester hatte. Dennoch, ein Kreis von Freunden, der sich regelmäßig traf und dem auch Gerred angehörte – das machte es ihr nicht eben leicht. Ob sie sich doch nach jemand anderem umsehen sollte? Es wunderte sie selbst, dass sich alles in ihr gegen diese vernünftige Erwägung wehrte.

»Eigentlich läuft es doch gar nicht so schlecht«, murmelte Claudia in sich hinein, als müsse sie sich selbst überreden. Immerhin wusste diese Tilla offenbar doch nichts von ihrer Verwandtschaft zu Dorothee, sonst hätte die Polizei garantiert bereits bei ihr geklingelt. Was mochte in dem Tagebuch stehen? Etwas über sie?

»Frau Hohenstein?« Arnold Köster bedeutete ihr mit einem Winken von der Treppe her, nach oben in sein Büro zu kommen.

Er hatte die Homepage des Architekturbüros aufgerufen und den Bildschirm gedreht, damit sie ihn einsehen konnte. Ihr Konterfei prangte in der oberen linken Ecke. »Ich sprach gestern mit Frau Leinwig über unsere Homepage. Sie wies mich darauf hin, dass Ihr Internetauftritt neben dem der anderen Kollegen ein wenig zu dünn wirkt und fragte, ob wir nicht ein paar mehr Informationen über sie hineinbringen sollten. Ich fand den Vorschlag recht vernünftig. Was meinen Sie?«

Claudia fühlte sich überfahren, ihre Antwort geriet recht schmallippig. »Also … ich habe das Portrait nur kurz überflogen und fand den Text und die Fotos recht nett.«

Arnold Köster nahm seine Brille ab und blickte Claudia Hohenstein mit mildem Lächeln an. »Bitte glauben Sie nicht, dass ich Sie zur Preisgabe von privaten Dingen drängen möchte, aber überlegen Sie doch mal, wie wir Sie besser darstellen könnten.«

Dass sie innerlich vor Zorn brodelte, sah man Claudia nicht an. Übertrieben aufmerksam las sie sich das Portrait ihrer Person durch, um dann mit einem kurzen Lächeln einzulenken. »Ja, Sie haben vollkommen recht.«

»Gibt es da nicht etwas, was wir noch einbauen könnten? Ein Hobby vielleicht? Oder haben Sie ein Haustier?«

Bei der Erwähnung der Möglichkeit, dass ausgerechnet

sie sich mit einem Tier abgeben würde, wurden Claudias Augen groß. »Nein, mit einem Haustier kann ich leider nicht dienen.«

Köster lachte. »Nein, das passt auch irgendwie nicht zu Ihnen.« Er setzte sich in seinem Schreibtischstuhl auf. »Wissen Sie, Frau Leinwig wies zu Recht darauf hin, das Berlin für Sie als Architektin so viel mehr Möglichkeiten barg und es irgendwie merkwürdig aussieht, dass Sie diese pulsierende Großstadt gegen Wernigerode eingetauscht haben. Ich finde ja, der Umstand, dass sie von hier stammen, hätte Potential. Sicher lieben Sie Ihre alte Heimat Wernigerode. Gehen Sie gern spazieren? So könnte man auch erklären, warum Sie Berlin den Rücken gekehrt haben. Aber wenn es da etwas anderes gibt …«

Claudias Lächeln fühlte sich an wie festgezurrt. Tilla hatte ihr also den Kampf angesagt. Und erwies sich als geschickte Kriegerin, sie hatte sie sogleich Claudias wundesten Punkt erwischt. »Nein, nein … Ich habe den Harz wirklich vermisst. Es ist genau, wie Sie sagen: Ich habe gemerkt, dass mir die Großstadt zu hektisch wurde. Ich war dort zuletzt völlig ausgebrannt. Wissen Sie, Berlin birgt zwar viele Möglichkeiten, aber der Druck ist auch immens. Es gibt ziemlich viele und ziemlich gute Architekten dort, die ein Stückchen von dem Kuchen abhaben wollen. Es war mir peinlich … man könnte den Schluss ziehen, ich sei nicht belastbar genug.«

Köster nickte milde lächelnd. »Ich verstehe. Dieser Schritt war bestimmt nicht einfach für Sie, sicher haben Sie viele Freunde zurückgelassen.«

Es gab nichts, über das Claudia weniger sprechen mochte als Freunde aus Berlin, schnell wechselte sie das Thema. »Ja, aber es geht mir hier viel besser. Ich habe sogar wieder angefangen, Fahrrad zu fahren. Die Waldwege hier sind einfach herrlich.« Schon als ihr das herausgerutscht war, merkte sie, wie unwohl sie sich mit dieser Aussage fühlte. Denn sie konnte ihr neues Fahrrad zwar auf einem ebenen, befestigten Weg vorwärtsbewegen, aber mit unbefestigten Waldwegen war sie völlig überfordert. Die gewünschten Schrammen hatte das Fahrrad bereits und ihre Knie ärgerlicherweise auch.

Arnold Köster strahlte. »Sie biken? Fa-bel-haft! Wissen Sie was, Sie sollten sich einfach mal mit Frau Leinwig treffen. Sie erzählen ihr etwas von sich und Frau Leinwig formuliert daraus einen neuen, aussagekräftigeren Text. Übrigens, Frau Leinwig macht wirklich gute Fotos. Das von Herrn Assmut auf seinem Bike ist auch von ihr!«

Claudia konnte ihre Gesichtszüge kaum noch unter Kontrolle halten. Mit fast übermenschlicher Anstrengung gab sie ein »Tatsächlich?« von sich und fügte ein ebenso mühsames »Eine prächtige Idee. Das mache ich.« hinzu. Eine Spur zu eilig stand sie auf und verließ das Büro ihres Chefs.

*

Berking steuerte seinen BMW geschickt rückwärts in eine der Parkboxen vor dem aus Sechsecken bestehenden Bau der Goslarer Polizei und ließ den Motor verstummen. Er konnte es nicht fassen, dass man ihm neben diesem Mädchenschieberfall nun auch noch diese unsägliche Sternenscheibengeschichte aufgedrückt hatte. Noch immer hegte er starke Zweifel daran, dass die Messner überhaupt durch fremde Hand umgekommen war. Und es widerstrebte ihm, dies vorzugeben, nur um an deren Freund heranzukommen, den man als Verfasser der kompromittierenden Untersuchungen ansah. Er hasste derart diffuse Ermittlungsaufträge. Wenigstens hatte ihm sein Chef Hilfe bei der Beschaffung weiterer Leute für den anderen Fall zugesagt, die bereits in den nächsten Tagen hier in Goslar eintreffen sollten, um die Sonderkommission *Elena*, wie der Mädchenschieberfall bezeichnet wurde, zu unterstützen. Dennoch hätte er gern auf die Häme verzichtet, die ihm gleich von Seiten der Goslarer Ermittler entgegenschlagen würde.

Im Dezernat für Delikte gegen Personen herrschte emsige Aktivität. Bürotüren standen offen, Telefone klingelten konzertiert und Kripobeamte hasteten über den Gang. Berking hörte Gerd Wegener, dessen Büro am Ende des Korridors lag, etwas rufen. Vermutlich galt das Kamenz, der sich das Büro mit einem Kollegen gegenüber teilte. Als Berking Wegeners Büro betrat, begrüßte ihn dieser mit einem knappen Nicken und erklärte: »Nach letzten Informationen hat unser Kunde unsere russischen Freunde dazu gebracht, mit ihm über weitere Lieferungen zu verhandeln. Andreas versucht gerade herauszubekommen, wo das Treffen stattfinden soll.«

»Können wir uns auf diesen Amerikaner wirklich verlassen?«

»Denke schon. Das FBI hat schon signalisiert, dass sich seine Kooperation uns gegenüber günstig auf sein Strafmaß auswirken wird. Der spielt mit.«

Kamenz hatte sein Telefongespräch beendet und kam über den Gang in Wegeners Büro. »Hotel *Achtermann* … in drei Tagen.«

»Gute Arbeit«, lobte Berking. »Wir fangen ihn ab und zwingen ihn, eine neue Bestellung aufzugeben. Mal sehen, ob dann nicht Bewegung in unseren Fall kommt.«

Sie vertieften sich in das Procedere, bis Berking auf das ungeliebte Thema umschwenkte. »Übrigens habe ich mit Oberstaatsanwalt Rüpping über die Materialanalysen gesprochen, die Frau Leinwig übersetzt hatte. Er hat die Informationen an die Kollegen vom LKA Magdeburg und an Halle weitergegeben.« Er vermied es, in die erstaunten Gesichter der beiden Ermittler zu blicken, und holte stattdessen eine Akte aus seiner Tasche. Mit knappen Worten umriss er den Ermittlungsauftrag. Nach kurzem Überlegen schob er Kamenz die Akte zu. »Das ist eine Liste der Leute, mit denen die Messner in Halle zusammengearbeitet hat. Drei Viertel von denen, die an der Scheibe arbeiteten, sprechen so gut Englisch, dass sie die Untersuchung verfasst haben könnten. Sehen Sie sich die Liste an und grenzen Sie das Ganze auf die Leute ein, die als Freund von der Messner und als Verfasser dieser Datei in Frage kommen.«

Kamenz reagierte sichtlich erstaunt. »Wir machen den Fall Messner also wieder auf?«

Berking ließ sich einen Augenblick Zeit mit der Antwort. »Ja, bedingt. Allerdings muss das neben dem Mädchenschieberfall laufen. Wir ermitteln in Absprache mit dem LKA Magdeburg und Halle. Wegen des Todes der Hallenser Doktorandin laufen die Fäden bei uns zusammen. Es geht im Grunde darum, Munition zu finden, falls man demnächst an der deutschen Herkunft der Hallenser Sternenscheibe zweifelt.«

»Und wo sollen wir ansetzen?«, fragte Gerd Wegener. »Gehen wir nun doch wieder von der Unfalltheorie weg?«

Berking setzte seine Worte zögernd. »Wir nehmen ein Verbrechen als mögliches Szenario an, da die Unterlagen von Frau Leinwig auf ein Motiv hindeuten. Die Messner könnte jemandem wegen ihres Wissens um diese Analysen im Weg gewesen sein. Deshalb suchen wir nun verstärkt nach diesem unbekannten Freund, von dem wir annehmen, dass er die Materialanalysen der Scheibe durchgeführt hat. Wenn wir den haben, werden wir ihn unter anderem fragen, wo er zum Zeitpunkt des Todes von Frau Messner war.«

*

Wieder einmal fraß sich Tillas Blick am Rückspiegel fest, als sie über die A6 brauste. Hatte sie diesen Wagen nicht schon auf der Hinfahrt hinter sich gehabt? Sie kam gerade von dem Weingut bei Thale zurück, wo sie einige hübsche Fotos in den Weinbergen geschossen hatte.

Der helle Felsen des Regensteins tauchte in ihrem Blickfeld auf. Eine Linie auf Dorothees Karte hatte dorthin geführt. Kurz entschlossen setzte Tilla den Blinker und verließ die A6 bei Blankenburg. Nach wenigen Minuten befuhr sie ein zur Mitte hin arg gewölbtes Sträßchen, das wohl noch aus DDR-Zeiten stammte. Tilla stellte ihren Wagen auf einem geräumigen Parkplatz am Fuße des Burgberges ab, stieg aus und bewegte sich völlig in Gedanken versunken auf einen Hohlweg zu, der zum Regenstein hinaufführte. Sie erinnerte sich nun, dass sie schon einmal mit ihrer Mutter hier gewesen war. Es musste kurz nach der Grenzöffnung gewesen sein. Doch hatten sie nicht die Burg, sondern einen Thingplatz an der Rückseite des Burgberges besucht. Tilla fragte sich nun, warum ihre Mutter die Burg gemieden hatte.

Ein weiterer Wagen fuhr auf den Parkplatz, den sie, gedankenversunken wie sie war, nicht bemerkte.

Nach einem kurzen Gang bergauf passierte sie ein steinernes Tor, hinter dem sich das weiträumige Plateau der Burg Regenstein erstreckte. Die Ruine bestand nur noch aus einem mit Höhlen durchsetzten Kalksteinsockel. Die dunkel abgesetzten Öffnungen gaben dem ansonsten hellen Regenstein gesichtsähnliche Züge. Lediglich der Rest eines Rundturmes erinnerte noch an die alte Trutzburg.

Langsam folgte Tilla dem Weg über das Plateau, auf dem sich Naturfels und Rasenflächen abwechselten, und ließ die Stimmung auf sich wirken. Es war einer von jenen Orten, an denen man sich spontan wohlfühlte, befand Tilla und verstand, warum man ihn zu den Kraftorten zählte. Das Gefühl änderte sich auch nicht, als sie durch die diversen Höhlenzimmer streifte, die, mit Fensteröffnungen versehen, erstaunlich hell waren. Auf dem jetzigen Dach des Bergfrieds, das man über eine schmale Metallstiege erreichte, setzte sie sich auf den felsigen Boden und betrachtete die Kontur der Harzberge. Es war leider nicht klar genug, als dass man den Brocken hätte sehen können. Konnte man ihn von hier aus überhaupt sehen? Sie versuchte sich Dorothees Karte in Erinnerung zu rufen. Regenstein, Brocken und Kyffhäuser – warum hatte sie diese markanten Punkte auf der Karte anvisiert? Nachdenklich blickte Tilla sich um und ahnte, dass sie hier doch keine Antwort auf die Frage erhalten würde, warum Dorothee die Linien auf die Karte an ihrer Zimmerwand gezeichnet hatte.

»Regenstein, Brocken und Kyffhäuser waren die Ziele dieser Linien, viel wichtiger wäre wohl ihr Ausgangspunkt!« Tilla blickte versonnen auf die Wiesen unterhalb der Burg, auf denen sich einige wenige Touristen tummelten. Dann kam ihr die zündende Idee. Sie sprang auf die Füße und blickte in östliche Richtung, nach Nebra. Hohe Kiefern versperrten ihr den Blick in die Ferne.

»So was Blödes … Ich Dussel stehe auf der falschen Seite! Ich müsste dort stehen, wo die Sternenscheibe gefunden wurde. Ich muss zum Mittelberg! Genau! Man muss vom Mittelberg aus die Punkte Regenstein, Brocken und Kyffhäuser anpeilen.«

Einigermaßen zufrieden mit ihrer Erkenntnis stieg sie die vielen Treppenstufen vom Regenstein hinunter. Sie sah sich noch die ehemaligen Ställe an, die in den Fels getrieben worden waren, und wanderte dann zur Ostburg. Von dort konnte sie im Wald den Thingplatz sehen. Nach einem Rundgang auf dem östlichen Wiesenplateau tappte sie auf eine Felswand zu, die Mühlenberg genannt wurde, und blieb sinnend davor stehen. Im Licht der Morgensonne fiel ihr ein dezentes Muster auf. Vor langer Zeit hatte man eine riesige Wappenprägung in die Felswand getrieben. Mittlerweile waren die Rillen so flach geschliffen, dass man sie kaum noch erkennen konnte. Den oberen Rand bildeten ein paar stilisierte Flügel, die Tilla nur allzu gut als Emblem aus der Nazizeit erkannte. Vermutlich hatte nicht nur der Zahn der Zeit, sondern auch Menschen dieses Zeichen der unrühmlichen Geschichte zu löschen versucht. Nun erinnerte sie sich auch schemenhaft daran, dass die Nazis hier ihr Ostarafest gefeiert hatten, gleichzeitig wurde ihr klar, warum sich ihre Mutter geweigert hatte, diese Burg zu besuchen.

Zwar konnte dieser eigentlich wunderschöne Ort nichts für seine Vergewaltigung durch die Ideologie des Dritten Reiches, dennoch drängte es auch Tilla, die Burg zu verlassen. Seit der noch immer schmerzenden Erkenntnis, dass sich ihr verstorbener Vater dieser bestialischen Ideologie angeschlossen hatte, sperrte sich alles in ihr gegen Zeichen des Nazitums. Womöglich hätte sie sogar zu einem fluchtartigen Lauf angesetzt, wäre sie nicht nach ihrer abrupten Drehung in den Armen eines Mannes gelandet, der ihrem Fluchtimpuls ein überraschendes Ende setzte. Erschrocken starrte Tilla in ein Paar türkisblaue Augen, die wiederum interessiert die ihren betrachteten.

»Differently coloured eyes … I've never seen that before.« Ihr Gegenüber trat höflich einen Schritt zurück und lächelte einnehmend. Sein Gesicht zeigte erste Fältchen, was sein gutes Aussehen jedoch nicht beeinträchtigte.

Tilla erkannte in ihm sofort einen Mann, der sich seiner Wirkung auf Frauen sehr wohl bewusst war. Interessant, befand sie, obwohl er sicher gut zehn Jahre älter als sie war. Sie bot ihm eine wort- und gestenreiche Entschuldigung dafür, dass sie ihn fast niedergemäht hatte. Da er Englisch gesprochen hatte, war auch Tillas

Rede wie selbstverständlich in diese Sprache geglitten. Überschwänglich lobte er ihre Sprachkenntnisse. Tilla erklärte ihm, dass ihre Großmutter aus Wales stamme, was er, der aus der Waliser Region Ceredigion kam, begeistert aufnahm. Wie von selbst entspann sich ein angeregtes Gespräch in seiner Muttersprache, dessen Thema zu dem Felsen vor ihnen zurückkehrte.

»Es ehrt Sie geradezu, wenn Sie vor diesem Teil Ihrer Geschichte weglaufen.« Schmunzelnd wies er auf das verblassende Nazisymbol über ihnen. »Die mittelalterliche Historie dieses Berges finde ich dagegen hoch interessant.«

»Zweifellos«, stimmte Tilla bereitwillig zu und erklärte ihm: »Der Name Regenstein geht auf das gotische Wort ›ragin‹ zurück, was soviel wie Rat, Beschluss und auch regieren bedeutet. Eigentlich müsste der Berg wohl eher Regentenstein heißen. Den Rat der Götter holte man immer dort ein, wo man einen Göttersitz, einen heiligen Ort, vermutete. Und dieser Platz hier war einst der Frühlingsgöttin Ostara geweiht. Dort unten, unterhalb des Regensteins, gibt es auch einen heiligen Hain, der später als Thing genutzt wurde. Sie können ihn von der Ostburg aus sehen, eine mit Höhlen umgebene Lichtung mit völlig weißem Sand. In der Mitte steht ein Opferstein.«

»Wie außerordentlich interessant.« Der Mann stellte sich als Rhydion Dafydd vor und schlug vor, sich gemeinsam eine Kaffeepause zu gönnen. Galant übernahm er es, die Getränke zu holen.

Tilla, die sich an einen der Holztische nahe des Kioskes gesetzt hatte, bemerkte, dass Dafydd wohl durchaus einige Brocken Deutsch konnte und keinerlei Probleme mit seiner Bestellung hatte. Da sie jedoch immer froh war, mal wieder in ihre zweite Muttersprache benutzen zu können, blieb sie weiterhin beim Englischen.

*

Als sich sein Handy meldete, blickte Tom auf das Display, verzog kurz das Gesicht und nahm das Gespräch an. Im Hintergrund hörte er Leder knarzen und das rhythmische Schnauben eines Pferdes. Liliana verlangte mit barschen Worten zu wissen, wie der Stand der Dinge war. Sie tat dies nahezu im Stundentakt. Statt ihr zu antworten, zog er sie auf. »Na toll, wir reißen uns hier den Arsch auf, um an diese Leinwig heranzukommen, und du sitzt gemütlich auf deinem Gaul.«

Liliana murrte. »Von Gemütlichkeit kann bei diesem Vieh keine Rede sein. – Ich wollte doch regelmäßig informiert werden. Was ist denn nun, habt ihr den Kontakt endlich hergestellt?«

Tom lehnte an einer hölzernen Brüstung und beobachtete seinen künftigen Schwager, der mit der Leinwig zu einer Sitzgruppe ging. »Die Kleine hat echt Hummeln im Hintern. Ständig rennt sie irgendwo hin und dann auch noch in einem Höllentempo.«

Liliana kicherte. »Gut, dass ihr mal in Wallung kommt. Und beißt sie an?«

»Klar, von Frauen versteht er was, dein Rhyd.« Ein Moment der Stille zeigte ihm, dass er den wunden Punkt seiner Schwester getroffen hatte. Er amüsierte sich köstlich.

»Pass auf ihn auf!«, verlangte sie kühl. Dann klickte es.

»Armer Gaul … er wird's ausbaden müssen.« Ohne wirkliches Mitleid für Lilianas Pferd wandte er seine Aufmerksamkeit wieder dem Pärchen zu, das sich auf die Burg zu bewegte.

*

Tilla erfuhr, dass sich ihr Begleiter sehr für die Geschichte Deutschlands interessierte und die vielen Harzer Befestigungsanlagen bereiste. Daher erzählte sie ihm während des Kaffeetrinkens ein wenig von ihrer Arbeit.

»Was für ein Glück für mich, eine so versierte Übersetzerin zu treffen. Sagen Sie, findet sich in diesem Flyer irgendwo eine Erklärung für das Sonnen-Emblem, das ich dort oben in der Höhle neben dem Aufgang sah?« Er zupfte ein bedrucktes Faltblatt aus seiner Tasche.

So gut ist sein Deutsch wohl doch nicht, dachte Tilla und nahm ihm das Informationsblatt ab, um es zu überfliegen. »Nein. Hier steht nichts darüber. Oben, in einer der Höhlen? Ich muss zugeben, ich habe dieses Symbol gar nicht gesehen. Da habe ich wohl etwas verpasst. Zeigen Sie es mir?«

»Gern.« Sie brachten das Geschirr zurück und machten sich nochmals an den Aufstieg. Staunend betrachtete Tilla den sonst völlig glatten Natursteinboden in der kleinen Höhle, der an einer Stelle eine Halbkugel mit einem strahlenförmigen Kranz zeigte. »Sieht tatsächlich aus wie eine Sonne. Das Sonnensymbol war natürlich zu jeder Epoche ein Zeichen für kosmische und göttliche Macht. Aber dies ist eine ziemlich realistische Sonnendarstellung. Sehr ungewöhnlich.«

»Schwer zu sagen, wie alt dieses kleine Kunstwerk ist. Was mag es bedeuten?« Dafydd betrachtete die steinerne Sonne nachdenklich.

»Hm … Die Sonne steht für Licht, für Vitalität, Schaffenskraft und Aufbruch. Andererseits ist sie als Zentrum eines Kreises auch immer ein ruhender Pol. Die Sonne steht für das Männliche, der Mond für das Weibliche«, fasste Tilla zusammen.

Dafydd schien ihre Worte mit Anerkennung zur Kenntnis zu nehmen. »Stimmt. Stilisierte Sonnen standen schon immer für die Stärkung der Kampfkraft, so wie das Hakenkreuz oder das Sonnenkreuz, das noch heute als Symbol des Militärs gängig ist.«

»Ja … da fällt mir ein, dass die Nazis nicht nur das Hakenkreuz benutzten, das ja ein sehr altes Sonnensymbol ist, auch die Sig-Rune stand für das Wort Sonne.«

»Alle Achtung, Sie sind wirklich gut informiert.« Dafydd bedachte Tilla mit abschätzendem Blick.

Das Lob beflügelte Tilla zu weiteren Mutmaßungen. »Der Regenstein ist nachweislich eine alte Ostara-Kultstätte. In dem Namen Ostara steckt ja nun das Wort Osten, die Himmelsrichtung der aufgehenden Sonne … Vielleicht hat das etwas mit dieser Sonnendarstellung zu tun.«

Dafydd nickte. »Ihr Wissen ist beeindruckend. Ich stelle fest, heute ist mein Glückstag!« Er griff in die Brusttasche seines Hemdes und reichte ihr seine Visitenkarte.

»Professor Dafydd?«, las Tilla und sah ihn fragend an.

»Ja, ich hoffe Sie verzeihen mir, aber ich stelle mich selten mit meinem Titel vor. Ich bin im Bereich der Geschichtsforschung tätig und unterrichte an der Universität Aberystwyth. An einer guten Übersetzerin, vor allem an jemand mit Ihren Fachkenntnissen, hat meine Universität … und auch ich selbst großes Interesse.«

*

Nachdenklich blickte Tilla von ihrem Computerbildschirm, der ein hübsches Pressefoto des Professors zeigte, zu der Visitenkarte, die sie von ihm erhalten hatte. Was für ein unglaublicher Zufall. Da traf sie mal eben auf dem Regenstein einen der renommiertesten Spezialisten für die Bronzezeit. Sie hatte im Internet eine nicht enden wollende Liste von Publikationen dieses Professor Rhydion Dafydd gefunden. Wieso, so fragte sie sich, hatte sie das bohrende Gefühl, als stimme irgendetwas an diesem Treffen nicht? Ihre übliche Paranoia?

In ihrem E-Mail-Postfach hatte sie bereits eine Nachricht gefunden, in der er ihr überaus charmant für den netten Nachmittag gedankt und ein weiteres Treffen vorgeschlagen hatte. Demnächst, so schrieb er, hätte er wieder in Deutschland zu tun. Er wolle sich dann melden. Sie blickte auf ihre Uhr und begann eine Fluchtirade, denn sie hätte längst bei Dana sein müssen, um bei den Vorbereitungen für das Lughnasadh-Fest zu helfen.

*

»Oha … Madame sieht ja hinreißend aus. Ich erinnere mich an dieses rote Kleid. Selbst meinen Vater hast du in diesem Fetzen um den Finger gewickelt.«

Claudia fuhr herum. Fast hätte sie die teure Sektflasche fallen lassen. »Tobias!« Schnell hatte sie sich wieder gefasst, dennoch geriet ihre Antwort etwas aufgebracht. »Tobias, ich werde es mir nicht gefallen lassen, dass du mich ständig verfolgst.«

Er trat aus dem Schatten auf sie zu. »Wirklich? Und was willst du dagegen tun? Zur Polizei gehen?«

Das empfahl sich bei ihrer Vergangenheit wahrlich nicht. Claudia überlegte. Vielleicht ließ er sich einwickeln, bei seinem Bruder hatte es ja auch geklappt. Sie ließ einen Seufzer hören. »Nein, Tobias, zur Polizei gehe ich sicher nicht, aber nicht, weil ich etwas zu verbergen hätte, sondern weil ich dir nicht schaden will.«

»Du willst nichts zu verbergen haben?« Er starrte sie ungläubig an.

Obwohl er mit seinen in die Seiten gestemmten Händen recht bedrohlich wirkte, zwang sich Claudia zu einer ruhigen Antwort. »Nein. Jedenfalls nicht rechtlich. Dass ich moralisch verwerflich gehandelt habe, sehe ich ein. Vielleicht weißt du es nicht, die Polizei hat mich damals ziemlich ausgiebig verhört, sie haben aber keine Anklage gegen mich erhoben.«

»Weil Phillip die ganze Schuld auf sich genommen hat!« Seine Stimme schraubte sich beunruhigend nach oben.

Claudia fragte sanft: »Tobias, was willst du von mir? Willst du Geld?«

»Geld … das könnte dir so passen, nicht wahr. Geld war schon immer das Einzige, was dich interessierte. Du willst dich freikaufen? Mit dem Scheißgeld, das Phillip das Leben gekostet hat?«

Claudia wurde vorsichtig. »Ich habe dir kein Geld angeboten, ich fragte dich, ob du welches von mir erwartest.«

Tobias ließ sie nicht aus den Augen. »Nein.« Die Antwort geriet seltsam ruhig.

»Was willst du dann von mir?«

»Dich beobachten. Sehen, wie du dein Leben weiterlebst, als sei nichts geschehen.«

»Ich verstehe. Nun, wenn dir das hilft … Ja, ich lebe. Ich habe Berlin und mein Leben dort verloren, habe meinen Job dort verloren und ich habe Phillip verloren … Wahrscheinlich glaubst mir nicht, wenn ich dir sage: Ich habe Phillip geliebt.« Claudia zuckte vor ihren eigenen Worten zusammen, nicht weil sie sich für eine Lüge schämte, sondern für eine Wahrheit.

»Du hast recht, ich glaube dir kein Wort.«

Claudia wartete schweigend.

»Ich glaube dir deswegen nicht, weil ich dich schon seit Wochen beobachte. Und nie habe ich dich trauern gesehen. Du arbeitest, du hast Besuch, du treibst dich mit diesem Burschen herum … Die Sekunden, in denen du getrauert hast, müssen mir irgendwie entgangen sein.«

»Tobias, dass Phillip tot ist, habe ich doch erst letzte Woche von dir erfahren. Das wusste ich nicht.«

Tobias Blick wurde unstet. »Der Verlust hat dich schon vorher nicht gestört. Du hast dir doch gleich wieder einen Neuen angelacht. Ich habe euch zusammen gesehen. Wohnt er dort?« Tobias zeigte mit dem Kinn auf Gerreds Haus, vor dem sie standen.

»Dort wohnt ein Kollege von mir. Er und seine Freundin haben mich zu einem Grillfest eingeladen. Ich bin mit niemandem zusammen.«

»Ach wirklich?« Tobias Ton wandelte sich zur Häme. »Und? Wie wär's … Du hast einen alten Bekannten getroffen, nämlich mich. Willst du mich nicht mitnehmen und deinen Freunden vorstellen?«

Claudia blieb im ersten Moment fast die Luft weg, doch dann rang sie sich eine Antwort ab, die tatsächlich recht gelassen klang. »Wenn du das möchtest … Tilla und Gerred haben sicher nichts dagegen, wenn ich einen Freund mitbringe.«

Einen bangen Moment lang sah Claudia, wie er das Für und Wider abwog, doch dann drehte er sich mit einer heftigen Bewegung um und verschwand im Schatten der Bäume Richtung Straße. Claudia schloss für einen Moment die Augen, bevor sie mit der Sektflasche in der Hand auf Gerreds Haus zuging.

*

Dana sah sich immer wieder verstohlen um, während sie einen weiteren Salat auf den bereits übervollen Tisch stellte, der als Buffet diente. »Wann kommt sie denn? Alle anderen sind schon da«, wisperte sie Tilla zu.

»Eben. Einen glamourösen Großauftritt kann man nur hinlegen, wenn das Publikum vollständig anwesend ist. Es wäre doch grau-en-haft, wenn irgendjemand den triumphalen Einzug von Claudia Hohenstein verpassen würde!« Tilla zeigte einen dramatischen Augenaufschlag.

Dana prustete. »Du bist wirklich herrlich in deiner Bosheit!«

»Ja … passt doch zum Anlass, wir feiern schließlich Lughnasadh. An diesem hochsommerlichen Jahresfeiertag wurden früher Kriege erklärt und – oder – Opfer dargebracht.«

»Du denkst aber dran, wir haben bereits ein Schwein geopfert! Es gart dort drüben auf dem Grill in deinem Brotteig!«, erinnerte Dana sie mit einem breiten Grinsen.

Tilla grinste zurück. »Man kann den Göttern gar nicht genug Opfer bringen. Meinst du, es würde dem guten Gott Lugh gefallen, wenn ich ihr einen deiner Äpfel in den Mund quetsche, bevor ich sie den Flammen opfere?«

Dana blickte über Tillas Schulter. »Oh ja, ich denke, das helle Grün meiner Äpfel würde wunderbar zu ihrem roten Kleid passen!«

Tilla fuhr herum. Ihr bemühtes Lächeln glich eher einem Zähnefletschen. »Frau Hohenstein, wie nett, dass Sie doch noch kommen konnten! Hatten Sie Schwierigkeiten, uns zu finden?«

»Hallo, Frau Leinwig! Nein, ich musste nicht suchen, ich war ja schon ein paarmal hier.« Mit kaltem Lächeln überreichte Claudia Tilla eine Sektflasche.

Tillas mühevolle Höflichkeit drohte angesichts der Information, dass Claudia Gerreds Haus bereits kannte, in einer lodernden Wolke von Zorn zu zerplatzen. Dass Gerred heraneilte, um seine Kollegin zu begrüßen, gab Tilla die Möglichkeit, sich abzuwenden und eine tonlose Aneinanderreihung von Flüchen in die laue Sommernacht zu entsenden. Ihre Rechte schloss sich um den Flaschenhals, als gelte es, den Sekt zu erwürgen. Als sie endlich wieder Herr ihrer Sinne wurde, blickte sie in das erstaunte Gesicht von Astrid Volkerts. Während sich Gerred, von den blutrünstigen Gedanken seiner Partnerin nichts ahnend, mit Claudia entfernte, um sie den anderen vorzustellen, sah sich Tilla Astrids fragendem Blick aus hellblauen, mit Fältchen umkränzten Augen ausgesetzt.

»Könntet ihr mich mal aufklären, wer das ist?« Astrid zeigte ungeniert mit dem Finger auf Claudia Hohensteins weiten Rückenausschnitt. Dana übernahm es, Astrid zu informieren.

»Oh je! Dana, nimm Tilla diesen teuren Sekt ab, bevor er explodiert, und mach ihn auf. Ich glaube den trinken wir besser ohne die Schenkerin.«

Zu dritt beobachteten die Frauen, wie sich die Gäste, vornehmlich die männlichen, um Claudia Hohenstein scharten. Einzig Astrids Lebenspartner, Hanjo Berking, blieb etwas abseits und schien sich über das hormongeschwängerte Treiben rund um den hübschen Gast zu amüsieren. Als er Astrid, Dana und Tilla am Buffet stehen sah, kam er mit einem verschmitzten Grinsen auf das Trio zu. In diesem Moment beneidete Tilla Astrid und Hanjo, die erst in späten Jahren zueinander gefunden hatten, unendlich um ihre innige Beziehung, die von all den Unsicherheiten einer jugendlichen Partnerschaft entkleidet einfach nur pure Freude an der Zweisamkeit war.

Mit einem Bier in der Hand reihte er sich in die Gruppe der Beobachter ein. Lächelnd stieß er Astrids Glas an, legte den Arm um sie und flachste mit einer Kinnbewegung in Richtung der umlagerten Claudia Hohenstein: »Dieser Abend hat seinen Star gefunden.«

»Das kann man wohl sagen«, seufzte Astrid.

Hanjo wurde nunmehr von Astrid und Dana ausgiebig ins Bild gesetzt, doch Tilla verlor alsbald den Anschluss an das Gespräch. Verstohlen beobachtete sie Claudia Hohenstein, die mal mit Gerred, mal mit Danas Freund Daniel und mal mit Peter Ehlers einen Satz wechselte, dem Göttinger Anwalt, der Tillas Erbe verwaltete. Sie sah, wie Gerreds Kollegin mit einer kleinen, aber wohldosierten Geste ihr Haar über die Schulter warf, was ihr Peter Ehlers' volle Aufmerksamkeit sicherte. Claudia schob sich dabei unmerklich zwischen Annette Ehlers und ihren Mann. Hatte Tilla überhaupt eine Chance gegen diese Frau, die mit spielerischer Leichtigkeit alles und jeden für sich einnahm?

Gottlob gesellte sich alsbald Hanjo zu ihr und besserte ihre Laune erheblich. »Du hast es ja wieder einmal geschafft, meinen Jan in die Bredouille zu bringen!«

»Wirklich? Wie denn das?«

»Was du herausgefunden hast, lässt die gesamte Staatsanwaltschaft durcheinanderlaufen. Im Landeskriminalamt Magdeburg geht es auch nicht ruhiger zu. Nun haben sie Jan aufgedrückt, alles zu richten. Der Fall deiner Freundin wird neu aufgerollt.«

Tilla stieß ein Juchzen aus und warf ihr Sektglas in die Luft.

*

Mit leichten Kopfschmerzen stieß Tilla den neuen Spaten in die Erde, doch der Garten strafte sie mal wieder für ihre Bemühungen. Erst erscholl ein vernehmliches Pling, dann kehrte sich die Energie um und stieg ihr schmerzhaft in die Arme, da mit voller Wucht einen Stein getroffen hatte. Fluchend hielt Tilla inne und sah sich in der Erdkuhle um, die bereits ansehnliche Ausmaße angenommen hatte. Nur ein kleiner Berg musste noch weg, aber der bestand offenbar aus der Spitze eines ganzen Gebirges. Erneut hieb Tilla den Spaten in die Erde ihres künftigen Teiches. Drumherum ließ die nunmehr freie Fläche erahnen, was Tilla mit ihrem Garten vorhatte.

Das Bäumchen und somit die Ursache des Erdloches war längst zu seiner neuen Wirkungsstätte umgezogen, wo es allerdings noch vor sich hin kränkelte, obwohl Tilla den Kalopanax täglich mit einer Gießkanne besuchte.

Tilla versuchte fluchend, den widerspenstigen Brocken freizulegen. Wie sie den Spaten auch ansetzte, sie bekam den Stein nicht zu fassen. Nach weiteren erfolglosen Versuchen stieß sie spitze Zornesschreie aus, bis sie aus den Augenwinkeln eine Gestalt auf sich zukommen sah.

»Vergräbst du gerade eine Leiche?« Andreas Kamenz betrachtete Tillas Tun amüsiert vom Rand des Erdloches aus.

»Schau nach … Aber wenn du eine Leiche findest, muss ich dich natürlich auch umbringen und daneben vergraben.« Während Andreas mit einem Lachen antwortete, überfiel Tilla das dringende Bedürfnis, ihre völlig verschwitzte Kleidung zu richten. Mit einer dezenten Bewegung zog sie ihr T-Shirt unter der Arbeitslatzhose glatt, was aber wohl kaum etwas an ihrem Aufzug verbessern konnte.

Andreas sah sich in Tillas Gartenbaustelle um. »Meine Güte, was treibst du denn hier?«

Tilla ließ den Spaten auf den Boden fallen, kletterte aus dem Erdloch und begann mit temperamentvollen Armbewegungen zu erklären, dass sie den ehemaligen Heilkräutergarten zu einem arbeitsarmen Wohlfühlgarten umgestalten wollte.

»Und das machst du alles mit der Hand? Kennst du niemanden, der einen Kleinbagger hat?«

»Ein Bagger wäre natürlich toll … aber dann müsste ich ja vorher wissen, wie es hinterher aussehen soll.«

»Und das weißt du nicht?«

»Na ja … Die Ideen entwickeln sich halt … so nach und nach.« Tilla kam sich auf einmal wie ein Kleinkind vor, dass sich etwas Unmögliches in den Kopf gesetzt und dafür das Kinderzimmer verwüstet hatte.

»Und das?« Andreas wies mit dem Kinn auf die riesige Erdkuhle. »Ein Teich?«

»Ja! Ein Teich mit einer Insel darin … Ich kriege nämlich den verdammten Stein dort nicht raus.«

Andreas betrachte den Stein, den Tilla wenige Minuten zuvor noch so wüst beschimpft hatte, mit zuckenden Mundwinkeln.

»Du bist aber doch nicht hier, um mir bei der Gartenarbeit zu helfen, oder?« Sie ahnte, dass sein Besuch mit dem zu tun hatte, was ihr Hanjo am Abend zuvor bereits angedeutet hatte. Nach einem verstohlenen Blick auf ihre kurzen, schwarz umrandeten Nägel versenkte sie die Hände in den ausgebeulten Taschen der Latzhose.

»Ich wollte dir von einem Wunder erzählen.« Andreas zog sich die Lederjacke aus, die er über die Schubkarrenbügel legte.

»Jetzt bin ich aber gespannt«, sagte Tilla und sah zu, wie er in das Erdloch kletterte.

Während er den Spaten aufnahm und mit der Ecke eine Kerbe zwischen Stein und Erdreich hackte, berichtete er ihr von Berkings Ermittlungsauftrag. Tilla hörte schweigend zu und betrachtete sein Tun mit wachsendem Wohlgefallen. Als der Spalt tief genug war, griff er nach einem weiteren Stein, den er als Hebelverstärkung unter das Spatenblatt legte. Dann begann er den Spaten vorsichtig zu bewegen, bis sich der Felsbrocken aus der Erde löste.

»Bin beeindruckt.« Tilla ließ offen, ob sie den Stein oder die Entwicklung in Dorothees Fall meinte.

»Das war auch meine Absicht. Wo willst du den Stein hinhaben?«

»Er ist wunderschön. Neben dem Terrassenaufgang würde er sich gut machen.«

Andreas blickte den runden, rötlich schimmernden Stein vor seinen Füßen verständnislos an. »Er ist schön?«

»Ja. Grauwacke sind Arbeitssteine. Die sind nicht so schön, aber der hier ist rund und kraftvoll. Er ist schön!«

Andreas nickte ergeben und wuchtete den Stein erst aus dem Erdloch und dann in die Schubkarre. Nach wenigen Minuten thronte der Findling neben einem Büschel Blaugras an Tillas Terrasse. Sie ließ sich beglückt darüber aus, wie gut der steinerne Wächter dort hinpasste, wo ihre Mutter bereits weitere Steine, die aus dem gesamten Harz stammten, als Blickfang in dem Beet drapiert hatte.

Andreas sah sich um. »Eine Steinsammlung … sieht wirklich irgendwie schön aus.«

Tilla lächelte in sich hinein. Wenn sich Gerred doch

auch wenigstens ein bisschen auf die Spleenigkeiten von Hexen einlassen würde …

Andreas ließ sich auf einem der Terrassenstühle nieder. »Sag mal, hast du deine Türschlösser ausgetauscht?«

»Ja, hab ich. Letzte Woche ist jemand da gewesen.«

»Gut. Letztens hast du das Tagebuch von Dorothee Messner erwähnt. Du hattest mir ja schon einiges, die Scheibe betreffend, daraus abgeschrieben. Es wäre gut, wenn wir das ganze Tagebuch hätten.«

Tilla setzte sich ebenfalls. »Andreas … es ist ein Tagebuch, mit zum Teil recht intimen Dingen, die niemand erfahren sollte. Intime Dinge von Dorothee, aber auch von mir … und von einigen Ritualen, die Dorothee und ich zusammen durchgeführt haben.« Sie sah seinen fragenden Blick. »Die meisten anderen Menschen halten Altgläubige wie mich für völlig übergeschnappt, Steinsammlungen und Rituale eingeschlossen.«

»Rituale?«

»Äh ja. Weißt du, Dorothee litt unter ständigem Selbstzweifel. Ich habe ich versucht ihr so zu helfen, wie es meine Mutter getan hätte … Es wäre furchtbar für mich, wenn ein Rudel von Polizisten und womöglich auch noch Staatsanwalt Berking etwas über solche Hexenrituale lesen würden.«

Ihre Blicke trafen sich. Dieses Mal hielt Tilla bewusst seinen Blick fest.

»Jetzt hast du mich neugierig gemacht. Wie sehen solche Rituale denn aus?«

Tilla begann nervös mit den Händen herumzuwedeln. »Es gibt ganz unterschiedliche Formen, sie helfen dabei, die Gedanken zu ordnen. Natürlich ist auch einiges daran Brimborium, aber wenn es den Menschen hilft, ihre Probleme zu erkennen, sind sie der Lösung ein Stück näher.«

»Und wie sieht so was konkret aus?«

Tilla ahnte, er würde nicht locker lassen. Widerstrebend erklärte sie: »Also, wir zapfen die Kraft der Elemente an, Feuer, Wasser, Erde, Luft. Dorothee war überzeugt, dass sie ständig Pech hatte und bei ihr alles schiefging. In so einem Falle hätte meine Mutter ... habe ich mit ihr ein Luftritual durchgeführt. Das Element Luft steht für Intelligenz und Neuanfang, auch für die Fähigkeit, Wahrheiten zu erkennen. Man sucht sich einen Platz, wo die Luft zirkuliert, man zieht mit dem Schwert, das als magischer Gegenstand der Luft gilt, einen Kreis, dann kommen bestimmte Pflanzen hinzu, hier wären es Lavendel und zum Schutz gegen einen Pechzauber Eisenkraut, es werden Kerzen angezündet und das Problem sowie die gewünschte Lösung werden formuliert. Die Gemeinsamkeit und der Glaube an das Ritual gaben ihr dann die Kraft, ihren Weg zu gehen. Im Tagebuch steht auch noch etwas von einem Spiegelritual, das den Schadenszauber an den Absender zurückschickt ... und dergleichen mehr.« Tilla blickte Andreas eindringlich an. »Was würden deine Kollegen dazu sagen?«

»Sie würden es sehr seltsam finden. Ist aber wirklich etwas abstrus, das musst du zugeben.«

»Gehst du in die Kirche?«

»Hin und wieder ...«

»Kennst du die Sache mit dem Weihrauch?«

Andreas lachte. »Sicher.«

Tilla grinste und hob die Handflächen. »Ein Luftritual. Das Verspritzen von Weihwasser – ein Wasserritual. In der Kirche brennen Kerzen am Altar – ein Feuerritual. Und ab und zu zelebrieren die Christen etwas ganz Abstruses, nämlich ein Erdritual.« In verschwörerischem Ton wisperte Tilla: »Da wird gemeinsam Wein getrunken und Brot verspeist, beides gedeiht auf Erde – ein Erdritual! Der Hintergrund dieses Rituales, dass man dabei symbolisch den Leib und das Blut Christi isst und trinkt, könnte von sehr dummen Menschen fast schon als Kannibalismus missverstanden werden. «

Andreas blickte Tilla verblüfft an. »So hab ich das noch nie gesehen. Und? Haben die Rituale Dorothee geholfen?«

»Erst schon … Ihrer Psyche hat es geholfen. Doch konnte ich das furchtbare Schicksal weder voraussehen noch verhindern. Nun ist sie tot. Vielleicht hätte ich das mit dem Schadensschutzzauber ernster nehmen sollen und nicht nur über ein Spiegelritual versuchen sollen, an den Schädiger heranzukommen.«

»Ich fürchte, für das, was ihr passiert ist, ist keine Hexe stark genug. – Okay. Dann erzähl mir einfach, was sonst noch in diesem Tagebuch steht!«

Tilla gab in groben Zügen wieder, was Dorothee zu Harry und der Scheibe geschrieben hatte. Bei der Beschreibung des Unfalles hakte Andreas mit einigen Fragen nach, schloss dann allerdings nach kurzem Nachdenken mit der Bemerkung: »Ich habe die Polizeiakten dazu gelesen, dort findet sich nirgends auch nur der leiseste Verdacht, dass es sich nicht um einen Unfall gehandelt haben könnte. Allerdings hat man keine Unfallermittler hinzugezogen. Wahrscheinlich ging man davon aus, dass jemand, der von einem Trabi auf einen Golf GTI umsteigt, die Geschwindigkeit so wenig einschätzen kann wie ein Fahranfänger. Ob dieser Manfred wirklich dort gewesen ist … Deine Freundin war damals verletzt und kaum zurechnungsfähig.«

Tilla beichtete ihm kleinlaut, dass sie den Unfall nur angeführt hatte, um Berkings Interesse an Dorothees Tod anzustacheln.

»Dachte ich mir schon. Für mich wäre es wichtig, zu erfahren, ob Dorothee Messner in dem Tagebuch irgendwo einen Hinweis auf ihren Freund und den Verfasser dieser Datei versteckt hatte. Name, Aussehen, irgendwas.«

»Leider gibt das Tagebuch in dieser Hinsicht gar nichts her. – Weißt du, dieses Tagebuch zu verfassen, war ein Rat von mir. Sie sollte sich die Schatten ihres Lebens von der Seele schreiben, damit sie alles objektiver sieht. Sie hat den ganzen Text in den letzten Wochen vor ihrem Tod zusammengeschrieben. Da wusste sie schon, dass ihr Freund sie ausgenutzt hatte. Sie erwähnte, er sähe sehr gut aus. Und sie empfand sich als hässlich. Ich glaube sie hat sich sehr geschämt, dass sie nicht früher gemerkt hat, dass er es nicht ehrlich mit ihr meinte. Das war ein noch unabgeschlossenes, schmerzendes Kapitel ihres Lebens, über das sie noch nicht schreiben konnte, zumal sie mit solchen Gefühlen eh gar keine Erfahrung hatte.«

»Aha.«

Tilla hatte das Gefühl, dass er ihre komplizierte Erklärung hinzunehmen bereit war, und referierte ihm die kurze Passage, in der Dorothee ihre Gefühle zu dem Mann in so arg blumige Worte gefasst hatte. »Die Allegorie von einem Fluss und einer Furt könnte auch darauf zurückgehen, dass ich ihr zuvor etwas über Wasserrituale erzählt hatte.«

»Hm, eine ziemlich unbrauchbare Beschreibung. Schade. Ich habe eine Liste der Leute, mit denen sie in Halle zusammenarbeitete. Leider ist sie sehr lang, selbst wenn man alle Frauen herausnimmt. Außer einem Studenten ist niemand auch nur annähernd in ihrem Alter dabei, der in Frage käme. Und der ist seit drei Jahren verheiratet und hat eine Tochter.«

»Nein, der kann es nicht sein. Sie erwähnte, dass ihr Freund mit einer anderen verlobt sei.«

Andreas brummte unzufrieden, sah auf seine Uhr und stellte fest: »Ich muss los.« Beim Anblick seiner erdverschmierten Hände bemerkte er: »Aber vorher brauche ich wohl auch noch ein Wasserritual.«

Er verschwand im Badezimmer, während sich Tilla aus

den Gummistiefeln schälte. Sie hatte beschlossen, die Gartenarbeit für heute abzuschließen. Sie klopfte gerade die Stiefel aus, als sie Gerred kommen hörte. Mit einer üblen Vorahnung kniff sie die Augen zusammen und fluchte über sein Timing. Einen Moment später standen sich Gerred und Andreas auch schon gegenüber. Die Kühle der Begrüßung hätte ausgereicht, um Eiszapfen entstehen zu lassen.

*

Tilla tigerte in ihrem Wohnzimmer auf und ab. »Es ist einfach nicht richtig, dass du mir wegen Andreas Vorwürfe machst. Er kam zufällig vorbei und zwar wegen dieser Unterlagen, von denen ich dir erzählte. Wenn ich ihn zu einem romantischen Treffen eingeladen hätte, ich schwöre dir, ich hatte keine dreckstrotzende Hose getragen.« Bekräftigend wackelte sie mit ihren Armen und brachte die weite Latzhose, in der sie steckte, in Wallung.

Gerreds Ärger legte sich jedoch keineswegs. »Die Anwesenheit von Kamenz hier in deiner Wohnung passt mir nicht. Ich finde, er als dein Exliebhaber hat hier nichts zu suchen. Aber noch viel mehr ärgert mich, dass du schon wieder mit deiner Detektivspielerei anfängst, und ihr beiden scheint euch gegenseitig damit aufzustacheln.«

Es wurmte Tilla unsäglich, dass sie sich schon wieder verteidigen musste. »Ich habe dir doch erklärt, dass Berking den Fall wieder aufgenommen hat. Hanjo hatte es mir gestern Abend schon erzählt.«

»Wenn die Polizei etwas von dir will, sollen sie das auf offiziellem Weg tun. Ich glaube nicht, dass es normal ist, dass ein Kripobeamter dauernd allein bei einer Zeugin auftaucht. Weiß Kamenz' Chef das eigentlich?«

»Verdammt, Gerred! Willst du ihn jetzt anschwärzen? Nur weil du deine Eifersucht nicht in den Griff kriegst? Das ist billig!«

»Ich versuche, dir zu helfen!«

»Es hilft mir aber nicht, wenn du mich ständig nur kritisierst und dann auch noch meinen Freunden schadest!«

»Ah, Kamenz gehört also zu deinen Freunden?«

»Allerdings! Ebenso wie Dorothee. Und ich bin es ihr verdammt noch mal schuldig, herauszufinden, was passiert ist.«

»Sie starb an einem Asthma-Anfall!«

»Heilige Göttin, Gerred ... und wer hat mir dann das Foto geschickt?«

»Genau das ist der wunde Punkt an der ganzen Geschichte.« Gerred suchte ihren Blick und bemerkte kühl: »Keiner außer dir hat dieses Foto je gesehen.«

Während der anschließenden bleiernen Stille zerbarst in Tilla alles an Gefühlen, die sie je für Gerred gehabt hatte. Ihr blieb nicht einmal genug Kraft für Zorn oder gar für die Diskussion darüber, wie sie ohne dieses Foto wissen hätte können, wo die Leiche lag. Sie fühlte sich unendlich leer. Unter größter Anstrengung presste sie »Besser, du gehst jetzt« durch die Zähne. Dann drehte sie sich ohne ein weiteres Wort um und ging in ihren Garten, ohne zu wissen, was sie dort tun sollte.

*

Es war später Samstagvormittag. Gerred und sie hatten seit einer Woche keinerlei Kontakt mehr miteinander. Tilla stieg aus ihrem Wagen und sah sich um. Das Wohngebiet schmiegte sich an einen bewaldeten Hang. Bereits jetzt lugte die Sonne nur noch über den Rand der Bäume. Tilla atmete erdig feuchte Waldluft ein, nahm ihre Fotoausrüstung vom Rücksitz und näherte sich dem in frischem Weiß strahlenden Reihenendhäuschen von Claudia Hohenstein. Der kleine Vorgarten war pflegeleicht bepflanzt, so dass hier weder Zeit noch Mühen geopfert werden mussten. Kein Blumentopf oder Türschmuck wies darauf hin, dass seine Besitzerin hier gern wohnte.

Nach zweimaligem Klingeln öffnete sich die weiße Haustür. Claudia nickte Tilla zu. »Kommen Sie herein.«

Tilla war bei dem kühlen Empfang wohler, als wenn sie sich erneut zahllose Höflichkeiten von den Lippen hätte ringen müssen. Neugierig folgte sie Claudia, die mit einer vorteilhaft taillierten Bluse und einer engen schwarzen Jeans bekleidet war, durch einen schmucklosen Flur in ein erstaunlich helles Wohnzimmer. Dort stellte Tilla ihre Fotoausrüstung neben einem weißen Ledersofa auf den schwarz glänzenden Schieferboden.

»Kaffee?«, fragte Claudia über eine offene Küchentheke hinweg.

»Ja, danke.« Tilla sah sich neugierig um.

»Milch? Zucker?«

»Alles!«

Im hinteren Wohnzimmerbereich hatte Claudia mit einer hinterleuchteten Milchglasscheibe für Helligkeit gesorgt. Sie war mit einer modernen Malerei versehen, der einzige Farbfleck in der Schwarzweißkombination dieser Wohnung. Ein Kaffeevollautomat begann lautstark seine Arbeit. Claudia trug zwei schmale, hohe Becher zu einem gläsernen Wohnzimmertisch.

»Es ist zwar nicht gemütlich, aber toll anzusehen. Sie verstehen wirklich was von Ihrem Job.«

Tilla sah Claudia dezent lächeln. »Danke.«

Sie setzten sich, Tilla auf das weiße Sofa, Claudia auf einen Sessel gegenüber.

Während Tilla noch überlegte, wie sie ein Gespräch beginnen sollte, nahm ihr Claudia die Entscheidung ab. »Tja, Frau Leinwig, da Sie mit Ihrer Kritik an der Dürftigkeit meines Homepageportraits dieses Treffen initiiert haben, sollten Sie vielleicht einfach fragen, was Sie wissen wollen.«

Tilla startete einen Frontalangriff. »Gut. Warum sind Sie aus Berlin weggegangen?«

Claudia blieb gelassen. »Oh dafür gibt es viele Gründe … Hier gibt es eine herrliche Landschaft, ein herrliches Arbeitsklima und es ist zudem meine Heimat. Ich bin in diesem Haus aufgewachsen. Machen Sie etwas daraus.«

Tilla grinste. »Sie wandern doch nicht wirklich über Waldwege, Wandern in der Einkaufszone liegt Ihnen sicher mehr.«

»Ja, durchaus. Ihnen liegen die Waldwege mehr, nicht wahr?«

Tilla schluckte ihren Ärger mühsam hinunter. »Arnold Köster sagte mir schon, dass es schwer werden würde, aus Ihnen etwas herauszubekommen.«

»Ist ja auch nicht notwendig.«

Tilla beschloss, ihre Taktik zu ändern. »Finden Sie?« Auf Claudias Heben der Brauen antwortete sie ruhig: »Sie wollen doch mit Gerred eine Beziehung. Irgendwann werden Sie ihm einiges über sich erzählen müssen, und er hasst nichts mehr als Unehrlichkeit.«

Die Zeit, die es brauchte, bis Claudia zu einer Antwort fand, zeigte Tilla, dass sie getroffen hatte.

»Tatsächlich? Nun, Sie mit Ihrer brachialen Ehrlichkeit scheinen es bei ihm auch nicht weit gebracht zu haben. Nach dem, was Gerred mir erzählte, steht es mit Ihrer beider Beziehung nicht zum Besten.«

»Wozu Sie Ihren Teil beigetragen haben.«

»Wenn Ihre Beziehung gesund gewesen wäre, hätte ich gar nichts ausrichten können. Ich habe nichts anderes getan, als ihm zuzuhören.«

»Dass Sie lieber zuhören, anstatt etwas von sich zu erzählen, kann ich mir vorstellen«, gab Tilla bissig zurück.

»Ach, kommen Sie, Sie treffen sich mehrfach mit Ihrem ehemaligen Liebhaber und regen sich über mich auf?«

Tilla lächelte zuckersüß. »Apropos ... an diesem Tag in Bad Harzburg, als ich mich mit Kommissar Kamenz wegen meiner gelegentlichen Arbeit für die Polizei traf ...« Tilla machte eine kurze Pause, um ihre Worte wirken zu lassen und ihren Trumpf vorzubereiten. »Da ist Ihnen ein junger Mann mit grünem Basecap gefolgt. Wer war das denn? *Ihr* Liebhaber?« Tilla registrierte zufrieden, wie sich Claudias Augen weiteten.

»In Bad Harzburg? Ich habe niemanden bemerkt.« Claudia wich ihrem Blick aus. Tilla war sich zwar sicher, dass sie log, andererseits wusste sie nun auch nicht weiter.

Doch überraschenderweise ruderte Claudia nun zurück. »Tilla, ich finde, wir sollten das lassen. Ich gebe zu, ich fühle mich zu Ihrem Partner hingezogen. Aber was daraus wird, liegt nicht ausschließlich in meiner Hand.«

Verkniffen gestand sich Tilla ein, dass sie ihrer Nebenbuhlerin ein Stückchen Hochachtung zollte. Claudia beherrschte die Situation geradezu elegant, während sie selbst wieder mal mit dem Drang kämpfte, sich durch Gebrüll oder noch stillosere Mittel ein Ventil zu verschaffen. »Sie haben recht. Wenn sich Gerred für Sie entscheidet, muss ich das wohl hinnehmen. Ich möchte nur, dass Sie ihm nicht wehtun.«

Claudia sah Tilla für einen Moment seltsam an. Tilla vermochte diesen Blick nicht zu deuten. Dann hörte sie Claudia in neutralem Ton weitersprechen: »Was diese vermaledeite Homepage von Köster angeht ... vielleicht reicht es ja, wenn wir nun einfach ein paar Fotos machen?«

Tilla erhob sich, um ihr in den Flur zu folgen, wo Claudia eine Jacke überzog, die zu ihrer Hose passte. »Betreiben Sie wirklich Mountainbiking?«

Claudia zeigte ein feines Lächeln. »Nein. Ich fahre Fahrrad und benutze dazu ein Mountainbike. Erwarten Sie nicht, dass ich etwas anderes tue, als einen Weg entlangzuradeln.«

Tilla konnte sich ein amüsiertes Schnaufen nicht verkneifen. »Dachte ich mir.« Während Claudia einen Schlüsselbund in ihre Jackentasche steckte, fiel Tillas Blick auf das ledergebundene Notizbuch, das sie bereits in Bad Harzburg gesehen hatte. Auf dem edlen Schreibzeug lag ein Füller. Ohne nachzudenken entfuhr ihr: »Oh, das ist ja der gleiche Füller, den Dorothee hatte. Wo haben Sie den denn her?«

Claudia bedachte Tilla mit einem merkwürdig unterkühlten Blick. »Es ist ein ziemlich altes Füllermodell aus der DDR. Mein Vater war hier im *Heiko*-Werk beschäftigt. Es gibt natürlich viel bessere Füllhalter … Es ist eine Sentimentalität, dass ich ihn noch immer benutze.«

»*Heiko*, ja natürlich, das war es … Meine Mieterin hatte genau das gleiche Modell.«

Claudias Augen wurden schmal. »Den gleichen Füller?«

»Äh … ja.«

Claudias Züge klarten sich zu einem dünnen Lächeln auf. »Zu DDR-Zeiten gab es Tausende von den Dingern.« Sie öffnete die Haustür und bot an: »Wir könnten die Fotos gleich dort oben auf dem Weg machen.«

*

Tilla verstaute ihre Ausrüstung auf dem Rücksitz. Sie verspürte keinerlei Drang, sich die Fotos auf dem Display der Kamera noch einmal anzusehen, wie sie es sonst immer tat. Stattdessen setzte sie sich in ihren Wagen, wo sie sich ein paar Minuten Zeit ließ, um über diese Begegnung nachzudenken. Sie hatte das Gefühl, dass Claudia Hohenstein selten bis nie die Wahrheit sagte. Die Frau war ihr in höchstem Maße unsympathisch. Was wollte eine wie die bloß von Gerred? Er war zwar auf seine Art recht attraktiv, aber da war noch immer die Narbe auf seiner Wange, die an ein scheußliches Erlebnis in seiner Jugend erinnerte. Er war weder reich noch einflussreich. An einen plötzlichen Anfall von Liebe auf den ersten Blick glaubte Tilla bei Claudia nie und nimmer, und doch schien sie es auf eine Partnerschaft mit Gerred anzulegen. Irgendetwas stimmte daran nicht.

Tilla steckte kopfschüttelnd den Schlüssel ins Zündschloss. Sie wollte gerade ihren Wagen anlassen, als ihr der Füller wieder in den Sinn kam. Auch Dorothee hatte den von ihrem Vater bekommen. Tilla stutzte. Hatte Dorothee nicht erwähnt, dass auch ihr Vater im *Heiko*-Werk gearbeitet habe? Es hatte zu DDR-Zeiten hier in Wernigerode gestanden. Wernigerode … Die Handyortung von Dorothees Handy hatte ergeben, dass Dorothee vor ihrem Tod in Wernigerode gewesen war. Entgeistert starrte Tilla Claudias Haus an. Das konnte nicht sein! Resolut zwang Tilla ihre Denkrichtung aus dieser unwahrscheinlichen Spur.

Brummelnd manövrierte sie ihren Golf aus der engen Parklücke und fuhr los. Sie hielt an, um einem Fahrer die Vorfahrt zu lassen, der rechts aus einer Seitenstraße einbog, und vergewisserte sich, dass nicht noch ein zweites Auto hinterherkam. Beim Blick in die Wohnstraße bemerkte sie einen silberfarbenen Kleinwagen mit Berliner Kennzeichen. Ein grünes Basecap lag auf der Ablage. Da es hinter Tilla hupte, fuhr sie ruckartig weiter und entschuldigte sich mit einem Handzeichen bei ihrem Hintermann. Ihre Gedanken überschlugen sich. Berlin. Claudia kam aus Berlin. Dorothee kam aus Berlin. Der Wagen eben kam aus Berlin. Dieses grüne Basecap, genau so eine Kappe hatte dieser ominöse Verfolger getragen …

Nach einer Weile des Brütens begann Tilla sich selbst lautstark zu beschimpfen. »Jetzt reiß dich aber zusammen … Du kannst doch nicht überall Verbindungen sehen! Grüne Bascaps gibt's zu Hauf und was soll Dorothee mit Claudia Hohenstein zu tun gehabt haben?! Berlin ist groß.« Unüberzeugt durchquerte sie Wernigerode und nahm bis nach Bad Harzburg die Landstraße. Für die Autobahn schwirrten ihr entschieden zu viele Gedanken im Kopf herum.

*

»Ich kann doch nicht gleich mit der Tür ins Haus fallen, da wird sie doch sofort misstrauisch«, verteidigte sich Rhydion und ärgerte sich im selben Moment über seine Dummheit. Er brauchte sich nicht zu verteidigen, schon gar nicht vor Tom. »Ich treffe mich morgen noch einmal mit ihr in Nebra.«

»Aha … Ist hübsch, die Kleine, nicht wahr?« Toms Tonfall hatte etwas Lauerndes.

Rhydion warf ihm einen verständnislosen Blick zu.

»Na komm, sag mir nicht, dass dir das noch gar nicht aufgefallen ist.«

»Doch, Tom, es ist mir aufgefallen. Aber das ist sicher nicht der Grund unseres erneuten Treffens.«

Tom grinste. »Natürlich nicht. Wie willst du vorgehen?«

Rhydion überlegte, ob er Tom überhaupt eine Antwort geben sollte, entschied aber, dass es gesünder war, diesen unberechenbaren Scheißkerl nicht zu verärgern. »Ich will das Thema auf die Scheibe lenken und herausfinden, wie viel die Leinwig weiß. Deswegen treffen wir uns in Nebra.«

*

Hannelore Messner bedankte sich zum wiederholten Male bei Tilla für ihren Besuch und drapierte eilig ein paar Kekse auf einem Teller, nachdem sie die Schachtel von rotem Weihnachtspapier entkleidet hatte. Tilla vermutete, dass diese Kekse ähnlich wie Kishons Bonbonniere ausschließlich zum Weiterverschenken existierten. Dessen ungeachtet biss sie herzhaft in eine Schokoladenwaffel, während sie sich erzählen ließ, wie es Dorothees Tante in der Zwischenzeit ergangen war.

Nach einer Stunde türmten sich alte Fotoalben auf dem Tisch. Tilla bekam zu jedem Foto eine kleine Geschichte geboten. Nachdenklich betrachtete sie ein Bild, das eine halbwüchsige Dorothee mit einem dunkelhaarigen Mann zeigte. Man sah deutlich, wie innig sich die beiden zugetan waren. »Ist das Harry?«

»Jo, dad issä. Wa ja doch 'n gude Kerl. Hädda man blouß den Manni nich imma mit sich rumjeschlebbd. Dad wa un is 'n Fläz[5].«

»Dorothee hat mir einiges von diesem Manfred erzählt. Und der lebt immer noch hier in Dieskau?«

»Jo, wo sollde so 'n Lumich[6] och hinjehn. Den will doch keener hawwe.«

Tilla lachte. »Ja, da haben Sie wohl recht.« Sie überlegte, wie sie mehr über diesen Manfred in Erfahrung bringen konnte, aber sie wusste nicht, wie sie fragen sollte, ohne dass Hannelore Messner von Manfreds möglicher Beteiligung an dem Autounfall erfuhr. Also beließ sie es dabei und blätterte artig weiter in den Alben, wobei sie nicht mit freundlichen Bemerkungen sparte. Von Dorothee gab es kaum Fotos, dafür aber von ihrer Mutter Jana. Selbst nach dem dritten dicken Album hatte Tilla die Frau noch nicht einmal im selben Kleid abgebildet gesehen und befand, dass sie Dorothees Mutter nicht sonderlich mochte. Zu Hannelore Messner sagte sie jedoch aufgeräumt: »Ihre Schwester war ja wirklich eine Schönheit!«

»Oh ja, dad wase, imma pieke[7].«

---

5) Hallenser Mundart: Flegel
6) Strolch
7) fein

»Wo ist denn das aufgenommen worden?« Tilla tippte auf ein Bild, auf dem eine sehr junge Jana in einem kurzen Kellnerinnendress mit einigen Kolleginnen posierte. Sie kannte zwar das Hotel nicht, doch die Landschaft sah eindeutig wie der Harz aus.

Hannelore Messner betrachtete das angegebene Foto. »Ded wa do in Friedrichsbrunn … Hach nee, do fing ded Unjlück mitta Jana an.«

»Das Unglück?«

»Nu-u … da isse schwanger jewodn.«

»Oh.«

»Dabei wa ded so'n schicked Hodell, da häddese Kajäre machen könne, abba nee, se mussde ja mit so'nem Verheeradeden rummachen.«

»Was für ein Pech. Aber warum hat sie denn nichts … äh … machen lassen? Ging das damals in der DDR nicht?«

»Do-och, abba ded wolldese ja nich. Had jedacht, dad dr Vadder vonna Dorothee zahlen dut.«

»Und? Hatte er das nicht?«

»Doch doch. Se hadden sich je-eenicht, dad de Jana Jeld krieschen sollde und dafür mussdese den Mund halde. Se hat ded Jeld ziemlich schnell durchjebracht. Mit Jeld konndese nich umjehn, de Jana. Spädda wollde dr Vadda denn nix mehr zahln un drohte dr Jana mit na Anzeich.«

»Einer Anzeige? Weswegen denn?«

»Nu, se hadde ihm jedroht, seener Frau alled zu verzähln und da issa richtich bös jewodn. Da hada jesacht, se wollde ihn erpresse.«

»Ach herrje. Dabei erzählte mir Dorothee mal, ihr Vater habe ihr einen Füllfederhalter geschenkt, als sie zur Schule kam. Sie kann ihm doch dann nicht ganz egal gewesen sein.«

»Nee.« Hannelore Messner verzog das Gesicht. »De

Jana hat's och 'n linzchen[8] übbatriebe. – E hadde imma mal wad jeschickt. Dr Füller wa so'n janz edles Deel, so eener, den de SED'ler och benutzd hawwe, wenn se so Staatsverträch unnerschriebe hawwe. En *Heiko*-Füller wa ded, abba nich so'n billicha Schulfüller, nee. Ihr Vadder arbeidede drieben im *Heiko*-Werch in Wernicharode.«

In Tillas Kopf setzten sich die Gedankenpuzzleteile wie von Zauberhand zusammen. Die Verbindung, die ihr vor einigen Tagen noch so abwegig vorgekommen war, nahm immer klarere Formen an. »Dorothees Vater stammt aus Wernigerode?«

»Nu-u.«

»Wie hieß er denn?«

Wie erwartet antwortete ihre Gastgeberin: »Hohenstein, Detlef Hohenstein!«

*

»Ich fasse es einfach nicht … Wie kann so ein guter Mensch wie du nur so ein grässliches Weibsstück zur Schwester haben?«, fragte Tilla das schmucklose Grab, auf das sie einen großen Topf mit blühendem Lavendel gestellt hatte. »Jetzt weiß ich auch, wo in Wernigerode du vor deinem Tod gewesen bist. Ich wünschte nur, du könntest mir sagen, ob sie auch was mit deinem Tod zu tun hat.« Tilla setzte sich vor dem Grab auf die Wiese und grübelte eine Weile über das, was sie von Hannelore Messner gehört hatte. War sie mit ihrem Verdacht gegen Dorothees unbekannten Freund vielleicht auf der völlig falschen Denkspur?

Irgendwann sah Tilla auf die Uhr und stellte fest, dass es Zeit war aufzubrechen, denn sie wollte noch nach Nebra. Also erhob sie sich und ging Richtung Friedhofsausgang, wo ein Mann dabei war, einen übervollen Komposthaufen auf einen daneben stehenden Hänger

8) Ein bisschen

zu schaufeln. Er stellte seine Gabel beiseite, nahm einen herzhaften Schluck aus einer Bierflasche und rülpste sodann vernehmlich.

»Mensch, Manni, jetzt mach doch endlich mal voran!«, rief ein korpulenter Gärtner ihm vom Tor her zu und verschwand dann gleich wieder hinter der Friedhofsmauer. Der Name hallte in Tillas Kopf nach. Sie sah, wie sich der Mann seine Hände an seinem dreckstarrenden T-Shirt abwischte. Er griff nach der Mistgabel und widmete sich wieder seiner Arbeit, bei der er sich allerdings nicht gerade überschlug. Tillas Starren blieb nicht unbemerkt.

»Was is?«, blaffte er ungehalten.

Obwohl ihr sämtliche körpereigenen Alarmglocken rieten, einen großen Bogen um diesen Mann zu machen, rutschte ihr die Frage heraus: »Manfred Koslowski?«

»Jaa und?« Sein Blick hatte etwas unangenehm Verschlagenes. »Kenn' wir uns?«

»Nein«, gab Tilla zurück. »Ich bin eine Freundin von Dorothee Messner, deswegen kenne ich dich.« Sie bereute es bereits, den Mann, der fraglos ganz unten angekommen war, angesprochen zu haben, und wollte sich schon an dem Anhänger vorbeischieben, als Manfreds Mistgabel auf den Rand des Hängers knallte und ihr den Weg versperrte.

»Warte doch mal!« Mit zusammengekniffenen Augen in einem von geplatzten Äderchen durchzogenem Gesicht trat er nun auf Tilla zu. »Du bist 'ne Freundin von der Doro? Hätt ich mir denken können, bist auch so eine ganz Kluge, was?«

»Zumindest ist mein IQ nicht wie deiner bei der Körpertemperatur stehen geblieben.« Tilla griff nach der Gabel, um sich den Weg frei zu machen.

Schneller, als sie es von einem offensichtlichen Alkoholiker wie ihm erwartet hatte, schnappte er nach ihrem Arm und zerrte sie zu sich heran. »Du bist genau so arrogant wie dieses Wechselbalg da drüben im Grab. Weißte was, die liegt da ganz richtig.«

»Lass mich los, du Ratte«, fauchte Tilla.

Mit einem gierigen Ausdruck drängte er sich gegen Tilla, bis ihr Rücken an den Anhänger stieß. Sein schweißfeuchtes Gesicht war dicht vor ihrem, während ihr rechter Arm in seinem schraubstockartigen Griff festhing. »Genauso arrogant ... aber viel hübscher.« Ihr schlug eine Wolke aus Alkohol und Säuernis entgegen.

Plötzlich durchfuhren Tilla Erinnerungsfetzen an eine ähnliche Situation im Jahr zuvor. Bevor seine zweite Hand ihr Gesicht erreichen konnte, krachte ihre Faust von unten gegen sein Kinn. Er taumelte zurück. Wie eine Furie setzte Tilla nach und drosch auf ihn ein, wo sie ihn erwischen konnte. Ihre lautstarken, wilden Beschimpfungen lockten gleich mehrere Leute, einschließlich Manfred Koslowskis Arbeitgeber, von der Straße in den Friedhofseingang, wo sie in einer Reihe nebeneinander mit offenen Mündern stehen blieben. Tilla bemerkte sie nicht einmal. Ihr Zorn verebbte langsam und sie ließ keuchend von Manfred ab.

»Du miese, kleine Schlampe, das wirst du mir büßen! Sieh dich ja vor«, keifte er sie auf dem Boden kniend an.

Tilla bückte sich vor ihm: »Wenn sich hier einer vorsehen sollte, dann bist du das. Jemand, der nach dem Unfall seines Freundes und dessen Partnerin urplötzlich am Unfallort auftaucht ... der sollte sich vorsehen.« Befriedigt registrierte sie, dass sein Gesicht aschfahl wurde.

Tilla richtete sich auf, drehte sich um und blickte in eine Reihe schreckstarrer Gesichter. Da eine Erklärung wohl kaum eine Wirkung auf die verstörten Zuschauer haben würde, ignorierte sie die Leute und schritt hoch erhobenen Hauptes durch das Friedhofstor davon.

*

Leider war der Himmel etwas bedeckt, als Tilla auf den Parkplatz vor dem Museum einbog. Ihre Hand tat weh und zeigte erste Anzeichen der Verfärbung. Tilla fragte sich, warum man in jedem Film zu sehen bekam, dass sich Leute schlugen und hernach weitermachten, als sei nichts gewesen. Vorsichtig bewegte sie ihre schmerzenden Finger, bis sie Professor Rhydion Dafydd entdeckte, der bereits auf sie wartete. Er lehnte an einem silberfarbenen Wagen und bearbeitete sein Smartphone. Bisher hatte er sie noch nicht bemerkt und Tilla fragte sich einen wirren Moment lang, ob sie nicht lieber wieder fahren sollte. Ihre Neugier siegte, also stieg sie aus.

Dafydd erspähte sie, steckte sein Telefon weg und eilte auf sie zu, um sie galant zu begrüßen. Tilla konnte sich selbst nicht erklären, warum sie fix wieder ein wenig Distanz zwischen sich und ihren charmanten Begleiter brachte, obwohl die Spachmelodie des Englischen, das er benutzte, immer so etwas wie Heimatgefühl bei ihr aufkommen ließ.

Er schien ihre Reaktion nicht bemerkt zu haben. Höflich plaudernd schritten sie auf einen lang gezogenen Betonbau auf Ständern zu, der das Aussehen einer verknickten Keksschachtel hatte. »Ihr Deutschen neigt wahrhaftig zur Dramatik«, seufzte Dafydd angesichts des seltsamen Bauwerkes, in dem Besucher sich über die Sternenscheibe informieren konnten.

Tilla schmunzelte. »Den Namen *Arche* kann ich auch nicht nachvollziehen. Ich dachte eigentlich, das Bauwerk soll an die Himmelsbarke erinnern, die auf der Scheibe abgebildet ist.«

»Die sieht eindeutig anders aus. Haben Sie die Sternenscheibe schon gesehen?«

»Oh ja, ich war neulich gerade im Landesmuseum!« Sie erzählte ihm von ihrem Besuch in Halle. Es kam wie von selbst zu einem angeregten Gespräch, im Zuge dessen

Dafydd sie mit so freundlichen Worten der Anerkennung bedachte, dass sich Tillas anfängliche Ressentiments fix auflösten.

»Sie wissen wirklich sehr viel über die bronzezeitliche Himmelsdarstellung. Wie ungewöhnlich für eine Übersetzerin … Sie scheinen sich sehr eingehend mit diesem Exponat beschäftigt zu haben.«

»Ich finde alles, was damit zusammenhängt, ungeheuer spannend … aber das Wissen um die Scheibe kam mir auch ein bisschen zugeflogen. Wissen Sie, ich hatte eine gute Freundin, deren Beruf es war, sich mit diesem Fundstück zu beschäftigen.«

»War?«

»Ja, sie starb.« Aus einem unerfindlichen Grund mochte sie ihm nicht mehr über Dorothees Tod sagen.

Dafydd bedachte sie mit einem mitfühlenden Blick. »Das tut mir sehr leid für Sie, offenbar haben Sie diese Freundin sehr gemocht.«

»Ja, sehr. Obwohl wir uns eigentlich noch gar nicht so lange kannten. Sie wohnte eine Zeit lang bei mir.«

»Manchmal können auch kurze Beziehungen sehr intensiv sein, besonders wenn man Interessen teilt.«

Seine Worte rührten Tilla. »Wenn man es so sieht, hatten wir eine so innige Freundschaft, dass es den Gehalt anderer, jahrelanger Freundschaften aufwog. Wissen Sie, gerade heute Morgen war ich noch einmal bei ihrer Tante in Dieskau, sie hat sich so über meinen Besuch gefreut. Do… meine Freundin schien kaum andere Freunde zu haben. Auf ihrer Beerdigung damals waren nur einige wenige alte Menschen. Ich habe es damals übernommen, ihre Sachen zu ihrer Tante zu bringen.« Tilla stieß ein freudloses Lachen aus. »Drei Taschen war alles, was von ihr blieb. Mehr hatte sie nicht.«

»Drei Taschen …«, wiederholte Dafydd nachdenklich. »Das klingt ja alles sehr traurig.«

»Was Sie eben von mir über das Artefakt gehört haben, war eigentlich ihr Wissen. Ist Ihr Interesse daran eigentlich fachlicher oder persönlicher Natur?«

Dafydd erzählte vage, dass er weitläufig in das Projekt ihrer Erforschung eingebunden war und lobte dann emsig das deutsche System des Unterstützens solcher Kulturmaßnahmen. Sie stromerten plaudernd durch die Ausstellungsräume des Museums und wohnten einer nett gemachten Aufführung für Kinder bei, die einem Krimi gleich von der Jagd nach dem Schatz bis zu seiner Sicherstellung in der Schweiz erzählte. Tilla übersetzte ihrem Gast das Gesagte leise ins Englische, damit er der Geschichte folgen konnte. Tilla wusste noch immer nicht, wie gut seine deutschen Sprachkenntnisse waren, jedenfalls schien er ihre Hilfe zu schätzen.

»Es ist geradezu ein Wunder, dass dieser unvergleichliche Fund zurück in die Legalität gefunden hat.« Durch Dorothees Tagebuch hatte sie das Gefühl, der Scheibe ein Stückchen näher zu sein als alle anderen.

»Ja, das war ein sauberes Stück deutscher Polizeiarbeit«, lobte Dafydd höflich.

Sie verließen die Arche und bestiegen einen Shuttlebus, der sie zum Fundort brachte.

Ehrfürchtig tappte Tilla über eine sauber gestutzte Rasenfläche und schaute sich dann verwundert um. »Irgendwie hätte ich hier Wald erwartet.«

»Den gab es auch. Man hat hier eine Lichtung geschaffen, da man annimmt, dies sei auch in der Bronzezeit der Fall gewesen. Es ist davon auszugehen, dass dies ein heiliger Ort mit einem Ringwall war, es wurden Reste davon gefunden.«

Tilla und betrachtete stirnrunzelnd ein schiefes Betongebilde unweit von ihrem Standort, das eine Sonnenuhr darstellen sollte. »Glauben Sie, dass diese Kreiswallanlage hier oben auch zur Kalenderbestimmung gedacht war?«

»Vielleicht hat sich hier eine Art Himmelsobservatorium befunden, aber sicher kein Kalendarium. Ich denke eher, dies war ein Ritualplatz ... vielleicht sogar eine Grabstelle. Es wäre durchaus denkbar, dass man hier oben eine hochgestellte Persönlichkeit beerdigt hat, jemanden, der mit der Sternenscheibe umzugehen wusste und dem sie gehörte.«

Tilla sah Dafydd verdutzt an. »Aber ... wenn der Besitzer starb ... warum sollte man so einen wertvollen Gegenstand mit ihm begraben? Sie enthielt doch unendlich bedeutsames Wissen?«

Dafydd ließ einen Moment den Blick schweifen, fast als wolle er gar nicht weitersprechen. »Ich vermute, derjenige, den man hier begraben hat, war eine Persönlichkeit von so hohem Stand, dass man es nicht wagte, die Scheibe von ihm zu trennen. Möglicherweise ein hoher Gelehrter, ein Druide.«

Tilla überdachte seine Worte. »Die Bronzezeit ist ja nun eine vorkeltische Zeit, glauben Sie denn, dass es da schon Druiden gab?«

Seine türkisfarbenen Augen begannen vor Eifer zu glänzen. »Ich bin sogar davon überzeugt. Wissen oblag auch bei den Protokelten einer führenden Kaste und war niemals für das einfache Volk bestimmt. Gerade in der Bronzezeit machte das Wissen um die ersten Kalenderberechnungen geradezu einen Sprung. Durch den Handel, der sich immer stärker entwickelte, wurden nicht nur Güter bewegt, sondern auch Wissen. Wissen war aber immer religiös behaftet, weil in jeder Kultur die religiösen Führer dafür zuständig waren. Die Zunahme des Wissens hat zu den diversen Überarbeitungen der Sternenscheibe geführt. Einem Kontakt mit der orientalischen Kultur hat sie möglicherweise die ägyptische Sonnenbarke auf dem unteren Rand zu verdanken.«

Tilla hatte völlig fasziniert zugehört. »Stimmt! Das

könnte tatsächlich eine Erklärung für die Barke sein. Wissen auf Handelsrouten …«

Professor Dafydd lachte leise. »Nun, es waren sicher nicht die grobschlächtigen Handelsschiffer oder jene Söldner, die die Wagenkonvois über Land begleiteten, die das Wissen weitergaben, die gaben nur die Informationen weiter, wer darüber verfügte. Für den Austausch des Wissens waren schon die Druiden, beziehungsweise ihre protokeltischen Vorgänger zuständig, aber sie begleiteten nicht die Händler … Sie trafen sich gezielt.«

»Die Druidentreffen«, entfuhr es Tilla. »Sie glauben wirklich, es hat schon zur Bronzezeit Druidentreffen gegeben?«

»Bewiesen ist das nicht, aber ich persönlich bin davon überzeugt … vor allem hier. Ich sagte Ihnen ja schon, ich bin der Meinung, wir haben es hier oben mit einer Grabstätte zu tun. Wäre es das Grab eines Fürsten, so lägen ganz andere Pretiosen darin. Meiner Überzeugung nach handelt es sich um das Grab eines protokeltischen Druiden. Ich denke, ihm gehörte das Exponat. Der Hort enthielt zwei Schwerter, Schmuckringe, zwei Beile und einen Meißel, all das wäre für ein Druidengrab eher wenig … es sei denn, dieser Boden war nicht seine Heimat. Also muss man sich fragen: Kam dieser Druide überhaupt von hier? Oder brachte er den Sternenteller von weither mit? Zweck solcher Druidentreffen war ja schließlich der Austausch von Wissen und so brachte jeder das wertvollste an Wissen mit, was er hatte. Wäre es ein Druide von hier gewesen, so wäre dieser bedeutende Zeremonialgegenstand an seinen Schüler weitergegeben worden, der gewusst hätte, wie man damit umgeht. In diesem Falle hätte man das Artefakt sicher nicht vergraben, sondern weiter benutzt. Aber man kannte das Wissen um den seltsamen Bronzeteller hier nicht. Da liegt es nahe, ihn seinem Besitzer ins Grab zu geben.«

Tilla erstarrte geradezu angesichts der Konsequenzen dieser Theorie. »Heilige Mondin. Sie glauben also wirklich, dass die Scheibe gar nicht von hier kommt?«

Die türkisfarbenen Augen maßen Tilla interessiert. Er ließ sich Zeit mit seiner Antwort. »Auch wenn man mich hier an diesem Ort dafür steinigen würde ... ich bin überzeugt, sie kommt nicht von hier.«

Tillas Gedanken wanderten zu der Materialanalyse in Dorothees Unterlagen. Sie hätte ihn zu gern danach gefragt, aber irgendetwas in ihrem Inneren entschied sich dagegen. »Tja, was für ein Glücksfall für Sachsen-Anhalt, dass Ihre Theorie nur eine Theorie ist.«

Er atmete hörbar durch und bemerkte schmunzelnd: »Die Untersuchungen laufen ja noch ...«

»Untersuchungen?«

Wieder ruhte sein Blick abschätzend auf ihr. »Als der Schatz in die Hände der Gelehrten zurückfand, hat man erkannt, dass das gesamte Wissen um die Bronzezeit überarbeitet werden muss. Dazu wurde ein weit angelegtes Forschungsprojekt die Frühbronzezeit betreffend ins Leben gerufen. Die bisherigen Fundstätten, wie zum Beispiel die Kreisgrabenanlagen in Goseck, Egeln oder Bad Dürrenberg und auch die in meiner Heimat werden nun neu bewertet. Meine Aufgabe ist es, das Wissen um die englischen Kreisanlagen hinzuzufügen. Ich bin auf die Astroarchäologie spezialisiert und habe mich ausgiebig mit den Megalith-Stätten von Wiltshire beschäftigt. Die solaren Achsen von Stonehenge und seine astronomische Orientierung sind mein Spezialgebiet.«

Noch ein Zufall. Tilla wurde vorsichtig. »Wie interessant ... Aber ist die Astroarchäologie nicht weitgehend spekulativ und deshalb etwas ... umstritten?«

Der Professor lachte. »Ja durchaus, es sei denn, man versteht es, seine Theorien mit anerkannten Fakten zu untermauern. Es gibt zwar noch immer Zweifler an meiner Theorie der astronomisch-kalendarischen Nutzung von Stonehenge, aber sie werden immer weniger.«

»Und dieses Sternenscheiben-Forschungsprojekt hier in Deutschland ist noch gar nicht abgeschlossen?«

»Nein. Die Fakten sind weitgehend zusammengetragen. Nun erfolgt eine Neubewertung in Hinsicht auf die Bedeutung dieser Region ... insbesondere des Handels.«

»Inwiefern?«

»Nun, das angeblich hier geschmiedete Fundstück besteht aus Rohstoffen, die eigenartigerweise sehr weite Handelswege hinter sich haben sollen, wenn die bisher veröffentlichten Materialanalysen stimmen. Das ist ein sehr rätselhafter Punkt, schließlich hätte man all dies auch im nahen Harz oder im Erzgebirge finden können.«

»Vielleicht eigneten sich die Harzer Materialien nicht so gut«, unternahm Tilla einen halbherzigen Versuch zu beantworten, was sie sich selbst schon gefragt hatte.

»Wahrscheinlicher ist wohl, dass die Handelswege eben gar nicht lang waren, weil der Bronzehimmel dort hergestellt wurde, wo die Materialien herkommen.« Er ließ einen Augenblick verstreichen und schloss mit den Worten: »Vielleicht wird die zweite Scheibe Klarheit bringen.«

Tilla sah ihn verunsichert an. »Die zweite Scheibe? Haben Sie sie gesehen?«

Er nickte. »Die Verhandlungen über den Ankauf laufen noch. Deshalb darf ich bisher noch nichts zu dem Exponat sagen.«

Tilla versank in starrer Wortlosigkeit.

*

Liliana klopfte an die alte hölzerne Tür. Nichts tat sich. Sie ging zu dem kleinen Fenster und schaute hindurch. Das Cottage war leer.

»Na, Lililein, Sehnsucht nach mir?«

Sie fuhr herum. »Wenn du mich noch einmal so erschreckst, mache ich unser Arrangement rückgängig«, keifte sie ihren älteren Bruder an.

Tom lachte nur und hängte ein Kaninchen unter einem Überdach auf, indem er die Hinterläufe des Tieres auf zwei Haken spießte. Er nahm ein Messer und einen dunklen Stein zur Hand. »Du weißt genau, dass du mich noch brauchst, Lililein. Dein Rhyd hat gute Ideen, aber er ist nicht hart genug für das, was ihr vorhabt.« Er trieb das Messer sorgfältig über den Wetzstein, dann begann er die Drahtschlinge am Hinterlauf des Kaninchens zu lösen.

»Er war immerhin geschickt genug herauszufinden, dass die Leinwig die Sachen von der Messner zu ihrer Tante gebracht hat.«

Tom ließ das Messer sinken und blickte seine Schwester überrascht an.

»Ach übrigens ... die Jagd mit Drahtschlingen ist verboten«, bemerkte Liliana säuerlich und sah ihm zu, wie er nach wenigen wohlgesetzten Schnitten das Fell von dem Kaninchenkörper zog.

»Wirklich?« Tom grinste sie herausfordernd an.

»Sobald du das Vieh vertilgt hast, fährst du nach Deutschland, nach Dieskau.«

Tom quittierte ihr Verlangen mit einem undefinierbaren Geräusch und setzte seine Arbeit an dem Wild fort.

»Hier ist die Adresse.« Liliana legte einen dicken Pappumschlag auf die wackelige Bank vor dem Cottage. »In dem Umschlag findest du ein kleines Hilfsmittel. Bei Man of War wirkt es bestens.«

Er streifte die braune Papiertüte mit einem Blick, während er sich mit einem Lumpen das Blut von den Händen wischte. »Weiß Rhyd davon?

Liliane kickte mit ihrem Schuh gegen ein Stück Holz, das neben der Bank lag. »Ich sage es ihm später.«

Tom lachte keckernd. »Wann denn? Wenn er schon

tief genug mit drinsteckt? Du bist ein gerissenes Aas, Lililein, aber dein Stil hat mir schon immer gefallen.«

»Nenn mich nicht Lili und schon gar nicht Lililein! Ich bin Lady Liliana Whitehead. Und wenn du mich in Anwesenheit meines Personals ansprichst, dann vermeide bitte jegliche Vertraulichkeit. Hier weiß niemand, dass du mein Bruder bist. Und das soll auch so bleiben. Jetzt mach deinen Job, wenn du weiterhin von meinem Geld leben willst!«

Tom grinste Liliana an. »Wird sicher eine interessante Reise.«

»Zweifellos«, gab Liliana kühl zurück und ging.

*

Mit einem Mausklick sandte Tilla das übersetzte Kapitel an ihren Verlag und ließ sich in ihrem Schreibtischstuhl zurückfallen.

Paris schien genau zu wissen, wann Tilla Zeit für sie hatte. Nahezu lautlos sprang die Katze vom Fensterbrett auf den Schreibtisch und tappte auf Tilla zu. An der Kante des Tisches angekommen, fixierte sie Tilla mit ihren bernsteinfarbenen Augen. Tilla rutschte mit ihrem Stuhl vom Schreibtisch weg, damit Paris auf ihren Schoß klettern konnte, und begann ihr hingebungsvoll das Kinn zu kraulen. »Na, meine Süße. Demnächst habe ich wieder mehr Zeit für dich.« Paris antwortete mit Schnurren und reckte dabei ihr Köpfchen hoch, damit Tilla ihr weiterhin Kinn und Backen kneten konnte.

Dafydds Theorien, die leider so nahtlos zusammenpassten, schlichen sich abermals in Tillas Denken. Zudem untermauerten nun auch noch die Untersuchungsergebnisse auf Dorothees Datenträger Dafydds Theorien. Doch nicht nur, dass mehr und mehr Fakten dafür sprachen, dass die Sternenscheibe gar nicht aus Sachsen-Anhalt stammte, bereitete Tilla wachsendes

Unbehagen, sondern auch, dass sie so unvermutet an einen Professor geriet, der sich mit dem Jahrhundertfund beschäftigte. Er hatte gesagt, er sei in die Erforschung eingebunden. Tat er dies auch in Halle? Ein Professor aus Wales? Sie durchforstete ihr Gedächtnis, stellte aber fest, dass er dazu nichts gesagt hatte. Einen Moment lang fragte sie sich, ob Dorothee und er sich vielleicht mal getroffen hatten. Sie zweifelte immer mehr daran, dass ihre Begegnung mit Professor Rhydion Dafydd ein Zufall war.

Gedankenverloren kritzelte sie mit einer Hand den Namen des Professors auf ihre Schreibtischunterlage, während die zweite von Paris gefordert wurde. Dafydd, Rhydion … Rhydion. Tilla richtete sich ruckartig auf. Paris trollte sich. Tilla wusste, Rhydion war ein typisch walisischer Vorname und sie kannte auch seine Bedeutung. »Rhydion, Rhyd … das walisische Wort für Furt durch einen Fluss!«

Hektisch begann Tilla mit ihrer Computermaus zu hantieren. Ungeduldig öffnete sie die Datei des Tagebuches von Dorothee und suchte nach der Stelle, in der Dorothee so blumig verbrämt ihre große Liebe erwähnte hatte.

»Da ist es«, murmelte Tilla. *Derjenige, in den ich mich verliebte … war für mich wie eine Furt durch einen Fluss, in dessen Nähe ich mich früher nicht einmal gewagt hätte. Sein Name ist für mich zur Bestimmung geworden …*

»Sein Name bedeutet Furt und wurde für sie zur Bestimmung … Bin ich nun paranoid oder clever?«, fragte Tilla ihre Katze, die sich auf der sonnigen Ecke ihres Schreibtisches zusammengerollt hatte. Mäßig interessiert öffnete Paris ein Auge, um es sogleich wieder zu schließen. Die Geschäftigkeit der Menschen war ihr sichtlich ein Gräuel.

Tilla kaute eine Weile unschlüssig auf ihrer Lippe

herum, dann griff sie zum Telefon und tippte Andreas' Nummer ein. Sofort, als das Gespräch angenommen wurde, traktierte Tilla den Zuhörer grußlos mit ihrer Vermutung, wer der Freund von Dorothee sein könnte. Doch ihr Redefluss wurde unterbrochen.

»Frau Leinwig … Wegener hier … Andreas hatte sein Handy hier gelassen, er ist grad zu einem Einsatz. Sagen Sie, könnten Sie vielleicht vorbeikommen?«

*

Erst am Vortag hatte er von der Alten erfahren, wo die Proben waren. Tom sah dem weißen Golf nach und trat aus dem Schatten des Harzwaldes, kaum dass der Wagen hinter der Ecke verschwunden war. Mit ruhigen Schritten näherte er sich dem Efeuhäuschen, wobei sein Blick versiert die Umgebung sondierte. Es war früh am Abend. Niemand war unterwegs. Vor der Haustür. hielt er verärgert inne.

»Scheiße«, entfuhr es ihm, als er mit der behandschuhten Hand über das nagelneue Türschloss fuhr. Den Schlüsselbund der Messner steckte er in die Jackentasche zurück. Den konnte er nicht mehr brauchen.

Er hielt sich nicht lange mit fruchtlosen Überlegungen auf, warum sie ein neues Schloss hatte einbauen lassen, nach einem kurzen Kontrollblick in die Umgebung sprang er die Stufen der Eingangstreppe hinab und umrundete das Haus. Alle Fenster waren geschlossen. Mist. Neben dem Schuppen verharrend, besah er sich prüfend den Balkon im ersten Obergeschoss. Über den Baum kam man hinauf, aber bei so einem Manöver konnte man leicht gesehen werden. So etwas hob er sich eigentlich nur für Nachteinsätze auf.

Endlich entdeckte er eine halbhohe, mit Efeu berankte Mauer, die eine Kellertreppe verbarg. Schnell ging er darauf zu und warf mit zufriedenem Grinsen einen

Blick auf die marode Tür. Es dauerte keine Minute, bis er ins Haus schlüpfen konnte. Er steckte sein Werkzeug zurück in die Tasche, hob den einfachen Bartschlüssel vom Boden auf und steckte ihn zurück ins Schloss. Mit schnellen Schritten querte er den Keller und stieg eine Treppe hinauf. In Tillas Flur schaute er sich kurz um, entschied sich für die Tür gegenüber und betrat Tillas Schlafzimmer. Routiniert durchstöberte er Nachtschränkchen, Kommode und den Kleiderschrank. Dann zog die Zimmertür wieder hinter sich zu. Die nächste Tür stand offen und gab den Blick auf ein puristisch eingerichtetes und somit spärlich möbliertes Wohnzimmer frei. Er betrat den Raum und ließ den Blick über die Regalwand schweifen. Auf der Suche nach Versteckmöglichkeiten öffnete er den Deckel eines altertümlichen Schälchens, linste in ein Glasgefäß, fuhr mit der Hand die Ritzen des Sofas entlang und verließ das Zimmer wieder. Sein Blick huschte zwischen der Flurkommode und einer weiteren Tür hin und her. Er entschied sich für die Tür.

»Ach du Scheiße!« Sein Ärger galt den unzähligen Schubladen der Apothekenschränke. Seufzend machte er sich daran, systematisch überall hineinzusehen. Lange musste er jedoch nicht suchen. »Da haben wir dich ja.« Zufrieden nahm er das Medaillon an sich.

Er eilte durch den Flur und griff nach der Wohnungstür. Sie war nicht abgeschlossen. Er hielt sie offen und probierte die Haustür, die hingegen war verschlossen. Also musste er durch den Keller wieder raus. Gerade als er sich umwandte, fiel ihm das Schwert ein. Wenigstens noch einmal ansehen wollte er das Teil. Er zog eine der Jacken von der Garderobe und legte sie in den Durchgang der Wohnungstür, damit sie nicht zufiel.

In Tillas Büro öffnete er den Schwertschrank und nahm die Waffe heraus. Genießerisch ließ er die Klinge durch die Luft schwirren. Er überlegte. Es gäbe viel Ärger, wenn er das Schwert jetzt mitnahm. Es half nichts, er würde es sich lieber später holen. Nachdem er es zurück in den Schrank gestellt hatte, ging er zum Fenster und vergewisserte sich, dass niemand im Nachbargarten war, da er gleich durch den blöderweise völlig kahlen Garten der Leinwig gehen musste, der keinerlei Sichtschutz bot. Er drückte sich am Schreibtisch vorbei, und sein Blick fiel auf die bekritzelte Schreibunterlage. *Rhydion Dafydd* stand dort in mehreren Ausführungen und ganz unten: *Dafydd war Dorothees Liebhaber* – mit drei Ausrufezeichen versehen. Tom runzelte die Stirn. Er hatte das Tagebuch der Messner natürlich gelesen und bereits vermutet, dass Rhyd mit der hässlichen Maus gevögelt hatte. Offenbar wusste die Leinwig es auch. Sie wusste entschieden zu viel.

»Wenn Lili das erfährt, bringt sie ihn um … dieser Idiot!« Rhyd sollte seinen Plan durchziehen, der einen Haufen Geld bringen würde. Hinterher wollte Tom bei ihm abkassieren. Munition für eine Erpressung hatte er genug. Aber die Leinwig musste weg. Es würde nicht schwer sein, Lili davon zu überzeugen. Sie war ohnehin eifersüchtig genug und immer offen für solche Vorschläge.

*

Tilla lehnte Wegeners Angebot eines Kaffees dankend ab und ließ sich auf einem der Stühle in seinem Büro nieder. Sofort begann sie damit, dem Goslarer Kommissar noch einmal ihre Theorie hinsichtlich der Identität von Dorothees Liebhaber zu umreißen.

Wegener ließ sie geduldig ausreden, bevor er ihr eröffnete: »Tja, Frau Leinwig, der Name Dafydd ist uns nicht unbekannt.«

»Wie? Sie kennen den Typ?« Tilla war enttäuscht.

Wegener lächelte. »Auch Polizeiarbeit führt zuweilen zum Ziel. Hatten Sie Andreas diesen Namen schon früher genannt?«

»Nein, ich bin ja heute Morgen erst auf die Verbindung gekommen. Bisher dachte ich, es wäre Zufall, den Professor getroffen zu haben. Wie sind Sie denn auf ihn gekommen?«

»Andreas hatte die Liste der Männer überprüft, die in Halle enger mit Frau Messner zusammengearbeitet haben. Dafydd ist ja nun wesentlich älter, deshalb hatte er ihn zunächst nicht in Verdacht. Aber dann erfuhr er beim Rammelsbergmuseum, dass Frau Messner über eine Empfehlungskette hierher gekommen war. In jeder dieser beiden Listen taucht Professor Rhydion Dafydd auf, aus diesem unaussprechlichen Kaff in England.«

»Aberystwyth.«

»Universitätsstadt und Hauptstadt von Wales, ja. Wissen Sie, ob der Professor noch in der Gegend ist? Wohnt er hier irgendwo in einem Hotel?«

»Nein. Ich habe mich vor ein paar Tagen mit ihm in Nebra getroffen, weiß aber, dass er abends von Hannover aus nach Birmingham fliegen wollte.«

»Sie sagten, es wäre Zufall, dass Sie ihn zum ersten Mal trafen. Wo und wann war das denn?«

Tilla schilderte ihm wort- und gestenreich das erste Treffen am Regenstein und erzählte, dass der Professor sie wenige Tage zuvor telefonisch zu dem Treffen in Nebra eingeladen und sie das Ganze mit einem Besuch bei Dorothees Tante kombiniert habe.

»Ach, wie nett, dass Sie noch einmal dort waren. Hätte ich das gewusst, dann hätte ich Ihnen die Ledertasche von Frau Messner mitgeben können, die ist mittlerweile auch freigegeben. Na, egal. Ahnt dieser Dafydd, dass Sie von seiner Beziehung zu Dorothee Messner wissen?«

»Ich weiß es nicht.«

»Wissen Sie, wann er wieder hier nach Deutschland kommt?«

»Er wollte sich wieder bei mir melden, sagte aber nicht, wann.«

»Was genau wollte er von Ihnen, Frau Leinwig?«

»Na ja, anfangs stellte er mir in Aussicht, dass er mich für einige Übersetzungen verpflichten wolle ... Jetzt bin ich mir da nicht mehr so sicher.«

»Hatten Sie das Gefühl, dass er sie aushorcht?«

Tilla dachte sorgfältig nach und ließ ihre Gespräche mit dem Professor Revue passieren. »Ich erwähnte eine Freundin, die starb, hab aber Dorothees Namen nicht genannt. Dieses Gespräch hielt sich im Bereich der Höflichkeit. Er brachte aber immer wieder das Thema Sternenscheibe auf – was andererseits nicht weiter verwunderlich war, immerhin haben wir uns in Nebra getroffen.«

»Haben Sie auch über die zweite Scheibe gesprochen?«

»Er erwähnte beiläufig, dass die Verhandlungen über den Ankauf dieser englischen Scheibe noch laufen würden und er deswegen nichts darüber sagen dürfe.«

»Das heißt, er ist in die Geschichte involviert?«

Tilla nickte eifrig. »Er vertritt zudem die Ansicht, dass unsere Sternenscheibe gar nicht hier in Sachsen-Anhalt gefertigt wurde, sondern dort, wo die Materialien herkommen, nämlich in England. Er ist eine Koryphäe auf seinem Gebiet, es würde mich nicht wundern, wenn die Zitate der Presse hinsichtlich des englischen Fundstückes von ihm stammen.«

»Seine Theorien passen ja geradezu perfekt zu den Texten von diesem Computerstick, den Sie uns übersetzt haben.«

»Ja. Ich bin sicher, er ist Dorothees mysteriöser Freund und er ist es auch, dem Dorothee diese Daten gestohlen hat.«

Wegener nahm ein Notizbuch und einen Stift zur Hand und bat Tilla, ihm die Gespräche mit Dafydd möglichst vollständig wiederzugeben. Tilla tat dies und beendete ihren Vortrag mit der unwilligen Feststellung: »Der Kerl ist einer der namhaftesten Astroarchäologen. Wenn seine Beurteilung der Materialanalyse tatsächlich stimmt, kann sich Sachsen-Anhalt demnächst von dem Schatz verabschieden.«

»Nun, so weit sind wir noch nicht. Die Kollegen vom Landeskriminalamt Magdeburg gehen ihre Untersuchungen gerade akribisch durch. Bisher spricht nichts dafür, dass dieser Typ recht haben könnte. Aber wir beide sollten uns noch einmal über ein ganz anderes Thema unterhalten ...« Gerd Wegener schlug sein Notizbüchlein zu.

»Und das wäre?« Tilla konnte sich den tadelnden Gesichtsausdruck des Goslarer Kommissars nicht recht erklären.

»Sehen Sie, nach einer Festnahme in einem anderen Fall vor wenigen Tagen im Hotel *Achtermann* in Goslar kam Andreas auf die Idee, sich die Gästeliste des Todestages von Frau Messner anzusehen. Dabei fiel ihm auf, dass dieser Professor Dafydd zu dieser Zeit dort logiert hat. Deshalb habe ich gefragt, ob Andreas den Namen von Ihnen schon kannte.«

Tillas Augen wurden groß. »Dafydd war im Juni hier?«

Wegener nickte und wählte seine Worte nun sehr bedächtig. »Ja. Aber mir geht es um etwas anderes. Sehen Sie, Andreas hat den Fall Messner nie zu den Akten gelegt, obwohl wir mit diesem Mädchenschieberfall ganz schön unter Druck stehen. Ich nehme an, er ist Ihnen zuliebe da drangeblieben.«

Tilla schwieg betreten, denn sie begann zu ahnen, was kam.

»Er und Berking sind schon mehrfach aneinandergeraten. Für Andreas war es schieres Glück, dass die

Anweisung, den Fall noch einmal durchzugehen, von oben kam. Wissen Sie, Andreas ist ein ziemlich guter Ermittler. Manchmal ist er geradezu brillant, weil er erheblich mehr kann, als Fakten zusammenzutragen. Aber manchmal folgt er zu sehr seinem Gefühl … vor allem dann, wenn es um Sie geht.«

»Ich verstehe, was Sie meinen … Es tut mir leid, ich wollte ihm nie schaden.«

Wegener betrachtete sie eine Weile forschend. »Das glaube ich Ihnen, aber Sie tun es.« Wegener ließ seine herben Worte wirken und fragte dann: »Wissen Sie eigentlich, dass er ein Versetzungsgesuch eingereicht hat?«

»Was? Nein!« Tillas Magen krampfte sich zusammen. »Wo will er denn hin?«

»Nach Göttingen.«

Tilla mühte sich ein Lächeln ab, obwohl ihr keineswegs danach war. »Er will zu Sina.«

»Ja. Nur ist das weder eine Lösung noch wird es funktionieren. Seine Beziehung zu dieser Ärztin ist derart tönern, ich glaube nicht, dass das je etwas wird.«

Zwar wusste Tilla, wie sehr Wegener Andreas mochte, doch nun zwickte sie doch der Ärger. »Herr Wegener, sind Sie sicher, dass Sie das beurteilen können? Oder sollten?«

Wegener ließ ein trockenes Lachen hören. »Dr. Gesine Leutner lebt in einer ganz anderen Welt. Einer Welt, die voll ist von gut verdienenden Ärzten, eine Welt, in die Andreas nicht gehört. Er stolpert nun dort rein, weil er hier durch Sie ständig Ärger bekommt. Sein Entschluss mit diesem blödsinnigen Versetzungsgesuch entstand in einem derben Streit mit Berking.«

Tilla sackte zerknirscht zusammen. »Au verdammt … Was kann ich tun?«

»Das kommt darauf an, was Sie beide für eine Beziehung haben.«

»Äh … wir … wir haben keine …«

»Frau Leinwig. Für wie blind halten Sie mich?«

Tilla musste erkennen, dass sie den so gemütlich wirkenden Goslarer Ermittler bisher arg unterschätzt hatte. »Ich meine, wir haben nicht ... Ja, da ist eine gewisse Spannung zwischen uns, aber wir sind ja beide gebunden. Also, er hat Sina und ich habe ... äh ... na ja ... Ich glaube, nein, ich habe seit ein paar Tagen keinen Partner mehr.«

Wegener verdrehte die Augen. »Na großartig. Ist Ihre Beziehung zu Assmut wegen Andreas in die Brüche gegangen?«

»Nein!« Tilla stieß einen vernehmlichen Seufzer aus, bevor sie etwas leiser erklärte: »Es geht Sie zwar nichts an, aber Gerred hat sich für eine andere Frau entschieden, eine Kollegin.« Plötzlich entfuhr Tilla ein fast hysterisches Lachen. Dem verdutzten Kommissar erklärte sie: »Sie würden wahrscheinlich sagen: Mein Exfreund hat sich für eine Frau aus seiner Welt entschieden.«

Nun war es Wegener, dem ein betretenes »Oh« entfleuchte. Sein Ton wurde deutlich weicher. »Frau Leinwig, ich gebe ja zu, Ihre Einfälle sind zuweilen recht hilfreich. Aber wenn Sie damit ständig zu Andreas gehen und er sich für Sie in die Bresche wirft, dann spielen Sie mit seiner Karriere ... und auch mit seinen Gefühlen.«

Tilla schwieg betreten.

Versöhnlich fuhr Wegener fort: »Vielleicht können wir uns darauf einigen, dass Sie mich anrufen, wenn Ihnen mal wieder eine geniale Idee kommt.« Er griff in seine Tasche und gab ihr seine Visitenkarte.

Tilla nahm sie entgegen, doch ihre Stimme versagte ihr den Dienst. Auch vergaß sie völlig, dass sie ihm eigentlich von Dorothees Halbschwester berichten wollte. In ihrem Kopf breitete sich völlige Leere aus. So erhob sie sich und tappte still und mit einem schmerzenden

Kloß im Hals hinter dem Goslarer Kommissar her, der sie zum Ausgang brachte.

*

Gedankenschwer ließ sie ihre Tasche im Vorbeigehen auf die Flurgkommode fallen. Ihre Hand verharrte kurz auf der Klinke der Tür zum Apothekenzimmer, doch sie entschied sich dann doch für die Küche, obwohl sie auch dort nichts mit sich anzufangen wusste. Es drängte Tilla, mit jemandem zu reden. Sie warf einen scheelen Blick zu dem Haus an der Ecke ihrer Straße. Zu gern hätte sie sich bei Dana ausgeheult, doch sie hatte Angst, Gerred über den Weg zu laufen. Ein Blick auf ihre Armbanduhr zwischen mehreren silbernen Armreifen sagte ihr, dass er bald aus dem Büro zurück sein müsste. Vielleicht, wenn sie sich beeilte … Tilla schnappte sich Schlüssel und Jacke.

Sie eilte gerade über die bekieste Einfahrt am Carport vorbei zu Danas Haustür, als sich urplötzlich ein hagerer, blonder Mann mit wirrem Blick vor ihr aufbaute. Tilla erschrak bis ins Mark und stieß einen spitzen Schrei aus. Sie warf sich herum und griff nach dem Nächstbesten, das sie erwischen konnte. Drohend schwang sie eine Schaufel und schrie den Unbekannten an: »Kommen Sie ja nicht näher!«

Er trat sofort einen Schritt zurück und hob seine Hände. »Nicht … Ich will nur reden … nur mit Ihnen reden.«

»Ich aber nicht mit Ihnen! Wieso schleichen Sie hier herum?«, blaffte Tilla ihn an.

Er zeigte nervös in ihre Richtung. »Sie waren bei Claudia! Neulich … ja, Samstag war's.«

Die Schaufel in ihren Händen senkte sich geringfügig, da sich Neugier in Tillas Angst zu mischen begann. »Hä? Wieso wissen Sie das?«

»Sind Sie die Freundin von dem Typen, der hier wohnt?«

»Ich glaube nicht, dass Sie das etwas angeht.«

»Ich muss wirklich mit Ihnen reden. Sie sollten etwas über Claudia erfahren. Sie ist ein Aas.«

Für solche Worte waren Tillas Ohren zu empfänglich, als dass sie den Mann zurückweisen konnte, obwohl er alles andere als vertrauenswürdig wirkte. Obschon in ihrem Innern ein ganzes Konzert körpereigener Alarmglocken erscholl, waren Geheimnisse über Claudia Hohenstein so reizvoll wie ein faustgroßer Rohdiamant. »Ja, sie ist ein Aas … was noch?«

»Sie wissen, dass sich Ihr Freund mit Claudia trifft?«

Natürlich wusste sie es, dennoch traf sie seine Aussage. Tilla ließ die Schaufel sinken und stierte ihn böse an. »Woher wissen Sie das?«

»Ich hab sie beobachtet … beobachte sie schon eine ganze Zeit.«

Wider jegliche Vernunft stellte Tilla die Schaufel in das Carport zurück. Sie wollte unbedingt wissen, was er zu sagen hatte, aber sie musste wenigstens aus dieser dunklen Ecke heraus. Auf offener Straße würde er es sicher nicht wagen, ihr irgendetwas zu tun.

»Okay … Gehen wir ein Stück die Straße rauf, dann können Sie mir erzählen, was Sie über Claudia wissen. Aber fangen Sie bei sich an! Wer sind Sie?«

»Kralitz, Tobias von Kralitz.«

*

Für die fünfzig Meter bis zu Tillas Haus hatten sie fast eine halbe Stunde gebraucht, die Tilla überwiegend mit Zuhören verbracht hatte. Mittlerweile konnte sie nachvollziehen, warum der Mann ein so neurotisches Auftreten hatte. Zwar war ihr in seiner Gegenwart keineswegs wohl, doch überwog ihr Mitleid bei weitem ihre anfängliche Angst.

Als er zu den Einzelheiten von Claudias Betrug kam,

musste Tilla mehrfach nachfragen, da ihr das Procedere in der Bauwirtschaft nicht geläufig war. »Also ein Leistungsverzeichnis ist die Material- und Stundenlohnaufstellung eines Bauprojektes?«

»Genau. Da trägt dann jedes Gewerk seine geplanten Größen ein, die zur Berechnung der Materialbestellung und der anschließenden Rechnungslegung notwendig sind.«

»Und diese Leistungsverzeichnisse waren manipuliert? Wie denn das?«

Er stieß ein frustriertes Prusten aus. »Tja, da wird dann einfach mal eine Null drangehängt, wenn es um die geplanten zu verbauenden laufende Meter Kupferrohr geht, ein aufgeblähter Verbrauch von Beton, Kabel oder Lohnstunden eingetragen, das fällt gar nicht auf. Und später prüft das niemand mehr nach.«

»Verstehe. Der Bauherr zahlt und zahlt zu viel.«

»Genau. Bauherr ist der Staat, der hat genug. Deswegen werden öffentliche Bauten immer viel teurer als geplant. Und diese Differenz hat sich Claudia in die eigene Tasche gesteckt.«

»Wow!« Dass ein so einträglicher Betrug so einfach sein konnte, hätte Tilla nie gedacht. »Wenn Claudia die treibende Kraft gewesen ist, warum ist sie dann hier und Ihr Bruder musste ins Gefängnis?«

Tobias von Kralitz brauchte einen Moment für die Antwort. »Er hat alles auf seine Kappe genommen. Sie haben Claudia mehrfach verhört, konnten ihr aber nichts nachweisen.«

»Aber das Geld, sie muss doch auch etwas davon bekommen haben …«

»Phillip hat seinen Anteil zurückgegeben und behauptet, er habe den Rest verspielt. Das war der Teil, den Claudia eingestrichen hat.«

»Heilige Göttin. Er muss Claudia ja sehr geliebt haben.«

Das geflüsterte »Ja« ihres Gegenübers war kaum zu hören.

»Und was will sie nun von meinem Freund? Sie wird doch wohl so etwas nicht noch einmal abziehen.«

Von Kralitz stierte Tilla an. »Ihren Freund hat sie ganz schön am Haken.«

Nun war es Tilla, die leise antwortete. »Ja, ich weiß … Aber was will sie von einem Mann wie Gerred? Er würde sich niemals auf irgendwelche Betrügereien einlassen!«

»Der Name Hohenstein hat jetzt einfach einen zu schlechten Ruf. Aber wenn sie heiraten würde, dann könnte sie wieder loslegen. Neue Entwürfe abgeben. Und durch Ihren Freund bekäme sie sogar einen Namen, den es schon in der Branche gibt.«

Tilla erkannte ernüchtert, dass er recht hatte. Sie musste Claudias Plan irgendwie vereiteln, hatte aber arge Zweifel, dass Gerred ihr glauben würde. »Haben Sie denn mal mit Claudia gesprochen?«

»Oh ja.« Wieder ein Geräusch des Unmutes. »Die gibt nichts zu. Ich komme durch ihr Lügengerüst einfach nicht durch. Und ich fürchte, mir wird niemand glauben. So schön, wie sie ist, die wickelt sofort jeden ein.« Er sah Tilla fast flehend an. »Nur Sie … Sie wissen es, weil sie Ihnen den Freund ausgespannt hat.«

Tilla sah seinen tränenfeuchten Augen an, dass es wohl eine Zeit gegeben hatte, in der Claudia auch sein Herz erreicht hatte. »Ich sehe, wie sehr es Sie schmerzt, dass Ihr Bruder starb und Claudia ungerührt ihr Leben weiterführt.«

Er stieß ein unfrohes Lachen aus. »Sie hat nur ihren Job verloren … nur den beschissenen Job …« Er wandte sich mit flehendem Ausdruck an Tilla. »Sie müssen es hier allen sagen. Claudia darf nicht damit durchkommen, Sie müssen ihr das Leben hier zur Hölle machen! Ich kann es nicht, mir glaubt sowieso niemand.«

»Tobias, ich kann Sie gut verstehen, aber Sie vernichten nicht Claudia, Sie vernichten gerade sich selbst. Glauben Sie mir, ich gönne Claudia nicht den Dreck unter den Fingernägeln, aber mit unbewiesenen Aussagen kann man nichts ausrichten.«

»Sie glauben mir nicht?« Tobias starrte sie völlig konsterniert an.

»Doch, Tobias, ich glaube Ihnen jedes Wort. Aber auch ich kann Ihre Geschichte nicht so einfach überall herumerzählen. Gerred würde zu meinem erklärten Feind und Claudia würde mich vermutlich wegen Verleumdung und übler Nachrede verklagen. Glauben Sie mir, damit ist gar nichts gewonnen.« Mit ungutem Gefühl registrierte sie seine plötzliche, trügerisch wirkende Ruhe.

»Also kommt sie mit all dem durch ... Sie hat das Geld behalten, für das Phillip erst in den Knast und dann in den Tod ging, und jetzt fängt sie hier ein feines neues Leben an. Sie schafft es immer.«

Vorsichtig legte Tilla ihm die Hand an den Arm. »Tobias, ich bin Ihnen sehr dankbar, dass Sie mir Ihre Geschichte erzählt haben, und ich verspreche Ihnen, ich werde Ihren Kampf gegen Claudia aufnehmen. Aber ich muss mir sehr genau überlegen, wann und wem ich Ihre Geschichte erzähle. Sie wird ihre Strafe bekommen. Gönnen Sie sich endlich etwas Ruhe. Tobias, ich sehe doch, dass Sie völlig fertig sind, Sie müssen sich Zeit zum Trauern nehmen. Fahren Sie nach Hause, nach Berlin zu Ihrer Familie. Was Sie sich hier antun, hätte Ihr Bruder nicht gewollt.«

Nach einer gefühlten Ewigkeit nickte er wie in Zeitlupe. »Sie haben recht ... mit allem.« Dann sah er auf und rang sich ein merkwürdig verzerrtes Lächeln ab. »Danke, dass Sie mir zugehört haben.«

Bevor Tilla noch irgendetwas sagen konnte, drehte er sich um und eilte mit eckigen Bewegungen die Straße hinunter. Sie hatte nicht den Eindruck, mit ihren Worten einen Gesundungsprozess in Gang gesetzt zu haben.

*

Ihren letzten Versuch, Gerred anzurufen, gab Tilla um halb elf auf. Ihre Nacht wurde unruhig. Fluchtträume hielten ihren Geist derart in Bewegung, dass sie am Morgen ohne nennenswerte Erholung aufwachte. Gähnend schleppte sich Tilla in die Küche, um dort mit leerem Blick vor ihrer Kaffeemaschine zu verharren. Erst nach einem Moment schaffte sie es, ihre Gedanken zu sortieren. Kanne füllen, Filter füllen, anstellen …

»Mist. Ich will endlich eine Espressomaschine, eine, die auf Zuruf reagiert«, grummelte sie müde in sich hinein. Während die alte Kaffeemaschine sie mit fröhlichen Geglucksе verspottete, fiel Tillas Blick auf das Telefon, das sie am Vorabend zornig auf die Küchenzeile hatte fallen lassen, weil sie Gerred nicht erreicht hatte. Sie nahm es auf und drückte auf Wahlwiederholung. Es piepte ebenso zermürbend wie erfolglos. Dann tippte sie die Nummer von Gerreds Büro ein.

Die Sekretärin erklärte ihr bereitwillig, dass Gerred nicht im Büro sei. Er und Frau Hohenstein hätten heute einen Termin in Nordhausen. »Aber erst um elf Uhr. Er müsste also noch zu Hause sein.«

Tilla bedankte sich und ließ das Telefon sinken. Er war also bei ihr. Natürlich war ihr klar, dass ihre Beziehung zu Gerred zerbrochen war. Sie hatte Tobias bewusst nicht gefragt, wie lange Gerred sich schon mit Claudia traf. Es hätte sie zu sehr geschmerzt, zu erfahren, dass er sie schon betrogen hatte, als ihre Beziehung noch – wenn auch mit Rissen – bestand. Mit feuchten Augen sah sie aus dem Fenster. Nach einer Weile raffte sie sich auf, tappte kraftlos ins Badezimmer und versuchte, das Gefühl der Trauer abzuduschen.

*

Es war bereits Nachmittag, doch Tilla vermochte sich einfach nicht zu konzentrieren. Immer wieder schweiften ihre Gedanken ab. Ständig stellte sie sich vor, wie sich Gerred und Claudia in leidenschaftlicher Umarmung vergnügten. Versuchte sie dieses Bild zu verdrängen, stahlen sich türkisblaue Augen in ihre Erinnerung, die sich mit dem unsteten Blick aus den grauen Augen dieses Tobias abwechselten. Fluchend ließ sie sich in ihrem Schreibtischstuhl nach hinten fallen. Heute würde sie nichts Vernünftiges zustande bringen. Sie wollte mit jemandem reden. Tilla betrachtete ihr Telefon und überlegte, ob sie es wagen konnte, Andreas anzurufen. Sollte sie ihm Claudias Geschichte erzählen? Sie dachte an ihr Gespräch mit Wegener. Nein. Andreas hatte ein Versetzungsgesuch eingereicht. Er hatte sich endgültig für Sina entschieden und würde nach Göttingen gehen. Unwillkürlich schossen ihr die Tränen in die Augen. »Er hat mich auch verlassen …«

Nach einer kurzen Tränenflut stieß Tilla einen wütenden Stoßseufzer aus. »Reiß dich zusammen. Ihn hast du nie wirklich gehabt!«

Sie wischte sich die Tränen von den Wangen, zog geräuschvoll die Nase hoch und klickte sich ins Internet. Tilla googelte Claudias Namen und den von Phillip von Kralitz. Prompt wurde sie im Archiv der Berliner Tageszeitung fündig. Nach einer Stunde hatte sie einen ganzen Packen an Zeitungsartikeln ausgedruckt, die das bestätigten, was Tobias von Kralitz ihr bereits erzählt hatte. Claudia Hohenstein wurde mehrfach erwähnt, auch sehr kritisch, doch hatte es keiner der Journalisten gewagt, sie dezidiert zu beschuldigen, zumal die Ermittlungsbehörden es an einer offiziellen Anklage hatten fehlen lassen. Tilla las sich die Artikel mehrfach durch und versuchte zu ergründen, was sie für ein Bild auf Claudia warfen. Reichte es, um Gerred die Augen zu öffnen? Entschlossen stieß sie den Stapel auf dem Tisch zusammen und schob ihn in einen Umschlag.

Eigentlich hatte sie Gerred das Kuvert in den Briefkasten stecken wollen, doch als Tilla um die Ecke stürmte, stand er vor seiner Haustür, die er wohl gerade aufschließen wollte. »Oh … Hallo, Gerred.«

»Hallo.« Er sah sie abwartend an.

»Äh, ich habe hier etwas … Du solltest es lesen.« Tilla hielt ihm unbeholfen den dicken braunen Umschlag hin.

Er machte keine Anstalten, ihr den Papierpacken abzunehmen. »Was ist das?«

Tilla fühlte sich denkbar unwohl. »Gestern Abend war ich hier, äh … Ich wollte zu Dana und …«

Gerred wartete mit inquisitorischem Blick.

»Da war ein Mann hier, der zu dir wollte …«

»Ein Mann? Wer?«

»Er hieß Tobias von Kralitz, aus Berlin. Er wollte mit dir … mit uns über Claudia sprechen.« Sie sah ihm deutlich an, wie sein Kopf anfing, eine Mauer zwischen sich und ihr aufzubauen.

»Wieso will ein Fremder mit uns über Claudia sprechen? Tilla, was soll das?«

»Er ist kein Fremder, jedenfalls nicht für Claudia. Aber ich dachte mir schon, dass du wieder an meinen Worten zweifeln würdest. Deshalb habe ich seine Geschichte im Internet überprüft. Das hier …« ,Tilla hielt den Umschlag hoch, »… kam dabei heraus. Ich habe es dir ausgedruckt. Tobias von Kralitz ist der Bruder von Claudias Exfreund, der sich vor drei Monaten im Gefängnis umgebracht hat. Claudia ist an seinem Selbstmord nicht ganz unschuldig. Du solltest das hier lesen.« Tilla hielt ihm erneut den Stapel hin.

Noch immer rührte sich Gerred nicht.

Tilla reagierte genervt. »Gerred ich weiß, dass du mir kein Wort glauben würdest. Lies diese Zeitungsartikel, die die Angelegenheit ganz objektiv beschreiben. Du könntest Claudia natürlich auch selbst fragen, aber ich bezweifle, dass sie dir die Wahrheit sagt. Frag sie vor allem mal nach ihrer Schwester. Du wirst dich wundern …«

»Ich hätte nie gedacht, dass du eine so hässliche Seite hast, Tilla.« Er wandte sich ab, ging ins Haus und schloss die Tür vor Tillas Nase.

Fluchend quetschte sie den Umschlag in seinen Briefkasten und stapfte zornbebend nach Hause.

*

Missmutig starrte Tilla auf ihren Fernseher. Professor Rhydion Dafydd erzählte dem Reporter jovial vom Auffinden einer zweiten Sternenscheibe bei einem Kunsthändler und Sammler, der nicht genannt werden wollte. Dieser Kunstsammler habe sich entschlossen, seinen Schatz Dafydd zu überlassen, um ihn der Wissenschaft zur Verfügung zu stellen. Dafydd erklärte in sarkastischem Ton, obwohl er bereits früher die Vermutung über die Existenz einer zweiten Scheibe geäußert habe, sei man im deutschen Halle über seine Theorien derart ergrimmt, dass man ihn nunmehr von der Forschung an dem Artefakt ausgeschlossen habe. Der englische Journalist erhob in fassungslosem Protest die Stimme und ließ sich diese Ungeheuerlichkeit von dem Professor wiederholen, um sich sodann kernig über die deutsche Engstirnigkeit auszulassen. Die englische Sternenscheibe befände sich zurzeit in den Labors der Universität Aberystwyth und würde der Öffentlichkeit erst nach Abschluss der Altersbestimmung und der Echtheitsprüfung vorgestellt, so Dafydd. Der Professor wies süffisant darauf hin, dass man in Deutschland damals anders verfahren sei. Man habe das Artefakt unbearbeitet gezeigt, was die Laborbefunde erheblich beeinflusst haben könnte. Ein erster Test an der englischen Scheibe, der sogenannte Pb-210-Test, habe ja bereits gezeigt, dass das Material sehr alt sei. Nun sei man darangegangen, kleine Materialproben vom Rand der Scheibe zu entnehmen, die in den Laborexperten der Universität Wales übergeben worden seien. Leider wäre die englische Scheibe durch vielerlei Hände gegangen, der genaue Fundort sei daher nicht mehr zu ermitteln. Dezente Erdanhaftungen an der Scheibe ließen jedoch auf den Bezirk Wilshire schließen, wo bekanntlich Stonehenge zu finden sei.

Der Professor erklärte das Verfahren der Materialherkunftsanalyse und wo die Schwachpunkte der Einschätzung der deutschen Forscher lägen. Er schloss mit der Feststellung, dass seiner unumstößlichen Meinung nach beide Scheiben als Pendants, nämlich als eine Herbst- und eine Frühlingsscheibe, in England hergestellt worden seien. Er sei sicher, dass sich seine Theorien nach Abschluss der Tests an der englischen Scheibe bestätigen würden und riet, man solle sich bereits Gedanken über einen Antrag von offizieller Seite machen, der darauf ziele, die Hallenser Scheibe an England herauszugeben.

Tilla, die sich mit einer Großpackung Erdbeereis auf ihrem Sofa niedergelassen hatte, starrte den Fernseher noch immer entsetzt an, als der Themenblock schon längst durch eine neue Reportage abgelöst worden war.

»Die Sternenscheibe an England herausgeben … Heilige Göttin, Dorothee, du hattest recht. Wir verlieren sie …« Tilla ließ ihren tropfenden Löffel in das schmelzende Eis fallen und stellte die Packung auf den Tisch. Sie schnappte sich die Fernbedienung und zappte sich durch die Kanäle, bis sie das Interview mit Dafydd weitere acht Mal gesehen hatte. Es verschaffte ihrer aufgebrachten Seele keine Linderung.

*

»Dafydd verhören?«, echote Tilla in den Hörer. Sie wusste nicht, ob sie sich darüber freuen sollte oder nicht. »Natürlich kann ich übersetzen. Wann kommt er denn nach Deutschland?«

»Das wäre zu schön gewesen«, drang Wegeners Bass durch ihr Telefon. »Nein, er ist in England und will leider auch nächste Woche für längere Zeit weg. Bevor der Professor nach Nirgendwo verschwindet, will Dr. Berking mit ihm sprechen. Er lässt fragen, ob Sie bereit wären, kurzfristig mit ihm nach England zu fliegen. Er braucht Hilfe bei dem Verhör. Außerdem hält er es für gut, Dafydd wissen zu lassen, dass Sie mit der Polizei zusammenarbeiten – um Sie zu schützen. Also, wie wäre es mit einer kurzen Reise nach England auf Staatskosten?«

»Perfekt!«, gurrte Tilla ins Telefon.

*

Einen knappen Tag später sah Tillas Schlafzimmer aus wie ein Schlachtfeld. Die Morgensonne sandte erste tastende Finger durch die Kronen des Harzwaldes hinter ihrem Häuschen, doch die die zaghaften Lichtfinger konnten die Deckenlampe noch nicht ersetzen. Tilla wirbelte nur mit ihrer Unterwäsche bekleidet laut singend um ihr Bett herum, auf dem eine bordcasetaugliche Reisetasche wartete. Drumherum stapelte sich nahezu der gesamte Inhalt des Kleiderschrankes. Sie blickte auf die Uhr neben ihrem Bett. Es blieb nur noch wenig Zeit, bis ein Fahrer sie abholen würde. Sie wählte eine braune Hose mit passender Bluse und ein Tweedjackett, das sie während der Reise tragen wollte. Eine weitere Hose, zwei T-Shirts und eine weitere Kostümjacke wanderten in die Tasche. Tilla erinnerte sich gut, dass der scharfe Seewind in der Küstenstadt Aberystwyth nicht einmal im August ruhte, und legte einen leichten Pullover obenauf.

Womöglich hauste Professor Dafydd in einem 400 Jahre alten, zugigen, typisch englischen Gemäuer.

Wo würden sie ihn eigentlich treffen? In seinem Haus? Oder einem ländlichen Polizeirevier? Tilla quetschte ein warmes Unterhemd sowie eine regenabweisende Wachsjacke obenauf. Dann griff sie nach ihrer Reisegarderobe und wanderte ins Bad, um sich herzurichten. Die Badartikel verstaute sie in ihrer ledernen Umhängetasche. Im Flur betrachtete sie kurz ihr Schuhsortiment und entschied sich für die bequeme Variante. Die leichten Stiefeletten zog sie an und ein Paar Ballerinas wanderten in die Seitentaschen der Reisetasche. Dann flitzte sie noch einmal durch ihr Haus, kontrollierte Fenster und Türen sowie den Futtervorrat für Paris. Sie hatte Dana am Abend zuvor noch schnell den neuen Haustürschlüssel gebracht, damit die sich um die Katze kümmern konnte.

Schon hörte sie ein Auto vorfahren und öffnete die Tür. Ihr Gepäck wurde ihr von einem hilfsbereiten jungen Mann abgenommen. Mit einem Ruck zog sie die Haustür ins Schloss, drehte den neuen Schlüssel zweimal herum und setzte sich in dem bequemen Wagen zurecht.

*

»Sie kommen beide«, erklärte Liliana ihrem Bruder. »Du hältst die Stellung.«

»Weißt du schon, wo sie wohnen werden?«

»Ja, im *Gwestry Cymru.*«

»Schicke Hütte.«

Liliana kicherte. »Ich werde meine gute Freundin Tilla abends auf ihrem Zimmer besuchen und sie zu einem Strandspaziergang überreden. Dabei wird die Arme feststellen, wie tückisch unsere Küste ist.«

»Ich mag deine Pläne, Lililein.«

*

Die Wohnstraße in der Braunschweiger Südstadt präsentierte sich menschenleer und verschlafen. Der Fahrer klingelte an der Tür eines imposanten Neubaus. Tilla sah, wie sich der junge Mann vorbeugte. Vermutlich sprach er mit Berking durch eine Gegensprechanlage. Sie linste an der gepflegten weißen Hausfassade hoch, die nach drei Stockwerken in einem metallgefassten Balkon endete, der das Haus wie eine Krone umrahmte. Vermutlich wohnte der Staatsanwalt in einer sündhaft teuren Penthousewohnung. Erstaunt stellte sie fest, dass sie sich überhaupt nicht vorstellen konnte, welchen Einrichtungsstil ein Dr. Berking bevorzugte. Modern, gepaart mit antiken, edlen Einzelstücken? Organische Formen im Corbusier-Stil?

»Nein, der mag's eckig und kombiniert männliches Dunkelbraun mit sterilem Weiß.« Mit gemischten Gefühlen sah sie Berking auf den Wagen zuschreiten. Wie immer steckte er in einem hervorragend sitzenden Anzug, die Krawatte in einem aufwändigen Windsor-Knoten makellos geschlungen, einen Trenchcoat trug er über dem Arm. Seinen Koffer in minimalen Abmessungen legte er selbst in den Kofferraum, ebenso wie die prall gefüllte Aktentasche.

Ob sich dieser Mann während der gemeinsamen zwei Tage, die ihnen bevorstanden, wohl zu einer Unterhaltung würde hinreißen lassen? Tilla zweifelte daran. Vermutlich würde sie sich bis auf die Zeit des Verhörs in Schweigsamkeit üben müssen, während Berking neben ihr sein Laptop betippte oder Akten studierte. Tilla überlegte schon boshaft, ob sie in diesem Falle vielleicht ein schmissiges Lied anstimmen sollte, als Berking beim Besteigen des Wagens wider Erwarten höflich grüßte und sogar einen artigen Dank für ihre Bereitschaft, ihn zu begleiten, hinterherschickte. Ein angenehmer Moschusduft stieg Tilla in die Nase, der sie endgültig friedfertig stimmte.

So antwortete sie gut gelaunt. »Och, eine Möglichkeit, die Heimat meiner Ahnen zu besuchen, schlage ich selten aus. Ich liebe Aberystwyth.«

»Sie stammen aus Aberystwyth?« Berking hielt verwirrt inne, bevor er die Wagentür zuzog.

»Nein, nicht direkt aus Aberystwyth, aber aus Wales. Meine Großmutter lebte noch in Lleyn, im nördlichen Bezirk Gwynedd. Sie kam vor über fünfzig Jahren nach Deutschland.«

Als sie den Flughafen Hannover erreichten, war Berking so detailliert über Tillas Familiengeschichte informiert, dass er sich im Wartebereich zur Erholung dann doch über eine seiner Akten hermachte, während Tilla die Zeit nutzte und herumschlenderte. Sie liebte die fiebrige Atmosphäre eines Flughafens, wo Reisevorfreude und Abenteuerlust in der Luft lagen. An einem kleinen Stand mit einem südländisch anmutenden Schirm kaufte sie einen Cappuccino im Becher und schwatzte angeregt mit der Verkäuferin, die sonst keinen Gast zu bedienen hatte. Berking schaute ein paarmal irritiert zu ihr hin, was Tilla dazu veranlasste, ihn quer durch die Halle brüllend zu fragen, ob er auch einen Kaffee haben wollte. Berking lehnte mit einer leicht hektischen Geste ab und widmete sich wieder seiner Akte. Endlich wurde ihr Flug nach Birmingham zum Boarding ausgerufen. Tilla verabschiedete sich herzlich von der Verkäuferin, schnappte sich ihre berstend pralle Reisetasche und folgte Berking zum Gate dreizehn.

Die Vorfreude auf Wales war so groß, dass Tilla sich im Flieger sogar das merkwürdige Frühstück schmecken ließ. Sie hatten über weite Teile der Reise klare Sicht, die sie von einem Fensterplatz aus genießen konnte. Sie plauderte ein wenig auf Berking ein, der zur Antwort ab und an ein undefinierbares Geräusch von sich gab. Die Abfertigung in Birmingham ging fix, denn sie hatten ihr Gepäck beide in den Kabinenfächern unterbringen können, so dass sie ohne Umweg über die Gepäckabfertigung gleich zur Shuttle-Station eilen konnten. Und eilen musste Tilla, denn Berking pflegte sich stets mit ausgreifenden Schritten zu bewegen, ohne auf seine Begleitung zu achten.

Vor dem Shuttlebus, der sie zum Bahnhof bringen würde, platzte Tilla dann doch der Kragen. »Dr. Berking! Ich laufe zwar gern, aber dazu trage ich einen Laufdress und Laufschuhe!« Berking blickte sie verständnislos an und Tilla verlangte nachdrücklich: »Da ich selbiges zurzeit nicht trage, rennen Sie bitte ab jetzt langsamer!«

Er murmelte etwas, das sich entfernt nach einer Entschuldigung anhörte, und ließ ihr nach der herben Ermahnung sogar den Vortritt beim Besteigen des Busses.

Tilla bemerkte zum Dank dafür spitz: »Also eine Freundin mit Highheels ist definitiv nichts für Sie, Herr Dr. Berking.«

Nicht einmal eine Stunde später saßen sie im Zug nach Aberystwyth. Die Strecke führte geradewegs durch das Herz von Midwales. Karstige Berge wechselten sich mit sanften grünen Hügeln ab, die hier und da einem flauschigen Kopfputz gleich mit einem Hain gekrönt waren. Kühe, Schafe und einige Welsh-Ponys bevölkerten die weiten Wiesenflächen. Tilla genoss die vorbeirauschende Landschaft, bis Berking begann, über das bevorstehende Verhör zu sprechen.

»Frau Leinwig, Professor Dafydd hat diesem Gespräch zugestimmt, was er keineswegs musste. Wir müssen sehr vorsichtig vorgehen, denn meine Befugnisse hier sind beschränkt. Vergessen Sie nicht, es geht nicht nur um Frau Messners Tod. Wir versuchen herauszufinden, was wir von Dafydds Theorien und dem Gerücht von der zweiten Sternenscheibe zu halten haben.« Auf Tillas fragenden Blick hin schob er sichtlich unzufrieden nach:

»Im Grunde erhofft man sich von mir, dass ich den Typ als Fälscher entlarve.«

»Oha. Ich fürchte, das wird nicht einfach werden.«

»Ich brauche hier nicht nur Ihre Sprachkenntnisse, ich brauche vor allem Ihr Geschichtswissen.«

»Mein Wissen? Um die Sternenscheibe? Wäre es da nicht sinnvoller gewesen, jemanden vom archäologischen Institut in Halle mitzunehmen?«

»Ich fürchte, dann hätte er sich nie auf dieses Gespräch eingelassen. Sie fungieren offiziell nur als Dolmetscherin.«

Tilla verstand zwar nun seinen Plan, sah sich jedoch mit ihrer Aufgabe grenzenlos überfordert.

»Passen Sie auf«, sagte Berking, »wir werden das übliche Spielchen mit ihm spielen. Ich werde ihn bedrängen, was seine Beziehung zu Dorothee Messner angeht, und an seinem Alibi kratzen, und Sie werden den Eindruck vermitteln, ihn zu mögen und auf seiner Seite zu stehen. Sie versuchen, Informationen über die Scheibe aus ihm herauszukitzeln. Er soll versuchen, meinen unangenehmen Fragen zu entkommen, indem er das Gespräch auf das Artefakt lenkt. Vielleicht kann ich den Druck so weit erhöhen, dass er sich verplappert. Möglicherweise erreichen Sie ja sogar, dass wir die angebliche zweite Scheibe sehen können.«

Tilla starrte ihn ungläubig an. »Ich soll so etwas wie den guten Cop spielen?«

»Na, ich kann das wohl kaum übernehmen«, gab Berking trocken zurück.

»Nein, das können Sie wirklich nicht.« Tilla hatte im Vorjahr am eigenen Leibe erfahren, wie gut Berking darin war, jemanden mit wohlgesetzten Worten in die Enge zu treiben. »Und wenn wir die englische Scheibe wirklich zu Gesicht bekämen? Was wollen wir dann tun? Sie klauen?«

Die sonst so wenig beweglichen Züge des Staatsanwaltes zeigten so urplötzlich die Andeutung eines Lächelns, dass Tilla ihn versonnen anstarrte. Ihr Staunen wurde jedoch nicht bemerkt, denn Berking hatte den Blick wieder gesenkt. »Ich gebe zu, ich bin nicht ganz glücklich damit, einen so diffusen Ermittlungsauftrag bekommen zu haben, und weiß auch nicht ganz genau, was man von mir erwartet ... aber ich bin sicher, das Klauen der Scheibe gehört nicht dazu.«

*

Liliana querte mit selbstbewussten Schritten das Foyer des *Gwestry-Cymru*-Hotels. Sofort spritzte eine junge Dame an den Rezeptionstresen, die sie mit ehrfürchtiger Titel- und Namennennung willkommen hieß.

Liliana bedachte die Rezeptionistin mit den üblichen Höflichkeitsfloskeln, kam jedoch schnell auf ihr Anliegen zu sprechen. »Ich nehme an, Sie wissen, dass wir Besuch aus Deutschland erwarten?«

»Natürlich, Lady Whitehead, ich denke, die Herrschaften werden mit dem Ein-Uhr-Zug ankommen.«

»Es handelt sich um einen deutschen Staatsanwalt und eine Dolmetscherin. Ich möchte mich nur vergewissern, dass die beiden Ihre besten Zimmer erhalten. Meinem Verlobten und mir wäre sehr daran gelegen, wenn sich die beiden hier wohlfühlen würden.«

»Aber sicher.« Die junge Frau schaute beflissen im Computer nach. »Der Herr wird die Suite fünf bewohnen und für die Dame ist das Zimmer direkt daneben vorgesehen.«

»Die Zimmer liegen zur Promenade ausgerichtet?«

»Ja.«

Liliana gab sich nachdenklich. »Mrs. Leinwig ist eine alte Freundin von mir, sie lebt etwas abgeschieden und also sehr ruhig. Hätten Sie nicht ein schönes, ruhiges Zimmer auf der anderen Seite?«

Die junge Dame zog wieder den Computer zu Rate. »Wir hätten noch ein sehr schönes Zimmer im Altbau. Es ist ein wenig kleiner als Zimmer sechs, aber dafür sehr ruhig.«

»Wo liegt es denn?« Liliana lehnte sich leicht über den Tresen.

Die junge Dame richtete der Computerbildschirm so aus, dass Liliana sehen konnte, wo Tilla Leinwigs Zimmer lag.

»Sehr schön!«, befand sie.

Die junge Frau freute sich sichtlich, der Adligen entgegenkommen zu können, und vermerkte die Änderung im Computer. Liliana legte einen Schein auf den Tresen und bedankte sich.

*

Tobias saß neben einer Buche im Hang und richtete seinen stieren Blick auf Claudias Wohnzimmer. Seit er gesehen hatte, wie sie sich mit dem Freund dieser Tilla Leinwig vergnügt hatte, war er sicher, dass diese Claudia den Kampf ansagen würde. Und sie hatte es ihm versprochen. Er hatte sich geradezu in die Vorstellung verkrallt, dass Tilla Leinwig den Kampf weiterführen würde, den er begonnen hatte. Alternativen ließ sein Denken nicht mehr zu. Sie hatte es versprochen, sie wusste nur noch nicht, wie und wann.

»Sie braucht einen Anlass und den wird sie bekommen. Morgen früh werden alle erfahren, was für ein Teufel diese Frau ist!«, kicherte er, zufrieden über seinen Plan.

*

Ein Taxi brachte Tilla und Berking zum *Gwestry-Cymru*-Hotel direkt an der Meerespromenade von Aberystwyth. Entzückt blickte sie an den angedeuteten Balkons, den halbrunden Erkern und den weiß umkränzten Fenstern empor. Eine mediterrane Terrasse mit Teakmöbeln unter großen, weißen Sonnenschirmen lud zur Teepause ein. Tilla wunderte es nicht, dass Berking dieses Hotel ausgesucht hatte, bot es doch für englische Verhältnisse puren Luxus.

Innen mischte sich puristische Moderne mit rustikalen Elementen. So wartete Tillas Zimmer mit einem grob bearbeiteten Ständerwerk aus uralt wirkenden Balken auf, das sich um ein modernes Bett französischer Breite verteilte. Nach dem Beziehen der Zimmer und einem kleinen Imbiss übernahm es Tilla, unter der vereinbarten Nummer im Büro des Professors anzurufen. Professor Dafydds Sekretärin tat, als freue sie sich redlich, dass die beiden ungebetenen Besucher aus Deutschland ihre Küstenstadt lebend erreicht hatten, und fragte Tilla in munterem Singsang, ob es ihnen recht wäre, den Professor an der *Rheidol Railway* zu treffen. Tilla, die die kleine Schmalspurbahn kannte, lobte die Gesprächsteilnehmerin überhöflich für diesen grandiosen Vorschlag.

»Wir sollten uns beeilen«, antwortete sie auf den fragenden Blick von Berking und raffte ihre Umhängetasche. »In zwanzig Minuten sollen wir den Professor am *Rheidol Train* treffen.«

Berking machte ein säuerliches Gesicht. »Einem Zug?«

»Ja, eine historische Schmalspurbahn. Kommen Sie, es wird Ihnen gefallen«, prophezeite Tilla waagemutig und strebte bereits vorweg. Sie eilten vorbei an bunten Häuserfronten und hatten den kleinen Bahnhof ein paar Straßen stadteinwärts schnell erreicht. Dampfschwaden zeigten, dass der Zug bereits seine Kräfte für den Anstieg ins walisische Hinterland hinauf bis zur Station Devil's Bridge sammelte.

Tilla und Jan Berking betraten das historische Bahnhofsgebäude, das um ein höchst unpassendes, gelb gefasstes Glasdach erweitert worden war, und sahen sich suchend um.

Professor Rhydion Dafydd, der sich soeben von einer jungen Frau im Reitdress mit einem Kuss verabschiedete, der für die Umgebung eigentlich zu innig war, hatte die beiden Ankömmlinge nun bemerkt. Mit strahlendem Lächeln kam er auf sie zu.

»Hallo, Mrs. Leinwig.« Freundlich streckte Dafydd ihr seine Hand zum Gruß entgegen, die Tilla lächelnd ergriff. Sie stellte ihm Staatsanwalt Berking vor, der dem Professor in einfachem, aber korrektem Englisch erklärte, dass seine Sprachkenntnisse nur gering seien und er Tilla deswegen als Dolmetscherin mitgebracht habe. Galant erklärte Dafydd, dass er Tilla bereits kennengelernt habe und ihre vorzüglichen Sprachkenntnisse sehr schätze.

Tilla bedankte sich und fügte dann wie mit Berking abgesprochen hinzu: »Ich hoffe, es stört Sie nicht, dass ich als Übersetzerin fungiere, obwohl ich als Freundin von Dorothee Messner weitläufig in den Fall involviert bin?« Berking und Tilla betrachteten gespannt, wie der Professor reagieren würde.

Er blieb gelassen. »Aber nein, gar nicht.«

Das Ausbleiben jedweden Erstaunens war eine Aussage für sich, die Berking, wie Tilla vermutete, augenblicklich auf seiner mentalen Festplatte abspeicherte. Sie selbst war etwas irritiert, sie hätte erwartet, dass Dafydd ein verblüfftes Gesicht aufsetzte, fing sich aber schnell wieder. »Da bin ich aber erleichtert, so viele Übersetzer gibt es nämlich in unserem schönen Harz nicht.«

Die letzten Worte gingen im durchdringenden Pfeifen der altertümlichen Lokomotive unter, das die Fahrgäste zum Einsteigen ermahnte. Professor Dafydd wies höflich zum Zug. »Ich habe unsere Karten bereits gelöst, bitte, genießen Sie die Fahrt durch unsere herrliche Landschaft.«

Berking ließ es bewusst ruhig angehen. Sie verbrachten

die Hinfahrt beschaulich als Touristen, während der Professor ihnen von seiner Heimat und dem historischen Zug erzählte, und genossen eine langsame, gemütliche Fahrt bei offenen Fenstern vorbei an Waldinseln, karstigen Felskuppen und einem Flüsschen, das durch karge Bergwiesen mäanderte.

An der Endstation Devil's Bridge gab es einen Aufenthalt, den sie zu einem kurzen Spaziergang nutzten. Tilla plauderte mit Dafydd, wobei sie nur hin und wieder übersetzte. Sie ahnte, dass Berking Dafydd beobachtete, um sich ein Bild von seiner Persönlichkeit zu machen. Gleichzeitig gab er ihr die Möglichkeit, Dafydd den Eindruck zu geben, sie sei ihm gegenüber loyal.

»Ich habe das Interview mit Ihnen im Fernsehen gesehen. Nun verstehe ich, warum sich Ihre Meinung bezüglich der Sternenscheibe so sehr von der der deutschen Fachleute unterscheidet.«

Seine türkisfarbenen Augen musterten sie interessiert. »Und? Wie viel Waliserin steckt noch in Ihnen? Was fühlen Sie bei der Vorstellung, dass Ihr Land die Scheibe herausgeben muss?«

Ich würde dich am liebsten an Ort und Stelle dafür kastrieren, dachte Tilla, hielt aber ihr Lächeln eisern aufrecht. »Ich denke, die Scheibe selbst wird ihre wahre Heimat schon verraten.«

»Eine weise Antwort«, antwortete Dafydd in das erneute Pfeifen der Lokomotive hinein.

Gemeinsam bestiegen sie den Zug. Nachdem sie ihre Plätze wieder eingenommen hatten, begann Jan Berking sein Anliegen zunächst sehr vage zu umreißen. »Wie ich Ihnen ja bereits mitteilte, untersuchen wir den Tod von Dorothee Messner. Ich erfuhr durch das Landesmuseum in Halle, dass Sie recht eng mit ihr zusammengearbeitet haben.« Tilla versachlichte ihren Ton zu einem gleichmäßigen Summen, während sie übersetzte.

»Ja. Ich leite eine von mehreren Forschungsgruppen, die sich mit der Scheibe beschäftigen ...« Dann korrigierte er sich mit einem herablassenden Lächeln: »Ich *leitete* die Gruppe. Frau Messner war dieser Gruppe zugeteilt. Sie leistete hervorragende Arbeit. Allerdings wundert mich schon sehr, dass Sie deshalb eine so lange Reise auf sich nehmen. Handelt es sich bei dem Tod der bedauernswerten Frau nicht um einen Unfall?«

Nachdem Tilla übersetzt hatte, erwiderte Berking mit kühlem Lächeln: »Nun, Frau Messner forschte an der Sternenscheibe, Sie forschten an der Sternenscheibe, nun taucht sogar eine zweite Scheibe auf, deren Echtheit von unseren Fachleuten doch ziemlich in Zweifel gezogen wird ...«

»Wirklich?« Dafydd gab sich maßlos erstaunt.

»Wirklich«, bestätigte Berking herablassend und führte seine Aufzählung zu Ende: »... dann finden wir Frau Messner plötzlich tot im Wald. Wundert es Sie da, dass wir das Ableben von Frau Messner genau untersuchen?«

Professor Dafydd reagierte mit nachdenklichem Nicken. »Ja, in diesem Kontext ist eine Untersuchung sicher unumgänglich.«

»Vielen Dank für Ihr Verständnis. Frau Messner hatte nicht viele Kontakte. Uns sind nur zwei bekannt. Sie war mit Frau Leinwig befreundet, wo sie ja auch wohnte, und sie arbeitete mit Ihnen zusammen. Sie beide sind also sozusagen die einzigen Zeugen, die wir haben.« Berking wartete Tillas Übersetzung ab und fuhr dann fort: »Herr Professor, nach unseren Informationen haben Sie sich zu der Zeit, in der Frau Messner zu Tode kam, in Goslar aufgehalten. Sie wohnten im Hotel *Achtermann*. Hatten Sie Frau Messner während dieses Aufenthaltes getroffen?«

Nachdem Tilla ihre Übersetzung beendet hatte, zeigte sich Dafydd unvermindert gelassen und ließ sich Zeit mit seiner Antwort. »Ich war gerade in letzter Zeit häufiger in Goslar. Wann genau starb Frau Messner denn?« Er hatte die Falle erkannt, die Berking ihm gestellt hatte, registrierte Tilla anerkennend.

»In der Nacht zum 21. Juni.«

Der Professor starrte sinnend an die Decke. »Ah. Lassen Sie mich überlegen … Ja, da war ich tatsächlich in Goslar, aber ich habe sie nicht getroffen.«

»Wann haben Sie sie zuletzt gesehen?«

»Oh, das ist schon etwas her. Seit sie in Goslar arbeitete, nicht mehr so häufig, denn der Forschungsteil, der unsere Zusammenarbeit notwendig machte, war weitgehend abgeschlossen. Die Einschätzung der Ergebnisse war allein meine Sache. Ich glaube es war April, ja genau, Ende April.«

Berking notierte sich diese Information. »Frau Messner hatte ja keine Beziehung zu Goslar. Wir wissen, dass Sie ihr diesen Job verschafft haben. Warum?«

In Dafydds Antwort schlich sich eine Spur Selbstgefälligkeit. »Sie suchte einen Job, um sich etwas Geld zu verdienen. Eigentlich wollte sie unbedingt nach Wernigerode …«

»Nach Wernigerode?«, fragte Tilla dazwischen, während ihr siedendheiß einfiel, dass sie vergessen hatte, Berking und die Ermittler davon in Kenntnis zu setzen, wer in Wernigerode wohnte. Berking sah sie fragend an und Tilla erklärte ihm kurz: »Sie hatte eine Halbschwester, die dort lebte. Das habe ich aber auch erst vor einigen Tagen erfahren. Ich hatte so viel um die Ohren und habe vergessen, es weiterzugeben. Äh, soll ich …?« Sie sah Berking fragend an, und als dieser nickte, klärte sie Dafydd darüber auf.

Als er ein erstauntes »Ach, das wusste ich gar nicht« von sich gab, schien es Tilla, als wäre dies zum ersten Mal, seit sie mit ihm sprachen, eine ehrliche Aussage gewesen. »Standen die beiden sich nahe?«

Tilla übersetzte und antwortete knapp: »Nein, nicht sehr.«

»Gut, sie wollte also nach Wernigerode …« Berking blickte Dafydd auffordernd an, der sich offenbar nur schwer wieder vom Thema Halbschwester losriss.

»Äh ja … aber die dortigen Museen entsprechen so gar nicht ihrem Wissensgebiet. Da habe ich die langjährige Freundschaft zu einem alten Freund genutzt, um ihr den Job im Goslarer Museumsbergwerk zu beschaffen, zumal ich von der geplanten Ausstellung der Bergwerksfrühgeschichte wusste. Dr. Löwitsch, der dem Rammelsberg-Museum einige Jahre als Leiter vorstand, kann Ihnen dies sicher bestätigen. Er lebt heute in Clausthal-Zellerfeld.«

Berking nickte. »Wieso taten Sie ihr so einen Gefallen?«

Dafydd hob kurz die Hände. »Warum nicht? Ihre Arbeit war bemerkenswert gut und ich fand, dass sie ein wenig Hilfe verdient hatte.«

»Wie nett von Ihnen. Sie waren im letzten Jahr oft in Deutschland. War Frau Messner der Grund dafür?«

Tilla übersetzte und gab durch ein deutliches Stocken vor, dass ihr diese Frage unangenehm sei.

Dafydd ließ ein sonores Lachen hören. »Ich habe Frau Messner lediglich als angehende Kollegin geschätzt.«

»Sie hatten keine Beziehung mit ihr?«, hakte Berking unverhohlen nach. Tilla übersetzte und setzte ein widerwilliges Gesicht auf.

Dafydd schüttelte lächelnd den Kopf. »Herr Dr. Berking, wie Sie sicher bereits wissen, bin ich verlobt. Sie sahen meine zukünftige Frau vorhin auf dem Bahnhof. Bitte ersparen Sie es mir Gründe, aufzuzählen, warum die Annahme absurd ist, ich hätte etwas mit Frau Messner gehabt.«

»Absurd?« Berking gab sich betont nachdenklich. Tilla betrachtete Berking mit wachsender Hochachtung. Er kreiste sein Opfer ein wie ein Rudel gut organisierter Wölfe. »Komisch, wissen Sie, Frau Messner hinterließ ein Tagebuch.«

Der Bluff verfehlte seine Wirkung nicht, denn Dafydds Selbstsicherheit begann deutlich erkennbare Risse zu bekommen. »Ein Tagebuch? Und darin steht, dass ich ein Verhältnis mit ihr gehabt haben soll? Das ist lächerlich.«

»Aha.« Berking beschrieb aufwändig sein Notizbuch, um Dafydd etwas schmoren zu lassen.

Doch der Professor nutzte die kurze Pause, um sich wieder zu fangen. »Vielleicht hatte Liliana doch recht … Wissen Sie, meine Verlobte vermutete schon länger, dass Frau Messner mir gegenüber Gefühle hegt, die … nun ja … auf eine gewisse Verliebtheit schließen lassen.«

»Ihre Verlobte war bei den Treffen mit Frau Messner dabei?« Diese Antwort hatten weder Tilla noch Berking erwartet.

»Ja, aber sicher. Sehen Sie, meine Verlobte spricht fließend Deutsch, während ich nur ein paar Brocken Ihrer Sprache beherrsche. Ohne sie wäre die gesamte Zusammenarbeit mit Frau Messner gescheitert.«

Tilla und Berking starrten Dafydd so konsterniert an, dass Tilla das Übersetzen vergaß. Aber Berking hatte die Aussage auch so verstanden.

»Also waren Sie im Juni beide in Deutschland?« Berking hatte seine Fassung schneller zurückerlangt als Tilla, die leicht verzögert übersetzte.

»Im Juni … ja, da waren wir kurz in Deutschland. Aber wir reisten nicht zusammen. Ich bin geflogen und meine Frau kam auf dem Landweg. Sie betreibt einen hier recht bekannten Rennstall und brachte eines ihrer Pferde nach Deutschland. Ihr Champion soll die restliche Rennsaison in Ihrem Land laufen, um Deckkunden aus Deutschland anzulocken, denn Man of War beendet in diesem Jahr seine Turfkarriere. Liliana und ich trafen uns in Goslar und verlebten dort ein paar romantische Tage ... Ich fürchte, das war genau zu jener Zeit, als Frau Messner starb. Mein Gott ...« Dafydd gab sich sichtlich bestürzt.

Tilla raunte Berking zu: »Verdammt, das stimmt. Der blöde Gaul hat mich fast über den Haufen gerannt.« Sie sah Berking an, dass er mit dem Verlauf des Gespräches mehr als unzufrieden war. Dafydd unter Druck zu setzen, war bisher gründlich misslungen.

Berking änderte seine Strategie. »Ich werde einfach das Gefühl nicht los, dass Sie sehr daran interessiert waren, dass Frau Messner Halle für eine Zeit verließ, damit sie nicht merkte, was Sie vorbereiteten.«

Dafydd wurde vorsichtig. »Ich verstehe nicht ganz ... «

»Kommen Sie ...! Natürlich wissen wir, dass Sie, Herr Professor, eine von der gängigen Meinung abweichende Bewertung der Rohstoffanalyse der Sternenscheibe aufgestellt haben.«

Tilla übersetzte. Dafydd blieb gelassen. »Natürlich habe ich die vermutete Herkunft der Materialien bewertet. Das war schließlich mein Job.«

»Ach wirklich? Das muss ein Missverständnis sein. Nach meiner Information sollten Sie die Goldapplikationen auf der Scheibe im Zusammenhang mit der damaligen Sternenkonstellation analysieren. Sie sind Astroarchäologe.«

»Die Materialanalyse gehörte dazu. Ich musste die Sternenkonstellation von dem Punkt beurteilen, an dem die Scheibe zum Einsatz kam. Die Sicht auf die Sterne ist hier eine andere als anderenorts.«

»Nun, die Sicht auf die Sterne ist so ziemlich in ganz Europa ähnlich. Fakt ist: Grundlage Ihrer Bewertung waren die Ergebnisse der offiziellen Materialuntersuchungen durch die deutschen Labors in Magdeburg. Und nach dem, was ich aus Halle hörte, war diese Analyse nicht für alle Forscher freigegeben, auch nicht für Sie, Herr Professor. Ihre Bewertung basiert auf den Untersuchungen, die allein für Frau Messner und ihre Doktorarbeit bestimmt waren.«

Nach kurzem Überlegen gab Dafydd zu: »Ja, durchaus. Meine Zusammenarbeit mit Frau Messner wurde jedoch damals im Landesmuseum zu keinen Zeitpunkt beanstandet, daher habe ich Frau Messners Informationspool genutzt. Dass es damals an einer offiziellen Freigabe fehlte, war eine banale Formalität, auf der man nun herumreitet, weil die zweite Scheibe in die Öffentlichkeit fand, die eh ein ganz anderes Bild auf die Einschätzungen von Magdeburg wirft.«

»Eine banale Formalität? Na, Sie haben offenbar eine etwas eigenwillige Auslegung von Regeln. Was würden Sie sagen, wenn wir plötzlich in Ihr Labor hereinschneien und uns Ihre Sternenscheibe für ein paar Tests ausleihen würden?«

Dafydd grinste. »Ein lustiger Vergleich. Ich habe mir die Scheibe damals nicht ausgeliehen, ich habe nur die deutschen Untersuchungsergebnisse anders bewertet als die deutschen Kollegen.«

»Haben Sie denn damals schon gewusst, dass es eine zweite Scheibe gibt?«, fragte Tilla dazwischen, ohne Berking ihre Frage zu übersetzen.

Dafydd bemerkte es wohl und antwortete bereitwillig: »Ja, ich hatte von deren Existenz gehört, allerdings hatte ich das Artefakt zu diesem Zeitpunkt noch nicht gesehen, insofern ging die Sache für mich noch nicht über ein Gerücht hinaus.«

»Warum haben Sie denn damals nichts gesagt?«

»Ich bin Wissenschaftler und arbeite nicht mit Gerüchten, Frau Leinwig.«

»Ja schon, aber … das Wissen, dass es eine zweite Scheibe gibt, hat doch sicher Ihre Bewertung damals beeinflusst, oder?«

»Die Einschätzung einer Materialherkunft basiert immer auf Vergleichswerten mit anderen Funden. Solche Analysen werden zudem dadurch erschwert, dass man nicht immer mit Metallen arbeitete, die direkt aus dem Berg kamen. Zuweilen wurden Materialien anderer Gegenstände, die man gerade hatte, eingeschmolzen und dazugemischt. Materialherkunftsanalysen bleiben ein Wissenschaftszweig, der von Unsicherheiten durchsetzt ist.«

Tilla resümierte Berking den Wortwechsel und fragte dann: »Wissen Sie denn schon, wo die Materialien Ihrer Scheibe herkommen?«

Dafydd gab nach kurzem Zögern die gewünschte Antwort. »Diese Verfahren sind recht aufwändig und noch nicht ganz abgeschlossen. Aber wir haben bereits festgestellt, dass beide Scheiben exakt nach dem gleichen Prinzip hergestellt worden sind. Die Bronzeplatte wurde getrieben und das Gold mittels Tauschierung aufgebracht, eine Technik, die übrigens damals nicht sehr verbreitet war. Außerdem lässt ein erster Test vermuten, dass beide Scheiben nicht nur aus dem gleichen, sondern demselben Material hergestellt wurden.«

»Demselben Material?« Verwirrt übersetzte Tilla das Gesagte.

Berking runzelte ungläubig die Stirn, woraufhin Tilla an Dafydd gerichtet ulkte: »Wissen Sie, Dr. Berking bezweifelt nicht nur die Echtheit der zweiten Scheibe, er zweifelt überhaupt daran, dass es diese zweite Scheibe gibt!«

Dafydd bedachte Berking mit einem triumphierend aufblitzenden Blick. »Nun, es wird mir ein Vergnügen sein, den Herrn Staatsanwalt vom Gegenteil zu überzeugen!«

*

»Tot? Wann war denn das?« Wegener sah Andreas in der Tür stehen und gab ihm ein Zeichen, dass er hereinkommen möge, während er telefonierte. »Wurde die Leiche obduziert?« Er nahm den Hörer leicht vom Ohr weg, um die Lautstärke des Wortschwalls zu mindern. »Eine Prügelei … Ja ja, das ist natürlich wichtig.« Mit entnervtem Gesichtsausdruck ließ Wegener seinem Kollegen aus Dieskau Zeit, seinen Ärger über die viel zu hohe Arbeitsbelastung und Menschen, die sich auf Friedhöfen prügeln, Luft zu machen. Wegener vermutete in dem Geschwätz eine Rechtfertigung dafür, dass es keine weitere Untersuchung der Leiche gegeben hatte. Nach einem kühlen Abschiedsgruß legte er auf und grummelte in sich hinein.

»Was ist?« Andreas legte seinem Chef einige Blätter auf den Tisch und ließ sich auf einem der Stühle nieder.

»Hannelore Messner ist tot.«

»Was?« Andreas setzte sich auf. »Ja und? Was ist passiert?«

»Nichts ist passiert, das ist es ja, was mich so ärgert.« Wegener stand auf, um sich die Mineralwasserflasche vom Fensterbrett zu holen. Er hasste diese blöde Trinkerei und tat es nur seiner Tochter zuliebe, deren mahnendes Gesicht gerade vor seinem inneren Auge aufgetaucht war, als die Flasche in sein Blickfeld geriet. Er nahm einen herzhaften Schluck. »Wenn man den Kollegen drüben glaubt, ist sie einfach so ihrem Fernsehsessel entschlafen. Eine Nachbarin hat sie gefunden. Die Nichte liegt tot im Wald und ihre Tante ein Vierteljahr später tot im Schaukelstuhl, aber die Kollegen finden das offenbar ganz normal. Sie suchen lieber eine Frau, die irgendeinen Penner auf dem Friedhof verdroschen hat.«

Das Wasser schmeckte widerlich schal. Der Kommissar überlegte, wie lange diese Flasche dort schon stand. Missmutig schüttete er den Rest in den Topf einer dahinvegetierenden Pflanze und kehrte an seinen Schreibtisch zurück.

»Kannten die Dieskauer Kollegen denn die Umstände, unter denen Dorothee Messner starb?«

»Na klar! Ich hatte damals doch dort angerufen. Nun wollte ich mit Hannelore Messner noch einmal über den Unfall ihrer Schwester Jana sprechen und sie informieren, dass ich ihr die Ledertasche schicke, die das Labor letzte Woche freigegeben hat. Ich konnte sie aber nicht erreichen. Kein Wunder ... Da habe ich vorhin eben den Kollegen aus Dieskau noch einmal angerufen.«

»Komisch, so alt war die doch gar nicht.«

Wegener grunzte, griff nach kurzem Überlegen erneut zum Telefon, wählte und stellte es laut. Freundlich begrüßte er Dr. Giresch. »Ich habe gerade etwas Luft und wollte nachzufragen, ob sich aus den Gewebeproben im Fall Messner noch etwas ergeben hat.«

Man hörte ein knisterndes Geräusch, wahrscheinlich klemmte sich die emsige Rechtsmedizinerin gerade den Telefonhörer zwischen Ohr und Schulter fest, um nebenher weiterzuarbeiten. »Tja, Herr Wegener, unser System hat nur die gängigen Gifte gespeichert. Deswegen bin ich hier nicht weitergekommen. Ich habe die Proben an das BKA geschickt. Wenn die etwas finden, melden die sich. Aber das BKA arbeitet langsam.«

»Ach, Mist!«

»Und ich dachte immer, ich bin die Einzige, die sich an einem Fall festbeißt.«

Wegener berichtete der Rechtsmedizinerin, was er gerade über Dorothee Messners Tante gehört hatte. »Sie wissen ja, wie wenig wir Polizisten von Zufällen halten.«

Man hörte, dass selbst die sonst so aktive Hannah Giresch verharrte. »Das ist ja wirklich ein Zufall, der einen nachdenklich werden lässt.«

»Deswegen hatte ich die Hoffnung, dass Sie zwischenzeitlich weitergekommen sind. Gifte, die sich schwer nachweisen lassen, gab es doch immer, und immer kamen sie irgendwann ans Licht.«

»Im wahrsten Sinne des Wortes … Ich habe unsere Proben bereits in Einzelelemente zerlegt und beschossen, aber der Computer hatte keine Vergleichswerte.«

»Beschossen?«

Hannah Giresch amüsierte sich hörbar über Wegeners Verständnislosigkeit. »In der Spektralanalyse werden die vorbereiteten Einzelelemente unserer Proben mit einem Edelgas beschossen, dabei entsteht ein Lichtbogen. Jedes so verbrennende Element lässt einen ganz eigenen entstehen. Mein Computerprogramm vergleicht sein Muster mit einer Datei von gespeicherten Lichtbögen und bestimmt so das Element. Handelt es sich aber um eins, dessen Lichtbogen sich nicht in der Datei befindet, findet der Computer nichts … So auch im Fall Messner.«

»Oh«, machte Wegener erleuchtet, aber enttäuscht.

»Es kommt auch darauf an, wie schnell sich ein Gift im Körper abbaut. Möglicherweise geben die Proben gar nichts mehr her. Nun könnten die Kollegen vom BKA ein Gift vielleicht noch über seinen individuellen Siedepunkt feststellen. Aber auch dafür wäre es hilfreich zu wissen, wonach man sucht, um nicht alle Proben mit unsinnigen Versuchen zu vernichten.«

Wegener gab ein Geräusch des Unmutes von sich.

Dr. Giresch bot an: »Ich könnte versuchen, die Kollegen in Magdeburg anzurufen und sie quasi von oben auf den Tod von Hannelore Messner anspitzen. Wenn sie bereits beerdigt ist, haben wir wohl keine Chance mehr. Aber manchmal liegen die Leichen länger im Kühlhaus, etwa wenn sie auf eine Feuerbestattung warten.«

»Das ist eine gute Idee, Sie sind ein Schatz!« Wegener erntete ein leises Lachen aus Hannover.

*

Dafydd lenkte seinen Bentley auf den Parkplatz des Universitätsgeländes. Tilla bewunderte, dass er pünktlich mit dem Abstellen des Motors auch seine Rede abschloss, die Berking erläutern sollte, warum sich eine der zwei Scheiben durch Zufall nach Deutschland verirrt hatte.

Vor ihnen erhoben sich moderne Klötze aus Stahlbeton und Glas, die ebenso zur Universität gehörten wie das gotische Old College in der Altstadt von Aberystwyth. Letzteres dient heute eher repräsentativen Zwecken und Sonderveranstaltungen, wie Tilla wusste. Sie folgten Dafydd über den Campus, auf dem sie ein Auslandssemester absolviert hatte. Allerdings hatte sie Dafydd nie als Dozenten erlebt. Eigentlich hatte sie die Dozenten der Universität Wales sowieso eher selten gesehen und ihre Zeit mehr mit dem Studium der Kommilitonen und dem studentischen Nachtleben verbracht.

Weiter links bemerkte Tilla eine Art gläserne Pyramide, an die sie sich gar nicht erinnern konnte. War das Teil neu? Sie passierten unpersönliche Fronten, umkränzt von Pflanzstreifen, wie sie überall auf der Welt vor öffentlichen Gebäuden zu finden waren. Von allen Seiten grüßte man Professor Dafydd freundlich. Das eifrige Winken nahm auch im Inneren des Institutes nicht ab. Endlich klopfte Dafydd an eine Tür, öffnete kurz und wechselte einige Worte mit den Anwesenden. Ein korpulenter Mann mit einer schwarzen Brille und einem roten Lockenkopf, der längst eines Friseureingriffs bedurft hätte, trat in die offene Tür.

Dafydd stellte seinen Assistenten vor. »Das ist Kian O'Connor … Kian, das ist ein deutscher Staatsanwalt, der nicht daran glaubt, dass es unsere Scheibe überhaupt gibt.« Wie bestellt brandete Gelächter auf. »Wir sollten ihm und seiner reizenden Begleiterin einen Blick darauf erlauben.«

Kian O'Connor gesellte sich zu ihnen. Über das

Treppenhaus erreichten sie ein tiefer gelegenes Geschoss des Gebäudes. Dafydds Stolz war unübersehbar, als er berichtete: »Kian und Robert haben die Materialproben ausgewertet. Ich habe sie im Beisein meiner Kollegen vom Rand abgenommen, sie aber danach nicht mehr angefasst.«

Mit emsigem Nicken erklärte Kian: »In einer der Tauschierungsrillen haben wir tatsächlich ein winziges Stück Baumrinde gefunden. Der C14-Test war eindeutig. Die Scheibe ist gut dreieinhalbtausend Jahre alt.«

Endlich kamen sie an einen Kellerraum. Rechts und links der unscheinbar wirkenden Tür hatten zwei schwarz gekleidete Wachmänner Stellung bezogen. Als sie Dafydd erkannten, ließen sie das Grüppchen passieren. Sie durchquerten ein kleineres Labor und betraten einen Raum, dessen gesamte Rückwand von einem Safe eingenommen wurde. An den Seiten standen grell beleuchtete Tische mit Handschuhen und Lupen verschiedener Größen. Dafydd und Kian öffneten den Tresor, indem sie beide gleichzeitig einen Schlüssel in zwei Öffnungen steckten, einen Code eingaben und die Schlüssel herumdrehten. Kian streifte weiße Baumwollhandschuhe über und zog eine der Schubladen im unteren Teil des Safes auf. Er schlug mehrere Bahnen Stoff zurück und hob eine gut dreißig Zentimeter breite, völlig ebene, grün schimmernde Platte heraus.

Tilla hielt für einen Moment die Luft an. Sie merkte, dass Berking neben ihr ebenso mit Spannung reagierte. Bis zu diesem Zeitpunkt war die Existenz einer zweiten Scheibe nur eine Presseinformation gewesen, doch nun schlug ihnen die Wahrheit geradezu ins Gesicht. Tilla musste genau hinschauen, da die Scheibe nur geringfügig anders mit Goldintarsien bestückt war als die, die sie kannte. Zwar gab es ebenfalls zwei goldene Halbrunde am Rand, die Barke im unteren Teil fehlte jedoch. Dafür sah sie im oberen Bereich der Scheibe eine Form, die sie entfernt an eine Sonne erinnerte. Die Plejaden fehlten und die Anordnung von Voll- und Halbmond war spiegelverkehrt. Wie bei der Hallenser Scheibe waren goldene Punkte über die grünliche Oberfläche verteilt. Tilla fiel auf, dass der Rand dieser Scheibe an manchen Stellen besser erhalten war. Sie glaubte dort winzige, handgemachte Einkerbungen erkennen zu können. In dem Gold des Vollmondes erkannte Tilla eine kleine, viereckige Aussparung und zeigte darauf. »Wurde dort eine Probe entnommen?«

Kian antwortete mit Eifer. »Ja, wir haben sowohl die Bronze als auch das Gold beprobt. Allerdings haben wir, anders als die Deutschen, die ein Stück mitten aus der Scheibe gesägt haben, einfach dem sowieso schon angegriffenen Rand der Scheibe Materialstücke für die Bronzeprobe genommen.«

Tilla wunderte sich. »Wieso haben Sie das Gold beprobt?«

»Eine Materialanalyse hätten wir auch mittels Röntgenfluoresenz-Verfahren vornehmen können«, erklärte Kilian, »aber uns ging es vor allem um die Korrosionsuntersuchung.«

Tilla übersetzte für Berking und fügte hinzu: »Bei unserer Scheibe hat man das Gold nicht beprobt.«

Berking bemerkte zweifelnd: »Aber Gold korrodiert doch gar nicht.«

»Das Gold selbst nicht. Aber es gibt dort Veränderungen, wo das Gold auf die Bronze aufgebracht ist.« Sie fragte Kian, ob das Ergebnis bereits vorläge.

Er wechselte einen Blick mit Dafydd. »Ja, es gab ein eindeutiges Ergebnis. Das Goldblech war lange Zeit mit der Bronze verbunden.«

Tilla übersetzte und bemerkte an Berking gerichtet: »Korrosionsschichten kann man nur schwer fälschen, jedenfalls nicht, ohne dass einem versierten Labor etwas auffällt.«

Kian referierte weiter: »Die Bronze weist zudem sehr hohe Übereinstimmungen und nahezu die gleichen metallurgischen Muster auf wie die deutsche Scheibe. Auch das Korrosionsprodukt, die Malachitpatina, ist gleichmäßig grün und also natürlich gewachsen.«

Dafydd konnte den Triumph nicht aus seiner Stimme heraushalten. »Aufgrund der Gleichheit der Materialien gehe ich davon aus, dass beide Scheiben zusammen erschaffen wurden.«

Tilla betrachtete eingehend die Scheibe, die Kian immer noch für sie hochhielt. »Was sind das eigentlich für Rillen da im Rand? Sind die handgemacht oder das Ergebnis von Korrosion?«

»Sie haben ein gutes Auge.« Dafydd nahm sich ebenfalls ein Paar Baumwollhandschuhe und öffnete eine weitere Schublade, der er einen flachen, gut drei Zentimeter breiten Goldring entnahm, der geringfügig größer als die Scheibe war.

Tilla blieb für einen Moment der Mund offen stehen. »Gehört dieser Ring etwa zu der Scheibe?«

»Wir wissen es noch nicht ganz genau. Es spricht einiges dafür, vor allem die passgenaue Größe.« Kian legte den Ring auf den Tisch und Dafydd ließ die Scheibe in den Ring gleiten. Es passte tatsächlich perfekt.

Dafydd erklärte: »Das Gold dieses Ringes ist ebenso alt wie die Bronze, hat aber eine geringfügig andere Zusammensetzung als das Gold auf der Scheibe.«

»Lagerten die beiden Teile zusammen? Gibt es an dem Ring Korrosionsschichten?«, sprudelte es aus Tilla heraus, die den Goldring wie gebannt anstarrte.

Dafydd lachte leise. »Nein. Dieses Exponat besitze ich schon länger. Ich kaufte es vor vielen Jahren einem Sondengänger aus Wilshire ab und wusste nie genau, was das war.«

Tilla übersetzte und raunte Berking zu: »Wenn dieser

Ring dazugehört … das wäre eine Sensation. Dagegen wäre unsere Scheibe ein Blechdeckel.«

Berkings Züge verhärteten sich. In ihr schrie alles danach, dass das, was sie sah, grundfalsch sein musste. Sie konnte in der Kette von Indizien einfach keinen Schwachpunkt finden. Endlich kam ihr ein Gedanke, aber es war nur eine winzige Ungereimtheit inmitten erdrückend eindeutiger Indizien. »Und Sie wissen nicht, wo Ihre Sternenscheibe vergraben war?«

»Nicht genau«, erklärte Kian bereitwillig, »aber in einer der Tauschierungsrillen fanden wir Rückstände von Erde, die der aus dem Bezirk Wilshire ähnelt. Den ersten Tests zufolge käme auch der Süden von Wales in Betracht.«

Tilla war noch nie gut darin, ihre Gefühle zu verbergen, ihr Ton hatte nun etwas Herablassendes. »Die Scheibe war also irgendwo im Süden Englands vergraben?«

Dafydd hatte ihr Misstrauen offenbar bemerkt und wurde vorsichtig. »Das nehmen wir an.«

»Sie sagten, die Korrosionsschichten von dieser und unserer Scheibe seien nahezu identisch. Wie können denn die so stark übereinstimmen, wenn doch beide Scheiben die letzten dreitausendfünfhundert Jahre an verschiedenen Orten zugebracht haben?«

*

Claudia schnappte sich in Hochstimmung die Einkaufstüte vom Beifahrersitz und strebte eilig in ihr Haus. Gerred wollte heute nach seinem Termin zu ihr kommen. Eine Liebesnacht, und dann … nach ein paar Wochen ihr Geständnis, dass sie möglicherweise schwanger sei. Gerred würde sie sogleich bitten, ihn zu heiraten. Sie hatte gewonnen und Tilla besiegt. Leise vor sich hin summend stellte sie den Champagner und die Lebensmittel für ein edles Abendessen in den Kühlschrank. Es war noch genug Zeit, zu duschen und alles vorzubereiten. Zufrieden mit sich ging sie die Treppe nach oben in ihr Badezimmer.

Das Wasser prasselte ihr auf den Kopf, als sie plötzlich einen dumpfen Knall hörte. Verwundert stellte sie das Wasser ab und horchte, doch es passierte nichts mehr. Nach einem Moment drehte sie das Wasser wieder an.

Ein Blick in den Spiegel zeigte, dass ihr frisch geföhntes Haar perfekt saß, ebenso wie ihr neues Kleid. Sie trug noch etwas Rouge auf ihre Wangen auf und verließ das Badezimmer. Ihre Wohnung lag bereits im Dämmerlicht. Unten im Flur ging Claudia zur Haustür, um für Gerred das Außenlicht einzuschalten. Sie hielt inne, als sie durch die Milchglasscheibe neben der Tür im unteren Teil des Eingangsbereichs einen Schatten sah, den sie so gar nicht einordnen konnte. Claudia starrte eine Weile auf die Scheibe. Der Schatten bewegte sich nicht. Langsam trat sie auf die Tür zu. Vorsichtig öffnete sie, spähte nach draußen und prallte dann vor dem Anblick zurück, als habe man ihr ins Gesicht geschlagen.

Aus einer blutigen Hand rutschte eine Pistole mit einem schabenden Geräusch auf ihre Schwelle. Claudia starrte die Waffe verstört an. Dann sog sich ihr Blick an der reglosen Hand fest. Abermals spähte sie um die Türecke. Die Hand gehörte zu einem blutüberströmten Körper. Claudia zog sich ruckartig zurück und presste die Hand auf den Mund, weil ihr Magen sich zusammenkrampfte und alles nach oben drückte, was sie an diesem Tag gegessen hatte. Während Tobias' Blut an der Wand ihres Eingangsbereiches herunterlief, lehnte Claudia würgend innen an der Flurwand.

Es kostete sie fast übermenschliche Anstrengung, einen klaren Gedanken zu fassen. Tobias hatte sich erschossen, in ihrem Hauseingang erschossen. Dieser verfluchte

Mistkerl. Er hatte es also geschafft, er machte ihr hier alles zunichte. Claudia stieß einen gedämpften Wutschrei aus. Dann zwang sie sich nachzudenken. Wenn die Polizei herausfand, wer er war, käme alles, was sie getan hatte, ans Tageslicht.

Und wenn sie es nicht herausfanden?

Claudia zwang sich, durchzuatmen, und schaute vorsichtig durch die offene Haustür. Es war niemand zu sehen. Hatten die Nachbarn den Schuss nicht gehört? Wahrscheinlich ging es ihnen wie ihr selbst: Es knallt, man horcht, hört nichts und geht weiter seinen Beschäftigungen nach. Sie wohnte in einem Reihenendhaus. Ihr nächster Nachbar arbeitete im Walzwerk in Ilsenburg und hatte hoffentlich Nachtschicht. Claudia nahm mit zittrigen Fingern ihr Handy von der Flurkommode und rief Gerred an.

»Hallo, Schatz«, meldete sie sich und bemühte sich um einen verheißungsvollen Ton. »Was würdest du davon halten, wenn wir uns zur Abwechslung bei dir treffen? Du bist doch noch bei diesem Kunden in Hahnenklee, der Weg zu mir wäre ein Riesenumweg für dich.«

Nach einem kurzen Wortwechsel ließ Claudia erleichtert das Handy sinken. Sie zog einen Trenchcoat und ihre Autohandschuhe über und näherte sich vorsichtig dem Toten. Mit spitzen Fingern durchsuchte sie seine Taschen und entnahm seiner Jackeninnentasche ein Portemonnaie, Brieftasche und einen Autoschlüssel. Vorsichtig, um nicht in sein Blut zu treten, zog sie sich in ihr Haus zurück. Dort packte sie ein paar Sachen für die Nacht zusammen und steckte ihre Kleidung für den morgigen Tag dazu. Die gekauften Lebensmittel und den Champagner nahm sie aus dem Kühlschrank und verstaute alles wieder in der Einkaufstüte. Mit der Tüte und ihrer Tasche verließ Claudia mit umsichtigen Schritten an der Leiche vorbei ihr Haus.

Einkäufe und Tasche stellte sie in ihren Wagen. Tobias' Papiere und seinen Autoschlüssel behielt sie in der Hand. Dann ging sie suchend ein Stück weit die Straße runter, wobei sie immer wieder den Funkschlüssel betätigte. Endlich fand sie Tobias' Wagen in einer Seitenstraße, wo er dem Funkschlüssel mit einem gehorsamen Blinken antwortete. Sie stieg ein. Auf dem Beifahrersitz lag ein Bogen beschriebenen Papiers, sein Abschiedsbrief, der mit dem Satz *Claudia Hohenstein ist eine Mörderin* begann. In sich hineinfluchend überflog Claudia die Zeilen. Sie stellte den Sitz ein Stück vor, damit sie die Pedale erreichen konnte, dann ließ sie den Wagen an und fuhr zu einem Hotelparkplatz, der nur wenige Straßen entfernt lag. Nachdem sie seine Papiere im Handschuhfach verstaut und den Abschiedsbrief in ihre Manteltasche gesteckt hatte, sah sie sich um. Sie stand gut verborgen im hinteren Teil des Hotelparkplatzes. Hier würde ein Auto mit Berliner Kennzeichen vorerst nicht auffallen.

Sie stieg aus, verschwand zwischen den Büschen und eilte durch das Waldstück. Bevor sie ihr Wohngebiet wieder erreichte, warf sie den Schlüssel und den Abschiedsbrief, den sie in viele kleine Stücke zerfetzt hatte, auf den Waldboden. Eine gute dreiviertel Stunde später stellte sie ihren Wagen in Gerreds Einfahrt ab.

*

Im Speiseraum, der von einem urigen Kamin aus grauem Gestein, vermutlich aus der Gegend, dominiert wurde, studierte Berking angestrengt die Speisekarte. Der Staatsanwalt stand höflich auf, als er Tilla bemerkte, und rückte ihr den Stuhl zurecht.

»Na, das war ja ein Tiefschlag auf der ganzen Linie«, stellte sie sogleich in resigniertem Ton fest.

Berking schaute ebenfalls unzufrieden drein. »Immerhin haben wir die Scheibe gesehen und Sie haben die beiden mit Ihrer letzten Frage ganz schön in die Enge getrieben.«

»Na ja … Nutzen tut es uns wenig. Dieser Dafydd ist ein Mensch, dem die Kontrolle so gut wie nie entgleitet.«

Berking nickte. »Er hat jeden Schritt, den wir getan haben, vorgegeben. Aber wir konnten auch schlecht aus der Spur heraus, hier ist schließlich sein Revier.«

Ein Kellner servierte mit schwungvoller Eleganz zwei Gläser Sherry und zückte dann seinen Block, um die Bestellung aufzunehmen, was Berking sichtlich in Bedrängnis brachte.

»Sherry war das Einzige, was ich bestellen konnte, mit dem Rest hatte ich Probleme.« Berking betrachtete die Speisekarte vor sich wie ein lästiges Insekt.

Tilla grinste. Sie hatte wohl bemerkt, dass Berking ausgerechnet jenes Exemplar gegriffen hatte, das in Cymrisch verfasst war. Vermutlich war die andere Karte in Englisch, aber sie beschloss, wenigstens ihn zu beeindrucken, wenn sie schon sonst nichts hatte ausrichten können. Also nahm sie ihm die Karte ab, überflog sie kurz und schlug vor: »Wie wäre es mit einem Lachsfilet mit einer Kruste aus Pfeffer und Clementine? Wenn wir schon hier mit Meerblick speisen …«

Berking hob die Brauen. »Bestellen Sie bitte, sonst ordere ich womöglich noch etwas, was gar nicht auf den Tisch gehört.«

Tilla lachte schallend und bestellte Ffiled o Eog gyda Chrwst Clementin a Phupur Du, womit sie den jungen Kellner sichtlich beglückte. Ebenfalls in der kehligen Waliser Ursprache fragte er nach ihrem Getränkewunsch.

Tilla blickte Berking an. »Einen Wein dazu?«

»Das entspricht dann aber sicher nicht der Tradition der merkwürdigen Sprache, die Sie eben benutzt haben.«

»Das war Cymrisch. Und in Wales baut man seit

römischer Zeit auch Wein an. Es wäre also eine ganz traditionelle Mischung. Der Wein aus Cymru ist allerdings sehr trocken.« Als Berking nickte, fragte Tilla den Kellner nach einer Empfehlung und orderte dann einen Seyval Blanc.

»Sie sprechen also Walisisch.«

»Nicht fließend«, wehrte Tilla ab. »Ich weiß noch einiges von meiner Großmutter und von meinem Auslandssemester, das ich hier verbrachte. Aber ich verstehe mehr, als ich sprechen kann.«

»Sie haben hier studiert?«

Tilla verzog das Gesicht. »Na ja, offiziell schon. Aber ich habe es schon immer vorgezogen, mir die Materie selbst zu erarbeiten und die Zeit der Vorlesungen sinnvoller zu nutzen.«

»Aha.« Berking schmunzelte. »Nun, es scheint ja auch so zu gehen. Was hängen geblieben ist, hat gereicht, um einen Dozenten hektisch werden zu lassen.« Er nippte an seinem Sherry. »Ich wusste gar nicht, dass man diese alte Sprache überhaupt noch benutzt.«

»Eine Zeit lang drohte das Cymrische auszusterben, aber dann erlebte es mit Hilfe von älteren Walisern eine Renaissance. Seit Anfang der neunziger Jahre ist es neben Englisch zur offiziellen Landessprache avanciert, die aber nur von etwa einem Viertel der Bevölkerung wirklich fließend gesprochen wird.«

»Dem sonderbaren Doppelbuchstaben nach ist dieser Dafydd also ein reinrassiger Waliser.«

Tilla ließ den samtigen Sherry über ihre Zunge gleiten und sonderte ein zustimmendes Geräusch ab.

Sie plauderte noch ein wenig über Wales, bis ein ganzer Tross von dienstbaren Geistern die Speisen und Getränke brachten. Selbst der Maître brachte sich zum Wohle seiner weit gereisten Gäste ein und rückte hier und dort Teller und Schüsseln zurecht. Tilla kannte die strenge Hierarchie auf der Insel gut und beteuerte mit blumigen Worten, wie sehr sie das gelungene Ambiente seines Hauses genoss und wie geschickt doch die Steine am Kamin als Blickfang den Charme des Hotels unterstrichen. Sie sähen genauso aus wie die Grauwacke ihrer Heimat, dem Harz. Der walisische Maître freute sich, als hätte er das Haus eigenhändig erbaut, und beteuerte in ebenso wortreichem Singsang, dass es genau diese dunklen Steine seien, die Druiden einst von Wales in den Süden Englands brachten, um Stonehenge mit einem magischen inneren Kreis zu versehen. Höflich verwunderte sich Tilla mehrere Oktaven gebrauchend darüber, so dass sich ihre Sätze für Berking wie ein Juchzen ausnehmen mussten.

Bei der Übersetzung verfiel sie jedoch automatisch wieder in die monotone Melodie der deutschen Sprache. Die dienstbaren Geister zogen sich zurück und sie widmeten sich dem Essen.

»Die Waliser bersten ja vor Stolz über ihre Heimat«, stellte Berking amüsiert fest.

»Ja, aber die Geschichte mit den magischen Steinen stimmt tatsächlich«, beteuerte Tilla kauend und wedelte mit der Gabel gefährlich nahe dem Weinglas herum. »Allerdings waren die Erbauer von Stonehenge keine Druiden …« Dann ließ sie die Gabel sinken und dachte darüber nach, dass Dafydd glaubte, Druiden habe es schon sehr früh gegeben.

»Und was ist an den walisischen Steinen magisch?«

In verschwörerischem Ton raunte Tilla: »Sie singen und wispern!«

»Ah«, machte Berking verständnislos.

»Der innere Ring von Stonehenge besteht aus diesen dunklen Steinen«, sie klopfte bekräftigend mit dem Messergriff auf die Steinwand neben sich, »die sorgen für eine einzigartige Akustik. Wenn man sich an einen bestimmten Platz im Steinkreis stellt, wird man weithin gehört, ohne dass man die Stimme erheben muss. Übrigens gibt es dieses Phänomen auch auf dem Brocken. Wenn man dort auf einem ganz bestimmten Platz steht, auf der Teufelskanzel nämlich, dann trägt die Stimme weiter als normal. Man vermutet, dass dieses Phänomen an dem höheren Festigkeitsgehalt der Steine liegt.«

»Das ist tatsächlich beeindruckend!«

Nach einem vorzüglichen Essen nahmen sie eine zweite Flasche Wein in Angriff und stellten den Dessertwunsch zunächst zurück.

»Was halten Sie von Dafydds Theorie, dass beide Scheiben in England entstanden und eine davon auf Wanderschaft ging?«, wollte Berking von Tilla wissen.

»Ich gebe es ungern zu, aber es klingt alles verdammt schlüssig.« Tilla kratzte gedankenverloren an einem Fleck auf der Tischdecke. »Wenn dieser Ring wirklich zu der Scheibe gehört ... gäbe es denn rechtlich eine Möglichkeit, die Scheibe von Nebra herauszuverlangen?«

Berking dachte einen Moment nach. »In erster Linie ist natürlich der Fundort maßgeblich, der nach der Schatzregalregelung das Land Sachsen-Anhalt zum Eigentümer macht. Es hat allerdings schon länderübergreifende Übereignungen von Exponaten gegeben, wenn es nach dem Prinzip einer Kulturgüterzusammenführung geboten erschien, nämlich dann, wenn die ursprüngliche Eigentümerschaft bewiesen werden konnte. Dies ist oft bei Kunstgegenständen gemacht worden, die von den Nazis gestohlen und versteckt wurden. Die Nazis haben die Gegenstände ja oft vergraben oder in Seen versenkt, sie mussten zurückgegeben werden.«

Mit unzufrieden gerunzelter Stirn stieß Tilla einen leisen Fluch aus.

»Zusätzlich wäre zu klären, wie mit den zukünftigen und auch mit den vergangenen Einnahmen durch die Sternenscheibe zu verfahren wäre.«

Tilla sah auf. »Stimmt, da sind ja horrende Summen geflossen.«

Berking nickte. »So horrend hoch, dass sich sogar die Gemeinden um den Fundort herum fast gegenseitig den Krieg erklärt haben. Ein Ortsbürgermeister bei Nebra hat sogar versucht, die Zugehörigkeit der Sternenscheibe zu seiner Gemeinde durch einen Patentamtsantrag zu konsolidieren.«

»So was geht?«

»Jeder, der Scheibe darstellen will, ob als Buchcover oder als Schmuckstück, muss Lizenzgebühren zahlen. Die Gewinnsucht rund um dieses historische Exponat hat bereits groteske Blüten getrieben. Verwaltungs- und Zivilgerichte der Gegend sind auf Jahre mit Prozessen rund um die Sternenscheibe ausgebucht.«

»Heilige Göttin«, entfuhr es Tilla. Der Zauber der Scheibe bekam in ihrer Vorstellung derbe Risse. Ernüchtert trank sie von ihrem Wein. Ihr Blick verdunkelte sich. »Erinnern Sie sich noch an Dorothees Arm?«

»Ja sicher, da waren Kreise.« Berking sah Tilla staunend an. »*Zwei* Kreise, zwei Scheiben. Frau Messner hat es da bereits gewusst …«

»Ja, ich bin überzeugt, dass sie sich zwei Sternenscheiben auf den Arm gemalt hat.«

»Dann könnten Sie ja mit Ihrer Theorie recht gehabt haben, dass Frau Messner ahnte, was ihr bevorstand.«

»Leider benutzte Dorothee immer nur einen Füller. Füllertinte verläuft natürlich viel eher. So konnte man das, was unter den Kreisen stand, nicht lesen. Dort stand mit Sicherheit Dafydds Name.« Tilla überlegte einen Augenblick. »Einfacher wäre es gewesen, das Handy zu nehmen und jemanden anzurufen, aber das hatte sie ganz offensichtlich nicht mehr. Jemand muss es ihr weggenommen haben … eben damit sie keine Hilfe holen kann. Deswegen kommt mir ja diese Geschichte, sie soll krank auf einem Stein gehockt und Hilfe abgelehnt haben, so merkwürdig vor. Ich habe schon Andreas Kamenz danach gefragt, aber er wollte mir nichts zu dieser Zeugin sagen, die Dorothee dort oben gesehen hatte. War sie denn wirklich glaubwürdig?«

Berking antwortete nachdenklich. »Wegener hat mit ihr gesprochen und hielt sie für glaubwürdig. Ich vertraue seinem Urteil normalerweise, aber in diesem Fall kommen mir nun auch Zweifel.«

»Wer ist sie überhaupt?«

»Eine junge Frau namens Kronemann, deren Eltern in Wolfshagen leben. Sie konnte nicht nur die Tote genau beschreiben, sondern auch deren Kleidung.«

»Das könnte ein Mörder auch!«

Berking blickte Tillas betroffen an. »Verdammt!«

Auch Tilla versank für einen Augenblick in Nachdenklichkeit. Dann fiel ihr Claudia Hohenstein ein. »Da gab es ja diese Halbschwester von Dorothee …«

»Ach ja, Sie sagten, Sie hätten grade erst von ihrer Existenz erfahren. Kennen Sie sie?«

»Äh ja, sie ist Architektin und heißt Claudia Hohenstein. Aber die kommt nicht aus Wolfshagen.«

»Sie halten die Schwester also nicht für eine mögliche Mörderin?«

»Ich wünschte, sie wäre es«, knurrte Tilla. Dem sichtlich erstaunten Staatsanwalt erklärte sie schmallippig: »Sie ist nicht nur Dorothees Halbschwester, sie hat mir auch gerade meinen Freund ausgespannt. Deswegen sollten Sie mir diese Frage vielleicht nicht stellen.«

Als der Kellner erneut kam, um ein Dessert anzubieten, verschwand die Zornesfalte über Tillas Nasenwurzel. Zurück blieb ein koboldartiges Grinsen. »Ich weiß ein hervorragendes walisisches Dessert … Kennen Sie den Penderyn?«, gurrte sie kehlig.

Berking, der mit Tillas Stimmungswechseln etwas überfordert war, schüttelte langsam den Kopf.

»Den müssen Sie unbedingt kennenlernen! Goldener Penderyn, ein echter Single Malt Whiskey direkt aus dem Herzen von Wales! Das beste Dessert überhaupt!«

*

Es war fast Mitternacht. Liliana hatte vom Wagen aus gesehen, dass die Leinwig und der Staatsanwalt das Restaurant verlassen hatten.

»Für ein Arbeitsessen haben sich die beiden ja ganz schön lang amüsiert.« Ungeduldig stieg Liliana aus, öffnete die Heckklappe und griff in eine Tasche, der sie eine schwarze Sprühflasche entnahm und in ihre Manteltasche gleiten ließ. Sie überquerte die menschenleere Uferpromenade und eilte an der Front des Hotels entlang, bis sie in einer engen Seitengasse verschwand.

Wenige Minuten später stieg sie eine schmucklose Hintertreppe hinauf, die an einer Tür endete. Sie trat hindurch und folgte dem Hotelflur. Auch hier begegnete sie niemandem. Am Ende des Ganges, so wusste sie, lag Tilla Leinwigs Zimmer. Vor der Tür blieb sie stehen. Sie holte die Sprühflasche aus der Manteltasche, hielt sie hinter ihrem Rücken verborgen und klopfte an.

*

Gerred hantierte an der Espressomaschine, als Claudia ihm einen Kuss auf die Wange hauchte und mit ihrer Tasche im Badezimmer verschwand. Während er seine Tasse unter den Auslass stellte, sah er durch das bodentiefe Fenster seine Schwester Dana über den Rasen gehen. Sie kehrte mit einem Büschel grüner Ranken zurück, winkte und ging dann eilig zu ihrem

Wohnbereich nebenan. Erst jetzt bemerkte Gerred, dass er kurz die Luft angehalten hatte. Er wusste, wie sehr seine Schwester Tilla mochte. Vermutlich würde Dana ihn mit Vorwürfen überhäufen, wenn sie erfuhr, dass er sich für eine andere Frau entschied. Sinnend blickte er zur Badezimmertür. Mit Claudia war alles so leicht. Oder machte sie es ihm leicht?

Nachdenklich drückte er den Knopf der Maschine und genoss den Duft von frischem Kaffee. Widerwillig gestand er sich ein, dass es ihm unangenehm war, wenn Dana Claudia hier in seinem Haus sah. Ein unsinniges Gefühl, maßregelte er sich, schließlich ließ sich sein Entschluss wohl kaum vor seiner Schwester verheimlichen. Er trank seinen ersten Espresso und stellte die Tasse gleich noch einmal unter das Gerät. Er sollte bald mit Dana reden.

Eine zweite Tasse wanderte unter den Auslass der Espressomaschine, bevor Gerred den Orangensaft und zwei Gläser auf den Küchentresen stellte. Wenige Augenblicke später gesellte sich Claudia zu ihm. Sie hatte ihr Haar hochgesteckt, wobei einige Strähnen ihr sorgfältig geschminktes Gesicht umrahmten.

»Du siehst selbst am Morgen wunderschön aus.«

Claudia küsste ihn. »Danke, trotzdem brauche ich dringend Koffein.«

»Das sollst du bekommen.« Gerred stellte die Maschine an. Das Klappern der Haustür nebenan ließ Gerred aufhorchen. Nach einem Moment widmete er sich wieder der Maschine und reichte Claudia eine Tasse.

Sie nahm den Kaffee lächelnd entgegen. »Das war deine Schwester, nicht wahr?«

Er nickte. »Ich nehme an, sie geht zu Tillas Haus und kümmert sich um die Katze. Tilla ist für ein paar Tage weg.«

»Ach, wo ist sie denn?«

»In England. Ich habe schon länger nicht mehr mit Tilla gesprochen, aber Dana sagte, es ginge um diesen Todesfall. Offenbar ist es Tilla doch gelungen, der Kripo ihre verrückte Theorie von einem Mord schmackhaft zu machen. Der Staatsanwalt hat sie als Übersetzerin engagiert, weil er dort jemanden verhören will.«

»Grundgütiger, ich dachte, diese Dorothee sei durch einen Unfall umgekommen.«

»Du kennst den Fall?«

»Da war mal so ein Artikel in der Zeitung. Ich hab ihn beim Friseur in die Hand bekommen, da stand allerdings nichts von Mord. Tilla muss ja ziemlich geschickt argumentiert haben, wenn sie sogar einen Staatsanwalt dazu bringt, anzunehmen, es handle sich um ein Verbrechen.«

»Ja, sie kann bisweilen sehr überzeugend sein.« Gerred starrte in seinen Kaffee und versank in Nachdenklichkeit.

»Dana und Tilla verstehen sich gut, nicht wahr? Das konnte ich auf eurem Gartenfest sehen. Dann muss es ziemlich schwierig für dich sein, dass ich hier bin.«

»Nein, natürlich nicht!« Gerred fügte mit unbeholfenem Lächeln hinzu: »Ein bisschen. Aber das macht nichts. Ich werde mit Dana reden und es ihr sagen.«

Claudia lächelte. »Das brauchst du nicht. Sie weiß es schon. Mein Wagen steht draußen.«

»Oh, stimmt.« Gerred verzog das Gesicht. Fast war er froh, dass das Telefon klingelte. Er nickte Claudia kurz zu und durchquerte den großen Raum, der Küche, Essecke und Wohnzimmerbereich beinhaltete, um das Telefon aus der Ladestation zu nehmen.

Der Anrufer war Arnold Köster. »Gerred, bitte entschuldige, dass dich mit einer etwas distanzlosen Frage überfalle … ist Frau Hohenstein bei dir?«

Gerred fühlte sich wie ein Pennäler, der beim Klauen

des Klassenbuches erwischt wurde. »Äh ja … Gibt es ein Problem?«

»Ich fürchte ja. Es wäre gut, wenn Frau Hohenstein so schnell wie möglich nach Hause fahren würde. Die Polizei ist hier bei mir und sucht sie, weil etwas in ihrem Haus passiert ist. Ich konnte sie nicht erreichen, weil ihr Handy ausgestellt ist.«

»Die Polizei? Ist eingebrochen worden?«

Arnold Köster zögerte mit seiner Antwort. »Nein, nicht direkt. Sag ihr einfach, sie möge kommen, man wartet auf sie. Alles Weitere werden ihr die Beamten dann erklären, ich möchte dem nicht vorgreifen.«

Verwirrt antwortete Gerred: »Ja, gut. Wenn es dir recht ist, würde ich sie gern begleiten und komme dann später ins Büro. Sag doch bitte der Polizei, wir werden in etwa einer halben Stunde dort sein. Danke für deinen Anruf, Arnold.«

Claudias sah ihn aus so ängstlich geweiteten Augen an, dass es ihn drängte, sie schützend in den Arm zu nehmen. »Wir müssen zu deinem Haus. Aus irgendeinem Grund ist die Polizei dort.«

*

Tillas Kopf fühlte sich an, als würde eine Herde Büffel hindurchtrampeln. Wieso veranstaltete neben ihrem Bett ein Wecker so einen Höllenlärm? Sie konnte sich nicht einmal erinnern, einen mitgenommen zu haben. Zu ihrer Erleichterung erstarb das hässliche Fiepen so plötzlich, wie es angefangen hatte. Ihre Erleichterung legte sich allerdings augenblicklich, als ihr bewusst wurde, dass das wüste Gefluche ausnahmsweise nicht von ihr selbst stammte. Sie linste zur Seite und ließ dann ihren Kopf mit einem lautlosen Fluch auf das Kissen zurückfallen.

Eine Zeit lang passierte gar nichts. Offenbar versuchte Berking genau wie sie die fatale Wirklichkeit auszusperren. Tilla öffnete vorsichtig ein Auge und stellte fest, dass sie es war, die in einem fremden Bett lag. Wie war sie bloß hier hingekommen? Irgendwie waren ihre restalkoholisierten Synapsen noch zu keiner vernünftigen Arbeit fähig. Außerdem fühlten sich ihre Nervenstränge an, als würde jemand beharrlich daran herumzupfen. Wie viel von diesem verfluchten Whiskey hatten sie bloß getrunken? Sehnsüchtig dachte sie an eine Dusche, bezweifelte aber, dass sie es bis dahin schaffen würde. »Ist mein Zimmer eigentlich weit weg?«

»Keine Ahnung«, grunzte es neben ihr.

Nachdem sie sich aus Berkings Bett gequält, geduscht und angezogen hatte, tappte sie zu ihrer eigenen Unterkunft. Dort angekommen fehlte ihr die Kraft zum Kleiderwechsel. Sie kramte nur ihre Kosmetiktasche heraus, warf sich mehrere Aspirin in den Schlund und bearbeitete sich dann ebenso mühsam wie ergebnislos mit Make-up und Mascara.

»Wieso Berking?«, fragte sie ihr Spiegelbild jammernd. Sofort antwortete ihr Kopf mit einer Welle von schmerzhaften Impulsen. Sich kurz den Magen haltend, der ebenfalls Protest anmeldete, schnappte sich Tilla ihre Reisetasche, die noch so dastand, wie sie am Vortag abgestellt worden war, und verließ das unbenutzte Zimmer.

Zu allem Überfluss strahlte die Sonne höhnisch vom Himmel und traktierte ihren Schädel über die Sehnerven zusätzlich, während sie auf der Terrasse auf Berking wartete, der die Formalitäten des Auscheckens regelte. Auch er setzte eine Sonnenbrille auf, als sie ins Taxi stiegen, das sie zum Bahnhof brachte.

Während der Zugfahrt nach Birmingham wechselten sie und Jan Berking zunächst kaum ein Wort miteinander. Tilla vermutete, dass ihm das unverhoffte Aufwachen nebeneinander genauso schleierhaft war wie ihr selbst.

Irgendwo zwischen Newtown und Stourbridge fasste er sich ein Herz und begann umständlich: »Ich bin Whiskey nicht gewohnt … und solche Mengen schon gar nicht.«

Tilla öffnete kurz eines ihrer Augen, was ihren Kopf augenblicklich in Alarm versetzte, und schloss es wieder. »Ich auch nicht. Wer ist eigentlich auf die irre Idee gekommen, nach einem Meer von Wein und Sherry beim Abendessen noch Whiskey zu bestellen?!«

»Sie … du!«

»Au Mist.« Nach einer Weile jammerte Tilla: »Ich weiß zwar, warum sich mein Kopf so anfühlt, wie er sich anfühlt, aber irgendwo vor dieser Bestellung ist bei mir der Film gerissen.«

»Ich erinnere mich immerhin noch an die goldene Farbe des Whiskeys in der Flasche, aber dann hört es auch bei mir auf.«

Tilla öffnete vorsichtig ein Auge. »Haben wir uns irgendwie blamiert?«

Die Antwort ließ einen Moment auf sich warten. »Zumindest wohl nicht vor dem Hotelpersonal, beim Auschecken hat sich niemand beschwert.«

Sie gaben sich wieder dem gemeinsamen Schweigen hin.

Kurz vor Birmingham setzte Jan Berking noch einmal an. »Ich … äh … Es ist wirklich nicht meine Art, so etwas zu tun … im volltrunkenen Zustand … Ich muss mich wirklich entschuldigen.«

»Sie … du warst es ja nicht allein … Ich war ja auch betrunken.« Tilla richtete sich mühsam auf. »Weißt du, wir sollten dem keine Bedeutung beimessen. Ich meine, wir wollen ja beide keine Beziehung oder so was … es war … ein Unfall. Genau! Wir sollten es einfach …« Tilla machte eine Handbewegung, als wolle sie eine Fliege verscheuchen, »… einfach vergessen.«

Berking nickte verhalten. »Ja … ja, das sollten wir tun.

Vergessen und nicht mehr darüber sprechen. Es muss niemand wissen … Also, ich will Ihnen … dir nicht zu nahe treten, aber es ist vielleicht besser, wenn niemand davon erfährt.«

»Ganz meine Meinung. Wir vergessen es und basta.« Beruhigt ließ sich Tilla in ihrem Sitz zurücksinken und schob nach: »Vielleicht ist ja auch gar nichts passiert … so besoffen, wie wir waren.«

*

Claudia stieg aus Gerreds Wagen, den er gute fünfundzwanzig Meter vor ihrem Haus abgestellt hatte, da die Einfahrt zum Carport vollständig von Polizeiwagen versperrt war. »Du meine Güte, was ist denn das für ein Aufmarsch!«

Gerred sah sich stirnrunzelnd um. »Es scheint sich um mehr als ein paar randalierende Jugendliche zu handeln.«

Gemeinsam gingen sie auf den Hauseingang zu. Es wunderte Claudia eigentlich, dass niemand sie aufhielt, denn sie bemerkte aus den Augenwinkeln, dass sie von einem grauhaarigen, bärtigen Mann beobachtet wurde.

Bei Tageslicht bot sich ihr ein noch grauenhafterer Anblick als letzte Nacht und es brauchte keinerlei schauspielerisches Talent, Entsetzen zu mimen. Das Weiß des gesamten Eingangsbereiches war mit rotbraunen Schlieren übersät. Claudias Blick sog sich an dem blutüberströmten Kopf des Toten fest und sie gab einen erstickten Schrei von sich. Sie fühlte Gerreds Hände an ihren Schultern, während sie ihre eigene hilfesuchend in seinen Arm krallte und Anstalten machte, zusammenzusacken. Mehrere Polizisten sprangen hinzu, um zu helfen, doch Gerred zog sie bereits vom Hauseingang weg und setzte sie vorsichtig auf einen Stein, der ihren Vorgarten von der Straße abgrenzte. Claudia presste eine Hand gegen den Mund und machte mit der anderen eine fahrige Bewegung, um Gerred zu zeigen, dass sie einen Moment brauchte, um sich zu fassen.

Viel Zeit ließ man ihr nicht dazu. Der grauhaarige Mann, der sich als Kommissar Jürgen Palinski vorstellte, schob sich beharrlich in ihr Gesichtsfeld. »Frau Hohenstein? Kripo Wernigerode … Tut mir leid, dass Sie das sehen mussten«, sagte er eher mechanisch als mitfühlend. »Können Sie mir trotzdem ein paar Fragen beantworten?«

Claudia nickte und brachte sogar den Anflug eines Lächelns zustande.

»Sie waren in der letzten Nacht nicht zu Hause?«

»Nein, Frau Hohenstein war bei mir.« Gerred nannte dem Polizisten seinen Namen und Anschrift, der sich die Angaben sorgfältig notierte.

Palinski betrachtete ihn. »Ich nehme an, Sie sind ihr Freund?« Nach einem kurzen Blickwechsel mit Claudia bestätigte Gerred dies. »Frau Hohenstein, es sieht so aus, als habe sich dieser Mann dort irgendwann gestern Abend vor Ihrem Hauseingang erschossen. Da er keine Papiere bei sich hat, wäre uns sehr geholfen, wenn wir wüssten, wer das ist.«

»Ich weiß es nicht«, flüsterte sie.

»Dürfte ich Sie bitten, sich den Toten noch einmal genau anzusehen?«

»Das kann nicht Ihr Ernst sein«, echauffierte sich Gerred.

»Nur ein kurzer Blick in sein Gesicht bitte«, verlangte Palinski hartnäckig.

Gerred wollte protestieren, aber Claudia erhob sich und legte ihm die Hand auf den Arm. »Ist schon gut.« Langsam ging sie nochmals auf ihren Hauseingang zu. Ein paar Meter davor blieb sie stehen, presste die Lippen aufeinander und warf einen Blick auf Tobias' verhärmtes Gesicht, das im Tode, der alle Muskeln erschlaffen ließ, wie das eines alten Mannes wirkte. Man hatte den Körper mit einem leichten Tuch bedeckt. Es verbarg nur notdürftig, dass er sich von unten durch den Unterkiefer in den Kopf geschossen hatte. Claudia verzog das Gesicht. »Nein, ich kenne den Mann nicht.« Schnell wandte sie sich von dem Toten ab.

Palinski blickte sie abschätzend an. »Sie haben keine Ahnung, warum dieser junge Mann so etwas getan hat?«

»Nein.«

»Könnte er vielleicht in Sie verliebt gewesen sein?«

»Mein Gott … das kann ich mir nicht vorstellen.« Claudia gab sich bestürzt.

»Ich kann einfach nicht glauben, dass Sie diesen Mann hier noch nie bemerkt haben wollen.«

»Es ist aber so.« Claudias Ton wurde eine Nuance schärfer.

»Sehen Sie, wir haben einige Kollegen mit Handyfotos herumgeschickt. Einige Ihrer Nachbarn glauben ihn in letzter Zeit mehrfach in der Nähe Ihres Hauses gesehen zu haben.«

»Wirklich? Also, mir ist er nie aufgefallen. Aber ich bin ja auch den ganzen Tag weg. Ich bin Architektin und arbeite im Büro Köster hier in Wernigerode.«

»Ja, das wissen wir bereits. Was haben Sie gemacht, nachdem Sie gestern um halb sieben das Büro Köster verlassen haben?«

Claudia hatte genug Zeit gehabt, um sich die Antwort auf diese Frage zurechtzulegen. »Ich bin gestern noch einkaufen gewesen … beim Supermarkt unten im Gewerbegebiet. Ich habe mich spontan entschlossen, etwas für ein Abendessen zu zweit einzukaufen. Ich rief von dort bei Herrn Assmut an und wir verabredeten, dass wir uns bei ihm treffen wollten.«

»Das kann ich bestätigen«, warf Gerred ein.

»Weil Gerred … Herr Assmut noch einen Termin hatte, habe ich im Supermarkt etwas herumgetrödelt.

Dann bin ich langsam nach Bad Harzburg gefahren. Ach ja … im Parkhaus hatte ich meinen Schlüssel verloren. Er muss mir aus der Tasche gefallen sein, als ich den Einkaufswagen zurückstellte. Ich hab so eine Marke am Schlüsselbund. Als ich die Marke wieder daran befestigt hatte, habe ich ihn wohl nicht richtig in die Manteltasche gesteckt. Ich musste eine Zeit lang suchen, es war ja nicht sehr hell in diesem Parkhaus, aber irgendwann hatte ich ihn doch wiedergefunden und bin nach Bad Harzburg gefahren.«

Palinski blickte Claudia zweifelnd an. »Dann sind Sie gestern Abend gar nicht zu Hause gewesen?«

»Nein, natürlich nicht. Wenn ich das gestern Abend schon gesehen hätte, dann hätte ich ja wohl die Polizei gerufen«, gab Claudia nun bewusst etwas spitz zurück.

Palinski schaute zur Haustür, wo man den Leichnam gerade in einen Zinksarg legte, und erklärte dann: »Gut. Würden Sie uns nun bitte die Wohnungstür öffnen?«

»Meine Wohnung? Warum? Dort ist doch niemand gewesen … oder doch?« Claudia setzte einen ängstlichen Blick auf, der ihr ebenfalls nicht sonderlich schwerfiel. In Gedanken stürmte sie geradezu durch ihre Zimmer und versuchte sich zu erinnern, ob sie dort irgendetwas hinterlassen hatte, was ihrer Aussage entgegenstand.

»Genau das möchten wir gern nachprüfen«, antwortete Palinski. Er nickte einem Mann in einem weißen Tyvekanzug zu. Mit bangem Blick fischte Claudia ihren Schlüsselbund aus der Kostümtasche, den ihr der Tatorttechniker aus der Hand nahm. »Warten Sie bitte hier«, verlangte Palinski.

Der Tatorttechniker schloss auf und widmete sich sofort einer eingehenden Untersuchung des Türrahmens. Dann wurde der Flurboden nach Claudias Empfinden eine Ewigkeit lang abgeleuchtet. Endlich betraten mehrere Polizeibeamte ihr Haus.

Ihr klopfte das Herz bis zum Hals. Wenn sie nun doch Blutspuren von Tobias im Haus fanden? Als Claudia schon glaubte, platzen zu müssen, kam Palinski aus dem Haus auf sie zu. Sie war sich sicher, ihm die Enttäuschung im Gesicht ablesen zu können, als er ihr ihren Schlüsselbund hinhielt.

»In Ihrem Haus ist alles in Ordnung. Dort ist niemand gewesen.«

*

Tillas Türglocke erschien ihr noch immer zu laut, aber immerhin verursachte sie nicht mehr das dringende Bedürfnis, sich den Kopf festzuhalten. Völlig verschlafen schaute sie auf den Wecker, um sich dann fluchend aus dem Bett zu schälen. Es war bereits kurz vor neun. Obwohl sie am Vortag am späten Nachmittag ins Bett gegangen war, hatte sie noch immer das Gefühl, nicht genug Schlaf bekommen zu haben. Sie tappte nur halb wach durch den Flur auf die Haustür zu, die sich just in diesem Moment öffnete.

Dana steckte den Kopf durch den Türspalt. »Oh, du bist ja doch da! Ich dachte schon, du und dieser Berking hättet noch ein paar Tage drangehängt.«

Diese Bemerkung riss Tilla aus ihrem Dämmerzustand. »Was? Wie kommst du denn darauf?« Hatte ihr peinliches Vergehen schon die Runde gemacht?

Dana lachte. »Reg dich ab. Übrigens siehst du aus, als brauchtest du Hilfe. Soll ich Kaffee machen?«

»Oh ja, bitte«, sagte Tilla dankbar und tappte mit hängenden Schultern Richtung Bad.

»Na, das muss ja ein anstrengender Trip gewesen sein«, bemerkte Dana, als sie wenig später eine Kanne frisch gebrühten Kaffees auf den Tisch stellte. »Hätte ich das gewusst, hätte ich Brötchen mitgebracht.«

Beim Gedanken an Essen fühlte Tilla ihren Magen

revoltieren. »Oh, bloß nicht.« Sie nahm einen ersten vorsichtigen Schluck Kaffee.

»Meine Güte, bist du krank?«

Tilla antwortete einsilbig. »Nee … Kater.«

»Du hast getrunken? Hat Berking dich so aufgeregt?«

»Äh, nein, er war eigentlich … ganz nett.«

»Oh wirklich? Schön. Und hat das Verhör irgendwas gebracht?«

»Absolut nicht. Ich fürchte, wir haben nur Steuergelder verplempert.«

»Und deswegen hast du getrunken?«

»Nicht direkt.« Tilla blickte unschlüssig in Danas fragendes Gesicht und gab dann betreten zu: »Ich Dussel wollte Berking alle Attraktionen von Wales offenbaren, darunter walisischen Wein und walisischen Whiskey … und das alles durcheinander.«

Dana gab ein Prusten von sich. »Na, ich hoffe doch, es geht ihm genauso schlecht wie dir.«

Tilla murrte etwas Unverständliches und drängte die wenigen peinlichen Erinnerungsfetzen zurück, die ihren malträtierten Synapsen verblieben waren. Sie trank weitere Schlucke von ihrem Kaffee und fühlte, wie mit dem schwarzen Gebräu ihre Lebensgeister auferstanden. Dana starrte sie an, als hoffe sie genau darauf.

»Was ist?«, fragte Tilla misstrauisch.

»Ich wollte nur warten, bis du wieder halbwegs lebendig bist. Denn wenn ich dir erzähle, was hier passiert ist, fällst du glatt wieder tot um.«

Alarmiert stellte Tilla den Kaffeebecher ab, atmete hörbar durch und verlangte: »Leg los!«

Dana suchte merklich nach vorsichtigen Worten, als sie ihr erzählte, dass Claudia die Nacht bei Gerred verbracht hatte. Es überraschte sie sichtlich, dass Tilla nur ausdruckslos nickte. »Gerred und ich haben uns neulich sehr gestritten … Claudia hat gewonnen.«

»Ich bin nicht sicher, ob dieser Zustand von Dauer ist. Mittlerweile glaube ich dir nämlich, dass mit der irgendwas nicht stimmt.«

Tilla schaute Dana fragend an, die entschuldigend bekannte: »Ich habe den Umschlag mit den Kopien von dir gefunden, er lag oben in unserer Papiertonne. Ich hab sie mir durchgelesen.«

»Ah ... die hatte ich für Gerred gemacht. Er hat sie also weggeworfen. Als ich ihm erzählen wollte, was ich über Claudia erfahren hatte ... Er war so ...« Tilla brachte es einfach nicht über sich, die Szene zu beschreiben.

»Sauer?«

Tilla schüttelte traurig den Kopf. »Er war von mir enttäuscht und hat mich verachtet. Ich glaube, das war der Moment, in dem ich ihn endgültig verloren habe.« Dann sah Tilla grimmig auf. »Claudia hat die Gunst der Stunde genutzt und sofort zugeschlagen.«

Dana nickte mit einer Grimasse des Bedauerns. »Meist war er wohl bei ihr, aber seit vorletzter Nacht scheint sie zur Gänze bei ihm eingezogen zu sein.«

»Wie?!« Tilla warf einen ungläubigen Blick durch ihr Küchenfenster zu Gerreds Haus.

»Er hat mir gesagt, dass sie erst mal hier bei ihm bleibt. Irgendwas ist in ihrem Haus ... Wahrscheinlich hat sie einen Eimer Dreckwasser in den Flur gekippt und ihm was von einem Wasserschaden vorgebrabbelt, damit sie einen Grund hat, beim ihm einzuziehen.« Dana sah Tilla besorgt an. »Ich wollte nicht, dass ... dass du vielleicht zu ihm gehst und unverhofft auf sie triffst.«

Tilla massierte sich die Schläfen. »Danke dir.«

*

Wegener und Kamenz unterhielten sich bereits angeregt mit Ingo Steinbrecht, einem ebenso freundlichen wie kompetenten Mann von beachtlicher Größe, als Berking den Besucherraum der Goslarer Polizei betrat. Der LKA-Beamte begrüßte den Braunschweiger Staatsanwalt zuvorkommend. »Freut mich, Sie kennenzulernen, Herr Dr. Berking. Vor drei Jahren hat Ihr Vater bei uns im LKA Magdeburg ein hervorragendes Seminar zum Thema Operative Tatortanalyse abgehalten. Sein Wissen hat mich sehr nachhaltig beeindruckt. Wie geht es ihm?«

»Danke, sehr gut. Er ist seit einem Jahr im Ruhestand und lebt in Osterode.«

»Er ist hier in der Gegend? Meinen Sie, ich könnte ihn noch einmal für eine Vortragsreihe gewinnen?«, fragte Steinbrecht interessiert.

»Ich könnte mir gut vorstellen, dass er sich freuen würde. Erinnern Sie mich daran, dass ich Ihnen nachher seine Kontaktdaten gebe, Herr Steinbrecht.«

Während des Austausches von Höflichkeiten fragte sich Andreas Kamenz boshaft, wie Berking wohl zwei Tage lang mit der temperamentvollen Tilla ausgekommen war, die vermutlich die meisten seiner Vorgaben ignoriert hatte. Doch zu seinem Erstaunen begann Berking sogar mit der Andeutung eines Lobes für Tilla und erzählte, dass es ihr mit provozierenden Äußerungen gelungen war, Dafydd dazu zu bringen, ihnen die Scheibe zu zeigen. Diese Eröffnung ließ dann allerdings einen Moment zäher Stille entstehen, die Ingo Steinbrecht mit der niederschmetternden Feststellung beendete: »Es gibt diese zweite Scheibe also wirklich.«

»Ja.« Berking zog einige Notizen aus seiner Aktentasche.

»Das ist ja ein Ding«, ließ nun auch Wegener hören. »Ich hatte gehofft, die Nachricht verpufft in den Tiefen journalistischer Papierkörbe, nachdem sich die vermeintliche Sensation als Zeitungsente entpuppt hat.«

Auf Steinbrechts Bitte hin gab Berking eine detaillierte Beschreibung der zweiten Scheibe, einschließlich des Goldringes, der möglicherweise dazu gehörte, und schloss seinen Bericht mit dem Satz: »Da ich selbst in historischen Dingen nicht so bewandert bin, habe ich Frau Leinwig gebeten, ihre Eindrücke von der englischen Scheibe in einem Bericht zusammenzufassen, der Ihnen, Herr Steinbrecht, und auch Frau Dr. Holm zugehen wird. Nach Dafydds Aussage werden fremde Forscher erst dann hinzugezogen, wenn die Materialuntersuchungen abgeschlossen sind. Und das kann dauern. So, wie ich das verstanden habe, werden die dortigen Untersuchungen umfänglicher als die Tests an unserer Scheibe.«

»Haben die schon Proben entnommen?«, wollte Steinbrecht wissen.

Berking erzählte von der zusätzlichen Goldprobe und referierte die bisherigen Ergebnisse. Er schloss mit Tillas Frage, warum sich die Korrosionsschichten so sehr ähneln würden, obwohl die beiden Scheiben an unterschiedlichen Orten gelegen hatten. »Die beiden wurden daraufhin ganz schön nervös.«

Steinbrecht lächelte verhalten. »Eine Übersetzerin mit derart profunden archäologischen Kenntnissen? Alle Achtung, Sie waren ja bestens ausgerüstet, Herr Dr. Berking.«

»Ja, sie war recht hilfreich.« Berking räusperte sich. »Dessen ungeachtet scheinen die Untersuchungen korrekt abzulaufen. Zwar kennen sich Dafydd und der Wissenschaftler, der das Labor leitet, wohl recht gut, aber es deutet nichts auf Unregelmäßigkeiten hin. Sagen Sie, Herr Steinbrecht, wer hat unserer Scheibe eigentlich damals die Proben entnommen?«

»Das haben die Archäologen gemacht, also die Landesarchäologin zusammen mit einem Professor aus Berlin. Sie wählten damals eine Stelle in der Mitte der Scheibe aus. Das Bronzestück wurde nach der Untersuchung in unseren Labors wieder in die Scheibe eingesetzt. Die Goldauflage wurde damals zerstörungsfrei mittels einer Röntgenfluoreszenzanalyse untersucht.«

Berking erklärte: »Dafydd hat die Probenentnahme auch selbst durchgeführt, und zwar in Anwesenheit der Laborwissenschaftler. Dann ist dieses Procedere offensichtlich normal.«

»Ja«, bestätigte Steinbrecht. »Von unseren Kollegen im Labor hätte es keiner gewagt, ein Loch in die Sternenscheibe zu fräsen.«

»Das sieht nicht gut aus für unsere Scheibe«, stellte Wegener fest.

»Zurzeit sind Dafydds Theorien so gut wie nicht angreifbar«, gab Berking sichtlich unzufrieden zu.

»Vielleicht fällt Tilla noch etwas dazu ein. Sie ist clever«, bemerkte Andreas Kamenz. »Hat Dafydd etwas gesagt, was uns im Fall Messner weiterhilft?«

»Tja, was das angeht, war unser Besuch in England nicht gerade aufschlussreich.« Berking gab in groben Zügen das Gespräch mit Dafydd wieder. »Dieser Professor ist in meinen Augen so glaubwürdig wie die Lobpreisungen eines orientalischen Teppichhändlers, und das, was er über sein Verhältnis zu Dorothee Messner erzählte, ebenfalls. Fest steht jedoch: Er ist der Verfasser dieser Untersuchungen. Er behauptete, völlig regulär mit der Messner zusammengearbeitet und ihren Informationspool benutzt zu haben. Er gab sogar zu, am Todestag von Frau Messner in Goslar gewesen zu sein, aber er hat ein Alibi – nämlich seine Verlobte, die ein Rennpferd in das Gestüt Harzburg gebracht hat. Es sieht nicht so aus, als hätte er etwas mit ihrem Tod zu tun.« Dann schränkte Berking ein: »Zumindest nicht persönlich. Fakt bleibt: Der Tod von Frau Messner kam Dafydd sehr gelegen, denn sie schien von der zweiten Scheibe gewusst oder etwas geahnt zu haben. Die Zeichnung auf ihrem Arm sollte wahrscheinlich die zwei Himmelsscheiben darstellen. Darunter stand womöglich sein Name. Wenn er irgendetwas mit ihrem Tod zu tun hat, ist das auch für den Streit um die Scheibe von Bedeutung, der uns bevorsteht. – Unsere Annahme, dass es sich bei Frau Messners Tod um einen Unfall handelt, basiert hauptsächlich auf der Aussage dieser Zeugin. Ich denke, Sie sollten die Frau und ihre Aussage noch einmal überprüfen … Ach ja, Frau Leinwig erfuhr vor kurzer Zeit, dass Frau Messner eine Halbschwester in Wernigerode hat, was ja zu dem Handy-Bewegungsprofil passt. Sie heißt Claudia Hohenstein. Vielleicht sollten Sie …«

»Hohenstein?«, fragten Wegener und Andreas Kamenz unisono dazwischen.

Berking war erstaunt. »Sie kennen sie?«

Gerd Wegener wechselte einen irritierten Blick mit Kamenz. »Allerdings. Vor ein paar Tagen kam eine Anfrage aus Sachsen-Anhalt, genauer gesagt aus Wernigerode, eigentlich Gerred Assmut betreffend. Herr Assmut hat in der Zwischenzeit die Freundin gewechselt. Seine neue, Claudia Hohenstein aus Wernigerode, muss jemanden ziemlich zur Verzweiflung getrieben haben. Der bisher noch unbekannte Mann hat sich vor ihrer Haustür eine Kugel in den Kopf gejagt. Claudia Hohenstein behauptet, in besagter Nacht bei Assmut gewesen zu sein und den Toten nicht zu kennen. Assmut bestätigt ihr Alibi, deshalb wollten die Kollegen von drüben gern wissen, ob er sauber ist.«

Andreas hörte davon zum ersten Mal und staunte nicht schlecht. Die Nachricht, dass Gerred Tilla verlassen hatte, nahm ihn so sehr in Beschlag, dass der weitere Sinn von Wegeners Worten erst langsam in sein Bewusstsein fand. Endlich meldete er sich zu Wort. »Ich kenne diese Claudia Hohenstein von einem kurzen Zusammentreffen vor ein paar Wochen. Als Tilla mich damals wegen der Übersetzung anrief, traf ich mich mit ihr in Bad Harzburg. Es passte gerade, da ich in der Mädchenschiebersache in Altenau war …«, Andreas warf einen scheelen Blick auf Wegener, der dies jedoch nicht kommentierte. »Also, diese Hohenstein kam vorbei und Tilla stellte sie mir als Kollegin von Assmut vor. Ich bin sicher, sie wurde an diesem Tag verfolgt. Eine junger Mann mit grünem Basecap, ziemlich hager und ziemlich durch den Wind, lungerte dauernd in ihrer Nähe herum. Sie ging zur Seilbahnstation, er hinterher. Ich sah ihn später noch einmal, da lief er durch die Einkaufszone und heulte. Ich habe damals vermutet, dass er mit dieser Hohenstein gesprochen und einen Korb kassiert hatte.«

Steinbrecht schüttelte grinsend den Kopf. »Eure Welt hier im Harz ist wirklich ein Dorf, liebe Kollegen.«

»Ja, wohl wahr«, bestätigte Berking nachdenklich und wandte sich wieder an Kamenz. »Am besten, Sie fahren gleich zu den Kollegen nach Wernigerode. Schauen Sie sich den Toten an, vielleicht ist das der Mann, den Sie gesehen haben. Informieren Sie die Kollegen auch über unseren Fall und darüber, dass wir Frau Hohenstein nach ihrem Alibi der Nacht auf den einundzwanzigsten Juni befragen werden.«

*

Tilla verstand nicht, wie sie ausgerechnet mit Berking im Bett hatte landen können. Sein seltenes, stets unbeholfen wirkendes Lächeln tauchte ständig vor ihrem inneren Auge auf. Sein blondes Haar, im Vorjahr noch militärisch kurz, trug er nun etwas länger.

»Eigentlich sieht er gar nicht so schlecht aus«, murmelte sie sinnend, verzog dann das Gesicht und wandte sich ihrem Computer zu, um den von Berking gewünschten Bericht über die Scheibe zu schreiben. Zunächst klickte sie ihren Postkasten an und arbeitete die eingegangenen

Mails ab. Als sie eine Mail von einem ihr unbekannten Absender öffnete, ahnte sie Übles, denn es passierte mal wieder gar nichts.

»Oh verdammt … nicht schon wieder!« Tilla starrte bang ihren Bildschirm an. Aber es baute sich nicht etwa ein weiteres Foto auf, der Bildschirm färbte sich gleich blau. Eine wüste Schimpftirade ausstoßend, schlug Tilla im Stakkato mit den Händen auf ihre Schreibtischplatte ein. »Das kann doch nicht wahr sein! Das gibt es doch einfach nicht! Wo kommt denn dieser Virus jetzt wieder her?« Sie zeterte noch eine Weile, bis sie auf ihrem Schreibtischstuhl zusammensank. Sie stierte den blauen Bildschirm an, als wolle sie das Gerät mit ihrem Blick in Brand setzen. Endlich stieß sie ein letztes deftiges »Scheiße« aus und stellte den Computer aus. Berkings Bericht würden warten müssen. Nachdem sie wieder einmal einen Termin in ihrem Computergeschäft zum Austausch der Festplatte gemacht hatte, erhob sie sich, denn hier konnte sie nichts mehr ausrichten. Wieder war jemand in ihren Computer eingebrochen.

Nur in den Computer? Unsicher sah sich Tilla um. Plötzlich kam ihr nahezu jedes Schrankfach und jeder der zahlreichen Körbe, die mit allerlei Krimskrams vollgestopft waren, irgendwie verändert vor. Dort hing das Kabel ihres Ladegerätes für das Handy heraus, dort lugte ein Schal aus einem der Körbe, den sie seit dem letzten Winter nicht mehr gesehen hatte. Und dort das Buch … hatte es schon immer so schräg gestanden?

»Heilige Göttin … es ist nur ein Computervirus … hier war niemand!« Sie schloss die Augen und presste sich die Finger an die Schläfen, als ob ihre Worte so eher einen Weg zu ihrem Denken finden würden. Als Tilla sie wieder öffnete, wirkte ihr Arbeitszimmer so chaotisch wie immer.

Blieb der erneute Angriff auf ihren Computer. Eine Warnung? Sie dachte einen Augenblick daran, Andreas anzurufen, dann kamen ihr Wegeners mahnende Worte in den Sinn. Nein. Er hatte recht. Sie sandte Andreas permanent falsche Signale. Ein Fehltritt reichte. Tilla würde Wegner bei nächster Gelegenheit von dem Virus erzählen.

*

Jürgen Palinski war ihm nicht sonderlich sympathisch, doch Andreas bemühte sich, dem bärbeißigen Kollegen entgegenzukommen, und berichtete ihm, was er bereits Wegener und Berking über den Verfolger von Claudia Hohenstein erzählt hatte. Anschließend musste er eine Weile auf einen Kommentar Palinskis warten.

Während der sinnend aus dem Fenster starrte und dabei mit einem schabenden Geräusch durch seinen Bart strich, reichte eine Kollegin Andreas grinsend einen Becher Kaffee. »Jürgen denkt nach, das kann dauern. Trinken Sie erst mal was. Wenn er sich in einer Stunde noch immer nicht muckst, bringe ich Ihnen eine Stulle.«

Lachend nahm Andreas ihr den Becher ab und dankte ihr.

»Und diesen Verfolger hatte sie nicht bemerkt?«, fragte Palinski, die Stichelei seiner Kollegin völlig ignorierend.

»Nein, auf dem Weg zur Burg nicht. Ob sie ihn oben getroffen hat, weiß ich nicht.«

Palinski grunzte. »Was hatten Sie für einen Eindruck von dieser Hohenstein?«

»Ich habe nur wenige Worte mit ihr gewechselt.« Andreas dachte kurz nach. »Sie schien sehr selbstbewusst, war teuer gekleidet, sorgfältig zurechtgemacht, eine durchaus eindrucksvolle Erscheinung. Ich denke, sie weiß ihre Wirkung sehr genau einzuschätzen.«

Palinski stellte die Beurteilung offenbar zufrieden. »Sie sagten, die Hohenstein habe dort eine Freundin getroffen. Kann die mir mehr über sie sagen?«

»Freundin würde ich sie nicht nennen. Frau Leinwig ist die Exfreundin von Herrn Assmut.«

Palinskis Gesicht verzog sich. Andreas konnte nur ahnen, dass dies wohl ein Lächeln sein sollte. »Und was hält Frau Leinwig von ihr?«

»Nichts. Sie findet sie sehr berechnend und glaubt, dass Frau Hohenstein etwas verbirgt. Aber darauf würde ich bei Frau Leinwigs derzeitiger Gemütslage nicht viel geben. Ich glaube ihr allerdings, wenn sie sagt, Frau Hohenstein habe sich rücksichtslos in die Beziehung zwischen ihr und Herrn Assmut gedrängt.«

»Tja, dann ist die Hohenstein wohl eine Frau, die verbrannte Erde hinterlässt.« Er runzelte die Stirn. »Leinwig … irgendwo hab ich den Namen schon mal gehört. Wenn nicht alles darauf hinweisen würde, dass der Mann, der tot vor der Tür der Hohenstein lag, sich selbst erschossen hat, würde ich jetzt anfangen, die Leinwig zu überprüfen.«

»Die Arbeit können Sie sich sparen, Herr Palinski. Frau Leinwig ist uns bestens bekannt, da sie hin und wieder als Übersetzerin für uns arbeitet. Sie war gerade mit Staatsanwalt Berking in England, um bei einem Verhör zu übersetzen, als sich der Mann erschossen hat.«

Wieder grunzte Palinski. Dann raffte er sich eine Akte heran, entnahm ihr mehrere Fotos der Leiche und schob Andreas die Bilder wortlos zu.

Andreas betrachtete sie. »Ja. Ich bin mir ziemlich sicher, das ist der Mann, der Frau Hohenstein verfolgte.« Er sah auf. »Und Sie haben noch immer keine Ahnung, wer das ist?«

Palinski schüttelte den Kopf. »Er hatte weder Ausweis noch Portemonnaie bei sich, und die Waffe gibt leider auch nichts her. Die Seriennummer wurde entfernt. Offenbar hat er das Ding auf dem schwarzen Markt gekauft.«

Andreas runzelte die Stirn. »Für einen Selbstmord braucht man ja eigentlich keine Waffe vom Schwarzmarkt.«

»Ich nehme an, dass er ursprünglich jemand anderen damit erschießen wollte – vielleicht die Hohenstein.«

»Und dann hat er sich plötzlich anders entschieden?«

Beide verharrten eine Weile nachdenklich. Dann sagte Andreas: »Jemand, der sich so dramatisch vor der Tür eines anderen umbringt, will doch damit etwas aussagen. Wieso hat er denn dann nicht wenigstens einen erklärenden Abschiedsbrief hinterlassen?«

»Das ist es ja, was mich an der ganzen Sache so stört«, antwortete Palinski verärgert.

»Wenn er Frau Hohenstein damals bis nach Bad Harzburg folgte, müsste er doch einen Wagen gehabt haben. Vielleicht ist der Abschiedsbrief dort?«

»So weit waren wir auch schon«, ließ die Kommissarin, die ihm den Kaffee gereicht hatte, nun hören. »Aber in der Nähe des Hauses befindet sich kein fremdes Auto. Wir haben bereits alle Straßen des Wohngebietes abgeklappert.«

»Eine Bitte um Zeugen in der Zeitung ist auch ergebnislos verlaufen«, fügte Palinski hinzu.

»Ja, das kenne ich. Da scheint irgendwie nie etwas bei rumzukommen«, meinte Andreas und umriss kurz den Fall Messner.

Palinski kratzte wieder in seinem Bart herum. »Tja, entweder haben wir beide einen Fall, den wir mit Bauchschmerzen zu den Akten legen müssen … oder es gibt da eine Verbindung.«

*

Tilla hatte Wegener noch nicht erreicht. Ihr Kopf kam einfach nicht zur Ruhe. Sie wusste, das Einzige, was gegen chronisch kreisende Gedanken half, war Arbeit. Also schlüpfte sie in ihre Gummistiefel, griff nach der Schaufel und stob durch die Kellertür. Auf der ersten Stufe der Außentreppe stutzte sie, drehte sich um und starrte die Tür sinnend an. Die war offen gewesen. Hatte sie vergessen, sie abzuschließen? Ihre Paranoia holte sie erneut ein.

»Vielleicht war das Dana«, redete sie sich ein. »Genau! Ich werde sie fragen.« Nicht im Mindesten beruhigt verharrte sie in der offenen Tür.

Das Telefon klingelte. Tilla rannte zurück, die Treppe hinauf und nahm das Telefon von der Flurkommode. Nach ein paar Minuten beendete sie das Gespräch mit dem Versprechen, sich mitsamt ihrer Fotoausrüstung sofort auf den Weg nach Clausthal zu machen, und beteuerte, dass ihr der Termin gut passen würde, auch wenn er so plötzlich gekommen sei.

Dann tappte sie zurück in den Keller, um die Tür ordentlich zu verschließen. Ein Blick auf den einfachen Bartschlüssel machte sie erneut nachdenklich. Sie hatte zwar das Haustürschloss austauschen lassen, aber das hier hatte sie völlig vergessen. Irgendwann würde sie auch dieses Schloss mitsamt Tür drumherum erneuern lassen müssen.

Nachdem sie sich umgezogen hatte, sauste sie entnervt durch die Wohnung und suchte ihren Autoschlüssel, den sie endlich in ihrer Küche fand, wo sie ihn vor ihrem Trip nach England liegengelassen hatte. Dann lud sie sich die Fototasche auf die Schulter, klemmte sich die Handtasche unter den linken Arm und verließ das Haus.

Dana strebte gerade an ihr vorbei dem Wald entgegen. »Hey, wolltest du nicht arbeiten?«, begrüßte sie Tilla herzlich.

»Oh, hallo, Dana!« Tilla schloss die Tür ab. »Mein Computer ist schon wieder blau.«

»Oh nein …! Meinst du, das kommt wieder von demjenigen, der dir das schreckliche Bild geschickt hat?«

»Ich weiß es nicht.«

»Hast du die Polizei angerufen?«

»Ja, Wegener war nicht da. Jetzt habe ich erst einmal einen Auftrag in Clausthal.« Tilla klopfte zwinkernd auf ihre Fototasche. »Sie möchten für ihre Homepage ein paar Fotos von einem besonderen Gussexperiment. – Sag mal, warst du in letzter Zeit in meinem Keller?«

»Nein, warum?«

»Die Tür war offen … Mist. Na ja … hab ich sie wohl offen gelassen. Ich bin und bleibe ein Schussel. Muss los … Ciao!«

Als sie die Gestütswiesen passierte, hatte sie das Gefühl, dass ihr Wagen leicht nach links zog. Sie lenkte gegen und runzelte die Stirn. Dann schien wieder alles normal. »Komisch. Vielleicht eine Pfütze …«

Während sie die Straße im Okertal hinauffuhr, dachte sie über die merkwürdigen Zufälle nach, die mit dem Tod von Dorothee verbunden waren. Waren es Zufälle? Von oben sah Tilla einen Reisebus auf sich zukommen. Urplötzlich gab es einen Ruck, als sei sie mit dem Vorderreifen in ein tiefes Loch gefahren. Ihr Auto schlingerte zur Straßenmitte, obwohl Tilla sofort heftig gegenlenkte. Sie schrie auf und fasste das Lenkrad fester. Der Bus tauchte unmittelbar vor ihr mit kreischenden Bremsen auf. Tilla zog das Lenkrad mit aller Kraft nach rechts und gab Gas. Ihr Wagen drehte sich wie ein Kreisel, touchierte mehrfach die Leitplanke und krachte dann unmittelbar hinter dem Reisebus in eine Felswand aus Granit.

*

Andreas klingelte ungeduldig an Tillas Haustür. Seine Hand fuhr kurz in die Tasche, wo ein Foto des Toten aus Wernigerode steckte. Er würde sie fragen, ob sie den Mann noch einmal gesehen hätte. Doch im Grunde stand er auch hier, um sich zu vergewissern, dass es ihr gut ging, nachdem Gerred sie verlassen hatte. Unsinniger

Ärger stieg in ihm hoch, der sich völlig irrational gegen Gerred richtete. Wieso entschied sich dieser Tropf gerade jetzt für eine andere?

»Tilla ist nicht da«, hörte er jemanden hinter sich rufen und fuhr herum.

Er kannte die schlanke, dunkelhaarige Frau, die auf dem Weg stand. »Hallo, Frau Assmut! Wann kommt Tilla denn zurück? Ich müsste sie dringend etwas fragen.«

»Sie ist wegen eines Fotoauftrages weg, ich schätze, sie wird erst heute Nachmittag zurück sein.«

Andreas bedankte sich und wandte sich schon zum Gehen, als ihm etwas ins Auge fiel, das sich von den grauen Steinen vor Tillas Haus abhob. Er näherte sich dem Platz vor dem Zaun, wo Tilla normalerweise ihren Wagen abstellte. Nachdenklich blickte er auf eine Radzierblende. Er wusste, sie gehörte zu Tillas Wagen. Als er sie herumdrehte, bemerkte er, dass eine der Klemmen abgebrochen war. Offenbar hatte jemand die Zierblende verkantet. Warum war sie überhaupt abgenommen worden? »Hatte Tilla irgendein Problem mit ihren Reifen?«

»Nicht, dass ich wüsste«, antwortete Dana, die ihm über die Schulter blickte. »Ärger hatte sie nur mit ihren Computer. Wenn ich sie richtig verstanden habe, ist der schon wieder hin.«

»Was?« Alarmiert richtete sich Andreas auf. »Warum hat sie mich denn nicht angerufen?«

»Sie sagte, sie hätte Ihren Kollegen angerufen, aber nicht erreicht.«

Andreas blickte mit einem unguten Gefühl auf die Radzierblende. »Frau Assmut, wo wollte Tilla hin?«

»Sie wollte nach Clausthal.«

»Wann ist sie losgefahren?«

Dana sah auf ihre Uhr. »Vielleicht vor zwanzig Minuten. Was ist denn?«

»Welche Strecke nimmt sie immer?«

»Über Oker.«

Andreas legte die Radblende in seinen Dienstwagen, griff nach seinem Handy und wählte Tillas Nummer. Sie meldete sich nicht. Mit einer dunklen Vorahnung setzte er sich in den Wagen und fuhr los.

*

Die uniformierten Kollegen hatten die enge Straße durch das Okertal bereits abgesperrt. Es ging gar nichts mehr. Andreas erntete böse Blicke und Kopfschütteln, da er an der langen Schlange wartender Autos einfach vorbeifuhr. Als er die erste Sperre erreichte, hielt er seinen Polizeiausweis aus dem Fenster. Man ließ ihn passieren. Zwischen den Kästeklippen und der kleinen Staumauer stand ein Krankenwagen in Wartestellung, dahinter hielt ein Bus hielt fast quer auf der Straße. Andreas stellte seinen Wagen ab und eilte an dem Bus vorbei, seinen Ausweis hochhaltend. Der Anblick von Tillas Golf, der total verformt an der Felswand klebte, nahm ihm die Luft. Überall hingen weiße, schlaffe Airbags herunter.

Einer der uniformierten Kollegen, der mit einem Distanzrad und Sprühfarbe den Unfallort dokumentierte, rief ihm zu: »Hat Glück gehabt, die Kleine!«

»Wo ist sie?«

Er wies auf den Krankenwagen und fuhr fort, Zeichen auf die Straße zu sprühen.

»Der Wagen muss sichergestellt werden«, wies Andreas den Polizisten an. »Ich glaube, jemand hat sich an ihrem Reifen zu schaffen gemacht. Auf ihrem Parkplatz lag eine der Radblenden. Womöglich hat jemand die Radmuttern gelöst, dann aber die Radblende nicht wieder richtig eingesetzt.«

»Au, das erklärt natürlich einiges. Der Busfahrer hat ausgesagt, dass ihr Wagen urplötzlich ins Schlingern geraten ist, nachdem etwas über die Straße geflitzt ist. Das war ein Rad. Dann sei der Wagen aber gottlob sehr schnell nach rechts gezogen worden von dem Bus weg. Sie hat sich gedreht und ist in die Wand gekracht. Na, dann rufe ich mal die Kollegen von der Tatorttechnik.«

Andreas dankte ihm und wandte sich dem Krankenwagen zu. Als er Tilla schimpfen hörte, lächelte er erleichtert in sich hinein. Neugierig schaute er in den Wagen. Tilla wedelte mit beiden Händen in der Luft herum und beteuerte, dass ihr nichts fehlen würde. Sie stutzte, als sie Andreas sah.

Er hielt dem Notarzt seinen Ausweis hin. »Fehlt ihr wirklich nichts?«

»Außer einem Schock und einem Kratzer an ihrer Stirn ist sie gut weggekommen.« Er wies grinsend auf zwei schmale Pflasterstreifen, die man ihr auf die Stirn geklebt hatte.

»Ich weiß nicht was mit meinem Wagen los war … plötzlich ist er links ausgebrochen«, sprudelte Tilla hervor, die offenbar Angst hatte, für den Unfall verantwortlich zu sein.

»Aber ich weiß, was mit deinem Wagen los war. Du kannst nichts dafür«, sagte Andreas. »Los, komm, ich bringe dich nach Haus.«

*

Tilla saß völlig erschöpft in Andreas' Wagen. Sie hatte ihr Handy genommen, um ihrem Kunden im Zellerfelder Institut abzusagen, bekam aber keinen Empfang. Das würde sie zu Hause nachholen müssen. Während Andreas an einer endlos scheinenden Autoschlange vorbei Richtung Oker talwärts fuhr, erzählte er ihr von seinem Verdacht.

»Und du hast meine Radblende auf meinem Parkplatz gefunden?«

»Ja. Dass du noch bis Oker gekommen bist, deutet darauf hin, dass die Radmuttern nicht vollständig gelöst wurden. Die Kurven des Okertales haben den losen Radmuttern den Rest gegeben. Vermutlich wollte man, dass es wie ein Unfall aussieht.«

Tillas Stimme war kaum mehr als ein Flüstern. »Jemand wollte mich umbringen? Aber warum denn?«

»Tja, ich hatte gehofft, dass du mir das sagen könntest.«

»Ich hab keinen Schimmer.«

»Dana Assmut sagte mir vorhin, man hätte deinen Computer schon wieder mit einem Virus lahmgelegt. Warum hast du mir nichts davon erzählt?«

»Äh … Wollte ich ja, ich hatte Wegener angerufen, aber der war nicht da. Ich hätte heut Abend nochmal angerufen. Aber sag mal, was wolltest du denn bei mir?«

»Ich komme gerade aus Wernigerode. Es geht um diesen Toten vor der Haustür von dieser Claudia Hohenstein …«

»Was? Was denn für ein Toter?«

Andreas erklärte es ihr. Währenddessen zog er das Foto aus seiner Jackentasche und reichte es Tilla. »Ich bin sicher, das ist der Typ, der ihr damals in Bad Harzburg gefolgt ist. Ich hatte gehofft, dass du … oder auch Gerred ihn vielleicht noch mal gesehen habt. Wenn wir herausbekämen, wer das ist, wissen wir auch, warum er sich ausgerechnet im Hauseingang von Claudia Hohenstein umbrachte.«

»Tobias … das ist Tobias von Kralitz … Verdammt, ich hätte mir denken können, dass er so einen Unsinn macht. Erst sein Bruder und nun er … ich hätte es verhindern müssen«, jammerte Tilla.

Andreas vergaß für einen Moment, Gas zu geben, so verblüfft war er. Tilla berichtete ihm alle Einzelheiten des Gespräches mit Tobias von Kralitz. Dabei redete sie sich immer mehr in Rage und sparte nicht mit giftigen Bemerkungen über Claudia Hohenstein.

Als er seinen Wagen vor Tillas Haus abstellte, betrachtete er das Grüppchen, das sich nun eilig auf sie zu bewegte, mit gemischten Gefühlen. Offenbar hatte Dana Assmut ihren Bruder informiert. Ein paar Meter hinter den Geschwistern folgte Claudia Hohenstein mit verhaltenen Schritten. Tilla stieg aus und blieb wie vom Donner gerührt stehen, als sie Claudia entdeckte. Andreas spritzte Übles ahnend aus dem Wagen. Er war gerade noch schnell genug, um Tilla abzufangen, die sich auf Claudia stürzen wollte.

Das hinderte Tilla nicht, ihr ihren Zorn entgegenzubrüllen. »Du verfluchtes Miststück! Erst treibst du deinen Freund Phillip in den Tod, dann Tobias und jetzt schraubst du auch noch an meinen Radmuttern herum … Du hast Gerred doch schon. Wieso willst du mich jetzt auch noch umbringen?«

Andreas beobachtete interessiert Claudias Reaktion. Sie starrte sichtlich entsetzt herüber, während Tilla noch immer versuchte, seinen Griff abzuschütteln. Claudia brachte keinen Ton über die Lippen. Andreas schien ihre Bestürzung echt.

»Bist du jetzt völlig durchgedreht?«, herrschte Gerred Tilla an. »Wie kommst du auf den Irrsinnsgedanken, Claudia würde dich umbringen wollen?! Du bist ja völlig paranoid!«

»Und du bist völlig verblendet. Sie ist ein verlogenes Miststück«, schrie Tilla außer sich zurück.

»Können Sie nicht auch mal was dazu sagen?«, mischte sich nun auch Dana ein und baute sich aggressiv vor Claudia auf. Obwohl Claudia fast einen Kopf größer war, wich sie einen Schritt zurück.

»Jetzt fang du nicht auch noch an!«, blaffte Gerred seine Schwester an.

Während sich nun die Geschwister ein heftiges Wortgefecht lieferten, raunte Andreas Tilla ins Ohr: »Wenn

Claudia flüchtet, muss ich hinterher, deswegen lasse ich dich jetzt los. Wehe, du stürzt dich auf sie! Überlass sie mir.«

»Jaja«, murrte Tilla unwillig. Mit einem vernichtenden Blick auf Claudia blieb Tilla stehen, wo sie war, als Andreas seinen Griff löste.

Er ignorierte die streitenden Geschwister und wandte sich direkt an Claudia. »Frau Hohenstein, warum haben Sie dem Kollegen Palinski verschwiegen, dass Sie den Toten kennen?« Er trat vorsichtshalber so dicht an sie heran, dass er einer eventuellen Flucht schnell ein Ende setzen konnte.

»Was? Ich hab den Toten nicht gekannt.« Claudia schaute nun tatsächlich nach rechts und links, als sondiere sie das Gelände.

»Frau Hohenstein, ich warne Sie. Ihre Lügen bringen Ihnen einen Heidenärger ein. Wir wissen, Tobias von Kralitz folgt Ihnen schon seit Wochen. Ich selbst habe ihn damals in Bad Harzburg gesehen und von Frau Leinwig weiß ich, dass er sogar hier war, weil er Herrn Assmut alles über Sie erzählen wollte. Sie hat ihn auf dem Grundstück von Herrn Assmut erwischt, und er hat ihr gesagt, dass sich sein Bruder Ihretwegen umgebracht hat.«

Um ihn herum wurde es still. Claudias Blick flitzte hin und her.

»Haben Sie versucht, die Identität des Toten zu verschleiern?«, fragte Andreas sie in scharfem Ton.

»Nein!«

»Er war der Bruder Ihres Ex-Freundes aus Berlin, mit dem Sie jahrelang zusammen waren. Und Sie wollen ihn nicht erkannt haben?«

Claudia schüttelte den Kopf und hob die Hände, als gelte es, etwas aufzuhalten. »Tobias war zwar Phillips Bruder, aber ich kannte ihn kaum. Das Verhältnis innerhalb der Familie von Kralitz war etwas problematisch.

Phillip und ich hatten wenig Kontakt mit seiner Familie. Ich kann es noch immer nicht glauben, dass es Tobias ist, der Tote wirkte so alt und war so dünn. Es tut mir wirklich leid. Ich bin gar nicht auf die Idee gekommen, dass er es sein könnte.«

Andreas wusste, Tote sahen anders aus als zu Lebzeiten und wurden häufig nicht erkannt. Dennoch schüttelte er ungläubig den Kopf und hakte nach. »Frau Hohenstein, Sie haben doch mit ihm gesprochen! Und dann erkennen Sie ihn nicht?«

»Ich hab nicht mit ihm gesprochen«, widersprach Claudia aufgebracht. »Ich bin völlig überrascht, dass er hier ist. Ich wüsste auch nicht, was er von mir gewollt haben könnte, ich habe ihn doch kaum gekannt.«

Gerred Assmut stellte sich neben Claudia und starrte Andreas böse an. »Wenn Sie etwas von meiner Partnerin wollen, dann werden Sie warten, bis ein Anwalt dabei ist. Lassen Sie sie jetzt in Ruhe!«

Andreas ignorierte ihn. »Haben Sie die Radmuttern an Frau Leinwigs Wagen gelöst, damit sie nichts über Tobias erzählt?«

Gerred schob sich dazwischen und ließ lautstark hören: »Herr Kamenz, Sie verbringen eindeutig zu viel Zeit mit Tilla, Sie hören sich nämlich schon genauso paranoid an wie sie.«

»Herr Assmut, falls Sie es noch nicht gemerkt haben, ich führe hier eine polizeiliche Befragung durch«, antwortete Andreas aggressiv. »Hören Sie auf, mich dabei zu behindern. Tillas Wagen klebt oben im Okertal mit einem Totalschaden an der Felswand, weil höchstwahrscheinlich jemand die Radmuttern gelöst hat. Frau Hohenstein hat ein Motiv und ich will wissen, ob sie das war.«

»So ein Unsinn«, warf Claudia dazwischen. »Was sollte ich für ein Motiv haben? Ich wusste nicht, dass es sich um Tobias handelt, und ich wusste auch nicht, dass Frau Leinwig mit Tobias gesprochen hatte.«

»Du lügst doch, wenn du den Mund aufmachst«, keifte Tilla sie an. »Du hast ein Motiv! Wenn nicht wegen Tobias, dann doch wohl wegen Dorothee …« Tilla bedachte Claudia mit einem eisigen Lächeln. »… deiner Halbschwester, die kurz vor ihrem Tod in Wernigerode war. Sollen wir jetzt alle mal um die Wette raten, wen Dorothee in Wernigerode besucht hat?«

*

Alle Blicke richteten sich auf Claudia, die mit unbewegtem Gesicht am Tisch saß. »Sie kannten Frau Messner also?«, fragte Berking sie.

»Ja«, antwortete Claudia knapp.

»War sie vor ihrem Tod bei Ihnen?«

Claudia schwieg. Ihre zur Schau gestellte Gelassenheit begann Gerd Wegener zu ärgern. Er mischte sich bewusst in deutlich gereiztem Ton ein. »Frau Hohenstein, uns liegt ein Bewegungsprofil von Frau Messners Handy vor. Wir wissen, sie war am Tag ihres Todes in Wernigerode. War sie bei Ihnen?«

Claudia Hohenstein betrachtete ihn, als sähe sie ihn zum ersten Mal. Vermutlich war es das erste Mal seit sehr langer Zeit, dass die Männer in ihrem Umfeld nicht so reagierten, wie sie es erwartete, vermutete Wegener mit einer Portion Schadenfreude. Endlich gab Claudia wenn auch widerwillig zu: »Ja, sie war bei mir.«

Die Ermittler warteten.

Claudia seufzte kurz. »Ja, sie war meine Halbschwester, ein Fehltritt meines Vaters. Frau Messner hatte mich schon mehrfach in Berlin aufgesucht und ja, ich gebe es zu, ich war nicht gerade nett zu ihr. Aber das ist doch wohl auch kein Wunder … Nach über dreißig Jahren erfährt man plötzlich, dass der eigene Vater fremdgegangen ist. Ich wollte nichts von ihr wissen, aber sie tauchte immer wieder auf …« Claudia zögerte einen Moment, entschloss sich dann aber, weiterzusprechen. »Bei unserem letzten Treffen in Berlin hatte ich sie wieder einmal weggeschickt und erwähnt, dass ich wegziehen würde, nach Wernigerode. Ich sagte ihr das, weil ich gehofft habe, dass sie mich dann in Ruhe lässt. Ich konnte es kaum fassen, als sie dort auch noch auftauchte. Sie faselte etwas von schwesterlichen Gemeinsamkeiten …« Hier versank Claudia in Nachdenklichkeit.

»Und da sind Sie wütend geworden«, stellte Wegener in sanftem Ton fest, um ihren Redefluss wieder in Gang zu bringen.

»Ja, ich war wütend. Ich ließ sie zwar herein, aber wir stritten uns. Ich habe sie beschimpft … übel beschimpft, sie heulte und stürmte aus meinem Haus. Seitdem habe ich sie nicht mehr gesehen.«

»Wusste von Kralitz von ihr?«, fragte Jürgen Palinski.

Glattzüngig antwortete Claudia: »Ich weiß es nicht. Das müssen Sie schon Frau Leinwig fragen. Ich habe ja nicht mit Tobias gesprochen.«

»Tobias von Kralitz ist Ihnen damals auf die Burg gefolgt und Sie wollen uns erzählen, ihn nicht gesprochen zu haben?«, fragte Andreas.

»Ich habe ihn nicht gesehen«, beharrte Claudia.

Wegener ahnte, dass es schwer werden würde, aus dieser Frau die Wahrheit herauszubekommen. Er war sich sicher, dass sie routinierter log, als andere einen guten Morgen in die Welt wünschten.

»Herr Kralitz hat Frau Leinwig gegenüber geäußert, dass Sie für die Betrügereien in Berlin verantwortlich seien. Ist da etwas dran?«, fragte Palinski.

»Nein, natürlich nicht. Die Polizei hat mich damals schon verhört, es ist aber nie Anzeige erstattet worden. Phillip hatte den Betrug zugegeben, daran wurde nie gezweifelt. Tobias muss sich da etwas eingeredet haben … aber er war schon immer etwas labil.«

Andreas hakte nach. »Sagten Sie nicht, Sie kannten ihn nicht gut?«

Sie zog eine entschuldigende Miene. »Das waren Phillips Worte, nicht meine. Er hat seinen Bruder immer als labil beschrieben und in Schutz genommen. Herr von Kralitz senior ist ein äußerst dominanter Charakter, der Menschen in seiner Umgebung geradezu zermalmt. Tobias war immer der sensible Typ, was sein Vater gar nicht mochte. Als er dann anfing, Kunstgeschichte zu studieren und nicht BWL, hat sein Vater getobt. Phillip hat er einigermaßen akzeptiert, weil der viel Geld nach Hause brachte. Dass dieses Geld nicht zur Gänze aus seinem Verdienst stammte, wusste ja niemand. Ich auch nicht. Von Phillips Tod erfuhr ich erst, als Frau Leinwig es mir entgegenbrüllte. Was ist mit ihm passiert?«, fragte sie mit arglosem Gesicht.

Wegener erklärte ihr die Umstände des Todes von Phillip von Kralitz, obwohl er sicher war, dass ihre Frage eher zur Show gehörte, als dem Bedürfnis nach Information geschuldet zu sein.

Sie stellte gebürende Betroffenheit zur Schau. »Tobias hatte ein sehr enges Verhältnis zu seinem Bruder. Phillips Tod muss ihn völlig aus der Bahn geworfen haben.«

Zwar erkannte der Goslarer Kommissar die Zweifel in den Gesichtern seiner Kollegen, gestand sich aber widerstrebend ein, wie schwer es war, Claudia Hohensteins seidig dahinfließenden Worten nicht kritiklos zu folgen. So freute er sich geradezu über Staatsanwalt Berking, der kühl bemerkte: »Es fällt mir außerordentlich schwer, Frau Hohenstein, Ihnen die Unschuldige abzunehmen, wenn gleich drei Tote Ihren Weg pflastern … und eine vierte Person heute fast zu Tode kam.«

*

»Das kann doch nicht wahr sein!«, zeterte Tilla und wanderte in ihrem Wohnzimmer auf und ab. »Was heißt, ihr könnt ihr nichts nachweisen?« Dann blieb sie stehen und sah Andreas geradezu flehend an. »Und diese Leute in weißen Tüten, die da draußen auf meinem Parkplatz herumgekrochen sind? Haben die nicht irgendwas von ihr gefunden? Fingerabdrücke? Haare?«

Andreas grinste verhalten und schüttelte bedauernd den Kopf. »Auf der Radblende wurde zwar ein Abdruck sichergestellt, aber der scheint von einem Handschuh zu stammen.«

Tilla ließ sich mit einem Fauchen auf ihr Sofa fallen. Dann blickte sie Andreas abschätzend an. »Ich weiß ja, dass ich nicht fragen darf … Erzählst du mir trotzdem, was bei dem Verhör von Claudia herausgekommen ist?«

Er besann sich einen Augenblick, begann dann aber das Verhör vom Vortag zusammenzufassen.

Tilla hörte ihm aufmerksam zu. »Sie ist ziemlich überzeugend, nicht wahr?«

»Ja, das ist sie zweifellos.«

»Und die anderen, glauben die ihr?«

»Nein. Gerd gab zu, dass ihn die Frau richtiggehend ärgere, Palinski würde sie am liebsten sofort wegsperren und Berking glaubt ihr ebenfalls kein Wort. Aber es wird nicht einfach, ihr etwas nachzuweisen. Im Moment durchsuchen die Kollegen in Wernigerode ihre Wohnung. Und unsere Leute nehmen gerade Gerreds Haus in Angriff.«

Tillas Augen wurden groß. »Warum denn das?«

»Nun, falls sie die Hinweise auf die Identität des Toten und eventuelle Beweise des damaligen Betruges hat verschwinden lassen, kommt dafür auch seine in Wohnung Frage, zumal sie ja seit besagter Nacht dort wohnt.«

Die Bemerkung schmerzte noch immer, aber Tilla hörte Andreas kommentarlos weiter zu.

»Palinski, der Kollege aus Sachsen-Anhalt, hat eine Unstimmigkeit im zeitlichen Ablauf des fraglichen Abends gefunden, den Claudia angegeben hatte. Und es befinden sich Blutspuren innen im Haustürrahmen von Claudias Haus, was möglicherweise darauf hindeutet, dass die Haustür nach der Tat geöffnet wurde. Leider sind diese Spuren so gering, das Blut könnte auch so durch die Ritzen gesickert sein. Palinski ist allerdings davon überzeugt, dass Claudia den Toten schon am Abend gefunden hat und dann zu Gerred fuhr, um hinterher die völlig Ahnungslose spielen zu können. In diesem Falle böte es sich an, eventuelle Beweise, blutverschmierte Kleidung etwa, hier bei Gerred zu deponieren.«

»Sie nutzt Gerred völlig rücksichtslos aus.« Nach einem Moment der Schwermut sagte Tilla leise: »Eigentlich wusste ich schon lange, dass es zwischen Gerred und mir nicht funktioniert. Wir haben uns nur noch gestritten. Aber ich mag ihn. Ich schätze seine Ehrlichkeit und seine ruhige Hilfsbereitschaft. Auch wenn ich mich in letzter Zeit von ihm im Stich gelassen fühlte, so etwas wie diese Claudia wünsche ich ihm wirklich nicht.«

Andreas war sich nicht sicher, ob er in ihrer Situation auch so großzügig denken würde.

»Suchen die in Claudias Wohnung auch nach Beweisen von Dorothees Besuch?«

»Die Kollegen sind natürlich auch über die Umstände von Dorothees Tod informiert und halten die Augen offen. Sie haben eine Liste der Gegenstände von Dorothee, die noch fehlen, also Brille, Handy und dieser Füller, von dem du gesprochen hattest. Aber wir wissen, dass Dorothee auf dem Sachsenberg starb und nicht etwa in Claudias Wohnung, und Claudia hatte bereits zugegeben, sich mit Dorothee gestritten zu haben.«

»Verdammt … wieso suchte sie ausgerechnet in ihrer kaltherzigen Schwester eine Verbündete? Wieso fährt sie nach Wernigerode anstatt nach Dieskau? Ihre Tante hätte sie in die Arme geschlossen und mit Bergen von Keksen verwöhnt.«

Andreas sah Tilla nachdenklich an und überlegte, ob sie noch eine Hiobsbotschaft ertrug. Er kam zu dem Schluss, dass sie ihm böse sein würde, wenn er es ihr nicht sagte. »Weißt du eigentlich, dass Hannelore Messner tot ist?«

Tillas Kopf ruckte hoch. »Oh nein! Nein, nein, nein … sag mir nicht, dass sie starb. Nein!« Sie hielt sich die Ohren zu.

Andreas ließ ihr einen Moment Zeit, bevor er ihr von dem Telefongespräch erzählte, bei dem sein Chef von ihrem Ableben erfahren hatte. Es brauchte mehrere Minuten, in denen Tilla sich das Augen-Make-up mitsamt ihrer Tränen quer durch das Gesicht schmierte, bis sie schniefend feststellte: »Heilige Göttin … dann war ich ja nur ein paar Tage vor ihrem Tod bei ihr.«

»Du warst bei Hannelore Messner?«

Tilla erzählte ihm von ihrem Besuch in Dieskau. »Sie hatte sich so gefreut. Dann war ich noch bei Dorothees Grab.« Tillas Blick verdunkelte sich. »Da traf ich zu allem Überfluss auch noch diesen Manfred Koslowski. Das ist vielleicht eine Ratte!«

Andreas runzelte kurz die Stirn. »Koslowski? Der Typ, der laut Tagebuch diesen Unfall provoziert hat?«

»Ja, genau der. Dieser Mistkerl schaufelte am Friedhofskompost herum. Erst hat er Dorothee verhöhnt und dann hat er mich festgehalten und betatscht, dieser ekelhafte Kotzbrocken. Der hat allerdings seine Abreibung bekommen«, knurrte Tilla.

Andreas erinnerte sich, dass Wegener nach dem Telefongespräch mit den Dieskauer Kollegen eine Prügelei auf dem Friedhof erwähnt hatte, und fragte ungläubig: »Sag mir nicht, du hast diesen Manfred verprügelt?«

»Verprügelt …«, wiederholte Tilla abfällig. »Mir ist die Hand ausgerutscht … ja gut, ein paarmal ausgerutscht … Aber es hat keinen Falschen getroffen, glaub mir!«

»Sag mal, bist du irre? Die Dieskauer Polizei sucht eine Frau, die eine Prügelei angezettelt hat, bei der ein Dieskauer zu Schaden kam.«

»Oh«, machte Tilla kleinlaut und verteidigte sich dann bockig: »Dieser Manfred hat mich fast auf dem Friedhofskompost vergewaltigt …« Sie erzählte Andreas die Einzelheiten der Begegnung.

»Der hat dir also gedroht?«

»Ja klar … aber ich ihm auch!«

Andreas verzog das Gesicht. »Super. Du verhaust einen Doppelmörder und drohst ihm auch noch, seine Tat aufzudecken. Und nun verunglückst du bei einem Unfall, der dem, bei dem Dorothees Stiefvater und ihre Mutter umkamen, verdammt ähnlich sieht.«

Tilla starrte Andreas mit offenem Mund an und sackte dann zusammen. »Scheiße … mein Geschick ist wirklich unterirdisch.«

»Allerdings.«

»Aber wie soll dieser Manfred denn hier hergekommen sein, der kennt mich doch gar nicht.«

»Hannelore Messner kennt dich. Vielleicht hat er sie gefragt. Leider können wir sie dazu jetzt nicht mehr befragen, da sie tot ist.« Andreas griff in seine Jackentasche und holte sein Handy heraus, um Wegener zu informieren.

*

Tilla zog ihre Strickjacke vor dem Körper zusammen und blieb unschlüssig auf der Straße vor Gerreds Haus stehen. Sie sah ihn durch die offen stehende Haustür mit einem uniformierten Beamten reden. Als er sie bemerkte, zog er sich ostentativ zurück. Tilla fragte sich bang, ob sie von nun an immer so miteinander umgehen würden, mit bösen Blicken und schmerzendem Schweigen?

Andreas ging ein paar Meter weiter vor Gerreds Carport auf und ab, während er telefonierte. Sie schnappte den Namen Koslowski auf. Dana gesellte sich zu ihr. Gemeinsam betrachteten sie das unnatürliche Gewusel um Gerreds und Danas Heim.

»Es tut mir so leid für Gerred. Das habe ich wirklich nicht gewollt«, flüsterte Tilla ihr zu.

»Ich weiß.« Dana hakte sich bei ihr ein. »Aber erstens kannst du nichts dafür und zweitens hat er dein Mitleid nicht verdient. Mein Trottel von Bruder hält Claudia noch immer für eine Heilige.«

»Aber sie ist in Untersuchungshaft!«

Dana stieß ein freudloses Lachen aus. »Wenn die wirklich wieder rauskommt und bei ihm einzieht, ich schwöre dir, dann ziehe ich aus!«

Tilla schüttelte traurig den Kopf und fragte sich, wie nur so ein Chaos hatte entstehen können. Die Antwort kam wie von selbst. Gerred hielt aus dem gleichen Grund zu Claudia, der ihn schon damals zu Tilla getrieben hatte, als sich alle gegen sie verschworen hatten. »Das ist sein Beschützersyndrom. Wenn das erwacht, kann Gerred nicht mehr richtig denken.«

»Ja«, stimmte Dana ungehalten zu. »Schön für Claudia.«

»Bei mir hat es auch so angefangen.«

»Aber du hast ihn nicht belogen.«

»Nein, aber meine Wahrheiten hat er nie hören wollen. Vielleicht will er genau das … eine Frau, die ihm sagt, was er hören will und die geheiratet werden will.«

»Oh Gott Tilla, beschrei es nicht!« Dana ließ ihren Arm los und hob die Hände, als gelte es, einen bösen Zauber abzuwehren.

»Dieser Tobias vermutete, dass Claudia Gerred

heiraten will, weil sie einen neuen Namen braucht. Ihrer hat wegen des Betruges in Berlin einen üblen Beigeschmack.«

»Mein Gott … diese verfluchte Schlampe!«

Tilla hatte die stets so sanfte Dana noch nie so verärgert erlebt. Ausnahmsweise war sie es, die das Gefühl hatte, die Wogen glätten zu müssen. Sie legte Dana die Hand auf den Arm und mahnte: »Sag ihm aber nichts davon. Nichts, was wir gegen Claudia vorbringen, würde bei ihm auf fruchtbaren Boden fallen. Er muss es selbst herausfinden.«

Andreas kam auf sie zu und informierte Tilla. »Die Kollegen in Dieskau haben den guten Manfred noch nicht auftreiben können. Die Damen und Herren vom Arbeitsamt sind ihm ständig auf den Fersen. Er ist abgetaucht und das nicht zum ersten Mal. Meist verschwindet er, weil er nicht arbeiten will. Vielleicht ist er dieses Mal abgetaucht, weil er etwas zu verbergen hat. Wir müssen das nachprüfen.«

»Ist ja ein reizendes Kerlchen«, kommentierte Dana, während sich Tilla etwas beklommen umsah.

Andreas hatte ihren Blick bemerkt. »Mir wäre auch wohler, wenn ich wüsste, wo der ist – obwohl ich nicht glaube, dass so ein Typ einen zweiten Anschlag durchzieht.«

»Damals hat er den Friedhofskompost bearbeitet«, überlegte Tilla. »Er und sein Chef schienen sich ganz gut zu kennen. Der Chef nannte ihn Manni. Vielleicht weiß der, wo Manfred ist … oder ob er irgendwo hin wollte.«

»Keine schlechte Idee. Ich werde hinfahren und schauen, was ich erfahren kann. Wie heißt der Kerl?«

»Keine Ahnung«, antwortete Tilla bedauernd. »Er sieht aus wie eine mannsgroße Birne in einer grünen Latzhose.«

»Na super. Den finde ich bestimmt«, murrte Andreas und nahm erneut sein Telefon hoch.

*

Sie hatten Glück. Der offene Pick-up des Gärtners Erwin Bock parkte vor der Friedhofsmauer. Andreas stellte seinen Wagen daneben ab. Sie stiegen aus und betraten den Dieskauer Friedhof.

»Sie sind die Furie, die den Manni verdroschen hat«, erklärte der beleibte Mann in der grünen Latzhose statt einer Begrüßung, wobei sich seine sowieso schon fistelnde Stimme noch weiter nach oben schraubte.

Tilla, die sich abermals über Andreas' tadelnden Blick ärgerte, gab schnippisch zurück: »Ihr Manni hatte es auch nicht anders verdient.«

Erwin Bock starrte Tilla ähnlich verstört an wie bereits damals auf dem Friedhof. Ungeduldig erklärte Tilla: »Als mich der gute Manni gepackt und gegen Ihren Anhänger gepresst hat, waren Sie ja auch noch nicht da. Wären Sie mal ein bisschen flotter um die Ecke geflitzt, dann hätten Sie noch sehen können, dass ich mich nur gewehrt habe. Und Sie hätten mir vielleicht sogar helfen können.« Tilla zeigte auf ihren rechten Unterarm. »Ihr Manni hat nämlich einen Griff wie ein Schraubstock, mein Arm war wochenlang grün und blau.«

Nun mischte sich Andreas ein. »Herr Bock, wir müssen noch einmal mit Manfred Koslowski sprechen. Wo ist er?«

»Wer sind Sie denn?« Der Gärtner blickte Kamenz feindselig an.

Andreas hielt ihm seinen Ausweis unter die Nase und fragte kühl: »Arbeitet er immer noch für Sie?«

Sichtlich überfordert mit der Situation haspelte Erwin Bock: »Polizei? Nur weil er sich bei der Kleinen da ein bisschen im Ton vergriffen hat?«

Mit einem warnenden Blick zu Tilla, die diese Äußerung mit einem Unmutsgeräusch quittierte, sagte Andreas: »Nein, Herr Bock. Ich muss ihn in einer ganz anderen Sache befragen ... aber der Umstand, dass er sich, wie Sie es so niedlich ausdrückten, im Ton vergriffen hat, könnte ihm einige zusätzliche Schwierigkeiten einbringen. Wenn er mir aber heute ein paar ordentliche Antworten gibt, geht die Sache für ihn vielleicht glimpflich aus. Also, wo ist er?«

»Weiß nicht ... Er ist danach nicht mehr gekommen. Aber die hat ihn ja auch schrecklich zugerichtet.« Der Gärtner wies mit dem Kinn auf Tilla.

»Vielleicht sollte meine Partnerin doch Anzeige gegen Manfred Koslowski erstatten«, meinte Andreas scheinbar nachdenklich.

»Er wird zu Hause sein«, antwortete Erwin Bock schnell.

»Die Kollegen waren schon bei ihm zu Hause. Dort ist er nicht. Also?«

Bock war hin und her gerissen zwischen Loyalität und seiner Angst vor der Polizei. Offenbar blockierte ihn dieser Zwiespalt zur Gänze. Andreas fuhr den Mann genervt an. »Hätten Sie es lieber, wenn meine hiesigen Kollegen Sie abholen und noch einmal das Gleiche fragen?«

Tilla ahnte die Nöte des Mannes und versuchte es anders. In jovialem Ton lockte sie: »Herr Bock, wir wissen es doch beide, er versäuft die paar Kröten, die er bei Ihnen verdient hat. In welcher Kneipe tut er denn das normalerweise? Wissen Sie, wir könnten nämlich auch etwas zu trinken vertragen. Und in einer Kneipe redet es sich doch immer besser, finden Sie nicht?«

Eine Viertelstunde später hielten sie vor einem aus der Gründerzeit stammenden Backsteinhaus, das nahezu spitz zulief. Die Eingangstür nahm die gesamte Frontbreite der Eckkneipe ein. Sie betraten den schummrigen Gastraum und sahen sich um. Tilla stieß Andreas kurz an und wies auf eine gebeugte Person, die allein an einem runden Tisch in ein leeres Glas stierte.

Tilla schob sich in sein Blickfeld. »Hallo, Manfred.«

Er musterte sie und Andreas mit glasigen Augen. »Was soll'n das jetzt? Haste deinen Freund zur Verstärkung mitgebracht? Den brauchste echt nich, Leute verdreschen kannste alleine.«

Sie setzten sich ungefragt an Manfreds Tisch. Andreas zeigte ihm seinen Ausweis.

Manfred richtete sich mühsam auf und versuchte zu begreifen, warum er gerade einen Polizeiausweis vor dem Gesicht hatte. »Verdammt, ich wollte das doch alles nich«, greinte er. »Das is' alles wegen dieser komischen Scheibe. Verflucht war die! Jawoll! Wir hätten das Mistding da oben im Dreck stecken lassen soll'n. Danach hatten wa nämlich nur noch Pech, dr Harry un' ich. Wir ha'm uns noch nie jestritten … und dann war plötzlich alles anders. Ich wollt' das nich … Harry un' Jana … un' nu is auch noch de Hanne tot …« Er heulte.

Tilla und Andreas wechselten ebenso erstaunte wie hilflose Blicke. Eine vollschlanke Frau mit grellblondem Schopf kam langsam an den Tisch. Misstrauisch beäugte sie Tilla und Andreas. »Manni? Ist was nicht in Ordnung?«

»Vielleicht könnten Sie uns allen einen Kaffee bringen«, bat Tilla. »Ich glaube, Manni braucht den am dringendsten.«

Die Frau nickte und entfernte sich wieder, während Manfred weiter wie sein eigenes Echo beteuerte, er habe das alles nicht gewollt.

»Sie meinen diesen Unfall, bei dem Ihr Freund und Jana Messner umkamen?«, hakte Andreas vorsichtig nach.

Manfred nickte und heulte in seine Hände.

»Sie haben also tatsächlich Harrys Wagen sabotiert?«, fragte Andreas.

Manfred greinte weiter. »Ich wollt aber nich, dassa stirbt un' schon gar nicht, dass noch jemand stirbt. Echt nich'.«

»Was haben Sie gemacht?«

Manfred wischte sich durch das Gesicht. »Hab die Öldruckleitung der Servolenkung angeschnitten ... Aber ich wollt nur, dass der Wagen 'n paar Beulen kriegt, weil der Harry mir nix von dem Geld von dem Schatz abgegeben hat. Alles hatta für det blöde Auto ausgegeben. Ich wollt sehen, wie er in den Graben fährt un' dann kam Harry mir entgegen, Jana und die Kleene waren auch innem Wagen, da hab ich Angst gekriegt. Hab sofort gedreht und gewunken, wollte doch, dassa anhält ... Dann hab ich ihn überholt, wollten zum Anhalten bringen, aber der is' plötzlich abgebogen. Dann bin ich zurück, habben gesucht un' bin dann die Strecke nach Halle gefahren ... Da lag dr Golf schon neben dr Straße annem Baum, völlig kaputt. Bin gleich hin, die Kleene lebte noch, da bin ich los un' hab 'n Telefon gesucht. Die kamen dann auch gleich ... Ich wollt das doch alles nich.« Zuckend sank er am Tisch zusammen.

Die blonde Wirtin näherte sich mit hilflosem Gesicht dem Tisch. Tilla nickte ihr zu, zum Zeichen, dass sie den Kaffee einfach abstellen sollte. Vermutlich war sie erleichtert, dass sie sich heute mal nicht um einen heulenden Alkoholiker kümmern musste, und entfernte sich schnell wieder aus dem Verantwortungsbereich, aber nicht aus der Hörweite.

Manfred schniefte. »Als ich das Gold von der Scheibe an diesen Professor verkloppt hab, dachte ich, jetzt haste doch 'n bisschen Glück. Aber dann ging's wieder los. Wegen dem Unfall geben die mir den Lappen nie wieder … und dann hat mich auch noch ’ne Frau geschlagen und alle haben’s gesehn.«

Nun fragten Tilla und Andreas gleichzeitig: »Ein Professor hat Ihnen das Gold von der Sternenscheibe abgekauft?« – »Sie haben gar keinen Führerschein mehr?«

Manfred sah verwirrt auf und Tilla wiederholte ihre Frage als Erste. Er machte ein zustimmendes Geräusch. »So’n Engländer hat mich angerufen deswegen. Der wusste vonna Doro, dass ich das Scheibengold noch hatte. Dr Harry hat der Kleenen ja alles erzählt. Die war sein Ein und Alles.« Ein Anflug von einem Grinsen unterbrach sein Gejammer, doch das währte nicht lange. »Die hattem Engländer auch vonnem Unfall erzählt un’ dass se mich gesehen hätte. Er hat mir gedroht, wenn ich was vonnem Deal erzähl, würd er mir die Bullen auf den Hals hetzen. Das hatta ja nu getan, obwohl ich ihn doch gar nich verraten hab.« Wieder versank Manfred in lautem Selbstmitleid.

Andreas nahm sein Handy heraus und zeigte ihm auf dem Display ein Foto von Professor Dafydd. »War es dieser Mann, der Ihnen das Gold abgekauft hat?«

»Ja genau, der war das!«, sagte Manfred eilfertig.

»Wann war denn das?«, wollte Tilla wissen.

Manfred zog geräuschvoll die Nase hoch. »Das war nachem Geburtstag vonem Horst, der hat am achtzehnten Juni.«

»Wie viel haben Sie für das Gold kassiert?«, fragte Andreas.

»Acht Riesen.«

»Und was haben Sie danach mit dem Geld von diesem Professor gemacht? Haben Sie vielleicht einen Ausflug in den Harz unternommen?«

Manfred blickte Andreas völlig verwirrt an. »Ausflug? Wozu das denn?«

»Na ja, vielleicht wollten Sie sich ja bei Dorothee Messner beschweren, weil die Sie verraten hatte.«

Noch immer verwirrt antwortete Manfred: »Doro? Die war im Harz? Ich dachte, die wär in Berlin? Nee. Ich hadde gefeiert und mir ein Auto gekauft. Einen Monat später hab ich meinen Golf geschrottet und bin meinen Führerschein losgeworden.«

Andreas nickte. »Und dann kommt noch Frau Leinwig daher, die ebenfalls von Harrys Unfall wusste. Das muss Sie doch gewaltig geärgert haben. Was haben Sie gemacht, nachdem Frau Leinwig sich gegen Ihre Annäherungsversuche gewehrt hat?«

»Ja, nix«, gab Manfred zur Antwort. »Echt, ich wusste doch nich, dass die 'ne Bullenbraut is.«

Tilla verkniff sich nur mit Mühe ein Lachen, selbst Andreas' Mundwinkel zuckten. »Tja, das ist sie aber … und sie hatte hinterher ziemlich unangenehmen Besuch bei sich zu Hause, was mich und meine Kollegen ziemlich sauer stimmt. Sie waren nicht zufällig bei ihr, um Ihre Manneswürde mit einer weiteren Autosabotage wiederherzustellen?«

Manfred starrte Andreas mit glasigen Augen und offenem Mund an. »Hä?«

»Haben Sie am Wagen von Frau Leinwig herumgeschraubt?«, wiederholte Andreas seine Frage in einfacheren Worten.

»Nee, 'türlich nich«, antwortete Manfred verwirrt. »Ich kenn die Braut doch gar nich' … weiß nich' mal, wo die wohnt.«

»Sie haben nicht etwa bei Hannelore Messner nachgefragt … bevor sie starb?«

Manfred begann in der Luft herumzuwedeln. »Ey, was wolln'se mir denn jetz hier anhängen. Nee, ich hab nich' mit der Hanne gesprochen … Hab se schon seit Jahren nich' mehr gesprochen.«

»Meine Kollegen konnten Sie nicht auftreiben. Wo waren Sie denn seit dem Vorfall auf dem Friedhof, wenn Sie nicht auf Reisen etwa in den Harz waren?«

»Na hier, de Schallotte kann's bestätigen!« Seine Stimme überschlug sich fast. »Ich wollt doch nur nich, dass die Schnepfe vom Arbeitsamt mich findet.«

Andreas und Tilla sahen sich zur Theke um, wo die blonde Frau, die wohl seit zehn Minuten an einem Glas herumpolierte, nun heftig nickte und beteuerte: »Ja ja, der Manni war hier … jeden Tach.«

Andreas und Tilla warfen sich einen vielsagenden Blick zu. Dann sagte Andreas: »Tja Herr Koslowski, ich muss Sie natürlich an meine hiesigen Kollegen übergeben. Aber wenn es wirklich so ist, dass Sie damals noch zu verhindern versucht haben, dass Harry und Jana verunglücken, dann wird Ihnen das sicher ein Stück weit helfen – ebenso wie die Tatsache, dass Sie mir ja freiwillig alles erzählt haben.«

Manfred nickte ergeben und schlürfte seinem mittlerweile erkalteten Kaffee, während Andreas sein Handy herausnahm, um die Kollegen aus Dieskau zu informieren.

*

»Okay, er war es also nicht. Dann muss es doch Claudia gewesen sein«, vermutete Tilla, als sie wieder im Auto saßen.

»Sie hätte tatsächlich ein Motiv, wenn sie erfahren hätte, dass du mit Tobias gesprochen hast und ihr Geheimnis kennst. Sag mal, habe ich das richtig verstanden? Das Gold, das Manfred an Dafydd verkaufte, stammt von der Sternenscheibe?«

»Ja. Harry hatte sie beim Graben beschädigt und dieses Stück ist dabei abgefallen. So stand es in Dorothees Tagebuch.«

»Aber woher will dieser Professor denn wissen, ob es

das Gold von der Scheibe ist? Ich würde Manfred da ja nicht über den Weg trauen, der kann ja viel erzählen.«

»Vielleicht durch die Form des fehlenden Stückes. Dafydd hatte ja Zugang zu der Scheibe, er wusste genau, wie es aussieht.«

»Ich dachte, da wäre Blattgold oder so was drauf. Meinst du wirklich, dass das Gold seine Form behalten hat?«

»Blattgold gab es damals noch nicht. Es war Goldblech, also viel dicker. Das Gold wurde durch Tauschieren aufgebracht. Dabei werden Rillen in die Bronze getrieben, das Gold draufgelegt und in den Rillen festgeklopft. Die Goldauflagen sind also nicht flächig an der Scheibe befestigt, es kann daher durchaus sein, dass das Stück seine Form behalten hat.«

»Aha. Aber was will dieser Professor Dafydd mit dem Gold? Er hat ja ganz schön viel dafür bezahlt.«

Tilla schwieg eine Weile, bevor sie antwortete: »Tja, erst dachte ich, er könnte vielleicht seine Materialtests damit untermauern, aber die ursprüngliche Materialanalyse aus Magdeburg bestätigte ja schon, dass das Gold unserer Scheibe aus Cornwall stammt. Uneinig sind sie sich über die Herkunft von Kupfer und Zinn, also der Bronze …« Tilla verstummte nachdenklich.

Andreas blickte kurz zur Seite. »Du siehst aus, als hättest du eine Idee.«

Tilla zögerte. »Mir kam da gerade ein ziemlich verrückter Gedanke. Die Scheibe, Dafydds Scheibe … man hat an ihr das Gold beprobt. Unter anderem untermauern die Korrosionsschichten an dieser Goldprobe die Echtheit der Scheibe. Ich dachte gerade, wenn er das Gold unserer Scheibe, Harrys Gold, dafür verwendet hätte …«

»Du hast recht! Verdammt! Dann könnte die zweite Scheibe ja doch eine Fälschung sein!«

*

Ingo Steinbrecht hörte schweigend zu, als Andreas die Geschehnisse referierte. »Die Probe könnte also von der Hallenser Scheibe stammen«, schloss er.

»Das ist ja wirklich eine interessante Neuigkeit«, urteilte Steinbrecht nachdenklich.

»Ja, aber das erklärt noch nicht, dass auch die Tests des restlichen Materiales für die Echtheit der englischen Scheibe sprechen«, merkte Berking an.

Tilla warf ein: »Schon, aber es sind die Korrosionsschichten des Goldes, die die Scheibe so glaubhaft machen. Korrosionsschichten kann man nicht zur Gänze fälschen.«

»Kann man denn überhaupt so eine Scheibe fälschen? Bei dem, was Labors heute schon alles feststellen können?«, zweifelte Gerd Wegener. Alle Blicke hefteten sich auf Tilla.

»Na ja, man könnte altes, in die gewünschte Zeit passendes Material dafür verwenden. Pflanzenreste, die einen C14-Test bestehen, finden sich häufig bei anderen, weniger wertvollen Artefakten, bei denen sich Dafydd bedient haben könnte. Aber wie gesagt, die größte Klippe bilden die Veränderungen des Materials, die sich durch den Zahn der Zeit ergeben.«

Ingo Steinbrecht nickte. »Es wäre tatsächlich denkbar, mit altem Material eine wirklich gute Fälschung herzustellen. So etwas ist schon häufiger versucht worden, allerdings nie mit einem derart berühmten Exponat. Meine Kollegen aus dem Labor erklärten mir heute morgen, eine Kombination aus Rastertunnelmikroskopie zur Untersuchung der Kristallstruktur und einer chemischen Spurenanalyse würde jede Fälschung entlarven … Allerdings hatten dort fünf Leute elf verschiedene Meinungen dazu.«

Gelächter brandete auf. Tilla kicherte ebenfalls, erklärte aber dann: »Normalerweise kann man feststellen, ob eine Scheibe geschmolzen und neu geschmiedet wurde, nämlich an der Patina. Aber ich habe schon von Versuchen gehört, die Kupferpatina zu imitieren, was allerdings wohl bisher nicht bis zur Perfektion gelungen ist. Eine echte Korrosionsschicht besteht aus gleichmäßigen grünen Kristalliten. Die künstliche Schicht ist weder gleichmäßig noch erreicht sie die Farbe von Kupferpatina.«

»Man kann sogar die Patina fälschen?«, fragte Berking.

»Ja. Die grüne Schicht, das Malachit, entsteht durch eine Reaktion des Kupfersulfats mit Sauerstoff, Kohlenstoffdioxyd und Schwefeldioxyd, das sich in der Luft befindet. Ich habe gelesen, dass man ein Artefakt aber auch mit einer von anderem Material stammenden Malachitschicht überziehen kann. Chemisch käme eine korrekte Zusammensetzung heraus, aber so eine Schicht ist natürlich dünner und hat daher eine andere Farbe. Wenn es optisch perfekt sein soll, dann nimmt man Grünspan, also Kupferacetat.«

»Aber dann würde ein Labor es doch merken, oder?«, hakte Wegener nach und Tilla nickte.

»Wie sah die englische Scheibe denn aus?«, fragte Steinbrecht.

»Grün«, antwortete Berking stirnrunzelnd.

Wieder richteten sich die Blicke der Anwesenden auf Tilla, die schmunzelnd spezifizierte: »Sie war tiefgrün, das heißt, die Patina der Scheibe wirkte ziemlich echt.« An Berking gewandt erklärte sie: »Eine künstlicher Malachitüberzug sähe aus wie Weißwäsche, die man aus Versehen zusammen mit einer grünen Socke gewaschen hat.«

Ingo Steinbrecht lachte in tiefem Bass, selbst Berkings Mundlinie bog sich leicht, als er trocken mit »Aha« antwortete.

»Okay«, ergriff Steinbrech das Wort. »Nehmen wir mal an, er hat die Scheibe gefälscht und das Labor mit dem Gold unserer Scheibe auf Spur gebracht. Was ist dann mit der Bronzeprobe?«

»Tja, darauf hat man nach Aussage dieses Kian O'Connor eine echte Malachitschicht gefunden«, antwortete Tilla sichtlich unzufrieden.

»Wenn er aber schon bei der Goldprobe ein Materialstück in die zu beprobenden Stücke geschmuggelt hat, das nicht zur Scheibe gehörte – könnte er es bei der Bronze nicht genauso gemacht haben?«, überlegte Steinbrecht laut.

Berking nickte. »Immerhin war er es, der auswählte, an welcher Stelle die Proben entnommen worden sind. Theoretisch wäre das möglich.«

Tilla warf genervt die Hände hoch. »Wenn Dafydd die Scheibe gefälscht hat, dann müsste das Probenstück von irgendeinem anderen alten Artefakt stammen, das Dafydd für die Fälschung der Scheibe geopfert hat. Aber warum, zum Teufel, hat die Probe dann eine identische Zusammensetzung wie die Bronze der Hallenser Sternenscheibe?«

Berking zweifelte ebenfalls. »Selbst wenn er dem Labor zwei falsche Proben unterjubelt, was ist, wenn sich kritische Stimmen mehren und nach einer Neubewertung fragen? Oder sich jemand den Teller schnappt und selbst einen Test an einer anderen Stelle durchführt? Das Ganze scheint mir doch sehr gewagt.«

In die Stille hinein bot Andreas schmunzelnd an: »Dafydd versichert die Scheibe für einen horrenden Betrag bei Lloyds und lässt sie klauen, nachdem er die Hallenser Scheibe kassiert hat!«

»Stimmt«, murrte Tilla. »Und bis dahin ist dieser Dafydd der Held der Stunde. Und selbst wenn sich die Scheibe später als Fälschung herausstellt, dann war es eben der böse Kunsthändler, der leider unauffindbar bleibt und nicht befragt werden kann. Bis dahin hat

Dafydd wahrscheinlich zehn Bücher einschließlich seiner Memoiren geschrieben und seine Filmrechte verkauft.«

Vermutlich hätte sie sich noch minutenlang über Dafydd ausgelassen, hätte nicht ein Kollege der Ermittler die Tür geöffnet und verkündet: »Die in Wernigerode haben den Wagen von diesem Tobias Kralitz gefunden. Stand nicht weit, auf einem Hotelparkplatz. Die Spusi ist dran.«

*

Mehrere Schubladen und Körbe standen auf dem Boden. Tilla wühlte fluchend in den verbliebenen Schubladen ihres Schranks herum, wobei sie gnadenlos weitere Utensilien auf dem Parkettboden ihres Büros verteilte. »Das gibt's doch nicht. Wo ist dieser verfluchte Stick?«, zeterte sie lauthals vor sich hin.

Hätte nicht ihre Türglocke durchdringend nach Aufmerksamkeit verlangt, Tilla hätte vor Zorn wohl noch etwas gegen die Wand geworfen. Sie beließ es bei einem Stoßseufzer und eilte hinunter. Dana begrüßte sie mit scheelem Blick. »Du siehst aus, als wolltest du jemanden killen. Soll ich später noch mal wiederkommen?«

Tilla machte eine wegwerfende Geste. »Ich habe nur grad Ärger mit Versteckzwergen.«

»Mit was?«

»Versteckzwerge … fiese kleine Biester! Irgendetwas, von dem man genau weiß, wo man es hingelegt hat, ist plötzlich weg. Später, wenn man gar nicht mehr danach sucht, taucht das Teil genau an der vermuteten Stelle wieder auf, obwohl man da fünfundachtzigmal nachgesehen hat.«

Dana lachte. »Stimmt. Versteckzwerge habe ich auch. Ein ganzes Rudel davon wohnt in meiner Handtasche, da drin finde ich nie etwas.«

»Ja da leben sie besonders gern und beschäftigen sich mit dem Hin- und Herräumen des Autoschlüssels.

Grünen oder schwarzen Tee?«, fragte Tilla breit grinsend.

»Grün«, antwortete Dana und blickte sinnend die Treppe hinauf. »Vielleicht kann ich ja dort oben einziehen, falls sie Claudia doch irgendwann wieder rauslassen.«

Tilla, die bereits auf dem Weg zu ihrer Küche gewesen war, kehrte um und blickte um die Flurecke. »Quatsch! Du hast ein wundervolles Haus und wirst dich dort nicht vertreiben lassen! Hörst du?«

Nachdenklich folgte Dana ihrer Freundin in die Küche und ließ sich auf die Bank fallen. »Sie konnten ihr bis jetzt nichts nachweisen. Ich sage es dir, die lassen sie irgendwann laufen und dann zieht sie bei Gerred ein.«

Tilla erkannte ihre eigene Stimme kaum wieder, als sie knurrte: »Wenn Gerred dieses Aas wirklich behalten will, soll er sich doch ein anderes Haus suchen. Du bleibst!«

Auf Danas Zügen zeigte sich nun doch ein Lächeln. »Genau!«

Tilla stieß noch ein bekräftigendes Grunzen aus, bevor sie das kochende Wasser in die Teekanne goss.

»Gerred hat einen Anwalt aus Goslar engagiert, der sich nun wegen Claudia mit deinem Berking herumschlägt.«

»*Meinem* Berking?« Danas Formulierung rief bei Tilla unliebsame Erinnerungen wach.

»Deinem Lieblingsfeind.«

Tilla lächelte dünn und trug den Tee zum Tisch.

Dana hielt Tilla ihre Tasse hin. »Mir wäre wohler, wir wüssten, wer deine Radmuttern gelöst hat.«

Tilla füllte die Tassen und setzte sich. »Mir auch. Dieser Manfred war es jedenfalls nicht.«

»Da sie dir keine Armee von Bodyguards vor die Tür gestellt haben, scheinen sie davon auszugehen, dass dir keine Gefahr mehr droht.«

»Sie verdächtigen nun endgültig Claudia ... nicht nur wegen Tobias. Sie glauben, dass Claudia damals, als ich sie in Bad Harzburg traf und mit Andreas über Dorothees Tagebuch sprach, davon gehört haben könnte. Wegener vermutet nun, sie habe unbedingt verhindern wollen, dass ihre Verwandtschaft zu Dorothee durch mich oder dieses Tagebuch bekannt wird.«

»Und so was sucht sich mein Bruder als Frau aus ...«

»Ich weiß nicht«, zweifelte Tilla laut. »Vor ein paar Tagen hätte ich noch geschworen, es war Claudia ... aber irgendwie bin ich mir da gar nicht mehr sicher.«

»Das ist nicht dein Ernst.«

»Das Ganze passt einfach nicht zu ihr. Schließlich war da ja auch noch dieser Einbrecher vom April ... Das kann sie doch gar nicht gewesen sein. Da wusste sie ja noch gar nicht, dass Dorothee bei mir wohnt.«

»Hm, stimmt auch wieder.«

Tilla verfiel in Schweigsamkeit, sie dachte an den verschwundenen Computerstick.

»Was hast du denn?«

Tilla kniff kurz die Augen zusammen. »Ich weiß nicht, ob ich gerade wieder einen Anfall von Verfolgungswahn entwickle, oder ob ich wirklich Versteckzwerge habe.«

»Was hast du denn gesucht?«

»Den Computerstick von Dorothee«, antwortete Tilla verzweifelt. »Ich war sicher, ich hätte ihn in den Stiftetopf auf meinem Schreibtisch gesteckt, aber ich kann ihn einfach nicht finden. Nun ist er weg und ich hab damit ein wichtiges Beweisstück verloren. Da war Dorothees Tagebuch drauf und diese Untersuchungen.«

»Ist das so schlimm? Hast du sie nicht auch auf dem Computer?«, fragte Dana, um dann mit der Hand an die Stirn zu schlagen. »Verdammt, du hattest ja wieder einen Virus.«

»Ja. Dorothees Dateien sind weg ... endgültig und unwiederbringlich weg.«

*

Der Fernsehsprecher fasste die neuesten Ergebnisse der Materialanalyse des englischen Labors zusammen. Es wurde nichts erzählt, was Tilla nicht schon wusste, doch als ein Foto der englischen Scheibe hinter dem rechten Ohr des Moderators auftauchte, ließ Tilla vor Entrüstung fast ihr Weinglas fallen. Nicht grün, sondern in einem sanften Braunton präsentierte sich das auf der Insel gefundene Artefakt.

»Was hat der Kerl gemacht? Wo ist die Malachitschicht?«, schrie sie den Fernseher an. Neben der Bronzescheibe erschien nun das Bild des Goldringes auf dem Fernsehbildschirm. Fassungslos hörte Tilla den Nachrichtensprecher erklären: »Entgegen den heute üblichen Verfahren hat man die englische Scheibe professionell gereinigt und von der sogenannten Malachitschicht befreit. Dies, so ein Sprecher der Universität Wales, diene konservatorischen wie auch untersuchungstechnischen Zwecken. Insbesondere die Perforierungen im zum Teil noch erhaltenen Rand der in England gefundenen Scheibe, die durch die Reinigung besser zu sehen wären, könnten Aufschluss über seine Verwendung in Verbindung mit einem Goldring geben, der nach vorläufiger Einschätzung der dortigen Wissenschaftler zu der Scheibe gehört. Da man in England davon ausgeht, dass Deutschland die in Sachsen-Anhalt gefundene Scheibe an Großbritannien herausgeben muss, habe man ja eine zweite Scheibe mit einer Korrosionsschicht.«

»Dieser verfluchte Mistkerl!« Tilla warf ihr Weinglas um. Ohne die Bescherung, die sie angerichtet hatte, weiter zu beachten, sauste sie nach oben, drückte den Startknopf ihres wiederhergestellten Computers und wartete ungeduldig. Kaum dass das Gerät einen arbeitsfähigen Status erreicht hatte, flitzten ihre Finger über die Tastatur.

Konservatorische Zwecke? Dass ich nicht lache! Ich weiß ganz genau, Sie wollten nur verhindern, dass jemand die Malachitschicht näher untersucht und dabei feststellt, dass sie unecht ist. Ich weiß, dass Ihre Scheibe gefälscht ist … und Dorothee wusste ebenfalls, was Sie vorhaben! Ich werde Dorothees Kampf gegen Sie weiterführen! TL

Ohne sich ihre Zeilen noch einmal durchzulesen, klickte Tilla mit einem Wutschrei auf den Senden-Button. Während sie sich mit grimmigem Grinsen zurücklehnte, sauste ihre zornige E-Mail über die Datenautobahn, an deren vorgegebenen Ende sie mit einem dezenten »Pling« im Postfach von Rhydion Dafydd landete.

*

»Scotland Yard?«, fragte Kian O'Connor beeindruckt und Chief Inspektor Whiggley nickte höflich. Bevor Whiggley seine Befragung beginnen konnte, stürmte Professor Dafydd durch die Reihen von uniformierten Beamten in das verwüstete Labor.

Leicht außer Atem wandte er sich mit fragendem Blick an Kian O'Connor, der eilfertig erklärte: »Es ist alles in Ordnung, den Safe haben sie nicht aufgekriegt. Die Scheibe ist in Sicherheit!«

Dafydd atmete erleichtert auf. »Gott sei Dank! Unglaublich, ein Einbruch hier in der Universität«, murmelte er.

Whiggley beobachtete und hörte den hin und her geworfenen Gesprächsfetzen zwischen den Männern zu, ohne sich bemerkbar zu machen. Ein Beamter, der aus dem Tresorraum auf ihn zu trat, hob die selbstgewählte Anonymität seines Vorgesetzten auf. Whiggley forderte ihn mit einem Nicken auf, Bericht zu erstatten, obwohl Zivilisten in Hörweite waren.

»Das kann kein Profi gewesen sein. Die Kratzer stammen höchstwahrscheinlich von einem Bohrer. Er hat aber ziemlich schnell gemerkt, dass er in das Metall des Safes nicht hineinkommt, und aufgegeben.«

»Weitere verwertbare Spuren?«

»Absolut nichts.«

Whiggley sah zu Dafydd. »Braucht man für diesen Bereich nicht eine Codekarte?«

Dafydd verzog das Gesicht. »Ja schon, aber wir sind hier eine Universität. Es gibt zahlreiche Studenten, die als Assistenten unseren Untersuchungen beiwohnen. Ähm … ich weiß, unser Sicherheitssystem ist alles andere als optimal.«

Whiggley nickte ungerührt. »Verstehe. Bitte erstellen Sie mir dennoch eine Liste all derer, die eine Zugangskarte haben.«

»Natürlich, Chief Inspektor. Ich veranlasse das sofort. Aber sehen Sie, die Studenten wohnen zusammen, oft haben mehrere Leute Zugang zu den Sachen des anderen … und zu der Karte.«

Nun hoben sich die hellen, kaum sichtbaren Brauen des Scotland-Yard-Beamten doch, was Dafydd in entschuldigendem Ton beantwortete: »Unsere Universität beheimatete noch nie ein derart wertvolles Artefakt. Wir sind schon froh und glücklich, dass man uns diesen hochwertigen Tresor zur Verfügung stellte.«

»Ich verstehe. Können Sie mir schon sagen, ob sonst noch etwas fehlt?«

Dafydd gab die Frage des Inspektors mit einem Blick an Kian O'Connor weiter, der sich umschauend antwortete: »Das kann ich noch gar nicht sagen. Es herrscht so ein Chaos …«

Whiggley betrachtete das dem Tresorraum vorgelagerte, völlig verwüstete Labor. Der Tatorttechniker sagte: »War vermutlich ein Wutanfall. Da er an dem Tresor nichts ausrichten konnte …«

Whiggley nickte verhalten. »Was wurde in diesem Labor gemacht? Es scheint recht klein.«

»Es diente ausschließlich Untersuchungen an der Scheibe, die wir nicht durch das Haus tragen wollten.«

»Wer hat hier zuletzt gearbeitet?«

»In der letzten Woche war ich hier.« Dafydd sah sich in dem Labor um, in dem mehr auf dem Boden als auf den Arbeitsplatten lag. »Aber bei dieser Unordnung hier … Ich kann Ihnen auch nicht sagen, ob etwas fehlt.« Er runzelte die Stirn und durchquerte den Raum, um sodann einen lauten Fluch auszustoßen.

»Was ist?« Whiggley folgte dem Professor.

Dafydd betrachtete seufzend einen Haufen schmierigen Materials, das mit zerbrochenem Glas bedeckt war. »Ich fürchte, das waren Materialproben, die ich vorübergehend hier gelagert hatte, weil ich sie noch untersuchen wollte. Wir haben die äußere Schicht der Scheibe entfernt, um zu sehen, ob sich weitere Einkerbungen und Zeichen darunter befinden. Das abgenommene Material …«, er wies mit dem Kinn auf den matschigen Haufen auf dem Boden, »… ist durch die Säure, die in den Glasbehältern war, völlig zersetzt.«

*

Der Konferenzsaal des Hotels *Achtermann* war brechend voll. Berking betrachtete Tilla, die an der Seite saß und vor Beginn der Podiumsdiskussion ihr Manuskript noch einmal überflog. Sie hatte sich ziemlich in die Sache hineingehängt. Es waren zahlreiche von einem Ulf Bertram geführte Interviews erschienen, in denen sie Dafydds Theorien zu der Scheibe torpediert hatte. Nahezu alle regionalen Zeitungen hatten diese Interviews veröffentlich, mit denen Tilla den Nerv der hiesigen Bevölkerung getroffen hatte, zumal sich Halle mit Kommentaren extrem zurückhielt.

Berking wusste von Ingo Steinbrecht, dass man dort auf Fakten wartete, die sich aber erst ergeben würden, wenn man die Proben der englischen Scheibe erhielt. Auf einen Theorienwettstreit, wie den, der heute hier stattfand, würden sich Experten nicht einlassen, was Berking gut verstehen konnte. Und dennoch … Wieder betrachtete er Tilla. Sie hatte etwas in Gang gebracht. Die Menschen vom Harz bis nach Nebra ignorierten das hohe Renommee des englischen Gelehrten und begegneten ihm mit Misstrauen und einer gehörigen Portion Wir-Gefühl. Es wunderte Berking, wie sehr er sich insgeheim darüber freute.

»Sie hat ja nicht viel Zeit gehabt, sich vorzubereiten«, hörte er seinen Vater Hanjo neben sich sagen, dessen Blick nun ebenfalls auf Tilla ruhte.

»Sie macht das schon«, erklärte Astrid überzeugt. »Hedera hatte in ihren Aufzeichnungen schon einiges zu der Scheibe zusammengetragen. Tilla hat dem sehr interessante Dinge hinzugefügt. Ich bin gespannt, wie man darauf reagieren wird.«

»Sie werden genauso begeistert sein wie wir«, verkündete Dana Assmut vollmundig.

Hanjo klopfte seinem Sohn auf die Schulter. »Schön, dass du auch gekommen bist, Junge.«

Plötzlich realisierte Jan Berking, dass er von einer Gruppe umringt war, die gerade zu einem familienähnlichen Verbund zusammenwuchs. Tilla gehörte ebenso dazu wie er selbst. Astrid und sein Vater bildeten den Mittelpunkt dieses Kreises. Obwohl sie alle nicht miteinander blutsverwandt waren, kam ihm sein Ausrutscher mit Tilla wie ein Vergehen an diesem Verbund vor.

Um ihn herum entstand leichte Unruhe. Jeder suchte seinen Platz, man blätterte in Infoflyern und der Geräuschpegel sank. Der Chefredakteur der *Goslarschen Zeitung* begann mit der Anmoderation der Podiumsdiskussion. Der erste Redner war Dafydds Freund und Kollege Dr. Udo Löwitsch, der nunmehr die Fakten zusammenfasste, die für die Echtheit der zweiten Scheibe sprachen. Danach legte er jene Theorien dar, nach denen die Scheibe von Halle nur zufällig nach Deutschland gelangte und eigentlich nach England gehörte.

Berking stellte missmutig fest, dass Dafydd ihn offenbar sehr gut instruiert hatte. Löwitsch präsentierte die von einem Bildvortrag begleiteten Argumente schlüssig und eingängig. Es wurden sogar Kurzfilme aus dem Labor der Universität Wales gezeigt. Berking erkannte Kian O'Connor wieder, der einige der Arbeitsschritte kommentierte, was mit einer Übersetzung unterlegt war. Löwitsch präsentierte nun nebeneinander die Fotos der Hallenser und der englischen Scheibe und erläuterte dem Plenum die Konstellation der Goldornamente der englischen als Darstellung des Frühlingshimmels und die auf der Hallenser als Herbsthimmel.

Berking sah Tilla mehrfach die Stirn runzeln. Sicher fiel es ihr maßlos schwer, nicht einfach aufzuspringen und dazwischenzuschreien. Berking erwischte sich bei einem dezenten Grinsen, als er sich diese Variante des Geschehens vorstellte. Das Grinsen wurde zu einem leisen Lachen, als der Redner seinen Vortrag beendete und Astrid erleichtert ausrief: »Großartig! Sie hat es geschafft, nicht dazwischenzubrüllen. Es kann eigentlich nichts mehr schiefgehen.«

Tilla wurde mit ebenso salbungsvollen Worten anmoderiert wie ihr Vorredner. Auch sie hatte eine Bildersammlung vorbereitet, die per Beamer an eine große Leinwand geworfen wurde. Die Hallenser Sternenscheibe tauchte das Plenum in blaues Licht.

»Herr Dr. Löwitsch, wissen Sie, welches Sternzeichen ihr Freund Dafydd hat?«, fragte Tilla ihren Vorredner, der sie nun völlig konsterniert ansah. Nicht nur Löwitsch, auch das Publikum schwieg verblüfft.

»Nicht? Aber ich weiß es. Er ist ein Steinbock«, verkündete Tilla vergnügt. Sie zog eine Seite der *Goslarschen Zeitung* hervor. »Die Zeitung, die diese Podiumssitzung ermöglichte, schreibt zum Profil des Steinbockmannes: *Er ist stark auf Geld ausgerichtet und geht dabei ziemlich klug, berechnend, aber auch kompromisslos vor. Absagen gleich welcher Art kann er nicht ertragen. Er ist unerbittlich auf ein Ziel ausgerichtet. Unerfahrenheit nutzt er rigoros aus, er erwartet von seinem Umfeld Unterordnung.* Ich glaube mich zu erinnern, dass man ihm auch ein hohes Potential an Sinnlichkeit nachsagt … dem Steinbock natürlich, nicht Professor Dafydd«, sagte Tilla mit feinem Lächeln.

Fast wäre Berking in das laute Lachen der Zuhörer eingefallen, so passend war Tillas Profil von Dafydd geraten.

Sie betätigte ihren Präsenter, der das nächste Bild auf die Leinwand zauberte. Auf der Hallenser Sternenscheibe erschien ein roter Strich, der mehrere der Goldpunkte verband. Dann zeichnete der Strich einen Ring um den goldenen Vollmond mit einem Haken darüber.

»Das ist das alte Tierkreissymbol des Steinbockes«, erklärte Tilla dem staunenden Publikum das Zeichen auf der Scheibe. »Es ist richtig, die Stellung der Plejaden könnten ein Hinweis darauf sein, dass es sich hier um die Scheibe der dunklen Jahreshälfte, also des Herbstes handelt, in dem man diesen Sternenhaufen sehen kann. Der Steinbock ist der Wintergeborene, passt also dazu. Aber …«, Tilla grinste breit ins Publikum, »… alle anderen Tierkreiszeichen finden sich ebenfalls auf der Sternenscheibe … die Tierkreiszeichen des ganzen Jahres.«

Die Zuhörer verstummten fasziniert. Tilla ging alle Tierkreissymbole der Reihe nach durch und präsentierte jeweils ein Bild dazu, auf dem ein roter Strich die Goldpunkte auf der Scheibe in diversen Variationen verband, so dass jeweils ein Symbol für ein Tierkreiszeichen entstand. Es wurde deutlich, dass tatsächlich alle zwölf auf der Scheibe dargestellt waren.

Tilla hatte ihre Zettel mittlerweile auf dem Vortragstisch vergessen und referierte mit temperamentvollem Gestus und freien Worten. Sie erklärte ihre Auffassung über die geometrische Aufteilung der Sternenscheibe, wonach darauf ein Jahr, unterteilt in zwölf gleiche Abschnitte, dargestellt würde. Dies seien, so Tilla, die lunaren Abschnitte, die später Monate genannt werden würden. Staunend folgte Jan Berking ihren Ausführungen, als sie dem Plenum den Unterschied zwischen einem Sonnenjahr und dem Mondjahr erklärte und dass die Sternenscheibe gewissermaßen als Verbindungsstück dieser zwei Berechnungsmethoden fungiere. Sie wies auf die Sonnenwendfeste hin, machte deutlich, dass auch die keltischen Mondfeste in der Scheibe kenntlich gemacht worden seien, und schloss ihren Vortrag damit, dass die Scheibe mit ihren Darstellungen das ganze Jahr abdecke und nicht nur die Herbst-Winter-Periode.

Zum Schluss legte Tilla das wichtigste Argument dar, das die Zugehörigkeit der Scheibe zu Sachsen-Anhalt erklärte. »Die goldenen Horizontbögen auf der Sternenscheibe dienen als Ausrichtung auf optische Fixpunkte, die vom Ort der Anwendung der Scheibe aus sichtbar sind. Und dieser Ort ist eindeutig der heilige Hain auf dem Bergrücken des Mittelbergs bei Nebra. Richtet man den westlichen, goldenen Horizontbogen der Scheibe nach Norden, so sieht man direkt auf den Brocken, hinter dem am einundzwanzigsten Juni, also der Sommersonnenwende, die Sonne untergeht. Ein weiterer Punkt weist auf den Kyffhäuser und auf den Regenstein. Betrachtet man diese Punkte als Teil der früheren Jahreseinteilung, so stehen die zwei letztgenannten Punkte für das Beltanefest, das Anfang Mai gefeiert wird, und das Fest zu Ehren des Gottes Lugh im August. Wenn ich diese Argumente zusammenfasse, halte ich es für unwahrscheinlich, dass es eine zweite

Scheibe als Pendant geben soll, denn das Wissen dieser Scheibe ist lückenlos. Und sollte sich tatsächlich herausstellen, dass die zweite Scheibe echt ist, dann hat sie gar nichts mit unserer Scheibe zu tun. Dann ist wohl eher das Wissen um die frühe Kalenderberechnung in der Bronzezeit zwischen den damaligen Weisen, also den Druiden, hin und her gewandert. Diese Scheibe …«, Tilla zeigte auf das Anfangsfoto der Scheibe von Nebra und sagte eindringlich: »… ist eindeutig mit unserer Region verbunden. Sie gehört uns!«

Sie erntete herzlichen Beifall.

*

Tilla erstarb vor Staunen das Wort auf den Lippen, als sie in Berkings ebenso verblüfftes Gesicht blickte. Sie hatte mit Dana hinausgehen wollen und ihre Haustür geöffnet, bevor Berking klingeln konnte. Hätte Dana nicht zu lachen begonnen, hätte die Starre auf beiden Seiten wohl noch einige Momente angehalten.

»Äh … ich störe offensichtlich gerade«, begann Berking, als er die beiden Frauen ausgehfertig im Flur stehen sah.

Tilla sah sich fragend nach Dana um und meinte dann: »Ist nicht so wichtig. Sie wollte mich zum Einkaufen mitnehmen, da ich noch immer Auto-los bin. Aber das kann warten. Kommen Sie herein.«

»Störe ich bei diesem Gespräch?«, fragte Dana.

»Nein«, antwortete Berking, »Es ist ganz gut, dass Sie dabei sind, denn ich habe auch an Sie noch eine Frage.«

Tilla und Dana legten Jacken und Taschen beiseite. Im Wohnzimmer begann Berking übergangslos die Untersuchungsergebnisse bezüglich des aufgefundenen Wagens von Tobias von Kralitz zusammenzufassen. »Die Beamten von der Spurensicherung haben über die Stellung des Fahrersitzes und Haaren, die eindeutig

Claudia Hohenstein zugeordnet werden konnten, festgestellt, dass sie den Wagen nach dem Tod von Kralitz weggefahren hat.«

Das hatte Tilla nicht erwartet. »Woher wisst ihr, dass die Spuren nach seinem Tod in den Wagen gelangt sind?«

»Man hat auch eine winzige Menge Blut von Tobias von Kralitz im Fußraum gefunden. Sie muss etwas davon am Schuh gehabt haben. Vermutlich hat sie ihm die Brieftasche abgenommen und den Wagen weggefahren, um seine Identität zu verschleiern. Seine Papiere lagen im Handschuhfach seines Autos. Wir haben Blutspritzer daran gefunden.«

Tilla dachte an Tobias zurück. »Der arme Junge, er war so durch den Wind, ich hätte wissen müssen, dass er so etwas vorhat.«

»Wir sind uns mittlerweile gar nicht mehr sicher, ob er sich selbst umgebracht hat.«

»Jemand anders soll ihn erschossen haben? Wer? Claudia?«

Berking nickte. »Die Kripo in Wernigerode geht davon aus. Palinski glaubt, Kralitz hätte vor ihrer Haustür auf Claudia gewartet, um sie zur Rede zu stellen. Sie hat wohl damit gerechnet, dass er irgendwann auftaucht, und sich eine unregistrierte Waffe besorgt. Als sie ihn sieht, nimmt sie die Waffe aus der Tasche und schießt ihm von unten durch das Kinn in den Kopf. Er hat noch zu ihrer Hand greifen wollen, als der Schuss losging. So entstünde das gleiche Muster an Schmauchspuren wie bei einem Selbstmord.«

»Gott, wie schrecklich«, entfuhr es Dana.

Tilla dachte über dieses mögliche Szenario nach. Aus unerfindlichem Grund regte sich Widerstand in ihr. »Was sagt Claudia zu den Vorwürfen?«

Berking schüttelte den Kopf. »Sie streitet nach wie vor ab, an diesem Abend zu Hause gewesen zu sein, obwohl ihr die Kollegen in Wernigerode schon mehrfach vorgehalten haben, dass der von ihr angegebene Zeitablauf nicht stimmen kann. Sie behauptet, Stunden beim Einkaufen im Supermarkt vertrödelt zu haben und dann hier nach Bad Harzburg gefahren zu sein. Hier habe sie noch einen kurzen Spaziergang gemacht, bis Gerred Assmut gekommen sei.« Berking wandte sich nun an Dana. »Frau Assmut, können Sie sich erinnern, wann Frau Hohenstein hier aufgetaucht ist?«

Dana dachte nach. »Es kann nicht vor zehn Uhr gewesen sein. Ich hatte Martha Schmidt im Altenheim besucht und eine Stickerei von ihr mitgenommen. Wir hatten uns festgequatscht und ich bin kurz vor zehn nach Haus gekommen. Da war der Wagen von Frau Hohenstein noch nicht da. Den hab ich erst am nächsten Morgen bemerkt. Ich habe sie an dem Abend aber nicht kommen hören, weil ich nach meiner Rückkehr in die Badewanne ging. Ich kann Ihnen also nicht genau sagen, wann sie kam.«

Berking nickte.

»Ich hätte nicht gedacht, dass Claudia eine Mörderin ist.« Tilla merkte, dass sie zwei bass erstaunte Gesichter vor sich hatte. »Ja, ich weiß, das hört sich komisch an. Ich wünsche der Frau ja wirklich die Krätze an den Hals ... und trotzdem kommt es mir komisch vor, dass ausgerechnet Claudia zu so drastischen Mitteln greift.«

»Ich habe da weniger Zweifel. Die Frau verstrickt sich in immer neue Lügen«, bemerkte Berking.

»Ja schon, Claudia manipuliert, lügt und spielt everyones darling. Sie wickelt jeden mit ihrem Aussehen und ihrem Charme ein, um zu bekommen, was sie will. Aber überleg doch mal ... aus Berlin ist sie eher weggezogen, als sich den Schwierigkeiten zu stellen. Und wenn es stimmt, was Tobias über sie sagte, dann hat sie diesen Phillip dazu gebracht, den Betrug zu begehen. Sie lässt klauen – aber sie macht nichts selbst. Und dann soll sie Tobias Kralitz urplötzlich eine Knarre ans Kinn halten und abdrücken? Es würde eher zu ihr passen, ihn zu becircen. Außerdem ist sie unglaublich eitel und etepetete. Bei so einem Tatverlauf muss sie doch so dicht vor ihm gestanden haben, dass sie die ganze Sauerei abkriegt. Und dann findet ihr nur einen kleinen Blutstropfen in seinem Wagen? Eigentlich müsste der doch in Blut geschwommen haben, wenn es so abgelaufen wäre. Das Ganze passt nicht zu ihr.«

Berking starrte Tilla stirnrunzelnd an und räusperte sich. »Ich glaube, mein Vater als Profiler wäre jetzt ziemlich beeindruckt, aber im Gegensatz zu ihm glaube ich nicht an die Unumstößlichkeit eines Täterprofiles. Claudia ist durch Kralitz in die Enge getrieben worden. Sie hat sich nach der Tat geduscht, hat die blutigen Klamotten verschwinden lassen und ist hinterher mit ihren Schuhen doch noch unbemerkt in einen Blutstropfen getreten, von dem sie dann Spuren in seinem Wagen hinterlassen hat. Sie parkt seinen Wagen mit Berliner Kennzeichen auf einem Hotelparkplatz in der Nähe und läuft zurück, um zu ihrem Alibi zu fahren. Das würde auch erklären, warum sie so spät in Bad Harzburg eintraf. Es ist eine schlüssige Indizienkette.«

»Hm … wenn du recht hättest, dann hätte die Frau wirklich Nerven, die das Drahtseil unserer Burgbergseilbahn in den Schatten stellt. Sie lässt die Leiche vor der Tür liegen und geht erst mal duschen? Und wenn jemand die Leiche sieht?«

Berking verzog nachdenklich das Gesicht.

»Und der Autoschlüssel?«

»Ist weg«, antwortete Berking. »Fakt bleibt: Claudia hatte ein Motiv und auch die Gelegenheit. Dass er sich vor ihrer Tür erschoss, um irgendwie auf ihren schlechten Charakter hinzuweisen, erscheint dagegen doch eher unwahrscheinlich, zumal man sich dafür nicht die Mühe macht, eine unregistrierte Waffe zu besorgen.«

»Eine unregistrierte Waffe? Das ist wirklich merkwürdig«, gab Tilla zu.

»Womöglich hat sie durch den Mord an Kralitz ihre Hemmschwelle gegenüber dem Töten überwunden.« Er wandte sich noch einmal an Dana. »Ich hörte, dass Sie einen Schlüssel zum Haus Ihrer Freundin haben?«

»Ja, ich kümmere mich um Paris, wenn Tilla weg ist. Er hängt im Flur«, antwortete Dana dem Staatsanwalt bereitwillig.

»Und Ihr Bruder hat doch sicher Zugang zu Ihrem Haus?«

»Ja natürlich, er …« Dana stutzte. »Sie meinen, Claudia könnte sich den Schlüssel zu Tillas Haus genommen haben?«

»Zumindest mangelt es ihr auch in diesem Falle weder an einem Motiv noch an der Gelegenheit.«

»Das ist ja hart. Armer Gerred«, murmelte Dana nachdenklich.

Tilla schüttelte skeptisch den Kopf. »Ich weiß nicht … Ja gut, nachdem ich mit meinem Wagen in die Wand gekracht bin, wollte ich sie verhauen, weil ich da auch noch dachte, sie wär's gewesen. Aber heute … Das Motiv wackelt doch, denn Gerred hatte sich ja längst für sie entschieden. Ich war gar keine Gefahr mehr für sie. Und das mit dem Tagebuch erscheint mir als Mordmotiv auch nicht ganz passend. Claudia könnte bei dem Treffen in Bad Harzburg von diesem Tagebuch gehört haben. Aber dann war ihr auch bekannt, dass die Polizei davon wusste, denn Andreas Kamenz war ja damals dabei. Sie kannte mich gut genug, um zu wissen, dass ich ihr im Eiltempo die Kripo auf den Hals gehetzt hätte, hätte ich da schon von ihrer Beziehung zu Dorothee gewusst.«

Berking hielt dagegen: »Denkbar wäre, dass Dorothee Messner ihrer Halbschwester von ihrer Forschung und von Dafydd erzählt hatte. Frau Hohenstein riet ihr vielleicht dazu, Dafydd die Datei gegen Zahlung einer Geldsumme zurückzugeben, und darüber sind die beiden in Streit geraten. Nach dem, was wir von Ihnen über Frau Messner hörten, wäre die wohl niemals auf diesen Vorschlag eingegangen.«

»Nein, sie hätte Claudia eher die Augen ausgekratzt.«

Berking nickte. »Möglicherweise haben sich die beiden deshalb gestritten, vielleicht so sehr, dass Frau Messner später ihren Asthmaanfall bekam.«

»Oh«, machte Tilla ernüchtert. Diese Version war ihr noch gar nicht in den Sinn gekommen.

Berking erlaubte sich ein leichtes Lächeln. »Darüber hinaus bezweifle ich, dass Sie keine Gefahr mehr für Frau Hohenstein sind. Nach dem, was ich hörte, wollte Frau Hohenstein Gerred Assmut unbedingt für sich gewinnen. Wie sollte denn das weitergehen, wenn Sie zwei Häuser daneben wohnen?« Er warf Dana einen Blick zu. »Ihr Bruder hätte Sie nicht so ohne Weiteres hier allein gelassen. Und ich glaube nicht, dass Frau Hohenstein die Vorstellung gefiel, hier mit ihm zu leben, in Sichtweiter zu seiner Ex-Freundin.«

Widerstrebend gab Tilla bei sich zu, dass da etwas dran war. Auch Dana schwieg nachdenklich.

»Tja, das war es, was ich Ihnen sagen wollte.« Berking stand auf. »Ich denke, dass Sie sich keine Sorgen mehr machen müssen, dass derjenige, der Ihnen nach dem Leben trachtete, noch frei herumläuft. Frau Hohenstein bleibt bis zu ihrem Prozess in Untersuchungshaft.«

Tilla sonderte noch ein fahriges »Danke dir« ab, um sodann in Nachdenklichkeit zu versinken. Dana übernahm es, Berking zur Tür zu bringen. Als sie zurückkehrte, blieb sie am Türrahmen lehnend stehen und betrachtete Tilla mit missbilligendem Kopfschütteln.

»Was ist?«, fragte Tilla.

»Du hast diese hinterhältige Schnepfe eben mit Leibeskräften verteidig. Und dann duzt du auch noch diesen Staatsanwalt, der schon verkniffen guckt, wenn man ihn nicht mit seinem Doktortitel anspricht.«

Tilla konnte nicht verhindern, dass sich ihr Gesicht bis zu den Haarspitzen purpurn verfärbte.

*

Der ernst dreinblickende Nachrichtensprecher erklärte in unbeteiligtem Ton, dass das Landesamt für Archäologie und Bodenkunde in Sachen-Anhalt zunehmend Zweifel an der Echtheit der kürzlich aufgetauchten zweiten Scheibe in England habe, zumal durch einen Einbruch in den Labors der walisischen Universität einige wichtige Proben vernichtet worden seien, die zu beurteilen von Halle beantragt worden war. Kurz und sachlich fasste der Nachrichtensprecher ein Statement des Scotland Yard zusammen, der wegen der Brisanz des Falles hinzugezogen worden war.

»Ein Einbruch … ha … wer's glaubt«, ätzte Tilla. Der Nachrichtensprecher berichtete nun in aller Ausführlichkeit, dass die deutsche Polizei im Zuge eines niedersächsischen Ermittlungsverfahrens auf einen zweiten Raubgräber der Hallenser Scheibe gestoßen sei. Dieser habe kürzlich zugegeben, Professor Dafydd im Juni dieses Jahres ein Stückchen Goldblech der deutschen Sternenscheibe verkauft zu haben, das bei der unsachgemäßen Ausgrabung abgesprungen sei.

Zufrieden kuschelte sich Tilla in die Ecke ihres Sofas und nippte an ihrem Wein, während sie sich vorstellte, wie Dafydd auf diese Enthüllung reagieren würde.

Die Geschichte des bisher einmaligen Fundstückes von Nebra sowie die daran durchgeführten Untersuchungen wurden in einem kurzen Abriss dokumentiert. »*Wie die Landesarchäologin das Landes Sachsen-Anhalt verlauten ließ, war Professor Rhydion Dafydd, Astroarchäologe der*

Universität Aberystwyth, maßgeblich in die Untersuchung der Hallenser Scheibe eingebunden gewesen, bevor man ihm in Halle das Vertrauen entzog. Es stand der Verdacht im Raum, dass der englische Wissenschaftler sich unberechtigt Wissen beschafft habe, das nun bei der Einordnung der Materialanalyse der jüngst gefundenen Scheibe bedeutsam sein könnte und Zweifel an der Glaubwürdigkeit des englischen Exponates aufwerfe. Des Weiteren wurde bekannt, dass eine junge Doktorandin, die zusammen mit dem berühmten englischen Professor an der Hallenser Scheibe forschte, einige Monate zuvor tot aufgefunden wurde. Die Umstände ihres Todes sind bis heute nicht geklärt …«

Tilla hätte beim Anblick des hübschen Bildes von Dorothee zusammen mit der Landesarchäologin Dr. Holm, das hinter der rechten Schulter des Nachrichtensprechers auftauchte, juchzen können. Es folgte ein Interview mit Dr. Holm, die sich lobend über Dorothees Arbeit ausließ und sodann ihre Zweifel an der Echtheit der zweiten Scheibe bekräftigte. Der Vorwurf der Manipulation durch Dafydd wurde in eine vorsichtige, wahrscheinlich mit einem ganzen Rudel von Juristen abgeklärte Wortwindung gepackt, die nur schwer zu verstehen war.

Eine den Nachrichten folgende Spezialsendung begann denn tatsächlich mit der rhetorischen Frage, ob es möglich sei, ein Exponat wie die Sternenscheibe zu fälschen. Ingo Steinbrecht tauchte auf dem Bildschirm auf und legte die verschiedenen Möglichkeiten dafür dar. Nachdem sich weitere Wissenschaftler zu der Fälschungsfrage ausgelassen hatten, wurde den Zuschauern der Vollständigkeit halber auch ein Portrait mit anschließendem Interview Professor Dafydds präsentiert. Gewohnt eloquent erläuterte der Professor hier, wie die Hallenser Scheibe seiner Meinung nach nach Deutschland gelangt war und warum man sie auf dem Mittelberg vergraben hatte.

Er dozierte, dass zu der Hallenser Scheibe vermutlich ebenso wie zu der in England gefundenen Scheibe ein Ring gehört habe, in dem man die Scheibe drehen könne und die einen Fixpunkt zu seiner Ausrichtung bildete. Sie hätte bei der Hallenser Scheibe zur Kalenderberechnung der Jahresspanne gedient, in der man die Plejaden sehen könne, also im Winter zwischen den Tag-und-Nacht-Gleiche des Herbstes und des Frühlings. Dieser Ring würde der Hallenser Sternenscheibe deswegen fehlen, weil der Ring schlicht und einfach für beide Scheiben gedacht sei.

Stirnrunzelnd ließ sich Tilla das durch den Kopf gehen. Abermals wirkten seine Vermutungen sehr schlüssig. Sie war heilfroh, dass eine Übersetzungsstimme die Originalworte von Dafydd zurückdrängte, denn der Professor präsentierte sich überaus charismatisch und wortgewandt.

Tillas Aufmerksamkeit wurde von Dafydds Verlobter, Liliana Whitehead, in Beschlag genommen. Die hübsche Frau wandte sich mit strahlendem Lächeln an den Reporter. Hier wurde nur sehr grob übersetzt und stattdessen ein kurzes Portrait von ihr eingefügt. Tilla erfuhr zu ihrem maßlosen Erstaunen, dass Dafydds Verlobte Witwe eines englischen Adligen und zudem eine gebürtige Deutsche war. Sie stammte, so die Sprechstimme, aus dem Harz und hatte ihren ersten Mann über den Rennsport kennengelernt. Liliana lobte und bewunderte die Arbeit Dafydds mit innigen Worten. Sie wusste selbst einige beachtliche Feinheiten von der englischen Scheibe zu berichten und beschrieb diese mit geradezu überschwänglicher Begeisterung.

Widerstrebend zollte Tilla ihr Hochachtung für ihren Einsatz, der dem Paar jenen Glamourfaktor bescherte, den das Publikum so schätzte. Die Lady hatte gut aufgepasst und wusste sich und ihr Wissen bestens in Szene zu setzen. Vermutlich hatte Dafydd sie genau instruiert. Dann gaben die beiden ihre bevorstehende Hochzeit am ersten Januar des folgenden Jahres bekannt, da sie beide exakt an diesem Tag Geburtstag hätten. Staunend nahm Tilla diese Information auf, die von der deutschen Stimme nicht übersetzt wurde.

»Zwei Steinböcke … eine zerstörerische Kombination. Die bringen sich entweder gegenseitig um oder sie vernichten ihr gesamtes Umfeld!«

*

Die Bäume zeigten erste Anzeichen des schwindenden Sommers. Die Wasserfläche des Hasenbacher Teiches lag völlig still und unberührt, obwohl noch so einige Besucher des kleinen Waldsees zwischen Clausthal-Zellerfeld und Buntenbock auf Decken gebettet die letzten Sonnenstrahlen genossen. Die Einheimischen wussten, dass die Nächte im Oberharz schon so kalt waren, dass die Badesaison in diesem Gewässer bereits früh im Jahr endete. Niemand wagte einen Schwimmversuch.

Tilla, Hanjo und Astrid hatten einen strammen Spaziergang hinter sich und saßen nun auf einer Bank direkt an der alten Staumauer des Sees, der zum Oberharzer Wasserregal gehörte.

»Also dieser Ring ist ja wirklich eine Sensation«, sagte Hanjo. »Glaubst du, das Teil gehört auch zu unserer Scheibe?«

»Ich glaube es eher nicht«, sagte Tilla. »Wenn überhaupt, dann müsste eine Sternenscheibe zwei Ringe gehabt haben, einen für das Sonnenjahr und einen für das Mondjahr, denn die Sternenscheibe stellt eine Art Bindeglied zwischen diesen beiden Kalenderberechnungen dar. Man weiß, dass der Mondkalender die ältere Form der Kalenderberechnung war, denn die Mondphasen ließen sich leichter beobachten als die Sonne. Der Mondkalender zeigt sich allerdings bereits in der Darstellung des Voll- und des Sichelmondes auf der Scheibe.«

»Ach so. Und ich dachte immer, der volle Kreis solle die Sonne darstellen.«

»Ja, das wurde auch zunächst vermutet, ist aber falsch. Die zwölf Sternbilder des Tierkreises und unsere Jahresfeste halfen bei Jahreseinteilung. Sie bildeten sozusagen den Taktgeber des lunaren Jahres, also des Mondjahres. Eigentlich müsste die Aufteilung des Jahres in Tierkreisphasen auf dem Scheibenring abgebildet sein. Es kommt mir sowieso komisch vor, dass man für die paar Riefen und Striche, die ich auf dem Teil sah, einen Goldring geschmiedet haben soll. Scheint mir übertrieben.«

»Hm«, machte Hanjo nachdenklich. »Stimmt, Edelmetalle waren ja früher noch schwerer zu bekommen.«

»Allerdings. Dafydd verkennt auch, dass die damalige Beobachtung der Sterne in Mystik eingebettet war. Man gab den Lunationen, den späteren Monaten, Namen und widmete sie Göttern. Man hätte sie damals nicht mit ein paar sachlichen Strichen dargestellt. Zudem stellte man irgendwann fest, dass es nicht ausreichte, die Mondphasen zu zählen, denn das Mondjahr mit zwölf Phasen zu dreißig Tagen war zu kurz für ein Jahr. Das mit dreizehn Lunationen ist dagegen zu lang.«

»Ich erinnere mich, das mal gehört zu haben. Aber wie kam man eigentlich zum heutigen Kalender?«

»Man hat begonnen, die Tage zu zählen und sie mit der Beobachtung der Sonne zu verbinden. Bei dieser Berechnung kamen zwölf Monate plus fünf Schalttage heraus. In der Sternenscheibe zeigt sich, dass man begann, die Wocheneinheiten zu ändern, nämlich von drei Wochen zu jeweils acht Tagen auf vier Wochen mit dreimal acht und einmal sieben Tagen. Der Übergang von der Mondjahrrechnung auf die Sonnenjahrrechnung zeigt sich auch in den diversen Bearbeitungen der Scheibe, die an immer neues Wissen angeglichen wurde.«

»So langsam begreife ich, was für ein Weltwunder diese Scheibe darstellt. Das war mir gar nicht so bewusst«, bemerkte Astrid.

»Ja«, stimmte Tilla eifrig zu. »Auch unsere Mondfeste, Samhain, Imbolc, Beltane und Lughnasadh, sind darauf und sie sind nachweislich älter als die Sonnenfeste, also die Sonnenwenden und die Äquinoktien. Auch die Mondfeste mussten genau bestimmt werden, da sie zu gleicher Zeit von allen Keltenstämmen gefeiert werden. Die Termine waren jedem Druiden bekannt.«

»Und es hat keiner geschummelt?«, fragte Hanjo schmunzelnd.

»Aber nein«, klärte ihn nun Astrid auf. »Es war ja gerade wichtig, dass alle zu gleicher Zeit die Götter ehrten und feierten. Nach unserer Auffassung verbinden und verselbstständigen sich die starken Gefühle, die Menschen bei solchen Zeremonien haben. Sie personifizieren sich geradezu zur Gottheit selbst. Wir glauben, dass man Götter durch das Befeiern stärkt und durch Vergessen vernichtet.«

»Meine Güte, was für eine Verantwortung!«, meinte Hanjo lachend. »Ich verspreche, künftig keines der Feste je auszulassen!«

»Gut.« Astrid fiel in sein Lachen ein.

Hanjo geht völlig unbefangen an Astrids Glauben heran, dachte Tilla neidvoll. Würde sie auch irgendwann jemand finden, der bereit war, ihr Anderssein so zu akzeptieren?

Hanjo fragte: »Wenn ich dich richtig verstanden habe, braucht die Hallenser Scheibe also überhaupt keinen Ring?«

»Nein, das Wissen der Scheibe ist vollständig. Aber sowohl die Hallenser als auch die englische bestehen aus demselben Material und solange wir nicht wissen, warum man sie vergraben hat, werden wir Dafydds Theorie von einem heimatlosen, in der Fremde verscharrten Druiden nicht erschüttern können.«

»Deine Mutter hat so viel über die Scheibe gesprochen. Hat sie dazu nichts geschrieben?«, fragte Astrid.

»Hedera hat ein ganzes Heft mit Theorien dazu gefüllt. Am Ende des Textes standen einige Stichworte, mit Bleistift geschrieben. So etwas machte sie ja immer dann, wenn sie diese Themen noch bearbeiten wollte. Die Frage: *Warum vergrub man die Scheibe?*, steht auch dort. Sie hat es nicht mehr geschafft, etwas dazu aufzuschreiben«, schloss Tilla traurig.

Auch Astrid, die Hedera sehr innig verbunden gewesen war, ließ für einen Moment den Kopf hängen, woraufhin Hanjo ihr tröstend über den Rücken strich. »Atlantis und die Sternenscheibe … das waren die Themen, die sie zuletzt beschäftigten.«

Tilla lachte auf. »Ja, Atlantis und die Scheibe … Sie nannte sie immer bronzenen Harzhimmel.«

*

Tilla war nervös, als sich Gerreds Haustür vor ihr öffnete. Gerreds Blick flüchtete, seine Begrüßung lief in einem Flüstern aus. Keiner von ihnen wusste, wie sie beginnen sollten, und so standen sie sich einen Augenblick schweigend gegenüber. Gerred räusperte sich und bat Tilla mit einem Handzeig herein.

Tilla wusste, Arnold Köster hatte sie mit der Bitte, sich mit Gerreds Bauprojekt vertraut zu machen, um es in der folgenden Woche dem Konsortium englisch sprechender Investoren vorzustellen, zwingen wollen, mit ihm zu reden. Er war eine gute Seele, doch im Moment vermutete Tilla, dass er die Gefühlswunden unterschätzte, die nach einer Trennung wie der ihren schwärten. Es war noch viel zu früh für ein Gespräch, entsprechend zögerlich folgte Tilla Gerred in sein Esszimmer, wo er bereits die Baupläne ausgebreitet hatte, um ihr die wichtigsten Punkte zu erläutern.

Er begann mit einer umständlichen Einführung, doch Tilla hielt es nicht aus und fiel ihm ins Wort. »Gerred, es tut mir alles so unendlich leid. Du musst mir glauben! Nichts von dem, was Claudia passiert ist, habe ich gewollt!«

Gerred ließ sich matt auf einen der Stühle fallen. »Ja, ich weiß. Wegener erzählte von deinen Zweifeln an Claudias Schuld. Er erzählte mir auch, was du dem Staatsanwalt gesagt hast.«

Tilla setzte sich neben ihn. Gemeinsam starrten sie durch das bodentiefe Terrassenfenster in den Garten, der nicht nur den nahenden Herbst ankündigte, sondern Spuren von Vernachlässigung zeigte. Offenbar war Dana nicht bereit, ihrem Bruder diese Pflicht abzunehmen, die er sonst mit Akribie selbst übernommen hatte. Was für eine vertrackte Situation, dachte Tilla traurig.

Irgendwann fragte Gerred vorsichtig: »Sag, glaubst du, dass sie all diese … diese Taten begangen hat?«

Es gab Tilla einen Stich, denn sowohl seine Worte als auch der Ton legten die starken Gefühle offen, die er für Claudia hegte. Tilla horchte in sich hinein und stellte fest, dass sich Schmerz und Eifersucht bereits verflüchtigt hatten. Zurück blieb Mitleid mit einem guten Freund.

»Offen gesagt, ich weiß nicht, was ich glauben soll. Die Indizienkette ist recht schlüssig. Aber wenn es dir hilft – mein Bauchgefühl sagt: Sie ist zwar unehrlich, aber keine Mörderin.«

Gerred stützte die Ellenbogen auf den Knien ab und starrte den Parkettboden an. »Sie hat es nicht immer leicht gehabt …«, startete er einen hilflosen Verteidigungsversuch.

Er hatte sich schon bei Tilla in ein von ihm selbst erstelltes Trugbild verliebt. Das durfte nicht noch einmal passieren. »Es besteht kein Zweifel daran, dass Claudia den Wagen von Tobias von Kralitz weggefahren hat, warum auch immer«, sagte sie erbarmungslos.

»Sie schwört, Kralitz habe sich selbst umgebracht. Als sie ihn fand, sei sie so durcheinander gewesen, dass sie auf die blöde Idee kam, den Wagen wegzufahren, um seine Identität zu verschleiern. Aber ihr Anwalt hat ihr geraten, gar nichts zu sagen und dass die Indizien eh nicht ausreichen würden, um sie zu verurteilen.«

»So ein Idiot«, schimpfte Tilla. »Und wie will er ihre Spuren in dem Wagen wegreden?«

»Er sagt, sie sei schon einmal zu Tobias in den Wagen gestiegen, um mit ihm zu reden. Daher stamme das Haar. Alle anderen Spuren stammen vielleicht von einem Mörder, aber nicht von ihr.«

»Und der Klappskopf glaubt wirklich, damit kann er sie vor einer Mordanklage bewahren? Der hat sie wohl nicht alle«, ätzte Tilla. »Wieso hast du diesen Idioten engagiert? Warum hast du denn nicht Peter Ehlers gefragt?«

»Das habe ich. Er hat Claudias Verteidigung abgelehnt – aus Loyalität dir gegenüber. Er verwaltet dein Vermögen und ist mit dir befreundet.«

»Oh.«

Nach einer weiteren Phase der Stille fragte Tilla: »Hat sie mit dir eigentlich mal über Dorothee gesprochen?«

Sie sah Gerred an, wie unwohl er sich bei diesem Thema fühlte. »Ja. Ich glaube ihr, wenn sie sagt, es tue ihr heute sehr leid, dass sie so hässlich zu ihr war. Sie hatte Angst gehabt, dass die Vorwürfe aus Berlin sie über Dorothee hier einholen. Aber dass man ihr nun auch noch die Verantwortung für den Tod ihrer Halbschwester in die Schuhe schieben will, macht sie ziemlich fassungslos.« Gerred suchte Tillas Blick und beteuerte: »Und sie schwört auch, dass sie nie auf die Idee gekommen wäre, sich an deinem Wagen zu schaffen zu machen. Ich glaube ihr das.«

Tilla glaubte zwar nicht, dass Gerred in der Lage war, echtes und gespieltes Erstaunen bei Claudia zu unterscheiden, lenkte aber ein. »Auch wenn ich damals auf der Straße so ausgerastet bin, ich bin heute auch nicht mehr davon überzeugt, dass sie das war. Ich kann mir Claudia nur schwerlich mit ihren lackierten Krallen im Schotter vor meinem Wagen kniend vorstellen.«

Gerred deutete ein Lächeln an. »Ich nehme mal an, das war nett gemeint.«

»Hhmm«, grunzte Tilla. »Aber die Geschichte, die Kralitz mir über sie erzählte, glaube ich ihm.«

Nun war es Gerred, der ein undefinierbares Geräusch von sich gab.

Nach einer Weile fragte er: »Und? Bist du wieder mit Kamenz zusammen?«

Tilla hätte sich vor Erstaunen fast verschluckt. »Wie kommst du denn darauf?« Etwas ruhiger schob sie nach: »Andreas ist nur ein guter Freund … der übrigens in einer festen Beziehung lebt. Ich gebe zu, da ist eine gewisse Verbundenheit zwischen uns, weil wir Gleiches erlebt haben. Aber im Moment verbinden uns hauptsächlich die Ermittlungen in Dorothees Fall.«

»Eigentlich würdet ihr gut zusammenpassen … Jedenfalls passt du besser zu Kamenz als zu mir, oder?«

Tilla strich ihm über die Wange. »Ich passe wohl auf gar kein Töpfchen. Hexen sind halt etwas sperrig, was Beziehungen angeht.« Sie sah, dass er ihr Lächeln erwiderte, und fügte aufgeräumt hinzu: »Weißt du, wenn Claudia ein bisschen … äh … Was ich sagen will: Wären da nicht all die Anklagen, ihr beide würdet ganz gut zusammenpassen.«

*

Tilla saß in Hederas Apotheke und blätterte durch die Aufzeichnungen ihrer Mutter. Ihr Laptop stand aufgeklappt daneben. Sie überlegte, welches der unzähligen Hefte sie sich als nächstes vornehmen wollte, als ihr Astrids Worte am Hasenbacher Teich in den Sinn kamen. Einer Eingebung folgend nahm sie sich eines mit dem Titel: *Untergang von Atlantis* vor. Die vermutete Jahreszahl des legendären von Platon beschriebenen Unterganges der Insel fiel zufälligerweise mit dem Vergraben der Sternenscheibe zusammen. Tilla schmunzelte und schlug das Heft auf. Die meisten Forscher kamen zu dem Schluss, dass es sich bei Atlantis um eine Sage ohne Bezug zur Realität handelte. Nicht so Hedera.

Ihre Mutter hatte sich einer kleinen Gruppe von Befürwortern der Theorie angeschlossen, dass der Untergang von Atlantis mit dem Vulkanausbruch des Santorin-Atolls zwischen Griechenland, Türkei und Kreta zusammenhängen könnte. Die Kykladen lagen genau an der Verbindung der Afrikanischen und der Ägäischen Platte. Dass diese Gegend eine unsichere, explosive war, davon berichteten mehrere Geschichtsschreiber. Inseln entstanden und verschwanden wieder, jeweils begleitet vom Niesen der Erde. Insbesondere im Jahre 1645 vor Christus nieste die Erde sehr folgenschwer, als der Vulkan Thera ausbrach. Tillas Blick pflügte geradezu durch die Zeilen, die ihre Mutter mit ihrer hübschen, runden, völlig gleichmäßigen Schrift in dem Heft verewigt hatte.

»Thera ... die Wilde, ausgebrochen zu der Zeit, als man bei uns die Sternenscheibe vergrub«, murmelte Tilla und las weiter. Hedera hatte eine ansehnliche Menge von wissenschaftlichen Fakten zusammengetragen, die zeigten, dass es sich um einen so verheerenden Ausbruch gehandelt haben musste, dass die Nachwirkungen noch jahrelang zu spüren waren. Innerhalb eines eines einzigen Tages war damals eine ganze Insel im Meer versunken, die nach Meinung ihrer Mutter Atlantis hieß. Zur Bekräftigung ihrer These hatte Hedera eine Übersetzung des Originaltextes von Plato eingefügt. Plato ließ die Figur Timiaios über Atlantis berichten, eine Geschichte, die Timiaios von seinem Vorfahr König Solon überliefert bekam.

Tilla lächelte in sich hinein. Wie oft hatte ihr ihre Mutter Geschichten über Atlantis erzählt! Für Hedera hatte Atlantis zu einer Art Urkultur gezählt, die das gesamte Europa beeinflusste und sogar seine Spuren im Harz hinterlassen hatte. Sie sprach oft von atlantischen Kultstätten im Zusammenhang mit Kraftorten des Harzes. Tatsächlich ließ Platon seinen Timiaios fabulieren, die Atlanter hätten zahlreiche Reiche erobert. Santorin entsprach nicht nur der Beschreibung von Atlantis, es hatte dort nachweislich eine frühe Hochkultur gegeben, von denen nur noch spärliche Reste gesichert werden konnten.

»In einem Tag und einer Nacht versank die Insel. Weil die Götter zornig waren, sandten sie Feuer, Blitz und Schwefel …« Tilla zog sich ihr Laptop heran, öffnete das Internet und überflog, was dieses zu dem legendären Ausbruch des Thera an Informationen hergab. Dort war tatsächlich von dem schwersten Vulkanausbruch der letzten zehntausend Jahre die Rede. Die Aschewolke sei so gigantisch gewesen, dass sie die Erde auf lange Zeit verdunkelte, was zu empfindlichen Klimaschwankungen geführt hatte. Sogar in Grönland habe man das Asche-Bims-Gemisch des Thera nachweisen können.

»Verdunklung des Himmels, dramatische Verschiebung der Jahreszeiten, sogar eine kurze Eiszeit … die Menschen müssen ja damals gedacht haben, dass die Götter ihre Welt verlassen haben.« Tilla dachte daran, wie panisch sie selbst schon reagierte, wenn sich der Frost zu lange ins Frühjahr hinzog. Es war typisch für

Kelten, jegliche Störung des Jahresrades lautstark zu bejammern. Auch Tilla tat dies mit Leidenschaft. Vor ihrem inneren Auge tauchten verzweifelte Menschen auf, die sich von ihren Druiden eine Erklärung und eine Lösung für das unbegreifliche Geschehen erhofften. Was würden Druiden in so einem Falle tun?

»Sie würden Rituale abhalten, um die Gunst der Götter zurückzuerlangen«, murmelte Tilla. All das hätte natürlich nichts an der Aschewolke geändert, die das Leben spendende Sonnenlicht von der Erde fernhielt. Über Jahrhunderte hinweg hatte man den Gang der Sonne und die Veränderung am nächtlichen Sternenhimmel beobachtet, nun konnten sie beides nicht mehr sehen. Sie würden Speisen, Gegenstände, Tiere und womöglich auch Menschen opfern, um die Gunst der Götter zurückzugewinnen. Sie würden Gegenstände opfern …

»Das ist es!«, entfuhr es Tilla. »Der Ausbruch des Thera ist der Grund, warum die Menschen die Scheibe vergruben. Sie nutzte ihnen nichts mehr, weil sie weder die Sterne noch die Sonne richtig sehen konnten. Die Scheibe funktionierte nicht mehr. Und die Sternenscheibe war zugleich das wertvollste Gut, was sie besaßen … Sie haben sie geopfert. Mit Atlantis ging auch die Sternenscheibe unter! «

*

Die Mingvase krachte scheppernd zu Boden. »Wie zum Henker haben die von dem Gold erfahren?«, schrie Liliana aufgebracht.

Dafydd betrachte kurz den Scherbenhaufen, der wenige Sekunden zuvor noch eine fünfstellige Pfundsumme eingebracht hätte. »Dieser Koslowski hat geplaudert. Ich denke, es war die Leinwig, die es rausbekommen hat.«

»Die Leinwig? Wieso das denn? Was hat sie mit diesem Koslowski zu tun?«

Dafydd überlegte, ob er ihr von dem Tagebuch erzählen sollte, dass Tom ihm gegeben hatte. Er entschied, dass es nun gefahrlos war, da er die kurze Passage, die ihn betraf, gelöscht hatte. Dafydd ging an seinen Schreibtisch, zog eine Schublade auf und warf einen Stapel Papier auf den Tisch. »Deswegen.«

Liliana begann darin zu blättern. »Was ist das?«

»Das Tagebuch der Messner.«

»Wo kommt das denn her?«

»Tom fand es bei der Leinwig.«

»Die Leinwig also … Vor ein paar Wochen dachte ich noch, sie sei bei einem Unfall umgekommen. Schade eigentlich.« Liliana überflog die Seiten.

Dafydd hob die Brauen. »Ein Unfall? Wie kommst du denn darauf?«

»Im Harzburger Gestüt erzählte man sich so etwas. Leider hat sie überlebt.« Bei einem der Blätter runzelte Liliana die Stirn. Ihr Blick flog zu ihm. »Verdammt, sie weiß es!«, sagte sie und hielt ihm eine Seite hin.

Dafydd wusste genau, um welche Seite es sich handelte, reagierte jedoch gelassen. »Nein, sie weiß es nicht. Überleg doch mal: Wenn sie es wüsste, hätte sie es den Behörden gesagt.«

Liliana antwortete bedächtig: »Du hast recht. Noch weiß sie es nicht. Aber irgendwann wird sie die richtigen Schlüsse ziehen. Wir müssen etwas unternehmen.«

»Schatz, mir gefällt die Situation auch nicht, aber wir dürfen nichts überstürzen, vor allem jetzt nicht, wo die Hallenser so rigoros zum Gegenschlag ausholen.«

Liliana schlang ihm die Arme um den Hals. »Manchmal habe ich das Gefühl, dass das Ganze für dich nur ein Spiel ist. Aber das ist es nicht. Man kann nicht einfach aussteigen.«

Während er ihren Hals liebkoste, flüsterte er ihr zu: »Ohne dich hätte ich mich nie an dieses Spiel herangewagt.«

»Ich weiß …«

Sie ließen sich auf den Boden fallen. Kleidungsstücke flogen im Zimmer umher.

Nach einiger Zeit rollte sich Liliana auf den Rücken. »Was meinst du, kommt die Theorie von diesem Vulkanausbruch auch von ihr?«

Dafydd betrachtete ihren nackten Körper und fuhr versonnen mit den Fingerspitzen über ihre Brust. »Ich denke schon. So was sieht ihr ähnlich. Leider haben die Hallenser diese Theorie aufgenommen und wollen sie nun prüfen.«

»Schadet dir das?«

Dafydd gab verstimmt zu: »Ja. Die Erklärung, dass man die Hallenser Scheibe wegen der Folgen des Minoischen Vulkanausbruches vergrub, schmälert meine Theorien ziemlich empfindlich.«

»Kann man dieser Landesarchäologin nicht irgendwie am Ruf kratzen?« Liliana hob ihr Bein und rieb mit dem Fuß über den chinesischen Seidenteppich.

Dafydd lachte. »Schatz, die Frau ist eine Heldin.«

Liliana verzog das Gesicht. »Wie langweilig.«

»Außerdem würde das wenig nützen. Die Leinwig tauchte gestern Abend kurz in einem Fernsehbericht auf, wo sie recht eindrucksvoll und auch noch in bestem Englisch ihre Theorien vor einem englischen Reporter ausbreitete«, schob Dafydd nachdenklich hinterher.

»Dieses Miststück! Wieso tut sie das?«

Zögernd gab Dafydd zu: »Sie hat mir den Kampf angesagt – vor ein paar Wochen, per E-Mail.«

Liliana setzte sich auf. »Was? Wieso hast du mir das nicht gesagt?«

»Ich habe es nicht ernst genommen. Das war wohl ein Fehler.«

»Ist unser Plan in Gefahr?«

»Solange sie nicht darauf kommt, woher die Proben

stammen, besteht keine Gefahr. Tom hat wirklich gute Arbeit geleistet.«

Liliana blieb nachdenklich. »Die Proben waren aber nicht in Dieskau, sie waren bei der Leinwig versteckt.«

»Tilla Leinwig hatte sie?« Dafydd richtete sich auf. »Das mit dem Unfall … von der Leinwig … Hat Tom etwa …«

Liliana strich gedankenverloren über ihren wohlgeformten, nackten Oberschenkel. »Ja, hat er. Aber leider hat er geschlampt.«

Rhydion Dafydd atmete hörbar ein.

Sie kuschelte sich an ihn und erklärte ihm in sanftem Ton: »Schatz, sie weiß einfach zu viel. Außerdem, da ist etwas, was ich dir längst hätte sagen müssen …«

Dafydd sah sie fragend an.

»Damals, als sie hier war … Ich hab versucht, mit ihr Kontakt aufzunehmen und bin abends ins Hotel gefahren. Sie ist mit diesem Staatsanwalt zusammen.«

»Die beiden sind ein Paar?«

»Ja. Sie haben im *Gwestry Cymru* die Nacht zusammen verbracht«, klärte ihn Liliana auf, die sich noch immer darüber ärgerte, diese Möglichkeit damals außer Acht gelassen zu haben. Dafydd schwieg ernüchtert. Liliana strich ihm durch das Haar. »Ich wollte einfach mit ihr reden und erfahren, was sie für ein Typ ist, ob man mit ihr im Falle eines Falles verhandeln kann, aber sie war nicht in ihrem Zimmer. Von dem Zimmermädchen erfuhr ich, dass sie die Nacht bei ihm verbracht hatte.« Liliana ließ ihre Worte wirken. »Schatz, ich fürchte, nicht nur sie hat dir den Kampf angesagt. Sie jagen dich gemeinsam, sie und dieser Staatsanwalt.«

*

Die Baustellenpräsentation des Hotelbaues in Wernigerode war gut verlaufen. Tilla hatte trotz ihrer Wissenslücken im fachlichen Bereich alle Fragen der Investoren beantworten können. Vor allem war Tilla erleichtert, dass sie wieder mit Gerred sprechen konnte, der jedoch unübersehbar angeschlagen wirkte – vor allem, als einer der anwesenden Bauherren nach Claudia Hohenstein fragte.

Nun saß Tilla in Danas Wagen, den sie sich für diesen Tag ausgeliehen hatte, und spähte in den Abzweig zu Claudias Haus. Sie gab dem Impuls nach, bog ab und folgte der Straße bis zum Ende. Sinnend starrte sie das Gebäude an, dessen heruntergelassene Rollläden von der Abwesenheit seiner Besitzerin berichteten. Ein Rest von rot-weißem Absperrband hing noch an einem Pfosten des Carports. Hatte Tobias sich dort wirklich selbst umgebracht? Oder hatte Claudia, wie Berking glaubte, dabei nachgeholfen?

Ein Selbstmord passte absolut zu der Stimmung, in der Tilla ihn erlebt hatte.

»Aber warum erschießt er sich dort, wenn er keine Erklärung dazu liefert?« Tilla überlegte, wo sie in so einem Fall einen Abschiedsbrief deponieren würde. Im Wagen. Doch man hatte dort keinen Brief gefunden, das wusste sie.

Sie versuchte sich in Claudias Lage zu versetzen. »Sie wollte nicht, dass jemand erfährt, was sie in Berlin getan hat. Tobias wollte, dass alle Welt erfährt, was Claudia getan hat. Wenn man so tun will, als kenne man den Toten vor der eigenen Haustür nicht, wird man einen Abschiedsbrief, der womöglich auch noch Anklagen enthält, natürlich tunlichst vernichten.« Tilla überlegte, was Claudia damit gemacht haben könnte. Wenn er noch auffindbar gewesen wäre, hätte Claudia ihn sicher erwähnt, denn er würde sie ja schließlich vor der Mordanklage retten. Offenbar hatte sie das Teil so nachhaltig vernichtet, dass er ihr als Rettungsanker nicht mehr nutzen konnte.

Nach kurzem Überlegen nahm Tilla ihr Handy aus der Tasche und rief über Internet eine Karte von Wernigerode auf. Das nächste Hotel befand sich gar nicht weit von ihrem Standort entfernt. Da es kein weiteres in der Nähe gab, musste die Polizei dort Kralitz' Wagen gefunden haben. Kurz entschlossen ließ Tilla den Motor an und fuhr los. Bereits nach wenigen Minuten bog sie auf den Parkplatz eines hübschen kleinen Gasthofes ein, orientierte sich kurz und parkte Danas Wagen an dessen Ende, direkt am Wald. Ein Blick auf ihr Handy sagte ihr, dass sie nur etwa ein Kilometer von Claudias Haus trennte, würde man direkt durch das Waldstück und nicht über die Straßen gehen. Tilla stieg aus und machte sich auf den Weg quer durch den Wald.

Sie folgte zunächst der Ebene. Mit ihrem ausgesprochen guten Orientierungsvermögen bemerkte sie schnell, dass sie die Richtung zurück zu Claudias Haus nicht ganz getroffen hatte. Sie bog ab und kletterte einen Hang hinauf, bis sie genau oberhalb von Claudias Haus stand. Nachdenklich blickte Tilla zurück. Sie war sicher, den Weg, den sie genommen hatte, hatten sich auch die Polizisten bereits vorgenommen. Wenn es hier etwas zu finden gab, wäre es von ihnen gefunden worden. Aber den direkten Weg hatte sie ja nicht erwischt. Claudia musste diesen Wald gut kennen, sie war schließlich hier aufgewachsen. Dann war sie womöglich weiter vorne den Hang hinauf gestiegen und oben auf dem Kamm zu ihrem Haus zurückgelaufen. Von dort konnte sie abbiegen und landete geradewegs auf ihrer Straße. Tilla beschloss, auf dem Rückweg zu ihrem Wagen diese Wegvariante zu nehmen, und hielt sich nun links. Während des Abstiegs suchte sie den Boden ab.

»Ich muss verrückt sein zu glauben, klüger als die Polizei zu sein«, murrte Tilla, setzte ihre Suche jedoch trotzdem fort.

Als es neben ihrem Schuh leise klimperte, stieß sie einen Triumphschrei aus. »Ha! Der Schlüssel!« Sie ging in die Hocke, ihre Hand verharrte in der Luft. Nach kurzem Überlegen wickelte sie ihr Halstuch ab und nahm den Autoschlüssel auf, ohne Spuren zu verwischen. Als sie das Beweisstück vorsichtig sicherte, bemerkte Tilla einen Papierfetzen, der sich in den Fransen ihres Halstuches verfangen hatte. Ein winziger blauer Strich darauf zeigte, dass es sich um beschriebenes Papier handeln musste. Sie ließ den eingewickelten Schlüssel in ihre Jackentasche gleiten und fingerte vorsichtig auf dem laubbedeckten Waldboden herum. Die Papierfetzchen waren durchweicht und hatten die Farbe des Waldbodens angenommen, doch nach und nach schärfte sich ihr Blick und sie fand immer mehr Stückchen, die sie jeweils in die Brusttasche ihrer Jacke steckte.

Nach einer guten halben Stunde waren ihre Knie dreckig wie bei einem Kindergartenkind und ihre Jackentasche mit zahlreichen Papierschnipseln gefüllt. Seit mehreren Minuten war sie nicht mehr fündig geworden. Sie schloss den Reißverschluss über der Tasche und ging zurück zu ihrem Wagen.

*

Tom schüttelte den Kopf. »Schwesterchen, ich versteh dich ja, aber das ist nicht so einfach.«

Liliana höhnte: »Und weil dir immer alles zu schwierig ist, haust du in meinem Cottage und ich wohne im Herrenhaus.«

Tom ließ sich seinen Ärger nicht anmerkten. »Man muss halt wissen, wo man hingehört.«

»Und wo willst du künftig hingehören? In den Knast? Denn dort werden wir alle landen, wenn wir Berking und seine kleine Freundin nicht aufhalten. Ich will, dass du an Berking dranbleibst. Was tut er?«

»Er pendelt zwischen seiner schicken Penthousewohnung und dem Gerichtsgebäude hin und her. Ab und an fährt er nach Goslar.«

»Nach Goslar? Nicht zur Leinwig?«

»Doch auch, letztens war er einmal bei ihr, aber nicht lange, es war auch eine Freundin von ihr dabei. Ich glaube, die beiden halten ihre Beziehung geheim.«

»Wo ist er jetzt?«

»Mit einigen Bullen im Oberharz, in Altenau. Ich denke, die bereiten da irgendeine größere Aktion vor.«

»Altenau? Gut …«, murmelte Liliana versonnen.

*

In einer frischen Jeans und einem leichten Pullover saß Tilla an ihrem Schreibtisch und betrachtete die vielen kleinen, zum Teil völlig vom feuchten Waldboden aufgeweichten Papierschnipsel, von denen sie nur einen Bruchteil hatte zusammensetzen können. Immerhin stand auf diesen Teilchen *Claudia Ho … st … e … M …*

»*Claudia Hohenstein ist* … das sollte reichen«, befand Tilla zufrieden und stopfte die restlichen Schnipsel in einen Gefrierbeutel. Die zusammengesetzten Stücke legte sie auf einen Streifen Tesa und gab diesen ebenfalls in die Tüte. Sie selbst war mangels Geduld nie ein hingebungsvoller Puzzler gewesen und an diesen Papierschnipseln, die noch dazu allesamt gleich aussahen, konnte sie nicht viel ausrichten.

Mit einem Seufzer ließ sich Tilla zurückfallen und dachte an Dorothee. »Du hättest gnadenlos gepuzzelt, bis kein Fetzchen Papier mehr übrig wäre.«

Dorothee hatte ihr mal von ihrer Puzzleleidenschaft erzählt, die sie als Voraussetzung für gutes archäologisches Arbeiten ansah. Tilla hatte damals herzlich darüber gelacht. Missmutig starrte sie ihre mittlerweile wieder aufgeräumte Schrankwand an, als ihr plötzlich Dorothees Kette in den Sinn kam, die Hannelore Messner ihr überlassen hatte. Hatte sie den USB-Stick vielleicht zu der Kette gelegt? Nein, hatte sie nicht.

Dennoch erhob sich Tilla und ging nach unten zur Apotheke ihrer Mutter. Sie zog die Lade mit dem Schildchen *Rosaceae* auf. Leer. Es überraschte sie nicht.

Tilla hatte es gewusst, die ganze Zeit gewusst, aber nicht wahrhaben wollen. Da war die offene Kellertür, der USB-Stick war verschwunden und nun auch das Medaillon. Dass er nach dem USB-Stick gesucht hatte, konnte sie ja noch verstehen, aber warum das Schmuckstück? Er musste das ganze Haus durchsucht haben, um es zu finden. Was für ein Interesse konnte jemand an einem mit Heimaterde gefüllten Medaillon haben?

Die Gedanken flitzten wie Geschosse durch Tillas Kopf. Worte tauchten in ihren Gedanken auf, Worte aus Dorothees Tagebuch, Worte, die sich mit dem Medaillon beschäftigten. Sie hatte es von Harry … als Trost dafür, dass er die Sternenscheibe verkauft hatte. Sie hatte das Medaillon nicht öffnen sollen. Es seien Sternenstückchen darin, die ihr Glück bringen sollten. Tilla selbst hatte schmutzig braune Bröckchen darin gesehen.

»Das war gar keine Heimaterde! Sternenstücke – das ist es! Er hat für Dorothee kleine Stückchen der Sternenscheibe aufgehoben!«, juchzte Tilla. »Stücke unserer Sternenscheibe! Dafydd war hinter diesen Sternenstücken her. Der hat sie als Probe seiner Scheibe ausgegeben. Deswegen auch die starke Ähnlichkeit! Deswegen stimmte auch die Patina. Die restliche Patina auf der Scheibe war gefälscht, deswegen hat er sie auch gleich wieder entfernt. Das ist ein gerissener Hund. Aber nicht gerissen genug. Ich hab's, ich hab's …«, trällerte Tilla und sprang wild in dem Apothekenzimmer herum.

Dann hielt sie inne. »Toll. Und wie beweise ich das? Verdammt. Das Medaillon ist weg und das Tagebuch ist auch weg. Aber immerhin weiß ich jetzt, dass jemand hier war!« Fix flitzte sie ins Wohnzimmer, wo ihr Telefon lag, und wählte abwechselnd Wegeners, Andreas' und sogar Jan Berkings Nummer. »Männer sind nie greifbar, wenn man sie braucht!«, zeterte Tilla das unschuldige Gerät in ihrer Hand an und beschloss im Stakkato zu wählen, bis jemand an sein Handy ging.

Vor ihrem Haus erstarb in diesem Moment der Motor eines schweren, khakifarbenen Geländewagens mit gelbem Nummernschild.

*

Obwohl der Herbst immer deutlicher Einzug hielt, war die Luft noch einmal so warm und feucht geworden, dass man sich im Juli wähnte. Die Müdigkeit saß ihnen in den Knochen, wenn auch gepaart mit Erleichterung darüber, dass die Festnahme der Russen ohne Schusswechsel und Verletzte abgegangen war. Die Türen der Polizeibusse schlossen sich, nachdem die Männer des SEK-Teams die Verhafteten für den Transport gesichert hatten. Die schwarz gekleideten Einsatzbeamten standen ebenso in Grüppchen beieinander wie uniformierte Beamte und die Ermittler der Polizeiinspektion Goslar. Berking sprach mit dem Chef des SEK-Teams.

Andreas hörte ihnen zu, als sich Wegeners Handy meldete, just in dem Moment, als er es nach dem Einsatz wieder angeschaltet hatte. Er sah seinem Chef kurz nach, der sich ein paar Schritte von ihnen entfernte. Die unnatürliche Wärme, seine Schutzweste und auch die nur langsam abklingende Aufregung trieben Andreas den Schweiß in unangenehmen Strömen den Rücken hinunter.

»Sie haben *was*?«, rief Wegener so laut, dass auch Berking zu ihm hinschaute. Er legte gerade die Hand über sein freies Ohr, da der Geräuschpegel doch noch recht hoch war, zumal einer der Russen, der soeben in einen der Polizeibusse geschoben wurde, protestierend herumkrakeelte.

»Okay, ich hab's verstanden, die Scheibe ist also eine Fälschung ...« Wegener horchte und schaute dabei in den zinngrauen Himmel. Es fing an zu nieseln.

Andreas gab es endgültig auf, Berkings Anweisungen zu lauschen. Interessiert schaute er zu seinem Chef hinüber, der nun bass erstaunt fragte: »Autoschlüssel? Was für einen Autoschlüssel? ... Wo? Okay ... Passen Sie auf, Frau Leinwig, wir sind gerade auf einem Einsatz und haben hier im Moment noch einiges um die Ohren, aber es kommt auf jeden Fall noch jemand auf dem Rückweg bei Ihnen vorbei und nimmt die Sachen mit, die Sie in Wernigerode gefunden haben. Gut ... bis dann.«

Kopfschüttelnd beendete Wegener das Gespräch und klärte Andreas und auch Berking, der ihn mittlerweile ebenfalls fragend ansah, auf. »Es ist nicht zu fassen ... Das war Frau Leinwig, sie war heute in Wernigerode und ist den Weg vom Parkplatz, wo Kralitz' Wagen gefunden wurde, bis zum Haus von der Hohenstein abgelaufen.« Wegener hielt inne, verzog das Gesicht und zupfte an der Sicherheitsweste unter seinem Hemd herum, die ihn offenbar unangenehm einengte.

»Das sieht ihr mal wieder ähnlich«, sagte Andreas. »Und? Hat sie etwas gefunden?«

»Einen Autoschlüssel, wahrscheinlich von Kralitz' Wagen. Und nicht nur das, sie hat auch eine Reihe von Papierschnipsel gefunden.«

»Oha«, machte Andreas grinsend.

Berking fragte überrascht nach: »Papierschnipsel? Zusammen mit dem Autoschlüssel?« Sein Ausdruck wandelte sich von Ungläubigkeit zu Ärger. »Wieso findet sie immer Sachen, die eigentlich die Polizei finden müsste?« Sein tadelnder Blick ruhte kurz auf Kamenz, der sich redlich abmühte, die bösartige Antwort, die ihm auf der Zunge lag, schadensfrei runterzuschlucken. »Sie soll die Sachen ins Präsidium bringen«, ordnete Berking barsch an.

»Sie hat keinen Wagen«, gab Wegener zurück.

Er blickte kurz zu Andreas, der aber entschuldigend das Gesicht verzog: »Ich bin noch eine Weile damit beschäftigt, die Sachen der Russen als Beweismittel zu sichern und einzutüten.«

»Ja, stimmt«, murrte Wegener. »Dann muss ich wohl selbst hinfahren. Ausgerechnet ... Diese verdammte Weste bringt mich noch um und Frau Leinwig hat, so fürchte ich, viel zu erzählen. Sie brabbelte dauernd etwas von Sternenstücken, die dieser Dafydd geklaut haben soll. Aber was es damit auf sich hat, habe ich ihrem Wortschwall nicht entnehmen können.«

»Sternenstücke?«, hakte Berking nach. Er überlegte kurz und bot dann an: »Ich fahre auf dem Rückweg selbst bei ihr vorbei.«

Andreas konnte nicht anders und stichelte: »Vergessen Sie die Papierschnipsel nicht. Wenn sich die Schnipsel als Abschiedsbrief von diesem Kralitz herausstellen, haben Sie nämlich die Falsche eingesperrt.«

»Ich kann nur mit den Fakten arbeiten, die mir die Polizei bringt, und die hat offenbar schlampig gearbeitet«, gab Berking kühl zurück. »Herr Kamenz, Sie kümmern sich bitte persönlich um die Sachen der Russen. Bitte alles sorgfältigst im Ist-Zustand dokumentieren und auflisten. Die Typen haben Geld genug, uns die besten Anwälte auf den Hals zu hetzen. Die werden nicht nur jedes Beweisstück auf die Goldwaage legen, die behaupten womöglich noch hinterher, es fehle etwas von ihrem wertvollen Hab und Gut.«

»Jawohl«, gab Andreas betont schmissig zurück und sah dem Staatsanwalt genervt hinterher.

»Na, ihr werdet in diesem Leben wohl keine Freunde mehr«, stellte Wegener kopfschüttelnd fest.

»Der Kerl hat keine Freunde … aber das liegt an ihm selbst«, antwortete Andreas.

Wegener fühlte, wie ihm der Schweiß den Rücken runter lief. »Gut, dann fahre ich mal ins Präsidium und erstatte dort Bericht. Und verdammt, ich muss endlich diese Weste loswerden.« Er sah seinen jungen Kollegen abschätzend an. »Dich scheint das Teil gar nicht zu stören.«

»Vielleicht solltest du mal eine Sicherheitsweste in deiner Größe anfordern«, schlug Andreas grinsend vor.

»Jetzt werd nicht auch noch frech, Kleiner«, schalt Wegener gutmütig und suchte seine Sachen zusammen.

*

Mühsam kämpfte Berking seinen unsinnigen Ärger über Kamenz nieder, während er dem steilen Sträßchen folgte, das hinab zu jenem Parkplatz führte, wo sie ihre Wagen außerhalb der Sicht der Russen abgestellt hatten. Während sich im Sommer die Touristen hier zuhauf tummelten, da sich sowohl die Tennisplätze als auch ein Waldschwimmteich in der Nähe befanden, war derzeit kein Mensch zu sehen.

In Gedanken ging Berking den Einsatz noch einmal durch. Alles war zufriedenstellend gelaufen. Die Goslarer Ermittler hatten gute Arbeit geleistet. Unwillig dachte er an den kurzen Disput mit Kamenz, sehr wohl wissend, warum er sich ständig über ihn ärgerte. Tilla Leinwig war der Grund dafür, gestand er sich ein und nahm sich vor, sich künftig nicht mehr dieser kindischen Eifersüchtelei hinzugeben. Er hatte Kamenz für etwas gerügt, was die Kollegen in Wernigerode übersehen hatten. Sein Verhalten war schlichtweg unprofessionell.

Tilla hatte also gründlicher gesucht. Unweigerlich wanderten seine Gedanken zu dem Besuch in Wales zurück und er fragte sich, wie schon so oft, was in dieser Nacht überhaupt passiert war. Unwillig zog er seinen Mantel aus und lockerte seinen Hemdkragen. Schweiß und Regen rannen ihm hinein.

Es war etwas zwischen ihm und Tilla passiert. Die Einzelheiten waren unerheblich, wichtig war, es erfuhr niemand davon. Plötzlich wurde ihm beklommen zumute, als er sich vergegenwärtigte, dass Gerred Assmut Tilla verlassen hatte. War das nach dem Besuch in Wales gewesen? Hatte Tilla es ihm erzählt? Hatte der ihr deshalb den Laufpass gegeben? Berking sah sich im Geiste bereits der gleichen Häme und Kritik ausgesetzt wie Kamenz im Jahr zuvor. Der Ärger, der ihn erfasste, als er sich fragte, ob Kamenz wirklich etwas mit Tilla gehabt hatte, erstaunte ihn selbst.

Völlig in Gedanken versunken ließ er sich in seinen Wagen fallen, als plötzlich die Beifahrertür geöffnet wurde und jemand einstieg. Berking war so perplex, dass er erst wieder reagierte, als er bereits den Lauf einer Waffe an seinem Hals spürte. Der Mann durchsuchte mit routinierten Bewegungen Berkings Taschen, zog das Handy heraus und warf es kurzerhand aus der noch geöffneten Wagentür, die er nun schloss. »Fahren Sie los!«

Berking löste sich nur langsam aus seiner Starre. Da er nicht die geringste Chance auf eine erfolgreiche Gegenwehr sah, leistete er den Befehlen des Fremden Folge. Mit knappen Worten dirigierte der ihn durch die kleine Bergstadt Altenau. Als sie die letzten Häuser passiert hatten und in dichten Wald eintauchten, zog der Mann ein Handy aus der Tasche.

*

Gerd Wegener schenkte Berkings entschwindendem Wagen nur einen kurzen Blick. Froh darüber, dass der Staatsanwalt ihm heute einen Weg ersparte, genoss er den Gedanken an eine Dusche, auch wenn er diese vorerst statt zu Hause auf dem Revier vornehmen würde, denn nach so einem Einsatz wartete ein Haufen Schreibarbeit auf ihn, die gemacht werden musste, solange die Erinnerung noch frisch war.

*

Tilla lehnte am Fenster ihres Wohnzimmers und tippte sich ungeduldig mit dem Telefon gegen das Kinn. Es drängte sie danach, jemandem ihre Erkenntnisse zu erzählen. Als ihre Türglocke einen Besucher anmeldete, blickte sich erstaunt um. »Hui, Wegener ist ja schnell!«

Während sie zur Tür eilte, fiel ihr ein, dass sie ihn ja per Handy erwischt hatte. Offenbar war der Einsatz, von dem er gesprochen hatte, ganz in der Nähe gewesen. Sie öffnete die Haustür und hielt verblüfft inne. Mit dem untrüglichen Gefühl, dass gerade eine Lawine nahenden Unheils auf sie zurollte, brachte sie ihre Worte nur mühsam gelassen hervor. »Mrs. Whitehead, Professor Dafydd, was führt Sie denn zu mir?«

Liliana antwortete in liebenswürdigem Ton. »Tja, Frau Leinwig, wie wir hörten, haben Sie sich sehr in die Beurteilung der Theorien meines Verlobten eingebracht. Wir sollten mal in aller Ruhe darüber sprechen.«

Da ihre Augen nicht aussahen, als suche sie ein friedvolles Gespräch, machte Tilla keinerlei Anstalten, die Besucher ins Haus zu bitten, obwohl es zu nieseln begann. Abweisend legte sie die eine Hand auf den Türknauf und die andere an den Türrahmen. »Wissen Sie, das ist ein überaus reizvolles Angebot, aber gerade im Moment habe ich gar keine Zeit für Sie. Die Polizei ist auf dem Weg hierher und …«

Im nächsten Moment wurde sie rigoros zurück ins Haus gedrängt. Dafydd hatte Tilla an Arm und Schulter gepackt. Sie hob gerade zur Gegenwehr an, als sie einen kurzen Druck hinter ihren Beinen spürte. Im nächsten

Moment verlor Tilla das Gleichgewicht. Der Aufprall auf ihrem Flurboden nahm ihr für einen Augenblick die Luft, so hatte sie dem nächsten Griff, der sie unsanft auf den Bauch drehte, nichts entgegenzusetzen. Sie hörte, dass die Haustür geschlossen wurde. Dafydd hielt ihre Hände fest. Liliana warf ihm einen dicken, weichen Strick zu.

»Wieso tun Sie das?«, fauchte Tilla ihn an.

»Weil Sie ein Stück zu clever sind, meine Liebe«, hörte sie Dafydd aantworten, der ihre Hangelenke auf dem Rücken zusammenband. Mit einer wilden Drehbewegung versuchte Tilla, ihre Hände aus seinem Griff zu reißen, doch sie waren bereits zu fest verschnürt. Verärgert erkannte sie, dass sie ihre Chance verpasst hatte.

»Verflucht! Dafydd, Sie glauben doch nicht, dass das hier irgendetwas ändert. Sie sind ein verdammter Betrüger!«

»Wirklich?« Liliana ging neben Tilla in die Hocke. »Wer sollte Ihnen, einer kleinen Übersetzerin, das glauben?«

»Ob Professor oder nicht, er ist ein Betrüger«, beharrte Tilla zornbebend.

»Wie dumm für Sie, Tilla. Offensichtlich wissen Sie etwas, das Sie nicht wissen sollten. Sie kennen das Medaillon, nicht wahr?«, fragte Liliana.

Tilla hoffte inständig, dass Wegener bald kommen möge. Sie musste irgendwie Zeit gewinnen und fragte betont arglos: »Was denn für ein Medaillon?«

»Das Medaillon von Dorothee. Das Medaillon, das Hannelore Messner Ihnen überließ«, hörte Tilla Dafydd sagen.

Tillas Magennerven zogen sich schmerzhaft zusammen. »Sie waren bei ihr?«

»Oh ja, eine reizende Dame. Leider verstarb sie ganz plötzlich nach dem Besuch meines Bruders«, warf Liliana vergnügt ein.

»Ihres Bruders?« Tilla versuchte sich zu drehen, was Dafydd jedoch verhinderte.

»Weiß Ihr Freund von dem Medaillon?«, fragte er.

»Mein Freund?« Tillas Magen begann zu revoltieren. Sie dachte an Gerred. War er zu Hause? Wie konnten sie von ihm wissen? Blufften sie? »Ich habe keinen Freund …«

»Für wie dumm halten Sie uns?« Liliana war hörbar verärgert. »Sie arbeiten seit Monaten mit ihm zusammen an diesem Fall und wollen mir erzählen, er weiß nichts von dem Medaillon?!«

Tilla starrte verwirrt die Fliesen ihres Flurbodens an, die sich nur wenige Zentimeter vor ihrem Gesicht befanden. »Was reden Sie denn da? Ich arbeite an keinem Fall … und ich bin mit niemandem zusammen …«

Liliana drehte sie herum *und herrschte* sie an. »Weiß Berking von dem Medaillon?«

»Berking?« Tilla wusste gar nicht mehr, was sie denken sollte.

»Ja, Dr. Berking, der Mann, mit dem sie im Gwestry-Cymru-Hotel die Nacht verbrachten.«

Fassungslos starrte Tilla Liliana an. Woher wusste sie das? Tilla begann zu ahnen, warum die beiden da waren. Sie selbst war eine unliebsame Zeugin für die beiden geworden und Berking auch. Während sie sich das Hirn zermarterte, was sie unternehmen könnte, hörte sie über sich einen ihr unbekannten Handyton. Liliana meldete sich mit einem knappen »Ja« und beendete das Gespräch, ohne einen weiteren Dialog geführt zu haben. »Tom hat ihn. Er wartet am Oderteich auf uns«, erklärte sie Dafydd.

In Tilla machte sich Panik breit. Wen hatten sie? Berking? Am Oderteich?

*

Wer war der Mann? Was wollte er? Und wen hatte er gerade angerufen? In dessen Auftrag handelte er offenbar. Steckten die Russen dahinter? Hatten sie doch nicht alle erwischt? Jan Berking gingen in kürzester Zeit alle möglichen Gespräche durch den Kopf, die er im Laufe seines Lebens über solche Situationen gehört hatte. Es war grotesk. Da sein Vater Polizist gewesen war, gehörte das Thema ›Was macht man, wenn …‹ seit frühester Jugend zu seinem Alltag. Doch nun fiel ihm absolut gar nichts ein, was er tun konnte, außer zu gehorchen. Er hatte keine Polizeiausbildung, er war Jurist.

Der Druck des Pistolenlaufes an seinem Hals verstärkte sich. »Da vorn am Torfhaus rechts«, murrte der Mann neben ihm.

Beiläufig registrierte Berking, dass er ohne Akzent sprach und sich in der Gegend bestens auskannte. »Rechts?«, fragte er etwas erstaunt nach. Irgendwie hatte er erwartet, dass es Richtung Bad Harzburg gehen würde, aber er wurde in die entgegengesetzte Richtung geschickt.

»Ja«, hörte er den Mann neben ihm sagen. »Mögen Sie den Oberharz nicht, Herr Staatsanwalt?«

Bisher hatte Berking bewusst keinerlei Informationen über sich und seinen Rang innerhalb der Behördenhierarchie preisgegeben, da ein Staatsanwalt als Geisel wertvoll war. Er hatte gehofft, der Mann wisse nichts von ihm. Die Erkenntnis, dass der offenbar gezielt auf ihn gewartet hatte, traf ihn bis ins Mark. Es fiel ihm schwer, seine Stimme unter Kontrolle zu behalten. »Wer sind Sie? Und was wollen Sie von mir?«

»Hat Sie nicht zu interessieren. Fernlicht aus und Geschwindigkeit halten!« Der Mann erinnerte ihn durch den Druck des Laufes an seinem Hals daran, dass er es war, der den Ton angab. Berking hatte tatsächlich mit dem Gedanken gespielt, sich durch Aufblenden oder überhöhte Geschwindigkeit auffällig zu machen. Ein Streifenwagen hätte ihn so möglicherweise angehalten. Fehlanzeige.

»Wo fahren wir hin?«

»Nicht weit … es wird Ihnen dort gefallen«, antwortete der Mann in einem Ton, der Berking Unbehagen bereitete.

»*Das bezw*eifle ich«, gab Berking ruhiger zurück, als er sich fühlte. Dichte Tannenwände flogen an ihnen vorbei. Sie passierten die verkohlten Reste des Gasthauses Oderbrück, das einer Brandstiftung zum Opfer gefallen war. Der Fall lag ebenfalls auf seinem Schreibtisch.

»Da vorn wieder rechts.«

Gehorsam bog Berking erneut ab. Wollte der Mann mit ihm nach Clausthal?

»So, langsam jetzt … Fahren Sie da vorn links auf den Parkplatz … noch ein Stück weiter! Halten Sie ganz am Ende!«

Berking tat wie geheißen. Wo waren sie überhaupt? Er glaubte sich zu erinnern, dass er eine Wasserfläche neben der Straße gesehen hatte, doch er kannte sich hier oben zu wenig aus. Es nieselte leicht. Bald würde es zu dämmern beginnen. Trotz der unnatürlichen Wärme brauchte er nicht darauf zu hoffen, hier auf Menschen zu treffen, die ihm halfen.

»Los, raus und keine Spielchen!«

Der Mann stieg zuerst aus, die Waffe im Anschlag. Berking verließ seinen Wagen ebenfalls. Flucht hatte keinen Sinn. Egal wo er hinlief, eine Kugel war schneller. Der Mann dirigierte ihn über die Straße in einen schmalen Waldweg hinein. Über eine Holzbrücke ging es über einen gurgelnden Bach. Bereits nach wenigen Schritten tauchte eine glitzernde Wasserfläche auf.

»Was soll das? Was wollen wir hier?«, fragte Berking. Vielleicht konnte er den Mann in ein Gespräch verwickeln, damit der unaufmerksam wurde. Wenn er eine

Chance haben wollte, durfte er sich nicht zu weit von der Straße und möglichen Helfern entfernen. Der Pistolenlauf drückte sich in seinen Rücken und drängte ihn vorwärts. »Ist ja wirklich wildromantisch hier. Aber ehrlich gesagt, wäre mir eine andere Gesellschaft lieber«, lockte er.

Hinter ihm erscholl ein keckerndes Geräusch. »Glaube ich Ihnen ... Aber Sie dürfen sich freuen, Ihr Liebchen wird auch gleich da sein.«

Berking verhielt seinen Schritt und drehte sich um. »Mein was?«

Die Waffe bohrte sich in seine Seite. »Ihre Geliebte ... die hübsche Leinwig.«

»Tilla Leinwig? Aber sie ist doch nicht meine Geliebte! Was reden Sie denn da?«

Der Mann runzelte nachdenklich die Stirn, bevor er in jovialem Ton hören ließ: »Ist doch wohl egal. Freuen Sie sich, Sie dürfen gleich mit ihr schwimmen gehen.«

»Was?«, stieß Berking völlig konsterniert hervor, wurde jedoch nun grob gedrängt, weiterzugehen.

Sie liefen eine Weile am Ufer des Sees entlang, querten eine Wiesenfläche und eine weitere Brücke, während Berking seine Situation zu begreifen versuchte. Ein kleiner Wasserfall nährte einen kurzen Flussarm. Das Wasser, das unter der hölzernen Brücke unter ihnen hindurch zum See strebte, war braun. Während sich Berking noch fragte, warum ihn das so beunruhigte, tauchten sie in ein Waldstück ein, dessen Bäume bis ans Ufer des Sees reichten. Die Baumkronen schluckten das Licht. Um ihn herum breitete sich Zwielicht aus.

Sein Entführer blieb stehen. Berking drehte sich langsam um. Erstaunt erkannte er, dass der Mann eine Sprühdose auf ihn richtete. Im nächsten Moment hüllte ihn eine beißende Wolke ein. Seine Augen begannen zu brennen. Ganz kurz nahm er einen süßlichen Geschmack auf den Lippen wahr, bevor sich sein Brustkorb zusammenzog, als sei er urplötzlich unter eine zentnerschwere Last geraten. Vergeblich rang er nach Luft und brach dann zusammen.

*

Die Russen waren bereits seit einer Weile weg und auch die Kollegen vom Sondereinsatzkommando strebten ihrem Feierabend entgegen. Andreas trug die mit beschrifteten Tüten gefüllten Kisten in den Kleinbus und wischte sich das Regen-Schweiß-Gemisch vom Gesicht. Einer der beiden uniformierten Kollegen würde die Sachen gleich in das kriminaltechnische Labor bringen. Mit halbem Ohr hörte er deren Unterhaltung zu, die sich um eine Fernsehsendung über die Sternenscheibe drehte. Die beiden machten keinerlei Anstalten, Andreas in ihre Unterhaltung einzubinden, und er bemühte sich auch nicht um Anschluss – bis er einen Gesprächsfetzen aufschnappte, der ihn stutzig machte.

»Echt? Die kleine Kronemann? Im Fernsehen?«, hörte er. Der Name Kronemann fraß sich in seine Wahrnehmung, denn den Namen kannte er. Aufmerksam hörte er weiter zu.

»Wenn ich's dir doch sage … Lili Kronemann. Hat 'nen englischen Adligen geheiratet, der gleich wieder weggestorben ist, jetzt hat sie ausgesorgt, die Kleine. Ich kenne sie, seit sie mit 'ner Zahnspange rumgelaufen ist. Ist die kleine Schwester von einem Schulfreund von mir. Vielleicht kennste den ja noch, der Thomas aus Wolfshagen.«

»Gibt's doch nicht …«

»Klar doch! Der gute Thomas hat allerdings mittlerweile die Seite gewechselt. Ist schon ein paarmal verhaftet worden.«

»Echt?«

Andreas mischte sich nun doch ein. »'tschuldige,

Kollege, hast du grad von einer Lili Kronemann gesprochen?«

»Ja«, bestätigte der Angesprochene verwundert.

»Heißt sie Lili oder Liliana?«

»Eigentlich Liliana, wir haben sie immer Lili genannt. Aber den neuen Nachnamen weiß ich nicht mehr.«

»Whitehead.« Andreas grinste. »Danke, du hast grad eine Zeugin demontiert, der ich von Anfang an nicht geglaubt habe! Hast was gut bei mir!« Er ließ die beiden staunenden Kollegen stehen und machte sich auf den Weg zu seinem Wagen. Während des Marsches wählte er Berkings Nummer. Nach zwei erfolglosen Versuchen und einem herzhaften Fluch wählte er die Nummer seines Chefs.

»Hallo, Gerd! Na, bist du deine Weste los?«, fragte er schmunzelnd. Er lachte über Wegeners wohliges Seufzen und informierte ihn dann: »Du, ich hab da grad was Interessantes gehört. Neulich Abend lief doch diese Sendung über die Sternenscheibe. Einer der Kollegen aus Wolfshagen hat in der Sendung ein Mädchen aus seiner Nachbarschaft erkannt. Halt dich fest – Lady Liliana Whitehead hieß früher Lili Kronemann.«

»Was?!«, tönte es empört aus dem Hörer. »Kronemann? Unsere Zeugin?«

»Exakt! Ich denke, wir sollten uns noch mal mit der Lady unterhalten.«

»Allerdings. Ruf Berking an!«

»Habe ich schon versucht, aber er geht nicht dran.«

»Wieso denn das? Hat er vergessen, sein Handy wieder einzuschalten?«

»Nein, es klingelt, aber er geht nicht ran.« Ironisch fügte Andreas hinzu: »Na, was bin ich froh, dass nicht ich es bin, der bei Tilla ist und sich nicht meldet.«

»Jetzt fang nicht schon wieder damit an«, nörgelte Wegener gutmütig.

Andreas lachte. »Ich wollte ja nur wissen, ob er schon im Präsidium angekommen ist, aber das ist er wohl nicht.«

»Nein. Aber so wie ich Frau Leinwig kenne, ist sie noch längst nicht fertig mit ihrem Redeschwall.«

»Hast recht, ich versuch es gleich noch mal bei Tilla. Vielleicht ist er noch dort.«

»Bist du mit den Beweismitteln durch?«

»Ja, alles ordentlich eingetütet. Ich bin grad auf dem Weg zu meinem Wagen.«

Er hatte den Parkplatz in der Nähe des Okerteiches erreicht. Bevor er einstieg, wählte er noch einmal die Nummer des Staatsanwalts. Hinter ihm erscholl ein melodisches Zirpen. Verwundert drehte er sich um und ging dem Handyton nach, bis er einen blauen Schein unter einem Büschel Gras entdeckte. Er hob das Gerät vom Boden auf und blickte das Display an, auf dem sein Name erschien. Das war eindeutig Berkings Handy. Er betrachtete das Telefon, dessen Touchscreen völlig verschrammt war.

»Das ist eindeutig nicht einfach nur heruntergefallen«, murmelte Andreas und drehte das teure Handy hin und her. »Das muss jemand mit Schwung weggeworfen haben.« Er überlegte kurz, hob sein eigenes Handy und wählte Tillas Festnetznummer. Es hob niemand ab. Dann versuchte er es auf ihrem Handy und ließ es durchklingeln, bis das Gerät den Verbindungsversuch aufgab.

»Verdammt! Irgendwas stimmt hier nicht!«, fluchte er. Erneut rief er Wegener an.

*

Tillas Telefon klingelte. Liliana schaute nur kurz zur Seite, reagierte aber weiter nicht darauf. Man hatte Tilla auf die Beine gezogen. »Wir machen jetzt einen kleinen Ausflug. Du hast ein Date mit deinem Liebsten«, säuselte Liliana.

Als kurz darauf Tillas Mobiltelefon, das ebenfalls auf

der Flurkommode lag, munter dudelte, maß Liliana erst das Gerät, dann Tilla mit einem nachdenklichen Blick. Sie nahm das Handy von der Kommode und blickte auf das Display. »Andreas Kamenz? Wer ist das?«

»Er ist Polizist. Vermutlich wird er gleich hier sein.«

»Tatsächlich? Warum ruft er dann an?«

»Es geht um Beweismittel in einem anderen Fall. Ich brachte sie aus Wernigerode mit«, erklärte Tilla, um Zeit zu gewinnen. Zeit für was? Was sollte sie tun? Ihr fiel nichts Besseres ein, als weiterzuplappern. »Ich sprach vorhin mit Kamenz' Chef, wahrscheinlich will Kamenz mir sagen, dass er es ist, der vorbeikommt, um die Beweismittel mitzunehmen.«

Sie sah, dass ihre ungebetenen Besucher beredte Blicke wechselten. Tilla beschloss, deren Unsicherheit noch etwas zu schüren. »So wie ich Wegener vorhin verstanden habe, sind sie ganz in der Nähe bei einem Einsatz. Wahrscheinlich ruft Herr Kamenz an, um zu sagen, dass er schneller da sein wird, als wenn er von Goslar käme. Wissen Sie, er hat mich schon einmal in einer etwas peinlichen Situation erwischt«, log Tilla, »da war ich nicht angezogen und hatte jemand anderes erwartet … Vielleicht haben Sie eine Chance, wenn Sie schnell verschwinden, ich verspreche Ihnen, ich …«

Liliana nahm Tillas Handy, hielt es ihr vor die Nase und fiel ihr ins Wort. »Du wirst den Typ abwimmeln!«, verlangte sie barsch.

»Aber er ist doch schon auf dem Weg und wird sicher gleich hier sein! Es führt doch nur eine Straße hier hin. Sie hätten aber eine Chance, wenn Sie Richtung Eckertal abhauen.«

Abermals blaffte Liliana sie an. »Du solltest dich mit dem Telefonieren beeilen! Sonst telefoniere nämlich ich und zwar mit meinen Bruder. Dann hat dein Staatsanwalt gleich eine Kugel im Kopf!«

Tilla erstarb jedes weitere Wort auf den Lippen. Entsetzt blickte sie zwischen Liliana und Dafydd hin und her. Dafydd wich ihrem Blick aus. Liliana betätigte die Rückruffunktion an Tillas Handy und drückte ihr das Gerät ans Ohr.

*

Andreas hatte das Torfhaus passiert, als sich sein Handy meldete. Erleichtert sah er Tillas Namen auf dem Display. Er betätigte die Freisprechtaste. Bevor er jedoch etwas sagen konnte, hörte er Tillas fremdartig klingende Stimme und stutzte.

»Guten Abend, Herr Kamenz …« Verwundert hörte er ihre umständliche Anrede und die zögerlich formulierte Entschuldigung für den Anruf bei ihm. Er war schnell ziemlich sicher, dass sich jemand bei ihr befand, der mithörte.

»Ich soll Ihnen von Ihrem Freund Berking ausrichten, er hätte hier auf Sie gewartet, aber jetzt ist er mit den Beweisen schon weggefahren«, sagte Tilla in lang gezogenen Worten. »Er lässt Ihnen ausrichten, dass er nicht mehr ins Präsidium kommt. Er ist auf dem Weg zu seiner Mutter.« Tilla betonte das letzte Wort leicht.

Andreas' Gedanken rasten. Berking war weder sein Freund noch mit ihm verabredet gewesen. Berking auf dem Weg zu seiner Mutter? Soweit er wusste, war Berkings Mutter vor einigen Jahren verstorben. Verdammt! Offenbar wollte Tilla ihm bedeuten, dass auch Berking in Gefahr war. »Ich verstehe«, antwortete er langsam.

Andreas brauchte einen Atemzug, um sich den nächsten Schritt zu überlegen. Er musste wissen, wie viele Leute bei Tilla waren. Wer es war, konnte er sich nun denken. Es kam nur Dafydd in Frage. Hoffentlich verstand Tilla den Wink. »Sagen Sie, mit wie vielen Beweistüten haben wir es denn zu tun?«

»Also, hier waren zwei … Ich glaube, Berking hatte eine bei sich«, verbrämte Tilla ihren Hinweis.

»Ah, gut. Ich gebe das gleich an meinen Chef weiter. Da Berking ja nun zu seiner Mutter fährt, komme ich jetzt doch noch bei Ihnen vorbei. Ich bin ganz in der Nähe und muss Ihnen wegen der Beweismittel ein paar Fragen stellen.« Er hörte, wie Tillas Handy bewegt wurde. Ihre Antwort kam in gehetztem Tonfall.

»Sehr freundlich von Ihnen, Herr Kamenz, aber Sie brauchen nicht vorbeizukommen. Wissen Sie, ich muss nämlich heute Abend noch mal weg.«

Mist, dachte er. Er hatte gehofft, Tillas Besucher mit dem Hinweis auf sein baldiges Auftauchen zum Abzug bewegen zu können. Aber offenbar wollten sie Tilla mitnehmen. Er zermartete sich den Kopf, was er tun konnte. Gerade hatte er Harzburg erreicht. »Tja dann … vielleicht können Sie ja Ihr Handy mitnehmen und mich anrufen, falls Sie zwischendurch mal die Hände frei haben.«

»Ich weiß nicht, ob ich das schaffe, aber ich werde es versuchen. Aber da, wo ich hin muss, sieht es aus wie in einer Brandruine … ich werde alle Hände voll zu tun haben.«

Andreas stutzte. Brandruine? Was meinte sie damit? Etwa das abgefackelte Gasthaus oben am Oderteich? War Berking dort? Oder wollten sie Tilla dort hinbringen? »Ich verstehe … dann werde ich Wegener Bescheid geben und versuchen, Berking bei seiner Mutter zu erwischen.«

»Ja, tun Sie das! Auf Wiedersehen!«

Es klickte. Die Verbindung war beendet. Andreas verließ die B4, hielt am Straßenrand und atmete erst mal durch. Dann rief er Wegener an und unterrichtete ihn von seiner Vermutung, dass man Berking und auch Tilla als Geiseln festhielt. Er referierte ihm das Telefongespräch und schloss mit der Feststellung: »Tilla sagte etwas von einer Brandruine, ich bin sicher, sie wollte mir damit einen Hinweis geben.«

»Du meinst Oderbrück?«, fragte Wegener.

»Ja. Ich hoffe, dass es ihr trotz allem gelingt, unbemerkt ihr Handy einzustecken. Ich weiß, sie hat ein GPS-fähiges Gerät. Ist nur eine kleine Chance, aber kannst du trotzdem eine GSM- und eine GPS-Ortung von Tillas Handy veranlassen?«

*

Tilla ahnte, was sie erwartete, wenn sie dieses Telefongespräch beendete. Liliana stand dicht vor ihr. Noch immer fühlte sie Dafydds Griff an ihren Armen. Sie hatte keine andere Möglichkeit, als auf das Überraschungsmoment zu setzen. Kaum hatte das Wort »Wiedersehen« ihre Lippen verlassen, stieß sie sich auch schon ab und verpasste Liliana mit dem Kopf einen derben Stoß. Liliana war nur wenig größer als Tilla, so traf Tillas Kopf sie schwungvoll am Kinn. Zu zweit krachten sie auf den Flurboden. Sofort trat Tilla derb nach hinten. Mit Befriedigung fühlte sie, dass sie Dafydds Fuß erwischt hatte. Er verlor ebenfalls das Gleichgewicht, was zu einem wilden Tumult in dem engen Flur führte. Ihre Kommode schabte vernehmlich über den Boden, als Dafydd dagegenstieß. Eine Vase fiel scheppernd um. Tilla warf sich ruckartig in die Richtung, in der sie ihr Handy vermutete, das Liliana bei ihrem Angriff fallen gelassen hatte. Verbissen grabschte sie mit ihren auf dem Rücken fixierten Händen auf dem Flurboden herum.

Mit einem Schrei griff ihr Liliana ins Haar und versuchte sie festzuhalten, während Tilla noch immer nach Dafydd trat. Endlich. Ihre Finger ertasteten eine Ecke des Mobiltelefons. Tilla wollte sich etwas aufrichten, um nach dem Gerät greifen zu können, als sie aus den Augenwinkeln die Messingschale von der Kommode auf sich zurasen sah. Sie fühlte einen Schmerz am Hinterkopf, hörte ein lautes Gong, gleichzeitig explodierten tausend Sterne vor ihrem inneren Auge, bevor sie in wattiger Dunkelheit versank.

Das Geschehen waberte mal weiter und mal etwas näher um sie herum. Tilla merkte noch, dass man sie unsanft in das Heck eines Wagens warf. Die Worte jedoch, die gesprochen wurden, entglitten ihr völlig. Sie wusste nicht zu sagen, wie viel Zeit vergangen war, bis sie alles wieder etwas weniger verschwommen aufnehmen konnte. Es war mittlerweile leicht dämmrig geworden. Ihr Kopf schmerzte. Als der Wagen langsamer wurde, verdoppelte sich ihr Herzschlag und die Klarheit kehrte brachial zurück. Sie fühlte, dass der Wagen irgendwo abbog und über unebenes Gelände fuhr. Tilla vermutete bang, dass man sie und Jan Berking heute Nacht töten würde.

*

Nachdem sich Andreas bei Tillas Haus vergewissert hatte, dass sie und ihre Entführer dort nicht mehr waren, raste er nunmehr die B 4, die er gerade hinabgefahren war, wieder bergan. Er passierte das Torfhaus, wo wegen des schlechten Wetters ausnahmsweise kaum Betrieb herrschte. Nach weiteren Minuten lichtete sich die die Fichtenwand links neben ihm. Die verkohlten Reste des einstigen Gasthofes Oderbrück tauchten in seinem Blickfeld auf. Schwungvoll fuhr er auf den Parkplatz neben der Brandruine, der durch den Sicherheitsbauzaun und einige verbeulte Stahlcontainer verkleinert war.

Andreas stieg aus und sah sich um. Da das Gasthaus ursprünglich mit einer Holzfassade versehen gewesen war, hatten die Flammen verheerenden Schaden anrichten können. Einige leere Fensteröffnungen gähnten an der stehengebliebenen Seite des Hauses. Zum Parkplatz hin streckten sich ihm schwarz verkohlte Balken entgegen, die das Dach getragen hatten. Wegen der Einsturzgefahr der verbliebenen Gebäudeteile hatte man die Ruine sorgfältig gesichert. Der Brand war wochenlang Gesprächsthema gewesen. Sie konnte nur diese Ruine gemeint haben, aber es gab keinerlei Hinweis darauf, dass sich hier jemand befand.

»Sie wollten vielleicht nicht direkt hierher ... aber sie müssen irgendwo in der Nähe sein.« Andreas stieg wieder in seinen Wagen. Langsam, die Umgebung absuchend fuhr er wieder auf die B 4 Richtung Braunlage. Als er den Abzweig Richtung Clausthal bemerkte, bog er einer Eingebung nachgebend ab. Er wusste, dort lag der Oderteich. Die B 242 führte direkt über die Staumauerkrone. Die Scheibenwischer glitten sporadisch hin und her. Niemand war zu sehen, weder auf der Straße noch daneben. Langsam passierte er den See über die Staumauer und starrte angestrengt die Uferlinie entlang, wo jedoch keine Menschenseele zu sehen war. Das war auch schwerlich möglich, da die Uferlinie zumeist bis an den Rand des Sees mit Bäumen bewachsen war.

Dichter Harzwald nahm ihn wieder beidseits der Straße auf. Eine kurze Lücke tat sich links von ihm auf. Fast hätte er die zwei verwaisten Fahrzeuge auf dem Parkplatz übersehen, die von Buschwerk verborgen dort standen. Er verringerte das Tempo und sah sich um. War das nicht der BMW von Berking?

Andreas wendete seinen Wagen bei der nächstmöglichen Gelegenheit und fuhr zurück bis zu dorthin, wo er die Fahrzeuge gesehen hatte. Kurz vor Erreichen des Parkplatzes schaltete er das Licht aus. Mit einem Rundblick stellte er fest, dass sich niemand dort befand. Neben den BMW und einem Landrover mit gelbem Kennzeichen stellte er seinen Wagen ab. Sein Handy meldete sich, als er gerade ausstieg.

»Andreas, wo bist du?«, hörte er Wegener besorgt fragen.

»Ich bin jetzt am Oderteich«, flüsterte er. »Berkings Wagen ist hier … leer, nicht abgeschlossen. Daneben steht ein Wagen mit gelbem Nummernschild aus England.« Er gab das Kennzeichen durch, während er mit schnellen Schritten die Straße überquerte und bis zur Staumauer lief. Angestrengt spähte er in den Wald, der den See säumte. »Sie müssen hier irgendwo sein«, flüsterte er mehr zu sich selbst als ins Telefon und sondierte den Uferbereich.

»Gut, pass auf, wir brauchen noch rund zwanzig Minuten. Bleib, wo du bist, und geh kein Risiko ein, hörst du?«, mahnte Wegener.

»Ich glaube, ich sehe sie … Sie sind weiter hinten am Westufer … Au Scheiße, es sieht aus als, würde jemand zum Wasser gezogen, ich glaube, es ist Berking. Ich muss eingreifen. Gerd, beeil dich!« Andreas steckte das Handy weg, zog seine Waffe aus dem Achselfutteral, entsicherte sie und lief los.

*

»Tom, jetzt halte sie doch mal ruhig, zum Henker«, fluchte Liliana. Tilla hatte Minuten vorher mitangesehen, wie sich Jan Berking, der gerade erst wieder zu sich gekommen war, keuchend zwischen den Bäumen am Ufer des Oderteiches zusammengekrümmt hatte, nachdem man ihn mit etwas besprüht hatte. Mit eben dieser Sprühdose wedelte Liliana nun auch vor ihrem Gesicht herum. Tilla bäumte sich mit aller Kraft auf, trat, wie es irgend ging, und warf sich wie eine Furie her und her, damit Liliana sie damit nicht anpeilen konnte. Sie wusste, bekam sie das Zeug ab, hatte sie keine Chance mehr. Andererseits ahnte Tilla, dass sie nicht mehr lange durchhalten würde, zumal ihre Hände noch immer auf dem Rücken gefesselt waren. Fieberhaft suchte sie nach einem Ausweg, während sie in Toms Griff tobte, der sie an den Oberarmen festhielt. Sie merkte, dass er einen Arm losließ. Im nächsten Moment wurde ihr Kopf schmerzhaft an den Haaren nach hinten gerissen.

»Ja, gut so! Halt ihr den Kopf fest!«, hörte sie Liliana sagen.

Panisch überdachte Tilla ihre immer kleiner werdenden Chancen. Und wenn sie die Luft anhielt? Ihre Muskeln fühlten sich an wie Pudding. Sie konnte nicht mehr. Noch einmal trat sie nach Liliana, traf sie aber nicht. Als die schwarze Sprühdose in ihrem Blickfeld auftauchte, füllte sie ihre Lungen mit Sauerstoff. Gerade noch rechtzeitig verschloss sie Mund und Augen, schon benetzte ein feuchter Nebel ihr Gesicht. Trotz ihrer Abwehrmaßnahmen brannten ihre Augen wie Feuer. Mit einem erstickten Schrei, den sie nicht unterdrücken konnte sackte sie in die Knie. Sie hatte nur ganz kurz den Mund geöffnet, dem süßlichen Geschmack folgte Schärfe und bereits einen Sekundenbruchteil später hatte sie das Gefühl, dass ihre Lungen geradezu versteinerten. Eisern hielt sie durch und atmete nicht. Ihr wurde schwarz vor Augen und sie vermochte nicht zu sagen, ob sie sich auf den Boden fallen ließ oder fiel. Als sie sich zusammenkrümmte, ließ man von ihr ab. Zwar entfernte sich die Geräuschkulisse ringsherum von ihr, aber sie blieb bei Bewusstsein, wenn auch benommen.

»Ist ja echt ein Teufelszeug«, hörte sie Tom sagen und holte endlich verstohlen Luft. Ihre Lungen schmerzten bis in die Spitzen. Reglos blieb Tilla liegen.

»Das Zeug stellt sogar Man of War ruhig«, entgegnete Liliana.

»Wirkt aber wohl nicht immer auf dieselbe Weise … Die Alte starb. Dieser Berking hat's überlebt.«

»Die kleine Archäologin starb auch ziemlich schnell«, entgegnete Liliana etwas nachdenklich und fügte dann hinzu: »Scheißegal. Jetzt werden unsere zwei Liebenden die plötzliche Wärme nutzen und schwimmen gehen. Leider überleben sie das nicht, da sie schlafen. So ein Pech aber auch …«

»Und das funktioniert? Sie werden die Leichen finden und untersuchen.«

»Es funktioniert«, gab Liliana zurück. »Die Leichen kommen erst nach ein paar Tagen wieder an die Wasseroberfläche. Bis dahin ist das Zeug verschwunden. Der Tierarzt hat mir versichert, dass man es schon nach kurzer Zeit nicht mehr nachweisen kann. Schließlich wollte ich doch nicht, dass Man of War seine Siege in einer Dopingkontrolle wieder einbüßt.«

»Genial!«

Liliana sonderte ein zustimmendes Geräusch ab. »Los, hilf Rhyd mit diesem Berking. Zieht ihn aus und werft ihn ins Wasser. Ich kümmere mich um sie.«

Tilla fühlte, wie sich Liliana an ihren Fesseln zu schaffen machte. Der Strick landete neben ihrem Gesicht. Sie blinzelte durch halbgeschlossene Lider und erkannte ihn als Führstrick, wie sie ihn damals an dem verrückten Rennpferd gesehen hatte. Er war dick und weich, so dass sie vermutlich keinerlei Fesselmale an den Handgelenken hatte. Widerwillig anerkannte sie Lilianas Plan. Würde man sie in den nächsten Tagen an der Staumauer treibend finden, käme womöglich niemand auf die Idee, dass sie umgebracht worden waren. Niemand außer Andreas, schoss es Tilla durch den Kopf.

Liliana zog Tillas Oberkörper hoch und begann ihr den Pullover auszuziehen. Tillas Faust traf sie so unvermittelt im Gesicht, dass sie noch nicht einmal einen Schrei ausstieß. Mit einem gurgelnden Geräusch kippte sie über einen Felsen, der aus dem Waldboden ragte. Sofort kämpfte sich Tilla auf die Füße und hastete zum Ufer. Moos und Fichtennadeln schluckten den Klang ihrer

Schritte. Da sich die Bäume bis zum Seeufer erstreckten, bemerkte man sie nicht sofort. Berking lag bereits vollständig entkleidet auf dem Waldboden, dicht an der Abbruchkante zum Wasser. Dafydd stand vor ihm, einen Fuß an Berkings Schulter. Er schien zu zögern.

»Dafydd! Nicht!«, rief Tilla. Sie stand etwa fünf Meter von Dafydd entfernt, der sich nun verdutzt nach ihr umschaute. Aus den Augenwinkeln bemerkte Tilla, dass Tom Berkings Sachen auf einem runden Felsen drapierte, der sich etwa zehn Meter vom Ufer entfernt zwischen den Bäumen befand. Nun schaute er zu Liliana, die unterdrückte Schreie ausstieß und sich die blutende Nase hielt.

»Halt, Fräulein!«, tönte es im nächsten Moment von Tom. »Noch ein Schritt und ich baller dir eine Kugel in deinen hübschen Kopf!«

Tilla rührte sich nicht. Angstvoll blickte sie zu Dafydd. Berking lag bewusstlos vor seinen Füßen. Nur ein kleiner Stoß würde genügen …

»Dafydd, er ist bewusstlos und wird ertrinken, wenn Sie ihn ins Wasser stoßen. Bitte tun Sie das nicht! Wollen Sie wirklich für die beiden zum Mörder werden? Sie, einer der renommiertesten Professoren für Archäologie? Ich weiß, dass Sie das nicht wollen. Überlegen Sie doch! Diese Idee von Liliana, dass Berking und ich beim Schwimmen ertrinken – das ist doch lächerlich. Das kriegt die Polizei doch sofort heraus … Zumal Berking und ich gar kein Liebespaar sind. Ich weiß überhaupt nicht, wie Liliana darauf kommt.«

»Halt die Klappe, du Miststück«, hörte Tilla Liliana hinter sich. »Los, Rhyd, stoß ihn ins Wasser!« Sie stützte sich an einen Baum und hielt sich die Nase.

Dafydd sah zwischen Tilla und Liliana hin und her. Sein Blick wurde samtweich, als er an Liliana hängenblieb. Tilla kannte diesen Blick gut. Er liebte diese Frau.

Tilla wusste, sie hatte verloren. Dafydd wandte sich wieder Berking zu.

Sie schloss die Augen. Ihr verzweifeltes »Nein!« wurde plötzlich von einem anderen herben Ruf übertönt.

»Halt! Polizei! Keiner rührt sich!«

Tatsächlich erstarren alle mitten in der Bewegung, selbst Tilla.

Überrascht sah sie Andreas, der durch die Bäume auf Dafydd zutrat, die Waffe im Anschlag. Sein Blick streifte Tilla nur kurz. Seine Stimme hatte etwas Stählernes, als er verlangte: »Gehen Sie weg von ihm! Sofort!« Er blieb zehn Meter vor Dafydd stehen, da er durch die Bäume die freie Schusslienie einbüßte, wenn er weiterging. »Wird's bald!«, blaffte er.

Tilla sah sich verstohlen nach Tom um, mit dem Andreas womöglich gar nicht rechnete. Die dicht stehenden Bäume nahmen ihr die Sicht. Wo war dieser verfluchte Tom? Dann sah sie ihn ein Stück weit vom Ufer entfernt hinter dem Stamm einer dicken Fichte auftauchen. Andreas konnte ihn von seinem Standpunkt aus unmöglich sehen. Tilla sah entsetzt, wie Tom eine Waffe hob und zielte. Ihr Warnschrei ging in einem Schuss unter. Andreas wurde nach hinten geworfen und fiel auf den Waldboden.

*

Wegener ließ sein Handy mit einem derben Fluch sinken und informierte seine Kollegen. »Wenn ich Andreas richtig verstanden habe, versuchen die gerade, Berking umzubringen.«

»Scheiße!«

»Und Kamenz will eingreifen?«, fragte der Kollege am Steuer.

Wegener nickte. »Wie lange brauchen wir noch?«

»Vielleicht zehn Minuten.«

Wegener fluchte wieder vernehmlich.

»Durch den heutigen Einsatz haben wir keine uniformierten Kollegen mehr dort oben. Wir werden die ersten sein, die am Oderteich sind. Ich hab den Berendsen vom SEK-Team noch erreicht. Die drehen um und sind ebenfalls auf dem Weg hier hoch.«

»Gut«, nickte Wegener.

»Mit wie vielen Leuten haben wir es zu tun?«

»Andreas sagte mir, dass er nach dem Telefonat mit der Leinwig von drei Leuten ausgeht, aber er weiß es nicht genau«, sagte Wegener. »So wie es aussieht, hat man Berking wohl auf dem Parkplatz in Altenau abgepasst und entführt.«

»Drei Personen? Wenn die auch noch bewaffnet sind, hat der Kollege Kamenz schlechte Karten.«

»Wenn unser Verdacht stimmt, werden wir auf Dafydd und diese Lady Whitehead alias Liliana Kronemann treffen. Der englische Wagen, den Kamenz gesehen hat, gehört mit Sicherheit der Whitehead. Wie hoch die kriminelle Energie der beiden ist, lässt sich schwer abschätzen. Mir macht vor allem der Bruder der Kronemann Sorgen«, grummelte Wegener. »Der hat ein ellenlanges Vorstrafenregister. Wenn der auch noch mitmischt ...«

Der dritte rote Radarfallenlichtblitz erfasste den Wagen, der mit hundertfünfzig über die Harzhochstraße brauste.

*

Tilla konnte den Blick nicht von der leblosen Gestalt lösen, die zwischen den Bäumen lag. Eisiger Zorn erfasste Tilla. Sie hörte Liliana heraneilen. Den Blick starr auf Andreas gerichtet, ließ sie die Frau herankommen und rammte ihr dann gnadenlos den Ellenbogen in den Brustkorb. Liliana klappte zusammen und sackte zu Boden. Dafydd lief sofort auf sie zu.

Tilla war mittlerweile alles egal. Sie rannte los, stolperte im Dämmerlicht über eine kleine Insel von niedrigem Buschwerk, rappelte sich wieder hoch und setzte ihren Lauf fort bis zu der Stelle, wo Andreas lag, ohne dass sie aufgehalten wurde. Tilla fuhr über Andreas' blutverschmierten Arm, der über seiner Brust lag. Völlig aufgelöst nahm sie sein Gesicht in die Hände, während sie ständig »Bitte nicht« vor sich hinbrabbelte. Ihr schossen die Tränen aus den Augen. Verzweifelt ließ sie ihre Stirn auf seine sinken und begann ihn zu küssen.

Als sie merkte, dass er ihren Kuss erwiderte, löste sie sich von ihm und starrte ihm verwirrt ins Gesicht.

Ohne sich groß zu rühren, flüsterte er ihr leise zu. »Nur die Rippen … Hab eine Weste an. Tu so, als wäre ich tot, Gerd kommt gleich.«

Tilla hörte Schritte hinter sich. Sie starrte Andreas noch einen Moment an und konnte es kaum fassen, dass ihre Bitten an sämtliche Götter des Harzes ganz offensichtlich erhört worden waren.

Es war Tom, der sich nun bückte und Andreas' Waffe an sich nahm, die auf dem Waldboden lag. Er näherte sich mit abschätzendem Blick und trat dann gegen Andreas' Bein. Der rührte sich nicht. Tilla fuhr wie eine Furie herum.

»Du dreckiges Schwein … du hast ihn erschossen … er ist tot!«, brüllte sie aus Leibeskräften. Für den Zorn, mit dem sie sich anschließend auf Tom stürzte, brauchte sie keinerlei schauspielerisches Talent. Völlig außer sich bedachte sie den verdutzten Mann mit einer ganzen Salve von Schlägen und Tritten, bis ein Schlag von ihm an ihrem Jochbein explodierte und sie unsanft nach hinten warf.

Als sie wieder einigermaßen aus den Augen sehen konnte, hing sie völlig benommen in Toms Griff. Liliana hatte sich vor ihr aufgebaut und betrachte sie nachdenklich. Ihre Nase war geschwollen. Blutspuren auf ihrer Oberlippe zeigten die Folgen von Tillas Angriff auf sie. Während Tillas linke Gesichtshälfte vor Schmerz surrte, schien Liliana ihren eigenen Schmerz völlig zu ignorieren. Erstaunlich ruhig fragte sie: »Sag mal, was war das denn? Wer ist denn nun dein Lover? Berking oder der Polizist dort?«

Tilla bäumte sich in Toms Griff auf, doch Liliana ignorierte Tillas wütende Tirade. Vergnügt verkündete sie: »Tja, das passt doch prima zu einem Eifersuchtsdrama. Rhydion, Schatz, nimm du die Waffe von diesem Polizisten und erschieß damit Berking und diese Schlampe! Dann legst du dem Polizisten die Waffe wieder in die Hand. Toms Waffe, deren Kugel in dem Polizisten dort steckt, geben wir Berking in die Hand. Und voilà – die Polizei findet eine Ménage à trois, die sich gegenseitig aus Eifersucht erschossen hat. Das ist noch wirkungsvoller als das gemeinsame Ertrinken eines Liebespaares.«

Während Tom hinter ihr ein keckerndes Geräusch ausstieß, nickte Dafydd anerkennend. »Ein guter Plan!«

»Gehen wir«, knurrte Tom und zerrte Tilla, eine Hand in ihr Haar gekrallt, zum Ufer, wo Berking lag. Liliana nahm Tom die Waffe ab, legte Berkings Hand darum und drückte einmal ab. Tilla zuckte zusammen.

»Schmauchspuren«, erklärte Liliana den Schuss.

Dafydd maß Tilla mit einem abschätzenden Blick und hob die Waffe. »Pass auf, wo du hin schießt, Rhyd«, sagte Tom warnend und trat Tilla in die Kniekehlen, so dass sie ihren Stand verlor und nun auf dem Waldboden kniete.

Dafydd kam allerdings nicht mehr dazu, die Waffe abzufeuern, da ihm ein Ast seitlich gegen den Schädel krachte. Der Professor schlug lang hin, die Pistole rutschte scheppernd gegen einen Stein. Tilla sah, dass Andreas sich die Seite hielt, während er versuchte, nach der Waffe zu greifen.

Liliana schrie auf und eilte zu dem Platz, an dem Berking lag. Tilla vermutete, dass sie sich die Waffe holen wollte, die man ihm in die Hand gedrückt hatte.

Dafydd hatte Andreas, der arg angeschlagen wirkte, von den Beinen gerissen. Tom stieß Tilla weg und machte Anstalten, Dafydd zu helfen. Sie rappelte sich hoch, hastete hinter Tom her und warf sich mit einem Schrei auf ihn. Gemeinsam krachten sie erst gegen einen Baum, dann rollten sie über den Waldboden, bis ein niedriges Gestrüpp sie aufhielt. Tom blieb bäuchlings liegen. Tilla knurrte wie ein Tier, als sie sich erneut auf ihn warf und seinen Arm zu fassen bekam, den sie mit aller Kraft nach hinten zog. Tilla registrierte das hässliche Knacken in der Schulter unter ihr nur am Rande. Tom heulte wie ein Wolf. Trotzdem klammerte sich Tilla eisern an seinen Arm, um wenigstens ihn daran zu hindern, sich an dem Kampfgetümmel zu beteiligen. Tatenlos musste sie zusehen, wie Liliana mit der Waffe in der Hand auf Dafydd und Andreas zu stolperte. In diesem Moment dröhnte Sirenengeheul über die Wasserfläche, Scheinwerfer blitzten auf der Staumauer auf.

Ungeheure Erleichterung durchflutete Tilla, als sie einen Tross von Polizisten sah, die am Ufer entlang auf sie zugerannt kamen. Deutlich hörte Tilla Gerd Wegeners Stimme. Dann fiel ein Schuss unmittelbar neben ihr. Starr vor Angst sah sie zu Dafydd und Andreas – doch es war Dafydd, der nun wie in Zeitlupe zusammensackte. Offenbar war die Waffe losgegangen, um die sie gerungen hatten. Andreas hielt sich die Rippen und stützte sich an einem der runden Felsen ab.

Tilla hielt noch immer Toms Arm fest, als Liliana mit einem gellenden Schrei in ihrem Blickfeld auftauchte. Tilla blieb fast das Herz stehen, als sie Lilianas Waffe sah, die sich auf Andreas richtete. Der warf sich blitzschnell zur Seite. Zwei Kugeln prallten pfeifend von dem Stein ab, wo er kurz vorher gestanden hatte. Unmittelbar hinter Tilla gellten die lauten Befehle der Polizisten durch den Wald. Sie hörte noch ein »Halt!« und ein »Waffe runter!«, dann fielen zwei Schüsse im Sekundenabstand. Tilla sah trotz der Dämmerung die weit aufgerissenen Augen von Liliana, bevor diese getroffen nach hinten kippte.

Tillas Atem ging stoßweise, obwohl sie noch immer mit Tom auf dem Boden lag. Sie sah Gerd Wegener zu Andreas eilen, der sich mühsam aufrichtete. Der Goslarer Kommissar ging neben seinem jungen Kollegen in die Hocke. War Andreas doch verletzt? Wie gebannt starrte Tilla zu den beiden hinüber, bis ihr jemand auf die Schulter klopfte und sanft aber bestimmt verlangte: »Sie können seinen Arm jetzt loslassen.«

Tilla hockte mit einem Gefühl völliger Leere auf einem Baumstamm in der Nähe der Straße. Erst jetzt merkte sie, dass kaum eine Stelle an ihrem Körper nicht wehtat. Sie beobachtete abwechselnd die Sanitäter, die sich um Berking bemühten, und Andreas, der ein paar Meter weiter an einem Stein lehnte und vor Schmerz das Gesicht verzog. Die Rechtsmedizinerin, die Tilla damals schon auf dem Sachsenberg gesehen hatte, tastete mit konzentriertem Gesicht seine Rippen ab, was er offenbar nicht als Vergnügen empfand. Sein linker Arm war verbunden, da ihn dort eine der Kugeln gestreift hatte, die Tom auf ihn abgefeuert hatte.

Gerd Wegener erinnerte Tilla an eine besorgte Glucke. Er tappte auf und ab und wetterte unaufhörlich herum. »Gott, Andreas, du allein gegen drei Leute, einer bewaffnet. Manchmal zweifele ich daran, ob du überhaupt mal nachdenkst.« Dann richtete er sich an die Ärztin. »Gut, dass Sie noch einmal mit hier hoch gekommen sind, Frau Dr. Giresch. Mein Kollege hält sich nämlich für unverwundbar …«

»Glaub mir, ich spüre überall, dass ich es nicht bin, Ehrlich gesagt, ich war ziemlich am Ende und verdammt froh, dass du so schnell da warst«, gab Andreas zu.

Hannah Giresch murrte: »Dass Sie sich nach einem Treffer auf die Sicherheitsweste überhaupt noch rühren konnten, ist mir schlicht ein Rätsel. Ihre Rippen sind zwar wohl nur geprellt und noch alle an Ort und Stelle, aber sie hätten auch gebrochen sein können, das ist meistens der Fall. Dann, lieber Herr Kamenz, hätte sich eine ihrer Rippen in die Lunge bohren können und Sie wären ziemlich schnell bei mir in der Rechtmedizin gelandet.«

»Sie bauen mich richtig auf«, brummte Andreas und erntete prompt einen tadelnden Blick.

»Für die nächsten Wochen sind Sport und sonstige Aktivitäten für Sie absolut verboten. Legen Sie sich ruhig in irgendeine Ecke. Ruhig und allein! Verstanden?«, mahnte Hannah Giresch.

»Wenn Andreas nicht gewesen wäre ...«, hörte sich Tilla sagen, als würde sie gar nicht zu der Person gehören, die sprach. »Sie haben Berking eine weitere Ladung von diesem fürchterlichen Zeug ins Gesicht gesprüht. Er war bewusstlos und dieser Dafydd zog ihn zum Wasser. Er wäre ertrunken, wenn Andreas nicht aufgetaucht wäre. Dann kam dieser Tom dazu und schoss auf Andreas. Ich dachte wirklich ...« Noch immer erstarb Tilla das Wort auf den Lippen, wenn sie daran dachte.

Wegener gab einen Grunzlaut von sich.

»Ob Held oder nicht, Sie sollten die Rippen morgen röntgen lassen«, sagte Dr. Giresch und half Andreas, sein T-Shirt wieder anzuziehen. Dann eilte sie zum Krankenwagen, wo man sich noch immer um Berking kümmerte.

Tilla versank in Nachdenklichkeit. Hätte sie an irgendeinem Punkt dieser Geschehenskette ahnen können, dass sie mal wieder auf eine Katastrophe zuschlidderte?

Vage nahm sie wahr, dass ihr jemand eine Decke um die Schultern legte. Vor ihrem inneren Auge sah sie immer wieder, wie Andreas von der Kugel getroffen auf den Waldboden fiel.

»Frau Leinwig?«

Tillas Blick kehrte von weit innen in die Wirklichkeit zurück und sie blickte in das Gesicht von Hannah Giresch, die vor ihr hockte. »Ja?«

»Sagen Sie, wissen Sie, was genau man Dr. Berking ins Gesicht gesprüht hat?«

»Es war etwas in einer schwarzen Sprühdose«, gab Tilla hilflos zurück. »Das Teil müsste noch irgendwo liegen.«

Dr. Giresch hielt die Dose hoch. »Ja, hier ist sie, aber es ist kein Etikett darauf, das heißt, es ist kein offiziell zugelassenes Produkt. Somit wissen wir nicht, was da drin ist. Hat zufällig jemand den Namen dieses Zeugs erwähnt?«

»Nein, leider nicht.« Tilla schielte zum Krankenwagen »Es geht ihm nicht gut, nicht wahr?«, fragte sie unsicher.

»Es wäre für die Kollegen leichter, wenn sie wüssten, womit sie es zu tun haben.« Unwillig betrachtete sie die Flasche in ihrer Hand.

»Diese Liliana sagte, daran seien auch Dorothee Messner und ihre Tante gestorben«, antwortete Tilla mit dünner Stimme.

»Was denn? Auch die Tante?«, fragte Wegener nun dazwischen.

»Ja.« Tillas ängstlicher Blick streifte den Krankenwagen, dessen Türen gerade geschlossen wurden. Hannah Giresch klopfte ihr beruhigend auf den Arm. »Dr. Berkings Gesundheit ist sicher robuster als die angegriffenen Atemwege einer Asthmakranken oder einer älteren Dame.«

Endlich begann Tillas Hirn zu arbeiten. »Diese Liliana sagte, es sei eigentlich für Pferde.« Ihr Blick flog wieder zu der Rechtsmedizinerin. Mit erstickter Stimme fügte sie hinzu: »Und Berking hat eine hohe Dosis abbekommen.«

»Für Pferde?«

Tillas Züge klarten sich auf. »Pferde … genau.« Die wogende Mähne von Ulf Bertram kam ihr in den Sinn. »Vielleicht kann ich doch herausbekommen, was da drin ist. Da gibt es einen Journalisten, er hat mir vor einiger Zeit mal erklärt, dass die Besitzerin von diesem verrückten Rennpferd, also diese Liliana, immer irgendwelche Mittelchen dabei hat, um zu verhindern, dass ihr Pferd den Hänger auseinandernimmt. Ulf Bertram, der weiß vielleicht, was da drin ist. Kann mir jemand ein Handy geben?«, fragte Tilla in die Runde und warf energiegeladen die Decke von sich.

Gerd Wegener trat auf sie zu und reichte ihr sein Mobiltelefon. Tilla hatte die Nummer, die sie in letzter Zeit so oft gewählt hatte, im Kopf. Sie hielt sich nicht lange mit höflichen Begrüßungen auf, sondern erklärte Ulf Bertram grob die Lage und fragte ihn eindringlich, mit was für einem Mittel Liliana Whitehead ihr Pferd im Hänger ruhigstellte. Der Journalist bat sie, kurz zu warten, da er in seinen Notizen nachsehen müsse. Tilla informierte die Anwesenden und geduldete sich mühsam. Dr. Giresch hatte ebenfalls das Handy in die Hand genommen. Endlich fragte Tilla die Rechtsmedizinerin: »Können Sie etwas mit dem Begriff Halothan anfangen?«

»Allerdings!« Hannah Giresch hob ihr Handy ans Ohr. »Herr Kollege … es war Halothan, wahrscheinlich eine ziemlich hohe Dosis … Ja, genau … Dopamin, Calziumglukonat und Glukagon, das müsste ihm helfen.« Dr. Giresch wechselte noch ein paar Sätze und beendete dann das Gespräch. »Gut gemacht!«, sagte sie zu Tilla.

Tilla bedankte sich bei Bertram mit dem Versprechen, ihm alsbald alles zu erklären und gab Wegener das Gerät zurück. Der murmelte nachdenklich: »Halothan? Darüber habe ich irgendwann mal etwas gelesen …«

»Es ist ein wegen seiner Nebenwirkungen nicht mehr gebräuchliches Anästhetikum, das heute allenfalls in der Veterinärmedizin Anwendung findet. Hin und wieder wird es auch als K.o.-Gas bei Raubüberfällen verwendet, da es relativ schnell und nachhaltig wirkt«, erklärte Dr. Giresch.

Dann schnippte Wegener mit dem Finger. »Das Geiseldrama damals in der Moskauer Oper … Haben sie da nicht auch Halothan benutzt?«

Hannah Giresch nickte. »Ja … leider.«

»Dabei sind doch ziemlich viele Leute umgekommen, auch von den Geiseln«, bemerkte Andreas sichtlich ernüchtert.

»Ja, das ist genau das Problem von Halothan«, erklärte sie. »Wer ein schwaches Herz hat oder asthmakrank ist, wacht zumeist nicht mehr auf. Halothanopfer ersticken, weil die Atmung erlahmt. Leider ist es nicht ganz einfach nachzuweisen, es ist als Inhalationsnarkotikum stark flüchtig. Aber nun weiß ich, wonach ich bei den Opfern suchen muss. Halothan führt meist zu bestimmten Veränderungen in der Leber. Damit bekommen wir eine vollständige Beweiskette zusammen, um wenigstens diesen Thomas Kronemann umfassend anzuklagen.«

»Thomas Kronemann? Ist das etwa der Typ, den sie Tom nannten?«, fragte Tilla.

»Ja, der Kerl stammt, man glaubt es kaum, wie seine Schwester Liliana aus Wolfshagen«, sagte Wegener. »Irgendwann wurde aus der Pferdepflegerin Liliana Kronemann eine englische Lady, wobei sie sich zwischenzeitlich mal kurz zurückverwandelte, um uns als brave Zeugin zum Narren zu halten. Es war eine Frau Kronemann aus Wolfshagen, die nach dem zweiten Zeitungsartikel bei uns anrief.«

»Sie war die Zeugin!«, murmelte Tilla fassungslos, um dann traurig hinzuzufügen: »Zeugin und Mörderin!«

»Allerdings verstehe ich noch immer nicht, wieso dieses Trio hier einen solchen Mordfeldzug anzettelt«, grummelte Wegener.

»Ich schon.« Tilla erzählte den Ermittlern von Dorothees Medaillon, das Stücke der Hallenser Scheibe enthalten hatte. »Dafydd war von Anfang an hinter diesen Stücken her. Dorothee hat es irgendwann geahnt und die Kette versteckt. Ich fand sie, wusste aber zunächst mit den dreckigen Bröseln darin nichts anzufangen. Erst vorhin, als ich merkte, dass jemand nicht nur Dorothees USB-Stick, sondern auch die Kette aus meinem Haus gestohlen hatte, wurde mir alles klar. Vor allem, als ich mich an eine Passage im Tagebuch erinnerte, der ich vorher gar keine Beachtung geschenkt hatte. Dorothee erzählte darin, wie ihr Stiefvater Harry ihr die Kette gab, nachdem er die Sternenscheibe verkauft hatte. Dafydd stahl die Kette und hat dem Labor zur Beprobung seiner Scheibe Originalstücke der Hallenser Sternenscheibe untergeschoben, nämlich die aus dem Medaillon. Deswegen auch das hohe Maß an Übereinstimmung.«

»Das ist ja ein Ding. Und warum haben sie auch die Tante getötet?«, fragte Wegener.

»Das ist allein meine Schuld. Ich Vollidiot erzählte Dafydd, dass ich Dorothees Sachen nach Dieskau brachte …« Tilla kämpfte mit den Tränen und erklärte: »Daraufhin schickten sie Tom zu ihr, er sollte die Kette dort holen. Hannelore Messner hatte aber mir die Kette geschenkt, sie hatte ja keine Ahnung, was sie enthielt. Sicher sagte sie Tom, dass ich die Kette hätte … Sie war völlig arglos …« Tilla erstarb jegliches Wort auf den Lippen.

Wegener übernahm es, ihren Satz zu beenden. »Und dann brachte er sie um, weil sie eine Zeugin war.«

Tilla nickte traurig und blickte in die Richtung, in der

der Krankenwagen vor wenigen Minuten verschwunden war. Leise fuhr sie fort: »Sie … äh … sie hielten Berking und mich fälschlicher Weise für ein Paar, vermutlich weil wir zusammen in Aberystwyth waren. Deswegen wollten sie uns beide töten.«

Wegener hatte Tilla mit wachsender Verwunderung zugehört. »Du meine Güte! Und das alles, damit keiner rauskriegt, dass die verdammte Scheibe eine Fälschung ist.«

Andreas' Fluchen ging nahtlos in ein Stöhnen über, was Wegener dazu veranlasste, sich zu erheben. Mit Entschiedenheit bestimmte er: »Na los, ich bringe euch jetzt erst mal alle nach Hause. War ein langer Tag und diese Spurensicherung hier kann jemand anderes machen.« Er zog seinen jüngeren Kollegen auf die Beine, der hinter seinem Chef hertrottete, als wäre er doppelt so alt wie dieser.

Als sich alle im Wagen einen Platz und eine Stellung gesucht hatten, die möglichst wenig schmerzte, seufzte Wegener vernehmlich. »Mir fällt grad ein: Jetzt bleibt es ja doch an mir hängen, die Beweismittel von Wernigerode bei Ihnen abzuholen, Frau Leinwig!« Andreas lachte verhalten, woraufhin der Goslarer Kommissar mit gespieltem Ärger hinzufügte: »Wenn Berking noch einmal einen Anfall von Hilfsbereitschaft zeigt, erinnert mich daran, sie abzulehnen.«

… einen Monat später

Mit leichter Beklommenheit stieg Tilla aus dem Wagen und besah sich den treppenförmigen Giebel der Justizvollzugsanstalt Braunschweig. »War Claudia Hohenstein eigentlich auch hier?«

Wegener schüttelte den Kopf. »Nein, hier sind nur männliche Insassen. Frau Hohenstein war in Hildesheim. Soweit ich weiß, ist sie sofort entlassen worden, nachdem Berkings Kollegin Ihre Beweismittel gesichtet hat.«

»Ich glaube, deine Lieblingsfeindin hat dir einiges zu verdanken«, sagte Andreas, der sich, noch immer arg verlangsamt, in seine Jacke quälte. Seine Rippen schmerzten wohl noch reichlich, während sich ihre unzähligen blauen Flecken schon wieder weitgehend verflüchtigt hatten.

»Wird Berking auch da sein?«, fragte Tilla.

Wegener grunzte zustimmend. »Der ist seit letzter Woche wieder im Dienst.«

»Und macht uns mit seinem Hyperaktivismus schon wieder alle verrückt«, fügte Andreas grinsend hinzu.

Tilla lachte und folgte dann den Ermittlern, die sich auf ein großes, metallenes Tor zu bewegten.

Die Prozedur des Anmeldens war Tilla höchst unangenehm. Nicht nur, dass ihre Personalien genauestens überprüft wurden, sie musste auch noch eine Leibesvisitation über sich ergehen lassen. Wegener hatte sie vorgewarnt, dennoch unterdrückte Tilla nur mit Mühe ihren immer stärker werdenden Fluchtimpuls, als die Hände der Beamtin über ihren Körper wanderten. Danach wurde sie durch mehrere Flure und Türen geleitet. Die Türen wurden stets vor ihr auf- und nach ihr wieder abgeschlossen. Endlich traf sie wieder auf Wegener und Andreas.

»Ist immer ein bisschen unangenehm, aber wenn Sie öfter kommen, geht es schneller«, erklärte Wegener ihr versöhnlich.

»Klasse. Da freu ich mich schon drauf«, gab Tilla trocken zurück. Als Wegener breit grinste, fügte sie friedfertiger hinzu: »Na ja, eine JVA ist ja schließlich nicht gebaut worden, damit man sich dort wohlfühlt.«

Sie folgte den Ermittlern durch einen Gang, der mit diversen Grautönen aufwartete und an dessen Ende ein vergittertes Fenster ein wenig fahles Licht hereinließ.

Jan Berking wartete dort bereits auf sie. Er nickte ihnen zur Begrüßung kurz zu und erklärte gewohnt knapp: »Sie bringen ihn grade hoch. Die zwei Kollegen vom Scotland Yard sind bereits hier. Sie warten drinnen.« Er sah Tilla an und bemerkte: »Sie werden bei diesem Verhör also einiges zu tun bekommen.«

»Sind die Kollegen aus England schon vollständig informiert worden?«, wollte Wegener wissen.

»Ja, Frau Leinwig hatte ja schon meinen Bericht und mein Schreiben nebst der Bitte, einige Dinge zu überprüfen, übersetzt. Das hat Scotland Yard letzte Woche bekommen. Nach meinem Kenntnisstand haben die Kollegen daraufhin eine Durchsuchung des Hauses von Dafydd und der Whitehead veranlasst und auch Sicherstellungen im Labor der Universität vorgenommen. Allerdings ist man in England nicht so freigiebig mit den gewonnenen Informationen.«

»Klar sagen die nix! Ist denen ja sicher höllenpeinlich, was ihre Inselbürger hier alles angezettelt haben«, gab Tilla bissig zurück.

Knapp zehn Minuten später betraten sie einen engen, fensterlosen Verhörraum, der mit zehn Personen schlicht und einfach überfüllt war. Neben Thomas Kronemann, dessen rechter Arm noch immer in einer kompakten Schlinge hing, hatte sein Anwalt Platz genommen, der aussah, als habe er gerade erst die Universität verlassen. Er raunte Kronemann noch einige Sätze zu, während Berking bereits mit den Formalien begann. Tilla konzentrierte sich auf deren Übersetzung.

Die Polizisten aus England berichteten, was sie zu Liliana Kronemann, die später zu Lady Whitehead wurde, herausgefunden hatten. In einem fast vergnügt wirkenden Singsang berichtete ein Chief Inspektor Ryan Whiggley, dass man nun sogar das Ableben von Sir Henry Whitehead neu untersuchen wolle, nachdem sich der Verdacht verdichtete, die Deutsche habe auch dabei nachgeholfen. Zudem habe man bei Mrs. Whitehead verschiedene Utensilien sicherstellen können, die Dorothee Messner zugeordnet werden konnten, darunter deren Brille und Handy. Auf dem Handy, so erzählte Whiggley, habe man ein Foto des Opfers Dorothee Messner sowie die E-Mail-Adresse von Tilla Leinwig gefunden, ebenso wie auf dem Computer von Mrs. Whitehead, von dem auch das Tatortfoto an Tillas Adresse versand worden sei.

In die Hausdurchsuchung eingeschlossen sei auch ein abseits gelegenes, zum Herrenhaus gehörendes Cottage gewesen, das nach Aussage des Personals von Thomas Kronemann bewohnt wurde. Hier habe man Handschuhe und auch den Schlüsselbund von Frau Messner sichergestellt. Ein Abgleich der Handschuhe mit den in Deutschland genommenen Abdrücken auf der Radblende des Wagens von Frau Leinwig habe zu einen Treffer geführt, da die Handschuhe von etwas ungewöhnlicher Machart gewesen seien. »Sie können davon ausgehen, dass Mr. Kronemann die Schrauben gelöst und sich damit des versuchten Mordes schuldig gemacht hat. Natürlich lassen wir Ihnen die Ergebnisse unserer Labors zukommen«, erklärte Whiggley höflich.

Tilla unterdrückte mühsam den Drang, ihrem Ärger

über Thomas Kronemann lautstark Luft zu machen, der ihr gegenübersaß und sie mit höhnischem Grinsen ansah. Sie funkelte ihn nur böse an und fragte Whiggley: »Und das Medaillon? Haben Sie das Medaillon gefunden?«

Whiggley blickte kurz auf die Fläche des Resopaltisches vor ihm und antwortete dann: »Es gab in der Bibliothek von Pendrake Manor einen Safe, der zurzeit von Fachleuten geöffnet und gesichtet wird.«

Tilla starrte den englischen Polizisten erwartungsvoll an, bis sie endlich begriff, dass er nicht mehr zu diesem Thema sagen würde. Brav übersetzte sie das Gesagte ins Deutsche, bevor Whiggley ihr noch ein paar Fragen zu ihrer Beziehung zu Dorothee Messner sowie zu Professor Dafydd stellte. Als die Antworten sorgfältig von Whiggleys Kollegen auf einem Laptop verewigt worden waren, begann das Verhör von Kronemann.

Kronemanns Anwalt erklärte nun: »Mein Mandant ist geständig und wird sich kooperativ zeigen, um das Strafmaß in Grenzen zu halten. Allerdings bestehe ich darauf, dass mein Mandant ausschließlich in Deutsch antwortet, obwohl Herr Kronemann des Englischen mächtig ist.« Dann nickte der junge Mann Kronemann zu, der sofort mit der Behauptung aufwartete, seine Schwester sei die treibende Kraft hinter allen Taten gewesen. Er habe sich letztlich wegen seiner wirtschaftlichen Abhängigkeit von ihr in das ganze Geschehen hineinziehen lassen. Der junge Anwalt nickte emsig. Tilla verdrehte die Augen und übersetzte Kronemanns Worte ins Englische.

»Lili wusste schon immer genau, was sie wollte. Sie verfolgte ihre Ziele immer völlig emotionslos und ohne rechts oder links zu schauen. Wer ihr im Weg war, wie die kleine Archäologin, der wurde weggeräumt. Da war sie wie ein Panzer … Nur als sie diesen Rhydion traf, der hat sie ziemlich aus der Spur gebracht …« Tom zeigte die Andeutung eines Lächelns. »Aber da war sie ja leider schon mit dem alten Whitehead verheiratet.«

»Sir Henry Whitehead«, verbesserte Whiggley indigniert.

Tilla wandte sich an Kronemann und gab die Zurechtweisung in gleichem Ton weiter.

»Das *Sir* hat dem alten Sack auch nichts genutzt«, gab Tom ungerührt zurück. »Hat tatsächlich geglaubt, dass eine Frau wie Lili ihn aus Liebe heiratet.«

Tilla überlegte krampfhaft, wie sich diese Unverschämtheit in weniger hässliche Worte verpacken ließ. Sie übersetzte mit entschuldigender Miene. Das englische Laptop klickte unter den flinken Fingern seines Benutzers. Whiggley schwieg.

Berking fragte ruhig: »Hat Liliana Sir Henry Whitehead umgebracht?«

Der Anwalt mischte sich ein. »Zu dieser Zeit lebte mein Mandant noch nicht bei seiner Schwester, das kann er also nicht wissen.«

»Hat sie ihrem Bruder gegenüber etwas angedeutet?«, beharrte Berking.

Tom erklärte gelassen: »Könnte schon sein ... Sie war von Anfang an von Dafydd fasziniert.«

Tilla übersetzte.

Thomas Kronemann wurde nun ausgiebig dazu befragt, warum er seiner Schwester nach England gefolgt war, wie lange er dort schon lebte und welcher Art seine Beziehung zu Rhydion Dafydd war. Tom antwortete knapp, er habe für Dafydd und seine Schwester gearbeitet. Tillas geflüsterte Übersetzung, an die Beamten von Scotland Yard gerichtet, begleitete das gesamte Verhör.

»Als was haben Sie gearbeitet?«, fragte Berking.

»Hauptsächlich als Bote. Hab Papiere von Lilis Rennpferden zu den Rennbahnen gebracht und so.«

»Auch Medikamente?«

»Nee.«
»Medikamente in schwarzen Sprühdosen?«
Nach einem Seitenblick auf seinen Anwalt gab er zu: »Ach, das Zeug … ja.«
»Hatte Liliana von vorneherein vorgehabt, Dorothee Messner mit Halothan umzubringen?«, wollte Berking von Tom wissen.
Tom begann seine Erklärung nach einer zustimmenden Kopfbewegung seines Anwaltes. »Na ja, sie war schon ziemlich eifersüchtig auf die Archäologin. Rhyd und sie haben sich bestialisch wegen ihr gestritten. Lili hat ihm vorgeworfen, er hätte doch was für sie übrig gehabt, weil er sich weigerte, sie mundtot zu machen.«
»Und? Hatte er?«
Tom grinste. »Na ja, er wollte halt diese Stücke von der Scheibe haben. Rhyd war kein Kostverächter und für seine Amouren bekannt. War wahrscheinlich ein kurzer Abstecher in alte Gewohnheiten, aber ich weiß, er hat Lili abgöttisch geliebt. Er war ihr geradezu hörig und hätte alles für sie getan. Lili war eifersüchtig, weil er so oft nach Deutschland flog und nichts erreichte. Als ihm die Kleine dann diese Dateien gestohlen hat, ist Lili mehr ausgerastet als Dafydd. Ich glaub aber, meine Schwester wusste gar nicht, wie stark das Zeug wirkt. Sie war ziemlich wütend, weil ihr die Kleine unter den Händen weggestorben ist, bevor die ihr sagen konnte, wo das Medaillon ist. An dem Tag auf der Burg hatte sie es gar nicht um, wie sonst immer.« Wieder überlegte Tom einen Moment. »Aber wenn Lili erfahren hätte, was sie wissen wollte, hätte sie die Kleine auf jeden Fall getötet.«
»Sie hat Dorothee Messner also auf der Harzburg getroffen. Was ist dort passiert?«
Tom lehnte sich behaglich auf dem harten Alustuhl zurück. »Fast wäre ihr die Kleine entwischt. Ist weggelaufen, als sie Lili sah, hat aber wohl den falschen Weg

erwischt und musste dann den Berg rauf. Gegen Lili hatte sie eh keine Chance, die ist durch die Reiterei gut in Form und holte sie schnell ein. Da saß die Kleine auf so einem Stein ... Lili erzählte, es habe ausgesehen, als hätte sie einfach auf sie gewartet. Lili hat sie nach der Kette gefragt und die Kleine hat ihr völlig ruhig gesagt, die werde sie nie bekommen. Sie und Tilla würden Rhydion aufhalten. Lili wurde stinksauer und hat ihr das Zeug ins Gesicht gesprüht. Die Archäologin war wohl ziemlich schnell tot. Lili hat ihr vorsichtshalber die Brille abgenommen, weil sie dachte, dass das Zeug vielleicht in den Ritzen der Brille hängen geblieben sein könnte. Dann nahm sie ihr den Schlüssel weg, weil sie auch in dem Auto nach der Kette suchen wollte. Den Wohnungsschlüssel hatte sich Rhyd ja schon früher besorgt. Er hatte die Bude schon früher nach der Kette durchsucht, sie aber nie gefunden. Im Auto war sie dann auch nicht, nur der Computer. Aber die Daten von Rhyd waren nicht darauf, deswegen hat Lili das Zeug im Wagen gelassen.«

»Warum hat Ihre Schwester das Foto von der Toten gemacht?«, fragte Berking.

»In erster Linie für Rhyd, denke ich, damit der sieht, was seiner Geliebten passiert ist. Aber nachdem ihr die Kleine dort oben mit der Leinwig gedroht hatte, schickte sie ihr das Foto.« Kronemann wies mit dem Kinn auf Tilla. »Es war zum einen eine Warnung an die Leinwig, aber Lili wollte auch den Computer der Leinwig mit dem Virus platt machen, weil sie Rhyds Dateien darauf vermutete. Als eifersüchtiger Racheengel war die gute Lili ziemlich ungenießbar.«

Tilla übersetzte relativ ruhig, obwohl sie die Erkenntnis, wie häufig Fremde in ihrem Haus gewesen waren, sehr nachhaltig erschütterte.

»Wieso hatte Frau Messner einem Treffen mit Liliana zugestimmt?«, fragte Berking nun.

»Rhydion hatte sie zu diesem Treffen gelockt und Lili ist hingegangen.«

Berking nickte. »Wir wissen mittlerweile, dass auch Hannelore Messner an Halothan starb. Haben Sie Hannelore Messner umgebracht?«

Tom wechselte abermals einen Blick mit seinem Anwalt und erzählte dann, dass Lili ihn mit dem Befehl, nach der Kette zu suchen und unliebsame Zeugen aus dem Weg zu schaffen, nach Dieskau geschickt habe.

»Ich sollte dort nach dem Medaillon suchen. Musste ich aber gar nicht. Die Alte sagte mir, dass sie die Kette der Leinwig überlassen hätte.« Völlig mitleidslos erzählte Tom, dass Hannelore Messner wie erwartet starb, nachdem er ihr das Halothan ins Gesicht gesprüht habe. »Und dann bin ich gleich weiter in den Harz. Dieses Mal habe ich die Kette gefunden.«

Tilla übersetzte stockend.

»Und dann haben Sie die Radmuttern am Wagen von Frau Leinwig gelöst?«

»Muss ich wohl.« Er wies mit dem Kinn auf Whiggley. »Die haben ja meine Handschuhe gefunden.« Sein Blick verharrte kurz auf Tilla. »Mann, was war Lili sauer, als sie hörte, dass Sie noch leben. Sie hat uns alle rundgemacht, vor allem, weil die Leinwig dauernd neue Theorien um diese blöde Scheibe in die Welt setzte. Die hat Rhyd ganz schön die Tour vermasselt. Also ließ Lili sich etwas einfallen. Der Plan, die Leinwig und den Staatsanwalt schwimmen zu schicken, war gut … wenn er geklappt hätte.«

Als Tom beschrieb, was an jenem Abend am Oderteich passiert war, hielt Tilla einige Male die Luft an, da er dabei unweigerlich Lilianas Theorie, dass sie mit Staatsanwalt Berking verbandelt sei, herunterleierte. Tilla zwang sich, seine Worte ebenso ungerührt zur Kenntnis zu nehmen wie Berking. Stetig wartete sie auf den Satz, sie und Staatsanwalt Berking hätten nach Meinung Lilianas in Aberystwyth die Nacht zusammen verbracht, oder Tilla habe sich auf den am Boden liegenden Kommissar Kamenz gestürzt, um ihn mit einem Kuss ins Leben zurückzuholen – doch diese Worte blieben aus. Offenbar zweifelte Tom mittlerweile selbst an Lilianas Hypothesen, und vielleicht war ihm auch Tillas Treiben am in der Dämmerung liegenden Oderteich unbemerkt geblieben.

Auch als er seine Schilderung beendet hatte, kam gottlob niemand auf die Idee, zu hinterfragen, ob Tilla wirklich zum einem oder anderen der Anwesenden ein Verhältnis unterhielt. Langsam beruhigte sich ihr Herzschlag wieder, während Berking gleich das nächste Thema in Angriff nahm, für Tilla ganz offensichtlich selbst begierig, das unangenehme Terrain zu verlassen. »Herr Kronemann, lassen Sie uns mal zu der Sternenscheibe kommen. Sie sind hier in Deutschland wegen mehrfachen Einbruchdiebstahls verurteilt worden. Haben Sie diese Fähigkeiten auch für Dafydd eingesetzt?«

»Ich darf doch wohl annehmen, dass es meinem Mandanten angerechnet wird, wenn er Ihnen in dieser Angelegenheit entgegenkommt?«, ließ Kronemanns Anwalt nun hören.

Berking nickte und sagte, auf das Aufnahmegerät deutend: »Es wird für den Prozess vermerkt werden. Also, haben Sie für Dafydd gestohlen?«

Tilla war überrascht, als Tom so bereitwillig mit »Ja« antwortete, dass man meinen könnte, er sei auch noch stolz darauf.

»Was haben Sie gestohlen?«, bohrte Berking.

»Das, was er brauchte.«

»Brauchte er irgendwann mal bronzezeitliche Artefakte?«, wollte Berking wissen. Nach Tillas Übersetzung wurde es für einen Moment still im Raum.

Tom genoss die Aufmerksamkeit sichtlich. »Ja, so ein alter Plunder war auch dabei.« Tilla konnte nicht verhindern, dass sie beim Übersetzen wie ein Kobold grinste. Whiggley und sein Kollege wechselten einen weniger amüsierten Blick.

Nachdem Kronemann erläuterte, was er über Rhydion Dafydds Fälschungspläne wusste, meldete sich Chief Inspektor Whiggley zu Wort: »Waren Sie an dem Einbruch in das Institut in Aberystwyth beteiligt?«

Alle Blicke richteten sich gespannt auf Kronemann. Nach einem Moment des Zögerns gab er zu: »Ja. Rhyd besorgte mir eine Code-Karte. Ich sollte ein bisschen Chaos da unten machen und so tun, als hätte ich versucht, den Safe aufzubohren.«

»Wozu?«, wollte Whiggley wissen.

Kronemann grinste und zuckte die Schultern.

Tilla, die von diesem Einbruch bisher noch gar nichts gewusst hatte, ahnte, um was es dabei ging. »Sie sollten Chaos machen?«, fragte sie Kronemann grinsend.

Der hob nur kurz die Augenbrauen. Schwieg aber.

»Sie sollten Säure auf ein ganz bestimmtes Gefäß kippen, nicht wahr?«

Tom zuckte die gesunde Schulter. »Wenn Sie es sagen.«

»Was für ein Gefäß?«, fragte Berking erst Tilla, dann sah er Kronemann an.

»Ich nehme an, in dem Gefäß war etwas von der Malachitschicht, die Dafydd von der Scheibe entfernt hatte …«, sagte Tilla und übersetzte den gesamten Wortwechsel dazu für die englischen Beamten. Dann erklärte sie: »Die Korrosionsschicht war die größte Klippe bei der Fälschung der Scheibe. Er wählte die Form, die dem Original optisch am nächsten kommt, die aber eine andere chemische Zusammensetzung hat als eine echte Malachitschicht.«

»Deswegen musste er die Schicht entfernen«, stellte Berking fest.

»Genau. Es ist aber üblich, dies zum Teil mechanisch zu tun und das abgeschabte Material als Probe zu archivieren. Beim Rest der Scheibe hat er die Malachitschicht chemisch entfernt.«

»Und Sie, Herr Kronemann«, fragte Berking, »haben es hernach übernommen, die Probe zu vernichten, damit Ihrem Schwager der Schwindel nicht nachgewiesen werden konnte, nicht wahr?«

Kronemann grinste ergeben und nickte.

»Nun, dann wäre dieser ominöse Einbruch ja auch geklärt«, gab Chief Inspektor Whiggley zur Antwort. Eine Antwort, die Tilla den anderen wiederum übersetzte, wobei sie ein äußerst zufriedenes, breites Grinsen nicht unterdrücken konnte.

*

Tilla mäanderte durch ihren Garten und verstreute mit schwungvollen Bewegungen Grassamen auf der mittlerweile ebenen Fläche. Überzählige Steine hatten rund um den Gartenteich, der sich in den letzten Wochen bereits ein Stück weit mit Regenwasser gefüllt hatte, ihren Platz gefunden. Der Kalopanax hatte sein erstes Jahr überstanden, wenn auch mäkelnd. Jene Pflanzen und Büsche, für deren Verbleib sich Tilla entschieden hatte, bildeten nunmehr eine dichte Front am Nachbarzaun.

Als sie ihren Vorrat an Grassamen verteilt hatte, besah sie sich ihr Werk prüfend. Tilla war sicher, auch ihre Mutter wäre mit dem Ergebnis ihrer Bemühungen zufrieden gewesen. Was hatte Hedera alles angestellt, um Tilla für die Gartenarbeit zu begeistern, doch Tilla hatte der Pflege ihrer stets bunten Nägel immer den Vorzug gegen. In diesem Jahr waren ihre Fingerspitzen ebenso chronisch schwarz umkränzt wie die ihrer Mutter. Es wunderte Tilla, wie wenig sie sich daran störte und wie viel Spaß es ihr bereitete, Erde zwischen den Fingern zu spüren.

Tilla glaubte einen Blick auf sich gerichtet zu fühlen und drehte sich um. Andreas stand auf der Terrasse und sah ihr zu.

»Hey, was machst du denn hier. Bist schon lange da?« Sie konnte nicht verhindern, dass ihre Mitte mal wieder zu flirren begann.

»Für jemanden, der sich paranoid nennt, guckst du dich aber erstaunlich wenig um«, stellte Andreas amüsiert fest.

Tilla schlenderte auf ihre Terrasse zu. »Ach, weißt du, bei mir rennen ja ständig Fremde durchs Haus, vermutlich gewöhne ich mich langsam daran. Was treibt dich her?«

»Der Umstand, dass du mir aus dem Weg gehst.«

Sie flüchtete vor seinem Blick und ließ sich in einen ihrer Terrassenstühle fallen. »Tue ich doch gar nicht. Ich hatte viel zu tun.«

Er setzte sich ihr gegenüber. »Du bist nicht ans Telefon gegangen.«

Natürlich hatte er recht, aber Tilla hatte sich Wegeners Bitte zu Herzen genommen. »Ich war viel draußen … im Garten.«

Andreas ließ den Blick schweifen. »Als Berking nach der Nacht am Oderteich wieder ansprechbar war, sind Gerd und ich ins Krankenhaus gefahren, um uns seine Version anzuhören.«

Tilla schwieg und wartete.

»Er hat als Erstes nach dir gefragt.«

»Wer?«, fragte Tilla unnötigerweise.

»Berking«, antwortete Andreas ebenso unnötig.

»Ah.«

»Der gute Tom hatte Berking am Oderteich erzählt, was sie mit ihm und dir vorhatten.«

Tilla nickte. »Nun, ich nehme an, du hast seine Neugier befriedigt und ihm gesagt, dass seine Lieblingsfeindin noch lebt.«

»Er war sehr froh zu hören, dass es dir gut geht.«

»Glaube ich nicht«, gab Tilla leicht schnippisch zurück.

»Oh doch.« Andreas musterte sie nachdenklich, was Tilla nervös werden ließ. »Seit diesem Trip nach Wales ist der Mann fast schon erträglich geworden. Was hast du mit ihm gemacht?«

Tilla stieg die Hitze in die Wangen. »Gemacht? Gar nichts. Was soll ich denn gemacht haben?«

»Komm schon, diese Liliana hat doch auch so etwas angedeutet. Ich habe an dem Abend nicht alles verstanden … Irgendetwas ist doch dort in Wales passiert«, bohrte Andreas.

Tilla war insgeheim erleichtert, dass er offenbar nicht alles gehört hatte, was Liliana gesagt hatte, und fragte in neckendem Ton: »Bist du etwa eifersüchtig?«

»Quatsch. Nein.« Andreas ließ sich gegen die Rückenlehne fallen. »Doch, bin ich. Also, was ist in Wales passiert?«

Tilla überlegte fieberhaft, was sie ihm als Erklärung anbieten sollte. Er kannte sie einfach zu gut, als dass sie ihm eine Lüge auftischen konnte. Sie entschied sich für einen Teil der Wahrheit. »Wir … wir haben uns betrunken«, erklärte Tilla knapp.

Andreas Augen weiteten sich ungläubig. »Betrunken? Berking war betrunken?«

Tilla seufzte vernehmlich. »Ja. Jetzt mach nicht so ein Drama daraus. Wir haben zum Essen walisischen Wein getrunken und dann habe ich auch noch walisischen Whiskey bestellt … Wir haben beide erheblich zu viel getrunken.«

»Und dann?«, bellte er heraus wie ein wütender Hund.

Er war also eifersüchtig, und das nicht zu knapp. Einerseits flirrte ihre Mitte immer mehr, andererseits wollte sie nichts lieber, als ihn von dieser unseligen Spur abbringen. »Ja, nichts dann …! Am nächsten Tag war

Berking das Ganze unsagbar peinlich. Du kennst ihn doch. Er, der immer korrekt ist und immer alles unter Kontrolle hat, betrinkt und verbrüdert sich ausgerechnet mit mir, seiner Lieblingshexe. Ehrlich gesagt, mir war es auch peinlich. Deswegen haben wir am nächsten Tag unter infernalischen Kopfschmerzen beschlossen, nie wieder darüber zu sprechen. Wenn er je erfährt, dass ich es dir nun doch erzählt hab, obwohl ich ihm hoch und heilig versprochen hatte, es nicht zu tun, wird er schnell wieder genau so unhandlich wie vorher!«

Andreas betrachtete sie forschend. Sie schwiegen eine Weile. Schweigen hatte Tilla noch nie ertragen können. Halb tadelnd, halb lachend stellte sie fest: »Du bist tatsächlich eifersüchtig auf Berking. Das solltest du nicht sein!«

»Wenn dir das nicht passt, solltest du mich nicht dauernd küssen«, gab Andreas zurück.

Tilla verzog das Gesicht und haspelte: »Damals … beim ersten Mal habe ich mir einfach nichts dabei gedacht … Und da oben beim Oderteich … Du bist niedergeschossen worden … Ich wusste gar nicht richtig, was ich tat …«

Andreas lächelte sie siegessicher an. »Es hat gut getan, zu spüren, dass ich dir so wichtig bin.«

Tilla erwiderte Andreas Blick und flüsterte dann: »Verdammt, Andreas, guck mich nicht so an. Ich habe sowieso schon Probleme, meine Finger von dir zu lassen.«

»Wirklich?«

Tilla wedelte mit den Händen herum. »Ja, aber das ist nicht richtig. Ich habe selbst gerade erlebt, wie niederschmetternd es sich anfühlt, wenn man wegen einer anderen Frau abserviert wird. Du hast Sina! Und außerdem hat mir Wegener erzählt, dass du ein Versetzungsgesuch eingereicht hast.«

»Ach so. Und deswegen gehst du mir aus dem Weg?«

»Nein! Ja … Ach, Scheiße!«

Andreas verzog amüsiert das Gesicht. »Komisch, dass Gerd dir das erzählt hat. Wo er sich doch immer so aufregt, wenn er hört, dass ich mich mit dir getroffen habe.«

»Er mag dich halt sehr … und er ist der Meinung, dass ich dir schade.«

»Von Sina hält er aber auch nichts. Du bist ihm zu undurchschaubar und Sina zu hochnäsig.«

Tilla musste lachen. »Du bist wohl wie ein Sohn für ihn, wahrscheinlich denkt er deshalb, dass für dich keine gut genug ist.« Sie sah seinen Blick auf sich ruhen, was das Flirren in ihrer Mitte orkanartig verstärkte.

Er stand auf, kam auf sie zu und zog sie an sich.

»Was machst du denn«, flüsterte Tilla mit einem letzten, bröckelnden Fragment von Selbstkontrolle.

»Ich möchte ausprobieren, ob du die Finger wirklich nicht von mir lassen kannst.«

Ein Wort zum Schluss …

Der übliche Spruch – *Alle in diesem Roman erwähnten Personen und Handlungen entsprangen meiner Fantasie* – stimmt … weitgehend.

Es wird lediglich der erfolgreiche Rennreiter Filip Minarik mit seinem richtigen Namen genannt, der bereits mehrfach in Bad Harzburg startete und siegte. Selbstredend ritt er nie einen gedopten Man of War …

Allerdings geht es in dieser Geschichte um ein tatsächlich existierendes historisches Artefakt, nämlich um die »Himmelsscheibe von Nebra«. Sicher wird sich der eine oder andere Leser gewundert haben, dass ich die bronzezeitliche Himmelsscheibe im Roman an keiner Stelle beim Namen genannt habe. Den Grund dafür ließ ich die Helden dieses Romans bereits erläutern: Es entspricht den Tatsachen, dass sich das Land Sachsen-Anhalt ein Markenrecht auf den Namen »Himmelsscheibe von Nebra« hat eintragen lassen. Dieses Markenrecht bezieht sich auf Darstellungen der Himmelsscheibe in Bild und Wort, sofern damit Geld verdient wird.

Nach meiner ehernen Auffassung sind historische Artefakte Gemeingut, denn sie bilden unsere gemeinsame Historie. Dass dieser Anspruch nicht so weit geht, dass man sich die Himmelsscheibe mal eben zum Frisbee-spielen ausleiht, versteht sich von selbst. Aber dass man sich Gedanken über so ein Artefakt macht und diese Gedanken mit anderen teilt, selbst mit der schnöden Nebenwirkung, dass dabei der böse Mammon fließt, sollte immer erlaubt sein.

Man stelle sich mal vor, die Griechen würden mit ihren Kunstwerken wie das Land Sachsen-Anhalt verfahren. So zahlreich, wie deren historische Bauwerke oder Götter beschrieben, gemalt und dargestellt werden, da müsste ja jedes griechische Restaurant in aller Welt Lizenzgebühren zahlen. Undenkbar – obwohl die Griechen ihre derzeitige Krise damit wohl sehr fix hinter sich lassen würden.

Während mein Roman entstand, hat der Bundesgerichtshof mit seinem Urteil vom 27. September 2010 dem Land Sachsen-Anhalt das Recht verwehrt, die Himmelsscheibe als Marke zu besitzen. Dessen ungeachtet verkündete zwar das Land Sachsen-Anhalt, weiterhin Lizenzgebühren zu verlangen, wenn jemand die Himmelsscheibe nutzt, doch beruft sich Sachsen-Anhalt dazu auf ein früheres Urteil des Landgerichtes Magdeburg – einem Gericht, das dem BGH im Rang nachsteht. Trotz allem will ich mir nicht vorwerfen lassen, ungebürlich von der Himmelsscheibe zu profitieren und so muss ich Ihnen, liebe Leser, die in diesem Roman enthaltenen Wortwindungen rund um die Scheibe zumuten.

Dabei macht gerade meine ersonnene Geschichte deutlich, auf welch tönernen Füßen das Eigentumsrecht des Landes Sachsen-Anhalt steht. Die Himmelsscheibe wurde zwar auf dem Mittelberg in Nebra gefunden – aber wurde sie auch dort hergestellt?

Die tatsächliche Herkunftsanalyse der Materialien, deren Ergebnisse übriges mehrfach wechselten, lässt ein wenig daran zweifeln. Das Kupfer stammt nach überwiegender Meinung aus Österreich. Das Zinn und auch das Gold sollen nach jüngsten Erkenntnissen aus Cornwall stammen. Warum haben all diese Materialien so weite Wege hinter sich, obwohl doch der nahe Harz und auch das Erzgebirge über alle Metalle verfügte, aus denen die Himmelsscheibe besteht?

Diese Frage ist in der Realität bisher noch nicht befriedigend beantwortet worden. Auch weiß man bis heute nicht, warum die Scheibe in einer Technik hergestellt wurde, die für diese Region geradezu exotisch ist. Die Technik des Tauschierens kennt man eher aus dem ostmediterranen Raum.

All diese Fragen mindern keinesfalls die Bedeutung der Scheibe oder meine Hochachtung für Dr. Harald Meller, den Landesarchäologen von Sachsen-Anhalt und »Retter« der Himmelsscheibe, aber sie kratzen ein wenig an dem Eigentumsrecht an der Scheibe, welches das Land Sachsen-

Anhalt für sich beansprucht, noch dazu auf der Basis einer mittelalterlichen Gesetzgebung.

Da ich jedoch niemandes Recht antasten möchte, habe ich nicht nur die Bezeichnung der Himmelsscheibe, die seit der Öffentlichmachung durch Dr. Meller in der Pressekonferenz vom 25. September 2002 den (Marken)Namen »Himmelsscheibe von Nebra« trägt, vermieden, ich habe auch Herrn Dr. Meller nicht bei seinem Namen genannt. Zwar ist die Figur der Frederike Holm in meiner Geschichte an die Person des Dr. Meller angelehnt, dies jedoch in so veränderter Form, dass dessen Persönlichkeitsrecht durch meine Darstellung nicht angetastet wird.

Die Geschichte des Auffindens der Himmelsscheibe durch Harry und Manfred – die es ebenso wenig gibt wie Dorothee – habe ich mir ausgedacht. Vielleicht wird es hier und da kleinere Parallelen zur Realität geben, die jedoch nicht beabsichtigt sind. Lediglich den Fundort sowie den Umstand, dass bei der unsachgemäßen Ausgrabung ein Stück Gold von der Scheibe abfiel, habe ich übernommen.

In der Realität gab es zwei Finder, die durch das mittelalterliche Schatzregal leider als Raubgräber verurteilt wurden. Die Himmelsscheibe, die nach ihrem Auffinden zunächst durch diverse Hehlerhände ging, wurde über Jahre hinweg von Beamten des Landeskriminalamtes Magdeburg zusammen mit Dr. Harald Meller, Landesarchäologe von Sachsen-Anhalt, verfolgt, bis man das Exponat bei einem Treffen Dr. Mellers mit Hehlern in einem Hotel in Basel sicherstellen konnte. Wer sich für die wahre Jagd nach der Himmelsscheibe interessiert, dem sei das hochinteressante Buch des Journalisten Thomas Schöne »Tatort Himmelsscheibe« anempfohlen.

Neben dem abgesprengten Scheibengold habe mich dort an die Realität gehalten, wo fachlich relevante Fakten eine Rolle spielten. So wurde das Labor des Landeskriminalamtes Magdeburg tatsächlich für die Untersuchung der Scheibe mit eingebunden. Die in diesem Roman beschriebene Probenentnahme entspricht den Tatsachen. Die Theorie, dass es ein Pendant zur »Himmelsscheibe von Nebra« geben könnte, wird durchaus vertreten. Was die Auslegung der Himmelsscheibensymbolik angeht, so habe ich mich durch unterschiedliche Bücher und Berichte gelesen. Da meine Heldin Tilla als Altgläubige nun einmal ein etwas anderes Weltbild hat, erschien mir die Theorie, dass die Goldpunkte auf der Scheibe für die alten Tierkreiszeichen stehen, am passendsten. Diese Auslegungsmöglichkeit wird von einigen Experten vertreten, aber nicht von allen. Auch das »Warum« des Vergrabens der Scheibe mündet bei vielen Experten in der Theorie, dass die Verdunklung des Himmels durch den minoischen Vulkanausbruch dafür verantwortlich sei, aber nicht bei allen.

Ob die Himmelsscheibe in der von mir ersonnenen Form zu fälschen ist? Wer glaubt, dieses Buch sei eine Bedienungsanleitung für Fälscher, den warne ich mit dem Hinweis, dass ich in Chemie nie über eine Vier hinaus kam!

Zu guter Letzt bedanke ich mich an dieser Stelle bei Herrn Thomas Geese, Kriminalhauptkommissar im Dezernat für Öffentlichkeitsarbeit der Polizeidirektion Braunschweig für seine hilfreichen und geduldigen Informationen hinsichtlich der Polizeiarbeit.

Auch danke ich meiner Lektorin Maeve Carels, die mir wieder einmal mit profunder Sachkenntnis, Witz und viel Geduld half, aus einem wilden Skript ein lesbares Buch zu machen.

Mein Dank gilt darüber hinaus allen, die mir mit netten Worten und Briefen Mut zu weiteren »Mordtaten« machten und die mich mit Tipps und Ideen zur Handlung und zu möglichen »Tatorten« im Harz versorgten.

Bad Harzburg, Beltane 2013

Corina C. Klengel

Corina C. Klengel,

1962 geboren, verließ ihren Geburtsort Salzgitter für das Studium der Rechtswissenschaften, welches sie zunächst nach Bayern, später Münster und zuletzt nach Göttingen führte. Nach dem Studium zog die Autorin mit ihrem Mann in ein kleines Dorf bei Göttingen, wo sie einige Jahre lang als Reitausbilderin einen Hof führte. Nach der Geburt ihrer zwei Söhne wurde das Schreiben zur Hauptpassion. Seither arbeitet die Autorin als freie Journalistin und verfasste unter anderem Fachartikel für Reitzeitschriften und Berichte für verschiedene Tageszeitungen. Aufgrund ihrer juristischen Vorbildung zählte die Gerichtsberichterstattung zu ihren Schwerpunkten. Heute lebt die Autorin mit ihren Kindern, Pferden und einem Hund in Bad Harzburg.

Todesrune, der erste Roman mit der Hauptfigur Tilla Leinwig, erschien 2010 im Leda-Verlag.
www.ccklengel.de